Kami Garcia
Margaret Stohl

EIGHTEEN MOONS

Eine grenzenlose Liebe

cbj

© Alex Hörner

DIE AUTORINNEN

Kami Garcia und Margaret Stohl kam die Idee zu der »Sixteen Moons-Serie« während eines gemeinsamen Mittagessens. Auf eine Papierserviette kritzelten sie ihre Gedanken zu einem Roman, der sie beide begeistern würde … und begannen, »Sixteen Moons – Eine unsterbliche Liebe« zu schreiben.
Die Serie stürmte die internationalen Bestsellerlisten, erhielt zahlreiche Preise, wurde in 37 Sprachen übersetzt und von Richard LaGravanese verfilmt. Kami und Margaret leben beide mit ihren Familien im kalifornischen Los Angeles. Mittlerweile schreiben sie nicht mehr auf Papierservietten, sondern auf Computern.

Kami Garcia
Margaret Stohl

EIGHTEEN MOONS
Eine grenzenlose Liebe

Aus dem amerikanischen Englisch
von Petra Koob-Pawis

cbj

cbj

Kinder- und Jugendbuchverlag
in der Verlagsgruppe Random House

MIX
Papier aus verantwortungsvollen Quellen
FSC www.fsc.org
FSC® C014496

Verlagsgruppe Random House FSC®-N001967
Das für dieses Buch verwendete FSC®-zertifizierte Papier *Pamo House* liefert Arctic Paper Mochenwangen GmbH.

Gesetzt nach den Regeln der Rechtschreibreform

Quellennachweis:
Zitat S. 6 aus William Wordsworth: *Präludium oder das Reifen eines Dichtergeistes.*
Übersetzt von Hermann Fischer. Reclam Stuttgart, 1985
Zitat S. 56 aus Robert Frost, *A Boy's Will,* 1915
Übertragung von Alexander von Bernus.
Aus: Robert Frost, Gesammelte Werke, Kessler, Mannheim, 1952
Zitat S. 62 aus Arthur Miller, *Hexenjagd.*
Dt. von Hannelore Limpach und Dietrich Hilsdorf, Fischer Taschenbuch 2003
Zitat S. 128 aus Edgar Allen Poe, *Gedichte. Essays,* übertragen 1909 von Theodor Etzel,

Zitat S. 159 aus Charles Dickens, *Große Erwartungen.*
Übersetzt von Ulrike Jung-Grell, Reclam Stuttgart 2010

1. Auflage
Erstmals als cbj Taschenbuch Februar 2015

Die Originalausgabe erschien 2011 unter dem Titel »Beautiful Chaos« bei Little, Brown & Company, New York.
Aus dem amerikanischen Englisch von Petra Koob-Pawis
Lektorat: Stefanie Rahnfeld
Umschlaggestaltung: Geviert – Büro für Kommunikationsdesign, München, unter Verwendung von Motiven von Shutterstock/coka (Mädchen) und TyBy/Archiv (Adler Silhouette)
KK · Herstellung: ReD
Satz: Uhl + Massopust, Aalen
Druck: GGP Media GmbH, Pößneck
ISBN: 978-3-570-40259-7
Printed in Germany

www.cbj-jugendbuch.de

Für unsere Mütter:

Susann Racca,
die kleine Eichhörnchen aufzieht und mit einer Pipette füttert,
und Marilyn Ross Stohl,
die schon Traktor fahren konnte,
bevor sie hinter einem Autosteuer saß.

Sie sind Gatlins wahre Schätze.

Tumult und Friede, Finsternis und Licht –
's war alles wie das Wirken eines Geistes,
Die Züge eines einzigen Gesichts,
Die Blüten, die ein einziger Baum hervorbringt,
Chiffren der einen großen Offenbarung,
Symbole – Bilder des Unendlichen,
Des, was da war von Anbeginn und letztlich
Noch immer sein wird, was da Mitte ist,
Und doch sein Dasein haben wird ohn Ende.

WILLIAM WORDSWORTH, PRÄLUDIUM, BUCH 6

Früher

Zucker und Salz

Es ist schon seltsam, wie eng Gutes und Böses in Gatlin miteinander verflochten sind. Manchmal kann man gar nicht erkennen, was gut oder was böse ist. Und eigentlich ist es auch egal, denn so oder so bekommt jeder seine Portion Salz und Zucker oder seine Küsse und seine Tritte ab, wie Amma sagen würde.

Ich weiß nicht, ob das überall so ist, denn ich kenne nur Gatlin. Aber das weiß ich bestimmt: Als ich mich mit den Schwestern wieder auf meinen angestammten Platz in der Kirche setzte, waren die einzigen Neuigkeiten, die zusammen mit dem Kollektenteller die Runde machten, die, dass es im Bluebird Café keinen Hackfleischeintopf mehr gab, dass die Pfirsichkuchen-Zeit langsam ihrem Ende zuging und dass vermutlich »einige Halbstarke« die Gummireifenschaukel von der alten Eiche beim General's Green geklaut hatten. Die Hälfte der Kirchgänger schlurfte immer noch in Schuhen den Mittelgang entlang, die meine Mutter immer Rotkreuz-Treter genannt hatte. Dort wo die Kniestrümpfe endeten, schauten die rotfleckigen Knie hervor. Es sah aus, als hielte ein Meer von Beinen den Atem an. Zumindest ich hielt den Atem an.

Aber die Schwestern schlugen ihre Gesangbücher immer noch mit ihren gichtigen, altersfleckigen Händen an der falschen Stelle auf, und sie lieferten sich immer noch den Wettkampf, welche von ihnen die Lieder am lautesten und schrillsten singen konnte. Und noch immer traf Tante Prue höchstens drei von dreihundert Tönen aus Zufall richtig, aber auch das störte niemanden. Manches musste sich gar nicht ändern und vielleicht sollte es sich auch gar nicht ändern. Manche Sachen waren so wie Tante Prue, einfach ein wenig neben der Spur.

Es war, als hätte es den vergangenen Sommer nie gegeben. Als wären wir in diesen Mauern geborgen. Als könnte nichts außer dem gleißenden Licht der Sonne, das durch die fleckigen Buntglasfenster fiel, sich seinen Weg hier hereinbahnen. Nicht Abraham Ravenwood, nicht Hunting mit seiner Blutmeute. Nicht Sarafine, Lenas Mutter, nicht einmal der Teufel selbst. Keiner käme an der unerschütterlichen Freundlichkeit der Kirchendiener vorbei, die an der Tür unverdrossen die Gottesdienstordnung verteilten. Und selbst wenn, der Prediger würde weiterpredigen, und der Chor würde weitersingen, denn nur der Weltuntergang könnte die Leute in Gatlin vom Kirchgang abhalten und davon, sich in die Angelegenheiten anderer einzumischen.

Aber draußen hatte dieser Sommer alles verändert, auch wenn die Menschen in Gatlin davon nichts ahnten. Lena hatte ihre Wahl getroffen, sie hatte sich entschieden, Licht und Dunkel zugleich zu sein und den Siebzehnten Mond zu spalten. Die Schlacht zwischen Dämonen und Castern hatte Tote auf beiden Seiten gefordert und einen Riss in der Ordnung der Dinge hinterlassen, der so tief war wie der Grand Canyon. Was Lena getan hatte, kam in der Casterwelt dem Bruch sämtlicher Zehn Gebote gleich. Ich fragte mich, was die Leute in Gatlin darüber denken würden, wenn sie es erführen. Ich hoffte, es würde nie geschehen.

In dieser Stadt war ich mir immer wie eingesperrt vorgekommen und ich hatte sie gehasst. Aber jetzt kam sie mir eher vor wie etwas, auf das ich gewartet hatte, etwas, das mir eines Tages fehlen würde. Und dieser Tag würde kommen. Niemand wusste das besser als ich.

Zucker und Salz und Tritte und Küsse. Das Mädchen, das ich liebte, war zu mir zurückgekommen und hatte die Welt auf den Kopf gestellt. Das und nichts anderes war in diesem Sommer passiert.

Hackfleischeintopf, Pfirsichkuchen und Reifenschaukel waren Vergangenheit. Aber uns stand auch etwas Neues bevor.

Der Anfang vom Ende aller Tage.

7.9. Linkubus

Ich stand auf dem Dach des weißen Wasserturms und kehrte der Sonne den Rücken zu. Mein kopfloser Schatten fiel auf das warme, lackierte Metall und verschwand dann irgendwo im Himmel. Vor mir erstreckten sich Summerville und der See und die Route 9 nach Gatlin. Das war der Ort, an dem Lena und ich glücklich gewesen waren. Oder besser gesagt, einer der Orte. Aber jetzt war ich alles andere als glücklich. Mir war hundeelend.

Meine Augen tränten und ich wusste nicht, warum. Vielleicht war das grelle Licht daran schuld.

Komm schon. Es ist Zeit.

Ich ballte die Fäuste und öffnete sie dann wieder, starrte auf die winzigen Häuser, die winzigen Autos, die winzigen Menschen und wartete darauf, dass es geschah. Eine grauenhafte, irrwitzige Angst tobte in meinen Eingeweiden. Dann klammerten sich Arme um meine Taille, Arme, die ich kannte, sie pressten die Luft aus mir heraus und zerrten mich zur Eisenleiter. Ich stolperte und schlug mit dem Kinn gegen das Geländer. Ich versuchte, mich loszureißen, versuchte, die Arme abzuschütteln.

Wer bist du?

Je heftiger ich mich wehrte, desto fester schlug er mich. Der nächste Schwinger landete in meinem Magen und ich klappte zusammen.

Da sah ich sie. Seine schwarzen Chucks. Sie waren so alt und ausgetreten wie meine.

Was willst du von mir?

Ich wartete seine Antwort nicht ab, sondern ging ihm in dem Moment an die Kehle, als auch er mich an der Gurgel packte. Da sah ich sein Gesicht und erkannte die Wahrheit.

Er war ich.

Wir starrten uns an, schnürten uns gegenseitig die Luft ab und rollten dabei über den Rand des Wasserturms.

Und während wir in die Tiefe fielen, dachte ich nur das eine:

Endlich.

Mit einem dumpfen Schlag knallte mein Kopf auf den Boden, einen Augenblick später schlug mein Körper auf.

Ich hatte mich total in meiner Decke verheddert. Benommen versuchte ich, die Augen zu öffnen, aber sie waren schlafverklebt. Ich wartete darauf, dass die Panik abebbte.

Meine früheren Träume hatten immer davon gehandelt, Lena vor dem Sturz zu bewahren. Jetzt war ich es, der in die Tiefe fiel. Was hatte das zu bedeuten? Und warum hatte ich beim Aufwachen das Gefühl gehabt, als sei ich bereits abgestürzt?

»Ethan Lawson Wate! Was in unseres lieben Herrgotts Namen treibst du dort oben?« Amma hatte eine unnachahmliche Art zu rufen – so unnachahmlich, dass sie einen damit postwendend aus dem Hades zurückholen konnte, wie mein Vater immer behauptete.

Ich schlug die Augen auf. Mein Blick fiel auf eine einzelne Socke, auf eine Spinne, die sich ziellos durch den Staub kämpfte, und auf einige zerfledderte Bücher, deren Rücken lose war. *Catch 22. Das Große Spiel. Die Outsider.* Und noch ein paar andere. Die geheimnisvolle Welt unter meinem Bett.

»Nichts. Hab nur das Fenster zugemacht.«

Ich starrte auf das offene Fenster. Ich schlief immer bei geöffnetem Fenster. Seit Macon gestorben war – besser gesagt, seit wir dachten, er wäre gestorben –, machte ich das so, und inzwischen war es zu einer tröstlichen Gewohnheit geworden. Die meisten Menschen fühlten sich sicherer, wenn ihre Fenster geschlossen waren, aber ich wusste, dass mich ein geschlossenes Fenster nicht vor den Dingen schützen würde, vor denen ich mich fürchtete. Es würde weder einen Dunklen Caster noch einen Blut-Inkubus abhalten.

Ich wusste nicht, ob es irgendetwas gab, was sie abhalten konnte.

Aber falls es doch einen Schutz gab, dann würde Macon ihn finden. Seit wir von der Weltenschranke zurückgekehrt waren, hatte ich ihn kaum zu Gesicht bekommen. Wenn er nicht gerade in den Tunneln umherstreifte, wirkte er irgendwelche Schutzzauber für Ravenwood. Nachdem am Siebzehnten Mond die Ordnung der Dinge zerstört worden war – jenes zerbrechliche Gleichgewicht, das die Welt der Caster zusammenhielt –, war Lenas Haus zu einer einsamen Festung geworden. Und hier bei uns, in Wates Landing, baute Amma an ihrer eigenen einsamen Festung – an der Festung des Aberglaubens, wie Link es nannte. Amma hingegen sprach von »vorbeugenden Maßnahmen«.

Zuerst hatte sie auf allen Fenstersimsen Salz verstreut, dann war sie auf die klapprige Trittleiter meines Vaters gestiegen und hatte bunte Glasflaschen kopfüber an die Äste unserer Kreppmyrte gehängt. In Waders Creek, wo das Haus von Ammas Familie stand, waren solche Flaschenbäume ein ebenso alltäglicher Anblick wie Zypressen. Und wann immer ich in letzter Zeit Links Mutter im Stop & Steal begegnete, stellte sie mir die immer gleiche Frage: »Na, schon böse Geister in den alten Flaschen gefangen?«

Ich wünschte, wir könnten Ihren bösen Geist fangen, hätte ich ihr dann gerne geantwortet. Mrs Lincoln in einer staubigen braunen Cola-Flasche. Ich weiß nicht, ob das irgendein Flaschenbaum ausgehalten hätte.

Aber im Augenblick wollte ich keine Geister, sondern nur frische Luft schnappen. Als ich mich an mein altes hölzernes Bettgestell lehnte, schlug die Hitze förmlich über mir zusammen. Sie war allgegenwärtig und stickig, so wie eine Bettdecke, von der man sich nicht freistrampeln kann. Die erbarmungslose Hitze von South

Carolina ließ im September normalerweise etwas nach, nur in diesem Jahr nicht.

Ich massierte die Beule auf meiner Stirn und torkelte unter die Dusche. Dort drehte ich den Kaltwasserhahn auf und ließ das Wasser eine Minute lang laufen, aber es kam immer noch lauwarm.

Fünfmal nacheinander. Ich war fünfmal nacheinander morgens aus dem Bett gefallen. Aber ich traute mich nicht, Amma von meinen Albträumen zu erzählen. Wer weiß, was sie noch alles an unsere alte Kreppmyrte hängen würde. Seit den Ereignissen im Sommer ließ Amma mich nicht mehr aus den Augen und benahm sich wie ein Habichtweibchen, das ihr Nest beschützt. Jedes Mal wenn ich das Haus verließ, spürte ich geradezu, wie sie mich verfolgte, so als wäre sie mein ganz persönlicher Schemen. Ein Geist, den man nicht abschütteln kann.

Ich hielt das nicht länger aus, deshalb redete ich mir ein, dass ein Albtraum einfach nur ein Albtraum war, mehr nicht.

Ich roch den gebratenen Speck und drehte das Wasser noch weiter auf. Endlich kam es kalt aus der Leitung. Erst als ich mich abtrocknete, fiel mir auf, dass sich das Fenster von alleine geschlossen hatte.

»Wach endlich auf, Dornröschen, ich bin schon ganz scharf auf die Bücher.« Ich hörte Link, bevor ich ihn sah. Seine Stimme hätte ich allerdings fast nicht wiedererkannt. Sie war tiefer und klang männlicher, nicht mehr so wie die eines Jungen, der wie wild auf Schlagzeugen herumhämmert und schlechte Songs schreibt.

»Kann schon sein, dass du scharf bist, aber garantiert nicht auf Bücher.« Ich setzte mich neben ihn an unseren abgewetzten Küchentisch. Link war ein solches Muskelpaket geworden, dass es aussah, als säße er auf einem dieser winzigen Plastikstühlchen aus der Grundschule. »Seit wann kommen wir denn pünktlich zum Unterricht?«

Amma stand am Herd und rümpfte die Nase. Sie hatte eine Hand in die Hüfte gestützt, in der anderen hielt sie die Einäugige Drohung – den hölzernen Kochlöffel, mit dem sie für Recht und Ordnung sorgte – und rührte damit die Eier in der Pfanne.

»Morgen, Amma.« So wie sie dastand, ahnte ich bereits, dass ich gleich etwas zu hören bekommen würde. Ihre Haltung war so bedrohlich wie eine geladene Pistole.

»Kommt mir mehr wie Nachmittag vor. Schön, dass du dich endlich bequemst, runterzukommen.« Sie stand an einem heißen Ofen an einem Tag, an dem es heißer als heiß war, und trotzdem schwitzte sie nicht. Das Wetter allein reichte nicht aus, damit jemand wie Amma auch nur einen Millimeter von ihren Gewohnheiten abwich. Ihr Blick sprach Bände, während sie mir einen ganzen Hühnerstall voller Eier auf meinen blau-weißen Drachenteller häufte. Je besser das Frühstück, desto besser der Tag, lautete Ammas Devise. Wenn das so weiterging, würde ich am Ende meiner Schulzeit als Riesenkeks enden, der in einer Badewanne voller Pfannkuchenteig schwimmt. Das Dutzend Rühreier auf meinem Teller räumte allerletzte Zweifel aus: Heute war wirklich der erste Schultag.

Ich hätte nie gedacht, dass ich einmal darauf brennen würde, in die Jackson High zurückzukehren. Link ausgenommen hatten mich meine sogenannten Freunde im letzten Schuljahr wie Dreck behandelt. Aber jetzt war mir jeder Grund recht, von zu Hause wegzukommen.

»Iss auf, Ethan Wate.« Eine Scheibe Toast segelte auf meinen Teller, gefolgt von einem Streifen Speck und einem Riesenschlag Butter und Maisbrei. Amma hatte auch vor Link ein Platzset hingelegt, doch darauf stand kein Teller, nicht einmal ein Glas. Sie wusste, dass Link weder die Eier noch irgendetwas anderes, das sie in ihrer Küche zusammenrührte, essen würde.

Aber nicht einmal Amma wusste, wozu er jetzt fähig war. Keiner wusste das, am wenigsten Link selbst. Wenn John Breed eine Art Mischung aus Caster und Inkubus war, dann war Link die Nachfolgegeneration. Macon zufolge war Link für die Inkubi so eine Art entfernter Verwandter aus dem Süden, den man alle paar Jahre bei einer Hochzeit oder einer Beerdigung traf und dessen Namen man sich nie merken konnte.

Link verschränkte die Arme entspannt hinter dem Kopf. Der Holzstuhl ächzte unter seinem Gewicht. »War ein langer Sommer, Wate. Ich bin bereit für ein neues Spiel.«

Ich schluckte einen Löffel Maisbrei herunter und widerstand dem Drang, ihn sofort wieder auszuspucken. Er schmeckte seltsam, irgendwie trocken. Amma hatte noch nie im Leben einen schlechten Maisbrei gekocht. Vielleicht lag es an der Hitze. »Warum fragst du nicht zuerst Ridley, was sie dazu sagt, und erzählst es mir dann?«

Er zuckte zusammen, was darauf hindeutete, dass dieses Thema bereits zur Sprache gekommen war. »Es ist unser vorletztes Jahr an der Jackson High und ich bin der einzige Linkubus in der gesamten Schule. Also lautet die Devise: Meinen Reiz verschenk ich ohne Geiz, meine Kraft … ähm …«

»Was? Fällt dir nichts ein, was sich auf Kraft reimt? Schaft? Haft? Saft?« Ich hätte am liebsten gelacht, aber ich hatte noch immer mit dem Maisbrei zu kämpfen.

»Du weißt, was ich meine.«

Ich wusste es tatsächlich. Was für eine Ironie: Seine Immer-mal-wieder-Freundin Ridley, Lenas Cousine, war früher eine Sirene gewesen – eine Caster, die über die Macht verfügte, jeden Typen dazu zu bringen, das zu machen, was sie wollte. Bis Sarafine ihr diese Macht genommen hatte und sie eine Sterbliche geworden war, und das ausgerechnet ein paar Tage bevor Link sich in einen Teil-Inkubus verwandelt hatte. Seit dem fatalen Biss von John Breed konnte man förmlich zusehen, wie er sich immer mehr veränderte.

Aus Links entsetzlich fettigem Stachelhaar wurde entsetzlich cooles, fettiges Stachelhaar. An seinem ganzen Körper türmten sich Muskeln, und sein Bizeps wölbte sich wie die aufblasbaren Schwimmflügel, die ihm seine Mutter auch dann noch aufgezwungen hatte, als er schon längst schwimmen konnte. Inzwischen sah er wirklich aus wie einer, der in einer Rockband spielt, und nicht wie einer, der nur davon träumt.

»Ich an deiner Stelle würde mich nicht mit Ridley anlegen. Sie ist zwar keine Sirene mehr, aber sie ist immer noch für jede Menge Ärger gut.« Ich schaufelte Maisbrei und Eier auf meinen Toast und klatschte den Streifen Speck darauf.

Link sah mich an, als würde er jeden Augenblick kotzen. Jetzt wo er auch ein Inkubus war, spielte Essen für ihn keine Rolle mehr. »Mann, ich leg mich nicht mit Ridley an. Ich bin zwar blöd, aber so blöd dann auch wieder nicht.«

Ich hatte da meine Zweifel. Achselzuckend schob ich mir das halbe Sandwich auf einmal in den Mund. Es schmeckte merkwürdig. Vielleicht hatte ich zu wenig Speck genommen.

Ehe ich noch etwas sagen konnte, legte sich eine Hand schwer auf meine Schulter und ich zuckte zusammen. Einen Augenblick lang war ich wieder in meinem Traum, auf dem Dach des Wasserspeichers, und machte mich auf einen Angriff gefasst. Aber es war nur Amma, die zu ihrer üblichen Predigt zum ersten Schultag ansetzte. Zumindest glaubte ich das. Dabei hätte mir eigentlich sofort die rote Schnur auffallen sollen, die sie um ihr Handgelenk gebunden hatte. Ein neuer Talisman hieß, dass sich etwas zusammenbraute.

»Ich weiß nicht, was ihr Burschen euch dabei denkt, hier herumzusitzen wie an jedem anderen Tag. Es ist noch nichts ausgestanden – weder die Sache mit dem Mond noch die Hitze, geschweige denn die Geschichte mit Abraham Ravenwood. Aber ihr beide tut so, als wäre das alles schon erledigt, als wären die Lichter wieder angegangen und die Vorstellung vorbei.« Sie senkte die Stimme. »Aber das ist genauso falsch, wie barfuß in die Kirche zu gehen. Diese Sache hat Konsequenzen und davon haben wir noch nicht mal die Hälfte zu spüren bekommen.«

Mit Konsequenzen kannte ich mich aus. Ich sah sie überall, wohin ich auch blickte, wie sehr ich mich auch bemühte, sie zu übersehen.

»Ma'am?«, sagte Link, dabei hätte er eigentlich wissen müssen, dass man besser den Mund hielt, wenn Amma in dieser Stimmung war.

Amma packte Link so fest an seinem T-Shirt, dass der Black-Sabbath-Schriftzug noch knittriger wurde, als er es ohnehin schon war. »Lass meinen Jungen nicht aus den Augen. Du hast jetzt zwar jede Menge Scherereien, und niemand bedauert das mehr als ich, aber dieser Ärger verschont euch vielleicht vor noch Schlimmerem. Hast du gehört, Wesley Jefferson Lincoln?«

Link nickte eingeschüchtert. »Jawohl, Ma'am.«

Ich sah Amma an. Sie ließ Link immer noch nicht los und sie würde auch mich nicht so schnell ziehen lassen. »Amma, reg dich nicht so auf. Heute ist doch nur der erste Schultag. Im Vergleich zu dem, was wir alles hinter uns haben, ist das ein Klacks. Es ist ja nicht so, dass wir an der Jackson High Vexe, Inkubi oder Dämonen hätten.«

Link räusperte sich. »Na ja, bis auf eine Ausnahme vielleicht …« Er versuchte zu grinsen, aber Amma packte ihn nur noch fester, bis er schließlich von seinem Stuhl aufstand. »Aua!«

»Findest du das lustig?« Diesmal war Link clever genug, den Mund zu halten, weshalb Amma sich mir zuwandte. »Ich war dabei, als dein erster Milchzahn in einem Apfel stecken blieb und als du beim Seifenkistenrennen die Räder verloren hast. Ich habe mit dir Laternen gebastelt, ich habe Hunderte Geburtstagsmuffins mit Zuckerguss überzogen, und ich habe sogar den Mund gehalten, als sich deine Wassersammlung in Luft aufgelöst hat, genau wie ich es vorhergesagt hatte.«

»Ja, Ma'am.« Sie hatte recht. Amma war das einzig Beständige in meinem Leben. Sie war da gewesen, als meine Mutter starb, vor fast eineinhalb Jahren, und als mein Vater deswegen den Verstand verlor.

So plötzlich, wie sie Link gepackt hatte, ließ sie ihn wieder los und strich ihre Schürze glatt. Was auch immer dieses Unwetter ausgelöst hatte, es hatte sich wieder gelegt. Vielleicht war die Hitze daran schuld. Sie machte uns alle fertig.

Amma blickte an Link und mir vorbei aus dem Fenster. »Ich war hier, Ethan Wate. Und ich werde hierbleiben, solange du lebst. Solange du mich brauchst. Keine Minute kürzer. Keine Minute länger.«

Was sollte das nun wieder heißen? So hatte Amma noch nie geredet – als ob ich einmal nicht mehr hier sein würde oder sie nicht mehr brauchen würde.

»Ich weiß, Amma.«

»Schau mir in die Augen und dann sag mir, dass du dich nicht genauso fürchtest wie ich.« Sie sprach leise, flüsterte fast.

»Wir sind heil zurückgekommen. Das allein zählt. Alles Weitere wird sich finden.«

»So einfach ist das nicht.« Amma sprach immer noch so leise, als säßen wir in der vordersten Kirchenbank. »Denk nach und dann sag mir: Ist seither irgendetwas, und sei es auch nur die kleinste Kleinigkeit, noch so wie früher?«

Link kratzte sich am Kopf und antwortete: »Ma'am, falls Sie sich wegen Ethan und Lena Sorgen machen, dann verspreche ich Ihnen, den beiden wird nichts passieren, solange ich da bin. Jetzt wo ich Superkräfte habe.« Er ließ stolz seine Armmuskeln spielen.

Amma schnaubte. »Wesley Lincoln, bist du wirklich so dumm? Die Dinge, von denen ich rede, kannst du so wenig abwenden, wie du den Himmel am Einstürzen hindern kannst.«

Ich trank einen Schluck von meiner Schokomilch und hätte sie fast über den ganzen Tisch gespuckt. Sie war so widerlich süß wie Hustensirup, mein ganzer Hals war verklebt. Zuerst schmeckte der Maisbrei wie Sand, dann die Rühreier wie Baumwolle, und jetzt das.

Alles war heute daneben, alles und jeder. »Was ist denn mit der Milch los?«

Amma schüttelte den Kopf. »Ich weiß es nicht, Ethan Wate. Was ist denn mit deinem Mund los?«

Ich wünschte, ich wüsste es.

Als wir schon zur Tür draußen waren und in Links alte Schrottkiste stiegen, drehte ich mich noch einmal um und warf einen letzten Blick auf Wates Landing. Ich weiß selbst nicht, warum.

Amma stand am Fenster, hinter den Gardinen, und blickte uns nach, wie wir davonfuhren. Wenn ich es nicht besser gewusst hätte und wenn ich sie nicht so gut gekannt hätte, hätte ich schwören können, dass sie weinte.

Sterbliche Mädchen

7.9.

Wenn man die Dove Street entlangfuhr, konnte man sich kaum vorstellen, dass unsere Stadt jemals anders als braun ausgesehen hatte. Das Gras sah aus wie angebrannter Toast, ehe man die dunklen Stellen abschabt. Links Schrottkiste war so ungefähr das Einzige, was sich nicht verändert hatte. Ausnahmsweise hielt sich Link an die Geschwindigkeitsbegrenzung, auch wenn er es nur deshalb tat, weil er wissen wollte, was von den Vorgärten unserer Nachbarn noch übrig war.

»Mann, schau dir die Azaleen von Mrs Asher an. Diese Wahnsinnshitze hat sie so verdorrt, dass sie total schwarz geworden sind.« Was die Hitze anging, hatte Link recht. Wenn man sowohl dem Bauernkalender als auch den Schwestern glaubte, die der wandelnde Kalender von Gatlin waren, dann war es im ganzen County seit 1942 nicht mehr so heiß gewesen. Aber es war nicht die Sonne, die die Azaleen von Mrs Asher auf dem Gewissen hatte.

»Die sind nicht verdorrt, die sind völlig von Heuschrecken bedeckt.«

Link beugte sich weit aus dem Fenster, um besser sehen zu können. »Das kann nicht sein.«

Die Heuschrecken waren drei Wochen nach Lenas Berufung in hellen Scharen eingefallen, zwei Wochen später hatte uns die schlimmste Hitzewelle seit siebzig Jahren getroffen. Diese Heuschrecken waren keine putzigen grünen Grashüpfer, wie sie Amma hin und wieder in der Küche fand. Sie waren schwarz mit einer scheußlich gelben Zeichnung quer über den Rücken und sie traten in Schwärmen auf. Sie fraßen sich durch sämtliches Grün in der Stadt und machten nicht einmal vor dem General's Green halt. Das Standbild von General Jubal A. Early stand jetzt inmitten eines braunen Kreises aus totem Gras und sein gezücktes Schwert war von einer ganz besonderen Armee bedeckt.

Link beschleunigte spürbar. »Das ist total widerlich. Meine Mutter hält die Dinger für eine der Sieben Plagen. Sie wartet schon darauf, dass die Frösche auftauchen und sich das Wasser rot färbt.«

Das konnte ich Mrs Lincoln nicht einmal verdenken. In einer Stadt, die sich halb auf Religion, halb auf Aberglauben gründete, war es schlicht unmöglich, den plötzlichen Einfall von Heuschrecken, die wie eine schwarze Wolke über Gatlin gekommen waren, einfach als Naturphänomen abzutun. Jeder Tag konnte der Jüngste Tag sein. Und ich hatte garantiert nicht vor, an Mrs Lincolns Tür zu klopfen und ihr zu sagen, dass dies alles höchstwahrscheinlich deshalb geschah, weil meine Caster-Freundin den Mond gespalten und die Ordnung der Dinge durcheinandergebracht hatte. Es war schon schwierig genug gewesen, Links Mom davon zu überzeugen, dass bei seinen Muskeln keine Anabolika im Spiel waren. Nicht umsonst hatte sie ihn in diesem Monat schon zweimal zu Doc Asher geschickt.

Als wir auf den Schulparkplatz einbogen, war Lena schon da. Und etwas anderes hatte sich auch noch verändert. Sie fuhr nicht mehr den Sportwagen ihres Cousins Larkin. Sie stand neben Macons Leichenwagen und trug ein altes U2-T-Shirt mit »WAR«-Schriftzug, einen grauen Rock und ihre alten schwarzen Chucks. Die Schuhspitzen waren frisch mit schwarzem Filzstift übermalt. Schon verrückt, wie ein Leichenwagen und ein Paar Turnschuhe meine Stimmung verbessern konnten.

Unzählige Gedanken und Gefühle durchströmten mich gleichzeitig. Zum Beispiel dass die ganze Welt um mich herum versank, wenn Lena mich anschaute. Und dass ich bei ihrem Anblick jede

Kleinigkeit an ihr bemerkte, während alles andere verblasste. Dass ich nur ich selbst war, wenn wir zusammen waren.

Es war unmöglich, irgendetwas davon in Worte zu fassen, und selbst wenn ich es versucht hätte, wären es doch nie die richtigen gewesen. Aber das brauchte ich auch gar nicht, denn Lena und ich mussten unsere Gefühle niemals aussprechen. Wir konnten sie denken, und für den Rest sorgte das Kelting, jenes *Raunen*, mit dem sich Caster verständigten.

Hi.

Warum hast du so lange gebraucht?

Ich stieg vom Beifahrersitz, mein T-Shirt war hinten schon schweißnass. Link schien die Hitze nichts anzuhaben, ein weiterer Vorteil, den man als Inkubus hatte. Ich beugte mich zu Lena und sog ihren Duft ein.

Zitronen und Rosmarin. Diesem Duft hatte ich in den Gängen der Jackson High schon nachgespürt, ehe ich ihr zum ersten Mal begegnet war. Dieser Duft war immer da gewesen, sogar als sie Dunkel und fern von mir gewesen war.

Ich küsste sie leicht, wobei ich darauf achtete, sie sonst nicht zu berühren. In letzter Zeit verschlug es mir schon bei der kleinsten Berührung den Atem. Die Wirkung war stärker geworden, und obwohl ich mich bemühte, es nicht zu zeigen, wusste Lena Bescheid.

Sobald sich unsere Lippen trafen, durchfuhr es mich. Ihr Kuss war so süß. Aber wenn ich ihre Haut berührte, durchzuckte mich ein solcher Schlag, dass mir schwindelig wurde. Und jetzt war noch etwas Neues hinzugekommen. Jedes Mal wenn wir uns küssten, schien sie meinen Atem einzusaugen, und ich hatte das Gefühl, an einer unsichtbaren Schnur zu tanzen, von der ich mich nicht losmachen konnte.

Lena zog den Kopf zurück und trat einen Schritt zur Seite.

Später.

Ich seufzte und sie hauchte mir eine Kusshand zu.

Ach L, es ist schon …

Ganze neun Stunden her?

Genau.

Ich lächelte sie an und sie schüttelte den Kopf.

Ich will nicht, dass du gleich am ersten Schultag bei der Schulkrankenschwester landest.

Lena sorgte sich mehr um mich als ich selbst. Mir war es egal, ob mir etwas passierte – was ziemlich wahrscheinlich war, weil es immer gefährlicher wurde, sie zu küssen, und immer schwerer, es nicht zu tun. Den Gedanken, sie nicht mehr berühren zu können, ertrug ich nicht. Alles änderte sich. Dieses Gefühl, diesen Schmerz, der gar keiner war, spürte ich auch dann noch, wenn wir gar nicht mehr zusammen waren. Es müsste einen Namen dafür geben – für diesen vollkommenen Schmerz, den ich spürte, wenn die Stellen unberührt blieben, die sie sonst berührte.

Gab es ein Wort, mit dem man dieses Gefühl beschreiben konnte? Herzschmerz vielleicht? War das der Grund, weshalb man dieses Wort erfunden hatte? Aber ich spürte es ja überall, in meinem Bauch, in meinem Kopf, in meinem ganzen Körper. Ich sah Lena vor mir, ganz egal ob ich aus dem Fenster schaute oder eine Wand anstarrte.

Ich versuchte, an etwas zu denken, was nicht wehtat. »Dein neuer fahrbarer Untersatz gefällt mir.«

»Du meinst der alte? Ridley hat fast einen Anfall bekommen, weil sie nicht in so einem Ding mitfahren wollte.«

»Wo ist Rid?« Link suchte schon den Parkplatz ab.

Lena deutete auf den Leichenwagen hinter ihr. »Sie zieht sich gerade um.«

»Kann sie sich nicht zu Hause umziehen wie jeder andere normale Mensch auch?«, fragte ich.

»Das hab ich gehört, Streichholz«, rief Ridley aus dem Wageninneren. »Und ich bin kein …« – ein Bündel zusammengeknüllter Kleider kam durch das Fahrerfenster geflogen und landete in einem Haufen auf dem dampfenden Asphalt – »*normaler* Mensch.« Sie sagte es, als wäre es eine Beleidigung, normal zu sein. »Und ich trage diese Billig-Kaufhaus-Klamotten nicht, die jeder anhat.« Ridley verrenkte sich in dem Auto, der Ledersitz quietschte, während blonde und pinkfarbene Haarsträhnen hin und her flatterten und schließlich auch noch ein Paar silberfarbene Schuhe durch die Luft flogen. »Ich laufe doch nicht herum wie die Hühnchen vom Disney-Channel.«

Ich bückte mich und hob das anstößige Kleidungsstück auf. Es war ein kurzes gemustertes Kleid aus einer der Filialen im Einkaufszentrum von Summerville. Es war mehr oder weniger das gleiche Kleid, das Savannah Snow, Emily Asher, Eden Westerly und Charlotte Chase – die unbestrittenen Cheerleader-Königinnen – und außerdem die Hälfte aller Mädchen in der Jackson High trugen.

Lena verdrehte die Augen. »Gramma will, dass sich Ridley etwas passender kleidet, jetzt wo sie die Highschool für Sterbliche besucht.« Etwas leiser fügte sie hinzu: »Jetzt wo sie eine Sterbliche ist.«

»Das hab ich auch gehört!« Ein weißes Tanktop kam aus dem Fenster geflogen. »Nur weil ich eine Sterbliche bin, was allein schon widerlich genug ist, heißt das nicht, dass ich auch wie eine aussehen muss.«

Lena warf einen Blick über die Schulter und trat einen Schritt vom Auto zurück. Ridley stieg aus dem Leichenwagen und zupfte ihr neues Outfit zurecht – ein T-Shirt in Knallpink und ein winziger schwarzer Stofffetzen, der als Rock durchgehen sollte. Das T-Shirt war überall eingerissen und wurde an einigen Stellen mit Sicherheitsnadeln zusammengehalten; auf einer Seite ließ es Ridleys Schulter frei.

»Ich weiß nicht, ob du jemals wie eine Sterbliche aussehen wirst, Babe.« Link nestelte an seinem T-Shirt herum, das aussah, als hätte es seine Mutter zu heiß gewaschen.

»Man muss Gott für alles danken. Und sag nicht Babe zu mir.« Ridley hob ihre Kleider mit spitzen Fingern vom Boden auf. »Das sollten wir einem Wohlfahrtsladen schenken. Vielleicht taugt es ja als Halloween-Kostüm.«

Lena schaute wie gebannt auf den Gürtel, den sich Ridley um die Hüfte geschlungen hatte. »Da wir gerade von Kostümen sprechen: Was ist das?«

»Was? Dieses alte Ding hier?« Ridley zeigte auf die übergroße Schnalle an dem abgewetzten Ledergürtel, die aus einem durchsichtigen Stein oder Kunststoff bestand, in dem ein großes Insekt eingeschlossen war. Es sah ein bisschen aus wie ein Skorpion. Irgendwie gruselig, irgendwie seltsam – und ganz typisch Ridley. »Ich versuche mich eben anzupassen.« Ridley lächelte und ließ ihre Kaugummiblase platzen. »Alle wahren Coolen tragen so was.« Ohne ihre geliebten Lollis war sie genauso unausstehlich wie mein Vater, wenn Amma ihn auf koffeinfreien Kaffee gesetzt hatte.

Lena gab es auf. »Du musst dich wieder umziehen, bevor wir nach Hause fahren, sonst kommt Gramma dir auf die Schliche.«

Ridley beachtete sie nicht, sondern ließ ihre zerknüllten Kleider wieder auf den heißen Asphalt fallen und trippelte mit ihren extrahohen Sandalen darauf herum.

Lena seufzte und streckte die Hand aus. Die Kleider kamen auf ihre Hand zugeflogen, aber bevor sie danach fassen konnte, begann der Stoff zu brennen. Lena zog die Hand schnell zurück und die Kleider fielen zu Boden; die Ränder waren bereits angesengt.

»Heilige Scheiße!« Link trampelte auf den Kleidern herum, bis nur noch ein glimmender schwarzer Haufen übrig war. Lena lief rot an.

Ridley gab sich unbeeindruckt. »Nicht schlecht, Cousinchen. Hätte ich selbst nicht besser gekonnt.«

Lena sah dem letzten schwarzen Rauchwölkchen nach, das sich allmählich auflöste. »Ich wollte nicht …«

»Ich weiß«, unterbrach Ridley sie gelangweilt.

Lenas Kräfte waren völlig unberechenbar geworden, seit sie sich selbst berufen hatte – was ziemlich gefährlich war, denn sie war jetzt Licht und Dunkel zugleich. Schon immer hatte sie ihre Kräfte nur schwer einschätzen können, aber jetzt konnte sie alles hervorrufen, von Wolkenbrüchen und Hurrikans bis hin zu Waldbränden.

Lena seufzte entmutigt. »Ich besorg dir später neue Sachen, Rid.«

Ridley verdrehte die Augen und wühlte in ihrer Handtasche herum. »Bemüh dich nicht.« Sie kramte ihre Sonnenbrille heraus.

»Gute Idee.« Link holte seine zerkratzte schwarze Panorama-Sonnenbrille hervor, die in der sechsten Klasse vielleicht für zehn Minuten mal cool gewesen war. »Auf geht's, Zuckerstückchen.«

Sie gingen Richtung Eingang, und ich nutzte die Gelegenheit, nahm Lenas Arm und zog sie an mich. Sie strich mir meine braunen Haare, die wie immer ein bisschen zu lang waren, aus den Augen und blickte mich unter ihren dichten schwarzen Wimpern hervor an – mit einem leuchtend goldenen und einem grünen Auge. Seit der Nacht, in der Sarafine den Siebzehnten Mond vor der Zeit berufen hatte, hatten sie unterschiedliche Farben, das Goldgelb eines Dunklen Casters und das Grün eines Lichten Casters – eine ständige Erinnerung an jenen Augenblick, als Lena erkannt hatte, dass sie über die Kräfte beider Welten verfügte. Aber ihre Augen erinnerten auch daran, dass ihre Wahl die Welt der Caster und die Welt der Sterblichen verändert hatte. Und auch uns beide.

Ethan, sei vorsichtig ...

Psst. Mach dir nicht so viele Gedanken.

Ich legte den Arm um sie und sofort jagte ein Feuer durch meine Adern. Ich versuchte, möglichst gleichmäßig zu atmen, damit die Intensität mich nicht überwältigte. Sie biss mir sanft auf die Unterlippe, als wir uns küssten, und Sekunden später wurde mir schwindelig, und ich wusste nicht mehr, wo ich war. Bilder schossen mir durch den Kopf, ich hatte Halluzinationen, denn jetzt küssten wir uns im Wasser, im Lake Moultrie, auf meinem Tisch in der Englischstunde, beim Mittagessen, auf den Zuschauerrängen am Sportplatz, im Garten von Greenbrier.

Dann fiel ein Schatten auf mich, und ich spürte etwas, das nichts mit ihrem Kuss zu tun hatte. Das gleiche Gefühl hatte ich schon einmal gehabt, oben auf dem Wasserturm, in meinem Traum. Ein erstickendes Gefühl der Benommenheit. Plötzlich waren wir nicht mehr im Garten. Um uns herum war Schlamm und wir küssten uns in einem offenen Grab.

Ich war kurz davor, ohnmächtig zu werden.

Gerade als mir die Knie weich wurden, zerriss eine Stimme die Luft und unseren Kuss. Hastig machte sich Lena von mir los.

»Hey, ihr zwei. Wie geht's denn so?«

Savannah Snow.

Ich ließ mich gegen den Leichenwagen fallen und sank auf den Boden. Dann spürte ich, wie mich jemand kräftig hochzog, sodass meine Füße kaum noch den Asphalt berührten.

»Was hat Ethan?«, fragte Savannah.

Ich öffnete die Augen.

»Wahrscheinlich die Hitze.« Gut gelaunt stellte Link mich wieder auf die Füße. Lena schaute erschrocken, aber Ridley sah noch viel schlimmer aus. Der Grund dafür war Link, der so breit grinste, als hätte ihm jemand gerade einen Schallplattenvertrag angeboten. Und dieser jemand war Savannah Snow, Teamchefin der Cheerleader und so heiß, dass man sich Verbrennungen dritten Grades holte.

Savannah stand da und drückte ihre Bücher so fest an sich, dass ihre Knöchel weiß wurden. Ihr Kleid sah fast genauso aus wie der Fummel, den Ridley Sekunden zuvor auf den Asphalt geworfen hatte. Hinter ihr stand Emily Asher, in praktisch dem gleichen Kleid, und wirkte leicht verwirrt. Savannah trat so dicht an Link heran, dass nur noch ihre Bücher zwischen ihnen waren. »Was ich eigentlich sagen wollte: Wie geht es *dir*?«

Link fuhr sich nervös durch die Haare und wich einen Schritt zurück. »Mir geht's gut. Was gibt's Neues bei dir?«

Savannah ließ ihren blonden Pferdeschwanz wippen und biss sich aufreizend auf die Unterlippe; das rosa Lipgloss schimmerte in der Sonne. »Nicht viel. Hab mich nur gefragt, ob du nach der Schule ins *Dar-ee Keen* gehst. Dann könntest du mich ja mitnehmen.«

Emily wirkte genauso überrascht wie ich. Savannah würde eher auf ihre Position bei den Cheerleadern verzichten, als in Links Rostlaube mitzufahren. Savannah durch die Gegend zu kutschieren, war eine der Voraussetzungen, wenn man ihr Auserwählter sein wollte. Grund genug für Emily, sich einzumischen. »Savannah, wir haben doch schon jemanden, der uns mitnimmt. Earl fährt uns, hast du das vergessen?«

»Du kannst ja mit Earl fahren. Ich für meinen Teil fahre lieber mit Link.« Savannah starrte Link immer noch an, als wäre er ein Rockstar.

Kopfschüttelnd sah Lena mich an.

Ich hab's dir doch gesagt. Das ist der John-Breed-Effekt. Gar nicht so schlecht für einen Viertel-Inkubus. Sterbliche Mädchen stehen auf so was.

Das war eine glatte Untertreibung.

Nur sterbliche Mädchen, L?

Sie tat so, als wüsste sie nicht, was ich meinte.

Nicht alle sterblichen Mädchen. Siehst du …

Sie hatte recht. Auf Emily schien Link überhaupt keinen Eindruck zu machen. Je mehr sich Savannah die Lippen leckte, desto angewiderter wirkte sie.

Ridley nahm Link am Arm und zog ihn weg. »Er hat heute Nachmittag schon was vor, Herzchen«, sagte sie über die Schulter zu Savannah. »Du solltest auf deine Freundin hören.« Ihre Augen waren zwar nicht mehr gelb, aber Ridley konnte immer noch genauso einschüchternd wirken wie früher, als sie noch eine Dunkle Caster gewesen war.

Aber Savannah blieb unbeeindruckt. »Oh, Entschuldigung. Seid ihr beiden zusammen?« Sie wartete eine Sekunde, tat so, als würde sie überlegen, dann sagte sie: »Nein. Richtig, seid ihr nicht.«

Jeder, der in letzter Zeit im *Dar-ee Keen* gewesen war, wusste, dass Links und Ridleys Auf-und-ab-Beziehung gerade wieder auf einem Tiefpunkt angelangt war. Savannah hakte sich bei Link unter – die reinste Provokation. »Also kann Link seine Entscheidungen ja wohl selbst treffen.«

Link machte sich von beiden Mädchen los und legte lässig die

Arme um ihre Schultern. »Kein Grund, sich zu streiten, meine Damen. Es ist genug für alle da.« Er streckte die Brust heraus, dabei sah er auch so schon imposant genug aus. Bei der Vorstellung, dass sich zwei Mädchen wegen Link stritten, hätte ich früher laut losgeprustet – und diese beiden waren nicht irgendwelche Mädchen. Es waren Savannah Snow und Ridley Duchannes. Übernatürliche Kräfte hin oder her, sie waren die verführerischsten Sirenen, denen ein Mensch das Glück – oder auch das Pech – hatte zu begegnen, je nachdem, wozu sie ihre Überredungskünste einsetzten.

»Savannah, hör auf. Wir kommen noch zu spät.« Emily war eindeutig angewidert. Ich fragte mich, weshalb Links Anziehungskraft bei ihr wirkungslos verpuffte.

Savannah schmiegte sich noch enger an Link. »Du solltest dir jemanden suchen« – sie blickte vielsagend auf Ridley und ihr T-Shirt mit den Sicherheitsnadeln – »der besser zu dir passt.«

Ridley zog ihre Schulter unter Links Arm weg. »Und du solltest dir überlegen, mit wem du in diesem Ton sprichst, Barbie.«

Hört sich an, als würde es gleich fies werden, L.

Keine Sorge. Ich werde nicht zulassen, dass man Ridley schon am ersten Tag wieder rauswirft. Den Gefallen werde ich Direktor Harper nicht tun.

»Komm, Ridley.« Lena ging zu ihrer Cousine und stellte sich neben sie. »Das ist sie nicht wert. Glaub mir.«

Savannah wollte gerade zurückschießen, als etwas sie stutzen ließ. Sie rümpfte die Nase. »Deine Augen – die haben ja verschiedene Farben. Was ist denn los mit dir?«

Neugierig kam Emily näher. Es war nur eine Frage der Zeit gewesen, bis jemandem Lenas Augenfarbe auffiel. Man konnte sie kaum übersehen. Ich hatte allerdings gehofft, dass wir es weiter als bis zum Parkplatz schaffen würden, ehe der Klatsch mit voller Wucht über uns hereinbrach.

»Savannah, warum kommst du nicht einfach …«

Lena ließ Emily nicht ausreden. »Ich könnte dich das Gleiche fragen. Aber wir kennen die Antwort sowieso alle.«

Ridley verschränkte die Arme. »Ich geb dir einen Tipp: Es fängt mit Sch… an und reimt sich auf Lampe.«

Lena ließ Savannah und Emily stehen und ging auf die brüchige Betontreppe der Jackson High zu. Ich nahm ihre Hand und spürte, wie die Energie meinen Arm durchströmte. Ich hatte gedacht, dass Lena nach diesem Streit mit Savannah zittern würde, aber sie war ganz ruhig. Etwas war anders geworden und damit meinte ich nicht nur ihre Augenfarbe. Wenn man einer Dunklen Caster begegnet ist, bei der es sich zufällig auch noch um die eigene Mutter handelt, und einem hundertfünfzig Jahre alten Blut-Inkubus, der einen umbringen will, dann können einen Cheerleader nicht schrecken.

Alles okay?

Lena drückte meine Hand.

Alles okay.

Link kam neben mich getrabt. »Mann, wenn es das ist, worauf ich mich ab sofort gefasst machen kann, dann wird dieses Schuljahr echt stark.«

Während wir über das braune Gras stapften und unter unseren Sohlen die toten Heuschrecken knirschten, versuchte ich mir einzureden, dass er recht hatte.

7.9. *Abblocken und mauern*

Es hatte eindeutig was, wenn man Händchen haltend mit jemandem, den man wirklich liebte, in die Schule ging. Es war ein seltsames Gefühl – aber kein schlechtes. Von allen seltsamen Gefühlen das beste. Kein Wunder, dass Pärchen immer wie kalte Spaghetti aneinanderklebten. Es gab so viele Möglichkeiten, sich ineinander zu verschlingen. Arme, die um Schultern gelegt, Hände, die in der Hosentasche verschränkt werden. Wir konnten kaum nebeneinanderlaufen, ohne dass unsere Schultern aneinanderstießen, weil unsere beiden Körper sich gegenseitig so anzogen. Und wenn einen dann noch bei jeder dieser leichten Berührungen ein Stromstoß durchfuhr, dann war das schon eine ziemlich krasse Erfahrung.

Obwohl ich eigentlich daran gewöhnt sein müsste, war es immer noch ein merkwürdiges Gefühl, durch die Korridore zu gehen, während alle Lena anstarrten. Sie würde immer das hübscheste Mädchen der ganzen Schule sein, egal welche Augenfarbe sie hatte, und alle wussten das. Sie strahlte einfach etwas ganz Besonderes aus und das hatte nichts mit irgendetwas Übernatürlichem zu tun. Sobald sie auftauchte, glotzten sich sämtliche Jungs die Augen aus, was auch immer sie gemacht hatte oder wie verrückt sie angeblich war.

Und genau das taten die Jungs auch jetzt.

Reg dich nicht auf, Lover Boy.

Lena stieß mich mit der Schulter an.

Ich hatte schon fast vergessen, wie es war, neben ihr zu gehen. Nach ihrem sechzehnten Geburtstag war sie mir von Tag zu Tag fremder geworden, und gegen Ende des Schuljahrs hatte sie sich so von mir zurückgezogen, dass ich ihr in der Schule kaum noch begegnet war. Das war erst wenige Monate her, und jetzt wo wir hier waren, musste ich wieder daran denken.

Ich mag es nicht, wie sie dich anschauen.

Wie schauen sie denn?

Ich blieb stehen und berührte die Stelle unter dem mondförmigen Muttermal auf ihrem Wangenknochen. Ein Schauer durchfuhr uns beide. Ich beugte mich vor und suchte ihren Mund.

Da lang. Lächelnd wich sie zurück und zog mich den Gang entlang. *Hab schon kapiert. Aber du irrst dich gewaltig. Schau mal.*

Emory Watkins und die anderen aus der Basketballmannschaft beachteten uns kaum, als wir an ihnen vorbeikamen. Emory nickte mir nur kurz zu.

Tut mir leid, dass ich dir das sagen muss, Ethan, aber sie starren nicht mich an.

Ich hörte Link fragen: »Hey, Mädels, werfen wir heute Nachmittag ein paar Körbe?«, und nach einem kurzen Fist Bump ging er weiter. Aber auch er war es nicht, den sie anstarrten.

Ridley kam ein paar Schritte hinter uns her und streifte mit ihren langen pinkfarbenen Fingernägeln über die Spindtüren. Als sie zu Emorys Spind kam, stieß sie die Tür zu.

»Hey, *Mädels.*« So provozierend, wie sie das Wort aussprach, klang sie immer noch wie eine Sirene.

Emory stotterte etwas und Ridley ließ ihre Fingerspitzen im Vorbeigehen über seine Brust gleiten. Ihr kurzer Rock zeigte mehr von ihren Beinen, als erlaubt war.

»Wie heißt deine Freundin?«, fragte Emory in Links Richtung, ohne die Augen von Ridley zu lassen. Er hatte sie schon gesehen beim Stop & Steal, als auch ich ihr zum ersten Mal begegnet war, und dann beim Winterball, als sie die Turnhalle in ein Schlachtfeld verwandelt hatte –, aber er wollte mit ihr bekannt gemacht werden, persönlich und aus nächster Nähe.

»Wer will das wissen?« Ridley machte eine Blase mit ihrem Kaugummi und ließ sie platzen.

Link blickte sie von der Seite an und nahm ihre Hand. »Niemand.«

Alle in den Gängen wichen zur Seite, als die ehemalige Sirene und der Viertel-Inkubus die Jackson High in Besitz nahmen. Ich fragte mich, was Amma dazu sagen würde.

Liebstes Jesukind in der Krippe. Der Himmel steh uns bei.

»Spinnst du? In diesem versifften Sarg soll ich meine Sachen aufbewahren?« Ridley starrte in ihren Spind, als würde jeden Augenblick etwas herausspringen.

»Rid, du bist auch früher schon in die Schule gegangen, und da hattest du auch einen Spind«, sagte Lena geduldig.

Ridley schüttelte ihre pink-blonde Mähne. »Muss ich völlig verdrängt haben. Posttraumatischer Stress.«

Lena gab Ridley das Zahlenschloss. »Du musst ihn ja nicht benutzen. Aber du kannst deine Bücher reinlegen, damit du sie nicht den ganzen Tag mit dir herumtragen musst.«

»Bücher?« Ridley blickte angewidert. »Herumtragen?«

Lena seufzte. »Du bekommst sie heute. Im Unterricht. Und, ja, du musst sie mitnehmen. Das solltest du eigentlich wissen.«

Ridley zupfte ihr T-Shirt zurecht, damit sie noch etwas mehr Schulter zeigen konnte. »Bei meinem letzten Gastspiel in der Schule war ich noch eine Sirene. Und ich war eigentlich nie im Unterricht und ganz bestimmt hab ich nichts mit mir herumgeschleppt.«

Link legte ihr die Hand auf die Schulter. »Komm schon. Wir haben jetzt zusammen Einführungsstunde. Ich zeig dir, wie's geht, und zwar auf Link-Style.«

»Ach ja?«, fragte Ridley skeptisch. »Und was ist das Besondere daran?«

»Tja, es fängt schon mal damit an, dass man bei mir keine Bücher braucht …« Link war ganz versessen darauf, mit ihr zusammen in den Unterricht zu gehen. Er wollte sie keine Sekunde aus den Augen lassen.

»Ridley, warte! Das brauchst du noch.« Lena winkte mit einer Mappe. Ridley achtete nicht auf sie, sondern hakte sich bei Link unter. »Entspann dich, Cousinchen, ich nehme die von Dinkyboy.«

Ich schlug die Spindtür zu. »Deine Großmutter ist eine Optimistin.«

»Meinst du?«

Wie alle anderen auch sah ich Link und Ridley nach, wie sie den Gang entlanggingen. »Ich gebe diesem kleinen Experiment allerhöchstens drei Tage.«

»Drei Tage? Dann bist du der Optimist.« Lena seufzte und wir gingen die Treppe hinauf zum Englischunterricht.

Die Klimaanlage lief auf Hochtouren, ihr klägliches, metallisches Summen hallte durch die Gänge. Aber die uralte Anlage hatte keine Chance gegen diese Hitzewelle. Im Obergeschoss war es sogar noch heißer als draußen auf dem Parkplatz.

Als wir den Unterrichtsraum betraten, blieb ich einen Moment lang unter der Neonröhre stehen, die Lena zur Explosion gebracht hatte, als wir bei unserer ersten Begegnung zusammengestoßen waren. Ich starrte die Quadrate der Deckenverkleidung an.

Hey, wenn man genau hinschaut, dann sieht man noch die Brandflecken rings um die neue Lampe.

Wie romantisch. Der Schauplatz unserer ersten Katastrophe. Lena folgte meinem Blick zur Decke. *Ja, ich sehe sie auch.*

Ich ließ meinen Blick über die Vierecke mit den gestanzten Löchern schweifen. Wie oft war ich in diesem Klassenzimmer gesessen und hatte zu den Löchern hinaufgestarrt, um nicht einzuschlafen, oder hatte sie gezählt, damit die Zeit schneller verging. Wie oft hatte ich die Minuten bis zum Ende der Schulstunde, die Schulstunden bis zum Ende des Tages gezählt – Tage und Wochen, Wochen und Monate, bis ich endlich aus Gatlin abhauen konnte.

Lena ging an Mrs English vorbei, die fast ganz hinter einem Stapel Unterlagen auf ihrem Pult verschwand, und setzte sich an ihren Platz auf die berüchtigte Seite, auf der Mrs English, die ein Glasauge hatte, gut sah.

Ich wollte ihr schon nachgehen, als ich plötzlich etwas hinter mir wahrnahm. Es war dasselbe Gefühl, das man hat, wenn man in einer Schlange steht und die nachfolgende Person einem viel zu dicht auf den Leib rückt. Ich drehte mich um, aber da war niemand.

Als ich mich an den Tisch neben Lena setzte, schrieb sie bereits in ihr Notizbuch. Ob sie wohl wieder eines ihrer Gedichte aufschrieb? Ich wollte gerade einen verstohlenen Blick wagen, als ich es hörte. Die Stimme war schwach und es war nicht Lenas Stimme. Es war ein leises Flüstern, das von irgendwo hinter mir kam.

Ich drehte mich um. Der Platz hinter mir war leer.

Hast du etwas gesagt, L?

Lena blickte überrascht von ihrem Notizbuch auf.

Wie bitte?

Hast du etwas in Kelting zu mir gesagt? Ich dachte, ich hätte etwas gehört.

Sie schüttelte den Kopf.

Nein. Alles in Ordnung mit dir?

Ich nickte und schlug meinen Schulblock auf. Und da war sie wieder, die Stimme. Diesmal verstand ich, was sie sagte. Die Worte erschienen auf dem Blatt, geschrieben in meiner Handschrift.

Ich warte.

Ich schlug den Block zu und ballte die Fäuste, damit meine Hände nicht zitterten.

Lena sah mich an.

Ist wirklich alles okay?

Ja, mir geht's gut.

Bis zum Ende der Stunde saß ich da und schaute nicht hoch.

Nicht beim Lektüre-Quiz, als ich über *The Crucible* ausgefragt wurde und nichts wusste. Auch nicht, als Lena sich mit unbewegtem Gesicht an der Diskussion über die Hexenprozesse von Salem beteiligte, die dem Drama von Arthur Miller zugrunde lagen, und nicht einmal, als Emily Asher einen selten dämlichen Vergleich zwischen dem »armen, aber leider von uns gegangenen« Macon Ravenwood und den verblendeten Städtern in dem Theaterstück zog und sich plötzlich ein Quadrat aus der Deckenverkleidung löste und ihr auf den Kopf fiel.

Ich schaute erst wieder hoch, als es klingelte.

Mrs English starrte mich an, und ihr Blick war so irritierend leer, dass ich einen Moment lang dachte, sie hätte zwei Glasaugen und nicht nur eines.

Ich versuchte, mir einzureden, dass heute, am ersten Schultag, jeder ein bisschen daneben sein durfte. Dass vielleicht etwas mit ihrem Kaffee nicht in Ordnung gewesen war.

Aber wir waren hier in Gatlin, deshalb war die Wahrscheinlichkeit, dass ich mich täuschte, ziemlich groß.

Nach der Englischstunde hatten Lena und ich bis zum Nachmittag keinen gemeinsamen Unterricht mehr. Ich hatte Mathe und Lena Physik.

Link – und jetzt auch Ridley – hatte man in Anwendungsbezogenes Rechnen gesteckt, den Kurs, den man belegen musste, wenn klar war, dass man es im Fortgeschrittenen-Mathekurs nicht weit bringen würde. Alle nannten es nur Burger-Mathe, weil man dort bloß lernte, wie man Wechselgeld rausgab. Links gesamter Stundenplan las sich so, als hätten die Lehrer beschlossen, dass er nach seinem Abschluss sowieso bei Ed an der Tankstelle landen würde. Genau genommen war sein Stundenplan eine einzige Freistunde. Ich hatte Biologie, er hatte Musik für Muskelpakete, ich hatte Weltgeschichte, er hatte KSS – Kultur der Südstaaten oder »Knutschen mit Savannah Snow« wie Großmaul Link es nannte. Im Vergleich zu ihm kam ich mir vor wie ein Spitzenforscher. Aber ihn schien das nicht zu stören, und wenn doch, dann fiel es nicht auf, weil ihn andauernd Mädchen umschwärmten.

Um ehrlich zu sein, mir war es egal, ich wollte einfach nur in das vertraute Chaos des ersten Schultags eintauchen, damit ich die verrückte Botschaft auf meinem Schulblock vergessen konnte.

Ich glaube, es gibt nichts Besseres als einen beschissenen Sommer voller Nahtod-Erfahrungen, um den ersten Schultag als ein großartiges Ereignis zu empfinden. Das dachte ich allerdings nur, bis ich in die Cafeteria kam und mir klar wurde, dass es Sloppy Joes gab. Natürlich. Nichts war typischer für den ersten Schultag als ein Hamburger mit Hackfleischsoße.

Ich entdeckte Lena und Ridley sofort. Sie saßen allein an einem der orangefarbenen Tische und die Jungs umkreisten sie wie hungrige Geier. Inzwischen gab es niemanden mehr, der nicht schon von Ridley gehört hatte, und alle wollten einen Blick auf sie werfen.

»Wo ist Link?«

Ridley deutete mit einer knappen Kopfbewegung in eine Ecke der Cafeteria, wo Link von Tisch zu Tisch ging wie ein gefeierter Champion. Auf Ridleys Tablett türmten sich Schokoladenpudding, rote Götterspeise und scheibenweise trockener Napfkuchen. »Hungrig, Rid?«

»Was soll ich sagen, Boyfriend? Mädchen sind Naschkatzen.« Sie nahm eine Schale Pudding und schaufelte ihn in sich hinein.

»Ärger sie nicht. Sie hat einen schlechten Tag«, sagte Lena.

»Ach ja? Was ist passiert?« Ich biss in meinen ersten matschigen Hamburger des Schuljahrs.

Lena warf einen vielsagenden Blick zu einem der Tische. »*Das* ist passiert.«

Link hatte einen Fuß auf einen Stuhl gestellt, sich über den Tisch gebeugt und unterhielt sich mit den Cheerleadern, wobei seine besondere Aufmerksamkeit der Teamchefin galt.

»Ach, das hat nichts zu bedeuten. So ist er halt. Du brauchst dir keine Gedanken zu machen, Rid.«

»Warum sollte ich mir denn Gedanken machen?«, fauchte sie. »Nichts interessiert mich weniger.« Als ich auf ihr Tablett blickte, sah ich, dass sie schon vier Schalen Pudding verputzt hatte. »Morgen tauche ich hier sowieso nicht mehr auf. Diese Schule ist der totale Schwachsinn. Man läuft von einem Klassenzimmer ins nächste wie eine Herde Schafe oder Kühe oder wie …«

»Wie eine Schule?« Ich konnte es mir nicht verkneifen.

Ridley verdrehte die Augen, entnervt, dass ich anscheinend überhaupt nichts kapierte. »Wenn schon, dann wie Schüler.«

»Ich habe von Fischen geredet. Einen Schwarm Fische nennt man auch Schule. Wenn du in die Schule gegangen wärst, dann wüsstest du das.« Ich ging in Deckung, um ihrem Löffel auszuweichen.

»Das ist doch nicht der Punkt.« Lena warf mir einen warnenden Blick zu.

»Nein, der Punkt ist, dass du eine Solokünstlerin bist, die sich in Herden nicht wohlfühlt«, sagte ich und versuchte, mitfühlend zu klingen. Ridley widmete sich ihrem nächsten Pudding mit bewundernswertem Zuckerfanatismus, ließ dabei jedoch kein Auge von Link.

»Sich an jemanden ranzuschmeißen, ist erniedrigend. Es ist erbärmlich. Es ist …«

»Sterblich?«

»Genau.« Sie schüttelte sich und fiel dann über die Götterspeise her.

Ein paar Minuten später hatte sich Link bis an unseren Tisch vorgearbeitet. Er ließ sich neben Ridley auf die Tischkante fallen – und die gegenüberliegende Seite des Tisches, an der Lena und ich saßen, kippte hoch. Mit meinen einsachtundachtzig war ich einer der Größten an der Jackson High, aber inzwischen fehlten Link nur noch ein paar Zentimeter, um mit mir gleichzuziehen.

»Hey, Mann. Immer mit der Ruhe.«

Link schaltete brav einen Gang runter und unsere Seite des

Tisches knallte wieder aufs Linoleum. Alle schauten zu uns herüber. »Sorry. Das vergesse ich andauernd. Bin grad mitten in meiner Verwandlung. Mr Ravenwood hat gesagt, das ist 'ne harte Zeit, bis man sich zurechtgefunden hat.«

Lena versetzte mir einen Tritt unter dem Tisch und verbiss sich das Lachen.

Ridley war weniger feinfühlig. »Ich glaube, von dem süßen Zeug hier wird mir schlecht. Moment mal, hab ich süßes Zeug gesagt? Ich meinte natürlich Schleim.« Sie starrte Link an. »Und wenn ich Schleim sage, dann meine ich dich.«

Link lächelte. Das war Ridley in Höchstform. »Dein Onkel hat mir schon prophezeit, dass niemand mich verstehen würde.«

»Ja, ich wette, es ist wirklich schwer, plötzlich Hulk zu sein.« Es sollte ein Spaß sein, aber ich lag nicht weit daneben.

»Das ist echt nicht witzig, Mann. Ich kann keine fünf Minuten dasitzen, und schon klatschen mir die Leute ihr Essen auf den Tisch und erwarten, dass ich es aufesse.«

»Kein Wunder, du hattest bisher den Ruf eines wandelnden Abfalleimers.«

»Wenn ich wollte, könnte ich ja immer noch essen«, sagte er leicht angewidert. »Aber das Essen schmeckt nach gar nichts. Ich könnte genauso gut auf Pappe herumkauen. Ich mache gerade die Macon-Ravenwood-Diät. Du weißt schon, einen Happen Traum hier, einen Happen Traum da.«

»Wessen Träume genau?« Wenn Link die Frechheit besaß und meine Träume anzapfte, dann verdiente er einen Tritt in den Arsch. Meine Träume waren auch ohne ihn schon verwirrend genug.

»Deine jedenfalls nicht. Du hast zu viel Quatsch im Kopf. Nicht zu fassen, was Savannah so alles träumt. Nur so viel: Sie träumt nicht von den Landesmeisterschaften.«

Keiner wollte Einzelheiten hören, am allerwenigsten Ridley, die in ihrer Götterspeise herumstocherte. Sie tat mir leid, daher sagte ich schnell: »Danke, aber wir verzichten gern auf deine Schilderung.«

»Aber das ist cool. Ihr glaubt nicht, was ich gesehen habe.« Falls er jetzt irgendetwas von Savannah in Unterwäsche erzählte, dann wäre er ein toter Mann.

Lena dachte das Gleiche. »Link, ich glaube nicht …«

»Puppen.«

»Wie?« Das war nicht die Antwort, die Lena erwartet hatte.

»Barbies. Aber nicht solche, mit denen Mädchen in der Grundschule spielen oder so. Ihre Puppen sind richtig schick. Sie hat eine Braut, eine Miss Amerika und Schneewittchen. Die stehen alle in einem großen Glasschrank.«

»Sag ich doch, sie hat mich schon immer an Barbie erinnert«, sagte Ridley und traktierte ihre Götterspeise.

Link rutschte dichter an sie heran. »Bin ich noch immer Luft für dich?«

»Luft wäre noch zu viel.« Ridley starrte auf den wabbelnden roten Haufen. »Ich glaube nicht, dass die Küche in Ravenwood so was schon jemals zubereitet hat. Wie heißt das Zeug noch mal?«

»Wackel-Wunder«, grinste Link.

»Und wo ist da das Wunder?« Ridley musterte die rote Gelatine genauer.

»In den Zutaten.« Link schnippte mit dem Finger dagegen und Ridley zog den Teller schnell weg.

»Und die wären?«

»Gemahlene Hufe, Haut und Knochen. Wunder über Wunder.«

Ridley blickte ihn achselzuckend an und steckte sich den nächsten Löffel in den Mund. Sie würde ihn so lange abblitzen lassen, wie er nachts in Savannahs Schlafzimmer herumschlich und tagsüber mit ihr flirtete.

Link sah mich an. »Lust, nach der Schule ein paar Körbe zu werfen?«

»Nein.« Ich stopfte mir den Rest des Hamburgers in den Mund.

»Ich kann nicht glauben, dass du so etwas isst. Du kannst das Zeug doch sonst nicht ausstehen.«

»Stimmt. Aber heute sind sie richtig gut.« Das war etwas ganz Neues an der Jackson High. Vielleicht war wirklich das Ende aller Tage nahe, wenn es mir bei Amma nicht mehr schmeckte, dafür aber in der Cafeteria.

Wenn du Lust hast, dann kannst du ruhig Basketball spielen.

Es war ein Angebot von Lena, so wie es auch von Link ein Angebot gewesen war. Das Angebot, mit meinen früheren Freunden Frieden zu schließen und nicht mehr der Außenseiter zu sein. Aber dazu war es zu spät. Freunde halten zu dir, wenn es dir schlecht geht, und inzwischen wusste ich, wer meine wahren Freunde waren. Und wer nicht.

Ich habe aber keine Lust.

»Komm schon, das wird cool. Der ganze Quatsch mit den Jungs ist Schnee von gestern. Das ist längst Geschichte.« Link glaubte allen Ernstes, was er da sagte. Aber es war schwer, den »ganzen Quatsch« zu vergessen, besonders wenn er darin bestanden hatte, Lena ein Jahr lang zu schikanieren.

»Ja klar, die Leute hier stehen nicht so auf Geschichte.«

Selbst Link bemerkte meinen Sarkasmus. »Tja, ich bin jedenfalls später auf dem Platz.« Er sah mich nicht an. »Vielleicht spiele ich auch wieder in der Mannschaft. Ich meine, ich hab ja eigentlich gar nicht aufgehört.«

Im Gegensatz zu dir. Aber das verkniff er sich.

»Ziemlich heiß hier.« Mir lief der Schweiß den Rücken runter. Es waren eindeutig zu viele Leute im Raum.

Alles in Ordnung mit dir?

Ja. Nein. Ich brauche frische Luft.

Ich stand auf und wollte gehen, aber irgendwie war die Tür meilenweit von mir entfernt. Diese Schule schaffte es, dass man sich armselig vorkam. Genauso armselig wie die Schule selbst, vielleicht noch armseliger. Manches änderte sich einfach nie.

Wie sich herausstellte, hatte Ridley weder Lust, sich mit der Kultur der Südstaaten zu beschäftigen, noch zuzusehen, wie Link Savannah

Snow anstarrte. Fünf Minuten nachdem der Unterricht begonnen hatte, überredete sie ihn, zu Weltgeschichte zu wechseln. Das wäre nicht weiter bemerkenswert gewesen, aber wenn man seinen Kurs tauschen wollte, dann musste man in der Regel zu Miss Hester, ihr etwas vorschwindeln oder sie anbetteln und, falls das nicht half, in Tränen ausbrechen. Deshalb kam es mir ziemlich verdächtig vor, als Link und Ridley in Weltgeschichte auftauchten und behaupteten, ihr Stundenplan hätte sich auf wundersame Weise geändert.

»Was soll das heißen, er hat sich geändert?«

Link warf sein Heft auf die Bank neben mich und zuckte die Schultern. »Keine Ahnung. Kaum hatte sich Savannah neben mich gesetzt, kam Ridley und setzte sich auf die andere Seite, und das Nächste, was ich weiß, ist, dass *Weltgeschichte* auf meinem Stundenplan stand. Und bei Ridley auch. Sie hat es dem Lehrer gezeigt und der hat uns rausgeworfen.«

»Wie hast du das geschafft?«, fragte ich Ridley, als sie sich auf ihren Stuhl setzte.

»Was geschafft?« Sie blickte mich an wie ein Unschuldsengel und spielte mit der Schließe ihres Skorpiongürtels.

Aber Lena ließ nicht so schnell locker. »Du weißt genau, was er meint. Hast du heimlich ein Buch aus Onkel Macons Arbeitszimmer genommen?«

»Unterstellst du mir jetzt ernsthaft, dass ich lese?«

Lena senkte die Stimme. »Probierst du Caster-Sprüche aus? Das ist gefährlich, Ridley.«

»Du meinst gefährlich für mich, weil ich eine dumme Sterbliche bin.«

»Caster-Sprüche sind für alle Sterblichen gefährlich, es sei denn, man übt jahrelang wie Marian. Aber das hast du nicht.« Lena wollte nicht noch Salz in die Wunde streuen, aber jedes Mal wenn sie das Wort »Sterbliche« in den Mund nahm, zuckte Ridley zusammen. Es war, als würde man Benzin ins Feuer gießen.

Vielleicht war es besonders unerträglich, die bittere Wahrheit ausgerechnet aus dem Mund einer Caster zu hören. »Lena hat recht«, mischte ich mich ein. »Wer weiß, was da alles passieren kann.«

Ridley erwiderte nichts, und einen Augenblick lang dachte ich, das Thema wäre damit erledigt. Aber als sie mich anblickte, funkelten ihre blauen Augen so wütend, wie es ihre gelben nie getan hatten. Da war mir klar, dass ich mich geirrt hatte.

»Ich kann mich nicht erinnern, dass sich irgendjemand beklagt hat, als du zusammen mit deiner kleinen britischen Nachwuchs-Marian an der Weltenschranke mit Caster-Sprüchen rumgepfuscht hast.«

Lena wurde rot und schaute weg.

Ridley hatte recht. Liv und ich hatten an der Weltenschranke Caster-Sprüche angewandt und auf diese Weise Macon aus dem Bogenlicht befreit. Aber das war auch der Grund, weshalb Liv niemals eine Hüterin werden konnte. Und es erinnerte mich schmerzlich daran, dass Lena und ich uns damals so fremd gewesen waren, wie sich zwei Menschen nur fremd sein können.

Ich schwieg und kämpfte mit meinen Gedanken, die laut und wirr in meinem Kopf tobten, während uns Mr Littleton davon zu überzeugen versuchte, wie spannend das Fach Weltgeschichte werden würde. Vergeblich. Ich überlegte fieberhaft, was ich sagen und wie ich mich aus dieser vertrackten Situation herauswinden konnte. Ebenfalls vergeblich.

Denn obwohl sie nicht auf die Jackson High ging, sondern den ganzen Tag mit Macon in den Tunneln verbrachte, war Liv ein heikles Thema zwischen Lena und mir. Ein Thema, über das wir nicht sprachen. Seit der Nacht des Siebzehnten Mondes hatte ich Liv nur einmal gesehen und sie fehlte mir. Aber das konnte ich niemandem sagen.

Mir fehlte ihr verrückter britischer Akzent und die Art, wie sie »Carolina« immer falsch betonte, sodass es sich wie »Carolin-er« anhörte. Mir fehlte ihr Selenometer, das aussah wie eine riesige Retro-Plastikarmbanduhr, und auch, wie sie immer in ihr kleines rotes Notizbuch schrieb. Mir fehlte es, mit ihr herumzualbern, und mir fehlten ihre Spötteleien. Mir fehlte meine gute Freundin.

Das Traurige daran war: Sie hätte mich womöglich sogar verstanden.

Aber ich konnte es ihr nicht sagen.

7.9. *Abseits von Route 9*

Link blieb nach der Schule noch da, um mit seinen Freunden Basketball zu spielen. Und Ridley wollte nicht ohne ihn gehen, jedenfalls nicht solange die Cheerleader noch in der Turnhalle waren. Aber das hätte sie natürlich niemals zugegeben.

Ich stand in der Tür zur Turnhalle und sah Link zu, wie er über das Spielfeld dribbelte, ohne auch nur im Geringsten ins Schwitzen zu kommen. Ich sah ihm zu, wie er den Ball von der Mitte der Zone, vom Rand der Zone, von der Dreipunktlinie und von der Center-Position aus im Korb versenkte. Ich sah zu, wie den anderen Jungs der Mund offen stehen blieb. Ich sah zu, wie der Trainer sich auf die Tribüne setzte und vergaß, die Trillerpfeife aus dem Mund zu nehmen. Ich genoss jede Minute fast so wie Link.

»Vermisst du es?«, fragte Lena, die mich beobachtet hatte.

Ich schüttelte den Kopf. »Überhaupt nicht. Ich habe keine Lust, mit den Jungs rumzuhängen.« Ich lächelte. »Und es hat den Vorteil, dass ausnahmsweise mal niemand auf uns achtet.« Ich streckte meine Hand nach ihrer aus. Sie war warm und weich.

»Lass uns von hier verschwinden«, sagte sie.

Neben dem Stoppschild an der Ausfahrt des Parkplatzes saß Boo Radley, Macons Hund, und hechelte, als gäbe es auf der ganzen Welt nicht genug Luft, um ihn abzukühlen. Ich überlegte, ob Macon uns und alle anderen immer noch durch die Augen des Caster-Hundes beobachtete. Wir hielten neben ihm und machten die Autotür auf. Ohne zu zögern, sprang Boo herein.

Wir fuhren auf der Route 9, ließen die Häuser von Gatlin hinter uns und zuckelten die Felder entlang. Zu dieser Jahreszeit waren sie sonst immer grün und braun – Getreide und Tabak. Aber in diesem Jahr sah man, so weit das Auge reichte, nur Schwarz und Gelb; ein Meer aus abgestorbenen Pflanzen und Heuschrecken, die sich bis zur Straße durchfraßen. Ich hörte, wie sie unter den Reifen zerquetscht wurden. Es war ein unheimliches Geräusch.

Das war das zweite Thema, über das wir nicht sprachen: die Apokalypse, die statt des Herbstes über Gatlin hereingebrochen war. Links Mutter war davon überzeugt, dass die Hitzewelle und das Ungeziefer Zeichen für den Zorn Gottes waren, aber ich wusste es besser. An der Weltenschranke hatte Abraham Ravenwood prophezeit, dass Lenas Entscheidung sowohl die Welt der Caster als auch die Welt der Sterblichen beeinflussen würde. Und er war kein Mann, der zu Scherzen neigte.

Lena starrte zum Fenster hinaus, ihr Blick schweifte über die verwüsteten Felder. Es gab nichts, was ich ihr hätte sagen können, damit sie sich besser fühlte und nicht länger glaubte, an allem schuld zu sein. Ich konnte sie höchstens ablenken.

»Der Tag heute war total verrückt, sogar für einen ersten Schultag.«

»Mir tut Ridley leid.« Lena band ihre langen schwarzen Locken, die ihr über die Schultern fielen, zu einem losen Knoten zusammen. »Sie ist nicht sie selbst.«

»Das heißt, sie ist keine böse Sirene mehr, die im Auftrag von Sarafine unterwegs ist? Och, das tut mir aber wirklich leid.«

»Sie kommt mir so verloren vor.«

»Willst du wissen, was ich denke? Sie wird Link wieder den Kopf verdrehen.«

Lena kaute auf ihrer Unterlippe. »Hm, ja. Ridley hält sich immer noch für eine Sirene. Andere Leute zu manipulieren, gehört praktisch zu ihrem Job.«

»Ich wette, sie lässt nicht locker, bis sie die gesamte Cheerleader-Truppe aufgemischt hat.«

»Wenn sie das macht, fliegt sie von der Schule«, sagte Lena.

An der Kreuzung bog ich von der Route 9 in die Straße ein, die nach Ravenwood führte. »Nicht bevor sie die Jackson High bis auf die Grundmauern niedergebrannt hat.«

Die Eichen, die ihre Äste über die Straße spannten, sorgten für ein bisschen Kühlung, und der Wind, der durch die offenen Autoscheiben hereinkam, spielte mit den losen Strähnen um Lenas Gesicht.

»Ich glaube, Ridley hält es bei uns nicht mehr aus«, sagte sie. »Die ganze Familie spielt verrückt. Tante Del weiß manchmal nicht mehr, ob sie gerade erst gekommen ist oder ob sie gehen wollte.«

»Das ist doch nichts Neues.«

»Gestern hat sie Ryan irrtümlich für Reece gehalten.«

»Und Reece?«

»Sie ist auch völlig durcheinander. Manchmal schaut sie mich an und flippt aus, aber ich weiß nicht, ob deshalb, weil sie in meinem Gesicht etwas gelesen hat, oder deshalb, weil sie darin nichts mehr lesen kann.«

Schon zu normalen Zeiten war Ridleys Schwester Reece, die als Sybille in den Gesichtern anderer lesen konnte, ziemlich schräg. Aber was Lena erzählte, schien tatsächlich noch eine Steigerung zu sein.

»Du hast wenigstens deinen Onkel.«

»Ja und nein. Onkel Macon verschwindet jeden Tag in den Tunneln und schweigt sich darüber aus, was er dort unten treibt. Ich habe den Verdacht, er will es vor mir verheimlichen.«

»Wundert dich das? Er und Amma wollen nie, dass wir etwas erfahren.« Ich tat so, als würde mich das nicht im Mindesten beunruhigen, genauso wenig wie die Tatsache, dass die Reifen jetzt über noch mehr Heuschrecken rollten.

»Er ist schon seit ein paar Wochen wieder hier, und ich weiß immer noch nicht genau, was für eine Art Caster er ist. Ich weiß bloß, dass er Licht ist. Er spricht nicht darüber, mit niemandem.« *Nicht einmal mit mir* – das war es, was sie eigentlich damit sagen wollte.

»Vielleicht weiß er es selbst nicht.«

»Das glaube ich niemals.« Sie starrte aus dem Fenster und ich nahm ihre Hand. Uns beiden war so heiß, dass ich kaum spürte, wie sehr die Berührung brannte.

»Kannst du wenigstens mit deiner Großmutter darüber sprechen?«

»Gramma ist die meiste Zeit in Barbados und stellt Nachforschungen an.« Lena sprach nicht aus, was sie wirklich meinte. Ihre Familie suchte einen Weg, um die Ordnung wiederherzustellen – um die Hitze und die Heuschrecken zu vertreiben und was der Welt der Sterblichen sonst noch alles bevorstand. »Auf Ravenwood liegen mehr Bannsprüche als auf einem Caster-Gefängnis. Es ist so beengend, dass ich mich selbst schon wie ein Sträfling fühle; das Wort Hausarrest bekommt eine ganz neue Bedeutung für mich.« Lena schüttelte den Kopf. »Ich kann nur hoffen, dass wenigstens Ridley nicht mehr darunter leidet, jetzt wo sie eine Sterbliche ist.«

Ich sagte nichts, aber ich war mir ziemlich sicher, dass Ridley es trotzdem spürte, denn ich spürte es ja auch. Je näher wir Ravenwood kamen, desto stärker fühlte ich den Bann. Es war wie das Summen einer Starkstromleitung, wie ein dichter Nebel, der nichts mit dem Wetter zu tun hatte.

Es war das Knistern von Caster-Magie, Dunkler und Lichter.

Seit wir von der Weltenschranke zurückgekehrt waren, konnte ich es fühlen. Während ich auf die schmiedeeisernen Tore zufuhr, die die Grenzen von Ravenwood markierten, knisterte die Luft um uns herum beinahe so spannungsgeladen wie ein Gewittersturm.

Aber die Tore waren nicht die eigentliche Grenze. So verwahrlost der Garten von Ravenwood während Macons Abwesenheit auch gewesen war, jetzt war er der einzige Ort im ganzen County, der Zuflucht vor Hitze und Ungeziefer bot. Vielleicht war es ein Beweis für die Macht, über die Lenas Familie verfügte, denn als wir die Tore passierten, spürte ich, dass irgendeine Kraft von außen an uns zerrte, während Ravenwood uns in die andere Richtung zog.

Ravenwood behauptete sich tapfer – das sah man schon allein daran, dass das endlose Braun der Landschaft innerhalb der Umgrenzungsmauern von einem satten Grün abgelöst wurde und dass der Garten nicht kahl gefressen, sondern unberührt war. Macons Blumenbeete blühten in aller Pracht, die Bäume waren gestutzt und gepflegt, die weiten Rasenflächen, die sich vom Herrenhaus bis zum Santee-Fluss erstreckten, waren kurz geschnitten und ordentlich. Sogar die Wege waren mit neuem Kies geschottert. Aber die Welt draußen drängte gegen die Tore und stemmte sich gegen die Schutzmagie und Bannsprüche von Ravenwood. Wie Wellen, die im endlosen Rhythmus an die Felsen brandeten und doch höchstens ein paar Körner Sand mit sich forttragen können.

Aber auch Wellen bahnen sich mit der Zeit ihren Weg. Wenn die Ordnung der Dinge wirklich zerstört war, dann konnte selbst Ravenwood nicht mehr lange der Außenposten einer untergegangenen Welt sein.

Ich hielt vor dem Haus an. Ehe ich ein Wort sagen konnte, waren wir schon aus dem Leichenwagen ausgestiegen und in der feuchten Luft. Lena warf sich ins kühle Gras und ich ließ mich neben sie fallen. Den ganzen Tag lang hatte ich auf diesen Augenblick gewartet. Mir taten Amma, mein Vater und der Rest von Gatlin leid, die in der Stadt unter dem sengend blauen Himmel eingeschlossen waren. Ich fragte mich, wie lange ich das alles noch aushalten würde.

Ich weiß.

Mist. Ich wollte nicht …

Du gibst mir ja nicht die Schuld. Es ist okay.

Sie rückte näher, tastete mit der Hand nach meinem Gesicht. Ich riss mich zusammen. Mein Herz raste, sobald wir uns berührten. Aber mittlerweile war es weit mehr als das. Ich spürte, wie die Kraft aus mir wich, als würde sie aus mir herausgesogen. Zögernd ließ Lena die Hand sinken. »Aber es ist meine Schuld. Ich weiß, du willst es nicht aussprechen, deshalb tue ich es.«

L.

Sie drehte sich auf den Rücken und starrte in den Himmel. »Wenn ich nachts im Bett liege, dann schließe ich die Augen und nehme meine ganze Kraft zusammen. Ich versuche, die Wolken festzuhalten und die Hitze zu vertreiben. Du ahnst nicht, wie schwer das ist. Wie viel es uns alle kostet, Ravenwood so zu erhalten.« Sie zupfte einen Grashalm aus. »Onkel Macon sagt, er wüsste nicht, was als Nächstes geschieht. Gramma sagt, dass man es gar nicht wissen könnte, weil so etwas noch nie zuvor passiert ist.«

»Und glaubst du ihnen?«

Macon war Lena gegenüber genauso mitteilsam wie Amma mir gegenüber. Wenn sie etwas hätte anders machen sollen, dann war er der Letzte, der ihr das sagen würde.

»Ich weiß nicht. Aber es geht um mehr als um Gatlin. Was immer ich getan habe, es betrifft auch die Caster, die nicht zu meiner Familie gehören. Ihre Magie ist ebenso unberechenbar geworden wie meine.«

»Deine Magie war noch nie berechenbar.«

Lena blickte weg. »Wenn etwas von sich aus zu brennen anfängt, dann ist das mehr als unberechenbar.«

Sie hatte recht. Gatlin schwankte gefährlich über einem unsichtbaren Abgrund, und keiner wusste, wie tief er war. Aber das konnte ich ihr nicht sagen – vor allem weil sie es ja gewesen war, die Gatlin in diese Lage gebracht hatte. »Wir werden schon noch herausfinden, was vor sich geht.«

»Da bin ich mir nicht so sicher.« Sie streckte die Hand zum Himmel, und ich musste daran denken, wie ich ihr zum ersten Mal in den Garten von Greenbrier gefolgt war und ihr dabei zugesehen hatte, wie sie die Wolkenformen mit den Fingern nachfuhr und Figuren in den Himmel zeichnete. Damals hatte ich nicht gewusst, worauf ich mich einließ, und selbst wenn, es wäre mir egal gewesen.

Alles hatte sich geändert, sogar der Himmel. Heute war nicht einmal eine Wolke da, deren Konturen man nachfahren konnte. Nichts war da, nur die drohende blaue Hitze.

Lena hob die andere Hand und sah mich von der Seite an. »Das wird nicht aufhören. Es wird schlimmer werden. Wir müssen uns darauf gefasst machen.« Sie zupfte gedankenverloren am Himmel, knetete die Luft zwischen ihren Fingern wie weiche Karamellbonbons. »Sarafine und Abraham werden nicht einfach wieder verschwinden.«

Ich bin darauf gefasst.

Sie fuhr mit dem Finger durch die Luft. »Ethan, ich möchte, dass du weißt, dass ich mich vor gar nichts mehr fürchte.«

Ich auch nicht. Nicht solange wir zusammen sind.

»Das ist es ja. Wenn etwas passiert, dann bin ich daran schuld. Und ich bin auch diejenige, die es wieder in Ordnung bringen muss. Verstehst du, was ich meine?« Sie hielt den Blick fest auf ihre Finger gerichtet.

Nein.

»Verstehst du nicht oder willst du nicht verstehen?«

Ich verstehe es nicht.

»Erinnerst du dich, wie Amma gesagt hat, du sollst kein Loch in den Himmel bohren, damit nicht das ganze Weltall hindurchfällt?«

Ich lächelte. »B.E.G.L.E.I.T.E.R.S.C.H.E.I.N.U.N.G. Achtzehn senkrecht.« Amma zitierte mit Vorliebe Begriffe aus ihren geliebten Kreuzworträtseln. »Sprich: Zieh ruhig an dem Faden, aber beschwer dich nachher nicht, wenn sich die ganze Welt aufdröselt wie ein Pullover, Ethan Wate.«

Ich wollte Lena damit zum Lachen bringen, aber sie verzog keine Miene. »Ich habe an diesem Faden gezogen, als ich das *Buch der Monde* benutzt habe.«

»Du hast es für mich getan.« Ich musste die ganze Zeit daran denken. Sie war nicht die Einzige, die an dem Faden gezogen hatte, der ganz Gatlin zusammenhielt, sowohl über als auch unter der Oberfläche.

»Ich habe mich selbst berufen.«

»Du musstest es tun und du solltest stolz darauf sein.«

»Das bin ich auch.« Sie zögerte.

»Aber?« Ich sah sie aufmerksam an.

»Ich muss einen Preis dafür bezahlen und ich bin bereit dazu.«

Ich schloss die Augen. »Sprich nicht so.«

»Ich sage nur die Wahrheit.«

»Du rechnest damit, dass etwas Schlimmes passiert«, sagte ich widerwillig, weil ich am liebsten gar nicht darüber nachdenken wollte.

Lena spielte mit den Anhängern an ihrer Halskette. »Es geht nicht um die Frage ob, sondern wann.«

Ich warte – das stand auf dem Schreibblock.

Auf welchem Schreibblock?

Ich wollte nicht mit ihr darüber sprechen, aber jetzt gab es kein Zurück mehr. Und ich konnte auch nicht so tun, als würde alles wieder so werden wie früher.

Alles, was falsch gewesen war, stürzte plötzlich auf mich ein. Der Sommer, Macons Tod, Lena, die sich wie eine Fremde benommen hatte und die mit John Breed weggelaufen war, weg von mir. Und auch alles andere, was passiert war, bevor ich Lena kennengelernt hatte – meine Mutter, die nicht mehr nach Hause gekommen war, ihre Schuhe, die immer noch da standen, wo sie sie zuletzt ausgezogen hatte, ihr Handtuch, das noch feucht vom Morgen gewesen war. Ihre Seite des Betts, die unberührt geblieben war, der Duft ihrer Haare, der immer noch an den Kissen haftete. Die Post, die immer noch an sie adressiert war.

Die Schnelligkeit, mit der das alles geschehen war. Und die Unumkehrbarkeit. Die erbarmungslose Wahrheit – nämlich dass der wichtigste Mensch im Leben plötzlich aufgehört hat zu sein. An schlechten Tagen kam es einem so vor, als wäre sie nie da gewesen, aber an einem guten Tag schlich sich eine ganz andere Angst ein. Denn auch wenn man sich zu hundert Prozent sicher war, dass es diesen Menschen gegeben hatte, war man vielleicht der Einzige, dem es etwas ausmachte oder der sich erinnerte.

Wie kann ein Kissen nach jemandem riechen, der nicht mehr in derselben Welt lebt wie man selbst? Und was soll man tun, wenn eines Tages das Kissen genauso riecht wie jedes andere x-beliebige Kissen auch? Wie bringt man sich dazu, die Schuhe wegzuräumen?

Aber ich hatte es getan. Und ich hatte den Geist meiner Mutter auf dem Bonaventura-Friedhof gesehen. Zum ersten Mal in meinem Leben glaubte ich wirklich, dass etwas mit einem geschah, wenn man starb. Meine Mutter war nicht allein in der Erde des Gartens des Immerwährenden Friedens, wie ich immer gefürchtet hatte. Und deshalb konnte ich sie loslassen. Weil ich ihr trotzdem nahe war.

Ethan, was ist los?

Ich wünschte, ich wüsste es.

»Ich lasse nicht zu, dass dir irgendetwas passiert.« Ich sagte das, obwohl ich wusste, dass ich gar nicht in der Lage war, sie zu beschützen. Ich sagte das, weil mein Herz sich sonst selbst in Stücke reißen würde.

»Ich weiß«, log sie. Sonst sagte Lena nichts, aber sie wusste, was ich fühlte.

Sie zog den Himmel mit den Händen so fest zu sich herab, als wollte sie ihn von der Sonne wegreißen.

Ich hörte ein lautes Krachen.

Ich wusste nicht, wie sie es geschafft hatte und wie lange es andauern würde, aber der blaue Himmel riss auf, und obwohl weit und breit keine Wolke zu sehen war, fiel Regen auf unsere Gesichter.

Ich spürte das nasse Gras und die Regentropfen auf meinen Augen. Sie fühlten sich echt an. Ich zog Lena an mich und nahm ihr Gesicht in meine Hände. Dann küsste ich sie, bis ich nicht mehr der einzige Atemlose war, bis der Boden unter uns wieder trocknete und der Himmel wieder unerbittlich blau war.

Zum Abendessen gab es Ammas preisgekrönte Hühnerfleischpastete. Meine Portion war so groß wie der Teller, um nicht zu sagen so groß wie die Home Plate beim Basketball. Ich stocherte mit meiner Gabel in der Kruste herum, damit der Dampf entwich, und roch den guten Sherry, Ammas Geheimzutat. Sogar die Pasteten hatten in unserer Gegend ihre Geheimnisse – saure Sahne, Sojasoße, Cayennepfeffer oder Parmesankäse. Geheimnisse und Pasteten gehörten bei uns zusammen. Serviere eine Pastete, und die ganze Stadt wird um jeden Preis herausfinden wollen, was sich unter der Kruste verbirgt.

»Ah. Wenn ich das rieche, komme ich mir vor, als wäre ich acht Jahre alt.« Dad lächelte Amma an, die sowohl seine Bemerkung wie auch seine verdächtig gute Laune ignorierte. Jetzt wo das Semester an der Universität wieder begonnen hatte und er in dem seriösen Hemd am Tisch saß, das er immer bei seinen Vorlesungen trug, sah er fast normal aus. Man konnte das Jahr beinahe vergessen, in dem er tagsüber nur geschlafen und sich nachts in sein Arbeitszimmer eingeschlossen und ein Buch »geschrieben« hatte, indem er Hunderte von Seiten vollkritzelte. Während dieser Zeit hatte er kaum etwas gegessen und so gut wie nie gesprochen, aber dann hatte er den steilen und mühsamen Weg in die Normalität zurückgefunden. Vielleicht war es auch nur der Geruch der Pastete, der auch auf mich seine Wirkung tat. Ich stach jedenfalls noch mal kräftig in die Kruste.

»Hattest du einen guten ersten Schultag, Ethan?«, fragte Dad mit vollem Mund.

Ich betrachtete das aufgespießte Pastetenstück auf meiner Gabel. »Geht so.«

Unter der Kruste war alles fein gehackt, man konnte die Hühnchenwürfel nicht von den Gemüsewürfeln unterscheiden. Mist. Wenn Amma ihr Hackmesser hervorholte, dann hieß das nie etwas Gutes. Die Pastete war der beste Beweis dafür, wie düster Ammas Stimmung an diesem Nachmittag gewesen war, und den Grund dafür wollte ich mir lieber gar nicht ausmalen. Ihr verschrammtes Schneidebrett konnte einem richtig leidtun. Ein Blick auf Ammas leeren Teller sagte mir, dass sie nicht die Absicht hatte, sich zu uns zu setzen und Smalltalk zu machen. Oder zu erklären, warum sie diese Absicht nicht hatte.

Ich schluckte. »Wie geht's dir, Amma?«

Sie stand an der Anrichte und mischte so energisch den Salat, dass ich Angst um unsere Glasschüssel bekam. »Geht so.«

Dad hob sachte sein Glas Milch in die Höhe. »Tja, ich hatte einen sensationellen Tag. Ich bin mit einer unglaublichen Idee aufgewacht, die mir einfach so gekommen ist, im Traum. Im Büro habe ich dann sofort ein Konzept entworfen. Ich werde wieder ein Buch schreiben.«

»Wirklich? Das ist toll.« Ich nahm die Salatschüssel und starrte interessiert auf eine ölige Tomatenscheibe.

»Über den Bürgerkrieg. Vielleicht kann ich sogar einige Forschungsergebnisse deiner Mutter verwenden. Ich werde mal mit Marian darüber sprechen.«

»Und wie soll das Buch heißen?«

»Das ist es ja, was mir aus heiterem Himmel eingefallen ist. Ich bin aufgewacht und hatte den Titel im Kopf. *Der Achtzehnte Mond*. Was hältst du davon?«

Die Schüssel glitt mir aus der Hand, streifte den Tisch und zerschellte am Fußboden; zerrupfte Salatblätter und glitzernde Scherben landeten auf meinen Chucks und auch überall sonst.

»Ethan Wate!« Ehe ich ein Wort sagen konnte, war Amma schon da und kehrte den durchweichten, glitschigen, gefährlichen Salatscherbenhaufen zusammen. So wie immer. Als ich mich auf allen vieren neben sie kauerte, hörte ich, wie sie mir leise etwas zuzischelte.

»Kein Wort mehr.«

Sie hätte mir genauso gut eine alte Pastetenkruste quer über den Mund kleben können.

Was, glaubst du, hat das zu bedeuten, L?

Ich lag wie betäubt auf dem Bett, den Kopf ins Kissen vergraben. Amma hatte sich nach dem Essen in ihr Zimmer eingeschlossen, für mich der Beweis dafür, dass nicht einmal sie wusste, was mit meinem Vater los war.

Ich weiß es nicht.

Wie üblich hörte ich Lena in meinem Kopf so klar und deutlich, als säße sie neben meinem Bett. Und wie üblich wünschte ich mir, sie säße wirklich da.

Wie ist er nur auf die Idee gekommen? Haben wir in seiner Gegenwart etwas über die Lieder gesagt? Haben wir es irgendwie vergeigt?

Und damit meinte ich mehr als nur die Sache mit dem Lied. Aber das konnte ich nicht sagen, wollte ich nicht denken. Die Antwort kam schnell.

Nein, Ethan, wir haben nie etwas gesagt.

Wenn er also vom Achtzehnten Mond spricht…

Die Wahrheit ging uns beiden gleichzeitig auf.

Dann will jemand, dass er sich mit dieser Sache beschäftigt.

Es war einleuchtend. Die Caster hatten meine Mutter getötet. Mein Vater, der gerade eben wieder auf die Füße kam, war eine leichte Beute. Und sie hatten es ja schon einmal auf ihn abgesehen gehabt, in der Nacht von Lenas Sechzehntem Mond. Es gab keine andere Erklärung dafür.

Meine Mutter war tot, aber sie hatte eine Möglichkeit gefunden, mir zur Seite zu stehen. Sie hatte mir mit *Sixteen Moons* und *Seventeen Moons* zwei Shadowing Songs gesandt – Songs, die auf künftige Ereignisse hinwiesen; Ereignisse, die bereits ihre Schatten vorauswarfen. Songs, die sich in meinem Kopf festgesetzt hatten, bis ich bereit gewesen war, ihnen zuzuhören. Aber diese neue Botschaft kam nicht von meiner Mutter.

L? Glaubst du, dass es eine Art Warnung ist? Von Abraham?

Kann sein. Oder von meiner ach so wundervollen Mutter.

Sarafine. Lena sprach ihren Namen so gut wie nie aus, jedenfalls nicht wenn es sich irgendwie vermeiden ließ. Ich konnte es ihr nicht verübeln.

Einer von beiden ist es gewesen, meinst du nicht?

Lena schwieg, und ich lag in meinem Bett in der stillen Dunkelheit und hoffte, dass es tatsächlich einer der beiden gewesen war:

ein Teufel, den wir kannten, ein Mitglied der Caster-Welt, das uns nicht völlig fremd war. Denn die Dämonen, die man nicht kennt, sind noch viel fürchterlicher – von den unbekannten Welten ganz zu schweigen.

Bist du noch da, Ethan?

Ich bin da.

Liest du mir etwas vor?

Lächelnd griff ich unters Bett und zog das erste Buch hervor, das mir in die Hände kam. Robert Frost, einer von Lenas Lieblingsdichtern. Ich schlug aufs Geratewohl eine Seite auf. »Wir machen hinter Spott und Scherz / uns selber einen Platz abseits / doch oh, dies tief erregte Herz / bis einer uns zu finden weiß …«

Ich las einfach weiter. Lenas beruhigende Aufmerksamkeit schmiegte sich an mich, fast so, als wäre sie selbst hier und lehnte ihren Kopf an meine Schulter. Ich wünschte mir, dass es ganz lange so bleiben könnte, um mich nicht mehr so einsam zu fühlen. Jede Zeile schien sich direkt auf Lena zu beziehen, zumindest empfand ich es so.

Als Lena sich langsam von mir löste, lauschte ich dem Zirpen der Grillen – bis ich merkte, dass das Geräusch gar nicht von den Grillen kam. Es waren die Heuschrecken. Unsere Heimsuchung oder wie auch immer Mrs Lincoln dazu sagte. Je länger ich lauschte, desto mehr hörten sie sich an wie das Kreischen von einer Million Kreissägen, die meine Stadt und alles drum herum zerstörten. Dann verwandelte sich das hässliche Geräusch und machte einer leisen Melodie Platz, die ich überall wiedererkennen würde.

Ich hatte diese Melodie schon gehört, als ich Lena noch gar nicht begegnet war. *Sixteen Moons* hatte mich schließlich zu ihr geführt, der Song, der nur für mich allein bestimmt war. Ich konnte vor den Liedern nicht davonlaufen. So wenig Lena ihrem Schicksal entgehen konnte, so wenig konnte ich meinem entrinnen. Es waren Warnungen meiner Mutter – dem Menschen, dem ich am meisten auf der Welt vertraute.

Eighteen Moons, eighteen spheres,
From the world beyond the years,
One Unchosen, death or birth.
A Broken Day awaits the earth ...

Wie immer versuchte ich, den Sinn der Worte zu verstehen. Die zweite Zeile deutete an, dass nicht die Welt der Sterblichen gemeint war. Aber was kam aus dieser anderen Welt jenseits von Tag und Jahr auf uns zu? War es der Achtzehnte Mond, oder war es jemand, der noch nicht berufen worden war – denn was sonst sollte »unchosen« bedeuten? Und wer war dieser Jemand?

Der einzige Mensch, der dafür nicht infrage kam, war Lena. Sie hatte ihre Wahl bereits getroffen. Was wiederum bedeutete, dass noch eine andere Berufung ausstand – von jemandem, der dies bisher noch nicht getan hatte.

Vor allem die letzte Zeile bereitete mir Unbehagen. *A Broken Day* – damit konnte so ziemlich alles und so ziemlich jeder Tag gemeint sein. So vieles war schon in die Brüche gegangen, konnte es denn wirklich noch schlimmer kommen?

Ich wünschte, ich hätte mehr Hinweise als nur das Lied. Ich wünschte, meine Mutter wäre hier und könnte mir sagen, was das alles zu bedeuten hatte. Und mehr als alles andere wünschte ich mir, ich wüsste, wie man das, was wir zerstört hatten, wieder in Ordnung bringen konnte.

12.9. *Glashäuser und Steine*

Der Seewolf starrte mich aus glasigen Augen an, sein Schwanz schien ein letztes Mal zu zucken. Auf der einen Seite des Fisches stand ein großer Teller mit fettem rohem Schinkenspeck, daneben standen ein Teller mit Garnelen, durchsichtig und grau, und eine Schüssel mit Maismehl. Ein Teller mit glibberigen Spiegeleiern, deren Dotter im halb gestockten Eiweiß schwammen, war noch das kleinste Übel. Die ganze Sache war bizarr, selbst für Ravenwood Manor – wo ich Lena im festlichen Speisesaal gegenübersaß. Ein Großteil des Essens sah aus, als würde es jeden Moment vom Tisch springen oder davonschwimmen. Von dem, was man in Gatlin üblicherweise zum Frühstück aß, befand sich rein gar nichts auf dem Tisch. Und erst recht nichts von dem, was ich gerne aß.

Ich blickte auf mein leeres Gedeck, wo plötzlich aus dem Nichts Schokomilch in einem Kristallglas auftauchte. Neben den zerlaufenen Eiern wirkte die Milch allerdings nicht wirklich verlockend.

Lena verzog das Gesicht. »Küche, was ist denn los? Das kann doch nicht wahr sein! Schon wieder?« Ich hörte ein ungehaltenes Klappern aus dem Nebenraum. Lena hatte den geheimnisvollen Koch von Ravenwood, den ich noch nie zu Gesicht bekommen hatte, gegen sich aufgebracht. Sie zuckte die Schultern und sah mich an. »Ich hab's dir ja gesagt. Hier geht alles drunter und drüber. Und es wird mit jedem Tag schlimmer.«

»Komm, wir holen uns Zuckerschnecken vom Stop & Steal.« Seit ich das rohe Speckfleisch gesehen hatte, war mir der Appetit vergangen.

»Die Küche tut, was sie kann. Im Moment ist sowieso alles schwierig. Letzte Nacht hat Tante Del an meine Tür gehämmert, weil sie überzeugt war, dass die Briten kommen.« Eine vertraute Stimme, das leise Schlurfen von Pantoffeln, ein Stuhl, der weggeschoben wurde – und schon war er da: Macon Ravenwood, im Arm einen Packen gerollter Zeitungen. Er hob eine Teetasse, die mit etwas gefüllt war, was wahrscheinlich Tee sein sollte, aber aussah wie grasgrüne Jauche. Boo kam hinter ihm hergetrottet und rollte sich zu seinen Füßen zusammen.

Lena seufzte. »Ryan weint. Sie will es nicht zugeben, aber sie fürchtet, dass sie nie mehr ihre volle Magie erlangen wird. Und Onkel Barclay hat Probleme beim Gestaltwandeln. Tante Del sagt, er kann nicht einmal mehr ein Stirnrunzeln in ein Lächeln verwandeln.«

Macon hob seine Tasse und nickte in meine Richtung. »Das hat alles Zeit bis nach dem Frühstück. *How do you rate the morning sun*, Mr Wate?«

»Wie bitte, Sir?« Es klang wie eine Fangfrage.

»Robbie Williams. Ein bekannter Sänger, wenn ich mich nicht irre. Eine hübsche Textzeile – und zurzeit eine sehr berechtigte Frage, wie mir scheint.« Er blickte in seine Teetasse, ehe er einen Schluck daraus trank, dann stellte er sie wieder ab. »Es sollte sozusagen mein Guten-Morgen-Gruß sein.«

»Guten Morgen, Sir.« Ich versuchte, ihn nicht anzustarren. Er trug einen schwarzen Morgenrock aus Satin. Wenigstens hielt ich es für einen Morgenrock, auch wenn ich noch nie einen Morgenrock gesehen hatte, aus dessen Brusttasche ein Einstecktuch herausschaute. Er hatte rein gar nichts mit dem vergammelten karierten Bademantel zu tun, in dem mein Vater immer herumlief.

Macon bemerkte meinen Blick. »Der passende Begriff ist meines Wissens *Hausrock*. Nun, da viele Tage voller Sonnenschein vor mir liegen, gibt es mehr im Leben, als sich mit der Frage nach passender Kleidung zu beschäftigen.«

»Ähm, ja?«

»Onkel M will damit sagen, dass er gerne in seinem Schlafanzug faulenzt.« Lena drückte Macon einen Kuss auf die Wange. »Wir müssen los oder wir kriegen keine Zuckerschnecken mehr. Wenn du lieb bist, dann bringe ich dir sogar eine mit.«

Macon seufzte. »Hunger ist eine entsetzlich lästige Angelegenheit.«

Lena schnappte sich ihren Rucksack. »Ich interpretiere das als ein Ja.«

Macon hörte ihr nicht mehr zu, sondern strich die erste seiner Zeitungen glatt. »Erdbeben in Paraguay.« Er schlug die nächste auf, die anscheinend auf Französisch war. »Die Seine trocknet aus.« Er blätterte eine weitere auf. »Die Polarkappen schmelzen zehnmal schneller als vorhergesagt – wenn man den Zeitungen in Helsinki glauben darf.« Dann nahm er die vierte Zeitung. »Und die gesamte Südostküste der Vereinigten Staaten scheint von einer seltsamen Plage heimgesucht zu werden.«

Lena faltete seine Zeitungen zusammen; dahinter kam ein Teller Weißbrot zum Vorschein. »Iss. Die Welt wird auch nach dem Frühstück noch am Rande des Abgrunds stehen, egal ob du nun im Hausrock bist oder nicht.«

Macons düsterer Gesichtsausdruck hellte sich ein wenig auf, und seine grünen Einst-Inkubus-jetzt-Lichter-Caster-Augen funkelten noch etwas mehr, als Lena ihn berührte. Sie schenkte ihm ein Lächeln, das nur für ihn reserviert war. Ein Lächeln, das ihm zu verstehen gab, dass sie jede Minute ihres gemeinsamen Lebens in Erinnerung behalten hatte. Sie wussten, was sie aneinander hatten. Seit Macon im wahrsten Sinne des Wortes von den Toten zu ihr zurückgekehrt war, hatte Lena jeden gemeinsamen Augenblick als ein Geschenk betrachtet. Ich beneidete sie darum.

Es war die gleiche Vertrautheit, die ich mit meiner Mutter erlebt hatte – und die mir so fehlte. Ich fragte mich, ob ich auch ein spezielles Lächeln für sie gehabt hatte. Ich fragte mich, ob ihr auch bewusst gewesen war, dass ich jedes Detail unserer gemeinsamen Zeit im Gedächtnis behalten würde. Zum Beispiel dass sie alle meine Bücher gelesen hatte, damit wir an unserem alten Eichentisch beim Essen darüber sprechen konnten. Dass sie zuvor viele Stunden in der Blue-Bicycle-Buchhandlung in Charleston verbracht hatte, um die passenden Bücher für mich auszusuchen.

»Lass uns gehen«, drängte Lena. Ich schüttelte die Erinnerungen ab und faltete meine Serviette zusammen. Lena umarmte ihren Onkel flüchtig. »Ridley!«, rief sie die Treppe hoch. Ein unterdrücktes Stöhnen drang aus einem der Schlafzimmer. »Komm *sofort* runter!«

»Sir.« Ich nahm meinen Rucksack und stand auf.

Macons entspannte Miene war plötzlich wie weggewischt. »Seid vorsichtig da draußen.«

»Ich werde ein Auge auf sie haben.«

»Danke, Mr Wate. Das weiß ich.« Er setzte seine Tasse ab. »Aber geben Sie auch auf sich acht. Alles ist viel schwieriger, als es den Anschein hat.«

Die Stadt war in Aufruhr und wir hatten so ziemlich die ganze Welt ruiniert. Ich konnte mir nicht vorstellen, was noch schwieriger sein könnte.

»Acht geben worauf, Sir?« Hier im Speisezimmer herrschte Ruhe, aber draußen in der Eingangshalle stritten Lena und Gramma mit Ridley.

Macon blickte auf den Stapel Zeitungen und schlug die oberste auf; sie war in einer Sprache geschrieben, die mir fremd war, die ich aber trotzdem irgendwie erkannte.

»Wenn ich das wüsste.«

Nach dem Frühstück in Ravenwood, falls man es denn so nennen konnte, ging der Tag mindestens genauso seltsam weiter. Wir waren spät dran für die Schule, denn als wir Link abholen wollten, hatte seine Mutter ihn gerade dabei erwischt, wie er sein Frühstück im Abfalleimer entsorgt hatte, und ihm prompt ein zweites aufgenötigt. Als wir dann am Stop & Steal vorbeifuhren, saß Fatty, der sonst im Auftrag der Schule gnadenlos alle Schulschwänzer aufspürte, nicht wie gewohnt lauernd in seinem Auto, und in der Backwarenabteilung war sogar noch ein halbes Dutzend Zuckerschnecken übrig. Das waren erste Anzeichen des kommenden Weltuntergangs, so viel stand fest. Aber was noch unglaublicher war: Als wir zwanzig Minuten zu spät in die Schule kamen, saß Miss Hester nicht am Empfangstresen, um uns Nachsitzen aufzubrummen. Ihr Fläschchen mit dunkelrotem Nagellack stand ungeöffnet an ihrem Platz. Es war, als hätte sich die ganze Welt plötzlich um fünf Grad in die falsche Richtung gedreht.

»Heute ist unser Glückstag.« Link reckte die Hand, und wir klatschten uns ab, auch wenn ich den Tag eher mit gespenstisch umschrieben hätte.

Als ich sah, wie Ridley in Richtung Toilette ging, wurde ich in dieser Meinung noch bestätigt. Ich hätte glatt schwören können, dass aus ihr ein normales Mädchen geworden war, das erschreckend normale Mädchenklamotten trug. Und als ich mich auf meinen Platz neben Lena setzte, auf die Seite von Mrs Englishs gutem Auge, befand ich mich unversehens im Niemandsland der Klasse.

Ich saß da, wo ich immer saß. Aber entweder der Raum hatte sich verändert oder Mrs English, denn sie nahm die ganze Stunde über die Schüler auf der falschen Seite in die Mangel.

»»Dies ist eine strenge Zeit, eine genaue Zeit – wir leben nicht mehr in der Dämmerstunde, wo sich das Böse mit dem Guten mischte.«« Mrs English blickte vom Text auf. »Miss Asher, wie würde Arthur Miller wohl über unsere heutige Zeit urteilen?«

Emily starrte sie entsetzt an. »Ma'am, wollten Sie nicht eigentlich … die anderen fragen?« Sie blickte zu Abby Porter, zu Lena und zu mir herüber, den einzigen Schülern auf der Seite, auf der Mrs English gut sah.

»Ich stelle jedem Fragen, der bei mir nicht durchfallen will, Miss Asher. Und nun antworten Sie bitte.«

Vielleicht hat sie heute Morgen ihr Glasauge auf der falschen Seite eingesetzt.

Lena lächelte, schaute aber nicht von ihrem Blatt auf.

Kann sein.

»Ähm, ich denke, Arthur Miller würde sich darüber freuen, dass wir heute nicht mehr so verkorkst sind.«

Ich schielte auf mein Exemplar von Millers *The Crucible*. Und während Emily vor sich hinstammelnd die Hexenjagd in dem Stück verurteilte, obwohl sie selbst im vergangenen Jahr etwas ganz Ähnliches gegen Lena inszeniert hatte, starrte mich das Glasauge unentwegt an.

Als würde es mich nicht nur sehen, sondern auch durchschauen.

Nach dem Unterricht schien sich die Lage zu normalisieren. Ethan-Hasserin Emily zischelte etwas, als ich an ihr vorbeiging; in ihrem Schlepptau hatte sie Eden und Charlotte, die Nummer drei und vier der Rangliste, so wie in den guten, alten Zeiten. Ridley hatte herausgefunden, dass Lena sie mit einem Zauber belegt hatte, der ihre Sirenen-Klamotten in ganz normale Kleider verwandelte. Inzwischen war Ridley allerdings wieder ganz die Alte in schwarzem Leder und pinkfarbenem Minitop, mit nichts als finsterer Rache und Vergeltung im Sinn. Aber was noch schlimmer war: Kaum hatte es geläutet, zerrte sie Lena und mich in die Sporthalle, um Link beim Basketballtraining zuzusehen.

Diesmal konnten wir uns nicht an der Tür zur Turnhalle herumdrücken. Ridley war erst zufrieden, als wir direkt vor der Mittellinie saßen. Es war die Hölle. Link war noch gar nicht im Spiel, und ich musste mitansehen, wie meine früheren Mannschaftskameraden Bälle vergeigten, die ich garantiert heimgebracht hätte. Auf der Tribüne war mehr los als auf dem Feld, weil Lena und Ridley sich ankeiften wie zerstrittene Geschwister.

»Du hast einen *Zauber* über mich gesprochen wie über irgendeine dahergelaufene Sterbliche?«, kreischte Ridley. »Dachtest du, ich bin zu dämlich, das zu merken, nur weil ich meine Kräfte verloren habe?«

»Das war nicht meine Idee. Gramma wollte es so, nachdem sie gesehen hat, in welchen Sachen du rumläufst«, sagte Lena verlegen.

Ridleys Gesicht war so leuchtend pink wie die Strähnchen in ihrem Haar. »Wir leben in einer freien Welt. Jedenfalls außerhalb von diesem Scheiß-Gatlin. Du darfst deine Magie nicht einsetzen, damit andere Leute sich so anziehen, wie du es willst. Jedenfalls nicht *so.*« Sie schüttelte sich. »Ich bin keine von Savannah Snows Barbiepüppchen.«

»Rid. Das verlangt niemand von dir. Aber du solltest auch nicht krampfhaft versuchen, anders zu sein.«

»Das kommt aufs Gleiche raus«, fauchte Ridley.

»Tut es nicht.«

»Schau dir die Hühner da unten doch an, und dann nenn mir einen Grund, wieso ich mich darum scheren sollte, was die von mir denken.«

Ridley hatte nicht ganz unrecht. Link war mittlerweile im Spiel, und die Augen der gesamten Cheerleader-Truppe folgten ihm, als wären sie ferngesteuert. Was sie gewissermaßen auch waren. Ich musste gar nicht hinschauen, um zu wissen, dass Link den Ball mit seinen Superkräften gleich aus dem Stand im Korb versenken würde.

Ethan, er springt zu hoch.

Ja, einen Meter zu hoch. Lena regte sich auf, aber ich wusste, dass Link sein ganzes Leben von diesem Augenblick geträumt hatte.

Jo.

Und er rennt zu schnell …

Jo.

Willst du nicht irgendwas tun?

Nö.

Nichts konnte ihn aufhalten. Es hatte sich herumgesprochen, dass Link im Laufe des Sommers zum Topspieler mutiert war, und die halbe Schule war zum Training gekommen, um sich selbst davon zu überzeugen. Was entweder als ein weiterer Beweis dafür angesehen werden konnte, wie langweilig das Leben in Gatlin war, oder dafür, wie schlecht sich unser neuer Linkubus als gewöhnlicher Sterblicher tarnen konnte.

Savannah brachte die Cheerleader auf Trab. Sie hatten zwar jetzt auch ihre Trainingsstunde, aber um ehrlich zu sein, waren die Zuschauer eigentlich nicht gekommen, um Savannahs neue Choreografie zu bewundern. Emily, Eden und Charlotte schienen das ähnlich zu sehen, denn Emily stand gar nicht erst von der Bank auf.

An der Seitenlinie sprang Savannah fast so hoch wie Link.

»Gebt mir ein L!«

Lena verschluckte sich beinahe an ihrem Mineralwasser. »Das darf nicht wahr sein …«

Man hörte Savannah quer durch die ganze Turnhalle. »Gebt mir ein I!«

Ich schüttelte den Kopf. »Sie meint es ernst. Savannah Snow versteht keinen Spaß.«

»Gebt mir ein N!«

»Ich fürchte, wir werden das Ende nicht mehr zu hören bekommen«, sagte Lena mit einem vielsagenden Blick auf Ridley, die ihren Kaugummi umso heftiger traktierte, je mehr Savannah herumsprang.

»Gebt mir ein K!«

»Gebt mir 'ne Pause.« Ridley spuckte ihren Kaugummi aus und klebte ihn unter den Sitz. Ehe wir sie daran hindern konnten, war sie schon über die Aluminium-Sitzreihen nach unten aufs Spielfeld geklettert – in all ihrer High-Heels-pinkfarbene-Strähnchen-schwarzer-Mini-Pracht.

»Oh nein.« Lena wollte aufstehen, aber ich zog sie wieder auf den Sitz.

»Du kannst es nicht verhindern, L.«

»Was macht sie denn?« Lena brachte es nicht fertig hinzusehen.

Ridley sprach mit Savannah und zog dabei ihren tief sitzenden Gürtel mit dem giftigen Insekt fester – wie ein Gladiator, der sich zum Kampf rüstet. Anfangs konnte ich kaum verstehen, was sie sagten, aber es dauerte nicht lange und sie schrien sich an.

»Hast du ein Problem?«, giftete Savannah.

Ridley grinste. »Nein. Ach, warte … vielleicht dich?«

Savannah ließ ihre Pompons auf den Boden fallen. »Du bist eine Schlampe. Wenn du andere Jungs um deine Schlampenfinger wickeln willst, bitte schön. Aber Link ist einer von uns.«

»Ich sag dir was, Barbie. Ich hab ihn schon längst um den Finger gewickelt. Aber weil ich nicht unfair sein will, warne ich dich. Verschwinde, bevor es wehtut.«

Savannah verschränkte die Arme vor der Brust. »Versuch's doch.«

Bei den beiden war eindeutig ein Schiedsrichter gefragt.

Lena hielt sich die Augen zu. »Prügeln sie sich?«

»Ähm, sieht eher aus, als würden sie die Spieler anfeuern. Glaub ich jedenfalls.« Ich zog Lenas Hand von ihren Augen weg. »Das musst du dir selbst anschauen.«

Ridley hatte einen Daumen in den Gürtel gehakt, mit der anderen Hand schüttelte sie einen Pompon, den sie zuvor aufgehoben hatte, als wäre er ein Stinktier. Neben ihr war die gesamte Cheerleader-Truppe angetreten, alle stellten sich gerade zu einer Standard-Pyramide auf, und Savannah gab die Kommandos.

Link blieb mitten im Lauf stehen. Alle blieben stehen.

L, ich weiß nicht, ob das der richtige Zeitpunkt ist, sich zu rächen.

Lena ließ Ridley nicht aus den Augen.

Ich tue rein gar nichts. Aber es gibt jemand anderen, der etwas tut.

Savannah war eine der Säulen der Pyramide. Sie stand da und lächelte, während Emily mürrisch an die Spitze kletterte. Die anderen Mädchen folgten beinahe mechanisch.

Ridley wedelte mit einem schlaffen Pompon über ihrem Kopf.

Link dribbelte den Ball im Stehen auf den Boden. Wie wir anderen, die Ridley kannten, wartete auch er auf das Schreckliche, das noch nicht geschehen war, aber jeden Augenblick geschehen würde.

L, glaubst du, dass Ridley …

Unmöglich, sie ist keine Caster mehr. Sie hat keine Magie mehr.

»Gebt mir ein …«, Ridley schüttelte ihren Pompon halbherzig, »… R.«

An der Spitze der Pyramide begann Emily zu schwanken.

»Und dann ein I!«

Auch die anderen kamen ins Schwanken; es war, als ginge eine Welle durch die Pyramide.

»Und jetzt ein D.« Ridley ließ den Pompon fallen. Emily riss die Augen auf. Link hielt den Ball fest. »Und was heißt das, ihr Cheerloser?« Ridley zwinkerte.

Lena …!

Ich lief hinter ihr her, bevor ich überhaupt richtig wusste, was passierte.

»Rid!«, rief Link, aber sie sah ihn nicht an. Lena war schon über die Sitzreihe gesprungen und rannte zum Spielfeld.

Ridley, nein!

Ich war dicht hinter ihr, aber ich konnte nichts mehr tun.

Es war zu spät.

Die Pyramide brach über Savannah zusammen.

Danach ging alles blitzschnell – so als wollte Gatlin die Ereignisse im Zeitraffer vorspulen, von Eilmeldung bis zum Schnee von gestern. Ein Rettungswagen holte Savannah und Emily ab und brachte sie ins Krankenhaus nach Summerville. Alle sagten, es grenze an ein Wunder, dass Emily noch am Leben sei, nachdem sie von ganz oben heruntergestürzt war. Immer wieder war von einer Verletzung der Wirbelsäule die Rede, was sich aber bald als Gerücht herausstellte, denn mit Emilys Rücken war offensichtlich alles in Ordnung. Anscheinend hatte Savannah ihren Sturz abgefedert, als sie sich selbstlos zum Wohle der ganzen Mannschaft opferte. So jedenfalls erzählte man sich die Geschichte.

Link fuhr ins Krankenhaus, um nach Savannah zu sehen. Er fühlte sich so schuldig, als hätte er sie eigenhändig krankenhausreif geschlagen. Die offizielle Diagnose, die er uns dann telefonisch von der Klinik aus mitteilte, gab Anlass zur Entwarnung. Es ginge ihr so weit gut, hieß es, sie hätte nur ein paar Prellungen. Und als Savannah ihre Mutter nach Hause schickte, um ihr Schminktäschchen zu holen, atmeten alle Beteiligten erleichtert auf.

Ich hatte so ein Gefühl, dass Savannah und Link den Nachmittag auf ihre eigene Art genossen hatten, und wollte mir gar nicht ausmalen, was passieren würde, wenn Ridley dahinterkam, dass Link ins Krankenhaus gefahren war. Vielleicht war es gar keine so schlechte Idee, dass sich Link mit dem Bezirkskrankenhaus vertraut machte.

Lena und ich waren mittlerweile in ihrem Zimmer in Ravenwood und Ridley war unten und blies Trübsal. In Lenas Zimmer war man so weit von der Jackson High entfernt wie nur irgend möglich, und nichts von dem, was in der Stadt vorging, schien bis hierher zu dringen. Seit Lena von der Weltenschranke zurückgekommen war, hatte sich ihr Zimmer verändert. Lena behauptete, es läge daran, dass sie die Welt jetzt durch ein goldenes und ein grünes Auge sähe. Und wieder einmal spiegelte Ravenwood ihre Gefühle wider, so wie es das schon immer für sie und Macon getan hatte.

Ihr Zimmer war so lichtdurchflutet wie ein extravagantes Baumhaus aus Glas. Von außen sah es aus wie immer, die verwitterten Fensterläden waren wie zuvor mit Efeu überwachsen, und auch sonst erinnerte einiges noch an ihr altes Zimmer. Wo früher Fenster gewesen waren, waren auch jetzt noch Fenster, und wo früher Türen gewesen waren, waren sie auch jetzt noch. Aber die Decke war offen; sie bestand aus beweglichen Glasplatten, die zur Seite geschoben worden waren, um die Luft hineinzulassen. Und der Fußboden war ein vielteiliger Spiegel, der den Himmel mit all seinen Wandlungen reflektierte. Wenn die Sonne auf uns herabbrannte – was sie jetzt immer tat –, brachen sich die Sonnenstrahlen und spiegelten sich so oft wider, dass man unmöglich sagen konnte, welche Sonne die echte war. Alle Sonnen verbreiteten ihren Schein und tauchten den Raum in ein blendendes Licht.

Ich legte mich aufs Bett, schloss die Augen und ließ den Luftzug über mich hinwegstreichen. Ich wusste, dass es kein wirklicher Luftzug war, sondern Lenas Caster-Brise, aber das war mir egal. Meine Lungen schienen zum ersten Mal an diesem Tag genug Luft zu bekommen. Ich zog mein verschwitztes T-Shirt aus und ließ es auf den Boden fallen. Das war schon besser.

Ich öffnete ein Auge. Lena schrieb etwas an die Glaswand direkt neben ihrem Bett, die Worte hingen in der Luft wie dahingesprochene Sätze, eingefangen mit schwarzem Filzstift.

nicht Licht nicht Dunkel nicht du nicht ich
spür Licht spür Dunkel spür dich spür mich

Als ich die Handschrift sah, die mir aus der Zeit vor dem Sechzehnten Mond vertraut war, ging es mir gleich noch viel besser.

das ist der schwere Weg, der (abgrund)tiefe, der herz(zerbrech)liche

Ich drehte mich auf die Seite. »Hey, was soll das bedeuten? Was meinst du mit *herzzerbrechlich*?« Diese Zeile gefiel mir ganz und gar nicht.

Lena sah mich an und lächelte. »Ich rede nicht vom Hier und Jetzt.«

Ich zog sie neben mich aufs Bett. Meine Finger spielten mit ihrem langen Haar, mein Daumen strich an ihrem Schlüsselbein entlang. Ich liebte es, ihre Haut zu spüren, auch wenn es wie Feuer brannte. Meine Lippen berührten ihre, und ich merkte, wie Lena die Luft anhielt. Und meine Luft war völlig weg, aber das war mir egal.

Lena strich mir über den Rücken, ihre Fingerspitzen fuhren über meine nackte Haut.

»Ich liebe dich«, flüsterte ich in ihr Haar.

Sie nahm mein Gesicht zwischen die Hände und bog ihren Hals, damit sie mich ansehen konnte. »Ich glaube nicht, dass ich irgendjemanden so lieben könnte wie dich.«

»Ich weiß, dass ich es nicht könnte.«

Lena legte eine Hand auf meine Brust, sodass sie spüren konnte, wie sehr mein Herz pochte. Sie setzte sich und hob mein T-Shirt auf. »Zieh das lieber wieder an, sonst riskierst du, dass ich lebenslänglich Hausarrest bekomme. Onkel Macon schläft ja nicht den ganzen Tag. Wahrscheinlich ist er jetzt unten in den Tunneln zusammen mit...« Sie brach unvermittelt ab, daher wusste ich sofort, von wem sie sprach.

Das Shirt in den Händen, setzte ich mich auf und betrachtete noch einmal die Wörter an der Wand.

»Ich weiß auch nicht, warum ich das schreibe«, sagte Lena. »Irgendwie tauchen die Worte einfach in meinem Kopf auf.«

»So wie bei meinem Vater sein neuer Bestseller-Titel *Der Achtzehnte Mond*?« Die Sache spukte mir genauso hartnäckig im Kopf herum, wie Amma mir aus dem Weg ging.

»Wie bei Savannah ihr neuer supercooler Anfeuerungsruf *Link*?« Lena schmiegte sich an mich. »Das ist alles so ein Mist.«

»Gebt mir ein M. Gebt mir ein I-S-T.«

»Hör auf mit dem Quatsch«, sagte Lena und küsste mich auf den Nacken. »Und zieh dich an.«

Ich streifte mir das T-Shirt über, aber mitten in der Bewegung hielt ich inne. »Bist du sicher, dass ich das machen soll?« Sie beugte sich vor, um meinen Bauch zu küssen, dann zog sie mein Shirt darüber. Der stechende Schmerz verging, so schnell er gekommen war, aber er hätte mich sowieso nicht daran gehindert, Lena wieder an mich zu ziehen.

Sie wich mir aus. »Wir sollten Onkel Macon erzählen, was heute passiert ist.«

»Was sollen wir ihm denn sagen? Dass Ridley einen Streit nach dem anderen vom Zaun bricht? Dass sie zwar keine Caster-Magie mehr hat, den Cheerleadern aber trotzdem merkwürdige Dinge zustoßen, sobald sie in der Nähe ist?«

»Ja. Nur für alle Fälle. Vielleicht führt sie etwas im Schilde. Vielleicht solltest du ihm auch von dem neuen Buch deines Vaters erzählen.« Lena streckte die Hand aus und ich nahm sie. Langsam wich alle Energie aus mir.

»Du meinst, weil das letzte Buch ein solcher Erfolg war? Es steht ja noch gar nicht fest, ob es überhaupt ein neues Buch geben wird.« Ich hatte weder Lust, über meinen Vater und seine Bücher nachzudenken noch über Ridley und Savannah Snow. Aber ich gab nach.

Wir waren schon fast den ganzen Flur entlanggegangen, als mir auffiel, dass wir aufgehört hatten zu sprechen. Je näher wir kamen, desto langsamer wurden Lenas Schritte. Es machte ihr nichts aus, in die Tunnel hinunterzusteigen. Sie wollte nur nicht, dass ich es tat.

Und der Grund dafür waren nicht die Tunnel, sondern Macons studentische Hilfskraft.

12.9.

Adam und Eva

An der schwarz lackierten Tür klebte ein handgeschriebener Flyer, der für Links Band, die Holy Rollers, warb: *WAS IST ROCK OHNE ROLLERS?* Lena blieb stehen und klopfte. »Rid?«

»Müssen wir unbedingt zu Ridley?« Ich hatte für heute eigentlich genug von ihr.

»Müssen wir nicht. Aber von ihrem Zimmer aus kommt man am schnellsten in die Tunnel. Onkel Macons geheimer Durchgang, erinnerst du dich?«

»Richtig. Sein Schlafzimmer ist ja jetzt …« Ich starrte die schwarze Tür an und malte mir mit Schrecken aus, was Ridley wohl mit Macons Zimmer veranstaltet hatte. Seit jenem fürchterlichen Streit mit Lena hatte ich den Raum nicht mehr betreten.

Lena zuckte die Achseln. »Er wollte nicht mehr darin wohnen. Er schläft jetzt meistens in seinem Zimmer in den Tunneln.«

»Das ist genau das richtige Zimmer für Ridley. Weil sie ja so gar nicht der Typ ist, der sich mitten in der Nacht durch einen Geheimgang schleicht«, sagte ich.

Lena hatte die Hand schon auf die Klinke gelegt, aber jetzt zögerte sie. »Ethan, sie hat von allen Bewohnern im Haus die geringsten magischen Fähigkeiten und deshalb mehr Grund, sich da unten zu fürchten, als jeder andere von …«

Ehe sie den Satz zu Ende sprechen konnte, hörte ich einen unmissverständlichen Laut. Ein Geräusch, wie wenn der Himmel auseinanderreißt.

Ein Geräusch, wie wenn ein Inkubus raumwandelte.

»Hast du das gehört?«

Lena blickte mich stirnrunzelnd an. »Was?«

»Es hat sich angehört, als würde jemand die Luft aufschlitzen.«

»Onkel Macon raumwandelt nicht mehr. Und Ravenwood ist komplett gebannt. Kein Inkubus, egal wie mächtig er ist, kann hier eindringen.« Aber trotz ihrer beruhigenden Worte wirkte auch sie besorgt.

»Es war sicher etwas anderes. Vielleicht hat die Küche wieder mit irgendetwas experimentiert.« Ich berührte Lenas Hand auf der Klinke und hielt dabei den Atem an. »Mach auf.«

Lena drückte gegen die Tür, aber es tat sich nichts. Sie drückte erneut. »Merkwürdig. Sie klemmt.«

»Lass mich mal.« Ich warf mich mit meinem ganzen Gewicht gegen die Tür. Sie gab keinen Millimeter nach, was mich ärgerte, also versuchte ich es noch einmal, diesmal noch etwas kräftiger. »Sie klemmt nicht. Sie ist – du weißt schon.«

»Sie ist was?«

»Was weiß denn ich, wie dieser lateinische Spruch heißt, mit dem man Türen verschließen kann.«

»Du meinst einen Caster-Spruch? Ausgeschlossen. Ridley könnte niemals einen *Obex*-Bann sprechen, selbst wenn sie ihn in einem Buch finden würde. Er ist viel zu schwierig.«

»Machst du Witze? Nach der Show, die sie mit den Cheerleadern abgezogen hat?«

Lena nahm die Tür ins Visier. Ihr grünes Auge fing an zu leuchten und ihr goldenes Auge verdüsterte sich. Ihre schwarzen Locken umwehten ihre Schultern, und ich hörte kaum, wie sie den Caster-Spruch sagte, da flog die Tür schon mit solcher Wucht auf, dass sie aus den Angeln gerissen und mitten in Ridleys Zimmer geschleudert wurde. Das war wohl die Caster-Art zu sagen: »Du kannst mich mal.«

Ich knipste das Licht an und wir betraten den Raum. Lena hob naserümpfend einen Lolli auf, der an einem Lockenstab klebte. Überall lagen Kleider, Schuhe, Schminkutensilien und Süßigkeiten herum – auf jeder Ablage, auf dem Bett, auf dem pinkfarbenen Flauschteppich.

»Pass auf, dass du alles wieder genau dorthin legst, wo es war. Wenn sie rausfindet, dass wir hier waren, kriegt sie einen Anfall. In letzter Zeit ist sie ziemlich zickig, was ihr Zimmer angeht.« Lena stieß ein Nagellackfläschchen an, das offen auf einer Kommode lag und auslief. »Hier ist keine Spur von Caster-Magie. Keine Bücher, keine Amulette.«

Ich schlug den pinkfarbenen Teppich zurück, um die schmalen Ritzen der verborgenen Caster-Tür im Fußboden freizulegen.

»Außer …« Lena hielt eine fast leere Tüte mit Tortilla-Chips hoch. »Ridley kann Doritos nicht ausstehen. Sie mag es süß, nicht salzig.«

Ich starrte hinunter in die Dunkelheit, und wieder zweifelte ich, ob es die Stufen wirklich gab. »Ich stehe vor einer unsichtbaren Treppe und du findest Tortilla-Chips seltsam?«

Lena hielt noch eine Tüte, diesmal eine volle, hoch. »Sehr seltsam. Ja.«

Ich streckte den Fuß aus und tastete herum, bis ich festen Untergrund spürte. »Ich war früher auch ganz wild auf Schokomilch. Inzwischen wird mir schlecht davon. Heißt das, dass ich jetzt magische Kräfte habe?«

Ich tauchte in die Dunkelheit ein, ohne ihre Antwort abzuwarten.

Als wir die Treppe zu Macons privatem Arbeitszimmer hinuntergestiegen waren, sahen wir ihn an seinem Schreibtisch stehen. Er starrte auf die Seiten eines großen Buches. Lena wollte auf ihn zugehen …

»Fünf.« Es war die Stimme eines Mädchens.

Wir erstarrten beide beim Klang der vertrauten Stimme. Ich legte die Hand auf Lenas Arm.

Warte.

Wir verharrten im Schatten neben der Tür. Sie hatten uns zum Glück noch nicht gesehen.

»Fünf was, Miss Durand?«, fragte Macon.

Liv erschien mit einem Stapel Bücher auf dem Arm. Ihre blonden Haare ergossen sich glänzend auf ihr Lieblings-T-Shirt mit dem Pink-Floyd-Motiv und in ihren blauen Augen spiegelte sich das Licht. Hier, in der Dunkelheit des Untergrunds, sah Liv aus, als bestünde sie aus Sonnenschein.

Marians ehemalige Praktikantin, meine ehemalige gute Freundin. Aber das stimmte nicht ganz und wir alle wussten es. Sie war für mich mehr als nur eine gute Freundin gewesen. Damals, als Lena mich verlassen hatte. Aber dann war Lena zurückgekehrt, und ich wusste nicht genau, was das für Liv und mich bedeutete. Sie würde in jedem Fall immer meine Freundin bleiben, auch wenn es eigentlich nicht möglich war. Sie hatte mir geholfen, meinen Weg zurück zu Lena und an die Weltenschranke zu finden, dem Hort Dunkler und Lichter Kräfte. Für mich und für Lena hatte Liv ihre Zukunft als Hüterin aufgegeben. Allein dafür schuldeten wir ihr auf ewig Dank.

Es gab mehr als nur eine Art und Weise, im Bann eines Menschen zu stehen. Ich hatte das auf die harte Tour am eigenen Leib erfahren müssen.

Liv ließ die Bücher vor Macon auf den Schreibtisch fallen. Staub quoll zwischen den alten Buchdeckeln hervor. »Es gibt insgesamt nur fünf Fälle mit gemischten Blutlinien, die eine derartige Verbindung verschiedener Magien hervorbringen können. Ich habe alle Caster-Stammbäume, die ich diesseits und jenseits des Atlantiks finden konnte, miteinander verglichen, Ihren eigenen eingeschlossen.«

Gemischte Blutlinien. Ethan, sie sprechen von John.

Lena brachte es kaum über sich, es zu kelten. Sogar ihre Gedanken waren verstummt.

Macon murmelte vor sich hin. »Ach ja? Natürlich alles nur im Interesse der Wissenschaft.«

»Natürlich.« Liv schlug ihr viel benutztes rotes Notizbuch auf.

»Und? Haben Sie einen Hinweis in den überlieferten Caster-Stammbäumen gefunden? Irgendetwas, das die Existenz unseres geheimnisvollen Mischlingswesens namens John Breed erklären könnte?«

Ich schätze, du hast recht.

Liv breitete zwei Pergamentblätter vor sich aus, die ich sofort wiedererkannte. Die Stammbäume der Familien Duchannes und Ravenwood. »Wenn man dem Rat der Hohen Wacht glauben darf, gibt es nur vier Vorkommnisse.«

Dem Rat der was?

Später, Ethan.

Liv sprach weiter. »Zum einen sind das Sarafine Duchannes' Eltern: Emmaline Duchannes, eine Lichte Caster, und Silas Ravenwood, ein Blut-Inkubus. Lenas Großeltern.« Liv blickte auf; ihre Wangen hatten sich gerötet.

Macon machte eine wegwerfende Handbewegung. »Emmaline ist eine Empathin, ihre Caster-Fähigkeiten sind sicherlich nicht dafür geeignet, einen Mischlings-Inkubus hervorzubringen, der sich im hellen Tageslicht frei bewegen kann; dazu braucht es mindestens eine Evo. Zudem ist unser Mischwesen augenscheinlich viel zu jung, als dass es aus dieser speziellen Verbindung hervorgegangen sein könnte.«

Lena erschauerte und ich drückte ihre Hand.

Sie durchforsten all diese verrückten Stammbäume, L. Aber die werden ihnen auch nicht weiterhelfen können.

Noch nicht.

Lena lehnte den Kopf an meine Schulter, und ich beugte mich weiter in den Raum, um besser lauschen zu können.

Duchannes-Stammbaum

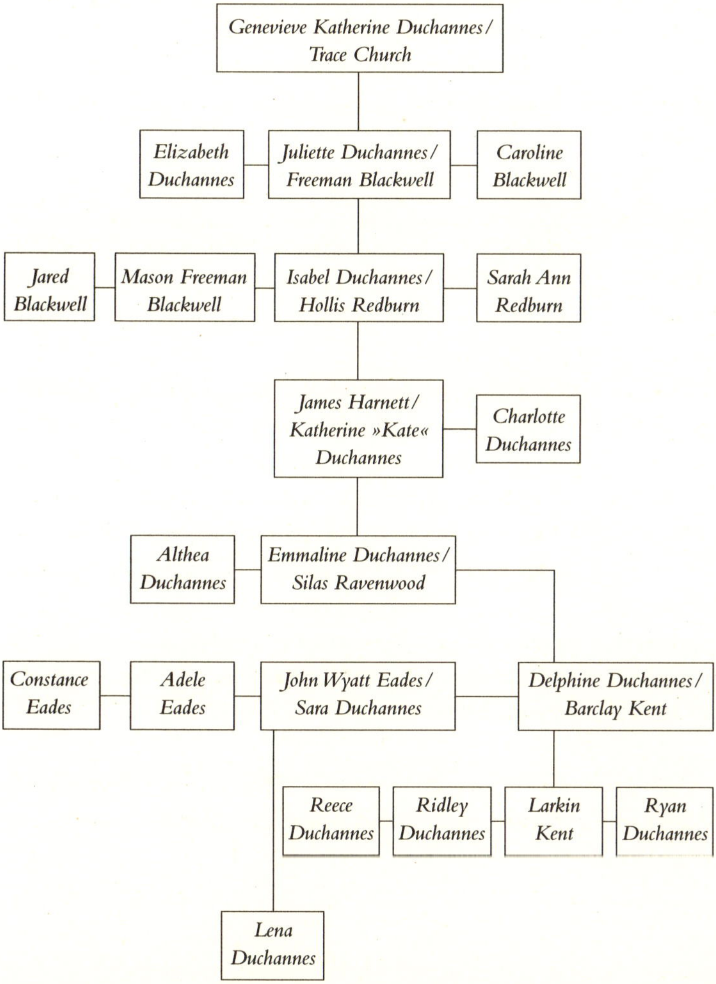

Ravenwood-Stammbaum

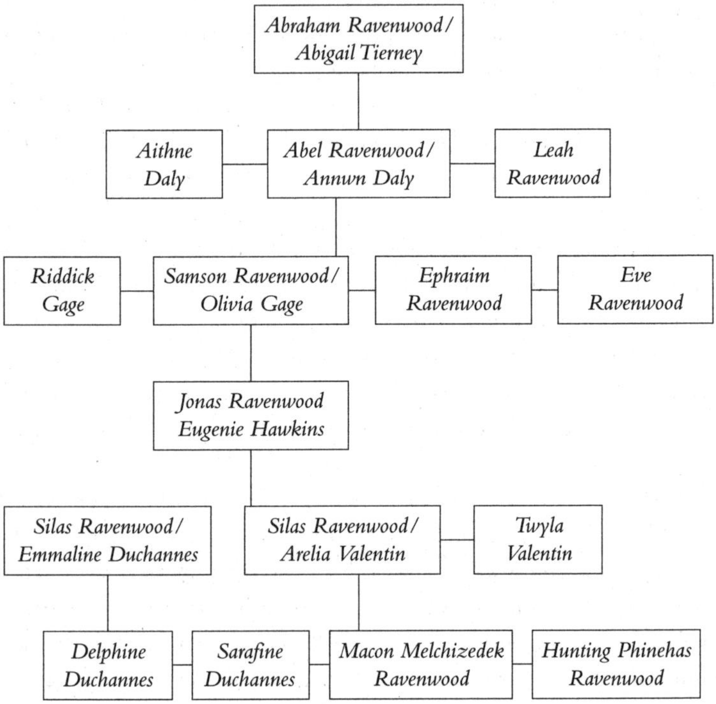

»Bleiben noch vier mögliche Verbindungen übrig, die einen solchen Zwitter aus Inkubus und Dunklem Caster hervorbringen können«, fuhr Liv fort. »Eine Kombination mit einem Dunklen Caster kommt nicht in Betracht, weil es keine ...«

»Lichten Inkubi gibt – obwohl ich früher als solcher galt? Das ist wahr. Inkubi sind von Natur aus Dunkel. Das weiß wahrscheinlich niemand besser als ich, Miss Durand.«

Liv klappte ihr Notizbuch zu und schaute etwas unbehaglich drein, aber Macon winkte ab. »Keine Angst. Ich beiße nicht. Ich habe mir nie etwas aus Menschenblut gemacht. Ich fand es eher widerwärtig.«

»Wenn John Breed so etwas wie ein Mischblut unter den Übernatürlichen ist, dann ist er das garantiert nicht zufällig«, führte Liv ihre Überlegungen weiter. »So etwas ist einmalig, noch nie da gewesen, und so weit die Aufzeichnungen von Professor Ashcroft zurückreichen, hat noch kein Hüter je etwas Ähnliches dokumentiert. Es scheint fast, als wären sämtliche Aufzeichnungen über eine solche Geburt restlos aus der *Lunae Libri* getilgt worden.«

»Was zeigt, dass wir mit unseren Vermutungen recht hatten. Dieser Junge ist mehr als nur ein Inkubus, dem das Tageslicht nichts ausmacht. Warum sonst würde man so viel Sorgfalt darauf verwenden, seine Herkunft zu verschleiern?« Macon rieb sich die Stirn, seine grünen Augen waren rot unterlaufen. Bei seinem Anblick fiel mir ein, dass ich gar nicht wusste, ob und wann er schlief, jetzt wo er kein Inkubus mehr war. Momentan wirkte er so, als hätte er Schlaf dringend nötig. »Das ist ein Fortschritt, Miss Durand. Gut gemacht.«

Liv war enttäuscht. Ich kannte diesen Blick von ihr. »Wohl kaum. Die genetische Abstammung kennen wir immer noch nicht. Und ohne sie lässt sich nur schwer einschätzen, welche Fähigkeiten John besitzt. Oder welchen Anteil er an all dem hat.«

»Ein stichhaltiges Argument. Trotzdem müssen wir uns auf das konzentrieren, was wir wissen. John Breed bedeutet Abraham viel, und das wiederum heißt, dass der Junge eine wichtige Rolle in seinen Plänen spielt.«

Liv streckte den Arm aus. Die Zeiger ihrer sonderbaren Armbanduhr Marke Eigenbau – ihr sogenanntes Selenometer, das ihr die einzigen Antworten gab, denen sie vertraute – drehten sich hektisch. »Ehrlich gesagt, Sir, weiß ich nicht, wie viel Zeit uns noch bleibt, um das herauszufinden. Ich habe noch nie zuvor solche Werte auf dem Selenometer abgelesen. Ich sage es nur ungern, aber man könnte fast meinen, der Himmel stürzt jeden Augenblick auf Gatlin herab.«

Macon stand auf und ließ seine Hand schwer auf Livs Schulter fallen. Ich wusste genau, was für ein kräftiger Griff das war, fast spürte ich ihn selbst. »Nur keine Scheu vor der Wahrheit, Miss Durand. Jetzt ist nicht die Zeit für Artigkeiten. Wir müssen uns beeilen. Mehr können wir ohnehin nicht tun.«

Unter dem Druck seiner Hand richtete Liv sich auf. »Ich weiß nicht, wie man sich richtig verhält, wenn die Welt der Sterblichen womöglich kurz davorsteht, völlig ausgelöscht zu werden.«

»Mein liebes Kind, ich glaube, genau darum geht es.«

»Wie meinen Sie das?«

»Betrachten wir die Fakten. Augenscheinlich hat sich die Welt der Sterblichen seit der Nacht der Berufung verändert. Der Himmel droht herabzufallen, wie Sie selbst es beschrieben haben. Die Hölle auf Erden, wie unsere bezaubernde Mrs Lincoln sagen würde. Und in der Caster-Welt zeigt sich eine ganz neue, noch nie da gewesene Spezies, der Caster-Inkubus. Eine Art neuer Adam. Was auch immer sich hinter dieser Mischlingskreatur verbirgt, sie ist nicht zufällig aufgetaucht. Dazu ist das Timing zu perfekt. Nein, das alles ist ein groß angelegter Plan – und weil Abraham zweifellos mit von der Partie ist, auch ein grandioser Plan.«

Lena war blass geworden. Ich nahm ihre Hand.

Gehen wir.

Sie legte den Finger auf die Lippen.

Ist er Adam?

L…

Ethan, wenn er Adam ist…

Liv starrte Macon aus weit aufgerissenen Augen an. »Sie halten Abraham für denjenigen, der hinter allem steckt?«

Macon schnaubte. »Hunting ist nicht schlau genug für ein solches Unterfangen und Sarafine hat nicht die Macht dazu. Einmal abgesehen von der Frage der Abstammung, so ist der Junge doch in etwa so alt wie Lena? Oder ein wenig älter?«

Ich will nicht Eva sein.

Das bist du auch nicht.

Woher willst du das wissen, Ethan? Ich glaube, ich bin es.

Nein, das bist du nicht, L.

Ich nahm sie in die Arme, und durch mein dünnes Baumwollshirt hindurch spürte ich, wie heiß ihre Wangen waren.

Doch. Diese Rolle war für mich vorgesehen.

Macon sprach, aber mit jedem Wort schien er sich in Gedanken weiter zu entfernen. »Geht man davon aus, dass John Breed nicht aus irgendeiner fremden Welt kommt, dann stammt er aus unserer Welt der Caster oder der Sterblichen und ist hier groß geworden. Das wiederum setzt mehr als eineinhalb Jahrzehnte lang schlaue Täuschungsmanöver voraus – worin Abraham ein Meister ist.« Er verstummte.

»Wollen Sie damit andeuten, dass John in einem Caster-Laboratorium geboren wurde? Als eine Art übernatürliches Retortenbaby?«

»Etwas in der Art, ja. Vielleicht nicht unbedingt geboren, eher gezüchtet. Was auch erklären würde, weshalb Abraham ein so großes Interesse an ihm hat.« Macon hielt kurz inne, dann fügte er vielsagend hinzu: »Diese Art plumper Witz hätte ich von meinem Bruder Hunting erwartet, nicht von Abraham. Ich bin enttäuscht.«

»John *Breed*«, sagte Liv langsam. »Oh mein Gott. Der Name ist so offensichtlich, wir haben es nur nie erkannt.« Liv sank auf die Ottomane gegenüber von Macons Schreibtisch.

Ich drückte Lena fester an mich. Ihre Gedanken waren nur ein Flüstern.

Das ist abartig. Er *ist abartig.*

Ich wusste nicht, ob sie John oder Abraham meinte, aber das machte auch keinen Unterschied. Sie hatte recht. Das alles war einfach nur abartig.

»Also bleiben uns zwei Fragen, Miss Durand. Wie und vor allem warum?«

»Wenn John Breed tot ist, spielt das keine Rolle mehr.« Liv war bleich und wirkte jetzt genauso erschöpft wie Macon.

»Ist er das wirklich? Ich glaube das erst, wenn ich seinen Leichnam gesehen habe.«

»Sollten wir unsere Nachforschungen nicht drängenderen Problemen widmen, zum Beispiel der Insektenplage und dem verrückt spielenden Klima? Die Frage ist doch, wie wir die Heimsuchungen beenden können, die Lenas Siebzehnter Mond in die Welt der Sterblichen gebracht hat?«

Macon beugte sich vor. »Olivia, haben Sie eine Vorstellung davon, wie alt diese Bibliothek hier ist?«

Liv schüttelte den Kopf.

»Wissen Sie, wie alt alle unsere weit verzweigten Caster-Bibliotheken sind? Jene hier und jene weit entfernt – in London, Prag, Madrid, Istanbul, Kairo?«

»Nein, nicht direkt.«

»Meinen Sie, dass es in einer dieser Bibliotheken – und viele von ihnen habe ich während der vergangenen Wochen selbst besucht – einen einzigen Hinweis darauf gibt, wie man die Ordnung der Dinge wiederherstellen kann?«

»Natürlich. Es muss einen Hinweis geben. So etwas ist bestimmt früher schon einmal passiert.«

Macon schloss die Augen.

»Noch nie?«, fragte Liv nach einigen Sekunden. Sie sagte es so leise, dass wir es von unserem Standort aus kaum hörten.

»Der Junge ist unser einziger Anhaltspunkt. Wie ist er in die Welt gekommen und was ist der Zweck seines Daseins?«

»Und das Mädchen?«

»Olivia, jetzt gehen Sie zu weit.«

Aber so leicht ließ sich Liv nicht einschüchtern. »Vielleicht wissen Sie es ja längst? Was ist der Zweck *ihres* Daseins? Wissenschaftlich betrachtet ist das wichtig.«

Lena verschloss sich vor mir und kapselte ihre Gedanken von meinen ab, bis ich allein am Fuß der Treppe stand, obwohl wir uns aneinanderklammerten.

Macon schüttelte den Kopf. Als er sprach, war seine Stimme rau. »Sagen Sie den anderen nichts. Ich will mir vorher absolut sicher sein.«

»Bevor Sie Lena eröffnen, was sie getan hat«, sagte Liv. Das war eine Tatsache, aber so wie sie es sagte, schwang noch etwas anderes mit.

In Macons grünen Augen konnte man Gefühle ablesen, wie man sie in seinen schwarzen Augen nie gesehen hatte. Angst. Wut. Groll. »Bevor ich ihr eröffne, was sie tun muss.«

»Womöglich lässt es sich gar nicht mehr aufhalten«, erwiderte Liv und blickte auf ihr Selenometer.

»Olivia, es geht nicht nur um das Universum, das vielleicht zerstört wird. Es geht um meine Nichte. Und die ist mir wichtiger als tausend zerstörte Universen.«

»Glauben Sie mir, das weiß ich.« Wenn Liv verbittert war, dann ließ sie es sich nicht anmerken.

Ich stand da und hatte das Gefühl, mein Herz würde jeden Augenblick aufhören zu schlagen. Lena glitt aus meiner Umarmung und war verschwunden, ehe ich wusste, wie mir geschah.

Ich spürte sie wenig später in ihrem Zimmer auf. Sie weinte nicht, und ich versuchte nicht, sie zu trösten. Wir saßen schweigend da, hielten uns an den Händen, bis es wehtat, bis die Sonne unterging –

hinter den Worten, hinter dem Glas, hinter den Bäumen und dem Fluss. Die Nacht kroch über ihr Bett, und ich wartete darauf, dass die Dunkelheit alles auslöschte.

15.9. *Izabel*

»Seid ihr sicher, dass wir hier richtig sind?« Wir waren südlich von Charleston von der Schnellstraße abgebogen. Aber statt der so vertrauten viktorianischen Häuser mit umlaufender Veranda und weißen Türmchen, die sich den Wolken entgegenreckten, war da – nichts. Statt Häuserreihen erstreckten sich Tabakfelder, so weit das Auge reichte, dazwischen sah man hin und wieder eine verwitterte Scheune.

Lena blickte auf den Notizzettel in ihrem Schoß. »Das ist der richtige Weg. Gramma hat gesagt, es gäbe nicht viele Gebäude in der Nähe meiner alten … da wo unser Haus einmal war.«

Als Lena angekündigt hatte, zu dem Haus fahren zu wollen, in dem sie zur Welt gekommen war, hatte mir das eingeleuchtet – etwa zehn Sekunden lang. Es war ja nicht nur das Haus, in dem sie ihre ersten Schritte gemacht und die Wände mit Kreide vollgekritzelt hatte. Es war auch das Haus, in dem ihr Vater zu Tode gekommen war. Das Haus, in dem Lena selbst beinahe gestorben wäre, als ihre Mutter es kurz vor ihrem ersten Geburtstag in Brand gesteckt hatte.

Lena bestand darauf, es sich anzuschauen, also versuchte ich erst gar nicht, ihr die Sache auszureden. Wir hatten über das, was wir in Macons Arbeitszimmer mitangehört hatten, kein Wort verloren, aber es war ganz eindeutig ein weiteres Teil in dem Puzzle, zu dem unser Leben geworden war. Macon war überzeugt, dass in Lenas und Johns Vergangenheit der Schlüssel zu dem lag, was gerade in der Welt der Caster und der Sterblichen vorging. Aus diesem Grund fuhren wir jetzt durchs Hinterland.

Tante Del beugte sich auf dem Rücksitz des Volvo nach vorne. Auf ihrem Schoß saß meine Katze Lucille. »Das kommt mir alles nicht bekannt vor, aber ich kann mich auch irren.«

Das war eine glatte Untertreibung. Tante Del war so ziemlich die Letzte, die ich nach dem Weg fragen würde, es sei denn, wir befänden uns in den Tunneln. Inzwischen war ich mir nicht einmal mehr sicher, ob sie sich dort unten überhaupt noch zurechtfinden würde. Der Abstecher zu der Brandruine von Lenas Geburtshaus war an sich schon ein verrücktes Vorhaben, aber noch viel abwegiger war es, ausgerechnet Tante Del mitzunehmen. Seit Lenas Berufung war niemand so durch den Wind wie sie. Aber Lena brauchte ihre Kräfte als Palimpsest. Tante Del hatte die Gabe, die Zeit zu lesen, und die wollte Lena jetzt nutzen.

Lena deutete zu meiner Fensterseite hinaus. »Ich vermute, es ist dort drüben. Onkel M meinte, wir sollten nach einem Weg Ausschau halten, der links abzweigt.« An der Straße entlang verlief ein Zaun, dessen weiße Farbe abblätterte. Nicht sehr weit entfernt war ein Durchlass. »Hier ist es.«

Während ich zwischen den windschiefen Pfählen abbog, hörte ich, wie Lena den Atem anhielt. Ich nahm ihre Hand und sofort fing mein Puls an zu rasen.

Willst du das wirklich machen?

Nein. Aber ich muss wissen, was geschehen ist.

L, du weißt doch, was geschehen ist.

Hier hat alles angefangen. Hier hat mich meine Mutter in den Arm genommen, als ich noch ein Baby war. Hier hat sie sich entschlossen, mich zu hassen.

Sie war damals schon eine Dunkle Caster. Sie konnte nicht lieben.

Lena lehnte den Kopf an meine Schulter und ich fuhr langsam die staubige Einfahrt entlang.

Ein Teil von mir ist auch Dunkel, Ethan. Und ich liebe dich.

Ihre Worte schockierten mich. Lena war nicht Dunkel, sie war nicht wie ihre Mutter.

Das kannst du nicht vergleichen. Du bist auch Licht.

Ich weiß. Aber Sarafine ist nicht tot. Sie ist irgendwo, vermutlich zusammen mit Abraham, und wartet ab. Je mehr ich von ihr weiß, desto besser werde ich gegen sie kämpfen können.

Keine Ahnung, ob das der wahre Grund für den Ausflug war, aber es spielte sowieso keine Rolle. Denn als ich vor dem, was einmal das Haus gewesen war, anhielt, ging es plötzlich um etwas ganz anderes.

Um die Wirklichkeit.

»Bei allen Sternen am Himmel«, flüsterte Tante Del.

Es sah schlimmer aus als die Ruinen auf den vergilbten Fotos im Archiv meiner Mutter, die dokumentierten, was von den Plantagen nach dem Großen Brennen übrig geblieben war – schwarze Gerippe von einst pompösen Häusern, verkohltes Gebälk, öde und verlassen wie damals die Städte, nachdem die Soldaten der Union wieder abgezogen waren.

Dieses Haus, Lenas altes Zuhause, war nur noch ein brüchiges Fundament inmitten verbrannter Erde, ein leckgeschlagenes Floß in rußschwarzer See. Keine einzige Pflanze war nachgewachsen, die Narben, die das Land erlitten hatte, waren nie verheilt.

Warum hatte Sarafine ihrer Familie so etwas angetan?

Wir waren ihr egal. Das ist der Beweis.

Lena ließ meine Hand los und ging auf den Schutthaufen zu.

Lass uns wieder gehen, L. Du musst dir das nicht antun.

Sie drehte sich nach mir um, in ihren Augen lag grün-goldene Entschlossenheit.

Doch.

Sie wandte sich an Tante Del. »Ich muss wissen, was hier los war, bevor … das hier passiert ist.« Sie wollte, dass Tante Del ihre Kräfte nutzte, um die Schichten der Vergangenheit aufzudecken, damit Lena eine Vorstellung von dem Haus hatte, wie es früher gewesen war, vor allem jedoch, damit sie hineinschauen konnte.

Tante Del war aufgeregter als sonst; ihr Haarknoten hatte sich gelöst, einzelne Strähnen fielen lose herab. Zögernd ging sie auf Lena zu. »In letzter Zeit bin ich nicht sehr zielgenau. Vielleicht treffe ich nicht den richtigen Moment, nach dem du suchst, meine Liebe.«

Aber welcher Moment war überhaupt der richtige? Das Feuer? Ich war mir nicht sicher, ob ich es schaffte, das mitanzusehen – und ob Lena die Kraft dazu hatte. »Vielleicht klappt es ja gar nicht.«

Ich legte zärtlich eine Hand auf Lenas Schulter. Ihre Haut brannte. »Kannst du es nicht wenigstens versuchen?«

Tante Del blickte bekümmert auf die verkohlten Balken, die neben den Grundmauern des Hauses herumlagen. Sie nickte und streckte die Hand aus. Wir setzten uns zu dritt auf den schwarzen Boden und fassten uns an den Händen. Die Sonne brannte auf uns herab, als wolle sie sich einen Wettstreit mit dem Feuer liefern.

»Also gut.« Tante Del starrte angestrengt auf die bröckelnden Grundmauern und sammelte ihre Kräfte, um uns die Geschichte dieses Ortes oder was davon noch übrig war zu zeigen.

Die Luft um uns herum begann zu schwirren, zuerst kaum spürbar, dann immer stärker. Gerade als sich alles um mich herum zu drehen begann, sah ich ihn für den Bruchteil einer Sekunde. Den Schatten, der immer viel zu schnell war und sich meinem Blick entzog. Den Schatten, dem ich in meinem Traum und auf dem Schulparkplatz begegnet war. Den Schatten, der mich zu verfolgen schien und dem ich nicht entfliehen konnte. Er beobachtete uns – so als wüsste er genau, was wir unter den Schichten von Tante Dels Wahrnehmung sahen.

Dann öffnete sich die Tür zur Vergangenheit und ich schaute in ein Schlafzimmer …

Die Wände sind in einem blassen, schimmernden Silberton gestrichen, weiße Lichttupfer flackern an der Decke wie Sterne an einem magischen Himmel. Am Fenster steht ein Mädchen mit langen schwarzen Locken und blickt zum echten Himmel. Die Locken und das hübsche Profil sind mir vertraut – es ist Lena. Aber dann dreht sich das Mädchen um. Es hält ein Bündel im Arm, und jetzt erkenne ich, es ist nicht Lena, sondern Sarafine. Ihre goldenen Augen leuchten. Sie betrachtet das Baby, das seine kleinen Händchen ausstreckt. Sarafine hält dem Kind ihren Finger hin und es ergreift ihn. Sie betrachtet es verzückt. »Du bist so ein hübsches Mädchen. Ich werde immer für dich sorgen …«

Die Tür klappte zu.

Ich wartete darauf, dass sich eine andere Tür öffnete, so wie es immer war. Die Türen schlossen und öffneten sich wie in einer Kettenreaktion. Heute jedoch nicht. Der Himmel kam wieder in Sicht und einen Moment lang sah ich doppelt. Beide Ausgaben von Tante Del machten ein verblüfftes Gesicht.

»Das … das tut mir leid. So etwas ist mir noch nie passiert. Das verstehe, wer will.«

Dabei war es gar nicht schwer zu verstehen. Tante Dels Gabe war aus dem Gleichgewicht geraten, so wie die Kräfte aller anderen auch. Normalerweise konnte sie jederzeit und an jedem Ort Vergangenheit, Zukunft und Gegenwart vorüberziehen sehen wie die Bilder in einem Daumenkino. Aber jetzt waren einige Bilder herausgerissen und sie hatte nur einen kurzen Blick in die Vergangenheit erhaschen können.

Tante Del war schockiert und wirkte noch verwirrter als sonst. Ich nahm sie beim Arm und half ihr aufzustehen. »Mach dir keine Sorgen, Tante Del. Macon findet bestimmt einen Weg, wie man die Ordnung der Dinge wiederherstellen kann.« Ich hatte das Bedürfnis, das zu sagen, obwohl es offensichtlich war, dass Gatlin – und vielleicht die ganze Welt – in den Grundfesten erschüttert war.

Auch Lena war erschüttert. Sie rappelte sich auf und starrte die Überreste des Hauses an, als könnte sie dort tatsächlich noch das Schlafzimmer sehen. Ohne jede Warnung goss es plötzlich in Strömen und ein Wetterleuchten erhellte den Himmel. Die Heuschrecken hüpften in alle Richtungen davon und im Nu war ich bis auf die Haut durchnässt.

L?

Ich stand im Regen und dachte zurück an die Nacht, in der wir uns kennengelernt hatten, mitten auf der Route 9. Lena sah immer noch aus wie damals und zugleich so ganz anders.

Bin ich jetzt total durchgeknallt oder hat Sarafine wirklich liebevoll für mich gesorgt?

Du bist nicht durchgeknallt.

Aber das kann doch gar nicht sein, Ethan.

Ich strich mir die nassen Haare aus den Augen.

Vielleicht doch.

Lena wandte sich ab, und der Regen hörte unvermittelt auf; zwischen Wolkenbruch und Sonnenschein lagen nur Sekunden. Das geschah jetzt immer öfter – Lenas Kräfte pendelten zwischen Extremen und waren unkontrollierbar geworden.

»Was hast du vor?« Ich beeilte mich, sie einzuholen.

»Ich will sehen, was noch übrig ist.«

Sie meinte damit nicht die Steine und das angekohlte Holz, sondern das Gefühl, das sie festhalten wollte, den Beweis für diesen einen glücklichen Augenblick, den sie hier verlebt hatte.

Ich folgte ihr bis zu den Fundamenten des Hauses, von dem nur noch einzelne Mauerstücke standen. Ich weiß nicht, ob ich es mir einbildete, aber je näher wir den verkohlten Überresten kamen, desto mehr roch es nach Asche. Man sah noch die verbrannten Stufen, die zur Veranda hinaufgeführt hatten. Ich war groß genug, um über die Mauer zu schauen. Dahinter war nur ein großes Loch, in dem Zementtrümmer und geborstenes, moderndes schwarzes Holz herumlagen.

Lena kniete sich in den Schlamm und hob etwas auf, das ungefähr so groß war wie eine Schuhschachtel.

»Was ist das?« Auch bei näherem Hinsehen begriff ich nicht sofort, was es war.

»Keine Ahnung.« Sie wischte den Schmutz ab. Eine rostige, verbeulte Blechkiste kam zum Vorschein. Lena gab sie mir. Sie war schwerer, als ich erwartet hatte.

»Das Schloss ist geschmolzen, aber ich krieg das schon auf.« Ich sah mich nach einem Stein um, hob einen faustgroßen auf und holte schwungvoll aus, als sich die Metallscharniere knirschend von selbst öffneten. »Was zum …« Ich sah Lena fragend an und sie zuckte mit den Schultern.

»Manchmal funktionieren meine Kräfte immer noch so, wie ich es will.« Sie stampfte in eine Pfütze. »Manchmal aber auch nicht.«

Die Kiste hatte im Feuer gelegen und war zerbeult und verrußt, aber ihr Inhalt war unversehrt: ein feines silbernes Armband, ein zerlesenes Exemplar von Dickens' *Große Erwartungen* und ein Foto, das Sarafine in einem blauen Kleid zusammen mit einem dunkelhaarigen Jungen bei einem Schulball zeigte. Sie standen vor einer kitschigen Kulisse, so wie Lena und ich beim Winterball im vergangenen Jahr. Unter dem Armband lag ein zweites Foto – ein Babyfoto, auf dem ein kleines Mädchen abgebildet war. Ich wusste sofort, dass es Lena war, das Kind sah genauso aus wie das Baby, das Sarafine auf dem Arm gehalten hatte.

Lena fasste das Babyfoto vorsichtig an einer Ecke und nahm es aus der Kiste. Innerhalb von Sekunden verblasste die Welt um uns herum und das Sonnenlicht verwandelte sich in Dunkelheit. Ich wusste sofort, was los war, aber diesmal passierte es nicht mir. Diesmal folgte ich Lena in eine Vision, so wie sie mir damals gefolgt war, als ich zusammen mit den Schwestern in der Kirche gesessen hatte. Und schon war aus dem nassen Boden Gras geworden …

Izabel zitterte am ganzen Leib. Sie wusste, was geschah, aber es konnte sich nur um einen Irrtum handeln. Es war ihre schlimmste Befürchtung, der Albtraum, der sie seit Kindertagen verfolgte. Das durfte ihr nicht passieren – sie war Licht, nicht Dunkel. Sie hatte immer versucht, alles richtig zu machen, wollte stets allen gefallen. Wie also konnte sie etwas anderes sein als Licht? Doch als die entsetzliche Kälte ihr fast die Adern zerriss, wusste Izabel, dass sie sich täuschte. Es war kein Irrtum. Sie wurde Dunkel.

Der Mond, ihr Sechzehnter Mond, stand jetzt voll und leuchtend am

Himmel. Während sie ihn betrachtete, spürte sie, wie die seltenen Gaben, von denen ihre Familie überzeugt war, dass sie sie besaß – die Gaben einer Naturgeborenen –, zu etwas Neuem verschmolzen. Bald würden ihr Herz und ihre Gedanken nicht mehr ihr selbst gehören. Unglück, Zerstörungswut und Hass würden alles andere verdrängen. Alles, was gut war.

Der Gedanke quälte Izabel, aber der körperliche Schmerz war nahezu unerträglich; sie hatte das Gefühl, als würde ihr Körper von innen heraus in Fetzen gerissen. Sie zwang sich, aufzustehen und wegzurennen. Es gab nur einen Ort, an den sie gehen konnte. Sie blinzelte, ihre Sicht war wie von einem goldenen Schimmer getrübt. Tränen brannten auf ihrer Haut. Das alles durfte nicht wahr sein.

Völlig atemlos erreichte sie das Haus ihrer Mutter. Izabel streckte sich und tastete den Türsturz ab. Aber zum ersten Mal öffnete sich die Tür nicht. Sie trommelte dagegen, bis ihre Hände wund waren und bluteten, dann sank sie auf den Boden und drückte ihre Wange an das Holz.

Als sich die Tür schließlich öffnete, fiel Izabel hin und schlug mit dem Gesicht hart auf dem Marmorboden auf. Doch verglichen mit der Qual, die in ihr tobte, war dieser Schmerz gering. Zwei schwarze Schnürstiefel waren dicht vor ihrem Gesicht. Izabel klammerte sich verzweifelt an die Beine ihrer Mutter.

Emmaline hob ihre Tochter vom Boden auf. »Was ist denn passiert? Was ist los?«

Izabel wollte ihre Augen verbergen, aber das war unmöglich. »Es ist ein Irrtum, Mama. Ich weiß, es sieht so aus, aber ich bin immer noch dieselbe. Ich bin immer noch ich.«

»Nein. Das kann nicht sein.« Emmaline hob Izabels Kinn, damit sie ihrer Tochter in die Augen sehen konnte. Sie waren so goldgelb wie die Sonne.

Ein Mädchen, kaum älter als Izabel, kam die Wendeltreppe heruntergerannt. »Mama, was ist los?«

Emmaline drehte sich rasch um und drängte Izabel hinter sich. »Geh wieder nach oben, Delphine!«

Aber es war unmöglich, Izabels leuchtend gelbe Augen zu verbergen. Delphine erstarrte. »Mama?«

»Ich habe gesagt, du sollst nach oben gehen. Du kannst nichts für deine Schwester tun!« Emmalines Stimme klang hoffnungslos. »Es ist zu spät.«

Zu spät? Das konnte ihre Mutter unmöglich ernst meinen – nein, das war völlig ausgeschlossen. Izabel schlang die Arme um ihre Mutter, und Emmaline zuckte zusammen, als ob etwas sie gestochen hätte. Izabels Haut war eiskalt.

Emmaline drehte sich um und legte die Hände auf Izabels Schultern. Ihr Gesicht war tränenüberströmt. »Ich kann dir nicht helfen. Es gibt nichts, was ich tun könnte.«

Ein Blitz zuckte über den dunklen Himmel. Er fuhr in die riesige Eiche, die dem Haus Schatten spendete, und spaltete sie. Der abgesplitterte Baumstamm fiel um und riss ein Stück des Daches mit sich. Im oberen Stock zerbarst ein Fenster und das Klirren des Glases hallte durchs ganze Haus.

In den Augen ihrer Mutter las Izabel etwas noch nie Gesehenes.

Angst.

»Es ist ein Irrtum! Ich bin nicht …« Dunkel. Izabel brachte es nicht über sich, das Wort auszusprechen.

»Es gibt keine Irrtümer, nicht wenn es um den Familienfluch geht. Man ist entweder zum Lichten oder zum Dunklen berufen, dazwischen gibt es nichts.«

»Aber Mama …«

Emmaline schüttelte den Kopf und schob Izabel über die Schwelle. »Du kannst nicht hierbleiben. Jetzt nicht mehr.«

Izabels Augen irrten umher. »Gramma Katherine will mich auch nicht mehr bei sich haben. Wo soll ich denn hin?« Sie schluchzte ungehemmt. »Mama, hilf mir bitte. Zusammen können wir dagegen angehen. Ich bin doch deine Tochter!«

»Nicht mehr.«

Delphine hatte bis jetzt geschwiegen, aber nun traute sie ihren Ohren nicht, so sehr entsetzten sie die Worte ihrer Mutter. Sie konnte ihre Schwester nicht einfach wegschicken. »Mama, es ist doch Izabel! Wir müssen ihr helfen!«

Emmaline sah Izabel an und dachte an den Tag, an dem sie auf die Welt gekommen war. An den Tag, an dem sie ganz im Stillen den wahren Namen des Kindes gewählt hatte. Sie hatte sich den Moment ausgemalt, an dem sie ihn Izabel mitteilen würde. Sie würde ihrer Tochter in die grünen Augen blicken, ihr die schwarzen Locken zurückstreichen und ihr den Namen ins Ohr flüstern.

Emmaline sah in die leuchtend gelben Augen ihrer Tochter, dann wandte sie sich ab.

»Sie heißt nicht mehr Izabel. Ihr Name ist jetzt Sarafine.«

Die richtige Welt tauchte langsam wieder vor unseren Augen auf. Lena stand ein paar Schritte von mir entfernt, die Kiste in der Hand. Ihre Hände zitterten und ihre Augen waren tränennass. Ich konnte nur ahnen, wie es in ihrem Inneren aussah.

In der Vision war Sarafine ein junges Mädchen gewesen, das noch nicht selbst über sein Schicksal bestimmen konnte. Sie war alles andere als das Ungeheuer gewesen, das sie heute war. Geschah es wirklich so? Man machte die Augen auf und plötzlich war nichts mehr so wie zuvor?

L? Alles okay?

Wir sahen uns an und einen Augenblick lang schwieg sie. Als sie dann antwortete, hörte ich ihre Stimme leise in meinen Gedanken.

Sie war genau wie ich.

15.9. *Die Stadt der Sorglosigkeit*

In der Dunkelheit starrte ich auf meine Sneakers. Ich spürte, wie die Feuchtigkeit durch den Segeltuchstoff drang, dann in meine Socken, bis meine Haut vor Kälte ganz taub war. Ich stand in etwas Wässrigem. Ich hörte, wie es sich bewegte, aber es plätscherte nicht, sondern gurgelte seltsam. Etwas streifte mich am Knöchel, dann war es auch schon wieder weg. Ein Blatt. Ein Zweig.

Ein Fluss.

Es roch faulig und nach Schlamm. Vielleicht war ich in den Sümpfen bei Waders Creek. Der dunkle Saum in der Ferne war vielleicht Schilfgras und die großen Umrisse dahinter Zypressen. Ich streckte den Arm hoch und tastete. Flauschige Flechten, sie kitzelten auf der Haut und waren lang und federleicht. Louisiana-Moos. Ich war also tatsächlich mitten im Sumpf.

Ich bückte mich und berührte das Wasser. Es fühlte sich schwer und zähflüssig an. Ich schöpfte eine Handvoll und roch daran, ließ es durch die Finger rinnen. Ich lauschte.

Alles klang ungewohnt und falsch.

Ich verdrängte alles, was ich über Brackwasser und Bakterien und Larven wusste, und steckte einen Finger in den Mund.

Ich kannte den Geschmack. Ich würde ihn überall erkennen. Er war unvergesslich, so wie der metallische Geschmack der Geldstücke, die ich aus dem Brunnen im Forsythe Park geklaut hatte, als ich neun Jahre alt war.

Es war kein Wasser.

Es war Blut.

Da hörte ich das inzwischen schon vertraute Flüstern und spürte, wie sich jemand auf mich stürzte.

Es war er. Das Ich, das nicht ich war.

ICH WARTE.

Im Fallen hörte ich seine Worte. Ich wollte antworten, aber als ich den Mund aufmachte, verschluckte ich mich am Flusswasser. Also dachte ich die Worte, obwohl ich selbst dazu kaum in der Lage war.

Worauf wartest du?

Ich spürte, wie ich ins Bodenlose sank. Nirgendwo war ein Grund und ich fiel und fiel und fiel …

Ich wachte wild um mich schlagend auf. Noch immer spürte ich, wie seine Hände meinen Hals umklammerten, um mich herum drehte sich alles, und ich empfand ein beängstigendes Gefühl der Enge. Ich versuchte, ruhig zu atmen, aber die Beklemmung verging nicht. Mein Bett war blutverschmiert und ich hatte immer noch den Geschmack von schmutzigen Münzen im Mund. Ich knüllte die Zudecke zusammen und versteckte sie unter meinem Bett. Ich würde sie wegwerfen müssen. Ich konnte es nicht riskieren, dass Amma eine blutdurchtränkte Decke in meinem Wäschekorb fand.

Lucille sprang aufs Bett, legte den Kopf schief und starrte mich an. Siamkatzen konnten so unnachahmlich enttäuscht blicken und Lucille beherrschte das besonders gut.

»Was schaust du?« Ich strich mir die verschwitzten Haare aus den Augen. Mein salziger Schweiß hatte sich mit dem salzigen Blut vermischt.

Ich wurde aus meinen Träumen nicht schlau und an ein Weiterschlafen war nicht zu denken. Also rief ich den einzigen Menschen an, von dem ich wusste, dass er wach war.

Zwanzig Minuten später kletterte Link durch mein Fenster. Er hatte bisher noch nicht den Mut gehabt, das Raumwandeln auszuprobieren, sprich, die Luft aufzureißen und an einer anderen Stelle wieder Gestalt anzunehmen. Aber auch ohne das schaffte er es, heimlich, still und leise aufzutauchen.

»Mann, was soll das viele Salz?« Weiße Salzkristalle rieselten vom Fensterbrett, als Link sein Bein darüberschwang. Er wischte sich die Hände ab. »Ist das ein Angriff auf mich oder was? Das ist wirklich lästig.«

»So schlimm war es noch nie, Amma dreht völlig durch.« Das war noch untertrieben. Das letzte Mal, als ich auf Schritt und Tritt auf Kräuterbündel und kleine, handgemachte Puppen gestoßen war, wollte sie damit Macon aus meinem Zimmer fernhalten. Ich fragte mich, wen sie diesmal abschrecken wollte.

»Ja, alle spielen total verrückt. Meine Mutter redet davon, dass sie einen Bunker bauen will. Sie hat im Stop & Steal sämtliche Konservendosen aufgekauft, damit wir uns jederzeit im Keller verbarrikadieren können, bis der Teufel das Handtuch schmeißt.« Link ließ sich in den Schaukelstuhl neben meinem Schreibtisch fallen. »Ich bin froh, dass du mich angerufen hast. Gegen ein, zwei Uhr morgens gehen mir nämlich immer die Ideen aus, wie ich die restliche Zeit rumkriegen soll.«

»Was machst du eigentlich die ganze Nacht über?« Ich hatte ihn das noch nie zuvor gefragt.

Link zuckte mit den Achseln. »Comics lesen, Filme auf meinem Computer anschauen, in Savannahs Zimmer rumhängen. Heute Abend hab ich allerdings meine Mutter belauscht, wie sie die ganze Nacht mit dem Reverend und Mrs Snow telefoniert hat.«

»Regt sich deine Mutter wirklich so auf wegen der Sache mit Savannah?«

Link schüttelte den Kopf. »Nein, wegen der Sache mit dem See, der langsam austrocknet. Sie hat geweint und gebetet und fast die Telefonleitung zum Glühen gebracht, weil sie jedem sagen wollte, dass es eine der Sieben Plagen ist. Wahrscheinlich scheucht sie mich morgen rund um die Uhr in die Kirche.«

Ich musste an meinen Traum denken und an den Fluss aus Blut. »Was meinst du damit, der See trocknet aus?«

»Dean Wilks ist gestern Nachmittag zum Angeln rausgefahren und da war der Lake Moultrie trocken. Er hat wie ein Krater ausgesehen und Wilks ist sogar bis zur Mitte gelaufen.«

Ich griff nach meinem T-Shirt. »Seen trocknen nicht einfach aus.« Es wurde immer schlimmer – erst die Hitze und das Ungeziefer, dann spielte die Caster-Magie verrückt. Und jetzt das. Was würde als Nächstes kommen?

»Ich weiß, Mann. Aber ich kann doch meiner Mutter nicht erzählen, dass deine Freundin das Universum ruiniert hat.« Er nahm eine leere Flasche von meinem Schreibtisch, in der zuckerfreier Tee gewesen war. »Seit wann trinkst du Tee? Und wo hast du den zuckerfreien her?«

Die Frage war berechtigt. Seit der sechsten Klasse hatte ich in etwa mein eigenes Lebendgewicht in Schokomilch getrunken. Aber seit einigen Monaten schmeckte alles plötzlich viel zu süß und ich brachte fast keinen Schluck Schokomilch mehr runter. »Im Stop & Steal bestellen sie den immer für Mrs Honeycutt, weil sie Diabetes hat. Ich mag einfach nichts mehr, was pappsüß ist. Irgendwas ist mit meinen Geschmacksnerven.«

»Vielleicht hast du recht. Zuerst isst du Sloppy Joes in der Schule und jetzt trinkst du Tee. Was ist dagegen schon ein See, der austrocknet?«

»Das ist kein …«

Lucille sprang vom Bett und Link drehte sich mit dem Stuhl zur Tür. »Psst. Da ist jemand.«

Ich lauschte, aber ich hörte nichts. »Wahrscheinlich mein Vater. Er hat ein neues Projekt.«

Link schüttelte den Kopf. »Nein. Es kommt von unten. Amma ist wach.« Teil-Inkubus hin oder her, sein Gehör war jedenfalls beeindruckend.

»Ist sie in der Küche?«

Link machte mir ein Zeichen, still zu sein. »Ja. Da klappert irgendwas.« Er schwieg einige Augenblicke lang. »Jetzt ist sie an der Hintertür. Ich kann das Scharnier der Fliegengittertür quietschen hören.« Welches quietschende Scharnier?

Ich rubbelte das restliche Blut von meinem Arm und kletterte aus dem Bett. Als Amma das letzte Mal mitten in der Nacht aus dem Haus gegangen war, hatte sie sich mit Macon getroffen, um mit ihm über Lena und mich zu reden. Hatte sie das auch diesmal wieder vor?

»Ich muss wissen, wohin sie geht.« Ich zog meine Jeans an und schnappte mir die Sneakers. Dann ging ich hinter Link die Treppe hinunter und trat dabei so ziemlich auf jedes quietschende Brett, während Link nicht das leiseste Geräusch machte.

In der Küche brannte kein Licht, aber im Mondlicht sah ich Amma an der Bordsteinkante stehen. Sie trug ihr blassgelbes Kostüm, das sie sonst für den Kirchgang reserviert hatte, und dazu ihre weißen Handschuhe. Sie war ganz eindeutig auf dem Weg in den Sumpf. Genau wie in meinem Traum.

»Sie geht zum Waders Creek.« Ich suchte in der Schale auf der Anrichte nach den Schlüsseln für den Volvo. »Wir müssen hinterher.«

»Dann lass uns die Schrottkiste nehmen.«

»Wir müssen ohne Licht fahren. Das ist schwieriger, als du denkst.«

»Mann, ich brauch kein Licht, ich hab den Röntgenblick. Also los.«

Ich wusste, dass ein ganz bestimmter Studebaker aus den Fünfzigern gleich am Bordstein halten würde. Und tatsächlich, fünf Minuten später kam der verbeulte Lieferwagen von Carlton Eaton die Cotton Bend entlanggefahren.

»Was hat denn Mr Eaton mit Amma zu tun?« Link ließ seine alte Karre im Leerlauf anrollen, ehe er die Zündung einschaltete.

»Er fährt sie manchmal mitten in der Nacht zum Waders Creek. Mehr weiß ich auch nicht. Vielleicht backt sie ihm dafür eine Pastete oder so was.«

»Das ist übrigens das Einzige, was mir fehlt, seit ich nichts mehr esse: Ammas Pasteten.«

Link hatte nicht übertrieben, als er behauptet hatte, auf Licht verzichten zu können. Er ließ ein paar Autolängen Abstand zwischen seiner alten Karre und dem Pick-up, dann begann er, über Ridley zu jammern, die ihm ständig im Kopf herumspukte, und spielte mir die neuesten Songs seiner Band vor. Die Holy Rollers spielten so miserabel wie eh und je, aber sogar sie wurden von dem schrecklichen Summen der Heuschrecken übertönt. Ich hielt das nicht mehr länger aus.

Das vierte Lied der Rollers war noch nicht zu Ende, als der Lieferwagen an dem schmalen Pfad angekommen war, der zum Waders Creek führte. An dieser Stelle hatte Mr Eaton Amma beim letzten Mal aussteigen lassen und ich war ihr gefolgt. Aber heute Abend hielt er nicht an.

»Mann, wo fährt der denn hin?«

Ich hatte keine Ahnung, aber ich würde es bald herausfinden.

Carlton Eaton ließ seinen Wagen auf der riesigen Staubfläche ausrollen, die noch vor ein paar Monaten ein Parkplatz gewesen war. Sie grenzte an ein großes Feld, das wahrscheinlich genauso abgestorben und verbrannt war wie das Gras im Rest der Gegend auch. Aber auch ohne die Hitzewelle hätte sich das Gras hier noch nicht wieder erholt – von den Fahrgeschäften, den hölzernen Zeltböden, den Zigarettenkippen und dem Gewicht der Stahlträger, die schwarze Narben in der Erde hinterlassen hatten.

»Der Festplatz? Wieso fährt er Amma hierher?« Link lenkte das Auto zu einem verdorrten Gebüsch.

»Was glaubst du wohl?« Jetzt wo der Jahrmarkt vorbei war, gab es hier nur eines: das Tor, das in die Caster-Tunnel führte.

»Ich kapier's nicht. Warum bringt Mr Eaton Amma zu den Tunneln?«

»Das weiß ich auch nicht.«

Eaton stellte den Motor ab, stieg aus und ging auf die Beifahrerseite, um Amma die Tür aufzuhalten. Sie schlug nach ihm, als er ihr beim Aussteigen helfen wollte. Er hätte es besser wissen sollen. Amma war zwar kaum einsfünfzig groß und keine fünfzig Kilo schwer, aber gebrechlich war sie garantiert nicht. Sie folgte ihm zu dem Feld, auf dem sich der Eingang zu den Tunneln befand; ihre weißen Handschuhe leuchteten in der Dunkelheit.

So leise wie möglich öffnete ich die Tür der Schrottkiste. »Beeil dich, sonst verlieren wir sie noch.«

»Machst du Witze? Ich kann bis hierher hören, wie sie nach Luft schnappen.«

»Im Ernst?« Ich wusste ja, dass Link jetzt über besondere Fähigkeiten verfügte, aber ich hatte nicht gedacht, dass sie so ausgeprägt waren.

»Ich bin doch nicht einer dieser lahmen Superhelden wie Aquaman.«

Meine Fähigkeiten als Lotse beeindruckten Link nicht im Geringsten. Abgesehen davon, dass ich ziemlich gut mit einer Landkarte und einem Bogenlicht umgehen konnte, wusste ich allerdings selbst nicht, worin genau mein Talent bestand.

Link quasselte einfach weiter. »Ich bin eher wie Magneto oder Wolverine.«

»Hast du es schon mal geschafft, Eisen nur mit deinen Gedanken zu verbiegen oder Messer aus deinen Handknöcheln hervorschnellen zu lassen?«

»Nein, aber ich arbeite dran.« Link blieb stehen. »Warte. Jetzt reden sie.«

»Was sagen sie denn?«

»Mr Eaton sucht seinen Caster-Schlüssel, damit er das Tor aufmachen kann, und Amma hält ihm eine Gardinenpredigt, weil er seine Sachen immer verlegt.« Das sah Amma ähnlich. »Moment. Er hat seinen Schlüssel gefunden und schließt das Tor auf. Jetzt hilft er Amma runterzusteigen.« Link sprach nicht weiter.

»Und was machen sie jetzt?«

Link ging ein paar Schritte vorwärts und lauschte wieder. »Mr Eaton verdünnisiert sich. Amma ist allein in die Tunnel gegangen.«

Eigentlich kein Grund, sich Sorgen zu machen. Amma war schon oft allein dort unten unterwegs gewesen, meistens um mich zu suchen. Aber ich hatte kein gutes Gefühl dabei. Wir warteten, bis Carlton Eaton wieder zu seinem Lieferwagen zurückgegangen war, dann rannten wir, so schnell wir konnten, zu dem äußeren Tor.

Link war logischerweise als Erster dort, sein Tempo war absolut atemberaubend. Ich ging neben ihm in die Knie und betrachtete die Umrisse des Tores. Es würde niemandem auffallen, es sei denn, man suchte danach. »Und wie kommen wir da jetzt rein? Deine Gartenschere hast du ja leider nicht dabei.« Als wir das letzte Mal hier gewesen waren, hatte Link das Tor mit einer großen Gartenschere aufgestemmt, die er aus dem Bio-Raum der Jackson High hatte mitgehen lassen.

»Brauch ich nicht. Ich hab 'nen Schlüssel.«

Ich starrte auf den halbmondförmigen Schlüssel. Nicht einmal Lena hatte so einen.

»Wo hast du den geklaut?«

Link knuffte mich leicht an der Schulter. Ich stolperte zurück und landete im Dreck.

»Tut mir leid, Mann. Ich kann meine Kraft immer noch nicht richtig einschätzen.« Er half mir aufzustehen und steckte den Schlüssel ins Schloss. »Lenas Onkel hat ihn mir gegeben, damit ich ihn in seinem merkwürdigen Arbeitszimmer besuchen kann und lerne, wie ich ein guter Inkubus werde und kein böser.« Das passte zu Macon. Er selbst hatte Jahre dazu gebraucht, sich nur von den Träumen der Sterblichen statt von deren Blut zu ernähren.

Unwillkürlich musste ich auch an die andere Variante des Inkubus denken – an Hunting und sein Blutrudel und an Abraham.

Der Schlüssel passte und Link öffnete stolz die runde Abdeckung. »Siehst du – Magneto. Hab's dir doch gesagt.«

Zu jedem anderen Zeitpunkt hätte ich darüber Witze gerissen, aber nicht heute Nacht. In Link steckte so viel mehr Magneto als in mir.

Der Tunnel erinnerte mich an einen Kerker in einer alten Burg. Die Decken hingen tief und die unbehauenen Steinwände waren nass. Überall in den Gängen hörte man Wasser tropfen, auch wenn man nicht sah, woher es kam. Ich war schon einmal in diesem unterirdischen Gang gewesen, aber heute kam er mir irgendwie anders vor – oder hatte ich mich verändert? So oder so, es war bedrückend eng und ich wollte so schnell wie möglich wieder raus.

»Beeil dich, sonst ist Amma weg«, sagte ich zu Link. Dabei war ich derjenige, der das Tempo nicht halten konnte, weil ich ständig in der Dunkelheit stolperte.

»Keine Panik. Sie trampelt so laut wie ein Pferd, das über einen Kiesweg läuft. Wir können sie unmöglich verlieren.« Über diesen charmanten Vergleich wäre Amma nicht gerade erbaut gewesen.

»Hörst du wirklich ihre Schritte?«, fragte ich Link. Ich hörte nicht einmal seine Schritte.

»Ja, ich rieche sie sogar. Ich muss nur dem Geruch der Bleistiftmine und der Zimtpastillen folgen.«

Der Bleistift, mit dem Amma ihre geliebten Kreuzworträtsel löste, und die Bonbons, die sie immer lutschte, führten Link also, und ich folgte ihm, bis er am Fuß einer etwas abenteuerlich aussehenden Treppe stehen blieb, die offenbar wieder in die Welt der Sterblichen hinaufführte. Er sog die Luft ein, wie er es immer gemacht hatte, wenn Amma einen ihrer Pfirsichkuchen frisch aus dem Backofen geholt hatte. »Hier ist sie hochgegangen.«

»Sicher?«

Er zog eine Augenbraue hoch. »So sicher, wie meine Mutter einen Pfarrer bekehren kann.«

Link drückte die schwere Steintür auf und Abendlicht strömte in den Tunnel. Wir standen hinter einem alten Haus, die Tür war in die verwitterten Ziegelsteine eingelassen. Es roch durchdringend nach Bier und Schweiß. »Wo zum Teufel sind wir hier?«

Nichts, was ich sah, kam mir bekannt vor. »Keine Ahnung.«

Wir gingen zur Vorderseite des Hauses. Hier roch es sogar noch intensiver nach Bier.

Link spähte durch eines der Fenster. »Scheint eine Kneipe zu sein.«

Neben der Tür hing eine eiserne Tafel mit der Aufschrift: *LAFITTE'S BLACKSMITH SHOP.*

»Wie eine Schmiede sieht es allerdings nicht aus.«

»Weil es keine ist.« Ein älterer Mann mit einem Panamahut – so einem, wie ihn auch Tante Prues letzter Ehemann getragen hatte – war hinter Link stehen geblieben. Er stützte sich schwer auf einen Gehstock. »Du stehst vor einem der berüchtigtsten Häuser der Bourbon Street und die Geschichte dieses Gebäudes ist so berühmt wie das ganze Viertel.«

Bourbon Street. Das French Quarter. »Wir sind in New Orleans«, sagte ich.

»Richtig. Wo sonst?«

Seit letzten Sommer wussten Link und ich, dass die Tunnel überallhin führen konnten, Zeit und Entfernung waren darin aufgehoben. Amma wusste das auch.

Der alte Mann redete weiter. »Der Legende nach eröffneten Jean und Pierre Lafitte im späten siebzehnten Jahrhundert hier eine Schmiede als Tarnung für ihre Schmuggeleien. Sie waren Piraten, die spanische Galeonen kaperten, und was sie stahlen, das schmuggelten sie nach New Orleans. Sie verhökerten alles, von Gewürzen und Möbeln bis hin zu Fleisch und Blut. Heutzutage kommen die meisten Leute hierher, um ein Bier zu trinken.«

Bei den Worten »Fleisch und Blut« war ich zusammengezuckt. Der Mann lächelte und tippte sich mit dem Finger an den Hut. »Ihr werdet viel Spaß haben in der Stadt der Sorglosigkeit.«

Darauf wollte ich lieber nicht wetten.

Der alte Mann krümmte sich noch tiefer über seinen Gehstock, hielt uns seinen Hut hin und schüttelte ihn erwartungsvoll.

»Ach ja, natürlich. Okay.« Ich suchte in meiner Tasche, hatte aber bloß einen Vierteldollar. Ich sah Link fragend an, doch der zuckte nur die Schultern.

Ich beugte mich zu dem Mann und wollte gerade die Münze in seinen Hut fallen lassen, als sich seine knochigen Finger um mein Handgelenk schlossen. »Wenn ich so ein kluger Junge wäre wie du, dann würde ich schleunigst wieder aus dieser Stadt verschwinden und in den Tunnel zurückgehen.« Ich riss mich von ihm los. Er grinste so breit, dass ich seine gelblichen, schiefen Zähne sah. »War mir ein Vergnügen.«

Ich rieb mir das Handgelenk, und als ich wieder aufblickte, war er verschwunden.

Link brauchte nicht lange, um Ammas Spur wiederzufinden. Er war wie ein Bluthund. Jetzt verstand ich, weshalb es für Hunting und sein Rudel so einfach gewesen war, uns aufzuspüren, als wir Lena an der Weltenschranke gesucht hatten. Wir gingen durch das French Quarter Richtung Fluss. Der faulige Geruch des schlammig braunen Wassers stieg mir in die Nase und vermengte sich mit dem Geruch von Schweiß und dem Gewürzduft aus den umliegenden Restaurants. Die Luft war so schwül, schwer und feucht, dass sie wie eine Jacke an einem hing, die man nicht abstreifen konnte.

»Bist du sicher, dass wir hier richtig …«

»Pssst.« Link streckte den Arm aus, brachte mich zum Stehen und schnupperte. »Zimtpastillen.«

Ich suchte den Gehweg vor uns ab. Amma stand unter einer Straßenlaterne, vor ihr saß eine Kreolin auf einer Milchkiste aus Plastik.

Mit gesenkten Köpfen schlichen wir bis zur nächsten Hausecke in der Hoffnung, dass Amma uns nicht bemerkte. Wir hielten uns im Schatten dicht an der Wand, wohin nur noch ein blasser Schimmer vom Licht der Straßenlaterne reichte.

Die Kreolin verkaufte Beignets auf dem Gehweg; ihr Haar war zu unzähligen kleinen Zöpfchen geflochten. Sie erinnerte mich an Twyla.

»*Te te beignets*? Du kaufen?« Die Frau streckte Amma ein kleines Bündel aus rotem Stoff hin. »Du kaufen. Lagniappe.«

»Lani-was?«, flüsterte Link.

Ich deutete auf das Stoffbündel und flüsterte: »Ich glaube, das will sie ihr schenken, wenn Amma ihr ein paar Beignets abkauft.«

»Ein paar was?«

»Beignets. So was Ähnliches wie Donuts.«

Amma gab der Frau ein paar Dollar und nahm die Beignets und das rote Bündel mit ihren weiß behandschuhten Händen entgegen. Die Frau blickte sich so rasch um, dass die Zöpfe um ihre Schultern flogen. Als sie sich davon überzeugt hatte, dass niemand zuhörte, flüsterte sie Amma hastig etwas ins Ohr. Amma nickte und steckte das Bündel in ihre Handtasche.

Ich stieß Link an. »Was hat sie gesagt?«

»Woher soll ich das wissen? Ich hab vielleicht das Gehör einer Fledermaus, aber Französisch kann ich deshalb noch lange nicht.«

Es war auch egal. Amma ging schon wieder in die entgegengesetzte Richtung zurück; ihre Miene war ausdruckslos.

Die ganze Sache war merkwürdig. Amma war nicht zum Waders Creek gegangen, sie hatte sich nicht mit Macon getroffen. Was führte sie mitten in der Nacht hierher, tausend Meilen von zu Hause entfernt? Wen kannte sie in New Orleans?

Link beschäftigte eine ganz ähnliche Frage. »Wohin geht sie jetzt?«

Auch darauf wusste ich keine Antwort.

Als wir Amma auf der St. Louis Street eingeholt hatten, war die Straße menschenleer. Was nicht verwunderlich war, wenn man bedachte, wo wir uns befanden. Ich stand vor den großen schmiedeeisernen Toren des St.-Louis-Friedhofs Nr. 1.

»Es kann nichts Gutes bedeuten, dass es hier so viele Friedhöfe gibt, dass man sie durchnummerieren muss.« Obwohl zu einem Teil ein Inkubus, war Link nicht gerade scharf darauf, mitten in der Nacht auf einen Friedhof zu gehen. Dafür waren die siebzehn Jahre verantwortlich, die er als gottesfürchtiger Baptist in den Südstaaten aufgezogen worden war.

Ich stieß das Tor auf. »Bringen wir es hinter uns.«

Der Friedhof Nr. 1 war anders als jeder andere Friedhof, den ich jemals gesehen hatte. Hier gab es keine weitläufigen Rasenflächen, auf denen Grabsteine und knorrige Eichen standen. Das hier war eine Stadt für die Toten. Rechts und links zwischen den schmalen Wegen reihten sich prunkvolle Mausoleen in verschiedenen Stadien des Verfalls, manche von ihnen waren so hoch wie ein Haus. Die stattlicheren Grabmale waren mit schwarzen, schmiedeeisernen Zäunen begrenzt, von ihren Dächern blickten riesenhafte Heiligen- und Engelsfiguren auf uns herab. An diesem Ort erwies man den Toten wahrhaftig die Ehre. Die Gesichter der Statuen legten davon Zeugnis ab, ebenso wie die verwitterten Namen auf den Gräbern, deren Schriftzüge schon Hunderte von Malen berührt worden waren.

»Im Vergleich dazu wirkt der Garten des Immerwährenden Friedens wie eine Mülldeponie.« Unwillkürlich dachte ich an meine Mutter. Ich verstand, weshalb man jemandem, den man liebte, ein Haus aus Marmor erbauen wollte. Genau das hatte man an diesem Ort getan.

Link war davon wenig beeindruckt. »Wenn ich sterbe, dann werft einfach ein paar Schaufeln Erde über mich. Spart euch das Geld für was Spannenderes.«

»Genau. Erinnere mich daran, wenn ich in ein paar Hundert Jahren auf deiner Beerdigung bin.«

»Tja, dann werde wohl ich es sein, der ein paar Schaufeln Erde über dich wirft …«

»Psst! Hast du das gehört?«

Ein Knirschen im Kies. Wir waren nicht die Einzigen hier.

»Klar doch …« Links Stimme verhallte ungehört, als ein Schatten an mir vorbeihuschte. Er war genauso vage wie ein Schemen, aber dunkler, und er hatte nicht die Umrisse, die einen Schemen fast menschlich aussehen ließen. Als er sich um mich herum, ja, durch mich hindurch bewegte, fühlte ich die gleiche Angst, die mich schon in meinen Träumen gequält hatte; ich war in meinem eigenen Körper gefangen, unfähig, mich zu bewegen.

Wer bist du?

Ich versuchte, den Schatten zu erkennen, etwas mehr als nur ein Flimmern in der schwarzen Luft zu sehen, aber es war unmöglich.

Was willst du?

»Hey, Mann. Alles okay mit dir?«, hörte ich Link fragen. Der Druck, der auf mir lastete, schwand, als wäre jemand, der auf meiner Brust gekniet hatte, ganz plötzlich aufgestanden. Link starrte mich an. Ich fragte mich, wie lange er schon auf mich eingeredet hatte.

»Mir geht's gut«, antwortete ich. Was nicht stimmte, aber ich wollte ihm nicht sagen, dass – ja, was eigentlich? Dass ich seltsame Dinge sah? Dass ich Albträume hatte, in denen ich in Strömen von Blut watete und von Türmen herabfiel?

Je weiter wir über den Friedhof gingen, desto seltener wurden die aufwendig verzierten Grabmale, und auch die ärmlichen, verwitterten Steingräber wichen Grabstätten, die in völligem Verfall begriffen waren. Manche waren tatsächlich aus Holz gebaut, so wie die morschen Hütten in den Sümpfen von Waders Creek. Ich las die Nachnamen, die man immer noch entziffern konnte: Delassixe, Labasiliere, Rousseau, Navarro. Es waren kreolische Namen.

Das letzte Grabmal an diesem Weg stand ein wenig abseits von den anderen, ein schmales steinernes Gemäuer, nur ein paar

Schritte breit. Es war im griechisch-antiken Stil erbaut wie Ravenwood Manor. Aber während Macons Haus so beeindruckend war, dass man es auch in einem Bildband über South Carolina hätte finden können, hatte diese Grabstätte nichts Bemerkenswertes. Bis ich näher trat.

Neben dem Eingang hingen Ketten aus Perlen, in die Kreuze und rote Seidenrosen eingeflochten waren, und in den Stein waren Hunderte von groben X-Kreuzen in allen Größen eingeritzt. Auch andere seltsame Zeichnungen waren darauf zu sehen – offensichtlich das Werk von Besuchern. Am Boden lagen Geschenke und Andenken: Mardi-Gras-Puppen und Grableuchten, auf denen Heilige abgebildet waren, leere Rumflaschen und verblichene Fotografien, Tarotkarten und noch mehr bunte Glasperlenketten.

Link bückte sich und hob eine der schmutzigen Karten auf. Es war der Turm. Ich wusste nicht, was für eine Bedeutung er hatte, aber eine Karte, auf der Menschen aus dem Fenster stürzten, hatte garantiert nichts Gutes zu bedeuten. »Wir sind da. Hier ist es.«

Ich schaute mich um. »Was meinst du damit? Hier ist doch nichts.«

»Das würde ich nicht sagen.« Link zeigte mit der vom Wasser fleckigen Karte auf den Eingang des Mausoleums. »Amma ist da reingegangen.«

»Du machst Witze, oder?«

»Mann, wäre dir nach Witzen zumute, wenn du mitten in der Nacht in der verrufensten Stadt im ganzen Süden in ein gruseliges Grabmal steigen müsstest?« Link schüttelte den Kopf. »Denn ich weiß, dass du mir gleich sagen wirst, dass wir genau das machen.«

Dabei wollte ich da genauso wenig rein wie er.

Link warf die Karte auf den Haufen zurück. Mein Blick fiel auf ein kupfernes Schild am Fuß der Tür. Ich bückte mich, um es im Licht des Mondes zu entziffern: *MARIE LAVEAU. DIESE GRABSTÄTTE IST BEKANNT ALS DIE LETZTE RUHESTÄTTE DER BERÜHMTEN VOODOO-QUEEN.*

Link wich einen Schritt zurück. »Eine Voodoo-Queen? Als hätten wir nicht schon genug Probleme am Hals.«

Ich hörte ihm nur mit halbem Ohr zu. »Was um alles in der Welt hat Amma hier vor?«

»Keine Ahnung, Mann. Ammas Püppchen sind das eine, aber ich weiß nicht, ob meine Inkubus-Kräfte auch bei toten Voodoo-Queens wirken. Lass uns lieber abhauen.«

»Jetzt stell dich nicht so an. Hier ist nichts, wovor man sich fürchten müsste. Voodoo ist eine Religion wie jede andere auch.«

Link blickte sich nervös um. »Ja, eine Religion, in der die Leute Püppchen basteln und sie dann mit Nadeln durchbohren.« Das hatte er wahrscheinlich von seiner Mutter gehört.

Aber ich hatte lange genug mit Amma zusammengelebt, um es besser zu wissen. Voodoo war ein Teil von ihr, eine Mischung aus Religion und Wunderglauben, die so einmalig war wie Ammas Kochkünste. »Das sind Menschen, die sich die Dunklen Mächte zunutze machen wollen. Das hat nichts mit Voodoo zu tun.«

»Hoffentlich hast du recht. Ich kann Nadeln nämlich nicht ausstehen.«

Ich legte meine Hand an die Tür und drückte dagegen. Nichts. »Vielleicht ist sie mit einem Bann belegt, so wie eine Caster-Tür.«

Link rammte seine Schulter dagegen. Die Tür knirschte auf dem Steinboden, als sie sich ins Innere des Grabmals öffnete. »Vielleicht auch nicht.«

Vorsichtig trat ich ein in der Hoffnung, Amma über ein paar Hühnerknochen gebeugt vorzufinden. Aber das Grab war finster und leer bis auf ein Podest für den Sarg zwischen Schmutz und Spinnweben. »Hier ist nichts.«

Link ging an die Rückseite der kleinen Krypta. »Nicht so voreilig.« Er strich mit den Fingerspitzen über den Boden. Im Stein war ein Rechteck mit einem eisernen Ring in der Mitte eingelassen. »Schau dir das an. Sieht aus wie eine Klappe.«

Es war eine Falltür, die unter den Friedhof führte – direkt in das

Grab der Voodoo-Queen. Mit Ammas Vorliebe, ins Dunkle zu reisen, hatte das hier nichts mehr zu tun.

Links Finger schlossen sich um den Metallring. »Machen wir das jetzt oder nicht?«

Ich nickte und er hob die Klappe an.

Das Rad des Schicksals

15.9.

Als ich die vermoderten Holzstiegen sah, die unten von einem trüben gelblichen Licht beleuchtet wurden, wusste ich sofort, dass sie nicht in einen Caster-Tunnel führten. Ich war schon oft genug Treppen hinuntergestiegen, die sich aus der Welt der Sterblichen in die Welt der Caster hinabgewunden hatten, und normalerweise waren die Stufen unsichtbar. Meistens waren sie mit einem Schutzbann belegt, sodass man glaubte, man würde in den Tod stürzen, wenn man sich auch nur einen Schritt weiter vorwagte.

Das hier war eine andere Art von Treppe und sie kam mir viel gefährlicher vor. Die Stufen waren ausgetreten, das Geländer bestand nur aus ein paar Brettern, die kreuz und quer zusammengenagelt waren. Im Grunde genommen hätte sie ebenso gut in den modrigen Keller der Schwestern hinabführen können, in dem es auch immer dunkel war, weil ich nie die defekte nackte Glühbirne über der Tür ersetzen durfte. Aber das hier war kein Keller und es roch auch nicht modrig. Dort unten brannte etwas und der aufsteigende Qualm war zäh und giftig.

»Wonach riecht es hier?«

Link sog den Rauch ein, dann hustete er. »Nach Lakritze und Benzin.« Na klar, ein Geruch, wie er einem tagtäglich in die Nase stieg.

Ich fasste nach dem Geländer. »Glaubst du, die Stufen halten uns aus?«

Er zuckte mit den Schultern. »Sie haben Amma ausgehalten.«

»Sie wiegt gerade mal fünfzig Kilo.«

»Es gibt nur eine Möglichkeit, es herauszufinden.«

Ich ging als Erster und jede Stufe ächzte unter meinem Gewicht. Meine Hand klammerte sich um das Geländer, winzig kleine Splitter bohrten sich in meine Haut.

»Wo zum Teufel sind wir hier?«, fragte Link.

»Ich weiß es nicht.« Aber eines wusste ich. Das hier war ein Dunkler Ort, ein Ort, den Amma normalerweise um jeden Preis meiden würde. Es stank hier nicht nur nach Benzin und Lakritze. Der Geruch des Todes lag in der Luft, und als wir unten angekommen waren, sah ich auch den Grund.

Wir waren in einer Art Geschäft. An den Wänden zogen sich Regale entlang, die mit in brüchiges Leder gebundenen Büchern und Glasgefäßen vollgestellt waren, in denen sich lebende und tote Kreaturen befanden. In einem Glas lagen Fledermausflügel, völlig unversehrt, allerdings ohne Fledermaus. Ein Gefäß war bis zum Rand voll mit Tierzähnen, in anderen befanden sich Krallen und Schlangenhäute. In kleineren Gläschen ohne Aufschrift waren trübe Flüssigkeiten und dunkle Pulver. Noch verstörender aber waren die lebendigen Tiere, die hier gefangen gehalten wurden. Fette Kröten drückten sich an Glaswände; in dick mit Staub bedeckten Terrarien wanden sich Schlangen übereinander; lebende Fledermäuse hingen in rostigen Drahtkäfigen von der Decke.

Dieser Ort war echt gruselig – angefangen von dem zerkratzten Stahltisch in der Mitte bis hin zu dem merkwürdigen Altar in einer Ecke, vor dem Weihrauchstäbchen, Schnitzereien und eine dicke schwarze Kerze aufgestellt waren, die den Gestank von Lakritze und Benzin verströmte.

Link stieß mich an und zeigte auf einen toten Frosch, der in einem Glas schwamm. »Hier ist es schlimmer als im Bio-Raum während dem Sommerkurs.«

»Bist du sicher, dass Amma hier runtergegangen ist?« In dieser

Horrorversion des Kellers meiner Großtanten konnte ich mir Amma beim besten Willen nicht vorstellen.

Link deutete schnuppernd zum hinteren Teil des Raums, wo ein gelbes Licht flackerte. »Zimtpastillen.«

Wir gingen zwischen den Regalreihen hindurch. Plötzlich hörte ich eine Stimme. Sie kam vom Ende des Gangs, wo zwei niedrige Bücherregale einen engen Durchlass in den hinteren Teil des Ladens bildeten, oder wie auch immer man dieses Gruselkabinett bezeichnen mochte. Auf allen vieren kauernd, versteckten wir uns hinter den Bücherregalen. Neben mir schwammen Hühnerfüße in einer Flasche.

»Zeig mir die Lagniappe.« Es war eine harsche Männerstimme, die das forderte. »Du würdest dich wundern, wenn du wüsstest, wie viele Leute sich hier herunterwagen und trotzdem nicht die sind, für die sie sich ausgeben.«

Ich legte mich auf den Bauch und robbte vorwärts, damit ich um die Ecke des Regals spähen konnte. Link hatte recht. Amma war hier. Sie stand vor einem schwarzen Holztisch und drückte ihre Handtasche mit beiden Händen an sich. Die Beine des Tisches waren wie Vogelfüße geschnitzt, die Krallen waren nur einen Fingerbreit von Ammas Gesundheitsschuhen entfernt. Ich sah sie von der Seite, ihre dunkle Haut leuchtete in dem gelblichen Licht, ihr Haar war unter ihrem blumigen Sonntagshut säuberlich zu einem Knoten geschlungen, sie stand aufrecht und erhobenen Hauptes da. Wenn sie Angst hatte, dann sah man es ihr jedenfalls nicht an. Der Stolz gehörte genauso zu ihr wie ihre Sprichwörter, ihre Pastillen und ihre Kreuzworträtsel.

»Das kann ich mir vorstellen.« Sie öffnete ihre Tasche und nahm das rote Bündel heraus, das die Kreolin ihr gegeben hatte.

Link hatte sich ebenfalls auf den Bauch gelegt. »Ist das das Ding, das die Frau mit den Donuts ihr geschenkt hat?«, flüsterte er. Ich nickte und gab ihm zu verstehen, dass er leise sein sollte.

Der Mann hinter dem Tisch beugte sich ins Licht. Seine Haut

war schwarz wie Ebenholz, dunkler und glatter als Ammas. Sein halblanges Haar war schlampig zu kleinen Zöpfen geflochten, die im Nacken zusammengefasst waren. Schnüre und andere kleine Dinge, die ich nicht genau erkennen konnte, waren darin eingearbeitet. Er strich sich über den Spitzbart, während er Amma aufmerksam beobachtete.

»Gib es mir.« Er streckte die Hand aus und der Saum seiner dunklen Tunika rutschte am Arm hoch. Seine Handgelenke waren mit Lederbändern umwickelt, an denen Amulette hingen. Seine Hand war vernarbt – die Haut spannte und glänzte, als ob sie mehr als einmal verbrannt gewesen wäre.

Amma ließ das Bündel in seine Hand fallen, ohne ihn zu berühren.

Er bemerkte ihre Vorsicht und lächelte. »Ihr Frauen von den Inseln seid doch alle gleich. Ihr übt eure Künste aus, um meine Zauber abzuwehren, aber eure Kräuter und Pülverchen können einem Bokor nichts anhaben.«

Die Künste. Damit war Voodoo gemeint, das hatte ich schon einmal gehört. Und wenn Frauen wie Amma sich vor dem Zauber dieses Mannes zu schützen versuchten, dann konnte das nur eines bedeuten: Er betrieb schwarze Magie.

Der Bokor machte das Bündel auf und hielt eine einzelne Feder in die Höhe. Aufmerksam betrachtete er sie von allen Seiten. »Ich sehe, du bist kein Eindringling, also was wünschst du?«

Amma warf ihr Taschentuch auf den Tisch. »Ich bin weder ein Eindringling noch eine von den Inselfrauen, mit denen du es sonst zu tun hast.«

Der Bokor hob den zarten Stoff auf und betrachtete die Stickereien. Ich wusste, was darauf abgebildet war, obwohl ich es von hier aus nicht sehen konnte: ein Sperling.

Der Bokor blickte auf das Taschentuch, dann wieder auf Amma. »Das Zeichen von Sulla, der Prophetin. Also bist du eine Seherin, eine ihrer Nachfahren vielleicht?« Er grinste breit, seine weißen

Zähne schimmerten in der Dunkelheit. »Nun, das ist eine umso größere Überraschung. Was mag wohl eine Seherin in meine Werkstatt führen?«

Amma ließ ihn nicht aus den Augen, so als wäre er eine der vielen Schlangen, die sich in den Terrarien des Ladens wanden. »Das war ein Irrtum. Mit einem wie dir habe ich nichts zu schaffen.« Sie klemmte ihre Tasche unter den Arm und wandte sich zum Gehen. »Ich finde allein hinaus.«

»Wohin so eilig? Willst du nicht wissen, wie man die Karten beeinflusst?« Sein Lachen hallte von den Wänden wider wie eine Bedrohung.

Amma blieb wie angewurzelt stehen. »Doch«, sagte sie leise.

»Dabei kennst du die Antwort selbst, Seherin. Deshalb bist du doch gekommen.«

Amma wirbelte herum und schaute ihn an. »Denkst du, das ist ein Anstandsbesuch?«

»Man kann die Karten nicht mehr ändern, wenn sie erst gefallen sind. Jedenfalls nicht die Karten, von denen wir sprechen. Das Schicksal ist ein Rad, das sich ohne unser Zutun dreht.«

Amma schlug mit der Faust auf den Tisch. »Versuch nicht, mir den silbernen Glanz einer Wolke zu verkaufen, die so schwarz ist wie deine Seele. Ich weiß, dass es möglich ist.«

Der Bokor tippte mit den Fingern gegen eine Flasche am Tischrand, in der sich zerstoßene Eierschalen befanden. Wieder schimmerten seine weißen Zähne im Dunkeln. »Alles ist möglich, Seherin. Es ist nur eine Frage des Preises. Welchen Preis bist du bereit zu zahlen?«

»Ich zahle jeden Preis.«

Mir lief es kalt über den Rücken. Wie Amma das sagte, wie sich ihr Tonfall dabei veränderte, das alles deutete darauf hin, dass sich der unsichtbare Graben, der zwischen ihr und dem Bokor verlief, in Nichts auflöste. Ich fragte mich, ob dieser Graben tiefer war als der, den sie in der Nacht des Sechzehnten Mondes überwunden hatte, als sie und Lena mich mithilfe des *Buchs der Monde* von den Toten zurückgeholt hatten. Ich schüttelte den Kopf. Wir alle hatten schon zu viele Grenzen überschritten.

Der Bokor beobachtete Amma aufmerksam. »Lass mich sehen, was die Karten sagen. Ich muss wissen, worum es hier wirklich geht.«

Amma zog einen Stoß Karten aus ihrer Tasche. Auf den ersten Blick sahen sie aus wie normale Tarotkarten, aber die Bilder passten nicht recht. Es waren keine Tarotkarten, es war etwas anderes. Sie fächerte sie sorgfältig auf und legte sie auf den Tisch. Der Bokor sah zu und spielte mit der Feder zwischen seinen Fingern.

Amma legte die letzte Karte. »Hier, bitte.«

Der Bokor stockte, murmelte etwas in einer Sprache, die ich nicht verstand, aber dass er nicht gerade erfreut war, begriff ich trotzdem. Er wischte über den wackeligen Tisch, dass Flaschen und Flakons auf dem Boden zerschellten, und beugte sich so dicht zu Amma hin, wie es meines Wissens noch nie jemand gewagt hatte. »Die zornige Königin. Die Waage im Ungleichgewicht. Das Kind der Dunkelheit. Der Sturm. Das Opfer. Die getrennten Zwillinge. Die blutende Klinge. Die zerbrochene Seele.«

Er spuckte aus und drohte Amma mit der Feder, offenbar seine Variante der Einäugigen Drohung. »Eine Seherin, noch dazu eine direkte Nachfahrin von Sulla der Prophetin, ist klug genug zu wissen, dass das keine x-beliebige Kartenreihe ist.«

»Soll das heißen, du kannst es nicht?« Das war eine Herausforderung. »Habe ich den ganzen Weg nur wegen ein paar zerbrochener Eierschalen und toten Sumpffröschen gemacht? Die kriege ich bei jedem Wahrsager.«

»Das soll heißen, dass du den Preis nicht zahlen kannst, alte Frau!« Die Stimme des Bokors wurde lauter. Ich erstarrte vor Ärger. Amma war die einzige Mutter, die mir noch geblieben war. Ich ertrug es nicht, wenn jemand so mit ihr redete.

Amma blickte hoch zur Decke und murmelte etwas vor sich

hin. Jede Wette, dass sie zu den Vorfahren sprach. »Der letzte Ort auf dieser Welt, an den es mich zieht, ist diese gottverlassene Brutstätte alles Bösen …«

Der Bokor nahm einen langen Stab, der mit einer spröden, vertrockneten Schlangenhaut umwickelt war, und umkreiste Amma wie ein Tier, das jeden Moment zuschnappt. »Und dennoch bist du gekommen. Denn deine Püppchen und deine Kräuter können das *Ti-bon-ange* nicht retten, nicht wahr?«

Amma sah ihn kämpferisch an. »Wenn du mir nicht hilfst, wird jemand sterben.«

»Und wenn ich dir helfe, wird auch jemand sterben.«

»Das steht auf einem anderen Blatt.« Sie tippte auf eine der Karten. »Das hier ist der Tod, um den es mir geht.«

Er betrachtete die Karte, strich mit der Feder darüber. »Interessant, dass du dir jemanden aussuchst, der ohnehin schon verloren ist. Und dass du dann ausgerechnet zu mir kommst und dich nicht an deine hochgeschätzten Caster wendest. Die Angelegenheit beunruhigt sie, nicht wahr?«

Die Caster.

Mein Herz machte einen Satz. Wer war schon verloren? Hatte er von Lena gesprochen?

Amma holte tief Luft. »Die Caster können mir nicht helfen. Sie können sich ja selbst kaum helfen.«

Link sah mich fragend an. Aber ich verstand auch nicht mehr als er. Wie konnte der Bokor Amma bei etwas helfen, bei dem die Kräfte der Caster versagten?

Die Bilder stürmten auf mich ein, ohne dass ich etwas dagegen tun konnte. Die unerträgliche Hitze. Die Heuschrecken, die jeden Quadratzentimeter der Stadt befallen hatten. Die Albträume und die Angst. Caster, die ihre Kräfte nicht mehr beherrschten oder sie ganz verloren hatten. Ein Strom von Blut. Abrahams Stimme, die durch die Höhle schallte, nachdem Lena sich selbst berufen hatte.

Das wird Folgen haben.

Der Bokor baute sich vor Amma auf und musterte sie aufmerksam. »Du meinst, die Lichten Caster können das nicht.«

»Keinen anderen würde ich je um Hilfe bitten.«

Er schien zufrieden mit ihrer Antwort, aber nicht aus dem Grund, den ich mir dachte. »Und trotzdem bist du zu mir gekommen. Weil ich etwas beherrsche, was sie nicht können – die alte Magie, die unser Volk über das Meer hierher mitbrachte. Magie, die sowohl Sterbliche als auch Caster anwenden können.« Er meinte Voodoo, den Glauben, der aus Afrika und der Karibik stammte. »Aber sie wissen nichts vom *Ti-bon-ange.*«

Amma starrte ihn an, als würde sie ihn am liebsten in Stein verwandeln, aber sie rührte sich nicht von der Stelle.

Sie brauchte ihn, wenn ich auch nicht wusste, warum.

»Nenn deinen Preis.« Ihre Stimme zitterte.

Ich sah ihm an, wie er Ammas Bitte und ihre Redlichkeit gegeneinander abwog. Hier trafen extreme Gegensätze aufeinander, die beiden Seiten ein und desselben mystischen Wissens, so schwarz und weiß wie das Dunkle und das Lichte in der Welt der Caster. »Wo ist es jetzt? Wo haben sie es versteckt?«

»Was versteckt?«, fragte mich Link lautlos. Ich schüttelte den Kopf. Ich hatte keine Ahnung, wovon sie sprachen.

»Es ist nicht versteckt.« Zum ersten Mal blickte Amma ihm in die Augen. »Es ist frei.«

Zuerst reagierte er nicht und tat so, als hätte Amma sich versprochen. Aber als er merkte, dass sie es ernst meinte, ging er wieder hinter den Tisch, beugte sich über die Karten und knurrte etwas vor sich hin. Ich hörte nur einzelne Brocken Kreolisch heraus. »Wenn es wahr ist, was du sagst, alte Frau, dann gibt es dafür nur einen Preis.«

Amma schob die Karten wieder auf ein Häufchen zusammen. »Ich weiß. Ich werde ihn bezahlen.«

»Dir ist klar, dass es dann kein Zurück mehr gibt? Keine Möglichkeit, etwas ungeschehen zu machen? Wenn du dich am Rad des Schicksals zu schaffen machst, wird es dich zermalmen.«

Amma steckte die Karten zurück in ihre Tasche. Ich sah, wie sehr ihre Hand zitterte. »Tu, was du tun musst, und ich werde es ebenso machen.« Sie schloss ihre Tasche und wandte sich zum Gehen. »Am Ende zermalmt das Rad uns doch alle.«

19.9. *Die Hohe Wacht*

»Und dann sind Link und ich losgerannt, als wäre Amma uns mit der Einäugigen Drohung auf den Fersen. Ich hatte solche Angst, sie könnte uns entdecken, dass ich mich bis zum nächsten Morgen in meinem Bett verkrochen habe.« Ich verschwieg, dass ich auf dem Fußboden aufgewacht war, so wie immer nach einem dieser Träume.

Als ich Marian die Geschichte zu Ende erzählt hatte, war ihr Tee kalt geworden. »Und was war mit Amma?«, fragte sie.

»Die Sonne ging schon auf, als ich gehört habe, wie die Fliegentür zugemacht wurde. Als ich dann nach unten kam, machte Amma das Frühstück, als wäre nichts passiert. Der gleiche Maisbrei wie immer, die gleichen Eier wie immer.« Nur dass nichts mehr so schmeckte wie immer.

Wir saßen im Archiv der Stadtbibliothek von Gatlin. Es war Marians ganz persönlicher Zufluchtsort, den sie früher mit meiner Mutter geteilt hatte. Es war auch der Ort, an dem Marian nach Antworten auf Fragen suchte, die den meisten Leuten in Gatlin nicht einmal im Traum eingefallen wären. Aber gerade deswegen saß ich hier. Marian Ashcroft war die beste Freundin meiner Mutter gewesen und für mich immer so etwas wie eine Tante, sogar mehr als meine richtige Tante. Und das war, glaube ich, noch ein Grund, weswegen ich hier war.

Amma stand mir so nahe wie eine Mutter. Ich weigerte mich einfach, etwas Schlechtes über sie zu denken, und ich wollte auch nicht, dass ein anderer es tat. Aber die Vorstellung, dass sich Amma mit jemandem einließ, der das Gegenteil von all dem war, woran sie glaubte, bereitete mir Unbehagen. Ich musste mit jemandem darüber sprechen.

Marian rührte geistesabwesend in ihrem Tee. »Bist du ganz sicher, dass du dich nicht verhört hast?«

Ich nickte. »Das war keines von den Gesprächen, die man gleich wieder vergisst.« Ich hatte vergeblich versucht, die Erinnerung an Amma und den Bokor aus meinem Kopf zu verbannen. »Ich habe schon mehr als einmal erlebt, wie Amma sich hineinsteigert, wenn die Karten ihr etwas Unangenehmes voraussagen. Als sie zum Beispiel in den Karten gelesen hat, dass Sam Turley mit dem Auto über die Brücke am Waders Creek stürzen würde, schloss sie sich in ihrem Zimmer ein und sprach eine Woche lang kein Wort. Aber das war etwas anderes.«

»Eine Seherin versucht niemals, die Karten zu beeinflussen. Und am allerwenigsten die Ururenkelin von Sulla der Prophetin.« Marian blickte in ihre Teetasse und überlegte. »Warum wollte sie das jetzt tun?«

»Ich weiß es nicht. Der Bokor behauptete, er könnte es, aber es hätte seinen Preis, und Amma versicherte ihm, dass sie diesen Preis bezahlen würde, egal was es ist. Es war alles so verworren, aber es hatte eindeutig etwas mit den Castern zu tun.«

»Wenn er wirklich ein Bokor, also ein Schwarzmagier, ist, dann war das kein leeres Geschwätz. Ein Bokor quält und zerstört mit seinem Voodoo-Zauber, statt die Menschen zu heilen und zu erleuchten.«

Ich nickte. Zum ersten Mal in meinem Leben hatte ich tatsächlich Angst um Amma. Was ungefähr so sinnvoll war, wie wenn sich ein Kätzchen um einen Tiger sorgt. »Ich weiß, dass du dich in die Welt der Caster nicht einmischen darfst, aber der Bokor ist ein Sterblicher.«

»Und deshalb bist du zu mir gekommen.« Marian atmete tief ein.

»Ich kann Erkundigungen einziehen, aber eine Frage werde ich ganz bestimmt nicht beantworten können, und das ist genau die Frage, auf die es ankommt: Was treibt Amma zu einem Menschen, der auf der anderen Seite dessen steht, woran sie glaubt?« Marian hielt mir einen Teller mit Keksen hin, was bedeutete, dass sie auch keine Antwort darauf wusste.

Ich zuckte zusammen. Das waren nicht irgendwelche Knusperkekse – als Liv Anfang des Sommers nach South Carolina gekommen war, hatte sie einen ganzen Koffer davon mitgebracht.

Marian war meine Reaktion offenbar nicht entgangen, denn sie stellte den Teller wieder hin. »Hast du mit Olivia über das gesprochen, was passiert ist?«

»Ich weiß nicht. Nicht über – na ja, nein.« Ich seufzte. »Was total blöd ist, denn Liv ist … eben Liv.«

»Mir fehlt sie auch.«

»Warum darf sie dann nicht mehr bei dir arbeiten?« Liv hatte gegen die Regeln verstoßen, weil sie mir geholfen hatte, Macon aus dem Bogenlicht zu befreien. Seither war sie nicht mehr in der Stadtbibliothek von Gatlin aufgetaucht. Ihre Ausbildung als Hüterin war damit beendet, und ich hatte eigentlich erwartet, dass sie nach England zurückkehren würde. Stattdessen verbrachte sie jetzt ihre Tage zusammen mit Macon in den Tunneln.

»Das geht nicht. Es gehört sich nicht – es ist verboten, wenn du so willst. Bis sich alles geklärt hat, dürfen wir uns nicht sehen. Jedenfalls nicht offiziell.«

»Das heißt, sie wohnt gar nicht mehr bei dir?«

Marian blickte wieder in ihre Teetasse. »Sie ist vorübergehend in die Tunnel gezogen. Vielleicht ist sie dort glücklicher. Macon hat dafür gesorgt, dass sie ein eigenes Arbeitszimmer hat.«

Liv war für mich immer der Inbegriff des hellen Sonnenscheins gewesen; ich konnte mir gar nicht vorstellen, dass sie so viel Zeit in der Dunkelheit der Tunnel verbrachte.

Marian drehte sich auf ihrem Stuhl um, nahm ein zusammengefaltetes Blatt Papier von ihrem Schreibtisch und gab es mir. Es fühlte sich ungewöhnlich schwer an und der Grund dafür war ein dickes Siegel aus Wachs. Das war kein Brief, wie ihn der Briefträger brachte.

»Was ist das?«

»Nur zu, lies vor.«

»Der Rat der Hohen Wacht befindet in dem schwerwiegenden Fall von Marian Ashcroft aus der *Lunae Libri …*« – ich überflog die Zeilen – »… ihr alle Verantwortlichkeiten zu entziehen im Hinblick auf die Wahrung im Westen … ein Verhandlungstermin wird in Kürze anberaumt werden.« Ich blickte ungläubig auf. »Bist du gefeuert?«

»Vorübergehend meiner Pflichten enthoben, das klingt besser.«

»Und es gibt eine Verhandlung?«

Marian stellte ihre Teetasse auf den Tisch zwischen uns und schloss die Augen. »Ja. Jedenfalls nennen sie es so. Glaub bloß nicht, dass die Sterblichen die Heuchelei für sich gepachtet haben. Die Welt der Caster ist nicht wirklich demokratisch, wie du vielleicht schon bemerkt hast. Wenn es um die Herrschaft der Gesetze geht, dann zählen Werte wie die Willensfreiheit plötzlich nicht mehr viel.«

»Aber du hattest mit der ganzen Sache doch nichts zu tun. Lena hat die Ordnung der Dinge durcheinandergebracht, nicht du.«

»Ehrlich gesagt gefällt mir deine Sicht auf die Ereignisse auch besser, aber du lebst lange genug in Gatlin, um zu wissen, dass sich Ansichten ganz schnell ändern können. Wie dem auch sei, ich gehe davon aus, dass sie dich in den Zeugenstand laden werden.« Die Falten in Marians Gesicht vertieften sich immer dann zu dunklen Schatten, wenn sie wirklich besorgt war. So wie jetzt.

»Aber du hast dich nicht eingemischt.« Das war ein Punkt, über den wir schon sehr lange stritten. Von dem Moment an, in dem ich erfahren hatte, dass Marian eine Hüterin war – wie auch davor schon meine Mutter –, kannte ich die wichtigste Hauptregel: Was immer auch geschah, Marian musste sich raushalten. Sie beobachtete, bewahrte die Geheimnisse und die Überlieferungen der Caster-Welt und in ihrem Fall auch die *Lunae Libri*, und sie kannte die Schnittpunkte, an denen sich beide Welten berührten. Aber sie durfte sich nicht einmischen.

Marian schrieb die Geschichte nur auf, sie machte keine.

So lautete die Regel. Ob ihr Herz sich auch an diese Regel halten konnte, stand auf einem ganz anderen Blatt. Liv hatte auf schmerzliche Weise erfahren müssen, dass sie die Regeln nicht befolgen konnte, und hatte jetzt keine Möglichkeit mehr, jemals eine Hüterin zu werden. Ich war mir ziemlich sicher, dass es meiner Mutter genauso ergangen war.

Ich berührte das schwere schwarze Siegel aus Wachs – es war das gleiche Siegel wie das von South Carolina. Ein Caster-Mond, der über einer Palme stand. Als ich die Mondsichel berührte, vernahm ich plötzlich die vertraute Melodie. Ich schloss die Augen und hörte zu.

Eighteen Moons, eighteen Sheers,
Feeding off your deepest fears,
Vexed to find as Darkness nears,
Secret eyes and hidden ears …

»Ethan?«

Ich schlug die Augen auf. Marian hatte sich über mich gebeugt.

»Es ist nichts.«

»*Nichts* stimmt garantiert nicht. Nicht bei dir, EW.« Sie lächelte mich traurig an.

»Ich habe das Lied gehört.« Ich klopfte mit den Fingern den Takt auf meine Oberschenkel und summte die Melodie.

»Deinen Shadowing Song?«

Ich nickte.

»Und?«

Ich wollte es ihr nicht sagen, aber mir fiel keine Ausrede ein, und erst recht schaffte ich es nicht, mir einen anderen Liedtext auszudenken. »Nichts Gutes. Das Übliche. Ein Schemen, ein Vex, Geheimnisse und Dunkelheit. So richtig unheimlich eben.«

Ich versuchte, gar nichts zu fühlen, nicht wie sich mein Magen verkrampfte, nicht wie mir die Kälte durch die Adern kroch. Meine Mutter wollte mir etwas mitteilen. Und wenn sie mir diesen Song schickte, dann war es etwas Wichtiges. Und etwas Gefährliches.

»Ethan. Das ist eine ernste Angelegenheit.«

»Alles ist eine ernste Angelegenheit, Tante Marian. Und mir fällt es schwer zu entscheiden, was ich tun soll.«

»Mit mir reden zum Beispiel.«

»Das will ich auch, aber im Moment weiß ich noch gar nicht, was ich dir erzählen könnte.« Ich stand auf. Warum hatte ich nicht den Mund gehalten? Ich konnte mir auf das, was gerade vor sich ging, keinen Reim machen, und je mehr Marian mich bedrängte, desto eher wollte ich die Flucht ergreifen. »Ich gehe jetzt besser.«

Sie begleitete mich bis an die Tür des Archivs. »Lass dich bald wieder blicken, Ethan. Du hast mir gefehlt.«

Ich umarmte sie lächelnd und blickte dabei über ihre Schulter durch die Tür in die eigentliche Stadtbibliothek von Gatlin – woraufhin mich fast der Schlag traf.

»Was ist denn hier passiert?«

Marian war ebenso schockiert wie ich. In der Bibliothek herrschte ein katastrophales Durcheinander; es sah aus, als hätte ein Tornado gewütet, während wir im Archiv gesessen hatten. Überall lagen aufgeschlagene Bücher, auf den Tischen, auf dem Tresen bei der Buchausgabe, auf dem Fußboden. Etwas Ähnliches hatte ich erst ein einziges Mal erlebt: vergangene Weihnachten, als reihenweise Bücher bei einer bestimmten Seite aufgeschlagen waren, auf denen ein Satz stand, der etwas mit Lena und mir zu tun hatte.

»Das ist schlimmer als beim letzten Mal«, sagte Marian leise. Wir hatten denselben Gedanken. Das war eine Botschaft und sie galt mir. Genau wie damals.

»Hm, sieht so aus.«

»Da haben wir's. Und, ist es dir jetzt unheimlich?« Marian griff nach einem Buch, das auf einem Zettelkasten lag. »Mir nämlich schon.«

»Ja, es fängt an, mir unheimlich zu werden.« Ich strich mir die Haare aus der Stirn. »Ich wünschte, ich würde einen Bannspruch kennen, mit dem man Bücher wieder ins Regal zurückstellt, ohne sie alle einzeln aufheben zu müssen.«

Marian bückte sich und gab mir das erste Buch. »Emily Dickinson.«

So langsam, wie man seinen Blick nur senken kann, blickte ich auf die aufgeschlagene Seite.

»Mancher Wahn ist göttlichster Sinn …«

»Wahn? Na toll.« Was bedeutete das? Und was noch wichtiger war, was bedeutete es für mich? Ich sah Marian an. »Was denkst du?«

»Ich glaube, dass die Unordnung der Dinge schließlich auch meine Regale erreicht hat. Mach weiter.« Sie gab mir ein weiteres Buch. »Leonardo da Vinci.«

Großartig. Noch ein berühmter Wahnsinniger. Ich gab es ihr zurück. »Mach du.«

»Während ich glaubte zu lernen, wie man leben soll, habe ich gelernt, wie man stirbt.« Sie klappte das Buch langsam zu.

»Zuerst Wahnsinn und jetzt Tod. Es geht aufwärts.«

Sie legte mir den Arm um die Schulter und ließ das Buch aus der Hand fallen. *Ich bin bei dir,* sagten ihre Hände. Meine Hände sagten gar nichts, außer dass ich Angst hatte, aber das bemerkte sie sowieso, weil sie so zitterten. »Wir wechseln uns ab. Der eine liest vor, während der andere aufräumt.«

»Ich räume auf.«

Marian warf mir einen Blick zu und gab mir ein anderes Buch. »Spielst du jetzt den Chef in meiner Bücherei?«

»Nein, Ma'am. Das wäre nicht sehr gentlemanlike.« Ich las den Titel. »Puh, muss das sein?« Edgar Allan Poe. Seine Geschichten waren so düster, dass die beiden anderen Bücher im Vergleich dazu heiter waren. »Was immer er mir auch zu sagen hat, ich will es nicht wissen.«

»Schau auf die Seite.«

»Starr in dieses Dunkel spähend, stand ich lange / nicht verstehend, Träume träumend, die kein irdischer Träumer je gewagt zuvor …«

Ich schlug das Buch zu. »Schon kapiert. Ich krieg die Krise und drehe durch. Die ganze Stadt schnappt über. Die Welt ist ein einziges Irrenhaus.«

»Weißt du, was Leonard Cohen zu diesem Thema sagt, Ethan?«

»Nein, weiß ich nicht. Aber ich habe das Gefühl, wenn ich noch in ein paar Bücher in dieser Bibliothek reinschaue, dann kann ich's dir sagen.«

»Es gibt einen Riss in allem.«

»Sehr hilfreich.«

»Ja, das ist es.« Sie legte mir wieder eine Hand auf die Schulter. »Es gibt einen Riss in allem. Doch nur so kommt das Licht herein.«

Sie hatte den Nagel ziemlich auf den Kopf getroffen – besser gesagt dieser Leonard Cohen. Ich war froh und traurig zugleich, und ich wusste nicht, was ich sagen sollte. Also kniete ich mich auf den Teppich und begann, die Bücher aufzustapeln.

»Dann lass uns mal dieses Chaos beseitigen.«

Marian verstand genau, was in mir vorging. »Ich dachte schon, ich würde dich das niemals sagen hören, EW.«

Sie hatte recht. Das Universum hatte Risse und ich auch.

Ich hoffte, das Licht würde irgendwie seinen Weg hereinfinden.

19.9. *Der Teufel, den du kennst*

Ich träumte. Allerdings keinen Traum, in dem alles so real war, dass ich beim Fallen tatsächlich den Wind spürte und den metallischen Geruch von Blut im Santee River roch – nein, ich träumte ganz bewusst. Ich sah zu, was sich alles in meinem Kopf abspielte. Aber etwas stimmte nicht. Der ganze Traum fühlte sich falsch an – oder auch nicht, weil ich eigentlich gar nichts fühlte. Ich hätte genauso gut am Straßenrand sitzen und zusehen können, wie alles an mir vorbeizog …

Die Nacht, in der Sarafine den Siebzehnten Mond heraufbeschworen hatte.

Der Mond, der sich über Lena spaltete und die Form von zwei Schmetterlingsflügeln annahm – einer grün, der andere golden.

John Breed auf seiner Harley und Lena, die die Arme um ihn geschlungen hatte.

Macons leeres Grab auf dem Friedhof.

Ridley, die ein schwarzes Bündel in der Hand hielt, durch dessen Stoff hindurch etwas leuchtete.

Das Bogenlicht, das auf dem schlammigen Boden lag.

Ein einzelner silberner Knopf, der auf dem Vordersitz der Schrottkiste verloren gegangen war in einer ganz bestimmten Regennacht.

Die Bilder schwebten am Rande meines Bewusstseins, gerade so weit weg, dass ich sie nicht zu fassen bekam. Der Traum war tröstlich. Vielleicht war doch nicht jeder Gedanke in meinem Unterbewusstsein eine Prophezeiung, ein schiefes Puzzlestück, das meine

Bestimmung als Lotse lenkte. Vielleicht war genau das der Traum. Während Schlaf und Wachsein in mir kämpften, wurde ich ruhig. Mein Bewusstsein suchte nach handfesten Gedanken, es versuchte, den Nebel meiner Vorstellungen zu durchsieben, wie Amma das Mehl für den Kuchen siebte. Immer wieder kehrte ich zu dem Bogenlicht zurück.

Das Bogenlicht in meinen Händen.

Das Bogenlicht im Grab.

Das Bogenlicht und Macon, in der Höhle am Meer bei der Weltenschranke.

Macon, der sich umdreht und mich ansieht. »Ethan, das ist kein Traum. Wach auf! Sofort!«

Dann begann Macon zu brennen, meine Gedanken verkrampften sich, und ich nahm nichts mehr wahr außer einem Schmerz, der so stark war, dass ich weder denken noch träumen konnte.

Ein ungewöhnliches Geräusch übertönte das rhythmische Summen der Heuschrecken draußen vor dem Fenster. Mit einem Ruck setzte ich mich auf und zwang mich, wach zu werden, während das Geräusch weiter anschwoll.

Es war Lucille, die mit gesträubtem Fell auf meinem Bett saß und fauchte. Sie hatte die Ohren angelegt, und einen Moment lang dachte ich, sie fauche mich an. Dann folgte ich ihrem Blick durch das im Dunkeln liegende Zimmer. Am Fußende meines Bettes stand jemand. Der polierte Griff eines Gehstocks glänzte matt.

Nicht ich hatte nach handfesten Gedanken gesucht, sondern Abraham Ravenwood.

Erschrocken wich ich zurück und stieß gegen das hölzerne Kopfteil meines Betts. Ich musste schleunigst weg von hier, konnte aber nirgendwohin. Mein Instinkt übernahm die Kontrolle – kämpfen oder fliehen. Aber allein der Versuch, gegen Abraham Ravenwood zu kämpfen, war aussichtslos.

»Verschwinden Sie. Sofort.« Ich presste die Handflächen gegen meine Schläfen, als könnte ich damit verhindern, dass er durch den dumpfen Schmerz in meinem Kopf hindurch nach meinen Gedanken tastete.

Er sah mich aufmerksam an, beobachtete meine Reaktion. »Guten Abend, Junge. Wie ich sehe, weißt du ebenso wenig wie mein Enkel, wo dein Platz ist«, sagte er kopfschüttelnd. »Der kleine Macon Ravenwood. Er war schon als Kind ein Versager.«

Unbewusst ballte ich die Fäuste. Abraham blickte mich amüsiert an und schnippte mit den Fingern.

Ich fiel vor ihm auf den Fußboden und schnappte nach Luft. Ich war mit dem Gesicht voran auf die groben Dielenbretter gestürzt, seine rissigen Lederstiefel waren direkt vor mir. Nur mit Mühe schaffte ich es, den Kopf zu heben.

»Schon besser.« Abraham lächelte. Sein Bart war so weiß wie seine spitzen Zähne. Er sah anders aus als bei unserer Begegnung an der Weltenschranke. Er trug jetzt nicht mehr seinen hellen Sonntagsanzug, sondern einen stattlicheren dunklen Anzug; die schwarze Schleife, sein Markenzeichen, war akkurat unter dem Kragen gebunden. Nichts erinnerte an den freundlichen Gentleman aus den Südstaaten und am allerwenigsten erinnerte er an Macon. Abraham Ravenwood, der Urahn aller Ravenwood-Inkubi, war ein Ungeheuer.

»Ungeheuer würde ich nicht unbedingt sagen. Wie dem auch sei, für mich spielt es keine Rolle, was du von mir denkst, Junge.«

Lucille fauchte lauter. Ich rappelte mich auf und bemühte mich, mit fester Stimme zu sprechen. »Was zum Teufel haben Sie in meinem Kopf zu suchen?«

Er zog eine Augenbraue hoch. »Ah, du hast also gemerkt, wie ich mich genährt habe. Nicht schlecht für einen Sterblichen.« Er beugte sich vor. »Sag mir doch, wie fühlt man sich dabei? Das hätte ich schon immer gerne gewusst. Ist es mehr wie ein Stich oder eher wie ein Biss? Wie ist es, wenn ich deine innigsten Gedanken herausschneide? Deine Geheimnisse und deine Träume?«

Schwankend stand ich auf, schaffte es aber kaum, mich auf den

Beinen zu halten. »Das ist ein sehr spezielles Gefühl, und zwar eins, das sagt, dass du dich aus meinen Gedanken verziehen sollst, Psycho.«

Abraham lachte. »Das würde ich gerne. Da gibt es ohnehin wenig zu sehen. Siebzehn Jahre bist du alt, aber du weißt kaum etwas vom Leben. Abgesehen von ein paar belanglosen Tändeleien mit unbedeutendem Caster-Abschaum.«

Ich zuckte zusammen. Am liebsten hätte ich ihn am Kragen gepackt und zum Fenster rausgeworfen. Und das hätte ich auch garantiert gemacht, wenn ich meine Arme hätte bewegen können.

»Ach ja? Wenn mein Hirn so nutzlos ist, warum stöbern Sie dann heimlich darin herum?« Ich zitterte am ganzen Leib. Ich wäre gern noch etwas deutlicher geworden, aber ich musste meine Kräfte zusammenhalten, um nicht vor dem mächtigsten Inkubus aller Zeiten ohnmächtig zusammenzubrechen.

Abraham ging zum Fenster und strich über die Salzspur, die Amma auf das Fenstersims gestreut hatte. Dann leckte er die Salzkörnchen von den Fingern. »Von Salz kann ich nie genug bekommen. Es verleiht dem Blut einen würzigen Beigeschmack.« Er hielt inne, spähte durch mein Fenster auf den verbrannten Rasen hinaus. »Aber eine Frage habe ich an dich. Man hat mir etwas weggenommen, das mir gehört. Und ich glaube, du weißt, wo ich es wiederfinde.«

Er schnippte mit den Fingern gegen das Fenster und das Glas zersprang in tausend Stücke.

Ich machte einen Schritt auf ihn zu, auch wenn es mir vorkam, als hätte ich Zementklumpen an den Füßen. »Was veranlasst Sie zu glauben, dass ich Ihnen irgendetwas sage?«

»Nun ja … vielleicht deine Angst? Schau.« Er beugte sich aus dem Fenster und sah in unseren Vorgarten hinunter. »Hunting und sein Blutrudel sind nicht umsonst den ganzen Weg bis hierhergekommen. Sie lieben einen kleinen Mitternachts-Imbiss.«

Das Blut pochte in meinen Ohren. Sie waren dort draußen – Hunting und seine Bluthunde.

Abraham wandte sich wieder um und sah mich an, seine schwarzen Augen leuchteten. »Genug geplaudert, Junge. Wo ist John? Ich weiß, dass mein nichtsnutziger Enkel ihn nicht umgebracht hat. Wo hält Macon ihn versteckt?«

Jetzt war es heraus. Endlich hatte es jemand laut ausgesprochen. John war am Leben.

Ich wusste, dass es stimmte. Ich hatte es schon immer gewusst. Man hatte Johns Leiche nie gefunden. Wahrscheinlich war er die ganze Zeit über in den Caster-Tunneln gewesen, hatte sich in irgendwelchen Clubs wie dem *Exil* herumgetrieben und gewartet.

Die Wut in mir brodelte so stark, dass ich kaum ein Wort hervorbrachte. »Als ich ihn zum letzten Mal gesehen habe, war er in der Höhle an der Weltenschranke und hat Ihnen und Sarafine dabei geholfen, die Welt zu zerstören.«

Und davor ist er mit meiner Freundin abgehauen, fügte ich in Gedanken hinzu.

Abraham sah mich hochmütig an. »Mir scheint, du verstehst den Ernst der Lage nicht, daher will ich dich aufklären. Die Welt der Sterblichen – also deine Welt mitsamt dieser bedauernswerten kleinen Stadt – wird untergehen, und daran sind Macons Nichte und ihr lächerliches Benehmen schuld, nicht ich.«

Ich fiel auf mein Bett, als hätte Abraham mir einen Stoß versetzt. Und so fühlte ich mich auch. »Lena hat getan, was sie tun musste. Sie hat sich selbst berufen.«

»Sie hat die Ordnung der Dinge zerstört, Junge. Und sie hat die falsche Wahl getroffen, als sie sich entschied, uns den Rücken zuzukehren.«

»Warum interessiert Sie das? Sie interessieren sich doch sonst für niemanden außer für sich selbst.«

Er lachte kurz auf. »Gute Frage. Obwohl die Lage gefährlich ist, bietet sie doch gewisse *Möglichkeiten*.«

Abgesehen von John Breed konnte ich mir nicht vorstellen, was er meinte, und ich wollte es auch gar nicht. Ich war zu beschäftigt, ihn nicht merken zu lassen, wie sehr ich mich fürchtete. »Es ist mir egal, was es mit John und irgendwelchen *Möglichkeiten* auf sich hat. Abgesehen davon weiß ich nicht, wo er ist.«

Abraham sah mich scharf an wie eine Sybille, die jede meiner Regungen lesen konnte. »Stell dir einen Riss vor, der tiefer geht als alle Tunnel. Ein Riss, der bis in die Unterwelt reicht, in der nur die Dunkelsten aller Dämonen hausen. Die Widerspenstigkeit deiner jungen Freundin und ihre Gaben sind schuld an diesem Riss.«

Er machte eine Pause und blätterte beiläufig in dem Geschichtsbuch, das auf meinem Schreibtisch lag. »Ich bin nicht mehr jung, aber mit dem Alter wachsen die Kräfte. Und ich verfüge über ganz spezielle Fähigkeiten. Ich kann Dämonen und Geschöpfe aus der Dunkelheit herbeirufen, und zwar auch ohne das *Buch der Monde*. Wenn du mir nicht sagst, wo John ist, werde ich von dieser Fähigkeit wohl Gebrauch machen müssen.« Er lächelte auf seine ganz eigene, wahnwitzige Weise.

Weshalb interessierte er sich so sehr für John Breed? Ich dachte daran, wie Macon und Liv in Macons Arbeitszimmer von ihm gesprochen hatten. John war der Schlüssel. Fragte sich nur, wozu?

»Ich habe Ihnen doch gesagt …«

Abraham ließ mich nicht ausreden. Er verschwand mit einem Zischen und nahm am Fußende meines Betts wieder Gestalt an. Ich sah den Hass in seinen schwarzen Augen. »Lüg mich nicht an, Junge!«

Lucille fauchte und wieder hörte ich ein Zischen.

Ich hatte keine Zeit mehr zu schauen, wer es war. Etwas Schweres stürzte auf mich, krachte von der Zimmerdecke auf mein Bett herab wie ein Sack Ziegelsteine. Ich schlug mit dem Kopf gegen den Bettrahmen hinter mir und biss mir auf die Unterlippe.

Der widerlich metallische Geschmack von Blut breitete sich in meinem Mund aus. Lucilles heiseres Fauchen wurde übertönt von einem splitternden Geräusch, als das jahrhundertealte Mahagoni unter mir zerbarst. Dann rammte sich ein Ellenbogen in meine Rippen und da wusste ich es. Es war kein Sack Ziegelsteine, der auf mich gefallen war.

Es war ein Lebewesen, aus welcher Welt auch immer.

Es krachte laut, als das Bettgestell zusammenbrach und die Matratze auf den Boden klatschte. Ich wollte denjenigen über mir wegstoßen, aber ich war eingeklemmt.

Bitte lass es nicht Hunting sein.

Ein ausgestreckter Arm hielt mich zurück, so wie es meine Mutter in meiner Kindheit immer getan hatte, wenn sie beim Autofahren plötzlich scharf abbremsen musste.

»Mann, reg dich ab!«

Ich wehrte mich nicht mehr. »Link?«

»Wer sonst riskiert es, sich in eine Million Einzelteile aufzulösen, um deinen erbärmlichen Arsch zu retten?«

Ich musste fast lachen. Link war noch nie raumgewandelt, und jetzt wusste ich auch, warum. Raumwandeln war anscheinend schwieriger, als es aussah, und er war verdammt schlecht darin.

Aus der Dunkelheit kam Abrahams schneidende Stimme. »Ihn retten? Du? Ich glaube, da bist du ein bisschen spät dran.« Als er Abraham hörte, sprang Link mit einem Satz aus dem Trümmerhaufen, der zuvor ein Bett gewesen war. Aber ehe er oder ich etwas sagen konnten, wurde die Tür zu meinem Zimmer so heftig aufgestoßen, dass sie fast aus den Angeln sprang. Ich hörte den Lichtschalter klicken. Schwarze Flecken tanzten vor meinen Augen, bis ich mich an die Helligkeit gewöhnt hatte.

»Heilige ...«

»Was zum Teufel geht hier vor?« Amma stand in der Tür. Sie hatte Lockenwickler in den Haaren und trug den rosa geblümten Bademantel, den ich ihr zum Muttertag geschenkt hatte. In der Hand hielt sie das alte Nudelholz.

»... Scheiße«, flüsterte Link, der, wie ich feststellte, praktisch auf meinem Schoß saß.

Amma bemerkte das alles gar nicht. Ihr Blick war auf Abraham

Ravenwood geheftet. Sie hatte die Augen zusammengekniffen und begann, ihn wie ein wildes Tier zu umkreisen, wobei ich mich fragte, wer das Raubtier und wer die Beute war.

»Was hast du in meinem Haus zu suchen?« Ihre Stimme war wütend und leise. Falls sie Angst hatte, ließ sie es sich kein bisschen anmerken.

Abraham lachte. »Glaubst du wirklich, du könntest mich mit einem Nudelholz verjagen wie einen lahmen Hund? Ich hätte mehr von dir erwartet, Miss Trudeau.«

»Verschwinde aus meinem Haus, sonst, so wahr mir Gott helfe, wirst du dir wünschen, du wärst ein lahmer Hund.« Abrahams Miene versteinerte. Amma richtete das Nudelholz wie eine Schwertspitze auf Abrahams Brust. »Niemand legt sich mit meinem Jungen an. Nicht Abraham Ravenwood und auch nicht die Schlange oder der Leibhaftige höchstpersönlich, hast du gehört?«

Das Nudelholz stieß gegen Abrahams Brust. Mit jedem Schritt wurde die Spannung zwischen den beiden unerträglicher. Ohne uns vorher darüber verständigt zu haben, sprangen Link und ich auf, liefen zu Amma und stellten uns rechts und links von ihr auf.

»Ich frage jetzt zum letzten Mal«, sagte Abraham, und sein Blick bohrte sich in Amma. »Und wenn der Junge mir wieder keine Antwort gibt, dann wird dir Luzifer wie ein guter Freund vorkommen im Vergleich zu der Hölle, die ich auf diese Stadt herabrufen werde.«

Er machte eine Pause und sah mich an. »Wo ist John?«

Ich kannte den Blick. Es war der gleiche Blick, den ich in meinen Visionen gesehen hatte, als Abraham seinen eigenen Bruder getötet und sich von seinem Blut genährt hatte. Es war ein grausamer und sadistischer Blick, und einen Moment lang überlegte ich, einfach irgendeinen Ort zu nennen, nur damit dieses Ungeheuer aus unserem Haus verschwand.

Aber ich überlegte nicht schnell genug. »Ich schwöre bei Gott, ich weiß nicht …«

Der Wind fuhr heftig durch die geborstenen Fensterscheiben,

kreiste uns ein und verstreute alle Blätter Papier im Zimmer. Amma taumelte und ließ ihr Nudelholz fallen. Abraham rührte sich nicht von der Stelle, nicht einmal seine Jacke flatterte, sie schien genauso starr vor Entsetzen wie wir.

»Du solltest nicht schwören, Junge.« Er lächelte, ein grauenhaftes, totes Lächeln. »Du solltest beten.«

19.9. Der Höllensturm

Der Wind fegte mit solcher Macht durch mein Fenster, dass er alles, was auf meinem Schreibtisch lag, mit sich riss. Bücher und Blätter, sogar mein Rucksack, wirbelten durch die Luft, tanzten wie in einem Wirbelsturm. Die Wand aus übereinandergestapelten Schuhschachteln stürzte ein, und alles, von den Comicheften bis zu meiner Kronkorkensammlung aus der ersten Klasse, flog durchs Zimmer. Ich hielt Amma fest; sie war so klein, dass ich Angst hatte, sie würde mit davongetragen werden.

»Was ist das?«, hörte ich von irgendwo hinter mir Link rufen.

Abraham stand in der Mitte des Raums und rief in den brodelnden schwarzen Schlund hinein: »In die Häuser derer, die Zerstörung in mein Haus brachten, lade ich das Chaos ein.« Der Wind umbrauste ihn, ohne dass sich auch nur ein Haar von ihm bewegte. »Die Ordnung der Dinge ist zerstört. Das Tor ist geöffnet. Erhebt euch, steigt herauf, vernichtet!« Seine Stimme wurde lauter: »Ratio fracta est! Ianua aperta est! Surgite, ascendite, exscindite!« Jetzt schrie er sogar: »Ratio fracta est! Ianua aperta est! Surgite, ascendite, exscindite!«

Die brodelnde Luft verfinsterte sich und nahm Formen an. Verschwommene schwarze Gestalten quollen aus dem Wirbel, kletterten aus dem Strudel, schwangen sich über dessen Rand in den Raum. Was mich ziemlich beunruhigte, weil der Raum, in dem sie sich zusammenrotteten, mein Zimmer war.

Ich wusste, wer sie waren. Ich hatte sie früher schon mal gesehen. Und ich hätte gerne auf ein Wiedersehen verzichtet.

Es waren Vexe – Dämonen, die im Untergrund lebten, seelen- und gestaltlos. Sie entstiegen dem Sturm, verdichteten sich zu dunklen Umrissen, die sich über das klare Blau meiner Zimmerdecke bewegten, wurden größer und größer und schienen alle Luft aus dem Raum in sich aufzusaugen. Die Schattenwesen schwebten durch den Raum wie ein zäher, wabernder Nebel. Ich erinnerte mich daran, wie eines uns vor dem *Exil* attackiert hatte – an den entsetzlichen Schrei, als es zurückwich und den Rachen aufriss. Und als die Schatten sich jetzt zu Bestien verdichteten, wusste ich, dass diese Schreie nicht mehr weit entfernt waren.

Amma wollte sich von mir losreißen, aber ich hielt sie fest. Ich hatte Angst, dass sie sich mit bloßen Händen auf Abraham stürzen würde. »Was fällt dir ein, in mein Haus einzudringen und zu glauben, du könntest das Böse durch einen winzigen Spalt im Himmel herbringen?«

»Dein Haus? Wenn ich mich nicht irre, ist es das Haus des Lotsen. Und der Lotse ist genau der Richtige, um meinen Freunden den Weg durch den Himmelsspalt zu zeigen.«

Amma schloss die Augen und murmelte vor sich hin. »Tante Delilah, Onkel Abner, Großmutter Sulla ...« Sie wollte die Ahnen herbeirufen, ihre Vorfahren aus dem Jenseits, die uns schon zweimal vor den Vexen beschützt hatten. Sie waren eine Macht, mit der man rechnen musste.

Abrahams Lachen übertönte den tosenden Wind. »Du brauchst deine Geister nicht herbeizurufen, alte Frau. Wir sind gleich weg.« Ich hörte das Zischen, noch bevor er sich entmaterialisierte. »Aber mach dir keine Sorgen. Wir sehen uns bald wieder. Früher, als dir lieb ist.«

Dann riss der Himmel auf und er verschwand spurlos.

Ehe einer von uns reagieren konnte, sausten die Vexe durch das geborstene Fenster hinaus und bildeten eine lange schwarze Linie, die sich über die schlafenden Häuser an der Cotton Bend bewegte. Am Ende der Straße teilte sich der dämonische Zug auf wie die Finger einer Dunklen Hand, die nach unserer Stadt griff.

In meinem Zimmer herrschte eine seltsame Stille. Link stieg über die Blätter und Comichefte hinweg und ging unruhig auf und ab. »Mann, ich dachte, die würden uns mit in die Hölle zerren oder woher auch immer die kommen. Vielleicht hat meine Mutter doch recht und das Ende aller Tage ist nahe.« Er kratzte sich am Kopf. »Wir können von Glück reden, dass sie weg sind.«

Amma ging zum Fenster und rieb das goldene Amulett, das sie um den Hals trug. »Sie sind nicht weg und wir können nicht von Glück reden. Nur ein Narr kann so etwas behaupten.«

Die Heuschrecken summten unter dem Fenster ihre verstörende Symphonie, die zur Begleitmusik unseres Lebens geworden war. Ammas Miene spiegelte diese Verstörung wider, ich las darin eine Mischung aus Angst und Kummer und etwas, das ich noch nie zuvor gesehen hatte.

Die undurchschaubare, unerforschliche Amma. Sie starrte in die Nacht hinaus.

»Der Riss im Himmel. Er wird größer.«

An Schlaf war nicht mehr zu denken, zumal uns Amma keine Sekunde lang aus den Augen ließ. Also setzten wir uns zu dritt an den verkratzten Holztisch in der Küche und hörten dem Ticken der Uhr zu. Zum Glück war mein Vater wie fast immer unter der Woche in Charleston, jetzt wo er wieder an der Universität unterrichtete. Der heutige Abend hätte ausgereicht, um ihn wieder ins Blue Horizons einliefern zu lassen.

Daran, dass Amma auch Link ein Stück Schokonusskuchen gab, als sie eines für mich abschnitt, merkte ich, wie geistesabwesend sie war. Link verzog das Gesicht und schob den Kuchen auf den Teller, der neben Lucilles Wasserschale stand. Lucille schnüffelte daran und trollte sich, um sich dann unter Ammas Holzstuhl zusammenzurollen. Nicht einmal die Katze hatte an diesem Abend Appetit.

Schließlich stand Amma auf, um Teewasser aufzusetzen. Link war so unruhig, dass er mit seiner Gabel einen harten Rhythmus auf sein

Platzdeckchen hämmerte. Er sah mich an. »Erinnerst du dich an den Tag, an dem es diesen widerlichen Schokonusskuchen in der Cafeteria gab und Dee Dee Guinness allen erklärt hat, dass du derjenige warst, der Emily die Valentinskarte ohne Unterschrift geschickt hat?«

»Ja.« Ich kratzte an den getrockneten Leimflecken auf dem Tisch, sie waren Spuren meiner Kindheit. Meinen Kuchen rührte ich nicht an. »Ähm, was hast du gesagt?« Ich hatte ihm gar nicht zugehört.

»Dee Dee Guinness war ziemlich hübsch.« Link lächelte träumerisch.

»Wer?« Ich hatte keine Ahnung, von wem er sprach.

»Hallo? Du bist so wütend geworden, dass du eine Gabel kaputt gestampft hast. Und dann durftest du eine Woche lang die Cafeteria nicht mehr betreten.« Link betrachtete seine Gabel.

»Ich glaube, ich erinnere mich an die Gabel. Aber ich kann mich nicht an ein Mädchen erinnern, das Dee Dee hieß.« Das war gelogen. Ich konnte mich nicht einmal an die Gabel erinnern. Geschweige denn an die Valentinskarte.

Link schüttelte den Kopf. »Wir kennen sie schon seit ewigen Zeiten, sie hat dich in der dritten Klasse verpetzt. Wie kannst du sie vergessen?«

Ich gab keine Antwort und er klopfte weiter mit der Gabel auf dem Tisch herum.

Gute Frage.

Amma setzte sich mit ihrer Teetasse zu uns und wir alle drei starrten blicklos vor uns hin. Es war, als warteten wir tatenlos darauf, dass jeden Augenblick eine Flutwelle über uns hereinbrach, weil es zum Flüchten ohnehin schon zu spät war. Als das Telefon klingelte, fuhr sogar Amma vor Schreck zusammen.

»Wer ruft so spät noch an?« Ich sagte spät, aber ich meinte früh. Wir alle hatten den gleichen Gedanken: Egal was passierte, was auch immer Abraham in Gang gesetzt hatte – jetzt würden wir es erfahren.

Amma stand auf und hob den Hörer des schwarzen Telefons mit der Wählscheibe ab, das schon seit den Kindertagen meines Vaters an der Wand hing. »Hallo?«

Ich beobachtete sie, während sie dem Anrufer am anderen Ende der Leitung zuhörte. Link trommelte auf den Tisch. »Es ist eine Frau, aber ich weiß nicht, wer. Sie redet zu schnell.«

Ich hörte, wie Amma plötzlich tief Luft holte und dann auflegte. Einen Moment lang stand sie da mit der Hand auf dem Hörer.

»Amma, was ist passiert?«

Sie drehte sich um, und ich sah, dass sie feuchte Augen hatte. »Wesley Lincoln, du hast doch ein Auto?« Mein Vater war mit dem Volvo unterwegs.

Link nickte. »Ja, Ma'am. Es ist ein bisschen schmutzig, aber …«

Amma war schon fast an der Tür. »Beeilt euch. Wir müssen los.«

Link fuhr Amma zuliebe ein bisschen langsamer los als sonst. Ich war mir allerdings gar nicht sicher, ob sie es überhaupt bemerkt hätte, selbst wenn er auf zwei Rädern die Straße entlanggeschlittert wäre. Sie saß auf dem Beifahrersitz, starrte geradeaus und umklammerte den Griff ihrer Handtasche.

»Amma, was ist los? Wohin fahren wir?« Ich beugte mich vom Rücksitz aus nach vorne, und sie schimpfte nicht einmal, weil ich nicht angeschnallt war. Irgendetwas stimmte hier definitiv nicht.

Als Link in die Blackwell Street einbog, sah ich, was es war.

»Was zum …«, Link warf einen Seitenblick auf Amma und räusperte sich, »äh, Teufel?«

Überall auf der Straße lagen umgestürzte entwurzelte Bäume. Es sah aus wie in einem dieser Dokumentarfilme über Naturkatastrophen, die sich Link immer reinzog. Mensch gegen Natur und so weiter. Aber das hier hatte mit Natur nichts zu tun. Das hatten übernatürliche Kräfte angerichtet – Vexe.

Ich spürte sie förmlich, spürte ihren Drang nach Zerstörung, empfand ihn wie eine zentnerschwere Last. Sie waren hier gewesen, in dieser Straße. Sie hatten das angerichtet und sie hatten es wegen mir getan.

Wegen John Breed.

Amma wollte, dass Link in den Cypress Grove einbog, aber die Straße war unbefahrbar, deshalb musste er über die Main Street ausweichen. Keine einzige Straßenlaterne brannte mehr und das Tageslicht brach sich erst langsam Bahn und verwandelte das Schwarz der Nacht in alle Nuancen von Blau. Einen Moment lang hoffte ich, die Main Street könnte Abrahams Vex-Tornado heil überstanden haben, bis ich das General's Green sah. Jetzt traf nur noch der zweite Teil des Namens zu, denn dort war bloß noch eine Wiese. Die Statue von General Jubal A. Early, der das Schwert kampfbereit in der Hand hielt, thronte nicht mehr stolz in ihrer Mitte.

Er war umgestürzt, der Griff seines Schwerts abgebrochen.

Der schwarze Panzer aus Heuschrecken, der die Statue wochenlang bedeckt hatte, war verschwunden. Sogar sie hatten ihn im Stich gelassen.

So weit ich mich zurückerinnern konnte, war der General immer an Ort und Stelle gewesen und hatte seine Wiese und unsere Stadt bewacht. Er war mehr als nur eine Statue gewesen. Er war ein Teil von Gatlin, untrennbar mit unseren eigenartigen Traditionen verbunden. Am 4. Juli, dem Unabhängigkeitstag, trug er eine amerikanische Fahne auf dem Rücken. An Halloween hatte er einen Hexenhut auf, und an seinem Arm hing ein Plastikkürbis, randvoll mit Süßigkeiten. Und immer wenn die Schlacht von Honey Hill nachgespielt wurde, zog ihm jemand einen echten Gehrock der Konföderierten über seine bronzene Uniform. Der General war einer von uns, von seinem Platz aus wachte er über Gatlin, Generation um Generation.

Ich hatte immer gehofft, dass sich in unserer Stadt etwas verändern würde – bis sich tatsächlich etwas veränderte. Jetzt wünschte ich mir das langweilige Gatlin zurück, das ich schon ein Leben lang kannte. Es sollte wieder so sein, wie es gewesen war, als ich es noch hasste. Wie damals, als ich mich allem Möglichen entgegensehnte und nichts davon eintraf.

Ich wollte das alles nicht erleben.

Ich starrte immer noch durch das Rückfenster auf den gefallenen General, als Link plötzlich abbremste. »Mann, das sieht aus, als wäre hier eine Bombe hochgegangen.«

Die Gehwege vor den Geschäften entlang der Main Street waren mit Glassplittern übersät. Sämtliche Schaufensterscheiben waren geborsten, die Läden waren namenlos und seltsam nackt. Das goldbemalte L und das I aus dem Schaufenster der Boutique *Little Miss* lagen abseits von den anderen Buchstaben. Grellpinke und rote Kleider waren auf dem Gehweg verstreut, Tausende winziger Pailletten reflektierten funkelnd die verbliebenen Splitter unseres normalen Lebens.

»Das war keine Bombe, Wesley Lincoln.«

»Ma'am?«

Amma starrte auf das, was von der Main Street übrig geblieben war. »Bomben kommen vom Himmel. Das hier kommt aus der Hölle.« Sie sagte kein Wort mehr, als sie zum Ende der Straße zeigte. *Fahr weiter,* bedeutete die lautlose Aufforderung.

Link fuhr, und keiner von uns fragte, wohin. Wenn Amma es mir bisher nicht gesagt hatte, würde sie es jetzt auch nicht tun. Vielleicht hatte sie ja gar kein besonderes Ziel. Vielleicht wollte sie nur sehen, welche Viertel der Stadt verschont und welche zerstört worden waren.

Dann sah ich die roten und weißen Lichter am Ende der Straße. Riesige Rauchwolken stiegen auf. Hier brannte etwas. Aber es brannte nicht irgendetwas, nein, hier brannten das Herz und die Seele der Stadt, jedenfalls was mich anging.

Es war ein Ort, an dem ich mich immer sicher gefühlt hatte.

Die Bibliothek von Gatlin – die für Marian ihr Leben bedeutete und die alles beherbergte, was meine Mutter hinterlassen hatte – stand in Flammen. Wasser strömte aus den Löschschläuchen, aber sobald sie das Feuer an einer Stelle eingedämmt hatten, entzündete es sich an einer anderen Stelle neu. Reverend Reed, der etwas weiter weg in dieser Straße wohnte, schüttete mit rußverschmiertem Gesicht eimerweise Wasser rund um die Bibliothek aus. Mindestens fünfzehn Mitglieder seiner Gemeinde waren ebenfalls gekommen, um zu helfen – was für eine Ironie, wenn man bedachte, dass sich die meisten von ihnen Mrs Lincoln angeschlossen hatten, die die angeblich unsittlichen Bücher aus der Bibliothek verbieten lassen wollte, die sie nun zu retten versuchten. »Menschen, die Bücher verbieten, sind nicht besser als Menschen, die Bücher verbrennen.« Das hatte meine Mutter immer gesagt. Ich hatte nie geglaubt, dass ich eines Tages Bücher brennen sehen würde.

Link fuhr langsamer, lenkte den Wagen zwischen geparkten Autos und Feuerwehrfahrzeugen hindurch. »Die Bibliothek! Marian dreht durch. Glaubst du, das waren diese wabernden Dinger?«

»Wer sonst?« Meine Stimme klang, als käme sie von weit her, als gehöre sie gar nicht zu mir. »Lass mich aussteigen. Da drin sind die Bücher meiner Mutter.«

Link wollte rechts ranfahren, aber Amma legte eine Hand aufs Lenkrad. »Fahr weiter.«

»Wie bitte?« Ich war davon ausgegangen, dass sie uns hierhergeführt hatte, um die Feuerwehrleute dabei zu unterstützen, wenigstens einen Teil der Bibliothek zu retten. »Wir können hier nicht weg. Vielleicht brauchen sie unsere Hilfe. Es ist Marians Bibliothek.«

Es ist die Bibliothek meiner Mutter.

Amma blickte stur zum Fenster hinaus. »Ich habe gesagt, fahr weiter, wenn du nicht willst, dass ich selbst fahre. Marian ist nicht in der Bibliothek, und sie ist auch nicht die Einzige, die heute Nacht unsere Hilfe braucht.«

»Woher weißt du das?«

Ammas Schultern verspannten sich. Wir beide wussten, dass ich gerade ihre Fähigkeiten als Seherin infrage stellte, Fähigkeiten, die genauso ein Teil von ihr waren, wie die Bibliothek ein Teil meiner Mutter gewesen war.

Amma starrte geradeaus, ihre Knöchel wurden weiß, so fest hielt sie die Griffe ihrer Handtasche umklammert. »Das sind nur Bücher.«

Einen Moment lang fehlten mir die Worte. Es war wie ein Schlag ins Gesicht. Aber wie nach einem Schlag wurde nach dem ersten Schmerz alles deutlicher. »Würdest du das auch zu Marian sagen oder zu meiner Mutter, wenn sie hier wäre? Sie sind ein Teil unserer Familie ...«

»Sperr die Augen auf, bevor du mir einen Vortrag über deine Familie hältst, Ethan Wate.«

Als ich ihrem Blick vorbei an der Bibliothek folgte, begriff ich endlich, dass Amma nicht übertrieben hatte. Sie wusste längst, was passiert war. Ich war der Letzte, der es bemerkte. Fast der Letzte.

Mein Herz klopfte bis zum Hals und ich ballte die Fäuste. Da kapierte es auch Link und deutete ans Ende der Straße. »Oh Mann. Wohnen da nicht deine Tanten?«

Ich nickte, brachte aber kein Wort heraus.

»Da haben sie einmal gewohnt«, sagte Amma und schniefte.

Von Weitem sah ich die Blinklichter des Rettungswagens und der Feuerwehr, die auf dem Rasen vor dem Haus der Schwestern standen – oder vor dem, was einmal ihr Haus gewesen war. Gestern noch war es eine stolze, zweistöckige Südstaatenvilla gewesen, mit einer umlaufenden Veranda und einer nachträglich angebrachten Rampe für den Rollstuhl von Tante Mercy. Heute stand von dem Haus nur noch die hintere Hälfte, es war in der Mitte auseinandergerissen und offenbarte sein Inneres wie ein Puppenhaus. Die gesamte Einrichtung schien von einer Seite auf die andere gerutscht zu sein. Das umgekippte blaue Sofa aus Knautschsamt war unter Beistelltischchen und Schaukelstühlen begraben. Die von den Wänden gefallenen Bilder lagen kreuz und quer auf den Betten. Dort wo das Haus entzweigerissen war, bot sich der gespenstische Anblick eines Schuttbergs. Nichts im Haus der Schwestern schien heil geblieben. Holzschränke, Putzbrocken, Möbel, deren Zweck nicht mehr zu erkennen war, eine Porzellanbadewanne mit Krallenfüßen – hier lagen die Überreste aus der Hälfte des Hauses, die in die Luft geflogen war.

Ich streckte den Kopf aus dem Autofenster und starrte fassungslos auf das Haus. Alles war verlangsamt, die alte Karre fuhr wie in Zeitlupe. Im Stillen zählte ich die Zimmer ab oder was davon übrig war. Thelmas Zimmer war im Erdgeschoss, an der Rückseite, gleich neben der Tür mit dem Fliegengitter. Ihr Zimmer existierte noch. Tante Grace und Tante Mercy teilten sich gemeinsam das dunkelste Zimmer hinter der Treppe. Und die Treppe konnte ich auch noch sehen. Das war schon mal nicht schlecht. Ich hakte es nacheinander ab.

Tante Grace und Tante Mercy und Thelma.

Tante Prue.

Ihr Zimmer war nicht mehr da. Ihre rosa geblümte Bettdecke mit den kleinen Bommeln oder wie auch immer man das nannte war weg. Ihr nach Mottenkugeln riechender Schrank und ihre nach Mottenkugeln riechende Kommode und ihr nach Mottenkugeln riechender Flickenteppich waren weg.

Alles war weg. So als hätte ein Riese mit der Faust vom Himmel herab zugeschlagen und alles zu Staub und Schutt zermalmt. Und ich wusste auch genau, wem die Riesenfaust gehört hatte.

Denn die Faust des Riesen hatte den Rest der Straße verschont. Die anderen Häuser in der Old Oak Road waren unversehrt, nicht einmal ein Baum war umgestürzt; in den Gärten lag keine einzige zerbrochene Dachschindel. Man hätte meinen können, ein echter Tornado hätte hier gewütet, hätte zufällig das eine Haus zerstört und das Nachbarhaus unversehrt gelassen. Aber das hier war nicht das zufällige Werk einer Naturkatastrophe.

Es war eine Botschaft für mich.

Link parkte die Schrottkiste am Straßenrand, und Amma war schon ausgestiegen, ehe das Auto stand. Sie ging sofort zu dem Krankenwagen, als wüsste sie bereits, was uns darin erwartete. Mein Magen krampfte sich zusammen und mir wurde ganz kalt.

Der Telefonanruf. Es war nicht der Buschfunk von Gatlin gewesen, der durchgab, dass ein Wirbelsturm einen Teil der Stadt zerstört hatte. Es war jemand, der Amma gesagt hatte, dass das Haus meiner alten Großtanten eingestürzt war und – ja, und was noch?

Link packte mich am Arm und zog mich über die Straße. So ziemlich jeder, der hier in der Straße wohnte, stand um den Notarztwagen herum. Ich sah die Leute, ohne auch nur einen einzigen richtig wahrzunehmen, so surreal war all das. Nichts von dem, was hier geschah, konnte wahr sein. Edna Haynie stand da mit ihren rosa Plastiklockenwicklern und ihrem dicken, flauschigen Bademantel, obwohl es noch immer über dreißig Grad hatte, während ihr Mann Melvin lediglich das weiße Unterhemd und die Boxershorts trug, in denen er geschlafen hatte. Ma und Pa Riddle, die in ihrer Garage eine kleine Schnellreinigung betrieben, waren für den Katastrophenfall gerüstet. Ma Riddle drehte wie wild an der Kurbel ihres handbetriebenen Radios, obwohl die Spannung vermutlich ausreichte und es ohnehin keinen Empfang hatte. Pa Riddle dagegen legte sein Gewehr nicht aus der Hand.

»'tschuldigung, Ma'am, sorry.« Link bahnte sich mit den Ellenbogen einen Weg durch die Menge, bis wir am hinteren Teil des Notarztwagens angelangt waren. Die Türen waren offen.

Marian stand direkt davor auf dem braunen Gras, neben ihr eine in eine Decke gehüllte Gestalt. Thelma. Die beiden stützten zwei zierliche Personen, deren knochige weißlich-blaue Fußgelenke unter langen weißen Rüschennachthemden hervorlugten.

Tante Mercy schüttelte den Kopf. »Harlon James. Er kann Unordnung nicht ausstehen. Das wird ihm gar nicht gefallen.«

Marian wollte ihr eine Decke um die Schultern legen, aber Tante Mercy schüttelte sie wieder ab.

»Du stehst unter Schock. Da kühlt man selbst bei dieser Temperatur leicht aus, das hat auch der Feuerwehrmann gesagt.« Marian gab mir eine Decke. Sie handelte völlig selbstlos; sie wollte die Menschen beschützen, die sie liebte, und Schaden von ihnen abwenden – obwohl ein paar Straßen von hier entfernt ihre eigene Welt in Flammen stand. Diesen Schaden konnte man nicht mehr abwenden.

»Er ist weggelaufen, Mercy«, murmelte Tante Grace vor sich hin. »Ich hab's dir ja gesagt. Der Hund taugt nichts. Prudence hat bestimmt die Hundetür offen stehen lassen.« Ich blickte unwillkürlich dorthin, wo die Hundetür gewesen war. Jetzt war da nicht einmal mehr eine Wand.

Ich schüttelte die Decke aus und hüllte Tante Mercy sachte darin ein. Sie klammerte sich wie ein Kind an Thelma. »Wir müssen es Prudence Jane sagen. Weißt du, sie wird vor Sorge um den Hund verrückt. Wir müssen es ihr sagen. Sie wird wilder als eine Wespe im Juni, wenn sie es von jemand anderem erfährt.«

Thelma nahm beide in den Arm. »Sie wird wieder gesund werden. Höchstens einige *Komplikationen*, wie du sie vor ein paar Monaten hattest, Grace. Du erinnerst dich doch?«

Marian blickte Thelma forschend an, wie man ein Kind anblickt, das draußen war und heimkommt. »Geht es Ihnen gut, Miss Thelma?«

Thelma, die sich sonst mit bewundernswerter Ruhe und Geduld um die alten Damen kümmerte, war so durcheinander wie die drei Schwestern in ihren schlimmsten Momenten. »Ich weiß gar nicht, was passiert ist. Gerade eben habe ich noch von einem großen, saftigen George Clooney und einer heißen Verabredung mit einem leckeren Rührkuchen geträumt, und das Nächste, was ich weiß, ist, dass das ganze Haus um uns herum eingestürzt ist.« Thelmas Stimme zitterte, sie schien selbst nicht zu begreifen, was sie da sagte. »Ich hatte kaum Zeit, zu den Mädchen zu gehen, und als ich Prudence Jane fand …«

Tante Prue. Ich hörte nichts anderes mehr. Marian sah mich an. »Sie ist bei den Sanitätern. Mach dir keine Sorgen, Amma ist bei ihr.«

Ich drängte mich an Marian vorbei und spürte noch, wie sie mich zurückzuhalten versuchte. Zwei Sanitäter hatten sich über jemanden auf einer Liege gebeugt. Schläuche hingen an Metallständern und verschwanden in dem zierlichen Körper meiner Tante, wo genau, konnte ich nicht sehen, weil die Stellen mit weißem Pflaster verklebt waren. Die Sanitäter hängten noch mehr Flaschen mit klaren Flüssigkeiten an noch mehr Metallständer; was sie sagten, konnte man in dem fürchterlichen Gewirr aus Stimmen, Schluchzen und Sirenen nicht verstehen. Neben Tante Prue kniete Amma, hielt ihre schlaffe Hand und flüsterte. Betete sie oder sprach sie mit den Vorfahren? Wahrscheinlich beides.

»Sie ist nicht tot.« Link war hinter mir hergekommen. »Ich kann sie riechen – ich meine, ich weiß es.« Er sog wieder die Luft ein. »Kupfer und Salz und Bratensoße.«

Gegen meinen Willen musste ich lächeln. Ich atmete tief aus. »Was sagen sie denn? Wird sie wieder gesund?«

Link hörte den Sanitätern zu, die sich um Tante Prue kümmerten. »Ich weiß nicht. Sie sagen, sie hat einen Schlaganfall erlitten, als das Haus einstürzte, und seitdem ist sie nicht mehr ansprechbar.«

Ich drehte mich nach Tante Mercy und Tante Grace um. Marian und Thelma halfen ihnen gerade, sich in Rollstühle zu setzen, und verscheuchten dabei die beiden freiwilligen Feuerwehrmänner, als wüssten sie nicht, dass es Mr Rawls war, der ihnen im Stop & Steal immer ihre Medikamente bestellte, und Ed Landry, an dessen Tankstelle sie immer tankten.

Ich bückte mich und zog eine große Glasscherbe aus dem Schutt. Ich konnte sie nicht sofort zuordnen, aber der Farbe des Glases nach zu urteilen, war es einmal Tante Prues grüne Glaskatze gewesen, die sie immer stolz neben ihren gläsernen Weintrauben aufgestellt hatte. Ich drehte sie um und sah, dass ein roter Punkt darauf klebte. Sie war markiert, wie alles im Haus der Schwestern, zum Zeichen, dass dasjenige nach dem Tod diesem oder jenem Verwandten zugedacht war.

Es war ein roter Aufkleber.

Ich hätte die Katze bekommen sollen. Die Katze, die Trümmer, das Feuer, alles war für mich bestimmt gewesen. Ich steckte die Scherbe in meine Hosentasche und sah hilflos zu, wie meine Tanten zu dem einzigen anderen Rettungswagen, den es in der Stadt gab, geschoben wurden.

Amma sah mich scharf an, und ich wusste, was sie meinte. Sag kein Wort und unternimm nichts. Geh nach Hause, schließ die Türen hinter dir und halte dich aus alldem raus. Aber sie wusste auch, dass ich das nicht konnte.

Zwei Worte gingen mir nicht aus dem Kopf. *Nicht ansprechbar.* Tante Grace und Tante Mercy würden sicher nicht verstehen, was es bedeutete, wenn der Arzt ihnen sagte, dass Tante Prue nicht ansprechbar sei. Sie würden es so verstehen, wie auch ich es zuerst verstanden hatte, als Link es mir sagte.

Nicht ansprechbar.

Was tatsächlich so gut wie tot bedeutete.

Und das war meine Schuld. Weil ich Abraham nicht sagen konnte, wo er John Breed finden würde.

John Breed.

Alles passte auf einmal zusammen.

Der mutierte Inkubus, der uns in Sarafines und Abrahams Falle gelockt hatte, der mir mein Mädchen wegnehmen wollte und der meinen besten Freund in einen Viertel-Inkubus verwandelt hatte – er zerstörte mein Leben ein zweites Mal. Mein Leben und das Leben der Menschen, die ich liebte.

Seinetwegen hatte Abraham die Vexe losgelassen, seinetwegen hatten sie meine Stadt zerstört, seinetwegen war meine Tante so gut wie tot. Bücher brannten und zum ersten Mal war nicht die Engstirnigkeit der Menschen daran schuld.

Macon und Liv hatten recht. Alles geschah nur seinetwegen.

John Breed war derjenige, der an allem schuld war.

Ich ballte die Faust. Es war keine Riesenfaust, aber es war meine Faust. Es ging ganz allein mich an. Es war eine Aufgabe, die nur ich lösen konnte. Ich war ein Lotse. Ich war dazu bestimmt, einen Weg zu finden; ich war für die Caster wichtig, weil ich sie zu irgendetwas hin- oder aus etwas herausführen sollte. Ich hatte schon einmal den Weg gefunden. Und nun musste ich John Breed finden.

Es gab kein Zurück mehr. Nicht nach dem, was heute geschehen war.

Der erste Notarztwagen fuhr davon. Dann der andere. Die Sirenen hallten durch die Straßen, und als die Autos verschwunden waren, begann ich zu laufen. Ich dachte an Lena. Ich lief schneller. Ich dachte an meine Mutter und an Amma und an Tante Prue und an Marian. Ich rannte, bis ich keine Luft mehr bekam, bis die Feuerwehrautos so weit weg waren, dass ich nicht einmal mehr ihre Sirenen hörte.

Erst an der Bibliothek hörte ich auf zu laufen. Die Flammen waren zum größten Teil erloschen, dunkler Rauch stieg in den Himmel. Die Asche, die durch die Luft wirbelte, sah aus wie Schnee. Hunderte Bücher, manche schwarz, manche triefend nass, lagen kreuz und quer vor dem Gebäude.

Mehr als die Hälfte des Gebäudes stand noch. Aber das war egal, für mich spielte das keine Rolle. Es würde dort drin nie mehr so riechen wie früher. Meine Mutter, oder besser das, was von ihr in Gatlin zurückgeblieben war, war jetzt endgültig ausgelöscht. Verbrannte Bücher konnte man nicht mehr restaurieren. Man konnte nur neue kaufen. Und deren Seiten hatten die Hände meiner Mutter niemals berührt, nie hatte sie einen Löffel oder einen anderen absurden Gegenstand als Lesezeichen zwischen die Seiten gesteckt.

Heute Nacht war wieder ein Stück von ihr gestorben.

Ich wusste nicht viel von Leonardo da Vinci. Wie hatten die Zeilen in dem Buch gelautet? Vielleicht lernte ich gerade zu leben, vielleicht lernte ich auch gerade zu sterben. Nach dem heutigen Tag war beides möglich. Vielleicht sollte ich auf Emily Dickinson hören und zulassen, dass aus Wahnsinn Sinn würde. Aber vor allem Poe ging mir nicht aus dem Kopf.

Denn ich hatte das Gefühl, dass ich tief in die Dunkelheit hineingeblickt hatte, so tief, wie ein Mensch nur blicken konnte.

Ich zog die grüne Glasscherbe aus meiner Tasche und betrachtete sie, als könnte sie mir sagen, was ich tun musste.

25.9. Die Damen des Hauses

»Ethan Wate, bringst du mir bitte etwas von dem süßen Tee?«, rief Tante Mercy aus dem Wohnzimmer.

Tante Graces Antwort kam wie aus der Pistole geschossen. »Ethan, bring ihr keinen süßen Tee. Wenn sie noch mehr trinkt, muss sie nur dauernd auf die Toilette.«

»Ethan, hör nicht auf Grace. Sie hat einen Hang zur Gemeinheit, der eine Meile lang und zehn Toiletten breit ist.«

Ich blickte Lena an, die einen leeren Plastikkrug in der Hand hielt. »War das jetzt ein Ja oder ein Nein?«

Amma griff nach dem Krug. »Habt ihr keine Hausaufgaben?«

Lena zog eine Augenbraue hoch und lächelte erleichtert. Seit Tante Prue ins Krankenhaus gekommen war und die Schwestern bei uns wohnten, kam es mir vor, als hätten Lena und ich keinen Augenblick mehr für uns allein gehabt.

Ich nahm sie an der Hand und zog sie aus der Küche.

Bist du bereit für einen kleinen Sprint?

Ich bin bereit.

So schnell wir konnten, flüchteten wir uns in die Diele und versuchten, es bis zur Treppe zu schaffen. Es gelang uns nicht.

Tante Grace saß auf dem Sofa, ihre Finger in den Maschen ihrer Lieblingshäkeldecke verhakt, die aus ungefähr zehn Brauntönen bestand. Damit passte sie ausgezeichnet in unser Wohnzimmer, das jetzt vom Boden bis zur Decke mit Kartons vollgestellt war, die alles das enthielten, was mein Vater und ich auf Geheiß der Schwestern während der letzten Woche aus ihrem Haus hergeschleppt hatten.

Zuerst waren das nur die Dinge gewesen, die unversehrt geblieben waren: ein kupferner Spucknapf, den alle fünf Ehegatten von Tante Prue benutzt (und nie gereinigt) hatten, vier der Sammellöffel mit dem Motiv der Südstaaten samt dem hölzernen Gestell, in dem man sie aufstellen konnte, ein Stapel alter Fotoalben, zwei Stühle, die nicht zusammenpassten, das Rehkitz aus Plastik, das im Vorgarten der Schwestern gestanden hatte, und Hunderte ungeöffneter Mini-Marmeladendöschen, die sie von Millies Breakfast 'n' Biscuits hatten mitgehen lassen. Aber das reichte ihnen nicht. Deshalb hatten sie uns so lange bearbeitet, bis wir auch noch das zerbrochene Zeug herangekarrt hatten.

Das meiste davon, ob kaputt oder unversehrt, war in den Kartons geblieben, aber leider nicht alles. Tante Grace hatte behauptet, dass etwas Dekoration ihnen dabei helfen würde, ihre »leidvolle Prüfung« besser zu ertragen, daher hatte Amma ihnen erlaubt, ein paar Dinge im Haus aufzustellen. Und deshalb starrten mich jetzt Harlon James I., Harlon James II. und Harlon James III. gleichzeitig aus gläsernen Augen an – alle hatten überlebt dank der, wie es Tante Prue nannte, »hohen Kunst des Ausstopfens«, die in den Südstaaten gepflegt wurde. Was mich aber wirklich aus der Fassung brachte, war der schlafende Harlon James. Tante Grace hatte ihn neben dem Sofa platziert, sodass man sich jedes Mal, wenn man daran vorbeiging, unweigerlich die Zehen an ihm stieß.

Es hätte schlimmer kommen können, Ethan. Stell dir vor, er säße auf *dem Sofa.*

Tante Mercy kauerte in ihrem Rollstuhl vor dem Fernseher und schmollte ganz eindeutig, weil sie den allmorgendlichen Kampf um den besten Platz auf dem Sofa verloren hatte. Neben ihr saß mein Dad und las die Zeitung. »Wie geht's euch jungen Leuten denn heute Morgen? Schön, dich zu sehen, Lena.« Sein Gesichtsausdruck sagte: Verschwindet, solange ihr noch könnt.

Lena lächelte ihm zu. »Ich freue mich auch, Mr Wate.«

Dad nahm sich, sooft er konnte, einen Tag frei, damit Amma bei der Betreuung der Schwestern nicht den Verstand verlor.

Tante Mercy griff sich die Fernbedienung, obwohl der Fernseher gar nicht lief, und deutete damit auf mich. »Wohin wollt ihr beiden Turteltäubchen denn?«

Lauf zur Treppe, L.

»Ethan, du hast doch nicht etwa vor, die junge Dame mit nach oben zu nehmen? Das gehört sich nicht.« Tante Mercy drückte auf die Tasten der Fernbedienung, als könnte sie mich abschalten, damit ich gar nicht erst bis in mein Zimmer käme. Sie sah Lena mahnend an. »Und du halte deinen hübschen kleinen Po von Jungenszimmern fern, mein süßes Vögelchen.«

»Mercy Lynne!«

»Grace Ann!«

»Ich möchte solche schmutzigen Dinge nicht noch einmal hören.«

»Wieso? Ich weiß gar nicht, wovon du sprichst ...!«

Ethan, bring mich von hier weg.

Geh einfach weiter.

Tante Grace schnaubte. »Natürlich nimmt er sie nicht mit nach oben. Sein Vater würde sich im Grabe umdrehen.«

»Noch bin ich hier!« Mein Vater winkte ihr zu.

»Seine Mutter«, verbesserte Tante Mercy.

Tante Grace wedelte mit dem Taschentuch, das sie immer wie angeklebt in ihrer Faust hielt. »Mercy Lynne, anscheinend wirst du senil. Genau das habe ich gesagt.«

»Das hast du ganz gewiss nicht gesagt. Ich habe es glockenklar vernommen, mit meinem gesunden Ohr. Du hast gesagt, dass sein *Vater* ...«

Tante Grace warf ihre Häkeldecke beiseite. »Du würdest eine Glocke nicht einmal hören, wenn sie hinter dir herlaufen und dir in deinen süßen ...«

»Süßen Tee, die Damen?« Amma kam mit einem Tablett und dem gefüllten Krug herein, gerade zur rechten Zeit. Lena und ich stahlen uns die Treppe hoch, während Amma den Schwestern die Sicht aus dem Wohnzimmer versperrte.

Auch ohne Tante Prue gab es an den Schwestern kein Vorbeikommen. Von dem Augenblick an, in dem sie in unser Haus gezogen waren, bis zu dem Augenblick, in dem wir alles, was von ihrem Hausrat übrig geblieben war, zu uns geschleppt hatten, hatten mein Vater, Amma und ich die beiden von vorne bis hinten bedient.

In meinem Zimmer schloss ich schnell die Tür hinter uns und legte die Arme um Lenas Taille.

Du hast mir gefehlt.

Ich weiß. Mein süßes Vögelchen.

Sie schlug grinsend nach mir.

»Lass die Tür auf, Ethan Wate!« Ich weiß nicht, ob Tante Grace oder Tante Mercy das gerufen hatte, aber es spielte keine Rolle. In dieser Hinsicht waren sich die beiden völlig einig. »Es gibt mehr Hühnchen als Menschen auf der Welt, und das ist kein Zufall, das ist so sicher wie das Amen in der Kirche!«

Schmunzelnd fasste Lena hinter sich und machte die Tür wieder auf.

Ich stöhnte. »Bitte nicht.«

Lena sah mich verschwörerisch an. »Wann waren die Schwestern zum letzten Mal hier oben?«

Ich beugte mich zu ihr, legte meine Stirn an ihre. Sofort begann mein Puls zu rasen. »Jetzt wo du es sagst, bin ich mir ziemlich sicher, dass Amma sie mit süßem Tee abfüllen wird, bis der Krug leer ist.«

Ich hob Lena hoch und trug sie zu meinem Bett, das seit Links rasantem Auftritt eigentlich nur noch aus einer Matratze bestand, die auf dem Fußboden lag. Ich ließ mich neben sie fallen und verbannte sämtliche Gedanken an zersplitterte Fensterscheiben, offen stehende Türen und das, was von meinem Bett noch übrig geblieben war.

Wir waren allein, nur wir zwei. Lena schaute mich an, mit einem grünen und einem goldenen Auge, und ihre schwarzen Locken waren wie ein dunkler Heiligenschein auf der Matratze um sie herum ausgebreitet. »Ich liebe dich, Ethan Wate.«

Ich stützte mich auf einen Ellenbogen und sah sie an. »Ja, ich bin angeblich ein sehr liebenswerter Mensch.«

Lena lachte. »Wer hat dir das gesagt?«

»Schon ziemlich viele Mädchen.«

Ihre Augen verdüsterten sich einen Moment lang. »Tatsächlich? Wer zum Beispiel?«

»Meine Mutter. Meine Tante Caroline. Und Amma.« Ich piekste sie in die Seite und sie wand sich und kicherte in mein T-Shirt. »Ich liebe dich, L.«

»Ich liebe dich noch mehr. Ich weiß nicht, was ich ohne dich tun sollte.« Ihre Stimme war belegt, und ihre Worte klangen so aufrichtig, wie ich sie nie aufrichtiger gehört hatte.

»Es gibt mich nur zusammen mit dir, Lena.« Ich beugte mich zu ihr und küsste sie, ließ mich so weit auf sie sinken, bis sich mein Körper ganz an ihren schmiegte, als wären sie füreinander geschaffen. Und das waren sie ja auch – egal was das Universum oder mein Herzschlag dazu sagten. Ich spürte, wie mich die Kräfte verließen, aber umso mehr suchte mein Mund den ihren.

Lena zog sich zurück, bevor mein Herz so wild schlug, dass es gefährlich wurde. »Ich glaube, wir hören jetzt besser damit auf…«

Seufzend drehte ich mich auf den Rücken, die Finger in ihren Haaren vergraben. »Wir haben noch nicht mal angefangen.«

»Wir müssen vorsichtig sein, bis wir wissen, warum alles immer schlimmer, immer intensiver zwischen uns beiden wird.«

Ich legte den Arm um ihre Schulter. »Und wenn es mir egal ist?«

»Sag das nicht. Du weißt, dass ich recht habe. Ich will nicht, dass du versehentlich in Flammen aufgehst.«

»Ich weiß nicht. Vielleicht ist es das ja wert.«

Sie knuffte mich in den Arm und ich lächelte die Zimmerdecke an. Ich wusste, dass sie recht hatte. Die Einzigen, die ihre Kräfte anscheinend noch kontrollieren konnten, waren die Inkubi. In Ravenwood ging es drunter und drüber, und das wirkte sich auf alle aus, die dort wohnten.

Aber das machte es kein bisschen besser. So lebensnotwendig wie ich atmen musste, so lebensnotwendig musste ich Lena berühren.

Ich hörte ein Miauen. Lucille tretelte am Fußende meiner Matratze. Sie hatte ihr Bett an Harlon James IV. abtreten müssen und es sich seither in meinem bequem gemacht. Mein Vater hatte den Hund von Tante Prue am Tag nach dem sogenannten Wirbelsturm in einer Ecke im Hof des Kindergartens gefunden, wohin er sich völlig verängstigt verkrochen hatte. Kaum bei uns zu Hause, passte sich Harlon James allerdings umgehend an das Verhalten der Schwestern an. Er fühlte sich in Lucilles Körbchen sofort heimisch. Er fraß Lucilles Hühnchen-Menü von ihrem Porzellanteller. Er kratzte sogar an Lucilles Kratzbaum.

»Na, komm schon, Lucille, stell dich nicht so an. Du hast länger bei ihnen gelebt als ich.« Aber das war ihr egal. Solange die Schwestern bei uns wohnten, so lange wohnte Lucille bei mir.

Lena gab mir einen flüchtigen Kuss auf die Wange und beugte sich zu ihrer Tasche, um etwas darin zu suchen. Ein Buch fiel heraus. Ein altes, zerlesenes Exemplar der *Großen Erwartungen*. Ich erkannte es auf Anhieb wieder.

»Was hast du da?«

Lena hob es auf und wich meinem Blick aus. »So etwas nennt man ein Buch.« Sie wusste, wonach ich eigentlich gefragt hatte.

»Ist es das Buch, das du in Sarafines Kiste gefunden hast?« Ich kannte die Antwort längst.

»Ethan, das ist doch nur ein Buch. Ich lese viele Bücher.«

»Es ist kein Buch wie jedes andere. Was willst du damit?«

Lena zögerte, dann blätterte sie durch die zerfledderten Seiten. Auf einer durch ein Eselsohr markierten Seite begann sie zu lesen: »Und wie konnte ich sie ansehen, ohne Mitleid zu empfinden, wo ich doch ihre Strafe darin erkannte, dass sie ein Wrack geworden war, darin, dass sie völlig untauglich war für diese Welt, in die sie gestellt worden war …« Lena starrte auf die Textstelle, als fände sie darin Antworten, die nur sie allein lesen konnte.

»Dieser Absatz war unterstrichen.«

Ich wusste, dass Lena mehr über ihre Mutter erfahren wollte – nicht über Sarafine, sondern über die Frau, die wir in unseren Visionen gesehen hatten; die Frau, die Lena in ihren Armen gewiegt hatte. Vielleicht hoffte Lena, in dem Buch oder in der Metallkiste ihrer Mutter die Antwort auf diese Fragen zu finden. Aber was in irgendeinem alten Buch von Charles Dickens unterstrichen war, spielte keine Rolle.

An allem, was sich in der Blechkiste befand, klebte das Blut, das Sarafine an den Händen hatte.

Ich griff nach dem Buch. »Gib es mir.« Ehe Lena etwas sagen konnte, verschwamm das Zimmer vor meinen Augen …

Es hatte zu regnen begonnen, so als wollte der Himmel mit Sarafines Tränen wetteifern. Als sie bei Eades Haus angekommen war, war sie bis auf die Haut durchnässt. Sie kletterte über den weißen Gitterzaun unter Johns Fenster, dann zögerte sie. Sie zog die Sonnenbrille, die sie bei Winn-Dixie gestohlen hatte, aus der Tasche und setzte sie auf, ehe sie vorsichtig ans Fenster klopfte.

Viel zu viele Fragen schossen ihr durch den Kopf. Was sollte sie John sagen? Wie sollte sie ihm verständlich machen, dass sie immer noch derselbe Mensch war? Würde ein Lichter Caster sie immer noch lieben, jetzt wo sie … anders war?

»Izabel?« John sah sie verschlafen an. »Was machst du da draußen?« Er wartete ihre Antwort nicht ab, sondern nahm ihre Hand und zog sie zu sich hinein.

»Ich … ich musste dich sehen.«

John tastete nach dem Schalter der Lampe auf seinem Schreibtisch.

Sarafine hielt seine Hand fest. »Nicht. Lass sie aus. Du weckst sonst deine Eltern auf.«

Als seine Augen sich an die Dunkelheit gewöhnt hatten, sah er sie forschend an. »Ist etwas passiert? Bist du verletzt?«

Sie war nicht verletzt und zugleich hatte sie keinen Funken Hoffnung. Es gab keine Möglichkeit, John auf das vorzubereiten, was sie ihm jetzt sagen musste. Er kannte ihre Familie und wusste von dem Fluch. Aber Sarafine hatte ihm nie das wahre Datum ihres Geburtstags verraten, damit er sich keine Sorgen machte. Er wusste nicht, dass heute Nacht der Sechzehnte Mond war – die Nacht, vor der sie sich gefürchtet hatte, seit sie denken konnte.

»Ich kann es dir nicht sagen.« Sarafines Stimme brach, und sie hatte Mühe, die Tränen zu unterdrücken.

John zog sie in seine Arme und legte sein Kinn auf ihren Kopf. »Du bist so kalt.« Er rieb über ihre Schultern. »Ich liebe dich. Du kannst mir alles sagen.«

»Das nicht«, flüsterte sie. »Alles ist zerstört.«

Sarafine dachte an die Pläne, die sie geschmiedet hatten. Sie wollten gemeinsam ins College gehen, John im nächsten Jahr und sie im Jahr darauf. John wollte Ingenieur werden und sie wollte Literaturwissenschaft studieren. Sie hatte schon immer Schriftstellerin werden wollen. Nach dem Studium wollten sie heiraten.

Es war sinnlos, darüber nachzudenken. Nichts von all dem würde jetzt mehr passieren.

John drückte sie fester an sich. »Izabel, du machst mir Angst. Was zwischen uns ist, kann niemand zerstören.«

Sarafine schob ihn weg und nahm die Sonnenbrille ab, offenbarte ihm die goldgelben Augen einer Dunklen Caster. »Glaubst du das wirklich?«

Einen Augenblick lang starrte John sie nur an. »Was ist passiert? Ich verstehe nicht …«

Sie schüttelte den Kopf. Die Tränen brannten auf ihren eiskalten Wangen. »Heute ist mein Geburtstag. Ich habe es dir nie gesagt, weil ich mir sicher war, dass ich Licht werden würde. Ich wollte nicht, dass du dir Sorgen machst. Aber um Mitternacht …«

Sarafine konnte nicht weitersprechen. Er wusste ohnehin, was sie sagen wollte. Er sah es ja an ihren Augen.

»Es ist ein Irrtum. Es muss ein Irrtum sein.« Sie versuchte, John und fast mehr noch sich selbst davon zu überzeugen. »Ich bin immer noch derselbe Mensch. Alle behaupten, dass man sich ändert, wenn man Dunkel wird – dass einem die Menschen, die man liebt, gleichgültig werden. Aber so ist es nicht. So wird es nie sein.«

»Man sagt, dass es allmählich passiert …« John verstummte.

»Ich kann dagegen ankämpfen. Ich will nicht Dunkel sein. Das schwöre ich!« Es war zu viel – erst ihre Mutter, die sie verstoßen hatte, dann ihre Schwester, die nach ihr gerufen hatte, und nun würde sie auch noch John verlieren. Es war mehr, als Sarafine ertragen konnte. Von Schmerz überwältigt, stürzte sie zu Boden.

John kniete sich neben sie und nahm sie in die Arme. »Du bist nicht Dunkel. Mir ist es egal, welche Farbe deine Augen haben.«

»Dann bist du der Einzige. Meine Mutter lässt mich nicht einmal mehr ins Haus.« Sarafine rang nach Atem.

John zog sie hoch. »Dann verschwinden wir noch heute Nacht von hier.« Er ging zu seinem Schrank, nahm eine Reisetasche und begann, wahllos Kleider hineinzupacken.

»Aber wohin sollen wir denn gehen?«

»Ich weiß es nicht. Wir werden irgendeinen Ort finden.« John zog den Reißverschluss der Tasche zu und kam wieder zu ihr. Ernst nahm er ihr Gesicht in seine Hände und blickte in ihre goldenen Augen.

»Es ist völlig egal. Hauptsache, wir sind zusammen.«

Wir waren wieder in meinem Zimmer, in der drückenden Hitze des Nachmittags. Die Vision verblasste allmählich und mit ihr das Mädchen, das so ganz anders war als Sarafine. Das Buch fiel zu Boden.

Lenas Gesicht war tränenüberströmt und einen Moment lang sah sie genauso aus wie die junge Sarafine in der Vision. »John Eades war mein Vater.«

»Bist du sicher?«

Sie nickte und wischte sich mit der Hand übers Gesicht. »Ich habe nie ein Bild von ihm gesehen, aber Gramma hat mir gesagt, wie er hieß. Er wirkte so nah, so lebendig. Und sie haben sich anscheinend wirklich geliebt.« Sie bückte sich, um das Buch aufzuheben; es lag offen da, mit den Buchdeckeln nach oben, die Risse im Buchrücken ließen darauf schließen, wie oft es schon gelesen worden war.

»Fass es nicht an, L.«

Lena hob es auf. »Ethan, ich habe das Buch gelesen. So etwas ist mir bisher noch nie passiert. Wahrscheinlich lag es daran, dass wir es beide gleichzeitig berührt haben.«

Sie schlug das Buch wieder auf. Überall waren Unterstreichungen, jemand hatte ganze Sätze unterkringelt und Wörter markiert.

Als Lena merkte, dass ich ihr über die Schulter schaute, sagte sie: »Das ganze Buch ist so wie eine Landkarte. Ich wüsste nur zu gerne, wohin sie führt.«

»Du weißt, wohin sie führt.« Wir beide wussten es. Zu Abraham und dem Dunklen Feuer – zur Weltenschranke, zur Dunkelheit und zum Tod.

Lena wandte den Blick nicht von dem Buch ab. »Das ist meine Lieblingszeile: ›*Man hat mich gebeugt und gebrochen, doch wie ich hoffe, nur zu einer besseren Form.*‹«

Sarafine hatte uns beide gebeugt und gebrochen.

Waren wir dadurch besser geworden? War ich jetzt besser, nach allem, was ich hinter mir hatte? War Lena besser?

Ich dachte an Tante Prue, die in einem Krankenhausbett lag, und an Marian, die sich durch Kisten voller verbrannter Bücher, versengter Dokumente und wasserfleckiger Fotos kämpfte. Ihr Lebenswerk war zerstört.

Was, wenn die Menschen, die man liebte, so lange gebeugt wurden, bis sie zerbrachen und dann gar keine Form mehr hatten?

Ich musste John Breed finden, ehe sie so gebrochen waren, dass man sie nicht wieder zusammensetzen konnte.

26.9. *Besuchszeiten*

Am nächsten Tag hatte Tante Grace herausgefunden, wo im Kühlschrank Mercy ihr Kaffeeeis versteckt hatte. Am Tag darauf hatte Tante Mercy herausgefunden, dass Grace das Eis gegessen hatte, und einen Anfall der schlimmsten Kategorie vorgetäuscht. Am Tag danach spielte ich mit den Schwestern den ganzen Nachmittag Scrabble, wobei sie nur unsinnige Wörter legten, bis ich derart durch den Wind war, dass ich ihnen JEDEWETTE als ein Wort und BAUMROLLE und GEWONN als korrekte Substantive durchgehen ließ.

Die Schwestern machten mich fix und fertig.

Doch eine fehlte. Eine, die nach Kupfer und Salz und Bratensoße roch. Eine, die vielleicht EINVALTSPINZEL gelegt hätte, obwohl sie genau das Gegenteil davon war. Eine, die aus dem Gedächtnis fast alle Caster-Tunnel im ganzen Süden aufzeichnen konnte.

Nach ein paar Tagen hielt ich es nicht mehr aus. Als Lena wieder einmal darauf drängte, endlich Tante Prue zu besuchen, weigerte ich mich nicht länger. Eigentlich wollte ich sie ja sehen. Ich wusste nur nicht, in welchem Zustand sie sich befand. Sah sie aus, als würde sie schlafen – so wie zu Hause auf dem Sofa? Oder sah sie so aus wie auf der Liege im Rettungswagen? Ich wusste es nicht und ich fühlte mich schuldig und ängstlich zugleich.

Aber vor allem wollte ich mich nicht länger einsam fühlen.

Das Bezirkskrankenhaus war eine Reha-Einrichtung, ein Zwischending zwischen einem Krankenhaus und einer Klinik, in der man beispielsweise nach einem schweren Unfall mit einem Geländefahrzeug landete. Oder wenn man sich mit einem Motocrossbike überschlagen hatte, in einen Lastwagen gerast oder von einem Sattelschlepper gestreift worden war. Manche Leute behaupten, man hätte Glück, wenn einem so etwas passiert, weil man bei einem Unfall mit dem richtigen Lastwagen eine ganze Menge Geld machen könnte. Man konnte aber auch tot sein. Oder beides, wie zum Beispiel Deacon Harrigan, der jetzt in einem der schönsten Gräber der ganzen Stadt ruhte, während seine Frau das Haus der Familie von Grund auf renovieren und für die Kinder sogar ein fest verankertes Trampolin springen ließ; seither gingen sie fünfmal pro Woche zum Essen zu Applebees nach Summerville. Carlton Eaton hatte es Mrs Lincoln erzählt, die hatte es Link gesagt und der hatte es mir verraten. Jeden Monat trudelte ein Scheck ein, der direkt von der Regierung in Columbia ausgestellt war, jahraus, jahrein. Das hat man davon, wenn man sich von einem Müllauto überfahren lässt.

Auf meinem Weg durch die Eingangshalle des Krankenhauses hatte ich nicht das Gefühl, dass Tante Prue Glück gehabt hatte. Daran änderte weder die plötzliche ungewohnte Stille etwas noch die Klimaanlage, die wie in allen Krankenhäusern auf vollen Touren lief. Überall lag ein widerlich süßer, fast pudriger Geruch in der Luft. Als wollte etwas Übelriechendes unbedingt seinen Gestank verbergen. Und was noch schlimmer war: Wie fast alles in Gatlin waren sowohl die Eingangshalle als auch die Gänge, ja sogar die grobkörnig verputzte Decke pfirsichfarben gestrichen. Es sah aus, als hätte jemand eine ganze Badewanne voll Thousand Island Dressing über Berge von Hüttenkäse gekippt und an die Decke geklatscht.

Oder doch eher French Dressing?

Es war ein Versuch, mich aufzuheitern.

Kann schon sein. Aber ich glaube, ich muss trotzdem gleich kotzen.

Komm schon, Ethan. Vielleicht wird es besser, wenn wir sie gesehen haben.

Was, wenn es schlimmer wird?

Es wurde schlimmer, und zwar keine drei Meter weiter. Bobby

Murphy blickte vom Eingangstresen auf. Bei unserer letzten Begegnung waren wir beide noch in derselben Basketball-Mannschaft gewesen. Er hatte sich darüber kaputtgelacht, dass Emily Asher mir beim Schulball einen Korb gegeben hatte, weil aus ihrer glühenden Liebe für mich glühender Hass geworden war. Und ich hatte es hingenommen. Er war drei Jahre hintereinander Aufbauspieler der Auswahlmannschaft gewesen und niemand legte sich mit ihm an. Jetzt trug Bobby eine orangefarbene Krankenpfleger-Uniform und sah viel weniger taff aus. Er sah auch nicht so aus, als wäre er besonders erfreut, mich zu sehen. Dass auf seinem Namensschildchen *BOOBY* stand, machte die Sache nicht besser.

»Hey, Bobby. Dachte, du wärst im Summerville College.«

»Ethan Wate. Da bist hier und ich bin hier. Ich weiß nicht, wer von uns beiden schlimmer dran ist.« Er warf Lena einen kurzen Blick zu, aber er begrüßte sie nicht. Tratsch verbreitete sich wie Lauffeuer, daher hatte er mit Sicherheit sogar hier draußen im Krankenhaus alles mitbekommen, obwohl die Hälfte der Patienten keinen Laut von sich geben konnte.

Ich wollte lachen, aber es kam nur ein Gurgeln heraus, dann herrschte wieder Stille zwischen uns beiden.

»Ja. Es wird Zeit, dass du dich blicken lässt. Deine Tante Prudence hat schon nach dir gefragt.« Grinsend schob er mir ein Klemmbrett über den Tisch.

»Wirklich?« Ich erschrak, dabei hätte ich es eigentlich besser wissen müssen.

»Nö. War nur 'n Witz. Hier, unterschreib das, dann kannst du ab in den Garten.«

»In den Garten?« Ich gab ihm das Klemmbrett zurück.

»Klar. Hinten beim Wohntrakt. Wo wir das gute Gemüse anbauen.« Er grinste, und ich musste wieder daran denken, was er in der Umkleidekabine einmal zu mir gesagt hatte. *Reiß dich zusammen, Wate. Du stehst voll unter der Fuchtel von der durchgeknallten Neuen. Wegen dir sehen wir noch alle alt aus.*

Lena beugte sich über den Schalter. »Hast du nichts Besseres auf Lager, *Booby*?«

»Doch, klar.« Er stand auf. »Wie wär's damit: Ich zeig dir meins, du zeigst mir deins?« Er starrte auf Lenas V-Ausschnitt. Ich ballte die Fäuste.

Lenas Haar kräuselte sich, als sie sich noch ein Stück weiter zu ihm beugte. »Ich glaube, du hältst jetzt besser die Klappe.«

Bobbys Mund ging auf und zu wie der eines Katzenfischs, der zappelnd auf dem ausgetrockneten Boden des Lake Moultrie lag. Er sagte kein Wort.

»Na also.« Lena lächelte und nahm unsere Besucher-Anstecker vom Tisch.

»Bis später, Bobby«, sagte ich, ehe wir uns in den hinteren Teil des Gebäudes aufmachten.

Je weiter wir den Gang entlanggingen, desto süßlicher wurde die Luft und desto aufdringlicher der Geruch. Manche Zimmertüren waren geöffnet, und mein Blick fiel auf Szenerien, die wie eingefroren wirkten, wie ein misslungenes Kitsch-Gemälde, auf dem nur widerliche Sachen abgebildet waren, verdichtet zu kleinen Schnappschüssen eines jämmerlichen Lebens.

Ein alter Mann saß auf seinem Krankenbett. Sein Kopf war mit weißen Binden umwickelt, was ihn riesig und surreal aussehen ließ. Ein Alien, der mit einem kleinen Jojo spielte, immer auf und ab, auf und ab. Vor ihm saß auf einem Stuhl eine Frau. Sie arbeitete an einer Stickerei, die er vermutlich nie zu Gesicht bekommen würde. Sie blickte nicht auf und ich ging schnell weiter.

In einem anderen Bett lag ein Junge, etwa in meinem Alter, er bewegte seine Hand über ein Blatt Papier, das auf einem Klapptischchen aus Holzimitat lag. Er starrte ins Leere, Speichel lief aus seinen Mundwinkeln, aber seine Hand schrieb und schrieb und schrieb, als könnte er nicht anders. Der Stift schien sich nicht zu bewegen, vielleicht schrieben sich die Buchstaben von selbst. Vielleicht war es die

Geschichte seines Lebens. Vielleicht war es sein Meisterwerk. Wer weiß? Wen interessierte es? Bobby Murphy jedenfalls nicht.

Ich widerstand dem Drang, das Papier an mich zu nehmen und das Geschriebene zu entziffern.

Motorradunfall?

Wahrscheinlich. Ich will gar nicht darüber nachdenken, L.

Lena drückte meine Hand, und ich verdrängte den Gedanken daran, wie sie barfuß und ohne Helm auf dem Sozius von John Breeds Harley gesessen hatte.

Ich weiß, das war dumm.

Ich zog sie von der Tür weg.

Ein kleines Mädchen hatte das ganze Zimmer voller Besucher, aber es war die traurigste Geburtstagsgesellschaft, die ich jemals gesehen hatte. Auf dem Tisch standen ein Kuchen vom Stop & Steal und Schnabeltassen, gefüllt mit etwas, das aussah wie Preiselbeersaft. Das war alles. Auf dem Kuchen war eine Fünf aus Zuckerguss und die Familie sang halbherzig ein Lied. Die Kerzen waren nicht angezündet.

Wahrscheinlich darf man hier keine Kerzen anzünden, Ethan.

Was ist das für ein beschissener Geburtstag?

Der süßlich-klebrige Geruch wurde immer schlimmer. Ich schaute durch eine offene Tür in einen Raum, in dem sich offenbar die Etagen-Küche befand. Kartons mit Flüssignahrung stapelten sich vom Boden bis zur Decke. Daher kam der Geruch – von einem Essen, das kein Essen war. Für Leben, das kein Leben mehr war.

Für meine Tante Prue, die in das große Unbekannte entschwunden war, als sie eigentlich im Bett liegen und friedlich schlafen sollte. Meine Tante Prue, die eine Karte der unbekannten Caster-Tunnel angefertigt hatte mit der gleichen Präzision, mit der Amma ihre Kreuzworträtsel löste.

Das alles war zu entsetzlich, um wahr zu sein. Und doch war es das. Und es geschah nicht in irgendeinem Tunnel, wo Raum und Zeit anderen Gesetzen unterlagen als in der Welt der Sterblichen. Es geschah im Greater Gatlin County. Es geschah in meiner eigenen Heimatstadt, in meiner eigenen Familie.

Ich wusste nicht, ob ich das aushalten würde. Ich wollte Tante Prue nicht in diesem Zustand sehen. Ich wollte sie so nicht in Erinnerung behalten.

Trostlose Zimmer und eine angebrochene Packung Flüssignahrung in einem kotzpfirsichfarbenen Gang.

Beinahe hätte ich kehrtgemacht, aber dann waren wir am Ende des Gangs angelangt, und plötzlich lag ein anderer Geruch in der Luft. Wir waren da. Ich wusste es, denn durch die einen Spalt weit offene Tür schlug uns der unverkennbare Duft der Schwestern entgegen. Rosenwasser und Lavendel, es roch nach den kleinen Duftkissen, die die Schwestern in ihren Schränken und Schubläden aufbewahrten. Er war unverwechselbar, obwohl er mir nie bewusst aufgefallen war in den vielen Stunden, in denen ich ihren Geschichten zugehört hatte.

»Ethan.« Lena blieb vor mir stehen. Ich hörte das leise Summen von Maschinen im Zimmer hinter ihr.

»Komm.« Ich wollte die Tür ganz öffnen, aber sie legte mir die Hände auf die Schultern.

»Weißt du … vielleicht ist sie gar nicht da.«

Ich lauschte, das Geräusch irgendwelcher Apparate, die irgendwelche Sachen mit meiner lieben alten Tante anstellten, lenkte mich ab.

»Wovon redest du? Natürlich ist sie da. Hier an der Tür steht ihr Name.« Was tatsächlich stimmte. Ein Täfelchen, wie man es auch in College-Schlafräumen findet, war mit verblasstem Filzstift beschriftet: *STATHAM, PRUDENCE.*

»Ja, ihr Körper liegt da drinnen. Aber selbst wenn deine Tante Prue da ist, mit allem, was deine Tante Prue ausmacht – könnte sie trotzdem nicht da sein.«

Ich wusste, was sie meinte, auch wenn ich es mir nicht eingestehen wollte. Um keinen Preis wollte ich es mir eingestehen.

Ich legte die Hand auf die Türklinke. »Heißt das, du spürst etwas? So wie Link ihr Blut riechen und ihr Herz schlagen hören konnte? Könntest du sie auch … finden?«

»Was meinst du mit finden? Ihre Seele?«

»Können das Naturgeborene?« Sogar ich hörte die fast verzweifelte Hoffnung aus meiner Frage heraus.

»Ich weiß es nicht.« Lena sah aus, als würde sie gleich zu weinen anfangen. »Ich bin mir nicht sicher. Ich habe das Gefühl, dass ich etwas tun sollte. Aber ich weiß nicht, was.«

Sie wandte den Blick ab, aber ich sah die Träne, die ihre Wange hinunterlief.

»Das musst du auch nicht wissen, L. Es ist nicht deine Schuld. Sondern meine. Abraham hat etwas von mir gewollt.«

»Er ist nicht deinetwegen gekommen, sondern wegen John.« Mehr sagte sie nicht, aber ich hörte es trotzdem. *Und der Grund dafür sind ich und meine Berufung.* Ehe ich etwas erwidern konnte, wechselte sie das Thema. »Ich habe Onkel Macon gefragt, was mit Menschen geschieht, die im Koma liegen.«

Ich hielt gespannt den Atem an, auch wenn ich meine Zweifel hatte. »Und?«

Sie zuckte mit den Achseln. »Er wusste es auch nicht genau. Caster glauben, dass der Geist unter gewissen Bedingungen den Körper verlassen kann, wie beim Raumwandeln. Onkel M hat es als eine Art von Freiheit beschrieben. Als ob man ein Schemen wäre.«

»Das wäre doch gar nicht so übel.« Ich dachte an den Jungen, der sinnlose Dinge schrieb, und an den älteren Mann mit seinem Jojo. Sie raumwandelten nicht und sie waren auch keine Schemen. Sie waren in der für einen Sterblichen schrecklichsten aller Lebenslagen. Gefangen in kaputten Körpern.

Und das konnte ich nicht ertragen. Nicht bei meiner Tante Prue. Ganz besonders nicht bei meiner Tante Prue.

Ohne ein weiteres Wort ging ich an Lena vorbei ins Krankenzimmer.

Tante Prue war der zierlichste Mensch auf der Welt, oder wie sie selbst es gerne ausdrückte: Sie wurde mit jedem Jahr, das verging, gebeugter und mit jedem Ehemann, der verstarb, kleiner. Deshalb reichte sie mir, wenn sie aufrecht stand, gerade bis zur Brust, trotz der Gesundheitsschuhe mit den dicken Sohlen.

Wie sie da in diesem großen Krankenhausbett lag, mit allen möglichen Schläuchen, die in sie hineingingen oder aus ihr herauskamen, sah Tante Prue noch viel zierlicher aus. Sie machte kaum eine Delle in die Matratze, so leicht war sie. Durch die Plastikfensterläden auf einer Seite des Zimmers fiel Sonnenlicht herein und malte Streifen auf ihr regloses Gesicht und ihren reglosen Körper. Beides zusammen erweckte den Eindruck, als befände sie sich auf der Krankenstation eines Gefängnisses. Ich konnte ihr nicht ins Gesicht sehen. Zumindest nicht gleich.

Ich machte einen Schritt in Richtung Bett und betrachtete die Monitore, auch wenn ich keine Ahnung hatte, wozu sie gut waren. Sie piepsten ständig und zeigten den Verlauf irgendwelcher Kurven. In dem Raum befand sich nur ein einziger Stuhl, pfirsichfarben gepolstert und steinhart, daneben stand ein zweites, leeres Bett. Nach allem, was ich in den anderen Krankenzimmern gesehen hatte, kam mir dieses Bett wie eine Falle vor, die auf ihre Beute wartete. Ich fragte mich, welcher kaputte Mensch sich wohl darin verfangen hatte, wenn ich das nächste Mal wiederkam, um Tante Prue zu besuchen.

»Ihr Zustand ist stabil. Du brauchst dir keine Sorgen zu machen. Sie hat es bequem. Sie ist im Moment nur nicht bei uns.« Eine Krankenschwester zog die Tür hinter sich zu. Ich konnte ihr Gesicht nicht sehen, aber ich sah dichte schwarze Haare, die zu einem Pferdeschwanz zusammengebunden waren. »Ich lasse euch für ein paar Minuten allein, wenn ihr wollt. Sie hat seit gestern keinen Besuch mehr gehabt. Es tut ihr sicher gut, wenn ihr etwas Zeit mit ihr verbringt.«

Die Stimme der Krankenschwester klang beruhigend, sogar vertraut, aber ehe ich sie richtig anschauen konnte, fiel die Tür schon hinter ihr ins Schloss. Am Tisch neben dem Bett meiner Tante stand eine Vase mit einem frischen Strauß Verbenen. Sie sahen aus wie die Blumen, die Amma hingebungsvoll im Haus gezogen hatte. »Sommerhitze« nannte sie sie. »Rot wie das Feuer.«

Aus einer Eingebung heraus ging ich zum Fenster und stieß die Läden auf. Licht strömte herein und die Gefängnisgitter verschwanden. Über das Fensterbrett zog sich eine dicke Linie aus weißem Salz.

»Amma. Sie war gestern hier, als wir mit Tante Grace und Tante Mercy zusammen waren.« Grinsend schüttelte ich den Kopf. »Wundert mich, dass sie nur Salz dagelassen hat.«

»Na ja …« Lena zog ein geheimnisvolles Leinensäckchen, das mit einem Zwirnfaden zugebunden war, unter Tante Prues Kissen hervor. Sie roch daran und verzog das Gesicht. »Lavendel ist das jedenfalls nicht.«

»Das ist bestimmt zu Tante Prues Schutz.«

Lena zog den Stuhl näher ans Bett. »Ich bin froh. Ich hätte Angst davor, hier alleine zu liegen. Es ist viel zu still.« Sie griff nach Tante Prues Hand, dann zögerte sie. Der Infusionsschlauch war über die schmalen Fingerknöchel geklebt.

Gesprenkelte Rosen, dachte ich, als ich die altersfleckigen, gekrümmten Hände sah. Diese Hände sollten ein Gebetbuch halten oder Gin-Rommé-Karten. Eine Katzenleine oder eine Landkarte.

Ich verdrängte die nagenden Gedanken und das Unbehagen.

»Ich denke, du kannst ihre Hand halten, L.«

Lena nahm Tante Prues winzige Hand in ihre beiden Hände. »Sie ist so friedlich, als würde sie schlafen. Schau dir ihr Gesicht an.«

Ich konnte es nicht. Ich streckte die Hand nach ihr aus, widerwillig, und berührte die Decke dort, wo ihr Fuß sie wie ein kleines Zelt wölbte.

Ethan, du brauchst keine Angst zu haben.

Ich habe keine Angst, L.

Denkst du, ich wüsste nicht, wie das ist?

Wie was ist?

Wenn man Angst hat, dass jemand, den man liebt, stirbt.

Lena beugte sich wie eine Caster-Krankenschwester über meine Tante.

Ich habe Angst, L. Immer.

Ich weiß, Ethan.

Marian. Mein Vater. Amma. Wer ist als Nächstes dran?

Ich sah Lena an.

Ich habe Angst um dich.

Ethan, nicht …

Lass mich Angst haben um dich.

»Ethan, bitte.« Lena wechselte in die normale Unterhaltung, wie wir es dann taten, wenn das Kelting zu persönlich wurde. Es schuf Abstand zu bestimmten Gedanken und leitete zu anderen Themen über.

Aber ich ließ mich nicht abbringen. »Ich habe wirklich Angst um dich. Von dem Moment an, in dem ich aufwache, bis zu dem Augenblick, in dem ich einschlafe, und jede Sekunde dazwischen, sogar in meinen Träumen.«

»Ethan, schau sie dir an.«

Lena zog mich zu sich und legte meine Hand auf ihre, sodass wir beide die winzige, verbundene Hand berührten, die Tante Prue gehörte. »Schau sie dir an.«

Ich tat es.

Tante Prue sah verändert aus. Nicht fröhlich, nicht traurig. Ihr Blick war verschleiert, ins Unbestimmte gerichtet. Sie war abwesend. Genau wie die Krankenschwester gesagt hatte.

»Tante Prue ist nicht wie die anderen hier. Ich wette, sie ist ganz weit weg auf Erkundungsreise, wie sie es immer gewollt hat. Vielleicht vollendet sie gerade ihre Tunnel-Karte.« Lena küsste mich auf die Wange und stand auf. »Mal sehen, ob es hier irgendwo etwas zu trinken gibt. Soll ich dir was mitbringen? Vielleicht gibt es ja Schokomilch.«

Ich wusste, was sie vorhatte. Sie wollte mich eine Weile mit Tante Prue allein lassen. Aber ich sagte es ihr nicht, genauso wenig wie ich ihr sagte, dass ich Schokomilch nicht mehr ausstehen konnte. »Nein danke.«

»Sag Bescheid, wenn du mich brauchst.« Damit zog sie die Tür hinter sich zu.

Als Lena weg war, wusste ich nicht so recht, was ich machen sollte. Ich betrachtete Tante Prue in ihrem riesigen Bett, nahm ihre Hand vorsichtig in meine und achtete darauf, die Infusionsnadel nicht zu berühren. Ich wollte ihr nicht wehtun. Ich war davon überzeugt, dass sie Schmerzen wahrnehmen konnte. Sie war schließlich nicht tot – das rief ich mir immer wieder ins Gedächtnis.

Irgendwo hatte ich gelesen, dass man mit Menschen, die im Koma liegen, sprechen soll, und überlegte, was ich ihr sagen könnte. Aber mir gingen immer nur dieselben Worte durch den Kopf.

Es tut mir leid. Es ist meine Schuld.

Das stimmte ja auch. Die Schuld lastete so schwer, dass ich sie immerzu spürte.

Hoffentlich hatte Lena recht. Hoffentlich war Tante Prue jetzt irgendwo und zeichnete Karten oder stiftete Unruhe. Ich fragte mich, ob sie bei meiner Mutter war. Würden sie einander finden, wo immer sie jetzt auch waren?

Während ich darüber nachdachte, schloss ich die Augen …

Ich spürte immer noch Tante Prues Hand in meiner. Aber als ich auf das Bett schaute, war Tante Prue nicht mehr da. Ich blinzelte, dann war auch das Bett verschwunden, gleich darauf das ganze Zimmer. Ich war nirgends, sah nichts, hörte nichts.

Schritte.

»Ethan Wate, bist du das?«

»Tante Prue?«

Sie kam aus dem Nichts geschlurft. Sie war da und doch nicht da, sie ver-

schwand vor meinen Augen und tauchte wieder auf, in ihrem besten Hauskleid, das grellbunt geblümte mit den perlmuttfarbenen Knöpfen. Ihre Pantoffel waren in den gleichen Brauntönen gehäkelt wie die Lieblingsdecke von Tante Grace.

»Was willst du denn schon wieder?« Sie winkte mit dem Taschentuch, das sie fest umklammerte. »Ich hab dir gestern Abend gesagt, dass ich einiges zu erledigen habe, und deshalb wegmuss. Du kannst nicht ständig angerannt kommen, wenn du eine Antwort auf irgendeine blöde Frage willst, die ich selber nicht weiß.«

»Wie bitte? Ich habe dich gestern Abend nicht besucht, Tante Prue.«

Sie runzelte die Stirn. »Willst du eine alte Frau auf den Arm nehmen?«

»Was hast du mir denn gesagt, Tante Prue?«, fragte ich.

»Was hast du denn gefragt?« Sie kratzte sich am Kopf, und ich bemerkte mit wachsender Panik, dass sie langsam entschwand.

»Kommst du wieder zurück, Tante Prue?«

»Das kann ich dir nicht sagen.«

»Kannst du nicht einfach mit mir mitkommen?«

Sie schüttelte den Kopf. »Weißt du das nicht? Das hängt vom Rad des Schicksals ab.«

»Wovon?«

»Früher oder später zermalmt es uns alle. Das habe ich dir doch gesagt, erinnerst du dich nicht? Als du mich gefragt hast, wie es hier ist. Weshalb fragst du mich heute so viele Dinge? Ich bin hundemüde und muss mich ausruhen …«

Jetzt war sie schon fast weg.

»Lass mich, Ethan. Versuch gar nicht erst, hierherzukommen. Das Rad hat noch etwas vor mit dir.«

Ich sah zu, wie sich ihre gehäkelten Pantoffel in Nichts auflösten.

»Ethan?« Ich spürte, wie Lena mich wachrüttelte.

Mein Kopf war schwer und ich schlug nur zögernd die Augen auf. Helles Licht strömte ins Krankenzimmer. Ich war auf dem Stuhl neben Tante Prue eingeschlafen, so wie ich früher immer auf dem

Stuhl meiner Mutter eingeschlafen war, wenn ich darauf gewartet hatte, dass sie mit ihrer Arbeit im Archiv fertig wurde. Tante Prue lag in ihrem Bett, als wäre nichts geschehen. Ich ließ ihre Hand fallen.

Ich muss ziemlich entgeistert ausgesehen haben, denn Lena fragte besorgt: »Ethan, was ist los?«

»Ich … ich habe Tante Prue gesehen. Ich habe mit ihr gesprochen.«

»Während du geschlafen hast?«

Ich nickte. »Ja. Aber es kam mir überhaupt nicht wie ein Traum vor. Und sie war auch gar nicht überrascht, mich zu sehen. Ich bin wohl schon einmal bei ihr gewesen.«

»Wovon sprichst du?«, fragte Lena verwundert.

»Letzte Nacht. Sie sagte, ich hätte sie besucht. Ich kann mich aber beim besten Willen nicht daran erinnern.« Das kam in letzter Zeit immer öfter vor, dass ich etwas vergaß. Auch eine Sache, die mich mehr und mehr beunruhigte. Irgendetwas passierte mit mir, aber ich wusste nicht, was.

Lena wollte gerade etwas sagen, da klopfte die Krankenschwester an die Tür und öffnete sie einen Spalt weit.

»Tut mir leid, aber die Besuchszeit ist vorüber. Deine Tante muss sich jetzt ausruhen, Ethan.«

Sie war freundlich, aber bestimmt. Eine halbe Minute später standen wir wieder in dem leeren Gang und mein Herz klopfte immer noch wie verrückt.

Draußen bemerkte Lena, dass sie ihre Tasche in Tante Prues Zimmer vergessen hatte. Während sie zurückging, um sie zu holen, wanderte ich langsam den Gang entlang. Vor dem Zimmer des Jungen blieb ich stehen. Er saß an dem Tischchen, seine Hand schrieb noch immer. Einen Augenblick stellte ich mir vor, ich wäre an seiner Stelle. Ich sah mich kurz um, dann huschte ich hinein.

»Hey, Mann. Bin gerade zufällig vorbeigekommen.«

Ich setzte mich auf die Kante des Besucherstuhls. Der Junge sah mich nicht an, nicht einmal für eine Sekunde, und seine Hand hielt nicht inne. Er hatte schon ein Loch in das Papier gekritzelt, auch in das darunterliegende Blatt.

Ich zog an dem Blatt und es rutschte ein klein wenig zur Seite.

Die Hand hielt still.

Ich zog wieder an dem Papier. »Komm. Schreib weiter. Ich lese. Ich will wissen, was du zu sagen hast. Zeig mir dein Meisterwerk.«

Die Hand bewegte sich. Ich zog an dem Blatt, Millimeter für Millimeter, und versuchte, mich seinem Schreibtempo anzupassen.

so endet die Welt so endet die Welt so endet die Welt so endet die Welt am Achtzehnten Mond am Achtzehnten Mond am Achtzehnten Mond am Achtzehnten Mond so endet die Welt

Die Hand verharrte, ein dünner Speichelfaden lief über den Stift und das Papier.

»Ich hab's kapiert. Ich hab dich verstanden.«

Die Hand begann wieder zu schreiben, und diesmal ließ ich ihn immer wieder auf dieselbe Stelle schreiben, bis man nichts mehr lesen konnte.

»Danke«, sagte ich leise und warf einen Blick auf das kleine Schild, auf dem sein Name mit Textmarker geschrieben stand, sein Name, der nie an der Tür eines College-Zimmers stehen würde.

»Danke, John.«

28.9. *Das Ende der Tage*

»Es ist eine Art Zeichen.« Ich raste mit Vollgas die Route 9 entlang.

»Ethan, fahr langsamer.« Lena schaute auf den Tacho. Ihr war der Schrecken genauso in die Glieder gefahren wie mir, sie ließ es sich nur nicht anmerken.

Ich wollte einfach nur weg von dem Krankenhaus, weg von den pfirsichfarbenen Wänden, dem widerlichen Geruch, den kaputten Körpern und den leeren Augen. »Er heißt John, und er hat andauernd geschrieben: *So endet die Welt am Achtzehnten Mond.* Und in seiner Krankenakte stand, dass er einen Motorradunfall hatte.«

»Ich weiß.« Lena berührte meine Schulter, und ich sah, wie sich ihr Haar kräuselte. »Aber wenn du nicht langsamer fährst, dann bremse ich für dich.«

Ich ging etwas vom Gas, aber meine Gedanken rasten weiter. Ich nahm die Hände vom Lenkrad und das Auto machte nicht einmal einen Schlenker. »Willst du ans Steuer? Ich kann rechts ranfahren.«

»Ich will nicht fahren. Aber wenn wir beide im Krankenhaus landen, finden wir die Lösung nie.« Lena zeigte auf die Straße. »Also pass auf, wohin du fährst.«

»Die Frage ist doch, was hat das zu bedeuten?«

»Wir müssen uns an das halten, was wir wissen.«

Ich zwang mich, an die Nacht zurückzudenken, in der Abraham in meinem Zimmer aufgetaucht war. Damals hatte sich mein Verdacht bestätigt, dass John Breed noch am Leben war. In dieser Nacht hatte alles angefangen. »Abraham ist auf der Suche nach John. Vexe zerstören die Stadt und sorgen dafür, dass Tante Prue im Krankenhaus landet, wo ich auf einen Jungen treffe, der etwas vom Achtzehnten Mond schreibt. Vielleicht ist es eine Art Warnung.«

»Ja, wie ein Shadowing Song. Und dann ist da ja auch noch das Buch, das dein Vater schreiben will.«

»Stimmt.« Das hatte ich verdrängt. Ich hatte keine Lust, darüber nachzudenken, welche Rolle mein Vater bei der ganzen Sache spielte.

»Also, der Achtzehnte Mond und John Breed haben irgendetwas miteinander zu tun«, überlegte Lena.

»Wir müssen wissen, wann der Achtzehnte Mond ist. Wie kriegen wir das raus?«

»Das kommt darauf an, von wessen Achtzehntem Mond wir sprechen.« Lena schaute aus dem Fenster, und ich sagte genau das, was sie nicht hören wollte.

»Von deinem?«

Sie schüttelte den Kopf. »Ich glaube nicht, dass es um mich geht.«

»Warum meinst du das?«

»Bis zu meinem Geburtstag ist es noch eine Weile hin. Und Abraham scheint es ziemlich eilig zu haben, John zu finden.« Das klang plausibel. Diesmal hatte es Abraham nicht auf sie abgesehen. Er wollte John. Lena redete weiter. »Und dieser Typ hieß auch nicht Lena.«

Ich hörte nicht mehr zu.

Er hieß nicht Lena. Er hieß John. Und er kritzelte Botschaften, die den Achtzehnten Mond betrafen.

Ich verriss das Steuer und wäre um ein Haar von der Straße abgekommen, wenn der Leichenwagen nicht von allein wieder geradeaus gefahren wäre. Ich gab es auf und nahm die Hände vom Lenkrad. Ich war zu geschockt, um Auto zu fahren. »Meinst du, es geht um John Breeds Achtzehnten Mond?«

Lena nestelte an ihrer Halskette mit den vielen Anhängern herum. »Ich weiß es nicht.«

Ich holte tief Luft. »Was, wenn Abraham die Wahrheit gesagt hat und John noch am Leben ist?«

»Oh mein Gott«, flüsterte Lena.

Ich hielt mitten auf der Route 9. Ein Truck hupte laut, und ich sah verschwommen, wie etwas Rotes, Metallisches an uns vorbeirauschte.

Eine Minute lang sprach keiner von uns ein Wort.

Die ganze Welt geriet außer Kontrolle und ich konnte nichts dagegen tun.

Nachdem ich Lena in Ravenwood abgesetzt hatte, wollte ich noch nicht nach Wates Landing fahren. Ich musste nachdenken und zu Hause konnte ich das nicht. Amma müsste nur einen Blick auf mich werfen, und schon wüsste sie, dass mit mir etwas nicht stimmte. Ich konnte nicht so tun, als wüsste ich nicht, dass sie einen Handel mit einem Mann geschlossen hatte, der in der Voodoo-Welt eine Art Dunkler Caster war. Als hätte ich nicht mit Tante Prue gesprochen, obwohl sie nicht ansprechbar in ihrem pfirsichfarbenen Gefängnis lag. Als hätte ich nicht einem wildfremden Jungen zugesehen, wie er mir aufschrieb, dass das Ende der Welt bevorstand.

Ich wollte mich der Wahrheit stellen – der Hitze und dem Ungeziefer und dem ausgetrockneten See, den zerstörten Häusern und den verkohlten Dächern und den kosmischen Ordnungen, die ich nicht wieder in Ordnung bringen konnte. Den Folgen von Lenas Berufung für die Welt der Sterblichen und dem, was Abrahams Zorn über meine Stadt heraufbeschworen hatte.

Als ich in die Main Street einbog, bot sich mir ein entsetzliches Bild. Bei Tageslicht sah alles noch hundertmal schlimmer aus als in der Nacht. Die Schaufenster waren mit Brettern vernagelt. Man sah von der Straße aus nicht mehr, wie Maybelline Sutter im Snip & Curl ihre Kunden beschwatzte, während sie ihnen die Haare viel zu kurz schnitt oder sie bläulich weiß färbte. Man sah keine Sissy Honeycutt mehr, wie sie im *Garten Eden* Nelken und Schleierkraut in Vasen stellte, keine Millie oder ihre Tochter, die ein paar Häuser weiter im Breakfast 'n' Biscuits Frühstück servierten.

Sie alle waren in ihren Geschäften, aber Gatlin war nicht mehr die Stadt, in der man durch Fensterscheiben nach innen schauen durfte. Es war die Stadt der verrammelten Fenster, der verschlossenen Türen und der überquellenden Vorratskammern. Die Stadt, die auf den nächsten Wirbelsturm oder das Ende der Welt wartete, je nachdem, wen man fragte.

Es überraschte mich daher auch nicht, dass ich Links Mutter vor der Kirche der Missions-Baptisten stehen sah, als ich den Cypress Grove hinunterfuhr. Halb Gatlin hatte sich dort versammelt, Methodisten wie Baptisten – sie drängten sich auf dem Gehweg, auf der Wiese, überall, wo Platz war. Reverend Blackwell stand vor der Kirchentür unter den Worten »NUR DIE RECHTSCHAFFENEN HABEN EINEN PLATZ IM HIMMEL«. Er hatte die Ärmel hochgekrempelt, sein weißes Hemd war zerknittert und hing aus der Hose. Er sah aus, als hätte er seit Tagen nicht mehr geschlafen.

In der Hand hielt er ein Megafon. Nicht dass er eines gebraucht hätte, er plärrte auch so laut genug in die Menge der Menschen, die Schilder und Kreuze aus Pappe hochhielten, als wäre er der von den Toten auferstandene Elvis.

»Die Bi-hi-bel« – er sprach das Wort immer dreisilbig aus – »lehrt uns, dass Zeichen gesetzt werden. Die Sieben Siegel stehen für das Ende der Welt.«

»Amen! Dank sei dem Herrn!«, rief die Menge. Eine Stimme übertönte alle anderen, natürlich. Am Fuß der Treppe stand Mrs Lincoln, ihre folgsamen Hühner von der TAR – die »Töchter der Amerikanischen Revolution« – hatten sich Arm in Arm um sie geschart. Sie trug ein selbst gemachtes Plakat, auf das sie mit blutrotem Leuchtstift geschrieben hatte: »DAS ENDE IST NAHE«.

Ich hielt am Straßenrand an und sofort schlug mir die Hitze ins Gesicht. Die knorrige Eiche, die der Kirche Schatten spendete, wimmelte von Heuschrecken, deren schwarz-gelb gepanzerte Rücken im grellen Sonnenlicht glänzten.

»Krieg! Dürre! Pestilenz!« Reverend Blackwell hielt einen Moment lang inne und blickte auf die sterbende Eiche. »Entsetzliche Gräuel und große Zeichen werden am Himmel erscheinen. So sagt es uns der Evangelist Lukas.« Er neigte andächtig das Haupt, dann hob er es wieder, und eine neue Entschlossenheit blitzte in seinen Augen. »Und ich habe einige dieser entsetzlichen Gräuel bereits gesehen!«

Seine Zuhörer nickten zustimmend.

»Ein paar Nächte ist es her, da kam ein Tornado vom Himmel herab wie ein Fingerzeig Gottes! Und er hat uns wahrhaftig berührt, hat den Kern unserer schönen Stadt zermalmt! Eine ehrbare Familie hat ihr Heim verloren. Unsere Stadtbibliothek, in der das Wort Gottes und der Menschen aufbewahrt wurde, ist bis auf die Grundmauern abgebrannt. Glaubt ihr, das war Zufall?«

Wie bitte? Der Reverend verlor ein gutes Wort über die Bibliothek? Das war ja etwas ganz Neues. Ich wünschte, meine Mutter könnte das hören.

»Nein!« Die Leute schüttelten den Kopf und lauschten gefesselt der flammenden Rede.

Der Reverend zeigte auf seine Zuhörer, ließ den Blick über das Meer von Gesichtern schweifen, deutete nacheinander auf sie, als spräche er zu jedem Einzelnen persönlich. »Dann frage ich euch: War es ein bedeutsames Zeichen des Himmels?«

»Amen!«

»Es war ein Zeichen!«, rief jemand.

Reverend Blackwell presste die Bibel gegen seine Brust wie einen Rettungsring. »Der Antichrist ist vor den Toren mit seinem Heer von Dä-hä-monen!« Ich musste unwillkürlich daran denken, wie sich John Breed selbst genannt hatte. Einen Krieger des Teufels. »Und er will uns holen. Werdet ihr gewappnet sein?«

Mrs Lincoln hielt ihr windschiefes Schild in die Höhe und die anderen vornehmen Damen von der TAR taten es ihr demonstrativ nach. »DAS ENDE IST NAHE« stieß mit »KOMM, HEILIGER GEIST« zusammen und riss beinahe »ICH WARTE AUF ERLÖSUNG« von dem Zollstock ab, an den es geklebt war.

»Wenn es sein muss, werde ich den Teufel eigenhändig zurück in die Hölle jagen!«, rief sie. Ich glaubte ihr aufs Wort. Wenn wir es wirklich mit dem Teufel zu tun gehabt hätten, dann hätten wir mit Mrs Lincoln an unserer Spitze vielleicht sogar eine Chance gehabt.

Der Reverend hielt die Bibel über den Kopf. »Die Bi-hi-bel kündigt uns noch weitere Zeichen an. Erdbeben. Die Erwählten werden verfolgt und gequält werden.« Geradezu verzückt schloss er die Augen – eine Geste, die Bände sprach. »›Wenn dies nun zu geschehen beginnt, dann richtet euch auf und hebt eure Häupter empor, denn eure Erlösung naht‹, heißt es bei Lukas 21,28.« Theatralisch senkte er den Kopf, nun da er seine Botschaft verkündet hatte.

Mrs Lincoln konnte nicht länger an sich halten. Sie stürmte zu ihm, ergriff mit einer Hand das Megafon, mit der anderen schwenkte sie ihr Schild. »Die Dämonen kommen und wir müssen bereit sein! Das ist meine Rede schon seit Jahren! Erhebt den Blick und haltet Ausschau nach ihnen. Vielleicht stehen sie schon an eurer Hintertür! Vielleicht wandeln sie schon mitten unter euch!«

Es war zum Lachen. Zum ersten Mal hatte Links Mutter recht. Die Dämonen kamen, aber auf diese Art von Kampf waren die Menschen in Gatlin nicht vorbereitet.

Nicht einmal Amma mit ihren Puppen, die keine Puppen waren, und ihren Tarotkarten, die keine Tarotkarten waren; nicht einmal sie war für diesen Kampf gerüstet. Gegen Abraham und Sarafine mit ihrer Armee von Vexen? Gegen Hunting und sein Blutrudel? Gegen John Breed, der überall und nirgends war?

Seinetwegen war das Ende nahe und seinetwegen wandelten die Dämonen mitten unter uns. Alles geschah nur seinetwegen. Er war an allem schuld.

Ich war mir absolut sicher. Denn wenn es etwas gab, mit dem ich so vertraut war, dass ich es unter meiner Haut prickeln fühlte wie die Heuschrecken, die auf der alten Eiche herumkrabbelten, dann war es Schuld.

28.9. *Jeopardy*

Es war schon spät, als ich endlich nach Hause kam. Lucille wartete auf der Veranda auf mich. Sie legte den Kopf schief und sah mich abwartend an. Als ich die Tür aufmachte und über den Flur zu Ammas Zimmer ging, war ich fest entschlossen. Ich wollte sie nicht zur Rede stellen, aber ich brauchte ihre Hilfe. Der Achtzehnte Mond von John Breed war eine Nummer zu groß, um allein damit fertig zu werden, und wenn überhaupt jemand wusste, was zu tun war, dann war es Amma.

Die Tür zu ihrem Zimmer war verschlossen, aber ich hörte sie drinnen herumkramen. Sie murmelte etwas, allerdings so leise, dass ich es nicht verstand.

Ich klopfte vorsichtig an die Tür und lehnte die Stirn gegen das kühle Holz.

Bitte gib, dass es ihr gut geht. Nur heute Nacht.

Amma machte die Tür gerade weit genug auf, um durch den Spalt zu spähen. Sie trug immer noch ihre Arbeitsschürze, in der Hand hielt sie eine Nadel mit einem Faden. Ich blickte an ihr vorbei in das dämmrige Zimmer. Auf ihrem Bett lagen Stofffetzen, Garnrollen und Kräuter. Kein Zweifel, sie werkelte wieder an ihren Puppen herum. Aber etwas war anders als sonst. Es war der Geruch – diese entsetzliche Mischung aus Benzin und Lakritze, die ich noch aus dem Laden des Bokors in der Nase hatte.

»Amma, was ist hier los?«

»Nichts, worüber du dir den Kopf zerbrechen müsstest. Warum

gehst du nicht nach oben und machst deine Hausaufgaben?« Sie sah mir nicht ins Gesicht, und sie fragte mich auch nicht, wo ich gewesen war.

»Was ist das für ein Geruch?« Ich schaute mich suchend im Zimmer um. Auf ihrer Kommode stand eine dicke schwarze Kerze. Sie sah genauso aus wie die Kerze, die bei dem Bokor gebrannt hatte. Kleine, handgenähte Bündel lagen darum herum. »Was machst du da?«

Sie war einen Moment lang verlegen, aber dann hatte sie sich wieder im Griff, trat einen Schritt auf den Flur und schloss die Tür hinter sich. »Amulette, wie ich sie immer mache. Jetzt geh nach oben und kümmer dich lieber um die Unordnung, die in deinem Zimmer herrscht.«

Amma hatte in unserem Haus noch nie etwas abgebrannt, das giftig roch, auch nicht wenn sie ihre Püppchen oder andere Amulette herstellte. Aber ich konnte ihr ja schlecht sagen, dass ich wusste, woher sie die Kerze hatte. Sie hätte mir bei lebendigem Leib das Fell über die Ohren gezogen, weil ich im Laden des Bokors gewesen war.

Aber sie sollte ruhig wissen, dass ich nicht völlig ahnungslos war. »Seit wann brennst du Kerzen ab, die wie ein Chemielabor riechen? Sonst machst du deine Puppen doch auch nur aus Rosshaar und …«

Mein Kopf war völlig leer. Ich hatte nicht den leisesten Schimmer, was sie in die Püppchen stopfte – oder was sich in den Gläsern auf ihren Regalen befand. Rosshaar, daran konnte ich mich erinnern. Aber was sonst noch?

Amma beobachtete mich. Sie durfte auf keinen Fall merken, dass mich mein Gedächtnis im Stich ließ. »Vergiss es«, murmelte ich. »Wenn du mir nicht sagen willst, was du da drin tust, dann ist das okay.«

Ich rannte zur Vordertür hinaus, lehnte mich an einen Verandapfosten und lauschte dem Geräusch der Heuschrecken, die unsere Stadt auffraßen – so wie etwas meinen Verstand auffraß.

Die Dunkelheit draußen auf der Veranda war tröstlich und traurig zugleich. Durch das offene Fenster hörte ich das Geklapper von Pfannen und das Ächzen von Dielenbrettern, als Amma die Küche ihrer Herrschaft unterwarf. Aber die vertrauten Geräusche brachten mich diesmal nicht auf andere Gedanken. Im Gegenteil, ich fühlte mich noch schuldiger, und mein Herz klopfte noch heftiger, und ich ging noch schneller auf und ab, bis die Bretter der Veranda beinahe lauter knarrten als die in der Küche.

Wie viele Geheimnisse und Lügen es doch auf beiden Seiten der Wand gab.

Inzwischen war es völlig dunkel. Ich brauchte dringend jemanden, mit dem ich reden konnte. Amma kam nicht mehr infrage. Ich drückte eine Kurzwahlziffer auf meinem Handy und wollte mir nicht eingestehen, dass ich die dazugehörige Nummer, die ich schon Hunderte von Malen angerufen hatte, plötzlich nicht mehr auswendig wusste.

Andauernd setzte mein Gedächtnis aus, und ich wusste nicht, warum. Ich wusste nur, dass es nichts Gutes zu bedeuten hatte.

Jemand nahm ab. »Tante Marian?«

»Ethan? Alles in Ordnung mit dir?« Sie schien überrascht zu sein, meine Stimme zu hören.

Mit mir ist nichts in Ordnung. Ich habe Angst und bin total durcheinander. Und ich könnte wetten, dass bei keinem von uns etwas in Ordnung ist.

Gepresst antwortete ich: »Ja, mir geht's gut. Und was ist mit dir?«

»Weißt du, Ethan, deine Mutter wäre stolz auf diese Stadt.« Sie klang müde. »Es kommen mehr Leute, um mir beim Wiederaufbau zu helfen, als während der ganzen Zeit, in der die Bibliothek unversehrt stand.«

»Tja. Ich glaube, so ist das, wenn man Bücher verbrennt. Es kommt immer darauf an, wer es tut.«

Sie senkte ihre Stimme. »Und auf wen tippst du? Wer hat sie verbrannt?« Die Art, wie sie es sagte, verriet mir, dass sie sich schon die ganze Zeit den Kopf darüber zerbrochen hatte – denn diesmal war eindeutig nicht Mrs Lincoln die Schuldige.

»Deswegen rufe ich ja an. Kannst du mir einen Gefallen tun?«

Kannst du alles wieder so machen, wie es vorher war, als mein größtes Problem noch darin bestand, dass ich meine Zeit damit verplemperte, im Stop & Steal abzuhängen und mit den anderen Jungs Autozeitschriften durchzublättern?

»Jeden.«

Jeden Gefallen, der mich nicht unzulässigerweise in etwas hineinzieht, in das ich mich nicht einmischen darf. Das meinte sie damit.

»Können wir uns in Ravenwood treffen? Ich muss mit dir und Macon reden – und mit allen anderen auch, schätze ich.«

Stille. Marian dachte nach. »Über diese Sache?«

»Irgendwie schon.«

Wieder Stille. »Es läuft im Moment nicht gut für mich, EW. Wenn der Rat der Hohen Wacht auch nur den Verdacht hegt, dass ich die Regeln erneut breche …«

»Du besuchst dort einen Freund. Das kann nicht gegen die Regeln sein.« Oder etwa doch? »Wenn es nicht wichtig wäre, würde ich dich nicht darum bitten. Es geht um mehr als um die Bibliothek – es geht darum, was in der Stadt passiert. Es geht um den Achtzehnten Mond.«

Bitte. Du und Amma, ihr seid alles, was ich habe, aber Amma ist gerade mitten in einer Reise ins Dunkle. Und mit meiner Mutter kann ich nicht reden. Also muss ich mit dir reden.

Ich kannte Marians Antwort bereits, noch ehe sie ein Wort sagte. Wenn ich etwas an Marian liebte, dann war es ihre Fähigkeit, immer zu wissen, worauf es ankam, auch ohne dass es laut ausgesprochen wurde.

»Ich werde da sein.«

Ich klappte mein Handy zu und warf es auf die Verandastufe, auf der ich saß. Höchste Zeit für ein anderes Gespräch, aber dazu brauchte ich kein Telefon. Ich blickte zum Himmel. Die ersten Sterne kamen gerade hervor, der Mond leuchtete schon.

L? Bist du da?

Es folgte eine lange Stille, und ich spürte, wie Lena meine Gedanken langsam in ihre eindringen ließ, bis wir beide miteinander verbunden waren.

Ich bin da, Ethan.

Wir müssen herausfinden, was gerade abläuft. Die Sache im Krankenhaus beweist, dass wir keine Zeit mehr zu verlieren haben. Sprich mit deinem Onkel. Ich habe Marian schon angerufen und auf dem Weg zu euch schaue ich bei Link vorbei.

Und was ist mit Amma?

Ich wollte ihr von dem Gespräch mit Amma erzählen, aber ich brachte es nicht über mich.

Sie ist gerade in keiner guten Verfassung. Kannst du nicht deine Großmutter fragen?

Sie ist nicht da. Aber Tante Del. Und natürlich Ridley. Es dürfte schwierig werden, sie aus der Sache rauszuhalten.

Das machte die Lage nicht besser, aber wenn Link mitkam, war es praktisch unmöglich, Ridley fernzuhalten.

Vielleicht haben wir ja Glück, und Ridley ist vollauf damit beschäftigt, kleine Nadeln in kleine Cheerleader-Püppchen zu stecken.

Lena lachte, aber ich nicht. Wenn ich an kleine Puppen dachte, fiel mir sofort das brennende Gift in Ammas Zimmer ein. Ich fühlte einen Kuss auf meiner Wange, obwohl ich ganz allein auf der Veranda saß.

Bin schon auf dem Weg.

Ich sagte nichts von der anderen Person, die auch noch da sein würde. Aber Lena auch nicht.

Wieder drinnen, sah ich, dass Tante Grace und Tante Mercy *Jeopardy!* ansahen, was, wie ich hoffte, für alle eine gute Ablenkung war, weil Amma sämtliche Antworten kannte und so tat, als würde sie keine kennen. Und die Schwestern kannten keine, aber sie taten so, als wüssten sie alle.

»Es schläft drei Jahre? Tja, Conchashima, Grace. Ich weiß die Antwort hundertprozentig, aber ich werde sie dir nicht verraten.« *Con-*

chashima war ein Schimpfwort, das Tante Mercy erfunden hatte und das sie sich für Gelegenheiten aufsparte, bei denen sie ihre Schwestern wirklich ärgern wollte, denn sie weigerte sich standhaft, ihnen zu sagen, was das Wort bedeuten sollte. Dabei war ziemlich klar, dass sie es selbst nicht wusste.

Tante Grace schnaubte. »Selber Conchashima, Mercy. Die Antwort lautet: einer von Mercys Ehemännern. Weil sie alle nur geschlafen haben, während sie eigentlich Geld verdienen sollten.«

»Nein, Grace Ann, sie wollen wissen, wie lange du während der Predigt am letzten Ostersonntag geschlafen und dabei unter meinem besten Festtagshut vor dich hingesabbert hast.«

»Es hieß: drei *Jahre*, nicht drei Stunden. Und wenn der gute Reverend sich nicht selbst so gerne reden hören würde, dann wäre es für uns alle viel leichter, seiner Predigt zu lauschen. Wenn ich hinter Dot Jessup sitze mit ihrer großen alten Osterhaube, dann sehe ich sowieso nur Blumen und Federn.«

»Schnecken.« Die beiden Schwestern sahen Amma verständnislos an. Sie nahm ihre Schürze ab. »Wie lange kann eine Schnecke schlafen? Drei Jahre. Und wie lange muss ich wegen euch Mädels noch warten, bis ich endlich zu Abend essen kann? Und wohin auf Gottes grüner Erde willst du gehen, Ethan Wate?«

Ich blieb wie festgewurzelt in der Tür stehen. Es war absolut unmöglich, Amma etwas vorzumachen. Und wie erwartet hatte sie nicht die mindeste Absicht, mich abends allein weggehen zu lassen – nicht nach der Geschichte mit Abraham und dem Feuer in der Bibliothek und der Sache mit Tante Prue. Sie zerrte mich so energisch in die Küche, als hätte ich ihr eine freche Antwort gegeben.

»Denkst du, ich merke es nicht, wenn du etwas im Schilde führst?« Sie suchte in der Küche nach der Einäugigen Drohung, aber ich war schneller als sie und steckte sie kurzerhand in die hintere Tasche meiner Jeans. Amma hatte nicht einmal einen Bleistift zur Hand, war also praktisch unbewaffnet.

Jetzt hatte ich die Oberhand. »Amma, ich habe Lena versprochen, dass ich heute Abend mit ihr und ihrer Familie esse.« Ich hätte ihr wirklich gern die Wahrheit gesagt, aber das ging nicht. Nicht bevor ich herausgefunden hatte, was sie mit diesem Bokor in New Orleans zu schaffen hatte.

Sie schob angriffslustig das Kinn vor und ging zum Angriff über. »Obwohl es heute gegrilltes Schweinenackensteak gibt? Mit meiner Carolina-Gold-Soße, mit der ich dreimal das Blaue Band gewonnen habe? Glaubst du wirklich, ich kaufe dir diesen Blödsinn ab?« Sie schniefte und schüttelte den Kopf. »Niemals würdest du wegen irgendwelcher Fasanenpastetchen auf einem goldenen Teller mein Schweinenackensteak stehen lassen.« Amma hielt nicht viel von der Küche in Ravenwood, und das aus gutem Grund.

»Nein, ich hab's nur vergessen.« Das stimmte, obwohl sie heute Morgen schon von dem geplanten Abendessen gesprochen hatte.

»Hmm.« Sie glaubte mir nicht. Verständlich, denn an einem normalen Abend wäre dieses Essen der Himmel auf Erden für mich gewesen.

»H.E.U.C.H.L.E.R. Acht waagrecht. Sprich: Du hast etwas vor, Ethan Wate, und das hat garantiert nichts mit irgendeinem Abendessen zu tun.«

Sie hatte auch etwas vor, aber dafür hatte ich keine Kreuzworträtsel-Antwort parat.

Ich beugte mich vor und umarmte sie. »Ich hab dich lieb, Amma, weißt du das?« Und das stimmte wirklich.

»Ach, ich weiß eine ganze Menge. Ich weiß, dass du so weit von der Wahrheit entfernt bist wie Wesleys Mutter von einer Flasche Whiskey, Ethan Wate.« Sie schubste mich weg, aber ich hatte sie weichgeklopft. Die gute alte Amma, die in der Glutofenhitze der Küche stand und mit mir schimpfte, ganz egal ob ich es verdient hatte oder nicht und ob sie es so meinte oder nicht.

»Mach dir um mich keine Sorgen. Du weißt ja, ich komme immer nach Hause zurück.«

Ihre Miene wurde ein wenig sanfter und sie strich mir kopfschüttelnd über die Wange. »Der Pfirsich, den du mir da andrehen willst, mag ja süß sein, aber ich sehe, dass er innerlich fault.«

»Ich bin gegen elf zurück.« Ich nahm die Autoschlüssel von der Anrichte und drückte Amma schnell noch einen Kuss auf die Stirn.

»Keine Minute später als zehn, sonst wirst du dazu verdonnert, morgen Harlon James zu baden – und zwar alle miteinander!« Ich floh aus der Küche, ehe sie es sich noch einmal anders überlegen konnte. Und ehe sie bemerkte, dass ich die Einäugige Drohung mitgenommen hatte.

»Pass mal auf.« Link beugte sich weit aus dem Fenster des Volvo und das ganze Auto neigte sich in seine Richtung. »Boah.«

»Setz dich wieder hin.«

Er ließ sich auf den Sitz zurückfallen. »Siehst du, wie schwarz die Gräben sind? Sieht aus, als hätte jemand mit Napalm oder mit einem Flammenwerfer die ganze Straße bis nach Ravenwood abgebrannt. Und dann mittendrin aufgehört.«

Link hatte recht. Sogar im Mondlicht sah ich die ungefähr vier Fuß breiten Spuren, die zu beiden Seiten der Schotterpiste verliefen. Kurz vor den Toren von Ravenwood hörten sie plötzlich auf.

Ravenwood hatte keinen Schaden genommen, aber rund herum war das Ausmaß des Angriffs von jener Nacht, in der Abraham die Vexe losgelassen hatte, enorm. Lena hatte mir nie erzählt, wie schlimm es gewesen war, und ich hatte sie nicht danach gefragt. Ich hatte viel zu viel Angst um meine Familie und mein Haus und meine Bibliothek gehabt. Und um meine Stadt.

Ich nahm die Verwüstung in Augenschein und konnte nur hoffen, dass nicht noch mehr auf mich wartete. Ich parkte vor dem Tor, und wir stiegen aus, um uns die Folgen dieser pyrotechnischen Attacke genauer anzuschauen.

Link ging in die Hocke und besah sich die Brandspur, die an dem schmiedeeisernen Tor endete. »Am stärksten ist es hier, wo es auch aufhört.«

Ich hob einen schwarzen Ast auf und er zerfiel in meiner Hand. »Das hier ist anders als im Haus meiner Tanten. Dort war ein Tornado am Werk, aber hier war es eher ein Feuer, so wie in der Bibliothek.«

»Vielleicht stellen Vexe verschiedene Dinge an mit verschiedenen … Menschen oder wie man dazu sagt.«

»Caster sind natürlich Menschen.«

Link hob einen anderen Ast auf und betrachtete ihn. »Schon gut, schon gut, wir sind also alle Menschen. Ich weiß nur, dass dieses Ding hier verbrutzelt ist.« Er warf den Ast fort.

»Glaubst du, dass es Sarafine war? Feuer ist ihr Element.« Ich wollte daran noch nicht einmal denken, aber möglich war es. Sarafine war nicht tot. Irgendwo dort draußen wartete sie.

»Ja, sie ist echt heiß.« Link bemerkte meinen fassungslosen Blick. »Was ist? Darf ich jetzt nicht mal mehr meine Meinung sagen?«

»Sarafine ist die Queen of Darkness, du Idiot.«

»Hast du in letzter Zeit mal 'nen Film gesehen? Die Queen of Darkness ist immer heiß. Dritten Grades, sag ich dir.« Er wischte sich die Asche des verkohlten Astes von der Hand. »Lass uns gehen. Irgendwas hier macht mir Kopfschmerzen. Hörst du dieses Sirren? Klingt wie eine Armee mit Kettensägen.«

Die Bannzauber von Ravenwood. Auch ich spürte sie.

Ich nickte und wir fuhren weiter. Die verrosteten, schiefen Tore öffneten sich in die Dunkelheit, als hätten sie uns schon erwartet.

Bist du da, L?

Ich steckte die Hände in die Hosentaschen und ließ den Blick über das stattliche Herrenhaus schweifen. Ich sah die Fenster und die rissigen Fensterläden, an denen sich der Efeu emporrankte, als wäre Lenas Zimmer völlig unverändert. Aber es war eine Täuschung, denn ich wusste ja, dass Lena von ihrem Zimmer aus durch die Glaswände nach draußen schauen konnte.

Ich versuche, Reece gerade zu überreden, dass sie mit Ryan oben bleibt, aber sie ist bockig wie immer.

Link starrte auf das Fenster auf der gegenüberliegenden Seite des Stockwerks.

Was ist mit Ridley?

Ich habe sie gefragt, ob sie kommen will. Es wird ihr kaum entgehen, wenn sich alle hier versammeln. Sie hat Ja gesagt, aber wer weiß? Sie benimmt sich seit einiger Zeit ziemlich seltsam.

Wenn Ravenwood ein Gesicht hätte, dann wären Lenas und Ridleys Fenster die blinzelnden Augen darin. Die klapprigen Fensterläden waren offen, allerdings hingen sie schief in den Angeln, und die Fensterscheiben waren schmutzig. Ich wollte gerade weitergehen, da sah ich einen Schatten hinter Ridleys Fenster vorbeihuschen. Zumindest hielt ich es für einen Schatten, im fahlen Mondlicht war das schwer auszumachen.

Auf einmal fing das Fenster an zu klappern, laut und immer heftiger, bis der Fensterladen aus den Angeln sprang und herunterfiel. Es schien fast, als versuchte jemand mit aller Kraft, das Fenster aufzubrechen, selbst wenn dabei das ganze Haus zusammenstürzte. Einen Moment lang dachte ich sogar an ein Erdbeben, aber der Boden bebte nicht. Nur das Haus bebte.

Es war unheimlich.

Ethan?

»Hast du das gesehen?«, fragte ich Link, doch der starrte zum Kamin hinauf.

»Die Ziegelsteine fallen runter«, sagte er.

Das Beben wurde stärker und eine unsichtbare Kraft erfasste das ganze Haus. Die Eingangstür erzitterte.

Lena!

Ich lief los. Aus dem Haus drang das Geräusch von zersplitterndem Glas. Ich tastete den Türstock ab und drückte auf die Caster-Schnitzerei. Nichts geschah.

Warte, Ethan. Irgendetwas stimmt hier nicht.

Ist alles in Ordnung mit dir?

Wir sind okay. Onkel Macon glaubt, irgendetwas will ins Haus eindringen.

Hier draußen macht es mehr den Eindruck, als würde irgendetwas versuchen, aus dem Haus herauszukommen.

Die Tür ging auf und Lena zog mich hinein. Ich spürte den Schutzbann wie einen schweren Vorhang, den ich zu durchdringen hatte, als ich über die Schwelle trat. Link folgte dicht hinter mir und die Tür fiel zu. Angesichts dessen, was ich draußen gesehen hatte, war ich froh, im Haus zu sein. Bis ich mich umschaute.

Inzwischen hatte ich mich ja daran gewöhnt, dass sich die Inneneinrichtung von Ravenwood Manor andauernd änderte. Ich hatte hier schon alles gesehen, angefangen von historischem Mobiliar im Südstaaten-Stil bis hin zur detailgetreuen Gruselfilm-Ausstattung, aber das, was ich jetzt zu Gesicht bekam, traf mich völlig unvorbereitet.

Ich fand mich in einer Art übernatürlichem Bunker wieder; es war die Caster-Version von Mrs Lincolns Keller, wo sie die Vorräte für Notfälle hortete, von Wirbelstürmen bis zum Weltuntergang. Die Wände waren von oben bis unten mit einem matten, silbrig glänzenden Metall überzogen und sahen aus, als trügen sie eine Rüstung. Sämtliche Möbel waren verschwunden. Statt der vielen Bücher und der samtgepolsterten Lehnstühle standen riesige Plastiktonnen herum und Kisten mit Kerzen und Klebeband. Und stapelweise Hundefutter in Dosen, obwohl Boo meines Wissens niemals etwas anderes fraß als Steaks.

Eine Reihe weißer Plastikflaschen sah verdächtig nach dem Putzmittel aus, auf das Links Mutter schwor, »damit sich keine Infektionen ausbreiten können«. Ich ging hin und hielt eine der Flaschen hoch. »Was ist das? Ein Caster-Desinfektionsmittel?«

Lena nahm sie mir aus der Hand und stellte sie wieder neben die anderen. »Ja, man nennt so etwas Bleichmittel.«

Link klopfte auf eine der Tonnen. »Meiner Mutter würde es hier gefallen. Dein Onkel könnte bei ihr damit ziemlich punkten. Dagegen sind ihre Sechsunddreißig- oder Zweiundsiebzig-Stunden-Vorratspackungen ja gar nichts. Damit geben sich nur blutige Anfänger zufrieden. Das hier ist wirkliche Katastrophenvorsorge. Nur eine Brechstange habt ihr nicht.«

Ich schaute ihn verständnislos an. »Eine Brechstange? Wofür braucht man denn eine Brechstange?«

»Um die Leichen aus dem Schutt zu bergen.«

»Leichen?« Mrs Lincoln war noch verrückter, als ich gedacht hatte.

Link blickte wieder zu Lena. »Und ihr habt nichts zu essen gebunkert.«

»Darin unterscheiden sich Menschen und Caster, Mr Lincoln, wie Sie eigentlich wissen sollten.« Macon stand in der Tür des Esszimmers, er wirkte ausgesprochen entspannt. »Die Küche versorgt uns mit allem, was wir brauchen. Aber es ist wichtig, dass man vorbereitet ist.«

Er zeigte einladend in den Raum hinter sich und wir folgten ihm hinein. Der schwarze klauenfüßige Tisch war verschwunden, stattdessen stand ein glänzender Aluminiumtisch da, der aussah, als stamme er aus einem Medizinlabor. Link und ich waren anscheinend die Letzten, denn am Tisch standen nur noch zwei freie Stühle.

Abgesehen von dem merkwürdigen Labortisch und den metallverkleideten Wänden erinnerte mich das Ganze an die Zusammenkunft, bei der ich Lenas Familie zum ersten Mal begegnet war. Damals, als Ridley noch Dunkel gewesen war und mich mit ihren Tricks dazu gebracht hatte, sie nach Ravenwood mitzunehmen. Jetzt kam mir das beinahe lustig vor: eine Welt, in der keine größeren Gefahren lauerten als Ridley.

»Bitte setzen Sie sich, Mr Wate und Mr Lincoln. Wir versuchen herauszufinden, woher diese Schwingungen rühren.«

Ich setzte mich neben Lena auf einen der freien Stühle, Link nahm den anderen Stuhl. Der Zahl der Anwesenden nach zu urteilen, war ich nicht der Einzige, der sich den Kopf zerbrach. Aber das sagte ich nicht. Nicht zu Macon.

Ich weiß. Er schien bereits auf uns gewartet zu haben. Als ich ihm gesagt habe, dass du kommen würdest, hat er nicht sonderlich überrascht gewirkt. Danach sind auch die anderen aufgetaucht.

Auch Marian war schon da. Sie beugte sich vor, sodass der Lichtschein einer der vielen Kerzen auf sie fiel. »Was ist da draußen los? Wir haben es eben sogar hier drinnen gespürt.«

Hinter mir hörte ich jemanden sagen: »Schwer zu sagen, aber draußen war es ebenfalls zu spüren.«

»Leah, warum nimmst du nicht links von Ethan Platz?«, sagte Macon. Ehe ich den Kopf nach links drehen konnte, stand schon ein leerer Stuhl zwischen Link und mir, auf dem Leah Ravenwood saß.

»Hey, Leah«, sagte Link lässig, und sie musterte ihn erstaunt. Spürte sie, dass er jetzt einer von ihresgleichen war?

»Hallo, Bruder«, sagte sie zu Macon.

Ihr schwarzer Pferdeschwanz rutschte nach vorne und ich musste an die Krankenschwester im Krankenhaus denken.

»Leah! Du warst das bei Tante Prue.«

»Pssst. Wir müssen jetzt über wichtigere Dinge reden.« Sie drückte mir die Hand und blinzelte, was ihre Art und Weise war, meine Frage zu beantworten. Es war tatsächlich Leah gewesen, die sich um meine Tante Prue gekümmert hatte.

»Danke.«

»Keine Ursache. Ich habe nur gemacht, was man mir gesagt hat.« Sie log. Wie auch Lena tat Leah nur das, was sie wollte.

»Du machst nie, was man dir sagt.«

Sie lachte. »Tja, dann tue ich eben das, was mir beliebt. Und ich passe gerne auf meine Familie auf. Meine Familie, deine Familie, das ist ein und dasselbe.«

Ehe ich etwas sagen konnte, platzte Ridley herein. Was sie anhatte, sah mehr nach Unterwäsche als nach Kleidung aus. Die Kerzen flackerten einen Moment lang. Ridleys Auftritte waren immer noch ziemlich wirkungsvoll.

»Ich sehe nirgendwo ein Tischkärtchen für mich. Aber ich bin doch auch zu der Party eingeladen, oder etwa nicht, Onkel M?«

»Du bist bei uns jederzeit gern gesehen«, sagte Macon ruhig. Inzwischen hatte er sich an Ridleys Temperamentsausbrüche gewöhnt.

»Was hast du denn da an, Kindchen?« Tante Del kniff die Augen zusammen, als hätte sie Schwierigkeiten, überhaupt irgendwelche Kleider an Ridleys Leib zu entdecken.

Ridley wickelte einen Kaugummi aus und warf das Papier auf den Tisch. »Also was jetzt? Bin ich bloß gern gesehen oder tatsächlich eingeladen? Ich hätte gerne gewusst, wie sehr man mich vor den Kopf stößt. Dann kann ich umso besser eingeschnappt sein.«

»Du bist jetzt in Ravenwood zu Hause, Ridley.« Macon wurde sichtlich ungeduldiger, aber er lächelte trotzdem, als hätte er alle Zeit der Welt.

»Genau genommen gehört Ravenwood meiner Cousine, Onkel M. Seit du es ihr geschenkt hast und der Rest von uns leer ausgegangen ist.« Ridley war auf dem Kriegspfad. »Wie? Kein Fraß heute Abend? Ah ja, richtig. Die Küche ist auch nicht mehr das, was sie mal war. Genauso wie ihr Übernatürlichen. Komisch, oder? Ich sitze hier in einem Raum voller Superkräfte-Typen, aber sie bringen es nicht mal fertig, ein Abendessen herbeizuschaffen.«

»Ein loses Mundwerk hat dieses Mädchen.« Tante Del schüttelte den Kopf.

Macon forderte Ridley auf, sich hinzusetzen. »Ich wäre dir dankbar, wenn du etwas mehr Rücksicht auf die … unbedeutenden Belange nehmen könntest, die uns anderen beschäftigen.«

»Schon okay.« Ridley fertigte Macon mit einem Handwedeln ab. »Also fangen wir an mit der Party.« Sie zog den Träger ihres undefinierbaren Fummels hoch. Selbst für ihre Verhältnisse hatte sie ausgesprochen wenig an.

»Ist dir nicht kalt?«, flüsterte Tante Del.

»Das ist Vintage«, blaffte Ridley.

»Woher? Vom *Moulin Rouge*?« Liv betrat das Esszimmer, auf dem Arm einen Stapel Bücher.

Ridley schnippte nach Livs Zöpfen, als Liv an ihr vorbeiging. »Wenn du es genau wissen willst, Pippi …«

»Bitte.« Macon brachte beide mit einem Blick zum Schweigen. »Ich bin von deinem Auftritt sehr beeindruckt, Ridley, von deinem Aufzug allerdings nicht gerade. Wenn du dich jetzt bitte hinsetzen würdest.« Dann sah er zu Liv. »Danke, dass Sie gekommen sind.«

Ridley quetschte sich auf den Stuhl, der plötzlich neben Link aufgetaucht war, und tat so, als bemerkte sie nicht, wie er sie angaffte.

Macon sah in Livs Richtung. »Haben Sie die Schwingungen registriert?«

Ich hielt den Blick stur auf Macon gerichtet. Aber ich hörte, wie Liv sich setzte und etwas auf den Tisch warf, vermutlich ihr rotes Notizbuch, und sich an ihrem Selenometer zu schaffen machte. Mir waren alle Geräusche, die sie verursachte, so vertraut wie die Geräusche von Link, Amma oder Lena.

»Wenn es Ihnen recht ist, Sir.« Liv schob Macon einen Stapel Bücher und Schriftstücke über den Tisch zu. »Ich wollte nur sichergehen, dass ich die genauen Daten habe.«

»Fahren Sie fort, Olivia.«

Lena wurde starr, als Macon Livs Namen aussprach. Ich spürte es, ihre Anspannung kam wie in Wellen zu mir geschwappt.

Liv nahm nichts davon wahr. »Kurz gesagt: Es wird immer schlimmer. Falls meine Messungen stimmen, dann übt speziell Ravenwood auf die enormen Schwingungen eine besondere Anziehungskraft aus.« Großartig. Das hatte mir gerade noch gefehlt, dass Liv von Anziehungskraft sprach.

»Interessant«, nickte Macon. »Und sie nimmt zu, wie wir vermutet hatten?«

Als er »wir« sagte, riss Lena der Geduldsfaden.

Ich habe sie so satt.

»Liv?« Scheiße. Ich hatte den Namen versehentlich laut ausgesprochen. Was war los mit mir? Jetzt konnte ich nicht einmal mehr Kelting und normales Sprechen auseinanderhalten.

»Ja, Ethan?« Liv wartete darauf, dass ich ihr eine Frage stellte.

Alle am Tisch sahen mich an. Ich musste mir etwas einfallen lassen. Worüber hatten sie gerade geredet?

Anziehungskraft.

»Ich habe mich gefragt …«

»Ja?« Liv blickte mich erwartungsvoll an. Ich war froh, dass Reece nicht hier war, auch wenn ihre Kräfte sie zurzeit manchmal im Stich ließen. Als Sybille würde sie sofort sehen, was ich fühlte.

Und ich brauchte auch kein Selenometer und keine Messwerte, um es zu beweisen, ich wusste es auch so: Liv und ich würden immer nur Freunde bleiben, aber wir würden uns immer etwas bedeuten.

Mein Magen krampfte sich zusammen. Es fühlte sich an, als nagten Vexe an meinen Innereien.

»Das Haus«, stieß ich hervor. Alle starrten mich an.

Liv nickte geduldig und wartete darauf, dass ich etwas Vernünftiges sagte. »Ja. Wir verzeichnen rund um Ravenwood eine viel größere Aktivität als sonst.«

»Nein, ich meine, wir gehen immer davon aus, dass jemand in Ravenwood eindringen will, weil Abraham uns gedroht hat.«

Marian blickte mich verständnislos an. »Meine Bibliothek ist fast bis auf die Grundmauern abgebrannt. Das Haus deiner Tanten ist verwüstet. Die Annahme ist also nicht unbegründet, oder?«

Alle im Raum sahen mich an, als ob ich den Verstand verloren hätte, aber ich redete weiter. »Was, wenn wir uns irren? Was, wenn jemand hier im Haus ist?«

Liv zog eine Augenbraue hoch.

Ridley schlug mit der flachen Hand auf den Tisch. »Das ist das Dümmste …«

»Das ist hervorragend«, sagte Liv.

»Das denkst aber auch nur du, Mary Poppins.« Ridley verdrehte die Augen.

»Ja, das denke ich. Und wenn du nicht überzeugendere Berechnungen anstellen kannst, solltest du die Klappe halten und mir wenigstens ein Mal zuhören.« Liv wandte sich an Macon. »Ethan könnte recht haben, Sir. Die Werte weisen eine Anomalie auf, die ich mir bisher nicht erklären konnte. Aber wenn wir unsere Überlegungen auf den Kopf stellen, passt alles zusammen.«

»Warum sollte jemand aus diesem Haus heraus agieren?«, fragte Lena.

Ich richtete den Blick starr auf das rote Notizbuch, das auf dem Tisch lag – auf die Zahlenreihen und all die messbaren Daten, die unumstößliche Sicherheit gaben.

»Die Frage ist nicht, warum.« Macons Stimme klang seltsam. »Die Frage ist, wer.«

Lena sah erst Ridley und dann mich an. Wir beide dachten das Gleiche.

Ridley sprang von ihrem Stuhl auf. »Ihr glaubt, dass ich es bin? Wie kommt ihr dazu, immer mir für alles die Schuld in die Schuhe zu schieben, was hier schiefläuft!«

»Ridley, beruhige dich«, sagte Macon. »Niemand …«

Sie schnitt ihm das Wort ab. »Schon mal daran gedacht, dass die beschissene Uhr von Fräulein Neunmalklug auch totalen Quatsch anzeigen könnte? Nein, das ist völlig ausgeschlossen, weil ihr ja alle aus der Hand fressen!«

Lena lächelte.

Das ist nicht lustig, L.

Ich lache ja auch gar nicht.

Macon hob die Hand. »Das reicht. Es ist sehr gut möglich, dass niemand von außen einzudringen versucht – weil er vielleicht bereits hier ist.«

»Meinst du nicht, wir hätten es bemerkt, wenn es einem von Abrahams Dunklen Geschöpfen gelungen wäre, den Bann zu durchbrechen?«, fragte Lena skeptisch.

Macon erhob sich von seinem Platz, sein Blick war auf mich gerichtet. Er sah mich genauso an wie in jener Nacht, als wir uns zum ersten Mal begegnet waren und ich ihm Genevieves Medaillon gezeigt hatte. »Ein guter Einwand, Lena. Vorausgesetzt, wir haben es tatsächlich mit einem Bannbruch zu tun.«

Leah sah ihren Bruder fragend an. »Macon, was denkst du?«

Macon ging um den Tisch herum, bis er direkt vor mir stand. »Viel interessanter ist, was Ethan denkt.« Macons grüne Augen begannen zu leuchten. Sie erinnerten mich an das Strahlen des Bogenlichts.

»Was geht hier vor?«, fragte ich Leah leise, die plötzlich verblüfft aussah.

»Ich wusste, dass sich Macons Kräfte verändert haben, als er ein Caster wurde«, sagte sie. »Aber ich hatte keine Ahnung, dass er ein Gedankenjäger ist.«

»Ein Gedankenjäger? Was heißt das genau?« Es klang nicht sehr verheißungsvoll in Anbetracht der Tatsache, dass Macons ganze Aufmerksamkeit nur mir galt.

»Die Gedanken sind wie ein Labyrinth und Macon findet sich darin zurecht.«

Das wiederum klang wie eine von Ammas Antworten, bei denen man danach genauso klug war wie zuvor. »Du meinst, er kann Gedanken lesen?«

»Nicht so, wie du denkst. Er spürt, wenn etwas gestört oder anders als sonst ist, wenn Dinge nicht zusammenpassen.« Leah beobachtete Macon genau.

Seine grünen Augen leuchteten und blickten ins Leere, aber ich wusste, dass er mich beobachtete. Es war ein verstörendes Gefühl, von jemandem beobachtet zu werden, der nichts sah. Eine Minute, die endlos schien, starrte mich Macon an. »Du, ausgerechnet du.«

»Was ich?«

»Es scheint, als hättest du etwas – nein, jemanden heute Abend mit hierhergebracht. Einen ungebetenen Gast.«

»Das würde Ethan nie tun!« Lena war ebenso schockiert wie ich.

Macon achtete nicht auf sie, sondern ließ mich keine Sekunde aus den Augen. »Ich weiß noch nicht genau, was es ist, aber irgendetwas hat sich verändert.«

»Was soll das heißen?« Ein beklemmendes Gefühl stieg in mir hoch.

Marian stand langsam auf. »Macon«, sagte sie behutsam, wie um ihn nicht zu erschrecken. »Du weißt, die zerstörte Ordnung der Dinge hat Einfluss auf alle Kräfte. Auch du bist nicht gefeit dagegen. Könnte es nicht sein, dass du etwas wahrnimmst, was gar nicht vorhanden ist?«

Der grüne Schimmer in Macons Augen erlosch. »Alles ist möglich, Marian.«

Das Herz schlug mir bis zum Hals. Gerade eben hatte Macon mich noch beschuldigt, ich hätte jemanden nach Ravenwood eingeschleppt, und jetzt – hatte er seine Meinung schon wieder geändert, oder was?

»Du scheinst nicht ganz du selbst zu sein, Ethan. Es fehlt etwas Entscheidendes. Das erklärt, warum ich einen Fremden in meinem Hause gewittert habe, auch wenn dieser Fremde du bist.«

Alle starrten mich an. Mir wurde speiübel, und ich hatte das Gefühl, als würde der Boden unter mir wieder schwanken. »Etwas fehlt? Was denn?«

»Wenn ich das wüsste, würde ich es dir sagen.« Macon entspannte sich allmählich. »Bedauerlicherweise bin ich mir selbst nicht ganz sicher.«

Ich wusste nicht, wovon Macon sprach, und es war mir auch egal. Ich hatte keine Lust mehr, hier zu sitzen und mich fälschlich beschuldigen zu lassen, nur weil Macons Kräfte versagten und er zu eitel war, es zuzugeben. Ich wollte Antworten auf meine Fragen.

»Ich hoffe, die *Jagd* auf meine Gedanken war unterhaltsam oder wie auch immer man das nennt. Aber ich bin nicht hierhergekommen, um über so etwas zu reden.«

Macon setzte sich wieder ans Kopfende des Tisches. »Worüber wollten Sie dann reden, Mr Wate?«, fragte er in einem Ton, als wäre ich derjenige, der die Zeit der anderen verplemperte, und das machte mich noch wütender.

»Über John Breed. Denn am Achtzehnten Mond geht es nicht um Ravenwood oder um Lena. Es geht um John. Und wir haben nicht den leisesten Schimmer, wo er ist oder was passieren wird.«

»Ich glaube, er hat recht.« Liv kaute an ihrem Bleistift.

»Ich dachte, es interessiert euch vielleicht. Damit wir ihn suchen können.« Ich stand auf. »Und es tut mir leid, wenn ich nicht ich selbst bin. Vielleicht hat es etwas damit zu tun, dass meine Welt gerade in Stücke bricht.«

Ethan, wo gehst du hin?

Das ist doch alles Schwachsinn.

»Ethan, beruhige dich bitte.« Marian wollte aufstehen.

»Sag das den Vexen, die die halbe Stadt zerstört haben. Oder Abraham und Sarafine und Hunting.« Ich sah Macon an. »Warum richten Sie Ihren Röntgenblick nicht auf sie?«

Ethan!

Ich bin fertig hier.

Er meint es doch …

Mir egal, wie er was meint, L.

Macon ließ mich nicht aus den Augen.

»Es gibt keine Zufälle, oder? Wenn mich das Universum vor etwas warnt, dann spricht gewöhnlich meine Mutter zu mir. Also gehe ich und höre ihr zu.« Ehe jemand etwas sagen konnte, marschierte ich zur Tür hinaus. Ich musste kein Lotse sein, um zu wissen, wer hier in die Irre ging.

4.10. *Zähe Hühnchen*

Überall war Feuer. Ich spürte die Hitze und sah die Farben der Flammen. Orange, rot und blau. Feuer konnte unglaublich farbenprächtig sein.

Ich war im Haus der Schwestern – und ich saß in der Falle.

Wo bist du?

Ich sah hinunter auf meine Füße. Ich wusste, er würde jeden Augenblick hier sein. Dann hörte ich die Stimme. Sie kam von unten, durch die Flammen hindurch.

ICH WARTE.

Ich wollte die Treppe hinunter zu der Stimme laufen, aber die Stufen zerbarsten unter meinen Schritten, und plötzlich fiel ich. Als der Boden wegbrach, stürzte ich in den Keller, durchschlug mit den Schultern die brennenden Balken.

Ich sah Orange, Rot, Blau.

Auf einmal war ich nicht mehr im Keller unter Tante Prues Zimmer, sondern in der Bibliothek. Überall um mich herum brannten Bücher.

Bücher von Da Vinci. Dickinson. Poe. Und noch ein anderes.

Das *Buch der Monde.*

Ich sah einen grauen Schimmer, der nichts mit dem Feuer zu tun hatte.

Das war *er.*

Der Rauch hüllte mich ein und ich verlor die Besinnung.

Ich wachte auf dem Fußboden auf. Als ich aufstand und in den Badezimmerspiegel blickte, war mein Gesicht rußgeschwärzt. Den Rest des Tages plagte ich mich damit ab, keine Asche auszuhusten.

Seit dem Streit mit Macon, oder wie auch immer man das nennen sollte, schlief ich noch schlechter als zuvor. Auf einen Streit mit Macon folgte normalerweise ein Streit mit Lena, der normalerweise furchtbarer war als ein Streit mit irgend jemandem sonst. Aber jetzt war nichts mehr so wie früher und Lena hatte genauso wenig eine Antwort parat wie ich.

Wir gaben uns Mühe, nicht an das zu denken, was um uns herum passierte – an die Dinge, die wir nicht aufhalten, und an die Antworten, die wir nicht finden konnten. Aber der Gedanke daran lauerte immer in einem verborgenen Winkel, auch wenn wir es uns nicht eingestehen wollten. Wir versuchten, Dinge zu tun, die wir bewältigen konnten, zum Beispiel Ridley in Schach zu halten oder die Heuschrecken nicht in die Häuser zu lassen. Denn wenn jeder Tag der letzte sein kann, dann kommt einem nach einer Weile ein Tag wie der andere vor, so verrückt das auch klingt. Und doch war nichts mehr so wie vorher.

Das Ungeziefer wurde gefräßiger, die Hitze unerträglicher und die Stadt verrückter. Aber am quälendsten war die Hitze. Sie war der Beweis, dass bei allem, was man tat – egal ob man den Siegestreffer landete oder ein Date hatte oder im Krankenhaus lag –, dass von der Minute an, in der man morgens aufwachte, bis zu dem Augenblick, in dem man einschlief und in allen Augenblicken dazwischen, etwas ganz und gar nicht stimmte und dass es auch nicht besser wurde. Im Gegenteil, es wurde schlimmer.

Um das zu wissen, brauchte ich allerdings die gnadenlose Hitze nicht. Alle Beweise, die ich brauchte, fand ich im Haus – in unserer Küche. Amma war praktisch mit unserem alten Herd verwachsen, und wenn ihr etwas durch den Kopf ging, dann fand es auch seinen Weg in unsere Küche. Ich kam nicht dahinter, was genau mit ihr los war, und sie würde es mir auch nicht sagen. Ich konnte es mir nur aus den spärlichen Hinweisen zusammenreimen, die sie fallen ließ, und zwar in der Sprache, die sie am besten beherrschte – dem Kochen.

Hinweis Nummer eins: zähes Hühnchen. Ein zähes Hühnchen eignete sich hervorragend, um einen Seeelenzustand zu bestimmen; es war ein ähnlicher Gradmesser wie die Leichenstarre in einem Krimi. Bei Amma, die über die Landesgrenzen hinaus für ihr Hühnerragout berühmt war, konnte ein zähes Hühnchen nur zweierlei bedeuten: a) Sie war nicht bei der Sache und b) Sie war sehr beschäftigt. Sie vergaß nicht nur, das Hühnchen rechtzeitig aus dem Backofen zu nehmen, sondern sie ließ es dann auch noch viel zu lange auf dem Abkühlrost stehen. Dort wartete es dann auf Amma wie wir anderen auch. Ich hätte zu gern gewusst, wo sie war und was sie die ganze Zeit so trieb.

Hinweis Nummer zwei: das Nichtvorhandensein von Kuchen beziehungsweise Kuchen in ungewöhnlicher Form. Entweder es gab gar keinen Kuchen oder aber welchen ohne eine Spur von Ammas berühmter Zitronenglasur. Was bedeutete: a) Sie sprach nicht mit den Ahnen und b) Sie sprach ganz bestimmt nicht mit Onkel Abner. Ich hatte noch nicht in der Hausbar nachgesehen, aber falls auch der Wild Turkey fehlte, dann war Onkel Abners Schicksal besiegelt.

Hinweis Nummer drei: Der süße Tee war ungenießbar süß, was nur bedeuten konnte: a) Die Schwestern hatten sich heimlich in die Küche geschlichen und Zucker in den Teekrug geschüttet, so wie sie auch immer Salz in die Soße schütteten, oder b) Amma stand so neben sich, dass sie nicht mehr wusste, wie viel Zucker sie schon in die Kanne gekippt hatte oder c) Irgendetwas stimmte mit mir nicht.

Vielleicht war es alles zusammen, aber fest stand jedenfalls: Amma hatte etwas vor, und ich würde herausfinden, was es war. Und wenn ich den Bokor persönlich in die Mangel nehmen musste.

Dann war da noch der Song. Von Tag zu Tag hörte ich ihn öfter, wie einen Top-Ten-Hit, der so oft im Radio gespielt wird, dass er zum Ohrwurm wird.

Eighteen Moons, eighteen fears,
The cries of Mortals fade, appear,
Those unknown and those unseen
Crushed in the hands of the Demon Queen …

Die Königin der Dämonen? Oh Mann. Nach der erschreckenden Erfahrung mit den Vexen aus der ersten Strophe des Liedes wollte ich mir lieber nicht vorstellen, wie dann erst ein Zusammentreffen mit der *Demon Queen* ausgehen würde. Ich konnte nur hoffen, dass meine Mutter sie vielleicht irgendwie mit der *Homecoming Queen* verwechselt hatte.

Aber die Songs hatten bisher immer recht behalten.

Ich versuchte, nicht an die Schreie der Sterblichen oder an die zerstörerischen Hände einer Dämonen-Königin zu denken. Aber ich konnte den Gedanken und der Furcht nicht entfliehen. Besonders nachts nicht, wenn ich im Schutz meines Zimmers eigentlich sicher war.

Sicher und am verletzlichsten.

Ich war allerdings nicht der Einzige.

In den banngeschützten Mauern von Ravenwood war Lena genauso verletzlich wie ich. Denn auch sie besaß etwas, das von ihrer Mutter stammte. Und ich wusste sofort, dass sie einen der Gegenstände aus der verbeulten Blechkiste berührte, als ich plötzlich das orangefarbene Leuchten der Flammen sah …

Das Feuer entzündete sich, eine Flamme nach der anderen züngelte am Gasbrenner hoch, bis sich ein wunderschöner lodernder Ring rund um die Herdplatte gebildet hatte. Sarafine sah fasziniert zu. Sie vergaß den Wassertopf auf der Anrichte. Sie vergaß meistens sogar das Abendessen. Sie konnte an nichts anderes mehr denken als an Flammen. Das Feuer hatte Kraft – eine Kraft, die selbst den Gesetzen der Natur trotzte. Es war nicht zu bändigen, es konnte riesige Wälder binnen Minuten einäschern.

Sarafine beschäftigte sich schon seit Monaten intensiv mit dem Feuer. Sie sah Reportagen über Feuer und Nachrichten über Brände. Das Fernsehgerät lief ununterbrochen. Sobald von einem Feuer irgendwo auf der Welt berichtet wurde, ließ sie alles stehen und liegen und sah zu. Mehr noch. Sie war dazu übergegangen, mit ihren Kräften selbst kleine Brände zu entzünden. Keine gefährlichen, nur kleine Waldbrände. Sie sahen aus wie Lagerfeuer. Völlig harmlos.

Ihre Faszination für das Feuer hatte zur selben Zeit begonnen, in der sie auch begonnen hatte, die Stimmen zu hören. Vielleicht brachten die Stimmen sie dazu, dass sie Dinge brennen sehen musste, wer weiß.

Als sie das erste Mal die leise Stimme in ihrem Kopf vernahm, hatte sie Wäsche gewaschen.

Es ist ein elendes, nutzloses Leben – nicht besser als der Tod. Eine Verschwendung der wertvollsten Gabe, die in der Welt der Caster existiert. Die Kraft zu töten und zu zerstören, indem wir die Luft, die wir atmen, benutzen, um unsere Waffe noch schärfer zu machen. Das Dunkle Feuer bietet diese Kraft. Das Dunkle Feuer bietet Freiheit.

Der Wäschekorb fiel zu Boden und die Kleider lagen auf dem Boden verstreut. Sarafine wusste, dass es nicht ihre eigene Stimme war. Sie klang nicht wie ihre Stimme, und die Gedanken, die sie aussprach, waren nicht ihre Gedanken. Und doch waren sie da.

Die wertvollste Gabe, die in der Caster-Welt existiert. *Die Gabe eines Kataklysten – das war das Wertvollste. Ein Naturgeborener, der Dunkel wurde. Und auch wenn Sarafine es gern geleugnet hätte, sie* war *Dunkel. Jedes Mal wenn sie in den Spiegel schaute, erinnerten sie ihre gelben Augen daran. Das geschah nicht sehr oft. Sie konnte ihren Anblick nicht ertragen, genauso wenig wie sie es ertragen konnte, dass John ihre Augen sah. Deshalb trug sie stets eine dunkle Sonnenbrille, auch wenn es John gleichgültig war, welche Augenfarbe sie hatte.*

»Vielleicht bringen sie etwas Licht in dieses Loch«, hatte er einmal gesagt, während er sich in ihrer winzigen Wohnung umsah. Es war wirklich ein Loch – die Farbe blätterte von den Wänden und die Fliesen hatten Risse; die Heizung funktionierte nie und der Strom blieb andauernd weg. Aber

Sarafine würde sich nie darüber beklagen, denn es war ihre Schuld, dass sie hier wohnen mussten. Schöne Wohnungen vermietete man nicht an Teenager, die offensichtlich von zu Hause weggelaufen waren.

Dabei hätten sie sich sogar eine bessere Unterkunft leisten können. John kam immer mit einer Menge Geld nach Hause. Es war nicht schwierig, etwas im Leihhaus zu versetzen, wenn man mühelos Dinge aus Jackentaschen oder Geschäften verschwinden lassen konnte. Er war ein Evaneszent, so wie die meisten großen Magier der Vergangenheit – und die meisten kunstfertigen Diebe. Aber er war auch Licht, und so nutzte er seine Gabe auf diese schnöde Art und Weise, um ihrer beider Überleben zu sichern.

Um ihr *Überleben zu sichern.*

Die Stimmen erinnerten sie jeden Tag daran.

Wenn du ihn verlässt, dann kann er mit seinen Taschenspielertricks bei sterblichen Mädchen Eindruck machen, und du kannst das tun, wozu du bestimmt bist.

Sie verdrängte die Stimmen aus ihrem Kopf, aber die Worte hinterließen Spuren, schufen ein Phantombild, das niemals gänzlich verschwand. Am lautesten waren die Stimmen, wenn sie etwas brennen sah – so wie jetzt.

Und schon fing das Küchenhandtuch an zu qualmen, verkohlte an den Rändern und kräuselte sich wie ein Tier, das sich vor Furcht zusammenrollt. Der Rauchmelder begann zu schrillen.

Sarafine schlug das Handtuch auf den Boden, bis statt der Flammen nur noch eine klägliche Rauchsäule aufstieg. Weinend starrte sie auf das schwarze Handtuch. Sie musste es wegwerfen, bevor John es zu Gesicht bekam. Sie konnte ihm nicht davon erzählen. Auch nicht von den Stimmen.

Es war ihr Geheimnis.

Jeder hatte doch Geheimnisse, oder?

Ein Geheimnis tat niemandem weh.

Mit einem Ruck setzte ich mich auf. In meinem Zimmer war alles ruhig. Das Fenster war geschlossen, obwohl die Hitze so erdrückend war, dass sich die Schweißtropfen auf meinem Rücken anfühlten wie herumkrabbelnde Spinnen. Mir war klar, dass ein geschlossenes Fenster Abraham nicht davon abhalten konnte, in mein Zimmer einzudringen, aber irgendwie fühlte ich mich heute besser so.

Eine unerklärliche Angst überfiel mich. Bei jedem Knarren im Holz rechnete ich damit, dass Abrahams Gesicht aus dem Dunkel auftauchte. Ich schaute mich um, aber es war einfach düster in meinem Zimmer, sonst nichts.

Ich trat die Bettdecke weg. Es war so heiß, dass ich nicht wieder einschlafen würde. Ich nahm das Glas von meinem Nachttisch und schüttete mir Wasser ins Genick. Das verschaffte mir einen Augenblick lang Kühlung, ehe die Hitze wieder gnadenlos zuschlug.

»Es muss erst schlimmer werden, bevor es wieder besser wird, weißt du.«

Beim Klang der Stimme wäre ich fast in Ohnmacht gefallen, so sehr erschrak ich. Mein Blick flog zu dem Stuhl in der Zimmerecke.

Darauf saß meine Mutter. Auf dem Stuhl, auf dem ich am Tag ihrer Beerdigung meine Kleider ausgebreitet hatte und den ich seither niemals wieder benutzt hatte. Sie sah aus wie im Sommer, als ich sie auf dem Bonaventura-Friedhof gesehen hatte. Die Konturen waren verschwommen, aber es war unverkennbar meine Mutter.

»Mom?«

»Liebling.«

Ich stieg aus dem Bett und setzte mich, mit dem Rücken gegen die Wand gelehnt, neben sie. Ich hatte Angst, ihr zu nahe zu kommen, hatte Angst, dass ich nur träumte und sie gleich wieder verschwinden würde. Ich wollte nur kurz neben ihr sitzen, so wie wir immer in der Küche gesessen und darüber gesprochen hatten, wie mein Tag in der Schule gewesen war. Es sollte so sein wie früher, auch wenn sie nicht wirklich bei mir war. »Was ist los, Mom? So wie jetzt habe ich dich noch nie sehen können.«

»Gewisse Umstände …«, sie zögerte, »… ermöglichen es dir, mich so zu sehen. Ich habe keine Zeit, es dir zu erklären. Denn nichts ist mehr, wie es war, Ethan.«

»Ich weiß. Alles ist schlimmer.«

Sie nickte. »Ich wünschte, es wäre anders. Ich weiß nicht, ob es diesmal ein Happyend gibt. Das muss dir klar sein.«

Ich versuchte, den Kloß in meinem Hals hinunterzuschlucken. »Ich werde nicht schlau daraus. Es hat etwas mit John Breeds Achtzehntem Mond zu tun, aber John ist unauffindbar. Ich weiß nicht, wogegen wir uns wehren sollen. Gegen den Achtzehnten Mond? Gegen Abraham? Gegen Sarafine und Hunting?«

Sie schüttelte den Kopf. »So einfach ist das nicht. Das Böse hat viele Gesichter, Ethan.«

»Ja, aber wir reden über Licht und Dunkel. Und es gibt keine größeren Gegensätze als zwischen ihnen.«

»Wir wissen beide, dass das nicht stimmt.« Sie sprach von Lena. »Du bist nicht für die ganze Welt verantwortlich, Ethan. Du bist nicht der Richter von allem. Du bist ein Junge.«

Ich streckte die Arme aus und zog mich auf den Schoß meiner Mutter. Ich hatte erwartet, dass meine Hände einfach durch sie hindurchgehen würden. Aber ich spürte sie, als säße sie wirklich hier, als wäre sie noch am Leben und sähe nur ein klein wenig verschwommen aus. Ich klammerte mich an sie, meine Finger gruben sich in ihre weichen, warmen Schultern.

Es kam mir vor wie ein Wunder, sie wieder zu berühren. Vielleicht war es das ja auch.

»Mein kleiner Junge«, flüsterte sie.

Und ich roch sie. Ich roch alles – die gedünsteten Tomaten aus ihrem Lieblingsgericht, das Kreosot, mit dem sie im Archiv die Bücher behandelte, das frisch gemähte Gras auf dem Friedhof, auf dem wir nachts so oft die phosphoreszierenden Kreuze bewundert hatten.

Ein paar Minuten lang hielt sie mich fest und gab mir das Gefühl, als wäre sie niemals fortgegangen. Dann ließ sie mich los, aber ich klammerte mich weiter an sie.

Ein paar Minuten lang wussten wir, was wir hatten.

Dann begann ich zu schluchzen. Ich weinte wie seit meiner Kindheit nicht mehr. Wie damals, als ich auf dem Treppengeländer ein Matchbox-Autorennen veranstaltet hatte und die Stufen heruntergefallen war. Oder als ich auf dem Schulhof von der Spitze des Klettergerüsts gestürzt war. Aber der Sturz jetzt tat mehr weh, als jeder echte Sturz wehtun konnte.

Sie nahm mich in die Arme wie ein Kind. »Ich weiß, dass du wütend auf mich bist. Es dauert eine Weile, bis man die Wahrheit erspürt.«

»Ich will sie nicht erspüren. Sie tut so weh.«

Sie drückte mich fester. »Wenn du sie nicht erspürst, dann kannst du sie auch nicht loslassen.«

»Ich will sie nicht loslassen.«

»Du kannst nicht gegen dein Schicksal ankämpfen. Meine Zeit war gekommen, darum musste ich gehen.« Sie klang so klar, so mit sich im Reinen. Wie Tante Prue, als ich im Krankenhaus ihre Hand gehalten hatte. Oder Twyla, kurz bevor sie in der Nacht des Siebzehnten Mondes ins Jenseits entglitten war.

Es war nicht fair. Den Menschen, die zurückblieben, war diese Gewissheit nicht vergönnt.

»Ich wünschte, es wäre nicht so.«

»Ich auch, Ethan.«

»Du sagst, deine Zeit war gekommen. Was genau heißt das?«

Sie lächelte mich an und strich mir über den Rücken. »Wenn es so weit ist, dann wirst du es wissen.«

»Ich weiß nicht mehr, was ich tun soll. Ich fürchte, ich mache alles nur noch schlimmer.«

»Du machst alles richtig, Ethan. Und wenn nicht, dann wird das Richtige dich finden. So ist das Rad des Schicksals.«

Ich musste daran denken, was Amma und auch Tante Prue gesagt hatten. *Das Rad des Schicksals … es zermalmt uns alle.*

Ich sah meine Mutter an. Auch ihr liefen die Tränen übers Gesicht. »Was ist es, Mom?«

»Nicht *was*, mein lieber Junge.« Sie berührte meine Wange, während sie langsam in der warmen Dunkelheit verschwand. »Sondern wer.«

9.10. *Zickenkrieg*

Einige Tage später saß ich in der beliebtesten Nische des *Dar-ee Keen*, die jetzt einem ungeschriebenen Gesetz zufolge Links Platz war. Ein paar aufgeregte Fünftklässler verdünnisierten sich, als wir auftauchten. Ich dachte an die Zeit zurück, als Link und ich diejenigen gewesen waren, die für andere Platz gemacht hatten. Link nickte den Mädchen zu, die an unserem Tisch vorbeigingen, während ich ungefähr mein Eigengewicht an Tater Tots verputzte.

»Sie haben anscheinend einen neuen Lieferanten. Die Dinger schmecken wirklich gut.« Ich schob mir noch eine der fettigen Kroketten in den Mund. Seit Jahren hatte ich keine Tater Tots mehr angerührt. Aber heute hatten sie hinter dem Tresen einfach verlockend ausgesehen.

»Irgendwas stimmt nicht mit dir, Mann. Nicht mal ich hab das Zeug gegessen«, sagte Link angewidert.

Ich zuckte mit den Schultern, gerade als sich Lena und Ridley mit zwei Milchshakes zu uns setzten. Ridley trank zuerst aus ihrem. »Mmm, Himbeere.«

»Hast du das noch nie probiert, Rid?« Link freute sich, sie zu sehen. Sie sprachen wieder miteinander. Aber ich gab ihnen höchstens fünf Minuten, bis das Gezoffe wieder losging.

Ridley steckte ihren Strohhalm in Lenas Shake. »Mmmm. Schoko. Oh mein Gott.« Jetzt schlürfte sie beide Shakes auf einmal.

Lena sah angewidert zu und holte sich eine Portion Pommes. »Was machst du denn da?«, fragte sie dann.

»Ich will Himbeer mit Schoko«, nuschelte Ridley, wobei ihr die Strohhalme aus dem Mund rutschten.

Ich zeigte auf das Schild über der Kasse, auf dem stand: *EGAL, WAS DU WILLST: DU KRIEGST ES.* »Du hättest es auch so bestellen können.«

»Ich mach es lieber auf meine Art. Das ist spaßiger. Worüber reden wir denn gerade?«

Link warf einen Packen zusammengefalteter Flyer auf den Tisch. »Savannah Snows Party nach dem Spiel gegen Summerville wird das heiße Ding.«

»Na dann, viel Spaß dabei.« Ich stibitzte eine von Lenas Pommes.

Link verzog das Gesicht. »Oh Mann, erst Tater Tots, dann das. Wie kannst du diesen Mist essen? Die riechen wie ungewaschene Haare in Altöl.« Er roch noch einmal daran. »Vielleicht sind noch ein, zwei Ratten drin.«

Lena schob die Pommes von sich weg.

Ich nahm mir noch eine. »Früher hast du diesen Mist andauernd in dich reingestopft. Und damals warst du viel besser drauf als jetzt.«

»Das glaub ich kaum, ich habe nämlich für euch eine Einladung zu Savannahs Party organisiert. Wir gehen alle zusammen hin.«

Er faltete die orangefarbenen Flyer auf und darin lagen: vier orangefarbene Einladungen, alle kreisrund ausgeschnitten und so bemalt, dass sie wie ein Basketball aussahen.

Mit spitzen Fingern fasste Lena eine Einladungskarte an, so als würden tatsächlich ungewaschene Haare und altes Öl daran kleben. »Das Goldene Ticket. Schätze, jetzt sind wir wirklich cool.«

Ihr Sarkasmus war völlig verschwendet, denn Link erwiderte ungerührt: »Ja, ich schleppe euch alle mit.«

Ridley schlürfte die Shakes bis auf den letzten Tropfen aus. »Genau genommen habe *ich* die Einladungen besorgt.«

»Wie bitte?« Ich verschluckte mich fast an meiner Pommes.

»Savannah hat ihre gesamte Mädelstruppe eingeladen, und ich hab ihr gesagt, dass ich nur komme, wenn ich meine Gefolgschaft mitbringen kann. Ihr wisst schon, aus Sicherheitsgründen.« Sie stellte die beiden Becher ab. »Ihr könnt euch später bei mir bedanken. Oder auch gleich.«

»Sag das noch mal.« Lena starrte ihre Cousine an, als wäre sie verrückt geworden.

Ridley war verwirrt. »Das mit der Gefolgschaft?«

Lena schüttelte den Kopf. »Nein, das andere.«

»Das mit den Sicherheitsgründen?«

»Das davor.«

Rid dachte einen Moment lang nach. »Ihre Mädelstruppe?«

»Genau. Ihre *Mädelstruppe*.« Bei Lena klang es wie ein derbes Schimpfwort.

Das konnte nur ein Witz sein. Ich sah Link an, der betont in die andere Richtung schaute.

Ridley zuckte die Schultern. »Na ja, das Cheerleaderteam halt. Mir gefallen die Röckchen. Außerdem hab ich bei so einem Auftritt ein kleines bisschen das Gefühl, wieder eine Sirene zu sein. Zumindest solange ich in diesem lahmen sterblichen Körper gefangen bin.« Sie schenkte uns ihr strahlendstes Zahnpastalächeln. »Go, Wildcats, go!«

Lena hatte es die Sprache verschlagen. Ich spürte, wie die Fenster des *Dar-ee Keen* erbebten, als ob ein Orkan an ihnen rütteln würde. Was wahrscheinlich auch der Fall war.

Ich zerknüllte meine Serviette. »Machst du Witze? Du gehörst jetzt zu denen?«

»Na und?«

»Zu den Savannah Snows und Emily Ashers – zu den Mädchen, die uns in der Schule immer gemobbt haben?«, rastete Lena aus. »Die wir immer gehasst haben?«

»Ich weiß gar nicht, wieso du dich so aufregst.«

»Ach nein? Vielleicht weil du dich den Tussis angeschlossen hast, die vor einem Jahr einen Klub gegründet haben, damit ich von der Schule fliege. Weißt du noch, die Jackson-High-Cheer-und-Totschlag-Truppe?«

Ridley gähnte. »Und was soll das mit mir zu tun haben?«

Aus dem Augenwinkel sah ich zum Fenster. Die Scheiben klapperten immer noch. Ein Ast flog dagegen, als hätte ihn ein Windstoß wie einen Grashalm vom Boden aufgewirbelt. Ich nahm eine von Lenas Locken zwischen meine Finger.

Beruhige dich, L.

Ich bin ruhig.

Sie will dir nicht wehtun.

Ja, weil sie es gar nicht merkt oder weil es ihr egal ist.

Link saß da und hatte die Arme hinter dem Kopf verschränkt, sichtlich amüsiert.

»Hast du davon gewusst?«, fragte ich ihn.

Er grinste. »Ich hab kein einziges Training ausgelassen.« Ich sah ihn stumm an, bis er meinem Blick auswich. »Ach komm schon. Sie sieht echt heiß aus in dem kurzen Teil. Verbrennungen dritten Grades.«

Ridley lächelte.

Link hatte den Verstand verloren, eine andere Erklärung gab es nicht. »Und du hältst das für eine gute Idee?«

Er zuckte die Schultern. »Keine Ahnung, welcher Teufel sie gerade reitet. Außerdem, wie heißt es so schön: Du musst deine Feinde kennenlernen, wenn du sie bekämpfen willst … oder so ähnlich.«

Ich warf Lena einen Blick zu.

Das muss ich mit eigenen Augen sehen.

Die Fenster klapperten heftiger.

Am nächsten Nachmittag sahen wir es tatsächlich mit eigenen Augen. Eines musste man Rid lassen: Sie hatte es wirklich drauf. Auch wenn sie zu ihrem Cheerleader-Röckchen ein metallicfarbenes Tanktop trug statt des üblichen gold-blauen Trikots.

»Vielleicht ist sie nur deshalb so gut, weil sie mal eine Sirene gewesen ist.« Ich sah zu, wie Ridley mit ein paar Flic-Flacs übers Spielfeld wirbelte.

»Ja, kann sein«, sagte Lena halbherzig.

»Sag mal, gibt es vielleicht einen Cheerleader-Caster-Spruch oder so was?«

Lena sah zu, wie Ridley noch einen Überschlag machte. »Weiß ich nicht. Aber ich werde es herausfinden.«

Wir saßen in der obersten Zuschauerreihe, und nach zehn Minuten war klar, was hier ablief und wieso Ridley bei den Cheerleadern mitmachte. Weil sie sich so in den Mittelpunkt drängte, dass Savannah von niemandem vermisst wurde. Rid stand unten und trug das Gewicht der Pyramide. Sie rief die Anfeuerungsrufe und erfand nebenbei noch ein paar neue, wenn mich nicht alles täuschte. Die anderen Mädchen stolperten hinterher und versuchten, ihre völlig willkürlich erscheinenden Bewegungen nachzuahmen.

Wenn Ridley die Mannschaft anfeuerte, dann tat sie es so laut, dass sie sogar die Jungs auf dem Spielfeld ablenkte. Vielleicht war auch ihr metallicfarbenes Tanktop daran schuld. »Zeigt's mir, Wildcat Boys! Ihr seid meine Wildcat Toys! Für Jackson High versenkt die Bälle – Ridley ist für euch zur Stelle!«

Die ganze Mannschaft fing an zu lachen, nur Link lachte nicht mit. Er sah aus, als hätte er am liebsten einen Basketball auf Ridley geschleudert. Aber jemand kam ihm zuvor. Savannah, die ihren Arm noch in einer Schlinge trug, sprang von der Zuschauerbank auf und nahm Kurs auf Ridley.

»Ich schätze, den Spruch hat sie nicht abgesegnet.«

Lena vergrub den Kopf zwischen den Händen. »Und ich schätze, dass wir bis zum Ende der Saison alle von der Schule geflogen sind, wenn das mit Ridley und Savannah so weitergeht.« Wir beide wussten, was es bedeutete, sich mit jemandem wie Mrs Snow anzulegen. Ganz zu schweigen von Savannah Snow.

»Na ja, aber immerhin ist schon Oktober und Rid ist immer noch an der Jackson High. Sie hat es deutlich länger als drei Tage ausgehalten.«

»Erinnere mich daran, dass ich ihr einen Kuchen backe, wenn wir wieder zu Hause sind«, sagte Lena entnervt. »Als wir das letzte Mal zusammen zur Schule gegangen sind, hab ich die Hälfte meiner Zeit damit verbracht, ihre Hausaufgaben zu machen. Sonst hätte sie sämtlichen Jungs so lange den Kopf verdreht, bis die das für sie erledigt hätten. So läuft es bei Ridley immer.«

Lena lehnte ihren Kopf an meine Brust. Unsere Finger verhakten sich ineinander, und ich spürte, wie es mich durchzuckte. Das war es wert, auch wenn in ein paar Minuten meine Haut brennen würde. Ich wollte dieses Gefühl in Erinnerung behalten – nicht das Zucken, sondern die Berührung davor und wie sich ihre Hand in meiner anfühlte.

Ich hätte nie gedacht, dass jemals eine Zeit kommen würde, in der ich mich an sie erinnern müsste. In der sie woanders als in meinen Armen sein könnte. Bis sie mich im Frühjahr verlassen hatte und mir nur die Erinnerungen geblieben waren – manche zu schmerzlich, als dass ich mich daran erinnern wollte, manche zu schmerzlich, als dass ich sie vergessen könnte.

Aber es gab auch Dinge, die ich nie vergessen wollte.

Wie ich neben ihr auf den Stufen unserer Veranda saß.

Wie wir uns Geheimnisse zuraunten, während ich in meinem Bett lag und sie in ihrem.

Wie sie mit den Glücksbringern an ihrer Halskette spielte, wenn sie mit ihren Gedanken ganz woanders war – so wie jetzt auch.

Vor allem aber die Selbstverständlichkeit, die zwischen uns herrschte und die so unglaublich und so außergewöhnlich war, und das nicht etwa, weil sie eine Caster war, sondern weil sie Lena war und ich sie liebte.

Ich beobachtete sie, wie sie Ridley und Savannah beobachtete. Bis das Drama auf dem Spielfeld immer lauter und heftiger wurde. Man musste den beiden gar nicht zuhören, um zu wissen, was Sache war.

»Okay, das war ein Anfängerfehler«, sagte Lena, als Savannah auf Ridley losging. Ridley fauchte wie eine Straßenkatze. »Siehst du, was ich meine? Man kann Ridley nicht so blöd kommen, wenn man nicht will, dass sie einem das Gesicht zerkratzt.« Lena war angespannt. Ich sah ihr an, wie sie mit sich kämpfte, ob sie zu den beiden hinuntergehen sollte, bevor alles noch schlimmer wurde.

Aber Emory war schneller und lotste Ridley an die Seitenlinie. Savannah gab sich alle Mühe, wütend auszusehen, aber es war offensichtlich, dass sie erleichtert war über diesen Ausgang.

Genau wie Lena. »Fast ein Grund, Emory zu mögen.«

»Du kannst nicht alle Probleme für Ridley lösen.«

»Ich kann kein einziges Problem für Ridley lösen. Ich habe mein ganzes Leben damit verbracht, ihre Probleme nicht lösen zu können.«

Ich stieß sie mit der Schulter an. »Deshalb sind es ja auch Ridleys Probleme und nicht deine.«

Sie entspannte sich und lehnte sich wieder auf der Zuschauerbank zurück. »Seit wann bist du so abgeklärt?«

»Bin ich gar nicht.« Oder doch? Seit der Begegnung mit meiner Mutter dachte ich an nichts anderes als an sie und ihre jenseitige Weisheit. Vielleicht färbte das auf mich ab. »Meine Mutter war bei mir.« Kaum hatte ich das gesagt, bereute ich es auch schon wieder.

Lena sprang so schnell auf, dass mein Arm fast wegflog. »Was? Wann? Warum hast du mir nichts davon erzählt? Was hat sie gesagt?«

»Es ist schon ein paar Nächte her. Ich … ich konnte nicht darüber reden.« Unter anderem weil ich zuvor in der Vision Lenas Mutter noch tiefer im Dunklen versinken sah. Aber das allein war es nicht. Ich hatte das Gefühl, dass mir die Kontrolle entglitt, dass ich selbst entglitt – ich sprach im Schlaf mit meiner bewusstlosen Tante und vergaß im Wachzustand die wichtigsten Dinge. Und dann lauerte in meinem Unterbewusstsein ständig die unerträgliche Last drohenden Unheils. Ich wollte nicht zugeben, wie schlimm es geworden war – weder Lena noch mir selbst gegenüber.

Lena wandte sich dem Spielfeld zu. Ich hatte sie verletzt. »Du bist ja sehr mitteilsam heute.«

Ich wollte es dir sagen, L. Aber ich musste es zuerst verarbeiten.

Du hättest es mir so wie jetzt auch sagen können.

Ich wollte erst mit einigen Sachen klarkommen. Ich glaube, ich war die ganze Zeit wütend auf sie; ich habe ihr die Schuld daran gegeben, dass sie gestorben ist. Ist das nicht verrückt?

Ethan, weißt du nicht mehr, wie ich mich aufgeführt habe, als ich dachte, Onkel Macon wäre tot? Ich bin fast durchgedreht.

Das war nicht deine Schuld.

Das habe ich auch nicht behauptet. Warum redest du ständig von Schuld? Es war nicht die Schuld deiner Mutter, dass sie gestorben ist, aber du machst sie trotzdem dafür verantwortlich.

Schweigend saßen wir nebeneinander auf der Bank und sahen zu, wie die Cheerleader die Spieler anfeuerten und die Spieler ihr Spiel spielten.

Ethan, warum sind wir uns ausgerechnet in unseren Träumen begegnet?

Ich weiß es nicht.

Das ist nicht unbedingt der normale Weg, sich kennenzulernen.

Das stimmt. Manchmal frage ich mich, ob das alles nicht nur eine Art abgefahrene Koma-Fantasie ist. Vielleicht liege ich ja gerade im Bezirkskrankenhaus.

Ich hätte fast laut aufgelacht über diese absurde Vorstellung, aber dann hatte mich ein anderer Gedanke gestreift.

Das Krankenhaus.

Der Achtzehnte Mond. Ich habe meine Mutter danach gefragt.

Nach John Breed?

Ich nickte.

Was hat sie gesagt?

Dass das Böse viele Gesichter habe und es nicht meine Sache sei, darüber zu urteilen.

Ah, und schon geht es wieder ums Urteilen. Da ist sie mit mir einer Meinung. Ich wusste ja, dass deine Mutter mich mögen würde.

Ich hatte noch eine weitere merkwürdige Frage.

L, hast du jemals etwas vom Rad des Schicksals gehört?

Nein. Was ist das?

Meiner Mutter zufolge ist es kein Ding, sondern eine Person.

»Wie bitte?« Lena war so erschrocken, dass sie laut sprach.

»Das Verrückte daran ist, dass dieser Ausdruck jetzt ständig auftaucht. Das Rad des Schicksals. Auch Tante Prue hat davon gesprochen, als ich in ihrem Zimmer eingeschlafen bin, und davor schon Amma. Es muss etwas mit dem Achtzehnten Mond zu tun haben, sonst hätte meine Mutter es nicht erwähnt.«

Lena stand auf und streckte die Hand aus. »Komm.«

»Was hast du vor?«

»Ridley soll ihre Probleme alleine lösen. Gehen wir.«

»Wohin?«

»Deine Probleme lösen.«

9.10. *Im Niemandsland*

Anscheinend dachte Lena, die Lösung all meiner Probleme wäre in der Stadtbibliothek von Gatlin zu finden, denn fünf Minuten später waren wir dort. Ein Maschendrahtzaun umzog das Gebäude, das jetzt einer riesigen Baustelle glich. Die fehlende Dachhälfte war mit großen blauen Plastikplanen abgedeckt. Neben der Tür lagen die Reste des Teppichs, der den Betonfußboden bedeckt hatte; was das Feuer nicht zerstört hatte, dem hatte das Löschwasser den Rest gegeben. Wir stiegen über verkohlte Bretter und gingen hinein.

Ein Bereich der Bibliothek war mit Kunststoffplanen vom Rest abgetrennt; es war der Teil, in dem es gebrannt hatte. Ich wollte gar nicht wissen, wie es dort aussah. Die Seite, auf der wir uns befanden, war schon niederschmetternd genug. Die Regalreihen waren verschwunden, stattdessen standen überall Kisten voller Bücher, die aussahen, als hätte man sie sortiert.

Die völlig zerstörten. Die teilweise zerstörten. Die, die noch zu retten waren.

Nur der Kasten mit den Karteikarten war unversehrt. Dieses Ding würden wir wohl niemals loswerden.

»Tante Marian! Bist du da?« Ich ging an den Kisten entlang und erwartete beinahe, Marian in Strümpfen herumlaufen zu sehen, mit einem aufgeschlagenen Buch in der Hand.

Stattdessen stieß ich auf Dad. Er saß auf einer Kiste hinter einem der wenigen verbliebenen Regale und unterhielt sich angeregt mit einer Frau.

Ich traute meinen Augen nicht.

Lena trat schnell vor mich, damit die beiden nicht bemerkten, dass ich aussah, als würde ich gleich kotzen. »Mrs English! Was machen Sie denn hier? Und Mr Wate! Ich wusste gar nicht, dass Sie sich kennen.« Sie brachte es sogar fertig, ein bisschen zu lächeln, als wenn es ein toller Zufall wäre, die beiden hier zu treffen.

Ich glotzte mir fast die Augen aus.

Was zum Teufel macht er hier mit ihr?

Falls mein Vater verlegen war, ließ er es sich jedenfalls nicht anmerken. Er war aufgeregt, ja sogar fröhlich, was noch schlimmer war. »Habt ihr gewusst, dass Lilian beinahe so viel über die Geschichte unseres Landes weiß wie Ethans Mutter?«

Lilian. Meine Mutter. Was faselte er da?

Mrs English blickte von den Büchern hoch, die um sie herum auf dem Boden verstreut lagen. Eine Sekunde lang verengten sich ihre Pupillen wie die einer Katze. Beide Pupillen, auch die des Glasauges.

L, hast du das gesehen?

Was gesehen?

Zu spät. Vor uns saß wieder unsere Englischlehrerin, die mit ihrem Glasauge blinzelte, während sie mit ihrem gesunden Auge meinem Vater zusah. Ihr Haar war eine graue Unfrisur, die gut zu dem unförmigen grauen Pullover passte, den sie über ihrem unförmigen grauen Kleid trug. Sie war die strengste Lehrerin der Jackson High, wenn man das Niemandsland nicht kannte, das sich die meisten Schüler zunutze machten – ihr Glasauge nämlich, die Seite, auf der sie nichts sah. Ich hätte mir niemals vorstellen können, dass sie auch außerhalb des Klassenzimmers existierte. Aber da saß sie und hatte meinen Vater in Beschlag genommen. Mir war schlecht.

Mein Vater redete einfach weiter. »Sie hilft mir bei meinen Recherchen zu meinem Buch, *Der Achtzehnte Mond*. Ich habe dir ja davon erzählt.« Mit einem breiten Grinsen sagte er zu Mrs English: »Die jungen Leute heute hören kein Wort mehr von dem, was wir sagen. Die Hälfte meiner Studenten hat iPod-Stöpsel im Ohr oder telefoniert mit ihren Handys. Sie könnten genauso gut taub sein.«

Mrs English blickte ihn befremdet an und lachte. Ich hatte sie nie zuvor lachen hören. Dabei war es nicht das Lachen selbst, das mich so beunruhigte. Es war die Tatsache, dass Mrs English über die Witze meines Vaters lachte. *Das* war beunruhigend und auch irgendwie ätzend.

»Du übertreibst, Mitchell.«

Mitchell?

So heißt dein Vater, Ethan. Nur keine Panik.

»Lilian sagt, man könne den Achtzehnten Mond auch als literarisches Motiv verstehen. Die Phasen des Mondes entsprechen dabei ...«

»War nett, Sie zu treffen, Ma'am.« Ich hielt es nicht mehr aus, dem Gefasel meines Vaters über den Achtzehnten Mond zu lauschen oder wie er seine kruden Theorien meiner Englischlehrerin erläuterte. Ich ging an ihnen vorbei ins Archiv. »Komm pünktlich zum Essen, Dad. Amma macht Schmorbraten.« Ich hatte keine Ahnung, was Amma kochen würde, aber Schmorbraten war sein Lieblingsgericht. Und ich wollte, dass er zum Essen wieder zu Hause war.

Ich wollte, dass er sich von meiner Englischlehrerin fernhielt.

Sie hatte anscheinend kapiert, was mein Vater nicht kapiert hatte, dass ich nämlich absolut nichts anderes in ihr sehen wollte als meine Lehrerin. Denn von einem Moment zum nächsten wurde aus Lilian English wieder Mrs English. »Ethan, vergiss nicht, ich brauche noch die Gliederung für deinen Aufsatz über *The Crucible.* Morgen nach der Englischstunde liegt sie auf meinem Schreibtisch. Das Gleiche gilt für Sie, Mrs Duchannes.«

»Ja, Ma'am.«

»Ich gehe davon aus, dass du schon eine Idee hast?«

Ich nickte. Tatsächlich hatte ich komplett vergessen, dass ich einen Aufsatz schreiben musste, geschweige denn dass ich vorher eine Gliederung abgeben sollte. In letzter Zeit stand der Unterricht nicht sehr weit oben auf meiner Prioritätenliste.

»Und?« Mrs English sah mich erwartungsvoll an.

Hilf mir aus der Patsche, L!

Mich darfst du nicht fragen. Ich habe selbst noch nicht darüber nachgedacht.

Danke.

Ich verstecke mich in der Abteilung für Nachschlagewerke, bis sie gehen.

Verräterin.

»Ethan?« Mrs English wartete auf eine Antwort.

Ich starrte sie an und mein Vater starrte mich an. Alle beobachteten mich. Ich kam mir vor wie ein Goldfisch im Glas.

Wie lange lebt ein Goldfisch? Das war eine *Jeopardy*-Frage der Schwestern vor ein paar Tagen gewesen. Ich versuchte, mich zu erinnern.

»Goldfisch.« Ich wusste selbst nicht, wieso ich das sagte. Aber in letzter Zeit platzte ich immer mit Antworten heraus, ohne nachzudenken.

»Wie bitte?« Mrs English war verwirrt. Mein Dad kratzte sich am Kopf und versuchte, nicht peinlich berührt zu sein.

»Ich meine, wie ist es, in einem Goldfischglas zu leben – zusammen mit anderen Goldfischen. Das ist nämlich ziemlich schwierig.«

Mrs English war nicht sonderlich beeindruckt. »Das musst du mir näher erklären.«

»Gerechtigkeit und freier Wille. Ich glaube, ich werde über Gerechtigkeit schreiben. Wer entscheidet darüber, was gut und was schlecht ist, verstehen Sie? Über Sünde und all das. Ich meine, entspringt sie einer höheren Ordnung, oder entscheiden darüber die Menschen, mit denen man zusammenlebt? Vielleicht die aus der eigenen Stadt?«

Es war mein Traum, der aus mir sprach. Oder meine Mutter.

»Und? Wer entscheidet, Ethan? Wer ist der oberste Richter?«

»Na ja, das weiß ich noch nicht genau. Ich habe den Aufsatz noch nicht geschrieben. Aber ich bezweifle, dass wir Goldfische das Recht haben, uns gegenseitig zu richten. Man sieht ja, wie weit es die Mädchen in *The Crucible* damit gebracht haben.«

»Hätte es jemand, der außerhalb der Gemeinschaft steht, besser gemacht?«

Mich überlief es kalt. Als ob man diese Frage wirklich mit Ja oder Nein beantworten könnte. Im Unterricht gab es keine richtigen oder falschen Antworten, Hauptsache, man konnte die eigene Ansicht begründen. Aber im Moment hatte ich nicht mehr das Gefühl, dass wir über meine Englisch-Aufgabe sprachen.

»Ich denke, ich werde in meinem Aufsatz eine Antwort darauf geben.« Ich wich Mrs Englishs Blick aus und kam mir vor wie ein Idiot. Im Unterricht wäre das eine gute Antwort gewesen, aber nicht jetzt und hier.

»Störe ich?« Marian kam zu meiner Rettung herangeeilt. »Tut mir leid, Mitchell, aber ich muss die Bibliothek heute früher schließen. Besser gesagt das, was von ihr noch übrig ist. Ich fürchte, ich habe noch einige … dienstliche Verpflichtungen.«

Mit einem freundlichen Lächeln sagte sie zu Mrs English: »Sie sind jederzeit herzlich willkommen. Mit ein bisschen Glück sind wir bald wieder auf den Beinen und können im Sommer wiedereröffnen. Es freut uns, wenn Lehrer auf unseren Bestand zurückgreifen.«

Mrs English sammelte ihre Papiere ein. »Gerne.«

Marian schob die beiden zur Tür hinaus, ehe mein Dad fragen konnte, wieso ich nicht mitkam. Dann drehte sie das Türschild um und verschloss die Tür zweimal – allerdings nicht aus Angst vor Dieben.

»Danke für die Hilfe, Tante Marian.«

Lena streckte den Kopf hinter einer Wand von Kisten vor. »Sind sie weg?« Sie hielt ein Buch in der Hand, das sie in ihren Schal eingewickelt hatte. Ich las den Titel, der von dem glänzenden grauen Stoff nur zum Teil verdeckt war.

Große Erwartungen.

Sarafines Buch.

Als wäre dieser Nachmittag nicht schon schlimm genug gewesen.

Marian zog ein Taschentuch hervor und putzte ihre Lesebrille.

»Ich muss zugeben, ich hatte noch einen anderen Grund, jetzt zu schließen. Ich erwarte ein paar offizielle Besucher, und es wäre in der Tat am besten, wenn auch ihr beide gehen würdet, bevor sie kommen.«

»Einen Augenblick noch. Ich muss meine Tasche holen.« Lena verschwand wieder hinter den Kisten, aber ich folgte ihr dicht auf den Fersen.

»Was hast du damit vor?« Ich packte das Buch und im selben Moment versanken die Bücherkisten in Dunkelheit...

Es war spät, als sie ihn zum ersten Mal traf. Dabei hätte Sarafine um diese Zeit gar nicht allein unterwegs sein dürfen. Sterbliche fürchtete sie nicht, allerdings gab es hier draußen auch ganz andere Gefahren, das wusste sie nur zu gut. Aber die Stimmen hatten wieder begonnen, ihr etwas einzuflüstern, und sie hielt es im Haus nicht mehr aus.

Als sie die Gestalt an der Ecke sah, begann ihr Herz zu klopfen. Doch als der Mann näher kam, erkannte Sarafine, dass er nicht gefährlich war. Sein langer Bart war weiß, ebenso wie sein Haar. Er trug einen dunklen Anzug und eine Schleife um den Hals und stützte sich auf einen polierten schwarzen Gehstock.

Er lächelte, als würden sie sich kennen. »Guten Abend, mein Kind. Ich habe dich schon erwartet.«

»Wie bitte? Ich glaube, Sie verwechseln mich mit jemandem.« Sie erwiderte sein Lächeln. Wahrscheinlich war er einfach nur ein bisschen verwirrt.

Der alte Mann lachte. »Dich kann man nicht verwechseln. Ich erkenne einen Kataklysten, wenn ich einen sehe.«

Sarafine spürte, wie ihr das Blut in den Adern gerann.

Er wusste alles.

Neben dem Gehweg flammte ein Feuer auf, nur wenige Schritte vom Stock des alten Mannes entfernt. Sarafine schloss die Augen, sie versuchte, sich zu beherrschen, aber es gelang ihr nicht.

»Lass es brennen. Es ist heute recht kalt.« Er lächelte.

Sarafine zitterte. »Was wollen Sie von mir?«

»Ich bin gekommen, um dir zu helfen. Wir gehören nämlich zur selben Familie. Vielleicht sollte ich mich vorstellen.« Er streckte die Hand aus. »Ich bin Abraham Ravenwood.«

Sie kannte den Namen. Sie hatte ihn auf dem Stammbaum ihrer Halbbrüder gelesen. »Hunting und Macon sagten, Sie wären tot.«

»Sehe ich so aus?« Er lächelte wieder. »Ich konnte noch nicht sterben. Ich habe erst noch auf dich gewartet.«

»Auf mich? Weshalb?« Nicht einmal ihre engsten Familienangehörigen sprachen noch mit Sarafine, und er behauptete allen Ernstes, er hätte auf sie gewartet?

»Mir scheint, du begreifst noch nicht ganz, was du jetzt bist. Hörst du den Ruf nicht? Die Stimmen.« Er blickte in die Flammen. »Wie ich sehe, hast du deine Gabe schon entdeckt.«

»Es ist keine Gabe. Es ist ein Fluch.«

Er drehte sich ruckartig zu ihr und sie sah seine schwarzen Augen. »Wer hat dir das gesagt? Caster, vermute ich.« Er schüttelte den Kopf. »Das überrascht mich nicht. Caster sind Lügner, kaum besser als gewöhnliche Sterbliche. Aber du bist anders. Ein Kataklyst ist der mächtigste Caster, den es auf der Welt gibt, er ist aus dem Dunklen Feuer geboren. Er ist viel zu mächtig, als dass man ihn überhaupt noch Caster nennen könnte.«

War das möglich? Verfügte sie tatsächlich über die mächtigste Gabe, die es in der Welt der Caster gab? Ein Teil von ihr sehnte sich danach, dass es so war. Dass sie etwas Besonderes war und keine Ausgestoßene. Ein Teil von ihr wollte dem überwältigenden Drang nachgeben.

Dem Drang, alles zu verbrennen, was ihren Weg kreuzte.

Dem Drang, alle Menschen, die sie verletzt hatten, dafür büßen zu lassen.

Nein!

Sie verbannte diese Gedanken aus ihrem Kopf. John. Sie dachte nur an John und an seine schönen grünen Augen.

Sarafine zitterte. »Ich will nicht Dunkel sein.«

»Dafür ist es zu spät. Du kannst nicht ändern, was du bist.« Abraham lachte unheilvoll. »Und jetzt zeig mir deine hübschen gelben Augen.«

Abraham hatte recht gehabt. Sarafine konnte nicht ändern, was sie war, aber sie konnte es verheimlichen. Ihr blieb keine andere Wahl. Es waren zwei Seelen, die sich in ihrer Brust stritten. Richtig und falsch. Gut und böse. Licht und Dunkel.

John war das Einzige, das sie zum Lichten hinzog. Sie liebte ihn, obwohl ihr diese Liebe manchmal wie eine ferne Erinnerung vorkam. Etwas, das so weit weg war, dass sie es sehen, aber niemals wieder erreichen konnte.

Und trotzdem versuchte sie es.

Diese Erinnerung war am lebendigsten, wenn sie im Bett lagen und sich leidenschaftlich umarmten.

»Weißt du, wie sehr ich dich liebe?«, flüsterte John. Seine Lippen berührten sanft ihr Ohr.

Sarafine schmiegte sich an ihn, als könnte seine Wärme unter ihre Haut dringen und ihre Kälte vertreiben. »Wie sehr?«

»Mehr als alles andere. Mehr als mich selbst.«

»Mir geht es genauso.« Lügnerin. *Sogar jetzt hörte sie die Stimmen.*

John beugte sich zu ihr, bis seine Stirn an ihrer lag. »Ich werde niemals etwas Ähnliches für jemand anderen empfinden. Immer nur für dich.« Seine tiefe Stimme klang rau. »Du bist jetzt achtzehn. Heirate mich.«

Sarafine hörte eine andere Stimme in ihrem Kopf, eine Stimme, die sich seit Tagen in ihre Gedanken und in ihre nächtlichen Träume drängte. Abraham. Du glaubst, du liebst ihn, aber das tust du nicht. Du kannst niemanden lieben, der nicht weiß, wer du bist. Du bist keine Caster. Du bist eine von uns.

»Izabel?« John sah sie aufmerksam an, er suchte in ihrem Gesicht nach dem Mädchen, in das er sich verliebt hatte.

Wie viel war noch von diesem Mädchen übrig?

»Ja.« Sarafine schlang die Arme um Johns Hals und nahm sich zusammen. »Ich werde dich heiraten.«

Lena schlug die Augen auf. Sie lag neben mir auf dem nackten Zementboden, unsere Schuhspitzen berührten sich fast. »Oh mein Gott, Ethan. Es fing erst an, als sie Abraham begegnet ist!«

»Deine Mutter war schon im Begriff, Dunkel zu werden.«

»Das weißt du nicht. Vielleicht hätte sie dagegen ankämpfen können wie Onkel Macon.«

Ich wusste, wie unbedingt Lena daran glauben wollte, dass etwas Gutes in ihrer Mutter steckte. Dass sie nicht zwangsläufig zu dem mörderischen Ungeheuer hatte werden müssen, als das wir sie kannten.

Vielleicht.

Als Marian um die Ecke spähte, standen wir auf. »Es ist schon spät. Zu jeder anderen Zeit könnt ihr wirklich gerne auf dem Boden rumlümmeln, aber jetzt müsst ihr gehen. Gleich könnte es ziemlich ungemütlich werden.«

»Was meinst du damit?«

»Der Rat stattet mir einen Besuch ab.«

»Der Rat?« Ich wusste nicht, wovon sie sprach.

»Der Rat der Hohen Wacht.«

Lena nickte und lächelte mitfühlend. »Onkel Macon hat es mir erzählt. Können wir etwas für dich tun? Briefe schreiben, eine Petition verfassen? Handzettel verteilen?«

Marian lächelte. Erst jetzt bemerkte ich, wie müde sie aussah. »Nein. Sie tun ja nur ihre Pflicht.«

»Und welche ist das genau?«

»Sie stellen sicher, dass wir die Regeln einhalten. Ich glaube, das fällt in die Kategorie ›Verdiente Strafe‹. Ich bin bereit, die Verantwortung für das zu übernehmen, was ich getan habe. Aber nur dafür. ›Es gibt keine Größe ohne Verantwortung.‹« Sie sah mich erwartungsvoll an.

»Ähm, Plato?«, sagte ich aufs Geratewohl.

»Winston Churchill.« Sie seufzte. »Mehr können sie von mir nicht verlangen, mehr verlange ich auch selbst nicht von mir. Und jetzt ist es Zeit für euch zu gehen.«

Mrs English und mein Vater hatten mich abgelenkt, deshalb war mir gar nicht aufgefallen, dass Marian ganz anders als sonst gekleidet war. Statt eines bunten Kleids trug sie einen schwarzen Umhang über einem schwarzen Kleid. Als ginge sie auf eine Beerdigung. Was ungefähr das Letzte gewesen wäre, wohin ich Marian alleine gehen lassen würde.

»Wir gehen nirgendwohin.«

Sie schüttelte den Kopf. »Nur nach Hause.«

»Nein.«

»Ethan, ich weiß nicht, ob das eine gute Idee ist.«

»Als Lena und ich von allen Seiten unter Beschuss genommen wurden, hast du dich vor uns gestellt – du und Macon. Ich werde ganz bestimmt nirgendwohin gehen.«

Lena ließ sich demonstrativ in einen der wenigen Stühle fallen, die noch da waren. »Ich auch nicht.«

»Das ist sehr nett von euch beiden. Aber ich bin fest entschlossen, euch aus dieser Sache herauszuhalten. Das ist für alle am besten.«

»Ist dir das schon mal aufgefallen? Immer wenn jemand das sagt, ist es überhaupt nicht am besten, am allerwenigsten für den, der es sagt.« Ich schaute Lena an.

Geh und gib Macon Bescheid. Ich bleibe hier bei Marian. Ich möchte sie nicht allein lassen.

Ehe Marian etwas einwenden konnte, war Lena schon an der Tür, die sich von allein öffnete, obwohl sie zweifach abgeschlossen war.

Bin schon unterwegs.

Ich legte den Arm um Marians Schultern und drückte sie. »Ist das nicht der geeignete Moment, ein Buch in die Hand zu nehmen, welches uns dann auf wundersame Weise mitteilt, dass alles gut werden wird?«

Sie lachte, und für einen Augenblick klang sie wie die alte Marian, die Marian, die ich kannte, die Marian, die nicht angeklagt war wegen Dingen, die sie gar nicht getan hatte, die Marian, die sich keine Sorgen machte wegen Dingen, die sie nicht ändern konnte. »Ich kann mich nicht erinnern, etwas Derartiges in einem der Bücher gelesen zu haben, die wir kürzlich in der Hand hatten.«

»Doch. Aber lass uns einen Bogen um P machen. Heute keinen Edgar Allan Poe für dich.«

Sie lächelte. »So schlecht sind die Ps gar nicht. Da gibt es zum Beispiel immer noch Plato.« Sie tätschelte meinen Arm. »Und der sagt, Tapferkeit sei Bewahrung und Aufrechterhaltung.« Sie kramte in einer Kiste und zog ein rußgeschwärztes Buch heraus. »Und es wird dich freuen zu hören, dass Plato das Große Brennen der Stadtbibliothek von Gatlin überstanden hat.«

Nach wie vor stand es um alles schlecht, aber zum ersten Mal seit Wochen ging es mir tatsächlich besser.

9.10. *Die Abrechnung*

Das Archiv wurde vom flackernden Schein etlicher Kerzen beleuchtet. Der Raum hatte auf wundersame Weise kaum Schaden genommen. Dank der automatischen Sprinkleranlage an der Decke war zwar alles durchnässt, aber nichts verbrannt. Wir saßen zu dritt an dem langen Tisch mitten im Raum und tranken Tee aus der Thermoskanne.

Ich rührte geistesabwesend in meiner Tasse. »Müsste der Rat dich nicht eigentlich in der *Lunae Libri* aufsuchen?«

Marian schüttelte den Kopf. »Ich bin mir nicht sicher, ob sie mich dort überhaupt noch wollen. Hier ist der einzige Ort, an dem sie mit mir sprechen werden.«

»Das tut mir so leid«, sagte Lena.

»Das braucht es nicht. Ich hoffe nur …«

Ein ohrenbetäubendes Krachen hallte durch den Raum, dann folgten Donnergrollen und grelle Lichtblitze. Es war nicht das scharfe Zischen des Raumwandelns, sondern etwas anderes, noch nie Gehörtes.

Zuerst tauchte ein Buch auf.

Die Caster-Chroniken.

So stand es auf der Buchfront. Es landete auf dem Tisch zwischen uns und war so schwer, dass die Platte unter seinem Gewicht ächzte.

»Was ist das?«, fragte ich.

Marian legte den Finger an die Lippen. »Pssst.«

Nacheinander erschienen aus dem Nichts drei Gestalten. Die

erste, ein großgewachsener Mann mit geschorenem Haupt, hielt die Hand hoch, woraufhin Donner und Blitze schwiegen. Die zweite, eine Frau, schlug ihre Kapuze zurück und erstrahlte in einem überwältigend unnatürlichen Weiß. Weißes Haar, weiße Haut und eine so weiße Iris, dass sie praktisch nicht vorhanden war. Die letzte Gestalt, ein Mann mit einer Statur wie ein Schrank, tauchte plötzlich zwischen dem Tisch und dem Arbeitsplatz meiner Mutter auf und wirbelte dabei ihre Papiere und Bücher durcheinander. In der Hand hielt er eine große Sanduhr. Sie war allerdings leer, kein einziges Sandkorn befand sich darin.

Die einzige Gemeinsamkeit der drei war ihre Kleidung. Sie trugen schwere schwarze Kapuzenumhänge und seltsame Brillen. Es sah aus wie eine Uniform.

Bei näherem Hinsehen bemerkte ich, dass die Brillen aus Gold-, Silber- und Bronzesträngen bestanden, die zu einem dicken Rahmen verflochten waren. Die Linsen waren facettenartig geschliffen, wie der Diamant im Verlobungsring meiner Mutter. Ich fragte mich, wie man damit überhaupt etwas sehen konnte.

»Salve, Marian von der *Lunae Libri*, Bewahrerin des Wortes, der Wahrheit und der Welt ohne Ende.« Vor Schreck wäre ich fast vom Stuhl gefallen. Die drei sprachen in perfektem Gleichklang, als wären sie nur eine einzige Person. Lena tastete nach meiner Hand.

Marian trat einen Schritt vor. »Salve, Großer Rat der Hohen Wacht. Rat der Weisen, des Wissens und dessen, was nicht gewusst werden kann.«

»Du weißt, was uns hierhergeführt hat?«

»Ja.«

»Hast du etwas zu sagen über das hinaus, was wir bereits wissen?«

Marian schüttelte den Kopf. »Das habe ich nicht.«

»Du gibst also zu, dass du in die Ordnung der Dinge eingegriffen und dadurch unsere geheiligten Eide verletzt hast?«

»Ich habe es einem Schützling erlaubt, der unter meiner Obhut stand, ja.«

Ich wollte zu einer Erklärung ansetzen, aber der düstere vollkommene Klang ihrer chorischen Stimmen und das Weiß in den Augen der Frau schüchterten mich ein.

»Wo ist dieser Schützling?«

Marian zog ihren Umhang enger. »Sie ist nicht hier. Ich habe sie weggeschickt.«

»Warum?«

»Um Schaden von ihr abzuwenden«, sagte Marian.

»Der ihr von uns droht.« Das sagten sie ohne jede Gefühlsregung.

»Ja.«

»Du bist weise, Marian von der *Lunae Libri.*«

Marian sah im Moment nicht besonders weise aus. Eher verängstigt. »Ich habe von den *Caster-Chroniken* gelesen. Von den Berichten und Aufzeichnungen über die Caster, die Ihr angelegt habt. Und ich weiß, was Ihr mit den Sterblichen gemacht habt, die sich etwas zuschulden kommen ließen. Und auch mit den Castern.«

Die drei musterten Marian wie ein Insekt unter Glas. »Du sorgst dich um sie? Um die Hüterin, die keine sein wird? Um ein Mädchen?«

»Ja, sie ist wie eine Tochter für mich. Und es ist nicht an Euch, über sie zu richten.«

Die Stimmen wurden lauter. »Sprich nicht mit uns über unsere Befugnisse. Wir sprechen nun über deine.«

Da vernahm ich eine andere Stimme, eine, die ich schon so oft gehört hatte, als ich mich so hilflos fühlte wie jetzt. »Nun, meine Herren, meine Dame, so spricht man hier im Süden nicht mit Damen von gutem Ruf.« Hinter uns stand Macon, zu seinen Füßen Boo Radley. »Ich darf also bitten, Professor Ashcroft mit etwas mehr Respekt zu behandeln. Sie ist die geliebte Hüterin dieser Gemeinde. Geliebt von vielen, die über große Macht in der Welt der Caster wie auch in der Welt der Sterblichen verfügen.«

Macon war tadellos gekleidet. Ich war mir ziemlich sicher, dass er denselben Anzug trug wie damals bei der Versammlung des Disziplinarausschusses der Jackson High, als er plötzlich in der Turnhalle aufgetaucht war, um Lena aus den Klauen von Mrs Lincoln und ihres blindwütigen Mobs zu retten.

Neben ihm erschien plötzlich Leah Ravenwood in ihrem schwarzen Mantel und mit ihrem Stab in der Hand. Bade, ihr Berglöwe, lief knurrend vor ihr auf und ab. »Mein Bruder sagt die Wahrheit. Unsere Familie unterstützt ihn und die Hüterin. Das solltet Ihr bedenken, ehe Ihr auf diese Weise fortfahrt. Sie ist nicht allein.«

Marian sah Macon und Leah dankbar an.

Jemand kam zur Tür herein, vor der Leah stand. »Wenn jemand Schuld hat, dann bin ich es.« Liv ging an Macon und Leah vorbei. »Ihr seid gekommen, um mich zu strafen, ist es nicht so? Hier bin ich. Verrichtet Euer Werk.«

Marian fasste Liv an der Hand und ließ sie nicht weitergehen.

Der Dreier-Rat betrachtete sie mit ernster Miene, dann deutete die Frau auf Macon und Leah. »Mit diesen beiden haben wir nichts zu schaffen.«

»Sie sind so etwas wie meine Familie«, antwortete Liv. »Außer ihnen und Professor Ashcroft habe ich niemanden.«

»Du bist mutig, Kind.«

Liv rührte sich nicht und ließ auch Marians Hand nicht los. »Danke.«

»Und töricht.«

»Das hat man mir schon oft bescheinigt.« Liv blickte die drei unerschrocken an, als hätte sie nicht die kleinste Spur von Angst, was praktisch unmöglich war. Aber ihre Stimme zitterte nicht. Sie schien fast erleichtert zu sein, dass dieser Augenblick endlich gekommen war und sie sich nicht mehr vor ihm fürchten musste.

Aber der Rat war mit ihr noch nicht fertig. »Du hast ein geheiligtes Versprechen abgelegt und es dann aus eigenem Willen gebrochen.«

»Ich habe mich entschieden, einem Freund zu helfen. Ich habe mich entschieden, ein Leben zu retten. Ich würde es wieder tun«, antwortete Liv.

»Du hattest nicht das Recht, derartige Entscheidungen zu treffen.«

»Ich trage die Verantwortung für das, was ich getan habe. Wie gesagt, ich würde es wenn nötig wieder tun. Das ist man den Menschen, die man liebt, schuldig.«

»Liebe interessiert uns nicht«, antworteten die drei Stimmen wie eine.

»All you need ist love.« Liv wagte es allen Ernstes, vor dem Rat der Hohen Wacht die Beatles zu zitieren. Wenn sie schon unterging, dann mit Stil.

»Verstehst du, was deine Worte bedeuten?«

Liv nickte. »Ja.«

Die Mitglieder des Rats ließen ihre Blicke von Liv zu Marian schweifen, von Marian zu Macon und von Macon zu Leah. Ein Blitz zuckte auf und lud den ganzen Raum mit Hitze und Energie auf. Von den *Caster-Chroniken* ging ein geheimnisvolles Leuchten aus.

Der kräftige Mann ergriff das Wort. Wenn sich seine Stimme nicht mit denen der beiden anderen mischte, klang sie tiefer. »Wir werden das, was wir hier erfahren haben, an die Hohe Wacht weitergeben. Ein Preis muss bezahlt werden. Und er wird bezahlt werden.«

Macon verbeugte sich. »Ich wünsche eine gute Reise. Und solltet Ihr jemals wieder durch unser schönes Städtchen kommen, versäumt nicht, uns zu besuchen. Ich hoffe sehr, dass Ihr beim nächsten Mal länger bleiben und unsere berühmte Buttermilchpastete probieren könnt.«

Die Frau mit den weißen Augen nahm ihre Brille ab und blickte in Macons Richtung. Wohin genau sie schaute, konnte man beim besten Willen nicht sagen, denn ihre Augen blieben starr.

Wieder krachte ein Blitz, und im nächsten Moment waren die drei verschwunden, begleitet von einem Donnergrollen.

Das Buch blieb noch einen Moment lang auf dem Tisch liegen. Dann verschwand es ebenfalls und folgte den düsteren Gestalten ins grelle Licht.

»Hölle noch mal!« Liv sank in Marians Arme.

Ich blieb reglos stehen.

Die Hölle reichte nicht annähernd aus, um die Situation zu beschreiben.

Als er sicher war, dass die drei verschwunden waren, eilte Macon zur Tür. »Marian, ich lasse dich ungern allein, aber es gibt ein paar Dinge, die ich nachschauen möchte. Oder besser gesagt: nachschlagen.«

Liv nahm das Stichwort auf und ging zu ihm.

Aber Macon hatte nicht Liv gemeint. »Lena, ich möchte, dass du mitkommst, wenn es dir nichts ausmacht.«

»Wie bitte?« Lena war verwirrt.

Aber nicht so verwirrt wie Liv, die schon nach ihrem roten Notizbuch gegriffen hatte. »Ich kann auch helfen. Ich weiß, wo jedes Buch steht…«

»Schon gut, Olivia. Das, was ich wissen möchte, steht nicht in den Büchern, die Sie kennen. Die Hohe Wacht teilt Hütern nichts über den Ursprung des Rats mit. Diese Dinge werden von Castern aufgezeichnet.« Er nickte Lena zu, die schon im Begriff war, ihre Sachen in ihrer Tasche zu verstauen.

»Natürlich. Ja.« Liv wirkte verletzt. »Das kann ich mir vorstellen.«

Macon blieb an der Tür stehen. »Leah, würde es dir etwas ausmachen, wenn Bade hierbleibt? Ich glaube, Marian könnte seine Gesellschaft heute Nacht gut gebrauchen.« Mit der Bitte brachte er in Wirklichkeit zum Ausdruck, dass er Marian nicht ohne den Schutz eines Bodyguards lassen wollte, dessen Spezialität der Angriff aus dem Hinterhalt war.

Leah kraulte die große Katze am Kopf. »Ganz und gar nicht. Ich muss ohnehin noch einmal ins Krankenhaus und dort sind sie nicht gerade begeistert von Tieren.«

Bade umrundete geschmeidig den Tisch, an dem wir saßen, und ließ sich neben Marian nieder.

Lena sah mich an. Sie wollte mich nicht mit Liv und Marian allein lassen, aber sie wollte auch Macons Bitte nicht ausschlagen. Erst recht nicht, wenn er sie statt Liv um Hilfe bat.

Geh schon, L. Es ist gut. Es macht mir nichts aus.

Als Antwort küsste sie mich leidenschaftlich und warf Liv einen vielsagenden Blick zu. Dann waren Macon und sie auch schon weg.

Nachdem sie gegangen waren, blieb ich mit Liv und Marian noch eine ganze Weile im Archiv. Ich konnte mich nicht erinnern, wann wir zum letzten Mal so zusammengesessen waren. Erst jetzt wurde mir klar, wie sehr ich diese ganz besondere Stimmung vermisst hatte, wenn Marian und Liv mit schlauen Zitaten um sich warfen und mir immer nur die falsche Antwort dazu einfiel.

Schließlich stand Liv auf. »Ich muss gehen. Ich will nicht, dass ihr meinetwegen noch mehr Ärger bekommt.«

Marian starrte in ihre leere Teetasse. »Olivia, glaubst du nicht, ich hätte dich zurückhalten können, wenn ich es gewollt hätte?«

Liv schwankte zwischen Weinen und Lachen. »Du warst nicht dabei, als ich Ethan geholfen habe, Macon aus dem Bogenlicht zu befreien.«

»Ich war aber da, als du in die Tunnel gestiegen bist, zusammen mit Ethan und Link. Da hätte ich dich zurückhalten können.« Marian holte zitternd Luft. »Aber auch ich hatte einmal eine Freundin. Und wenn ich das Rad der Geschichte zurückdrehen könnte – wenn es irgendetwas gäbe, womit ich sie retten könnte –, dann würde ich es tun. Jetzt ist sie tot und ich kann sie nicht wieder zurückholen.«

Ich drückte Marians Hand.

»Das tut mir leid«, sagte Liv. »Und es tut mir leid, dass du so viel Ärger hast. Ich wünschte, ich könnte sie dazu bringen, dich in Frieden zu lassen.«

»Das kannst du nicht. Niemand kann das. Manchmal tun alle das Richtige und trotzdem bleibt danach ein Scherbenhaufen übrig. Und jemand muss die Verantwortung dafür tragen.«

Liv starrte auf die Löschwasserflecken einer Kiste, die auf dem Boden stand. »Ich sollte die Verantwortung tragen.«

»Da bin ich anderer Meinung. Das ist meine Gelegenheit, einer anderen Freundin zu helfen, einer, die ich auch sehr liebe.« Marian lächelte und streckte die Hand nach Liv aus. »Außerdem braucht die Stadt eine Bibliothekarin, ob nun Hüterin oder nicht.«

Liv schlang die Arme um Marian und drückte sie, als wollte sie sie nie mehr loslassen. Marian umarmte Liv ein letztes Mal und sagte dann zu mir: »EW, es wäre schön, wenn du Liv nach Ravenwood zurückbringen könntest. Wenn ich ihr mein Auto gäbe, hätte ich Angst, dass es auf der falschen Straßenseite landet.«

Ich umarmte Marian und flüsterte ihr ins Ohr: »Sei vorsichtig.«

»Das bin ich immer.«

Egal wohin man derzeit in Gatlin wollte, man musste viele Umwege in Kauf nehmen. Fünf Minuten später fuhr ich an meinem Haus vorbei, und Liv saß auf dem Beifahrersitz – so als wären wir gerade dabei, Bücher aus der Bibliothek auszufahren oder auf dem Weg ins *Dar-ee Keen*. So wie im letzten Sommer.

Aber das alles überdeckende Braun, in das die Stadt getaucht war, und das Summen Zehntausender von Heuschrecken bewiesen überdeutlich, dass dieser Sommer vorüber war.

»Ich kann die Pastete beinahe bis hierher riechen«, sagte Liv und blickte sehnsüchtig zu unserem Haus.

Ich schaute zum offen stehenden Fenster hinüber. »Amma hat schon lange keine Pastete mehr gemacht, wahrscheinlich riechst du ihr Brathähnchen mit Pekannüssen.«

»Du hast keine Ahnung, wie es ist, in den Tunneln zu leben, besonders dann, wenn die Küche mal wieder völlig durchdreht. Ich zehre seit Wochen von meinem Vorrat an HobNobs. Wenn ich nicht bald Nachschub bekomme, bin ich verloren.«

»Falls du es noch nicht weißt, hier in der Gegend gibt es einen Stop & Steal«, sagte ich.

»Ich weiß. Aber hier in der Gegend gibt es auch Ammas Brathähnchen.«

Ich hatte von Anfang an gewusst, worauf diese Unterhaltung hinauslaufen würde, und ich hatte schon fast am Bordstein angehalten, als sie endlich damit herausrückte. »Komm. Ich wette einen Zehner mit dir, dass sie auch frische Brötchen gebacken hat.«

»Du hast mich schon mit den Brathähnchen überzeugt.«

Amma überhäufte Liv förmlich mit Hähnchenschenkeln, ein untrügliches Zeichen, dass es ihr immer noch leidtat, was mit Liv im letzten Sommer passiert war. Zum Glück schliefen die Schwestern schon. Mir war jetzt nicht danach, Fragen zu beantworten, was ein anderes Mädchen außer Lena in unserem Haus zu suchen hatte.

Liv schlang das Essen schneller hinunter als Link in seiner besten Zeit. Als ich meinen dritten Schenkel vertilgt hatte, war sie schon beim zweiten Teller.

»Das ist das zweitbeste Brathähnchen, das ich in meinem ganzen Leben gegessen habe.« Liv leckte sich tatsächlich die Finger ab.

»Das zweitbeste?« Zwar stellte ich die Frage und nicht Amma, aber ich hatte Amma dabei beobachtet. In Gatlin grenzte diese Bewertung an Blasphemie. »Welches ist besser?«

»Das Hähnchen, das ich gleich essen werde. Und vielleicht das danach.« Liv schob ihren leeren Teller über den Tisch.

Amma lächelte still vor sich hin, während sie Pflanzenöl in ihren Zwanzig-Liter-Topf nachfüllte. »Warte nur, bis du eine Portion frisch aus der Fritteuse bekommst, Olivia. So was hast du bestimmt noch nicht probiert, stimmt's?«

»Nein, Ma'am. Ich habe seit dem Siebzehnten Mond nicht mehr so lecker gegessen.«

Da war sie wieder. Die nur allzu vertraute Wolke hatte sich wieder über die Küche gelegt. Ich schob meinen Teller weg. Die extra knusprige Kruste widerte mich an. Amma trocknete die Einäugige Drohung mit einem Küchentuch ab. »Ethan Lawson Wate, geh und hole deiner Freundin von meinem besten Eingemachten. Unten aus dem Vorratskeller. Oberstes Regal.«

»Jawohl, Ma'am.«

Ich war schon auf dem Weg, als Amma mir hinterherrief: »Aber keine von den eingelegten Wassermelonen. Die hebe ich für Wesleys Mutter auf. Die sind bitter in diesem Jahr.«

Die Kellertür lag gegenüber von Ammas Zimmer. Auf der Holztreppe waren schwarze Brandflecken, die aussahen wie zu lang gegrillte Marshmallows, seit Link und ich dort einen Fonduetopf abgestellt hatten, weil wir unsere eigenen Rice Krispies machen wollten. Damals hätten wir beinahe ein Loch in die Stufe gebrannt und Amma hatte mich tagelang mit ihren bösen Blicken verfolgt. Jedes Mal wenn ich in den Keller ging, achtete ich darauf, auf diesen Fleck zu treten.

In Gatlin machte es keinen großen Unterschied, ob man in einen Keller oder über eine Caster-Treppe ging. Unser Keller war zwar etwas anderes als die Tunnel, aber für mich war er schon immer eine geheimnisvolle Unterwelt gewesen. Die größten Geheimnisse verbargen sich in unserer Stadt unter Betten und in Kellern. Die Schätze, die man dort finden konnte, reichten von Stapeln alter Zeitschriften im Heizungskeller bis zu einer Wochenration Eiskonfekt aus Ammas Gefrierschrank. Auf jeden Fall kam man immer mit einem Arm oder einem Bauch voll irgendwas aus dem Keller zurück.

Am Fuß der Treppe befand sich ein Türrahmen aus Kantholz. Darin befand sich keine richtige Tür, sondern nur ein Schnurvorhang. Ich schob ihn beiseite, wie ich es schon tausendmal getan hatte, und da stand Ammas hochberühmte Sammlung vor mir. Jedes Haus hier in der Gegend hatte einen Vorratskeller, aber dieser hier war einer der bestsortierten weit und breit. In Ammas Einmachgläsern fand man alles, angefangen von eingelegten Wassermelonen und den dünnsten grünen Bohnen bis hin zu den rundesten Zwiebeln und den tadellosesten grünen Tomaten. Ganz zu schweigen von den Pastetenfüllungen und dem eingelegten Obst – Pfirsiche,

Pflaumen, Rhabarber, Äpfel, Kirschen. Die Reihe war so lang, dass einem schon vom Hinsehen der Mund wässrig wurde.

Ich fuhr mit der Hand über das oberste Regal, wo Amma ihre größten Köstlichkeiten aufbewahrte, die sie für besondere Anlässe reserviert hatte. Alles war genau abgezählt, so als wären wir bei der Army und die Gläser enthielten Penicillin oder Munition – oder vielleicht auch Landminen, denn genauso vorsichtig musste man mit ihnen umgehen.

»Was für ein Anblick.« Hinter mir im Türdurchgang stand Liv.

»Ich wundere mich, dass Amma dir erlaubt hat, hier runterzukommen. Das ist ihr Geheimlager.«

Liv nahm ein Einmachglas und hielt es hoch. »Es glänzt so.«

»Das Gelee muss glänzen und das Obst darf nicht schwimmen. Die Gurken müssen alle die gleiche Größe haben, die Karotten müssen hübsch und rund und die Anzahl immer gerade sein.«

»Wie? Wieso muss die Anzahl gerade sein?«

»So kocht man richtig ein, verstehst du?«

»Klar.« Liv lächelte. »Was würde Amma denken, wenn sie wüsste, dass du ihre Küchengeheimnisse preisgibst?«

Wenn jemand Ammas Küchengeheimnisse kannte, dann ich. Seit ich denken konnte, trieb ich mich bei Amma in der Küche herum, ich hatte mir die Finger an allem verbrannt, was ich nicht anfassen sollte, hatte Steinchen und Ästchen und weiß der Teufel was noch alles in harmlose Einkochgläser geschmuggelt. »Die Flüssigkeit muss jedenfalls den ganzen Inhalt bedecken, egal was es ist.«

»Sind Blasen ein gutes oder ein schlechtes Zeichen?«

Ich lachte. »In Ammas Einmachgläsern wirst du niemals Blasen finden.«

Liv zeigte auf das unterste Regal. Darin stand ein Glas, das voller Blasen war; man hätte meinen können, Amma habe die Blasen statt der Kirschen einmachen wollen. Ich kniete mich vor das Regal und holte das Glas heraus. Es war alt und von Spinnweben überzogen. Mir war es bisher noch nie aufgefallen.

»Das kann unmöglich von Amma stammen.« Ich drehte das Glas in meiner Hand. *AUS DER KÜCHE VON PRUDENCE STATHAM.* Ich schüttelte den Kopf. »Das gehört Tante Prue. Sie muss verrückter sein, als ich dachte.« Niemand schenkte Amma etwas, das aus einer anderen Küche als ihrer eigenen kam. Zumindest niemand, der seine Sinne beisammenhatte.

Ich wollte das Glas gerade wieder an seinen Platz zurückstellen, als ich im Halbdunkel des untersten Regals ein abgegriffenes Stück Schnur entdeckte.

»Warte mal, was ist denn das?« Ich zog an der Schnur und die Regale gaben ein ächzendes Geräusch von sich. Es hörte sich an, als würden sie jeden Moment umkippen. Ich tastete die Schnur entlang, bis ich die Stelle gefunden hatte, an der sie aus der Wand kam. Ich zog noch einmal und die Holzwand gab nach. »Dahinten ist etwas.«

»Sei vorsichtig, Ethan.«

Die Regale schwangen langsam nach vorn und gaben einen Raum frei. Hinter dem Vorratskeller lag eine Geheimkammer, mit Wänden aus rohen Ziegelsteinen und einem Lehmfußboden. Am anderen Ende mündete der Raum in einen düsteren Gang. Ich ging hinein.

»Ist das ein Tunnel?«, fragte Liv.

»Ich glaube, das ist ein Geheimgang, den Sterbliche angelegt haben.« Aus dem düsteren Tunnel heraus sah ich Liv an, die noch immer im Vorratsraum stand. Umringt von Ammas Allerlei in Gläsern, wirkte sie wie in Sicherheit.

Da wurde mir schlagartig klar, wo ich mich befand. »Ich hab solche geheimen Räume und Tunnel schon mal gesehen. Auf alten Bildern. Aus der Gefangenschaft entflohene Sklaven haben sie benutzt, um nachts unbemerkt die Häuser zu verlassen.«

»Willst du damit sagen …«

Ich nickte. »Ethan Carter Wate oder einer aus seiner Familie gehörte zur Underground Railroad.«

9.10. *Temporis Porta*

»Wer genau war dieser Ethan Carter Wate noch mal?«, fragte Liv.

»Mein Ururururgroßonkel. Er hat im Bürgerkrieg gekämpft, ist dann aber desertiert, weil er den Krieg für falsch und ungerecht hielt.«

»Jetzt erinnere ich mich. Professor Ashcroft hat mir die Geschichte von Ethan und Genevieve und dem Medaillon erzählt.«

Einen Moment lang hatte ich Schuldgefühle, dass Liv hier war und nicht Lena. Ethan und Genevieve waren für mich und für Lena mehr als nur eine Geschichte. Lena hätte gespürt, was für ein bedeutsamer Augenblick das war.

Liv strich mit den Fingern die Wand entlang. »Und du glaubst, dieses Versteck war Teil der Underground Railroad?«

»Du würdest dich wundern, wie viele alte Häuser im Süden Räume wie diesen haben, in denen die Sklaven versteckt wurden, die von den Farmen weggelaufen waren. Sie wurden verpflegt und neu eingekleidet, bis sie unerkannt durch einen Geheimgang fliehen konnten.«

»Wenn das stimmt, wohin führt dann der Geheimgang?« Liv stand jetzt direkt neben mir. Ich nahm eine alte Laterne von einem Haken, der in die bröckelnde Ziegelsteinwand geschlagen war, drehte am Hahn und hielt ein Streichholz an den Docht. Licht flackerte auf.

»Das gibt's ja gar nicht, da ist sogar noch Öl drin. Das Ding ist doch mindestens hundertfünfzig Jahre alt.«

Wir sahen uns um. Rechts stand eine wackelige Holzbank. Darunter waren eine ramponierte Armeekiste, ein Leinensack und eine Wolldecke fein säuberlich aufgereiht. Alles war mit einer dicken Staubschicht bedeckt.

»Komm, lass uns nachschauen, wohin der Gang führt.« Ich hielt die Laterne hoch, konnte aber nicht viel mehr erkennen als eine Tunnelbiegung und herumliegende Ziegelsteine.

»Ihr Lotsen denkt wohl, ihr könnt überallhin gehen.« Liv streckte die Hand aus und tastete die Decke über uns ab. Brauner Staub rieselte herunter und sie duckte sich hustend weg.

»Hast du Angst?« Ich stieß sie mit der Schulter an.

Liv drehte sich um und zog an dem Seil, das die Tür öffnete und schloss. Die Regaltür hinter uns fiel mit einem lauten Knall zu. »Du etwa?«

Der Gang endete in einer Sackgasse. Wenn Liv den Lichtschein nicht bemerkt hätte, wäre mir die Falltür über unseren Köpfen gar nicht aufgefallen. Die Tür war lange nicht mehr geöffnet worden, denn als ich mir den Weg nach oben bahnte, war ich in eine modrige Staubwolke gehüllt.

»Wo sind wir? Siehst du etwas?«, rief Liv hinter mir. Es war gar nicht so leicht, in der Wand aus Lehm festen Tritt zu fassen, aber schließlich gelang es mir, mich durch das Loch zu stemmen.

»Wir sind unter einem Acker auf der anderen Seite der Route 9. Ich kann unser Haus sehen. Soviel ich weiß, hat dieses Stück Land meiner Familie gehört, bevor die Straße gebaut wurde.«

»Also war Wates Landing ein sicheres Haus. Es dürfte ziemlich einfach gewesen sein, Lebensmittel aus der Küche und der Vorratskammer in den Geheimgang zu schmuggeln.« Liv sah zu mir hoch, aber ich ahnte, dass sie im Geiste tausend Meilen weit weg war.

»Und nachts konnte man hier gefahrlos herausklettern.« Ich ließ mich auf den Tunnelboden fallen und verschloss die Falltür wieder. »Ich wüsste zu gerne, ob Ethan Carter Wate eingeweiht war. Ob er tatsächlich zur Underground Railroad gehörte.« Nach allem, was ich aus den Visionen von ihm wusste, traute ich es ihm durchaus zu.

»Ich frage mich, ob auch Genevieve eingeweiht war«, sagte Liv.

»Was weißt du von Genevieve?«

»Ich habe die Aufzeichnungen gelesen.« Natürlich hatte Liv das.

»Vielleicht waren sie beide darin verwickelt.«

»Vielleicht hatte es etwas damit zu tun.« Liv blickte an mir vorbei.

»Womit?«

Sie deutete hinter mich auf mehrere Bretter, die zu einem schrägen X zusammengenagelt worden waren. Die Bretter waren morsch und gaben den Blick auf eine Tür dahinter frei.

»Ethan, bilde ich mir das nur ein oder …«

Ich schüttelte den Kopf. »Nein. Ich sehe es auch.«

Es war keine normale Tür. Ich kannte die in das alte Holz eingeritzten Zeichen, auch wenn ich ihre Bedeutung nicht verstand. Direkt gegenüber der Falltür, die in die Welt der Sterblichen führte, gab es eine Tür, die in die Welt der Caster führte.

»Wir sollten jetzt besser gehen«, sagte Liv.

»Du meinst: da hineingehen.« Ich stellte die Laterne auf den Boden.

Liv hatte bereits ihr rotes Notizbuch hervorgeholt und zeichnete eifrig, aber ich spürte, dass sie beunruhigt war. »Ich meinte: nach Wates Landing zurückgehen.« Sie klang genervt, was mir bewies, dass sie genauso dringend wie ich herausfinden wollte, was sich hinter der Tür verbarg.

»Gib's ruhig zu, du willst doch auch da rein.« Manche Dinge änderten sich eben nie.

Ein kurzer Ruck am morschen Holz und schon hielt ich ein splitterndes Brett in der Hand.

»Ich will, dass du dich von den Tunneln fernhältst, sonst kriegen wir am Ende noch alle beide Ärger.«

Das letzte Brett fiel herunter. Dahinter wurde ein geschnitzter Türrahmen mit zwei schweren Türflügeln sichtbar, die bis unter die

Erde zu reichen schienen. Ich bückte mich, um die Tür näher in Augenschein zu nehmen. Sie war mit einem dichten Wurzelwerk in der Erde verankert. Ich strich mit den Händen darüber. Die Wurzeln waren knorrig und unbearbeitet, und ich hatte keine Ahnung, um welches Holz es sich handelte.

»Es ist eine Esche. Und ein Vogelbeerbaum, nehme ich an«, sagte Liv. Ich hörte, wie sie etwas in ihr Notizbuch kritzelte. »In Gatlin gibt es weit und breit weder eine Esche noch einen Vogelbeerbaum. Das sind magische Bäume. Sie beschützen die Lichtwesen.«

»Was heißt das?«

»Das heißt, dass diese Tür sehr wahrscheinlich von weit her stammt. Und dass sie uns an einen ähnlich entfernten Ort führen könnte.«

Ich nickte. »Und wohin?«

Liv fuhr mit der Hand über ein Muster in dem geschnitzten Türsturz. »Ich habe keine Ahnung. Madrid. Prag. London. Bei uns in England gibt es Vogelbeerbäume.« Sie kopierte die Türzeichen in ihr Notizbuch.

Ich zog mit beiden Händen an dem eisernen Türgriff. Er knarrte, aber die Tür ging nicht auf. »Ich glaube, dass es nicht darum geht, wo diese Bäume existieren.«

»Ach nein?«

»Nein. Die Frage ist vielmehr, was suchen wir hier? Was wartet hinter der Tür auf uns?« Ich zog noch einmal. »Und wie kommen wir da rein?«

»Das sind drei Fragen auf einmal.« Liv besah sich die Tür noch einmal eingehend. »Ich glaube, der Türsturz funktioniert so ähnlich wie der in Ravenwood. Die Schnitzereien sind eine Art Zugangscode.«

»Dann finde heraus, wie man diesen Code knackt.«

»Ich fürchte, so einfach ist das nicht. Moment mal. Steht da oben nicht ein Wort?« Sie wischte den Staub von der Tür. In den Rahmen war eine Inschrift geschnitzt.

»Wenn es wirklich eine Caster-Tür ist, würde mich das nicht

wundern.« Ich strich mit den Händen über das Holz; es splitterte unter meinen Fingern. Die Tür war sehr, sehr alt, so viel stand fest.

»Temporis … porta«, entzifferte Liv. »Die Zeitentür? Was soll das heißen?«

»Es heißt, dass wir jetzt keine Zeit haben, diese Frage zu beantworten.« Ich lehnte den Kopf an die Tür. An der Stelle, wo meine Stirn das alte Holz berührte, vibrierte sie vor Hitze und Energie.

»Ethan?«

»Psst.«

Komm schon. Öffne dich. Ich weiß, dass da etwas ist, was ich sehen soll.

Ich konzentrierte mich ganz auf die Tür, so wie ich es auch bei dem Bogenlicht gemacht hatte, damit es uns den Weg durch die Tunnel wies.

Ich bin der Lotse. Ich weiß, dass ich der Lotse bin. Zeig mir den Weg.

Ich hörte das unverkennbare Geräusch, wenn altes Holz zu brechen und zu bersten beginnt.

Das Holz bebte, als würde die Tür jeden Augenblick in sich zusammenbrechen.

Komm schon. Zeig es mir.

Ich machte einen Schritt zurück, als die Türflügel langsam aufschwangen und Licht hindurchschien. Aus den Fugen rieselte Staub, als wäre die Tür in den vergangenen tausend Jahren nie geöffnet worden.

»Wie hast du das geschafft?«, fragte Liv überrascht.

»Keine Ahnung. Aber jetzt ist sie offen. Also los.«

Ich trat durch die Tür und im selben Moment lösten sich Licht und Staub in nichts auf. Liv streckte die Hand nach mir aus, aber bevor ich sie ergreifen konnte, war ich verschwunden …

Ich stand ganz allein in der Mitte einer riesigen Halle. Sie sah so aus, wie ich mir eine Halle in einem alten Gemäuer irgendwo in Europa vorstellte – vielleicht in England, Frankreich oder Spanien. Ganz sicher war ich mir allerdings nicht. Weiter als zur Weltenschranke hatten mich die Tunnel bisher nie geführt. Der Raum wirkte wie ein Schiffsbauch, hoch und lang gestreckt. Er war gigantisch, ehrfurchteinflößend und geheimnisvoll und ähnelte einem Gotteshaus oder einem Kloster, auch wenn es wohl nicht wirklich eine Kirche war.

Dicke Balken bildeten eine Kassettendecke, und in den Vierecken dazwischen befanden sich goldene Rosetten, umgeben von einem Kreis aus Blütenblättern.

Nichts an diesem Ort wirkte vertraut. Auch das Vibrieren der Luft – sie summte wie eine Stromleitung mit Kurzschluss – war seltsam fremd.

An der Stirnseite des Raums befand sich eine Mauernische mit einer kleinen hölzernen Empore; in der Längswand reihten sich fünf Fenster, die höher waren als die höchsten Häuser in Gatlin. Das Licht, das durch sie in den Raum fiel, war gedämpft durch hauchdünne, sich bauschende Stoffbahnen, an deren Seiten schwere goldfarbene Draperien hingen. Ich fragte mich, ob die Brise, in der sich die Vorhänge blähten, aus der Welt der Sterblichen kam oder von den Castern herrührte. In die Holzverkleidung der Wände waren niedrige Sitzreihen eingelassen. So etwas kannte ich aus den Büchern meiner Mutter. Auf solchen Bänken saßen Mönche und Messdiener, wenn sie beteten.

Aus welchem Grund war ich hier?

Als ich mich noch einmal umblickte, war der Raum plötzlich voller Menschen. Sie saßen auf den Sitzreihen und standen dicht gedrängt um mich herum. Viele von ihnen trugen Kapuzen, sodass ich ihre Gesichter nicht erkennen konnte. Alle raunten und wisperten in atemloser Spannung.

»Was geht hier vor? Worauf warten wir?«

Niemand wusste eine Antwort darauf. Die Leute schienen mich überhaupt nicht zur Kenntnis zu nehmen, es war fast so, als könnten sie mich nicht sehen. Aber dies war kein Traum. Ich war an einem realen Ort.

Die Menge drängte sich murmelnd vorwärts, und ich hörte, wie jemand mit einem Hammer auf Holz klopfte. *»Silentium.«*

Dann entdeckte ich Gesichter, die mir bekannt vorkamen, und im selben Moment begriff ich, wo ich war. Ein Zweifel war ausgeschlossen.

Das war die Hohe Wacht.

Am Ende der Halle stand Marian. Sie trug eine Robe, deren Kapuze fast ihr Gesicht bedeckte; ihre Hände waren mit einer goldenen Schnur gefesselt. Sie stand oben auf der Empore, neben dem großgewachsenen Mann, der sie mit seinen zwei Begleitern im Archiv der Bibliothek aufgesucht hatte. Ich hörte, wie die Leute leise vom Obersten Bewahrer sprachen. Die weiße Frau stand hinter ihm.

Er sprach Lateinisch, deshalb verstand ich ihn nicht. Aber die Umstehenden verstanden ihn offenbar und gerieten in Aufruhr. *»Ulterioris Arcis Concilium, quod nulli rei – sive homini, sive animali, sive Numini Atro, sive Numini Albo – nisi Rationi Rerum paret, Marianam ex Arce Occidentali Perfidiae condemnat.«*

Als der Oberste Bewahrer die Ankündigung übersetzte, begriff ich, wieso die Leute so unruhig waren. »Der Rat der Hohen Wacht, der einzig und allein der Ordnung der Dinge verpflichtet ist und keinem Menschen und auch sonst keiner anderen Kreatur, keiner Macht, sei sie Dunkel oder Licht, klagt Marian von der Westlichen Wacht des Verrats an.«

Ich verspürte einen entsetzlichen Schmerz; es war, als würde mir jemand die Eingeweide aufschlitzen.

»Es sind die Folgen ihrer Tatenlosigkeit. Und dafür muss die Hüterin einstehen. Obwohl sie eine Sterbliche ist, wird sie in das Dunkle Feuer zurückkehren, aus dem alle Macht entstammt.«

Der Oberste Bewahrer zog Marian die Kapuze vom Kopf. Sie hatte dunkle Ringe um die Augen und ihr Haar war geschoren. Sie sah aus wie eine Kriegsgefangene. »Die Ordnung ist gestört. Bis sich die Neue Ordnung zeigt, muss dem Alten Recht Genüge getan und Sühne geleistet werden.«

»Marian! Du darfst nicht zulassen, dass sie ...« Ich versuchte, mich durch die Menge zu zwängen, aber je verzweifelter ich das versuchte, desto weiter wurde ich zurückgedrängt und desto weiter schien Marian von mir entfernt zu sein.

Bis ich an jemanden stieß, der sich nicht bewegte und fest wie ein Fels stand. Ich hob den Kopf und sah den glasigen Blick von Lilian English.

Mrs English? Was hatte sie hier zu suchen?

»Ethan?«

»Mrs English, Sie müssen mir helfen! Diese Leute haben Marian Ashcroft in ihrer Gewalt. Sie werden ihr etwas antun, obwohl sie gar nichts verbrochen hat. Sie hat nichts getan!«

»Und was denkst du jetzt über Gerechtigkeit?«

»Wie bitte?« Was redete sie da?

»Die Gliederung deines Aufsatzes. Ich erwarte, dass er morgen auf meinem Schreibtisch liegt.«

»Das weiß ich. Aber ich spreche jetzt nicht von meinem Aufsatz.« Kapierte sie denn nicht, was hier gerade vor sich ging?

»Doch, das tust du.« Ihre Stimme klang verändert, ungewohnt.

»Der Richter irrt sich. Sie alle irren sich.«

»Jemand trägt die Schuld. Die Ordnung ist zerstört. Wenn nicht Marian Ashcroft, wer dann?«

Darauf hatte ich keine Antwort. »Ich weiß es nicht. Meine Mutter hat immer gesagt …«

»Mütter lügen«, fiel mir Mrs English gleichgültig ins Wort. »Damit ihre Kinder sich der großen Lüge hingeben können, die das Leben der Sterblichen ist.«

Ich merkte, wie ich immer wütender wurde. »Was wissen Sie schon von meiner Mutter. Sie haben sie gar nicht gekannt.«

»Das Rad des Schicksals. Deine Mutter weiß darüber Bescheid. Die Zukunft ist nicht unabänderbar vorherbestimmt. Nur du kannst das Rad aufhalten, ehe es Marian Ashcroft zermalmt. Ehe es alle zermalmt.«

Mrs English verschwand und der Raum war plötzlich wieder völlig leer. Vor mir war eine in die Wand eingelassene Tür aus glattem Ebereschenholz, als sei sie schon immer dort gewesen. Die *Temporis Porta*.

Ich streckte die Hand danach aus. Kaum hatte ich den Türgriff berührt, befand ich mich wieder auf der anderen Seite im Tunnel der Sterblichen.

»Ethan! Was ist passiert?« Liv fiel mir um den Hals, und ich spürte in diesem Moment wieder die besondere Verbindung, die für immer zwischen uns bestehen würde.

»Keine Sorge, es geht mir gut.« Ich machte mich von ihr los. Livs Lächeln erstarb; ihre Wangen liefen rot an, als ihr klar wurde, was sie getan hatte. Sie verschränkte verlegen die Arme hinter dem Rücken, wie um sie zu verstecken.

»Was hast du gesehen? Wo warst du?«

»Wo genau es war, kann ich nicht sagen, aber ich weiß, dass es die Hohe Wacht war. Ich habe zwei der Bewahrer wiedererkannt, die bei Marian in der Bibliothek waren. Ich glaube, ich habe in die Zukunft gesehen.«

»In die Zukunft? Wie kommst du darauf?« Man konnte förmlich sehen, wie das Räderwerk in Livs Gehirn auf Hochtouren lief.

»Es ging um Marians Verhandlung und die hat ja noch gar nicht stattgefunden.«

Liv fummelte an dem Bleistift herum, den sie sich hinters Ohr gesteckt hatte. »*Temporis Porta* bedeutet Zeitentür. Denkbar wäre es. Wenn die *Temporis Porta* ein Portal ist, was ich stark vermute, dann hast du womöglich etwas gesehen, was tatsächlich noch nicht geschehen ist. Dann hast du wirklich einen Blick in die Zukunft geworfen.«

Angesichts dessen, was sich gerade vor meinen Augen abgespielt hatte, hoffte ich inständig, dass es nur als eine Warnung gedacht war – als eine mögliche Zukunft, die nicht unwiderruflich so eintreten musste.

Liv schrieb fieberhaft in ihr rotes Notizbuch, um jede Einzelheit unseres Gesprächs festzuhalten.

»Ich kann nur hoffen, dass du dich irrst.«

Sie hörte auf zu schreiben. »Dann hast du also nichts Gutes gesehen?«

»Nein.« Ich zögerte. »Wenn es tatsächlich die Zukunft war, dann dürfen wir Marian auf keinen Fall zu dieser Verhandlung gehen lassen. Versprich mir, dass du mir hilfst. Wir müssen den Rat daran hindern, Marian mitzunehmen. Ich bezweifle, dass sie weiß ...«

»Ich verspreche es dir.« Livs Gesicht war düster und ihre Stimme spröde. Ich sah, dass sie mit den Tränen kämpfte.

»Hoffen wir, dass es eine andere Erklärung dafür gibt.« Aber noch während ich das sagte, wusste ich, dass es keine andere Erklärung gab. Und Liv wusste es auch.

13.10. *Das goldene Ticket*

Nach der Begegnung mit den Bewahrern in der Bibliothek war Marian in ihr Haus zurückgekehrt und hatte es, soweit ich wusste, seitdem nicht mehr verlassen. Am nächsten Tag war ich bei ihr vorbeigefahren, um nachzusehen, ob es ihr gut ging. Aber sie hatte die Tür nicht aufgemacht und war auch nicht zur Arbeit gegangen. Tags darauf hatte ich ihre Post auf die Veranda gelegt und versucht, durch ein Fenster zu spähen, aber die Läden waren verschlossen und die Vorhänge zugezogen gewesen.

Jetzt läutete ich wieder an der Tür und wieder machte Marian nicht auf. Ich setzte mich auf die Verandastufen und sah ihre Post durch. Nichts Außergewöhnliches – Rechnungen, ein Schreiben von der Duke University, wahrscheinlich ging es um eines ihrer Forschungsstipendien. Und ein zurückgesandter Brief, der nicht zugestellt werden konnte.

»Kings Langley« lautete die Adresse.

Wieso kam mir das so bekannt vor? Mein Kopf war wie benebelt, aber irgendwo in den Tiefen meines Gedächtnisses schlummerte etwas, zu dem ich nur nicht vordringen konnte.

»Das gehört, glaube ich, mir.« Liv setzte sich neben mich auf die Stufen. Sie hatte ihre Haare zu Zöpfen geflochten und trug abgeschnittene Jeans und ein T-Shirt mit dem Periodensystem vornedrauf.

Auf den ersten Blick wirkte sie wie immer. Aber ich wusste, dass der letzte Sommer vieles für sie verändert hatte. »Ich hab dich noch gar nicht gefragt, wie du dich nach der Begegnung mit den drei Bewahrern gefühlt hast. Ich meine … geht es dir gut?«

»Ich schätze schon. Was an der *Temporis Porta* passiert ist, erschreckt mich viel mehr.« Sie spielte gedankenverloren mit einem ihrer Zöpfe. »Ethan, ich glaube, du hast tatsächlich die Zukunft gesehen. Du bist durch die Tür gegangen und an einem anderen Ort angekommen. Genau so funktionieren Zeittüren.«

Über Livs Gesicht huschte ein Schatten. Da war noch etwas, was ihr keine Ruhe ließ.

»Was ist?«

»Ich habe nachgedacht.« Sie drehte nervös an ihrem Selenometer. »Die *Temporis Porta* hat sich nur für dich geöffnet. Warum hat sie mir den Zugang verwehrt?«

Weil ich derjenige bin, der alles Schlimme magisch anzieht, schoss es mir durch den Kopf, aber ich sagte es nicht. Und ich sagte Liv auch nicht, dass ich meiner Englischlehrerin in der Zukunft begegnet war. »Das weiß ich nicht. Was machen wir jetzt?«

»Das Wichtigste zuerst. Wir müssen verhindern, dass Marian zur Hohen Wacht geht.«

Ich warf einen Blick auf die Haustür. »Vielleicht sollten wir sogar froh darüber sein, dass sie sich nicht sehen lässt. Ich hätte eigentlich wissen müssen, dass nichts Gutes dabei rauskommt, wenn man in Ammas Vorratskeller herumstöbert.«

»Ausgenommen das Eingemachte.« Liv zwang sich zu einem Lächeln. Sie wollte mich von dem ablenken, dem ich doch niemals entfliehen konnte – mir selbst.

»Kirschen?«

»Erdbeeren.« Mit ihrem britischen Akzent klang das Wort wie *Eeerd-Beeern.* »Mit dem Löffel. Direkt aus dem Glas.«

»Du bist wie Ridley. Süß, süßer, am süßesten.«

Sie lächelte, als ich das sagte.

»Wie geht es eigentlich Ridley und Link und Lena? Ich habe die drei bisher ja nur ganz kurz gesehen.«

»Ach, du weißt ja, wie Ridley ist. Sie stellt die ganze Schule auf den Kopf. Sie ist jetzt bei den Cheerleadern.«

Liv lachte. »Erst Sirene, dann Cheerleader. Ich kenne mich mit der amerikanischen Kultur nicht gut genug aus, aber selbst ich kann die Parallelen sehen.«

»Ja, kann sein. Und Link ist der größte Muskelprotz weit und breit. Die Mädchen fallen förmlich über ihn her. Er ist ein richtiger Girls-Magnet.«

»Und was macht Lena? Jede Wette, sie ist glücklich, dass sie ihren Onkel wiederhat. Und dich.«

Liv sah mich nicht an und ich sie auch nicht. Als sie schließlich weitersprach, blickte sie in die helle Sonne und nicht zu mir. »Für mich ist es schwer, weißt du. Ich denke oft an dich oder würde dir gern Dinge erzählen, die ich erlebt habe, Dinge, die lustig oder merkwürdig sind. Aber du bist nicht da.«

Am liebsten hätte ich Marians Post einfach auf die Stufen geworfen und wäre abgehauen. Stattdessen holte ich tief Luft und sagte: »Ich weiß. Wir, Link, Lena, Rid und ich, wir sind alle zusammen, nur du bist allein. Wir haben so vieles gemeinsam durchgestanden, aber dann haben wir dich im Stich gelassen. Das war echt scheiße.« Endlich hatte ich es ausgesprochen. Seit unserer Rückkehr nach Gatlin war es mir auf der Seele gelegen. Seit dem Tag, an dem Liv mit Macon in die Tunnel abgetaucht war.

»Zum Glück habe ich ja Macon. Er ist einfach wunderbar, beinahe wie ein Vater.« Liv sah zu Boden. »Aber ich vermisse dich und Marian. Es ist schrecklich, dass ich mich nicht mehr mit euch beiden unterhalten kann. Ich will Marian nicht noch mehr Ärger machen. Aber es ist, als würde mir jemand sagen: Du darfst ab sofort keine Eiscreme oder Krabbenchips mehr essen und keine Ovomaltine mehr trinken.«

»Ich weiß. Es tut mir leid, dass alles so verdreht ist.« Aber am verdrehtesten war dieses Gespräch. Es war typisch Liv. Nur jemand wie sie brachte überhaupt den Mut auf, solche Dinge anzusprechen.

Sie sah mich von der Seite an und verzog den Mund zu einem Lächeln. »Es ist ja nicht so, als müsste ich dich sofort küssen, sobald ich dir gegenüberstehe. *So* unwiderstehlich bist du nun auch wieder nicht.«

»Erzähl mir was Neues.«

»Am liebsten würde ich mir ein Schild an die Stirn kleben: ›ICH ERKLÄRE OFFIZIELL, DASS ICH ETHAN WATE NICHT KÜSSEN WILL. LASST UNS EINFACH NUR FREUNDE SEIN‹.«

»Vielleicht könnten wir T-Shirts mit der Aufschrift ›PLATONISCH‹ drucken lassen.«

»Oder ›KEIN PÄRCHEN‹.«

»›KEIN INTERESSE‹.«

Mit einem lauten Seufzer fischte Liv den unzustellbaren Brief aus dem Stapel Post. »Vor ein paar Wochen hatte ich einen Anfall von Selbstmitleid. Ich habe nach Hause geschrieben und gefragt, ob sie mich wiederhaben wollen.«

Mir fiel auf, dass ich über Livs Familie so gut wie gar nichts wusste. »Richtig nach Hause? Also deinen Eltern in England?«

»Nur meiner Mutter. Mein Vater hat die Familie schon lange verlassen. Er hat uns gegen das glanzvolle Leben eines forschenden Physikers eingetauscht. Ehrlich gesagt war mein Brief ein halbherziger Versuch, meine Mutter zu überreden, mich wieder nach Oxford zu schicken. Ich bin nicht an die Uni gegangen, weil ich lieber hierherkommen wollte. Aber plötzlich schien es mir an der Zeit, wieder nach Hause zurückzugehen. Das dachte ich jedenfalls.«

»Und was denkst du jetzt?« Ich wollte nicht, dass sie wegging.

»Jetzt habe ich das Gefühl, dass ich Marian nicht mit diesem ganzen Schlamassel allein lassen kann.«

Ich nickte und zupfte gedankenverloren an meinen Schnürsenkeln. »Ich wäre froh, wenn sie nur mal kurz den Kopf zur Tür herausstrecken würde.« Darüber, was passieren würde, wenn sie das tat, wollte ich allerdings lieber nicht so genau nachdenken.

»Geht mir genauso. In der Bibliothek ist sie jedenfalls nicht. Vielleicht braucht sie etwas Zeit für sich.« Liv hatte also wie ich nach Marian gesucht. Wir waren uns so ähnlich, und das in mehr als einer Beziehung.

»Du warst ziemlich mutig in der Bibliothek, weißt du das?«

Sie lächelte. »Ja, oder? Ich war auch ziemlich stolz auf mich. Danach hätte ich mich aber am liebsten in meinem Bett verkrochen und zehn Stunden am Stück geheult.«

»Kann ich dir nicht verdenken. Das war ja auch richtig hardcoremäßig.« Und dabei hatte sie gar nicht alles gesehen, die Hohe Wacht war noch viel schlimmer.

»An dem Abend …«, fing ich an, während sie im selben Moment sagte: »Ich muss jetzt gehen …«

Ich war wieder einmal zu langsam gewesen. Und wie so oft kamen wir uns mit dem, was wir sagen wollten, gegenseitig in die Quere. Schweigend saßen wir noch eine Minute nebeneinander. Die Situation wurde immer peinlicher, aber ich brachte es nicht fertig, als Erster zu gehen.

Schließlich stand sie auf und strich sich die Shorts glatt. »Ich bin froh, dass wir mal darüber geredet haben.«

»Ich auch.«

Als sie auf Marians makellos gepflegtem Weg Richtung Gartentor ging, hatte ich plötzlich eine Idee. Keine überwältigend gute, aber eine halbwegs passable.

»Warte mal.« Ich zog einen orangefarbenen Zettel aus meiner Hosentasche. »Die ist für dich.«

Liv faltete den Zettel auseinander. »Was ist das?«

»Eine Einladung zu Savannah Snows Party nach dem Basketballspiel gegen Summerville am Samstagabend. So ein Wisch ist in der ganzen Stadt total heißbegehrt.« Es war schwierig, das zu sagen und dabei ernst zu bleiben.

»Wie kommst ausgerechnet du zu einer Einladung für Savannahs Party?«

»Du unterschätzt die vereinten Kräfte einer ehemaligen Sirene und eines Linkubus.«

Liv steckte den Flyer in ihre Tasche. »Du willst also, dass sich auch noch ein geschasster Lehrling für den Hüterinnen-Job unter die Meute mischt?«

»Ich weiß noch nicht, ob Lena und ich wirklich hingehen, aber Link und Ridley werden auf jeden Fall da sein. Warum gehst du nicht einfach auch und hast Spaß?«

Sie zögerte. »Ich werde es mir überlegen.«

»Was gibt es da zu überlegen?«

»Ist es nicht ein bisschen peinlich, wenn du und Lena dann doch da seid?«

Natürlich war es das.

»Warum sollte das peinlich sein?«, fragte ich so lässig wie möglich.

»Ja, warum wohl? Vielleicht weil es Lena unangenehm ist, wenn ich komme?« Liv sah zum Himmel, als könnte sie die Antwort auf diese Frage in der makellos blauen Nacht finden. »Ich schätze, wir brauchen dringend solche T-Shirts.«

Ich vergrub die Hände in den Hosentaschen und überlegte. Schließlich sagte ich: »Du hast ihr Macon zurückgebracht. Du hast dich für Marian eingesetzt. Lena schätzt dich und alles, was du für uns beide getan hast. Du wohnst praktisch in Ravenwood – genauer gesagt *unter* Ravenwood. Du gehörst zur Familie.«

Liv kniff skeptisch die Augen zusammen, so als zweifelte sie an meinen Worten. Kein Wunder, denn sie stimmten ja nur zum Teil. »Vielleicht. Kann schon sein. Vielleicht ist es das Beste, was ich unter diesen Umständen tun kann.«

»Du kommst also?«

»Ich lass es mir durch den Kopf gehen. Und jetzt muss ich los. Macon wartet auf mich.« Sie zog einen Schlüssel aus der Tasche und hielt ihn hoch. Es war ein Schlüssel mit Halbmondsichel, wie ihn auch Marian hatte. Liv konnte damit die Äußeren Tore öffnen, die die Welt der Caster mit der Welt der Sterblichen verbanden.

Irgendwie passte das. Sie winkte mir zu und verschwand um die Ecke, während ich mich wieder Marians dunklem Haus zuwandte.

Ich legte den Stapel Post auf den Schaukelstuhl neben der Eingangstür und hoffte, dass er am nächsten Morgen nicht mehr da wäre. Vor allem aber hoffte ich, dass meine Erinnerungen an die *Temporis Porta* ausgelöscht wurden.

»Du hast was gemacht? Bitte sag, dass das nicht wahr ist.«

Wir waren im Cineplex und standen in der Schlange für Popcorn an. Lena war nicht so begeistert über meine Idee, Liv zu Savannahs Party einzuladen, wie ich es gehofft hatte. Genau genommen war sie so wenig begeistert darüber, wie ich es befürchtet hatte. Aber wenn Liv zur Party käme, würde Lena sowieso herausfinden, dass ich sie eingeladen hatte. Es war also besser, die Prügel jetzt gleich einzustecken. Eine wütende Freundin war das eine. Aber ein wütendes Caster-Mädchen bedeutete, dass man sich den Hals brechen oder von einer Klippe stürzen konnte.

Ich hatte vorgehabt, Lena von der *Temporis Porta* zu erzählen, die Liv und ich gefunden hatten. Aber wenn sie schon auf die Party-Einladung so heftig reagierte, war es besser, damit noch zu warten und erst einmal die Sache mit der Einladung zurechtzurücken.

Seufzend setzte ich zu einer Erklärung an, obwohl ich genau wusste, dass es zwecklos war. »Wenn du wirklich Grund hättest, dir Sorgen zu machen, dann würde ich Liv garantiert nicht ausgerechnet dorthin einladen, wo du bist. Dann würde ich die Sache heimlich angehen, meinst du nicht auch?«

»Was meinst du mit heimlich angehen?«

Ich zuckte die Achseln. »Ich weiß es nicht. Weil ich ja nichts heimlich tun will.«

»Aber angenommen, du wolltest etwas heimlich tun.«

»Will ich aber nicht.« Ich hatte gleich geahnt, dass es ein Fiasko werden würde.

»Ethan, doch nur mal angenommen.«

»Das ist eine Falle.« Ich würde mich hüten, mich mit einem Mädchen über rein hypothetische Fragen zu streiten.

Wir waren am Tresen angekommen und ich zog mein Portemonnaie aus der Tasche. »Was nimmst du?«

Lena sah mich an, als hätte ich nicht mehr alle Tassen im Schrank. »Das Übliche.«

Was nahm sie denn immer? Was war denn das Übliche? Mein Kopf war wie leer gefegt.

»Das Übliche«, wiederholte ich dümmlich.

Sie sah mich von der Seite an und bestellte dann an der Kasse. »Popcorn mit Karamell, bitte.«

Alles in Ordnung mit dir?

Ja, ich stand nur auf der Leitung. Weiß auch nicht, warum.

Der Mann an der Kasse schob Lenas Popcorn über die Theke und schaute mich an. Ich überflog den Aushang an der Wand. »Wie wär's mit … Popcorn und scharfen Tamales?«

Scharfe Tamales?

Sie haben keine Zimtpastillen, L.

Denkst du gerade an jemanden Bestimmten?

Ich zuckte die Schultern. Amma machte mit ihrem Hackmesser keine Frühlingsrollen mehr und rührte keine Pasteten mehr mit der Einäugigen Drohung. Die gespitzten Bleistifte der Härte 2 blieben in der Schublade und seit Wochen hatte ich kein Kreuzworträtsel mehr auf dem Küchentisch liegen sehen.

Ethan, mach dir keine Gedanken wegen Amma.

Amma ist noch nie so lange ins Dunkle gereist. In unserem Vorgarten hängen jetzt Flaschen am Baum.

Seit Abraham bei euch aufgetaucht ist?

Eigentlich seit Anfang des Schuljahres.

Wenn du dir solche Sorgen machst, warum sprichst du dann nicht einfach mit ihr?

Hast du jemals versucht, mit Amma über etwas zu sprechen, wenn sie nicht wollte?

Ja. Nein. Vielleicht sollten wir selbst einmal mit diesem Bokor reden.

Nimm's mir nicht übel, aber der gehört nicht zu der Sorte Menschen, der man die eigene Freundin vorstellen möchte. Ich bin mir nicht mal sicher, ob es für eine Caster dort nicht sogar gefährlich ist.

Die gesamte Cheerleader-Truppe rauschte an uns vorbei. Ridley war in Begleitung eines Typen, den ich nicht kannte und der seine Hand in die Po-Tasche ihres hautengen Rocks gesteckt hatte. Er war nicht von der Jackson High. Ich tippte auf Summerville. Savannah hatte sich an Link geklammert, der aber nur Augen für Ridley hatte, die wiederum so tat, als wäre er Luft für sie. Savannah platzte fast vor Wut. Sie war jetzt nicht mehr die Nummer eins der Cheerleader-Pyramide.

»Setzt ihr euch zu uns?«, rief Link mir im Vorbeigehen zu.

Savannah verzog ihren Mund zu einem angestrengten Lächeln und winkte. Lena sah ihnen hinterher, als spazierten sie in Unterwäsche durch die Gegend.

»Ich werde mich niemals daran gewöhnen«, sagte sie.

»Ich auch nicht.«

»Hast du Rid erklärt, wozu die hintersten drei Reihen im Cineplex da sind?«

»Ähm, nein …«

Und so landeten wir eingezwängt zwischen Link und Savannah und Ridley und dem Typen aus Summerville in der vorletzten Reihe. Der Vorspann hatte noch nicht richtig angefangen, da flüsterte Savannah Link kichernd etwas ins Ohr, was meiner Meinung nach nur ein Vorwand war, ihm mit ihrem Mund so nahe wie möglich zu kommen.

Ich rammte ihm meinen Ellbogen in die Seite.

»Aua!«

»Mann, Ridley sitzt hier.«

»Ja, mit diesem Vollidioten.«

»Willst du mitansehen, wie sie sich so über ihn hermacht?« Ridley gehörte nicht zu den Mädchen, die bloß ausflippten. Wenn schon, dann rächte sie sich grausam.

Link beugte sich vor und sah an Lena und mir vorbei zu Ridleys Platz. Der Vollidiot aus Summerville hatte seine Hand schon auf ihrem Bein. Als sie merkte, dass Link sie beobachtete, hakte sie sich bei dem Typen unter und warf ihre pink-blonde Mähne zurück. Dann zog sie einen Lolli hervor und wickelte ihn aus.

Link rutschte auf seinem Platz hin und her. »Ja, du hast recht. Ich werd ihm eine in ...«

Ehe er aufstehen konnte, hatte Lena ihn am Ärmel gepackt. »Du wirst gar nichts. Reiß dich zusammen, dann tut sie es auch, und danach könnt ihr euch vielleicht wie normale Menschen verabreden und mit diesen bescheuerten Spielchen aufhören.«

»Psst!« Der Summerville-Idiot sah uns böse an. »Haltet die Klappe! Ein paar von uns wollen den Film sehen.«

Link warf mir einen flehenden Blick zu. »Bitte lass mich nach draußen gehen und ihm die Scheiße aus dem Leib prügeln, bevor der Film spannend wird. Du weißt genau, dass es sowieso darauf hinausläuft.«

Da war etwas dran. Aber er war jetzt ein Linkubus und da galten andere Regeln.

»Willst du, dass Ridley Savannah genauso fertigmacht wie du diesen Typen? Du weißt, dass sie das tun wird.«

Er schüttelte den Kopf. »Ich weiß nicht, wie lange ich das noch aushalte. Rid treibt mich in den Wahnsinn.« Für einen Moment war er wieder der alte Link, der in ein Mädchen verknallt war, das immer eine Nummer zu groß für ihn sein würde.

Vielleicht war das der Grund, vielleicht dachte er, dass Ridley für ihn unerreichbar bleiben würde, obwohl er jetzt auch in einer anderen Liga spielte.

»Du musst sie auf Savannahs Party einladen, als deine Freundin.« Das war die einzige Möglichkeit, diese Bombe zu entschärfen.

»Machst du Witze? Das ist, als würde ich der versammelten Cheerleader-Truppe den Krieg erklären. Ich hab Savannah versprochen, ihr zu helfen. Ich soll früher kommen und beim Rumräumen helfen und so weiter.«

»Ich sage nur, wie ich es sehe.« Ich machte mich über mein Popcorn mit Tamales her. Mein Mund brannte, was vielleicht ein Zeichen war, endlich die Klappe zu halten.

Von jetzt ab würde es keine Ratschläge mehr von mir geben.

Am Ende des Abends vermöbelte Link den Vollidioten aus Summerville doch noch auf dem Parkplatz. Ridley warf Link jeden Schimpfnamen an den Kopf, den man sich denken konnte, und zu guter Letzt mischte sich auch noch Savannah ein. Einen Moment lang schien es, als würden sich die beiden Mädchen ernsthaft prügeln wollen, bis sich Savannah wieder daran erinnerte, dass ihr Arm noch in einer Schlinge steckte, und so tat, als sei das alles ein einziges Missverständnis.

Als ich nach Hause kam, klebte ein Zettel an meiner Haustür. Er war von Liv.

Ich hab's mir überlegt. Wir sehen uns auf der Party. XO Liv.

XO.

Das schrieben Mädchen immer am Schluss ihrer Briefchen – oder?

Okay.

Ich war so gut wie erledigt.

18.10. *Ein wirklich schlimmes Mädchen*

Es war mehr als nur ein bisschen Überredungskunst nötig, damit Amma mich zu Savannahs Party gehen ließ. Heimlich davonschleichen war ausgeschlossen, das hätte sie auf jeden Fall bemerkt. Denn Amma ging nirgendwo mehr hin. Seit sie die Tarotkarten gelegt und einen Abstecher in die Grabstätte der Voodoo-Königin gemacht hatte, war sie nicht ein einziges Mal zu sich nach Hause gegangen. Sie gab es nicht zu, und als ich sie fragte, warum sie nicht mehr nach Waders Creek ging, wich sie mir aus.

»Soll ich etwa die Schwestern hier allein lassen, ohne dass jemand ein Auge auf sie hat? Du weißt doch, seit dem Unfall hat Thelma keinen lichten Moment mehr gehabt.«

»Ach, Miss Amma. Es gibt keinen Grund, so einen Wirbel zu machen. Ich bin nur hin und wieder ein klitzekleines bisschen durcheinander«, rief Thelma aus dem Nebenzimmer, wo sie gerade zum ungefähr fünfzigsten Mal den Sofabezug glatt strich. Tante Mercy verlangte immer ein Kissen und zwei Decken, Tante Grace hingegen wollte zwei Kissen und eine Decke. Tante Mercy konnte benutzte Decken nicht leiden, was bedeutete, dass man jede Decke erst waschen musste, ehe Tante Mercy sie auch nur anfasste. Und Tante Grace konnte keine Kissen leiden, die nach Haaren rochen, selbst wenn es ihre eigenen waren. Das Traurige daran war, dass ich seit dem »Unfall« mehr über ihren Kissenfimmel und ihre Lieblingsverstecke für Kaffee-Eiscreme wusste, als ich es jemals wissen wollte.

Der Unfall.

Wenn bisher vom »Unfall« die Rede gewesen war, dann war damit immer der Autounfall meiner Mutter gemeint gewesen. Jetzt war es die für den Süden typische höfliche Umschreibung für den Zustand, in dem sich Tante Prue befand. Ich wusste nicht, was ich schlimmer fand, aber wenn Amma erst einmal angefangen hatte, mit dem »Unfall« zu argumentieren, konnte nichts in der Welt sie mehr von ihrer Meinung abbringen.

Ich versuchte es trotzdem. »Sie legen sich doch spätestens um acht Uhr ins Bett. Wie wär's, wenn wir mit ihnen Scrabble spielen, und ich gehe erst aus dem Haus, wenn alle schlafen?«

Amma schüttelte den Kopf, während sie Backbleche in den Herd schob oder herausholte. Zimtkekse. Zuckersirupgebäck. Shortbread. Kekse über Kekse, aber keine einzige Pastete. Cookies waren zum Verschenken gedacht. Allerdings nicht für die Ahnen. Ich weiß nicht, warum, aber sie waren wohl nicht sonderlich scharf auf Kekse. Was gleichzeitig bedeutete, dass Amma immer noch nicht mit ihnen gesprochen hatte.

»Für wen backst du heute Abend, Amma?«

»Warum, bist du dir jetzt zu schade für meine Kekse?«

»Nein, aber du hast sie auf ein Spitzendeckchen gelegt, und das heißt: Die Kekse sind nicht für mich.«

Amma arrangierte das Gebäck auf einem Tablett. »Na, du bist mir ja ein ganz Schlauer. Die Kekse sind fürs Krankenhaus. Ich dachte mir, die netten Krankenschwestern dort würden sicher ein paar davon mögen, damit ihnen die Nacht nicht so lang wird.«

»Ich darf also gehen?«

»Du bist dümmer, als ich dachte, wenn du tatsächlich glaubst, Savannah Snow legt Wert auf deine Gesellschaft.«

»Es ist doch nur eine ganz normale Schulparty.«

Sie senkte die Stimme. »Es gibt keine ganz normale Schulparty, wenn eine Caster, ein Inkubus und eine abgetakelte Sirene dabei sind.« Amma konnte selbst wenn sie leise sprach ein Donnerwetter loslassen. Sie schlug die Tür des Backofens zu und stemmte die Hände in die Hüfte.

»Viertel-Inkubus«, flüsterte ich zurück. Als ob das irgendetwas geändert hätte. »Die Party ist bei den Snows zu Hause. Du weißt doch, wie die sind.« Ich ahmte Reverend Blackwell nach, eine meiner besten Nummern. »Ehrbare, gottesfürchtige Menschen. Bei ihnen liegt die Bi-hi-bel neben dem Bett.« Amma sah mich streng an. Ich gab es auf. »Es wird schon nichts passieren.«

»Wenn ich jedes Mal, wenn du das gesagt hast, einen Nickel bekommen hätte, würde ich heute in einem Schloss wohnen.« Amma deckte die Kekse mit Frischhaltefolie ab. »Wenn die Party bei den Snows ist, warum gehst du dann überhaupt hin? Sie haben dich im vergangenen Jahr auch nicht eingeladen, wenn ich mich recht erinnere.«

»Ich weiß. Aber ich dachte, es könnte lustig werden.«

Ich traf mich mit Lena an der Ecke der Dove Street, denn sie hatte noch weniger Glück mit ihrem Onkel als ich mit Amma und musste sich deshalb heimlich aus dem Haus schleichen. Vor lauter Angst, dass Amma sie entdecken und wieder nach Hause schicken könnte, hatte sie den Leichenwagen eine Straße weiter geparkt. Schwer vorstellbar, dass irgendjemand ein so auffälliges Auto übersehen würde.

Macon hatte darauf beharrt, dass niemand auf irgendwelche Partys ging, solange die Ordnung nicht wiederhergestellt war – am allerwenigsten zu den Snows. Genauso energisch hatte Ridley darauf bestanden, exakt das zu tun. Wie sollte sie sich jemals mit ihrem Schicksal als Sterbliche abfinden können, wenn sie nichts von dem tun durfte, was ihre sterblichen Freunde taten? Teller wurden gegen die Wand geworfen und am Schluss knickte Tante Del ein. Macon blieb zwar hart, aber trotzdem ging Ridley erhobenen Hauptes zur Tür hinaus, und Lena hatte sich etwas einfallen lassen müssen, um von Ravenwood wegzukommen.

»Er denkt, ich bin in meinem Zimmer und schmolle, weil ich

nicht wegdarf.« Lena seufzte. »Und das war auch so, bis ich herausgefunden habe, wie ich mich am besten aus dem Staub machen kann.«

»Und wie hast du das geschafft?«, fragte ich.

»Ich musste grob geschätzt fünfzehn verschiedene Caster-Sprüche anwenden: Verstecken, Verhüllen, Vergessen, Verkleiden, Verdoppeln ...«

»Verdoppeln? Willst du damit sagen, du hast dich geklont?«

»Nur meinen Geruch. Jeder, der über das Haus einen Offenbarungsbann spricht, wird getäuscht, wenigstens ein, zwei Minuten lang.« Sie seufzte. »Aber Onkel Macon kann man nicht täuschen. Wenn er mir auf die Schliche kommt, bin ich erledigt. Du sagst immer, es sei schwierig, mit einer Seherin unter einem Dach zu leben – ich kann dir nur sagen, Onkel Macon tut momentan nichts anderes, als sich in Gedankenjagd zu ergehen.«

»Wahnsinn. Das heißt, wir haben den ganzen Abend für uns.« Ich zog sie an mich und gemeinsam lehnten wir uns an ihr Auto.

»Hmm. Vielleicht auch länger. Womöglich kann ich heute Abend gar nicht mehr ins Haus zurück. Ravenwood ist bis in den letzten Winkel mit Bannsprüchen belegt.«

»Du kannst bei uns übernachten, wenn du willst.« Ich küsste ihren Hals und arbeitete mich von dort bis zu ihrem Ohrläppchen hoch. Meine Lippen brannten wie Feuer, aber ich scherte mich nicht darum. »Warum gehen wir eigentlich zu dieser langweiligen Party, wo wir doch so ein schönes Auto hier stehen haben?«

Lena stellte sich auf die Zehenspitzen und küsste mich, bis mein Kopf genauso wild dröhnte wie mein Herz. Dann ließ sie mich los und duckte sich weg. »Tante Mercy und Tante Grace hätten ihre helle Freude daran. Ich stelle mir gerade ihre Gesichter vor, wenn ich am Morgen zum Frühstück herunterkomme. Vielleicht könnte ich mir eines von deinen Handtüchern umbinden.« Sie fing an zu lachen, und ich versuchte, mir die Situation auszumalen, aber das Kreischen in meinem Kopf war so laut, dass ich es lieber wieder aufgab.

»Glaub mir, sie haben deutlich derbere Ausdrücke auf Lager als ›Po‹.«

»Ich wette, sie rufen die ›verdammte Po-lizei‹«, kicherte Lena, und das war gar nicht so weit hergeholt.

»Ja, aber ich bin derjenige, den sie dann verhaften, weil ich mich an dir holden Maid vergriffen habe.«

»Dann sollten wir jetzt wohl besser Link abholen, um dich erst gar nicht dem Risiko auszusetzen.«

Ich konnte mich nicht daran erinnern, wann ich zuletzt einen Fuß in Savannahs Haus gesetzt hatte, aber schon als wir auf die Eingangstreppe zugingen, fühlte ich mich unwohl. Überall hingen Fotos von Savannah. Auf einigen trug sie Glitzerkrönchen und Schärpen von diversen »Ich bin die Tollste«-Miss-Wahlen, auf anderen ihre Cheerleader-Uniform mitsamt Pompons. Es gab sogar eine Art Starporträt, eine Fotoserie, die Savannah im Badeanzug, mit angeklebten Wimpern und viel zu viel Lippenstift, zeigte. Wie es aussah, war sie praktisch mit Lippenstift auf die Welt gekommen.

Die Snows brauchten wirklich keine zusätzliche Party-Dekoration. Sah man einmal von den Hunderten von Cupcakes in Basketballform, der Punschbowle, in der winzige Basketbälle aus Eis schwammen, und den zu kleinen Basketbällen ausgestochenen Sandwiches mit Hühnchensalat ab, dann war Savannah das auffälligste Deko-Detail von allen. Sie trug noch ihre Cheerleader-Uniform und hatte auf die eine Wange »Link« geschrieben und auf die andere ein riesengroßes pinkfarbenes Herz gemalt. Sie stand im Garten, wartete, lächelte und strahlte, als wäre sie der Weihnachtsbaum auf einer Weihnachtsfeier. Und in der Sekunde, in der sie Link erblickte, schaltete jemand ihre sämtlichen Lichterketten ein.

»Wesley Lincoln!«

»Hey, Savannah!«

Savannah hoffte, dass es zwischen ihnen funkte, aber sie hatte nicht den Hauch einer Chance. Für Link gab es nur ein Mädchen, das diesen Funken bei ihm entfachen konnte, und es konnte sich nur noch um Minuten handeln, bis dieses Mädchen die Party so richtig zum Glühen brachte.

Aus den Minuten wurde eine Stunde.

Aber dann tauchte Ridley auf und schaltete sofort ein oder zwei Gänge höher – oder zweihundert. »'n Abend, Jungs.«

Link wirbelte herum und grinste bei ihrem Anblick bis über beide Ohren, und dieses Grinsen bestätigte alles, was ich längst wusste. Er war mit Haut und Haaren und was sonst noch allem in Ridley verknallt. Ich wusste, wie er sich fühlte. Genauso ging es mir mit Lena.

Oh-oh. Das geht nicht gut, L.

Ich weiß.

»Komm mit. Ich glaube, jetzt wird's wirklich gemein.« Ich nahm Lena an der Hand und wollte gehen, aber plötzlich stand Liv vor mir. Lena warf mir einen Blick zu.

Verdammter Mist.

»Lena.« Liv lächelte.

»Liv.« Lena rang sich ebenfalls ein Lächeln ab. »Ich wusste gar nicht, dass du kommst.«

»Nein? Dabei habe ich Ethan Bescheid gesagt.« Liv lächelte mich demonstrativ an.

»Tatsächlich?« Lena warf mir einen Blick zu, der sagte: Darüber reden wir später noch.

Liv zuckte mit den Schultern. »Du kennst ihn doch.« Aber Lena hörte nur ein *Oder etwa nicht?* heraus.

»Ja, ich kenne ihn.« Lenas Lächeln war wie weggewischt.

Langsam, aber sicher verfiel ich in Panik. Bis zum Büfett waren es gute fünf Meter. Das schien mir weit genug zu sein. »Ich hole mir was zu essen. Soll ich jemandem was mitbringen?«

»Nö.« Liv lächelte, als wäre alles in bester Ordnung.

»Keinen Bissen.« Lena lächelte, als würde sie mich gleich umbringen.

Ich floh, so schnell ich konnte.

Neben dem Punsch stand Mrs Snow und unterhielt sich mit zwei Männern, die ich nicht kannte. Beide trugen die Basketball-Caps irgendeiner Universität. »Es soll nämlich eine Überraschung sein«, sagte Mrs Snow gerade zu ihnen. »Aus dem Grund hat meine Tochter dieses kleine Treffen arrangiert. Sie wollte, dass Sie sich in ungezwungener Atmosphäre mit Wesley unterhalten können.«

»Das ist aber wirklich nett von Ihrer Tochter, Ma'am.«

»Savannah ist ein sehr fürsorgliches Mädchen. Sie denkt immer zuerst an die anderen. Und ihr Freund Wesley ist ein äußerst talentierter Basketballer. Deshalb hat mein Mann Sie hierher zu uns gebeten. Wesley stammt aus einer guten Familie, die regelmäßig in die Kirche geht. Und in der Stadt läuft nichts ohne seine Mutter.«

Ich erstickte fast an dem Schoko-Basketball, den ich mir gerade in den Mund gestopft hatte. Das waren Talent-Scouts auf der Suche nach den besten Sportlern für ihre College-Mannschaft. Und sie waren wegen Link gekommen.

Mein Blick wanderte zur anderen Gartenseite, wo Link und Savannah tanzten und Ridley sie wie ein Haifisch umkreiste. Rid würde jeden Augenblick losschlagen, und zwar so, dass nur noch eine Blutspur im Wasser übrig bleiben würde.

Ich spurtete los und stieß dabei fast die Schüssel mit dem Punsch um.

»Entschuldige, Savannah. Ich muss kurz mit Link reden.« Ich packte Link und zerrte ihn durchs Gartentor.

»Hey! Was zum Teufel ist denn mit dir los?« Er sah mich an, als wäre ich verrückt geworden.

»Auf der Party sind College-Scouts. Mrs Snow hat das Ganze extra wegen dir eingefädelt. Wenn du Ridley heute Abend auch nur in die Nähe von Savannah lässt, dann ruinierst du alles.«

»Wovon redest du?«, fragte er begriffsstutzig.

»Von Basketball. Von Anwerbern fürs Uni-Team. Das ist deine Fahrkarte raus aus dieser Stadt.«

Er schüttelte den Kopf. »Nee, Mann. Da liegst du völlig falsch. Ich will nicht raus aus dieser Stadt. Ich will nur raus aus dieser Party.«

»Sag das noch mal.«

Link wandte sich ab und wollte wieder zurückgehen. »Ich mache mir nichts aus Savannah. Ich hab mir nie was aus ihr gemacht. Ich will nur Ridley, egal was passiert.« Er warf mir einen Blick zu, als hätte er mir gerade erzählt, er sei unheilbar krank oder so was. »Ich kann's nicht ändern.«

»Was kannst du nicht ändern, Dinkyboy?« Ridley kam über den Gartenweg geschlendert. Sie war die Einzige der Mädchen, die keine Cheer-Uniform trug. Ihr grünes Kleid war an manchen Stellen so hauteng und an anderen so hochgeschlitzt, dass man gar nicht wusste, wohin man schauen sollte.

Link ging auf sie zu. »Komm mal, Rid. Ich möchte mit dir reden.«

»Das klang bei deiner kleinen Freundin aber ganz anders. Sie hat gesagt, dass du nicht mit mir reden willst. Sie hat sogar gesagt, dass du ihr gehörst und dass ich verdammt noch mal die Finger von dir lassen soll.«

»Savannah ist nicht meine Freundin.«

Ich tat so, als wüsste ich nicht, was gleich passieren würde. Ich tat so, als würde ich nicht zuhören, als wäre es mir egal.

Aber ich hörte die Verzweiflung in Links Stimme, als er sagte: »Ich habe nie ein anderes Mädchen geliebt als dich.«

»Was redest du da?«, fragte Ridley eisig, aber da war es schon zu spät. Link konnte sich nicht länger zurückhalten.

»Manchmal stell ich mir verrückte Sachen vor. Dass ich für immer mit dir zusammen sein will und so. Dass wir in einem Wohnmobil durch die Welt ziehen. Du könntest Songs für mich schreiben und ich würde Konzerte geben. Wie klingt das für dich?«

Ridleys Gesicht sah aus, als würde es jeden Augenblick in tausend Teile zersplittern. »Ich … ich weiß nicht, was ich sagen soll.«

»Sag, dass du mein Mädchen bist, sag, dass es wieder so ist wie früher.«

Ich spürte, wie sie innerlich schwankte, und ich begriff, wie entsetzlich ihre jetzige Situation für sie war. Denn sie war nicht mehr die Ridley von früher, genauso wenig wie Link noch der Link von früher war. Nichts war mehr wie früher.

Dann merkte sie, dass Lena und Liv sie von der einen Seite des Zauns aus beobachteten – und ich von der anderen Seite aus zusah. Ihre Miene verfinsterte sich. Ridley würde nicht zerbrechen, am allerwenigsten vor unseren Augen. »Was hast du vor, Dinkyboy?«

»Komm schon, Rid. Du bist meine Freundin. Tu nicht so, als ob du nicht dasselbe für mich empfinden würdest.«

»Ich bin eine Sirene. Ich bin von niemandem die Freundin. Ich empfinde gar nichts. Und ich verliebe mich nicht. Das kann ich gar nicht.« Sie wandte sich zum Gehen. »Das Ganze war von Anfang an nur Show.«

»Rid, du bist keine Sirene mehr. Du wirst nie wieder eine sein.«

Rid fuhr herum, ihre blauen Augen sprühten vor Zorn. »Genau da liegst du falsch. Ich will nicht für immer und ewig in diesem erbärmlichen Witz von einer Stadt festsitzen. Und ich werde ganz sicher nicht mit dir in einem beschissenen Wohnmobil durch die Welt ziehen. Ich habe andere Pläne.«

»Ridley …« Link klang zum Erbarmen.

»Große Pläne sogar. Und ich kann dir eins sagen: In diesen Plänen kommst du nicht vor!« Sie drehte sich zu uns um. »Keiner von euch kommt darin vor!«

Link sah aus, als hätte sie ihm mitten ins Gesicht geschlagen. Er war jemand, der die meiste Zeit einen kernigen Spruch auf den Lippen hatte, und ich hatte noch nie erlebt, dass er einem Mädchen auf diese Weise sein Herz geöffnet hatte.

Als Ridley unbeirrt auf das Tor zuging, versetzte Link einem Stein einen Tritt, dass er durch die Luft flog.

In einiger Entfernung stand Savannah. Sie erkannte ihre Chance und ergriff sie sofort.

Sie strich sich die blonden Haare glatt, drängelte sich zwischen den Gästen hindurch zu Link, zog ihn mit sich und ließ ihre Hände unter sein T-Shirt gleiten. »Komm, Link, lass uns tanzen.«

Im nächsten Augenblick tanzten sie schon und Savannah hing an ihm wie eine Klette. Lena, Liv und ich starrten die beiden an wie eine Massenkarambolage auf der Route 9. Wir konnten den Blick einfach nicht losreißen.

Liv rümpfte die Nase. »Sollten wir nicht etwas unternehmen?«

Lena zuckte die Schultern. »Ich wüsste nicht, was. Es sei denn, du hast vor, dazwischenzugehen.«

»Nein, vielen Dank.«

Doch dann holte Savannah – die nicht begriffen hatte, dass Links Herz ebenso gebrochen war, wie seine Hoffnungen und Träume von wahrer Liebe und Plattenverträgen und Wohnmobil-Weltreisen geplatzt waren – zum entscheidenden Schlag aus.

Lena, Liv und ich hielten den Atem an.

Direkt unter den blinkenden Lichtern nahm Savannah Links Gesicht in beide Hände und zog ihn zu sich heran.

»Wie bescheuert ist das denn?« Liv hielt sich die Hände vor die Augen.

»Das ist echt übel.« Auch Lena wollte lieber nicht hinschauen.

»Das ist das Ende.« Ich machte mich auf das Schlimmste gefasst.

Der Kuss dauerte volle zwanzig Sekunden.

Bis Ridley zufällig über die Schulter blickte.

Das darauffolgende Geräusch konnte man bestimmt im Umkreis von einem halben Kilometer hören. Ridley stand am Zaun von Savannahs Garten und schrie so laut, dass alle ihr die Köpfe zudrehten. Sie umklammerte ihren Skorpion-Gürtel und bewegte die Lippen, als würde sie einen Cast sprechen.

»Sie wird doch nicht etwa …«, flüsterte Lena fassungslos.

Ich nahm ihre Hand. »Wir müssen sie aufhalten. Sie flippt völlig aus.«

Aber es war zu spät.

Eine Sekunde später brach das totale Chaos aus.

Ich spürte, wie der Bann wie eine Welle über die Party hinwegrollte. Man konnte förmlich sehen, wie er erst den einen traf, dann den nächsten. Paare, die eben noch eng umschlungen getanzt hatten, lagen sich im nächsten Augenblick in den Haaren. Die Jungs rempelten sich gegenseitig an, während Unbeteiligte versuchten, sich möglichst schnell in Sicherheit zu bringen. Bis auch sie der Cast traf und sie diejenigen waren, die stießen und brüllten.

Ich hörte, wie die Punschschüssel klirrend zu Bruch ging, aber bei all den Cheerleadern, die sich an den Haaren zogen, und zwischen all den Basketballern, die aufeinander losgingen, sah ich sie nicht. Selbst Mrs Snow blaffte die College-Scouts an und offenbarte ihnen so viel von ihrem wahren Wesen, dass sie garantiert nie wieder das Bedürfnis verspürten, einen Fuß in unsere Stadt zu setzen.

Lenas Augen verfinsterten sich. »Ich spüre es. Das ist ein *Furor!*« Sie zog Liv und mich hinter sich her zum Gartentor, aber es war schon zu spät.

Ich wusste in dem Augenblick, dass der Bann uns getroffen hatte, als Liv sich umdrehte und Lena eine schallende Ohrfeige verpasste.

»Bist du übergeschnappt?« Lena hielt sich die Wange, die bereits wutrot anlief.

Liv zeigte auf sie und das schwere Selenometer an ihrem Handgelenk drehte sich. »Das ist für dein ewiges Gejammer, Prinzessin.«

»Ich glaube, ich höre nicht richtig.« Lenas Haar begann sich zu kräuseln, ihre grünen und goldenen Augen verengten sich zu Schlitzen.

Aber Liv war noch nicht fertig. »Ach, ich armes, hübsches Mädchen. Mein wunderbarer Boyfriend liebt mich über alles, aber ich laufe trotzdem den ganzen Tag mit Trauermiene rum, denn hey, so müssen hübsche Emo-Girls eben sein.«

»Halt die Klappe!« Lena war drauf und dran, Liv eine reinzuhauen. Ich hörte Donnergrollen.

»Anstatt glücklich zu sein, dass mich so ein toller Junge liebt, schmiere ich mir lieber noch ein bisschen schwarzen Nagellack auf die Finger und haue mit einem anderen tollen Jungen ab.«

»So war es nicht!« Lena holte zum Schlag aus, aber ich fiel ihr in den Arm. Es fing an zu regnen.

Liv war jetzt in voller Fahrt. »Ach ja, und übrigens: Ich bin die mächtigste Caster auf der ganzen Welt. Das sage ich nur, falls ihr lausigen Sterblichen euch nicht sowieso schon wie ein Stück Scheiße vorkommt.«

»Bist du verrückt?«, schrie Lena, aber bei dem Tumult verstand man sie kaum. »Mein Onkel ist gestorben. Ich dachte, ich werde Dunkel.«

»Weißt du, wie es ist, mit einem Jungen befreundet zu sein, für den man etwas empfindet? Wie es ist, ihm bei der Suche nach seiner Freundin zu helfen, die gar nicht gefunden werden will? Wenn man zusehen muss, wie ihm das Herz bricht und das eigene mit dazu, und das alles wegen einem bescheuerten Caster-Mädchen, das sich einen feuchten Dreck um ihn schert?«

Ein Blitz schoss vom Himmel und der Regen prasselte wie Hagel auf uns herab. Lena machte Anstalten, Liv an die Gurgel zu gehen. Ich stellte mich ihr in den Weg.

»Liv, jetzt reicht's. Du redest Blödsinn.« Ich hatte keine Ahnung, was Liv vorhatte, ich wollte nur, dass sie endlich aufhörte.

»Also gibst du es endlich zu, dass du in ihn verliebt bist!«, kreischte Lena.

»Ich gebe gar nichts zu, außer dass du eine verdammte kleine Schlampe bist, die meint, die ganze Welt dreht sich nur um ihre verdammten hübschen Locken.«

Das war zu viel. Lena riss sich von mir los und stieß Liv mit beiden Händen gegen die Schultern. Liv fiel nach hinten und stürzte zu Boden. Lena würde nicht zulassen, dass sie das letzte Wort hatte. Oder den letzten Schlag.

»Okay, Miss Ich-will-dir-doch-deinen-Freund-nicht-wegnehmen.« Lena äffte Livs Stimme nach. »Wir sind wirklich nur Freunde, auch wenn ich viel schlauer und blonder bin als ihr alle zusammen. Und habe ich schon meinen niedlichen britischen Akzent erwähnt?«

Liv bewarf sie mit Dreck, aber Lena wich gerade noch aus. Doch natürlich ließ sie es damit nicht bewenden. »Und wenn das immer noch nicht reicht, dann opfere ich mich eben selbst, damit du den Rest deines Lebens Schuldgefühle hast. Dafür kann ich den Rest meines Lebens mit deinem Onkel verbringen, der mich wie die Tochter behandelt, die er niemals hatte. Oh, warte mal – er hatte ja bereits einen Tochterersatz. Aber wen kümmert das schon. Hauptsache, ich kann mir alles, was Lena gehört, unter den Nagel reißen!«

Liv rappelte sich auf und wollte an mir vorbei. Ich hielt sie fest. »Hört auf! Ihr benehmt euch wie Idiotinnen. Das ist ein Cast. Merkt ihr denn nicht, auf wen ihr eigentlich wütend sein solltet?«

»Du weißt es natürlich ganz genau!«, schrie Lena mich an und versuchte, Liv an den Haaren zu reißen.

»Ja, ich weiß es. Aber der einzige Mensch, auf den ich wirklich wütend bin, ist nicht mehr da.« Ich bückte mich und hob Ridleys Skorpiongürtel aus dem matschigen Gras auf. Sie musste ihn verloren haben. Ich gab ihn Lena. »Ridley ist weg. Ich habe also niemanden mehr, den ich anschreien kann.«

Ich hörte, wie der Motor von Links Schrottkiste aufheulte, und eine Sekunde später raste das Auto an uns vorbei. »Wenn mich nicht alles täuscht, ist da jemand noch viel wütender als ich. Und dieser Jemand macht sich auf die Suche nach ihr.«

»Glaubst du wirklich, es ist ein Bann?« Lena sah Liv an.

»Nein. Ich glaube, wir gehen immer wie die Straßenköter aufeinander los, wenn wir uns auf einer Party amüsieren wollen.« Liv verdrehte die Augen.

»Siehst du, immer musst du der Klugscheißer sein.« Lena wollte sich von mir losreißen, aber ich hielt sie eisern an beiden Armen fest.

»Es ist ein *Furor*, du dumme Gans«, schimpfte Liv.

»Wer ist hier die dumme Gans? Ich habe schon *Furor* gesagt, bevor es überhaupt angefangen hat.«

Ich schob die beiden vor mir her. »Ihr benehmt euch beide wie dumme Gänse. Wir setzen uns jetzt ins Auto und fahren nach Ravenwood. Und wenn ihr euch schon nicht freundlich miteinander unterhalten könnt, dann seid wenigstens still.«

Ich brauchte mir keine großen Sorgen zu machen, denn wenn ich inzwischen eines über Mädchen wusste, dann dass sie sehr bald damit aufhören würden, sich gegenseitig anzugiften, weil sie viel zu sehr damit beschäftigt waren, mich anzugiften.

»Weil er Angst hat, eine Entscheidung zu treffen«, sagte Liv.

»Nein, weil er niemandem wehtun will«, schimpfte Lena.

»Woher willst du das wissen? Er sagt doch nie, was er denkt.«

»Falsch. Er denkt nicht darüber nach, was er sagt«, konterte Lena.

»Es reicht!« Ich steuerte durch die schief hängenden Eisentore von Ravenwood und war wütend auf alle beide. Wütend auf Ridley. Wütend darauf, welche Wendung die Dinge im Laufe des Jahres genommen hatten. *Furor.* Das war der richtige Begriff für das, was vor sich ging – was immer es auch war. Ich hasste dieses Gefühl, und das umso mehr, weil es echt war, auch wenn erst ein Bannspruch es ans Tageslicht gebracht hatte.

Als wir ausstiegen, stritten Lena und Liv immer noch. Obwohl sie wussten, dass ein Cast daran schuld war, konnten sie es nicht lassen. Vielleicht wollten sie es auch gar nicht. Zu dritt gingen wir zur Eingangstür, ich in der Mitte. Nur für alle Fälle.

»Warum lässt du uns nicht einfach in Ruhe?« Lena drängte sich an mir vorbei und baute sich vor Liv auf. »Schon mal was vom fünften Rad am Wagen gehört?«

Liv sah sie herausfordernd an. »War es etwa meine Idee, hierherzukommen? Ich soll wieder mal das Chaos in Ordnung bringen, das du angerichtet hast, und wenn das erledigt ist, kann ich in der Versenkung verschwinden, bis zum nächsten Mal ...«

Ich hörte ihnen nicht mehr zu, sondern schaute hinauf zu Ridleys Fenster. Hinter den Vorhängen huschte ein Schatten vorbei. Ich sah nur die Umrisse, aber ich war mir sicher, dass es nicht Ridley war.

Link war also schon vor uns hierhergekommen. Allerdings war weit und breit keine Schrottkiste zu sehen. »Ich glaube, Link ist hier.«

»Mir egal. Ridley schuldet mir eine Menge Erklärungen.«

Lena war schon zur Hälfte die Treppe hochgerannt, als ich über die Türschwelle trat. Augenblicklich fiel mir die Veränderung auf. Sogar die Luft war anders. Irgendwie leichter. Ich sah mich nach Liv um.

Ihrer Miene nach zu urteilen, war sie genauso verwundert und ratlos wie ich. »Ethan, hast du auch so ein merkwürdiges Gefühl?«

»Ja ...«

»Der *Furor* wirkt nicht mehr«, sagte Liv. »Innerhalb des Hauses ist er außer Kraft gesetzt.«

»Ridley, wo bist du?« Lena war mittlerweile am Zimmer ihrer Cousine angekommen. Ohne anzuklopfen, riss sie die Tür auf. Es war ihr anscheinend völlig egal, ob Link bei Ridley war oder nicht.

Es spielte tatsächlich keine Rolle.

Denn der Typ in Ridleys Zimmer war nicht Link.

18.10. *Die Geisel*

»Verdammt, was soll …« Ich hörte seine Stimme, noch bevor ich ihn sah. Er hatte wahrscheinlich ebenso wenig erwartet, dass ich in Ridleys Zimmer platzte, wie ich damit gerechnet hatte, ihn dort zu sehen.

John Breed lag ausgestreckt auf Ridleys pinkfarbenem Teppich, in der einen Hand die Videospiel-Fernbedienung, in der anderen eine Tüte Doritos.

»John?« Lena war genauso verblüfft wie ich. »Du … du bist nicht tot?«

»John Breed? Hier? Das ist unmöglich.« Auch Liv war schockiert.

John ließ die Tüte fallen und sprang auf. »Tut mir leid, wenn ich euch enttäusche.«

Ich stellte mich schützend vor Lena und Liv. »Am meisten enttäuscht bin wahrscheinlich ich.«

Lena brauchte meinen Schutz nicht. Sie drängte sich an mir vorbei. »Wie kannst du es wagen, dieses Haus zu betreten, nach allem, was passiert ist? Du hast so getan, als wärst du mein Freund, dabei ging es dir nur darum, mich zu Abraham zu bringen.« Donner grollte. »Jedes Wort, das du zu mir gesagt hast, war gelogen.«

»Das ist nicht wahr. Ich wusste nicht, was sie vorhatten. Bring mir die Bibel, bring das *Buch der Monde*, bring mir, was du willst. Ich schwöre darauf.«

»Das geht nicht. Weil Abraham das *Buch der Monde* hat, wie du sehr gut weißt.« Ich war stocksauer, und ich würde nicht zulassen, dass John den Ahnungslosen spielte. Das war nur eine neue Masche von ihm. Außerdem konnte ich es kaum fassen, dass er in Ridleys Zimmer herumhing und seelenruhig Doritos aß.

Lena war noch nicht fertig. »Und als wäre das alles nicht schon schlimm genug, hast du auch noch Link in … in einen wie dich verwandelt.« Ihre Haare kräuselten sich. Hoffentlich fing das Zimmer nicht an zu brennen.

»Ich konnte nicht anders. Es ist Abraham. Er bringt mich dazu, all das zu tun.« John lief unruhig auf und ab. »Ich … ich kann mich gar nicht mehr richtig daran erinnern, was in der Nacht passiert ist.«

Ich durchquerte das Zimmer und baute mich drohend vor ihm auf. Dass er mich mit Leichtigkeit umbringen konnte, war mir völlig egal. »Du erinnerst dich also auch nicht mehr, wie du Lena zum Altar geschleppt und sie dort festgebunden hast? Das hast du ebenfalls vergessen?«

John blieb stehen und starrte mich mit seinen grünen Augen an. Als er antwortete, konnte ich ihn kaum verstehen, so leise sprach er. »Nein.«

Ich hasste ihn. Wenn ich daran dachte, wie er Lena in jener Nacht berührt hatte – dass ich sie um ein Haar verloren hätte. Aber zumindest er selbst schien zu glauben, was er sagte.

John ließ sich auf Ridleys Bett fallen. »Manchmal hab ich Blackouts. Das fing schon an, als ich noch klein war. Abraham sagt, es läge daran, dass ich anders bin, aber das glaube ich ihm nicht.«

»Willst du damit andeuten, dass er dabei seine Finger im Spiel hat?« Liv zückte ihr rotes Notizbuch.

John zuckte die Schultern. »Ich weiß es nicht.«

Lena sah mich an.

Und wenn er die Wahrheit sagt?

Und wenn nicht?

»Das erklärt aber noch lange nicht, was du hier in Ridleys Zimmer zu suchen hast«, sagte Lena. »Wie bist du überhaupt ins Haus gekommen?«

John stand auf und ging ans Fenster. »Warum fragst du nicht deine Cousine?« Für jemanden, der gerade unbefugt in einem fremden Haus erwischt worden war, wirkte er ziemlich sauer.

Lenas Miene wurde finster. »Was hat Ridley damit zu tun?«

John versetzte einem Berg Schmutzwäsche einen Tritt. »Tja, was wohl? Vielleicht alles? Sie ist es, die mich hier festhält.«

Ich weiß nicht, ob es an der Art und Weise lag, wie er es sagte, oder daran, dass wir über Ridley sprachen, aber irgendwie glaubte ich ihm in diesem Moment. »Was meinst du mit, sie hält dich fest?«

Er schüttelte den Kopf. »Genau genommen hat sie mich sogar zweimal eingesperrt. Das erste Mal im Bogenlicht und dann, nachdem sie mich daraus befreit hatte, hier im Haus.«

»Du warst im Bogenlicht? Und Ridley hat dich daraus *befreit*?« Lena war sprachlos. »Aber wir haben das Bogenlicht doch begraben …«

»Und Ridley hat es wieder ausgegraben und hierhergebracht. Sie hat mich freigelassen und seitdem sitze ich in diesem Haus fest. Dieser Ort ist mit so vielen Bannsprüchen belegt, dass ich es höchstens bis zur Küche schaffe.«

Die Bannsprüche. Sie konnten nicht nur etwas von Ravenwood fernhalten, sie konnten auch etwas in Ravenwood einsperren. Es war genau so, wie ich es mir gedacht hatte.

»Wann hat sie dich freigelassen?«

»Irgendwann im August, glaube ich.«

Ich dachte an den Tag zurück, an dem Lena und ich in Ridleys Zimmer gegangen waren, um die Abkürzung in die Tunnel zu nehmen – und an das Zischen, das ich gehört hatte.

»Im August? Dann bist du schon zwei Monate hier?« Lena war kurz davor, auszurasten. »Dann hast *du* Ridley geholfen? Durch dich kann sie einen Cast sprechen?«

John lachte freudlos. »Ich ihr helfen? Dank der Bibliothek deines Onkels benutzt sie mich als ihren persönlichen Dschinn. Und diese Bude hier ist meine Flasche.«

»Aber wie hat sie es geschafft, dass Macon dich nicht entdeckt?« Liv schrieb jedes Wort mit.

»Mit einer *Occultatio,* einem Verschleierungsbann. Den ich selbst ausgesprochen habe.« John schlug mit der Faust gegen die Wand und ließ dabei das schwarze Tattoo sehen, das sich um seinen Oberarm wand. Ein unübersehbarer Beweis dafür, dass er Dunkel war, egal welche Augenfarbe er hatte. »Dein Onkel hat Bücher, in denen fast alles steht – nur nicht, wie man hier rauskommt.«

Ich brachte es nicht fertig, ihm weiter dabei zuzuhören, wie er sich lauthals beschwerte. Seit ich ihn im vergangenen Frühjahr zum ersten Mal gesehen hatte, hasste ich ihn, und jetzt war er wieder aufgetaucht, um unser Leben ein zweites Mal zu ruinieren. Mein Blick wanderte zu Lena. Ihre Miene war verschlossen, genauso wie ihre Gedanken.

Erging es ihr mit Liv ähnlich?

Allerdings hatte Liv nicht versucht, meine Freundin zu entführen und die meisten meiner Freunde umzubringen. »Das ist echt lustig, denn in einem Baum in unserem Vorgarten hängen auch ein paar Flaschen, und in eine von denen würde ich dich liebend gerne stecken«, sagte ich.

John wandte sich flehend an Lena. »Ich bin hier gefangen! Ich kann nicht weg, und deine durchgeknallte Cousine hat versprochen, mir zu helfen. Aber erst müsste ich noch ein paar Dinge für sie erledigen ...«

Er fuhr sich mit der Hand durch die Haare, und mir fiel auf, dass er längst nicht mehr so cool wirkte, wie ich ihn in Erinnerung hatte. Unrasiert und in seinem zerknitterten T-Shirt, sah er wirklich so aus, als hätte er schon viel zu lange Seifenopern angeschaut und Doritos gegessen. »Ridley ist keine Sirene – sie ist eine miese Erpresserin.«

»Aber wie hast du ihr helfen können, wenn du Ravenwood nicht verlassen darfst?«, wollte Liv wissen. Das war eine gute Frage. »Hast du ihr beigebracht, wie man einen Cast spricht?«

John lachte. »Machst du Witze? Ich habe Cheerleader in Zombies verwandelt und eine Party in eine Schlägerei ausarten lassen. Glaubst du, Ridley könnte einen *Furor* bewerkstelligen? Als Sterbliche kann sie sich kaum die Schnürsenkel selber binden. Wer, glaubst du, hat ihre Mathe-Hausaufgaben die letzten Wochen gemacht?«

»Ich jedenfalls nicht«, sagte Lena plötzlich sanft und nachgiebig, und das brachte mich fast um. John Breed war wie eine schmerzhafte, scheußliche Krankheit, die man einfach nicht loswurde. »Wenn du es ihr nicht beigebracht hast, wie schafft sie es dann?«

John zeigte auf den Gürtel, den Lena sich umgebunden hatte. »Mit diesem Ding.« Er zog an einer Gürtelschlaufe seiner Jeans. »Das stellt die Verbindung her. Ridley trägt den Gürtel und ich spreche den Bann.«

Dieser gruselige Skorpiongürtel. Kein Wunder, dass sie ihn niemals ablegte. Er war die Nabelschnur, die sie mit der Welt der Caster verband und mit John Breed – und die einzige Möglichkeit, wieder über magische Kräfte zu verfügen.

Liv schüttelte den Kopf. »Ich sage es nur sehr ungern, aber es passt alles zusammen.«

Natürlich tat es das, aber das spielte für mich keine Rolle. Menschen konnten lügen. Und John Breed konnte es erst recht. Ich drehte mich zu Lena. »Du glaubst ihm doch nicht etwa? Wir dürfen ihm nicht vertrauen.«

Lena blickte erst Liv, dann mich an. »Und wenn er die Wahrheit sagt? Er wusste von der Sache mit den Cheerleadern und er wusste von der Party. Ich glaube, ich muss Liv recht geben. Es passt alles zusammen.«

Seid ihr beide jetzt ein Herz und eine Seele, oder was? Eben habt ihr euch noch gegenseitig die Augen ausgekratzt.

Ethan, es war ein Bann. Ein Furor *bewirkt, dass Menschen sich vor lauter Wut nicht mehr beherrschen können.*

John seufzte. »Ähm? Ich bin auch noch da.«

Lena blickte zur Tür. »Tja, es gibt da eine Möglichkeit, herauszufinden, ob er die Wahrheit sagt.«

Liv nickte. »Denkst du, was ich denke?«

»Hallo?« John sah mich an. »Sind sie immer so?«

»Ja. Nein. Ach, halt die Klappe.«

Reece stand mitten in Ridleys Zimmer und hatte missmutig die Arme verschränkt. In ihrem Kaschmir-Twinset und mit ihrer Perlenkette sah sie aus, als hätte sie sich aus einer höchst ehrbaren Südstaatenfamilie hierher verirrt. Sie war alles andere als begeistert, dass man sie als Lügendetektor missbrauchen wollte, aber besonders ärgerte sie sich, John Breed im Zimmer ihrer Schwester vorzufinden. Vielleicht hatte sie sich der irrigen Hoffnung hingegeben, dass Ridley wie sie zu den Pfadfindern gehen würde, jetzt wo sie eine Sterbliche war. Aber ihre Schwester hatte ihr wieder einmal einen Dämpfer versetzt, indem sie sich die falsche Gesellschaft ausgesucht hatte. Wenn ich es mir recht überlegte, war es schade, dass die TAR so viel Wert auf lupenreine Abstammung legte. Reece hätte gut zu dieser Truppe gepasst.

»Wenn ihr denkt, ich würde das für mich behalten, dann seid ihr noch bescheuerter als meine Schwester. Das ist so was von daneben.«

Keiner von uns hatte Lust, sich eine von Reece' Moralpredigten anzuhören, aber Lena gab nicht so schnell auf. »Wir verlangen ja gar nicht, dass du es geheim hältst. Wir wollen nur wissen, ob er die Wahrheit sagt, ehe wir uns Onkel Macon anvertrauen.« Lena hoffte wahrscheinlich, dass John log – dass Ridley keinen gefährlichen Inkubus aus Macons Grab geraubt, in Ravenwood versteckt und seine Kräfte für sich genutzt hatte.

Ich war mir nicht sicher, welche Möglichkeit von beiden schlimmer war – dass John die Wahrheit sagte oder dass er log.

»Weil du nicht für den Rest deines Lebens Hausarrest haben willst?«, fragte Reece.

»So ungefähr.«

Reece stampfte ungeduldig mit dem Fuß auf. »Damit das klar ist:

Du erzählst es Onkel Macon, sonst mache ich es.« Jede Wette, dass sie genau das tun würde. Die Gelegenheit, jemandem Hausarrest einzubrocken, konnte sie sich nicht entgehen lassen.

Dass sie uns verpfiff, war allerdings meine geringste Sorge. »Bist du sicher, dass es funktioniert, jetzt wo du …«

»Wo ich was?«, schnauzte Reece. »Jetzt, wo ich meine Kräfte nicht mehr richtig beherrsche?«

Großartig. Mit einer wütenden Reece war erst recht nicht zu spaßen.

»Ich … ich wollte nur fragen, ob du sicher bist, dass du es bemerkst, wenn er lügt.« Es war zu spät, um noch zurückzurudern.

Reece sah aus, als würde sie mir am liebsten den Kopf abreißen »Das geht dich zwar nichts an, aber ich bin immer noch eine Sybille. Was ich in seinem Gesicht lese, ist wahr. Wenn meine Kräfte nicht funktionieren, sehe ich nämlich gar nichts.«

Lena trat zwischen uns beide.

Lass mich das machen. Du reitest dich sonst nur noch tiefer rein.

Danke.

Ich habe mit Reece der Biestigen schon länger zu tun als du. Gelernt ist gelernt.

»Reece.« Lena nahm die Hand ihrer Cousine, und ich sah, wie sich ihr Haar kräuselte. Oh nein. Einen Bannspruch gegen eine Caster zu richten, ging fast immer schief. »Du bist die beste Sybille, die ich je getroffen habe.«

»Komm mir nicht mit so was.« Reece zog ihre Hand weg. »Ich bin die einzige Sybille, die du je getroffen hast.«

»Aber du weißt, ich vertraue dir blind.« Lena lächelte aufmunternd. Reece funkelte uns beide böse an.

Ich wandte meinen Blick ab. Egal ob ihre Kräfte nun verrückt spielten oder nicht, wenn es nicht unbedingt sein musste, würde ich einer Sybille niemals in die Augen schauen. Mir war auch aufgefallen, dass Liv weder ein Wort gesagt noch in Reece' Richtung geblickt hatte.

»Ein einziger Versuch. Dann erzählst du es Onkel Macon, egal wie es ausgeht. Diese ganze Sache beweist einmal mehr, dass man Minderjährigen verbieten sollte, ihre Magie einzusetzen.« Sie verschränkte die Arme wieder. Es dauerte ein paar Sekunden, bis ich begriff, dass das ein Ja war.

John sprang vom Bett auf und ging zu Reece. »Bringen wir es hinter uns. Was soll ich machen?«

Reece sah John an und betrachtete sein Gesicht, als lägen dort die Antworten auf alle unsere Fragen. »Du machst es schon.«

John rührte sich nicht vom Fleck. Er schaute Reece in die Augen, damit sie seine Gedanken und seine Erinnerungen in sich aufnehmen konnte. Nicht er, sondern Reece wandte zuerst den Blick ab; sie schüttelte den Kopf, als würde ihr das, was sie gesehen hatte, überhaupt nicht gefallen.

»Es stimmt. Er wusste nicht, was Abraham und Sarafine vorhatten, und er erinnert sich nicht mehr daran, was damals in der Nacht an der Weltenschranke geschehen ist. Ridley hat ihn aus dem Bogenlicht befreit, seitdem ist er hier und macht die Drecksarbeit für meine Schwester.«

John sah mich an. »Zufrieden?«

»Moment mal. Wie ist das möglich?«

Reece zuckte die Schultern. »Tut mir leid, wenn ich dich enttäusche. Er ist kein Schurke. Er ist nur ein Dummkopf. Manchmal ist die Grenze dazwischen hauchdünn.«

»Hey.« John war schon nicht mehr ganz so selbstgefällig. »Ich dachte, du bist hier die Nette. Wo bleibt die berühmte Höflichkeit der Ravenwoods?«

Reece achtete nicht auf ihn.

Ich hätte eigentlich aufatmen müssen, aber Reece hatte recht. Ich war enttäuscht. Ich wollte nicht, dass John nur eine Schachfigur in Sarafines und Abrahams Spiel war. Ich wollte, dass er einer von den Bad Guys war. So hatte ich ihn immer gesehen – und daran würde sich auch nichts ändern.

Aber vor allem wollte ich, dass auch Lena ihn so sah.

Lena aber dachte nicht an John. »Wir müssen mit Onkel Macon reden. Und wir müssen Ridley finden, bevor sie Dummheiten macht.«

Genau. So wie ich Ridley kannte, machte sie sich wahrscheinlich schon per Anhalter aus dem Staub. Nach der Show, die sie heute Abend abgezogen hatte, musste ihr klar sein, dass Lena sofort zu Macon rennen würde. Und Ridley hatte es schon immer vermieden, die Suppe, die sie sich eingebrockt hatte, selbst auszulöffeln. »Ich glaube, dazu ist es jetzt schon zu spät.«

Lena bückte sich und schlug die Ecke des pinkfarbenen Teppichs zurück. »Gehen wir.«

»Bist du sicher? Nicht dass wir ihn aufwecken oder so.« Ich war wenig scharf auf Macons Blick, wenn wir ihm sagten, dass Ridley das Haus von Savannah Snow in eine Boxkampfarena verwandelt hatte, in der dreißig Leute gegeneinander antraten, und zwar mithilfe des magischen Gürtels eines Inkubus, nach dem wir alle fieberhaft gesucht hatten und der sich rein zufällig die ganze Zeit über in Ridleys Zimmer herumgetrieben hatte.

Lena öffnete die Falltür. »Ich glaube nicht, dass er schläft.«

»Lena hat recht«, sagte Liv. »Wir müssen es Macon sagen. Und zwar sofort. Er und ich, wir haben …« Sie stockte und sah Lena an. »Dein Onkel ist seit Monaten auf der Suche nach John Breed.«

Lena nickte. Sie lächelte zwar nicht, aber sie sprang Liv auch nicht ins Gesicht. Immerhin. »Gehen wir.«

John riss noch eine Tüte Doritos auf. »Wenn ihr schon da runtergeht, könnt ihr ihn dann vielleicht bitten, mich hier rauszuholen?«

»Frag ihn selber«, sagte Lena. »Du kommst nämlich mit.«

John spähte in die Dunkelheit des Tunnels, dann sah er mich an. »Ich hätte nie gedacht, dass du mich mal retten würdest, Sterblicher.«

Ich wollte ihn umbringen oder ihm eine in die Fresse hauen. Ich wollte, dass er für alles bezahlte, was er Lena und Link angetan hatte, für all die Katastrophen, die Abraham seinetwegen ausgelöst hatte. Aber das musste ich nun Macon überlassen.

»Glaub mir, das habe ich nicht vor.«

Er lächelte, und ich machte einen Schritt ins Unsichtbare, tastete mit den Füßen nach den ausgetretenen, harten Stufen, die ich niemals zu sehen bekommen würde.

18.10. *Die ultimative Waffe*

An der Tür von Macons Arbeitszimmer hüstelte ich und Macon sah auf. Meine Befürchtung, dass wir ihn aufwecken könnten, war unbegründet gewesen. An seinem Tisch saß schon Link und sah einfach erbärmlich aus.

Macon winkte mich zu sich. »Link hat mir schon alles berichtet. Zum Glück ist er gleich zu mir gekommen, ehe er jemanden verletzen konnte.« Daran, welchen Schaden ein vor Wut tobender Inkubus anrichten konnte, hatte ich gar nicht gedacht.

»Was heißt *alles*?«, fragte ich und ging zu ihm.

»Dass meine Nichte sich aus dem Haus geschlichen hat.« Macon sah mich scharf an. »Keine sehr weise Entscheidung.«

»Nein, Sir.« Macon war bereits verärgert, da wollte ich nicht auch noch Öl ins Feuer gießen.

Er verschränkte die Arme. »Und dass Ridley es irgendwie geschafft hat, einen *Furor* hervorzubringen.«

Das klang schon bedeutend ungehaltener.

»Ich weiß, dass Sie wütend sind, aber wir müssen Ihnen etwas sehr, sehr Wichtiges erzählen.« Ich blickte zur Tür. »Am besten sehen Sie es sich selbst an.«

»John Breed.« Macon machte ein finsteres Gesicht. »Das ist in der Tat eine äußerst unerwartete Wendung der Dinge, in Anbetracht aller Umstände.«

John war einen Schritt neben der Tür stehen geblieben, so als wollte er sich den Fluchtweg sichern wie ein Sterblicher. In Macons Gegenwart war von seiner angeberischen Lässigkeit nicht mehr viel übrig.

Link starrte ihn an, als würde er ihn am liebsten in Stücke reißen. »Was zum Teufel hat der hier zu suchen?«

Link tat mir leid, weil er zusammen mit John im selben Raum sein musste. Er hasste John wahrscheinlich noch mehr als ich, falls das überhaupt möglich war.

Lena konnte weder ihrem Onkel noch Link in die Augen schauen. Sie schämte sich für Ridley und auch dafür, dass sie es nicht früher herausgefunden hatte. Vor allem aber machte sie sich schreckliche Sorgen um ihre Cousine, egal was sie getan hatte. »Ridley hat John im Bogenlicht eingesperrt und es dann aus deinem Grab gestohlen, nachdem wir es dort vergraben hatten, Onkel Macon. Sie hat John freigelassen, und sie hat seinen Gürtel als Bindeglied benutzt, damit er seine Kräfte für sie einsetzen konnte.«

»Seinen Gürtel?«

Liv holte ihr kleines rotes Notizbuch hervor. »Der Gürtel, den Lena jetzt trägt. Dieses scheußliche Ding mit dem eingeschlossenen Skorpion.«

Macon streckte die Hand aus. Lena öffnete die Schließe und reichte ihm den Gürtel.

Link fragte John vorwurfsvoll: »Was hast du mit ihr gemacht?«

»Nichts. Im Gegenteil. Seit Ridley mich aus dem Bogenlicht befreit hat, kommandiert sie mich herum.«

»Und warum hast du dir das gefallen lassen?« Auch Macon war skeptisch. »Du hast dich bisher nicht gerade durch Selbstlosigkeit hervorgetan.«

»Mir blieb nichts anderes übrig. Ich sitze jetzt schon seit Monaten in diesem Haus fest, und es gelingt mir einfach nicht, herauszukommen.« John lehnte sich mit dem Rücken gegen die Wand. »Ridley wollte mir nicht helfen, es sei denn, ich würde einen Weg finden, wie sie wieder Caster-Kräfte bekommt. Also hab ich einen gefunden.«

»Wir sollen allen Ernstes glauben, dass sich ein mächtiger Zwitter-Inkubus von einem sterblichen Mädchen in ihrem Zimmer einsperren lässt?«

John schüttelte entnervt den Kopf. »Wir sprechen hier von Ridley. Ihr macht alle den Fehler, sie zu unterschätzen. Wenn sie sich etwas in den Kopf gesetzt hat, dann bekommt sie das auch.« Wir wussten alle, dass er recht hatte.

»Er sagt die Wahrheit, Onkel Macon«, mischte sich Reece ein, die neben dem offenen Kamin stand.

»Bist du dir wirklich ganz sicher?«

Reece war Macon gegenüber viel zahmer. Mir hätte sie bei dieser Frage den Kopf abgerissen.

»Ja.«

John sah erleichtert aus.

Liv trat vor, in der Hand ihr Notizbuch. Es war ihr egal, wieso Ridley etwas getan hatte oder auch nicht getan hatte. Ihr ging es um Tatsachen. »Wir haben dich gesucht, aber das weißt du bestimmt«, sagte sie zu John.

»Ach ja? Ich wette, da wart ihr nicht die Einzigen.«

Liv und Macon überredeten John, sich mit uns an den Tisch zu setzen. Link weigerte sich natürlich und stellte sich schmollend neben dem Kamin an die Wand. Wenn man mal den ganzen Linkubus-Hype wegließ, dann hatte John Link in einer Weise verändert, die ich wohl niemals ganz verstehen würde. Aber ich wusste etwas, das John nicht wusste.

Sosehr es Link auch schmeichelte, dass alle Mädchen verrückt nach ihm waren, im Grunde bedeutete es ihm nichts. Es gab nur ein Mädchen, das für ihn zählte, und keiner von uns wusste, wo sie war.

»Abraham hat alle Hebel in Bewegung gesetzt, um herauszufinden, wo du bist, und dabei hat er die Stadt buchstäblich auseinandergenommen. Ich möchte wissen, warum. Abraham tut nie etwas ohne Grund.« Macon stellte die Fragen und Liv notierte die Antworten. Reece saß John gegenüber und achtete auf jedes Anzeichen einer Lüge.

John zuckte die Schultern. »Ich weiß es auch nicht. Er hat mich zwar gefunden, als ich noch ein Kind war, aber eine Vaterfigur war er nicht gerade für mich, wenn ihr wisst, was ich meine.«

Macon nickte. »Du sagst, er hat dich gefunden. Was war mit deinen Eltern?«

John rutschte unbehaglich auf seinem Stuhl hin und her. »Ich weiß nicht. Sie sind verschwunden. Ich bin ziemlich sicher, dass sie mich loswerden wollten, weil ich … anders war.«

Liv hielt mit dem Schreiben inne. »Kein Caster ist wie der andere.«

John lachte. »Ich bin kein normaler Caster. Meine Kräfte haben sich nicht erst im Teenager-Alter gezeigt.«

Liv starrte ihn an. Er deutete auf ihr Notizbuch. »Was ist, willst du das nicht aufschreiben?«

Sie zog eine Augenbraue hoch. *Befragter nimmt aggressive Haltung an.* Ich konnte es förmlich auf der Seite lesen.

»Ich bin schon so auf die Welt gekommen, meine Kräfte sind im Laufe der Zeit immer stärker geworden. Wisst ihr, wie das ist, wenn man Dinge tun kann, die sonst kein Gleichaltriger tun kann?«

»Ja.« Irgendetwas schwang in Livs Stimme mit, es war eine Mischung aus Traurigkeit und Mitgefühl. Sie war schon immer klüger gewesen als alle anderen, sie hatte Apparate gebaut, mit denen man die Anziehungskraft des Mondes messen konnte, oder andere Dinge, für die sich niemand interessierte oder die niemand verstand.

Macon musterte John, und man sah geradezu, wie der einstige Inkubus den seltsamen neuen Inkubus einzuschätzen versuchte. »Und was genau sind das für Kräfte, über die du verfügst, einmal abgesehen davon, dass dir das Tageslicht nichts anhaben kann?«

»Die ganz normale Inkubus-Ausstattung. Riesenkräfte, scharfes Gehör, feiner Geruchssinn. Ich kann raumwandeln. Und die Mädchen fliegen auf mich.« John hielt inne und sah Lena an, als hätten die beiden ein Geheimnis miteinander. Lena schaute weg.

»Nicht so sehr, wie du denkst«, sagte ich.

Er lächelte mich an und genoss es, dass mir hier, in Macons Gegenwart, die Hände gebunden waren. »Ich kann auch noch andere Dinge.«

Liv sah ihn an. »Zum Beispiel?«

Link hatte die Arme verschränkt, starrte stur in Richtung Tür und tat so, als interessierte ihn das alles nicht. Aber ich wusste, dass er zuhörte. Ob er wollte oder nicht, er und John waren für alle Zeiten aneinandergekettet. Je mehr Link über John wusste, desto besser wusste er über sich selbst Bescheid.

John blickte Reece an, dann Lena. Was immer es auch war, er wollte nicht damit herausrücken. »Belangloses Zeug.«

Macons Augen flackerten. »Was soll das heißen, *belangloses Zeug*? Könntest du das vielleicht etwas genauer erläutern?«

John lenkte ein. »Es klingt bedeutender, als es ist. Also gut. Ich kann die Kräfte anderer Caster aufsaugen.«

Liv hielt mit dem Schreiben inne. »Wie ein Empath?« Lenas Großmutter konnte sich für kurze Zeit der Kräfte anderer Caster bedienen, aber sie hatte nie davon gesprochen, dass sie sie in sich »aufsaugen« könnte.

John schüttelte den Kopf. »Nein. Ich behalte diese Kräfte.«

Liv riss die Augen auf. »Heißt das, du *stiehlst* sie?«

»Nein, die Caster behalten ihre Kräfte, aber ich verfüge dann ebenfalls über deren Magie. Sie geben mir sozusagen etwas davon ab.«

»Und wie funktioniert das?«, wollte Liv wissen.

Macon lehnte sich in seinem Stuhl zurück. »Die Antwort auf diese Frage interessiert auch mich brennend, Mr Breed.«

Johns Blick wanderte zu Lena. Ich wäre am liebsten über den Tisch gesprungen. »Ich muss einfach nur ihre Haut berühren.«

»Wie bitte?« Lena sah aus, als hätte er ihr ins Gesicht geschlagen. War das der Grund, weshalb er beim Tanzen im *Exil* die Hände nicht von ihr gelassen hatte? Oder als sie damals am See auf den Beifahrersitz seines blöden Motorrads geklettert war? Hatte er da wie ein Parasit ihre Kräfte in sich aufgesogen?

»Ich mache das nicht absichtlich. Es passiert einfach. Ich kann mit den meisten Kräften nicht mal etwas anfangen.«

»Aber ich bin sicher, Abraham kann das.« Macon goss sich eine dunkle Flüssigkeit aus einer Karaffe ein, die plötzlich auf dem Tisch aufgetaucht war. Das verhieß nichts Gutes.

Liv und Macon tauschten einen Blick in stillem Einvernehmen aus. Sie verstanden sich auch ohne Worte.

Ich sah, wie es in Livs Gehirn arbeitete. »Was hat Abraham damit vor?«

»Mit einem Zwitter-Inkubus, der die Kräfte anderer Caster aufnehmen kann?«, fragte Macon zurück. »Ich bin mir nicht ganz sicher, aber wenn er diese Möglichkeiten nutzen könnte, dann hätte Abraham die ultimative Waffe. Kein Sterblicher könnte sich einer solchen Macht widersetzen.«

John wirbelte herum und starrte Macon an. »Was haben Sie gesagt?«

»Ich wiederhole meine Worte gern noch einmal …«

»Halt!« John ließ Macon nicht ausreden. Er schloss die Augen und konzentrierte sich. »Caster sind eine unvollkommene Spezies. Sie besudeln unsere Blutlinien und nutzen ihre Kräfte, um uns zu unterdrücken. Doch der Tag wird kommen, an dem wir die ultimative Waffe einsetzen und sie von der Erde tilgen werden.«

»Was ist das denn für ein Quatsch?« Jetzt hatte John es geschafft, sogar Link aus der Reserve zu locken.

»Als ich noch klein war, haben Abraham und Silas das oft gesagt. Manchmal, wenn ich etwas ausgefressen hatte, ließ mich Silas diesen Satz immer und immer wieder schreiben, stundenlang.«

»Silas?« Macon versteifte sich, als der Name seines Vaters fiel. Ich dachte daran, was meine Mutter mir in der Bogenlichtvision über Silas erzählt hatte. Sie hatte ihn als wahres Ungeheuer geschildert, das seinen Hass an seine Söhne weitergeben wollte – und allem Anschein nach auch an John.

Macon sah John an, und seine Augen wurden so dunkel, dass das Grün fast schwarz wirkte. »Woher kennst du meinen Vater?«

John richtete seine unergründlichen grünen Augen auf Macon und hielt seinem Blick stand. Als er schließlich antwortete, klang seine Stimme anders – nicht mehr selbstbewusst oder überheblich, gar nicht mehr wie John Breed.

»Er hat mich großgezogen.«

Der Eine, der Zwei ist

24.10.

Während Macon und Liv John weiter über Abraham und Silas und wer weiß noch alles ausfragten, wälzten Lena und ich jedes Buch, das in Macons Arbeitszimmer stand. Macon hatte alte Briefe von Silas aufgehoben, in denen er Macon aufforderte, sich dem Kampf seines Vaters und seines Bruders gegen die Caster anzuschließen. Aber abgesehen davon fanden sich keine Hinweise auf Johns Vergangenheit oder dass es jemals einen Caster oder Inkubus gegeben hätte, der auch nur annähernd solche Fähigkeiten besaß wie er.

Bei den wenigen Malen, die wir uns an der Befragung beteiligen durften, ließ Macon Lena und John nicht aus den Augen. Ich glaube, er befürchtete, dass die Anziehungskraft, die John in der Vergangenheit auf Lena ausgeübt hatte, wieder aufleben könnte. Aber Lena war jetzt stärker und sie ärgerte sich genauso über John wie wir anderen. Ich machte mir eher Sorgen um Liv. Ich hatte ja gesehen, wie die Mädchen auf John reagiert hatten, als er zum ersten Mal im *Dar-ee Keen* aufgetaucht war. Aber zum Glück schien Liv immun gegen ihn zu sein.

Ich war an die Höhen und Tiefen gewöhnt, die ein Leben zwischen der Welt der Caster und der Welt der Sterblichen mit sich brachte, aber zurzeit gab es nur noch Tiefen. In derselben Woche, in der John Breed wieder aufgetaucht war, verschwanden Ridleys sämtliche Kleider aus ihrem Zimmer, so als wäre sie für immer gegangen. Aber vor allem verschlimmerte sich der Zustand von Tante Prue.

Als ich das nächste Mal ins Bezirkskrankenhaus fuhr, bat ich Lena nicht, mitzukommen. Ich wollte mit Tante Prue allein sein. Ich wusste selbst nicht, wieso, aber ich wusste ja auch sonst nicht, was mit mir los war. Vielleicht verlor ich allmählich den Verstand. Vielleicht war ich die ganze Zeit schon verrückt gewesen und hatte es nur nicht gemerkt.

Es war eiskalt. Man hätte meinen können, dass sämtliche Energie aller Klimaanlagen in Gatlin hierher ins Krankenhaus umgeleitet worden wäre. Von mir aus hätte es überall so kalt sein können, nur nicht hier, wo die Kälte um die Patienten herumkroch wie um die Leichen in einem Kühlhaus.

Eine solche Kälte war niemals angenehm und sie roch auch nicht gut. Wenn man schwitzte, spürte man wenigstens, dass man noch am Leben war; es war der menschlichste Geruch, den man ausströmen konnte. Vielleicht hatte ich aber auch nur zu sehr über die metaphysischen Auswirkungen von Hitze nachgedacht.

Wie gesagt, vielleicht war ich auch einfach verrückt.

Als ich zum Empfangstresen kam, sagte Bobby Murphy kein Wort, er schaute mich nicht einmal an. Er gab mir einfach das Klemmbrett und eine Besucherkarte. Ich war mir nicht sicher, ob Lenas Halt-die-Klappe-Bann dauerhaft wirkte oder nur, wenn ich in seiner Nähe war. Das eine war mir so recht wie das andere. Mir war sowieso nicht nach Reden zumute.

Diesmal machte ich keinen Abstecher in das Zimmer des anderen John und auch nicht in das Stickerei-Zimmer oder das Traurige-Geburtstagsparty-Zimmer. Als ich an dem Raum mit dem Essen, das gar kein Essen war, vorbeiging, hielt ich den Atem an, bevor mir der Geruch der künstlichen Nahrung in die Nase steigen konnte.

Dann roch ich Lavendel und war bei Tante Prue angekommen.

Leah saß auf einem Stuhl neben dem Bett, die Stiefel auf den Abfalleimer für Sondermüll gestützt, und las ein Buch in irgendeiner Caster- oder Dämonensprache. Sie trug heute nicht die normale pfirsichfarbene Uniform des Krankenhauspersonals. Anscheinend hatte sie die Rolle der Krankenschwester aufgegeben.

»Hallo, ihr zwei.«

Sie blickte hoch und war sichtlich überrascht. »Selber hallo. Das wird aber auch Zeit. Ich habe mich schon gewundert, wo du bleibst.«

»Weiß auch nicht. Hatte zu tun. Blöde Sachen.«

Ausflippen, Zwitter-Inkubi jagen, Ridley, meine Mutter und Mrs English, verrücktes Zeug über ein verrücktes Rad …

Sie lächelte. »Na, ich freue mich jedenfalls, dich zu sehen.«

»Ich mich auch.« Mehr brachte ich nicht heraus. Ich zeigte auf ihre Stiefel. »Hast du keine Angst, dass sie dir hier deswegen die Hölle heiß machen?«

»Nö. Ich gehöre nicht zu den Mädchen, denen die Leute die Hölle heiß machen.«

Ich schaffte es nicht, einfach ein bisschen zu plaudern. Es fiel mir von Tag zu Tag schwerer, mich mit Menschen zu unterhalten, sogar mit denen, die ich mochte.

»Macht es dir was aus, wenn ich ein bisschen bei Tante Prue bleibe? Ich meine, allein?«

»Natürlich nicht. Ich werde so lange eine Runde mit Bade drehen. Wenn sie nicht bald stubenrein ist, muss sie im Freien schlafen, dabei ist sie doch wirklich eine Hauskatze.« Leah warf ihr Buch auf den Stuhl und war mit einem Zischen aus dem Zimmer verschwunden.

Ich war allein mit Tante Prue.

Seit meinem letzten Besuch war sie noch kleiner geworden. Überall waren Infusionsschläuche, wo früher keine gewesen waren – als würde sie sich nach und nach ganz in eine Maschine verwandeln. Sie sah aus wie ein Apfel, der in der prallen Sonne verschrumpelte, so faltig war sie inzwischen. Eine Weile hörte ich auf das rhythmische Pulsieren der Plastikmanschetten, die man ihr um die Fußgelenke gelegt hatte und die sich aufbliesen und wieder zusammenzogen, aufbliesen und zusammenzogen.

Als könnten sie wiedergutmachen, dass Tante Prue nicht mehr gehen und nicht mehr sehen konnte, nicht mehr mit ihren Schwestern *Jeopardy!* schauen und sich über alles beschweren konnte, obwohl sie es eigentlich mochte.

Ich nahm ihre Hand. Der Schlauch in ihrem Mund gurgelte bei jedem Atemzug, nass und keuchend. So als würde sie an ihrem eigenen Atem ersticken.

Lungenentzündung. Ich war zufällig in der Küche gewesen, als Amma mit dem Arzt telefoniert hatte. Statistisch gesehen war es die Lungenentzündung, die Komapatienten am häufigsten den Tod brachte. Ich fragte mich, ob der Schlauch, den Tante Prue im Mund hatte, ein Zeichen dafür war, dass auch ihr statistisch voraussagbares Ende näher rückte.

Bei dem Gedanken, dass meine Tante eine Zahl in einer Statistik war, hätte ich am liebsten den Eimer für den Sondermüll aus dem Fenster geworfen. Stattdessen drückte ich sanft die winzige Hand von Tante Prue, mit Fingern so klein wie dürre Zweige im Winter. Dann nahm ich auch ihre andere Hand und schlang meine kräftigen Finger um ihre zerbrechlichen.

Ich legte die Stirn auf unsere Hände und schloss die Augen. Ich stellte mir vor, dass ich den Kopf heben und sie mich anlächeln würde und dass alle Schläuche und Verbände verschwunden wären. Ich überlegte, ob Wünschen und Beten dasselbe war. Ob etwas tatsächlich geschah, wenn man es nur inständig genug hoffte.

Ich dachte immer noch darüber nach, als ich die Augen wieder aufmachte in der Annahme, ich befände mich in Tante Prues Zimmer, neben dem trostlosen Krankenhausbett, umgeben von niederschmetternd pfirsichfarbenen Wänden. Stattdessen stand ich in hellem Sonnenlicht vor einem Haus, in dem ich schon Hunderte von Malen gewesen war …

Das Haus der Schwestern sah genauso aus, wie ich es in Erinnerung hatte, bevor die Vexe es zerstört hatten. Die Wände, das Dach und auch der Teil des Hauses mit Tante Prues Zimmer – alles, jedes weiße Kiefernbrett, jede Dachschindel war noch an Ort und Stelle.

Der Weg, der zur Veranda führte, war rechts und links mit Hortensien bepflanzt, ganz so, wie es Tante Prue am liebsten mochte. Über den Rasen spannte sich die Wäscheleine für Lucille. Auf der Veranda saß ein Hund, ein Yorkshire Terrier, der Harlon James auffallend ähnlich sah. Er war es aber nicht. Sein braunes Fell glänzte goldener. Ich bückte mich und las das Schild an seinem Halsband. Darauf stand »HARLON JAMES III.«.

»Tante Prue?«

Auf der Veranda standen drei weiße Schaukelstühle, dazwischen die Korbtischchen. Auf einem stand ein Tablett mit zwei Gläsern Limonade. Ich setzte mich in den zweiten Schaukelstuhl und nicht in den ersten. Der Stuhl gleich neben dem Eingang war Tante Prues Lieblingsstuhl, und ich nahm an, sie würde sich bestimmt dorthin setzen wollen, wenn sie käme.

Ich hatte irgendwie das Gefühl, dass sie kommen würde.

Sie hatte mich doch hierhergebracht, oder nicht?

Ich kraulte Harlon James III., was ziemlich merkwürdig war, denn eigentlich saß er ja ausgestopft in unserem Wohnzimmer. Ich blickte wieder auf.

»Tante Prue!« Ich zuckte erschrocken zusammen, obwohl ich sie erwartet hatte. Sie sah auch nicht besser aus als in ihrem Krankenhausbett. Sie hustete und ich hörte das fast schon vertraute rhythmische Geräusch der Kompressionen. Sie hatte die Plastikmanschetten an den Knöcheln, die sich zusammenzogen und wieder aufbliesen, als läge sie noch immer im Krankenhaus.

Sie lächelte. Ihr Gesicht war wie Pergament, ihre Haut so dünn und bleich, dass darunter die bläulich-violetten Venen durchschienen.

»Du hast mir gefehlt. Tante Grace, Tante Mercy und Thelma sind aufgeschmissen ohne dich. Und Amma vermisst dich auch.«

»Amma besucht mich fast jeden Tag und an den Wochenenden kommt dein Daddy. Sie kommen regelmäßig und sprechen mit mir – im Gegensatz zu bestimmten anderen Leuten.« Sie schniefte.

»Tut mir leid. Irgendwie läuft zurzeit alles schief.«

Sie winkte ab. »Ich laufe nirgendwohin. Noch nicht. Sie haben mir Hausarrest aufgebrummt, wie einem dieser Verbrecher aus den Fernsehserien.« Sie hustete und schüttelte den Kopf.

»Wo sind wir, Tante Prue?«

»Das kann ich dir selbst nicht sagen. Aber ich habe nicht viel Zeit. Sie halten einen ganz schön auf Trab hier.« Sie öffnete die Schließe ihrer Halskette und nahm etwas davon ab. Im Krankenhaus war mir gar nicht aufgefallen, dass sie eine Kette trug, aber ich erkannte sie gleich wieder. »Von meinem Vater und vom Vater seines Vaters, lange bevor an dich auch bloß zu denken war.«

Es war eine Rose, aus Gold gehämmert.

»Die ist für dein Mädchen. Damit ich für dich ein Auge auf sie haben kann. Sag ihr, sie soll sie immer tragen.«

»Machst du dir denn Sorgen um Lena?«

»Das braucht dich nicht zu kümmern. Tu nur, was ich dir gesagt habe.« Sie schniefte wieder.

»Aber Lena geht es gut. Ich passe immer auf sie auf. Das weißt du doch.« Der Gedanke, dass sich Tante Prue um Lena sorgte, ängstigte mich mehr als alles, was in den vergangenen Monaten passiert war.

»Wie auch immer, gib sie ihr.«

»Das tue ich.«

Aber Tante Prue war schon verschwunden, nur ein halbes Glas Limonade stand noch da und ein Schaukelstuhl, der immer noch schaukelte.

Ich schlug die Augen auf und blinzelte, weil es so hell war. Die Strahlen der Sonne fielen von der Seite ins Zimmer, sie stand jetzt viel tiefer als bei meiner Ankunft. Ich warf einen Blick auf mein Handy. Drei Stunden waren vergangen.

Als ich zum ersten Mal mit Tante Prue in dieser merkwürdigen anderen Welt gesprochen hatte, schien überhaupt keine Zeit verstrichen zu sein, außerdem saß damals eine machtvolle Naturgeborene an meiner Seite.

Ich hörte, wie hinter mir die Tür aufging.

»Alles in Ordnung mit dir, Junge?« Leah stand im Rahmen.

Ich öffnete die Faust, die ich um die winzige goldene Rose geschlossen hatte. *Das ist für dein Mädchen.* Nichts war in Ordnung mit mir. Überhaupt nichts war in Ordnung, so viel stand fest.

Ich nickte. »Danke. Nur müde. Bis bald, Leah.« Sie winkte mir zum Abschied zu. Mit einer Zentnerlast auf den Schultern ging ich hinaus.

Als ich ins Auto stieg und das Radio zu spielen anfing, war ich nicht überrascht, die vertraute Melodie zu hören. Nach dem Besuch bei Tante Prue war ich sogar erleichtert. Denn da war er – so klar wie der Regen, der seit Monaten nicht mehr gefallen war. Mein Shadowing Song.

Eighteen Moons, eighteen years,
The Wheel of Fate herself appears,
Then the One who is Two
Will bring back Order anew …

The One who is Two? Der Eine, der Zwei ist, war derjenige, der die Ordnung wiederherstellen sollte.

Aber was hatte das mit dem Rad des Schicksals zu tun – das Rad, das eine Sie war? Welches Wesen war so mächtig, dass es die Ordnung der Dinge wiederherstellen und menschliche Gestalt annehmen konnte, die Gestalt einer Frau?

Es gab Lichte und Dunkle weibliche Caster, Sukkubi und Sirenen, Sybillen und Diviner. Ich dachte an die vorangegangene Strophe des Shadowing Songs und an die Dämonen-Königin. Diese *Demon Queen* war ein Wesen, das Menschengestalt annehmen konnte, indem es sich in den Körper einer Sterblichen einnistete. Und ich kannte nur eine Dämonin, die dazu fähig war: Sarafine.

Endlich hatte ich etwas, woran sich meine Gedanken klammern konnten. Obwohl Liv und Macon die vergangene Woche mit John verbracht hatten und ihn je nach Laune mal wie Frankensteins

Monster, mal wie einen König auf Staatsbesuch und mal wie einen Kriegsgefangenen behandelt hatten, hatte er ihnen nichts enthüllen können, was seine Rolle in dem Spiel erklärt hätte.

Von meinen Besuchen bei Tante Prue hatte ich nur Lena erzählt, sonst niemandem. Aber allmählich hatte ich das Gefühl, dass alles zusammengehörte, so wie alles, was in die Schüssel kommt, schließlich zu einem Kuchen wird, wie Amma sagen würde.

Das Rad des Schicksals. Der Eine, der Zwei ist. Amma und der Bokor. John Breed. Der Achtzehnte Mond. Tante Prue. Der Shadowing Song.

Ich musste nur herausfinden, wie alles zusammenpasste, ehe es zu spät war.

Als ich nach Ravenwood kam, saß Lena auf der Veranda und sah mir zu, wie ich durch das schiefe Eisentor fuhr.

Ich dachte an das, was Tante Prue gesagt hatte, als sie mir die goldene Rose gab. *Die ist für dein Mädchen. Damit ich für dich ein Auge auf sie haben kann.*

Eigentlich wollte ich gar nicht daran denken.

Ich setzte mich neben Lena auf die oberste Stufe. Sie streckte die Hand aus, nahm den Anhänger und fädelte ihn wortlos an ihre Halskette.

Für dich. Von Tante Prue.

Ich weiß. Sie hat es mir gesagt.

»Ich bin auf dem Sofa eingeschlafen, und plötzlich war sie da«, sagte Lena. »Es war genau so, wie du es beschrieben hast – ein Traum, der sich nicht wie ein Traum angefühlt hat.« Ich nickte und sie lehnte ihren Kopf an meine Schulter. »Es tut mir leid, Ethan.«

Ich blickte auf den Garten hinaus, der trotz der Hitze, der Heuschrecken und allem anderen immer noch grün war. »Hat sie dir noch etwas gesagt?«

Lena nickte und streichelte meine Wange. Als sie zu mir blickte, sah ich, dass sie geweint hatte.

Ich glaube, sie hat nicht mehr viel Zeit.

Warum?

Sie sagte, sie sei gekommen, um Auf Wiedersehen zu sagen.

Ich schaffte es in dieser Nacht nicht, nach Hause zu gehen. Stattdessen setzte ich mich allein auf die Treppe vor Marians Haus. Obwohl sie drinnen war und ich draußen, fühlte ich mich bei ihr immer noch besser als bei mir daheim.

Bisher jedenfalls. Ich wusste ja nicht, wie lange sie noch hier sein würde, und ich wollte mir gar nicht erst ausmalen, wie es ohne sie wäre.

Ich schlief auf ihrer sauber gefegten Veranda ein. Und falls ich in dieser Nacht irgendetwas träumte, dann erinnerte ich mich später nicht mehr daran.

I.II. *The Crucible*

»Weißt du, wenn Babys auf die Welt kommen, dann haben sie keine Kniescheiben.« Tante Grace zwängte sich zwischen die Sofakissen, ehe ihre Schwester Platz nehmen konnte.

»Grace Ann, wie kannst du so etwas sagen? Das ist ja entsetzlich.«

»Mercy, das ist die reine Wahrheit, so wahr mir Gott helfe. Ich habe es im *Readers Digestiv* gelesen. In diesen Heften steht sehr viel Nützliches.«

»Aber wieso auf Gottes schöner Erde redest du überhaupt von Babyknien?«

»Ich weiß auch nicht, warum. Ich musste eben daran denken, wie sich die Dinge ändern. Wenn bei Babys Kniescheiben wachsen, warum kann ich dann nicht fliegen lernen? Warum baut man keine Treppe zum Mond? Warum kann Thelma nicht diesen hübschen Jim Clooney heiraten?«

»Du kannst nicht fliegen lernen, weil du keine Flügel hast. Und es wäre völlig sinnlos, eine Treppe auf den Mond zu bauen, weil es dort oben keine Luft zum Atmen gibt. Und der Bursche heißt George Clooney, und Thelma kann ihn nicht heiraten, weil er drüben in diesem Hollywood wohnt und nicht einmal ein Methodist ist.«

Ich war in der Küche und hörte zu, während ich mein Müsli aß. Manchmal verstand ich sogar, wovon die Schwestern redeten, auch wenn es sich wie blanker Unsinn anhörte. Sie machten sich Sorgen um Tante Prue. Sie stellten sich darauf ein, dass sie vielleicht starb. Wahrscheinlich wuchsen Babys Kniescheiben. Die Zeiten änderten sich. Das war weder gut noch böse, genauso wenig wie Kniescheiben gut oder böse waren. Zumindest redete ich mir das ein.

Und noch etwas hatte sich geändert.

An diesem Morgen war Amma nicht in der Küche. Ich konnte mich nicht daran erinnern, wann ich jemals in die Schule gegangen war, ohne sie vorher gesehen zu haben. Selbst wenn sie wütend war und mir kein Frühstück machen wollte, rumorte sie in der Küche herum, brummelte vor sich hin und warf mir böse Blicke zu.

Die Einäugige Drohung lag auf der Löffelablage, trocken und unbenutzt.

Es erschien mir nicht richtig, aus dem Haus zu gehen, ohne mich von Amma zu verabschieden. Deshalb zog ich die Schublade auf, in der sie ihre extra spitzen Bleistifte der Härte 2 aufbewahrte, nahm einen heraus und riss ein Blatt vom Notizblock. Ich würde ihr schreiben, dass ich schon losgegangen war. Keine große Sache.

Ich beugte mich über die Anrichte und schrieb die ersten Worte.

»Ethan Lawson Wate!« Ich hatte Amma gar nicht kommen hören und wäre vor Schreck beinahe in die Luft gesprungen.

»Jesus, Amma. Wegen dir hätte mich fast der Schlag getroffen.«

Tatsächlich sah eher sie so aus, als hätte sie der Schlag getroffen. Ihr Gesicht war aschfahl und sie schüttelte den Kopf wie eine Wahnsinnige.

»Amma, was ist los?« Ich wollte auf sie zugehen, aber sie hielt mich mit einer abwehrenden Geste zurück.

»Bleib stehen!« Ihre Hand zitterte. »Was hast du da gemacht?«

»Ich hab dir etwas aufgeschrieben.« Ich zeigte ihr den Zettel.

Sie deutete mit ihrem dürren Finger auf meine Hand und den Bleistift. »Du hast mit der falschen Hand geschrieben.«

Ich sah hinunter auf den Stift in meiner Hand und ließ ihn fallen. Er rollte über den Fußboden.

Ich hatte mit der linken Hand geschrieben.

Aber ich war Rechtshänder.

Amma floh aus der Küche und rannte durch den Flur.

»Amma!«, rief ich ihr hinterher, aber sie schlug mir ihre Tür vor der Nase zu. Ich trommelte dagegen. »Amma! Du musst mir sagen, was los ist.«

Was mit *mir* los ist.

»Was ist das für ein Krawall?«, rief Tante Grace aus dem Wohnzimmer. »Ich will meine Fernsehserie sehen.«

Ich ließ mich mit dem Rücken gegen Ammas Tür gelehnt auf den Boden sinken und wartete. Aber sie kam nicht heraus. Sie würde mir nicht sagen, was los war. Ich musste es selbst herausfinden.

Es war Zeit, mir eigene Kniescheiben wachsen zu lassen.

Mein Vorsatz geriet bereits kurze Zeit später wieder ins Wanken, als ich zufällig meinem Vater und Mrs English begegnete. Diesmal war es nicht in der Bibliothek. Diesmal aßen sie gemeinsam zu Mittag. In meiner Schule. In meinem Klassenzimmer. Wo jeder, ich eingeschlossen, sie sehen konnte. Auf eine solche Wendung der Dinge war ich nicht gefasst gewesen.

Ich machte den Fehler, meinen Aufsatz über *The Crucible* während der Mittagspause abgeben zu wollen, denn im Englischunterricht hatte ich es vergessen. Ich trat ein, ohne durch das kleine Glasfenster zu blicken, und da stand ich vor ihnen. Sie aßen Ammas Brathähnchen. Wenigstens wusste ich, dass es wie Gummi schmeckte.

»Dad?«

Mein Vater lächelte, noch ehe er sich richtig umgedreht hatte, deshalb wusste ich, dass er auf diesen Augenblick gewartet hatte. Er hatte dieses Lächeln einstudiert.

»Ethan? Tut mir leid, dass ich dich in deinem Revier überrasche. Ich wollte ein paar Dinge mit Lilian besprechen. Sie hat großartige Ideen, was das Projekt *Der Achtzehnte Mond* betrifft.«

»Das glaube ich sofort.« Mit einem Lächeln hielt ich ihr meinen Aufsatz hin. »Bitte. Ich wollte ihn in Ihr Fach legen. Tun Sie so, als sei ich gar nicht da.« *Sollte heißen: Ich tue so, als seien Sie gar nicht da. Und Dad erst recht nicht.*

Aber so leicht kam ich nicht davon.

»Hast du dich auf morgen vorbereitet?« Mrs English sah mich erwartungsvoll an. Ich riss mich zusammen. Die übliche Antwort auf diese Frage lautete Nein, aber diesmal wusste ich nicht einmal, worauf ich mich hätte vorbereiten sollen.

»Ma'am?«

»Für das Nachspielen der Hexenprozesse von Salem? Wir werden die gleichen Fälle verhandeln, auf denen auch *The Crucible* basiert. Hast du deinen Fall vorbereitet?«

»Ja, Ma'am.« Das erklärte, wieso ein brauner Briefumschlag mit der Aufschrift »ENGLISCH« in meinem Rucksack gesteckt hatte. In letzter Zeit war ich im Unterricht nicht so ganz bei der Sache gewesen.

»Was für eine aufregende Idee, Lilian. Ich würde gerne kommen und zuhören, wenn es dich nicht stört«, sagte mein Vater.

»Ganz und gar nicht. Du kannst die Gerichtsverhandlung auf Video aufnehmen. Dann können wir sie im Unterricht gemeinsam anschauen.«

»Großartig.« Mein Vater strahlte.

Ich spürte, wie mir das kalte Glasauge folgte, als ich aus dem Klassenzimmer ging.

L, wusstest du, dass wir morgen in Englisch die Hexenprozesse von Salem nachstellen?

Hast du deinen Part etwa nicht auswendig gelernt? Schaust du überhaupt irgendwann mal in deinen Rucksack?

Wusstest du, dass mein Vater alles auf Video aufnimmt? Ich weiß es, weil ich nämlich zufällig in sein lauschiges Mittagessen mit Mrs English geplatzt bin.

Ihhhh!

Was sollen wir jetzt machen?

Lange Pause.

Vielleicht sollten wir jetzt Mistress English zu ihr sagen?

Das ist nicht lustig, L.

Und vielleicht solltest du das Theaterstück bis morgen noch schnell zu Ende lesen.

Wenn man gegen das Böse in der Welt zu kämpfen hat, dann erscheinen einem die normalen alltäglichen Widrigkeiten – die Schulaufsicht, die einen zum Nachsitzen verdonnert, die Pflichtlektüre langweiliger Stücke – gar nicht mehr so schlimm. Es sei denn, der eigene Vater verabredet sich mit der glasäugigen Lehrerin.

Egal wie man es betrachtete, Lilian English war ein Verhängnis – ob nun von der wirklich bösen oder nur von der alltäglich bösen Sorte. Denn so oder so aß sie Hähnchen mit meinem Vater und ich war so gut wie geliefert.

In *The Crucible* ging es mehr um Schlampen als um Hexen, so würde zumindest Lena das sagen. Ich war froh, dass ich das Stück erst zu Ende gelesen hatte, als wir mit der Besprechung im Unterricht schon fast fertig waren. Denn danach hasste ich die Hälfte der Jackson High und die komplette Cheerleader-Truppe noch mehr als vorher.

Als die Stunde begann, war ich stolz darauf, dass ich es doch noch geschafft hatte, das Stück zu lesen und jetzt ein paar Dinge über John Proctor sagen konnte, den Typen, der ziemlich übel reingelegt wird. Aber da wusste ich noch nichts von der Verkleidung – die Mädchen kamen in grauen Kleidern und weißen Schürzen, die Jungs in steifen Hemden und mit in die Socken gestopften Hosenbeinen. Die Mitteilung darüber, dass wir uns kostümieren sollten, war wie so vieles andere an mir vorübergegangen. Aber auch Lena trug kein Kostüm.

Mrs English funkelte uns mit ihrem Ein-Augen-Blick an und zog uns fünf Punkte ab, während ich angestrengt versuchte, nicht an meinen Vater zu denken, der mit der fünfzehn Jahre alten schuleigenen Videokamera in der letzten Reihe saß.

Die Tische und Bänke im Klassenzimmer waren wie in einem Gerichtssaal aufgestellt. Die beschuldigten Mädchen, angeführt von

Emily Asher, saßen auf der einen Seite. Sie waren die Lügnerinnen und sollten so tun, als seien sie besessen. Emily war ein Naturtalent. Und alle anderen auch. Neben ihnen saßen die Richter und auf der anderen Seite war der Zeugenstand.

Mrs English sah mich mit ihrem guten Auge an. »Ethan. Ich schlage vor, du beginnst als John Proctor, und im Laufe der Stunde werden die Rollen getauscht.«

Ich war also der Typ, dessen Leben gerade von einer Horde Emily Ashers ruiniert wurde.

»Lena, du kannst die Abigail spielen. Wir fangen mit dem Drama an, und im Verlauf der Woche werden wir dann über die wahren Fälle sprechen, die dem Stück zugrunde liegen.«

Ich ging zu meinem Stuhl in der einen Ecke und Lena setzte sich in die andere.

Mrs English winkte meinem Vater zu. »Los geht's, Mitchell.«

»Ich bin bereit, Lilian.«

Alle Köpfe drehten sich in meine Richtung.

Das Nachspielen des Theaterstücks begann ohne Probleme – oder besser gesagt nur mit den üblichen Problemen. Nach fünf Minuten war der Kamera-Akku leer. Der Vorsitzende Richter musste aufs Klo. Die beschuldigten Mädchen wurden dabei erwischt, wie sie SMS schrieben, woraufhin man ihnen die Handys wegnahm, was für sie ein deutlich schlimmeres Schicksal darstellte als das, was der Teufel angeblich über sie gebracht hatte.

Mein Vater sprach kein Wort, aber ich wusste, dass er da war. Seine Anwesenheit brachte mich dazu, möglichst nicht zu reden, mich möglichst nicht zu bewegen und möglichst nicht zu atmen. Wieso war er hier? Was genau tat er, wenn er mit Mrs English zusammen war? Ich fand keine vernünftige Erklärung dafür.

Ethan, du musst jetzt deine Verteidigungsrede halten.

Wie?

Ich blickte in die Kamera. Alle im Raum starrten mich an.

Sag irgendwas, oder ich muss einen Asthmaanfall vortäuschen, so wie Link in der Bio-Prüfung.

»Ich heiße John Proctor.«

Ich hielt inne. Ich hieß John.

Wie der John im Krankenhaus. Und der John, der auf Ridleys pinkfarbenem Flauschteppich saß. Schon wieder ging es um mich und um einen John.

Was wollte das Universum mir damit sagen?

»Ethan?« Mrs English klang verärgert.

Ich schaute auf meinen Text. »Ich heiße John Proctor und die Beschuldigungen gegen mich sind falsch.« Ich hatte keine Ahnung, ob ich in der richtigen Zeile gelandet war. Ich blickte Richtung Kamera, aber diesmal hatte ich kein Auge für meinen Vater dahinter.

Ich sah etwas ganz anderes. Mein Spiegelbild im Objektiv kräuselte sich wie leichte Wellen auf einem See. Dann wurde es langsam wieder scharf. Und dann sah ich mich selbst.

Mich, wie ich meine Mundwinkel zu einem schiefen Lächeln verzog.

Ich fühlte mich, als hätte mir jemand einen Schlag versetzt.

Ich bekam keine Luft mehr.

Mein Spiegelbild war falsch, denn ich lächelte gar nicht.

»Was zum Teufel …?« Meine Stimme zitterte. Die angeklagten Mädchen fingen an zu kichern.

Ethan, ist alles okay mit dir?

»Haben Sie Ihrer scharfsinnigen Verteidigung noch etwas hinzuzufügen, Mr Proctor?« Mrs English war jetzt richtig sauer. Sie dachte, ich würde die ganze Sache veräppeln.

Mit bebenden Händen wühlte ich in meinen Aufzeichnungen, bis ich ein Zitat fand. »Wie soll ich ohne meinen Namen leben? Ich habe euch meine Seele verkauft, lasst mir meinen Namen.«

Ich spürte, wie sie mich mit ihrem Glasauge fixierte.

»Lasst mir meine Seele. Lasst mir meinen Namen.« Es war die falsche Zeile, aber sie passte trotzdem.

Irgendetwas verfolgte mich. Ich wusste nicht, was es war oder was es von mir wollte.

Aber ich wusste, wer ich war.

Ich war Ethan Lawson Wate – der Sohn von Lila Jane Evers Wate und Mitchell Wate. Der Sohn einer Hüterin und eines Sterblichen, ein glühender Fan von Basketball und Schokomilch, von Comicheften und Romanen, die ich unter meinem Bett versteckte. Großgezogen von meinen Eltern und Amma und Marian, von der ganzen Stadt und jedem Einzelnen ihrer Bewohner, den Guten wie den Schlechten.

Und ich liebte ein Mädchen. Lena war ihr Name.

Die Frage war: Wer bist *du*? Und was willst du von mir?

Ich wartete die Antwort nicht ab. Ich musste hier raus. Ich stieß die Stühle um, weil ich nicht schnell genug zur Tür kam. Ich riss sie auf und rannte den Gang entlang, ohne mich noch einmal umzuschauen.

Denn ich kannte die Antwort. Ich hatte sie schon ein Dutzend Mal gehört und jedes Mal verstand ich sie weniger.

Und jedes Mal drehte sich mir der Magen um.

ICH WARTE.

I.II. *Demon Queen*

Wenn man in einer Kleinstadt lebt, kann man nicht einfach aus dem Unterricht rennen, wenn gerade eine historische Szene nachgespielt wird, die die Englischlehrerin seit Wochen vorbereitet hat. Jedenfalls nicht ungestraft. An den meisten Highschools würde man zeitweise der Schule verwiesen werden oder zumindest nachsitzen müssen. In Gatlin war die Strafe, dass Amma einen zwang, mit einem Tablett Erdnussbutterkekse bei der Lehrerin zu Hause aufzukreuzen.

Und genau das tat ich jetzt.

Ich klopfte an die Tür und hoffte, dass Mrs English nicht zu Hause war. Ich starrte auf das rot gestrichene Holz und trat nervös von einem Bein aufs andere. Lena mochte rote Türen. Rot sei so fröhlich, sagte sie immer, und Caster hätten keine roten Türen. Für Caster waren Türen gefährlich – wie überhaupt alle Schwellen für Caster gefährlich waren. Nur Sterbliche hatten rote Türen.

Meine Mutter hatte rote Türen gehasst. Und sie konnte auch Leute, die rote Türen hatten, nicht leiden. Wer in Gatlin eine rote Tür hatte, der gehörte ihrer Meinung nach zu der Sorte Mensch, die sich gern damit brüstete, anders zu sein. Aber wer glaube, es genüge schon, eine rote Tür zu haben, um sich von anderen zu unterscheiden, der sei in Wahrheit auch nicht anders als die anderen.

Ich hatte keine Zeit, mir meine eigenen Gedanken über rote Türen zu machen, denn gerade ging die vor meiner Nase schwungvoll auf. Mrs English stand vor mir, in einem geblümten Kleid und in Plüschpantoffeln. »Ethan! Was machst du denn hier?«

»Ich bin gekommen, um mich zu entschuldigen, Ma'am.« Ich hielt das Tablett hoch. »Ich habe Ihnen ein paar Plätzchen mitgebracht.«

»Wenn das so ist, dann solltest du wohl besser hereinkommen.« Sie trat einen Schritt zurück und machte die Tür ganz auf.

Mit dieser Antwort hatte ich nicht gerechnet. Ich war davon ausgegangen, dass ich mich entschuldigen und ihr Ammas berühmte Erdnussbutterplätzchen in die Hand drücken würde, und damit wäre alles ausgestanden. Dass ich ihr Haus betreten müsste, war mir nicht in den Sinn gekommen. Rote Tür hin oder her, die Sache lief völlig anders als geplant.

»Warum setzen wir uns nicht ins Wohnzimmer?«

Ich folgte ihr in einen winzigen Raum, der anders war als jedes Wohnzimmer, das ich kannte. Aber es war ja auch das kleinste Haus, das ich je betreten hatte. An den Wänden hingen Dutzende Familienporträts in Schwarz-Weiß, eines neben dem anderen. Sie waren so alt, und die Gesichter darauf waren so klein, dass ich direkt davor hätte stehen bleiben müssen, um sie mir genauer anzuschauen. Sie wirkten seltsam privat, was für Gatliner Verhältnisse merkwürdig war, wo doch jeder ständig in der Öffentlichkeit stand, egal ob er noch lebte oder schon tot war.

Aber gut, Mrs English war eben seltsam.

»Setz dich bitte. Ich hole dir ein Glas Wasser.« Das war keine Aufforderung, sondern eher ein Befehl. Sie ging in die Küche, die etwa doppelt so groß war wie ein Schrank. Ich hörte den Wasserhahn rauschen.

»Danke, Ma'am.«

Auf dem Sims über dem offenen Kamin reihten sich Keramikfigürchen – eine Weltkugel, ein Buch, eine Katze, ein Hund, ein Mond, ein Stern. Es war Lilian Englishs Variante des Nippes, den auch die Schwestern über die Jahre hinweg gesammelt hatten und den niemand anrühren durfte – und der inzwischen als Scherbenhaufen in ihrem Vorgarten lag. In der Mitte des Simses stand ein kleines Fernsehgerät mit einer Zimmerantenne, das bestimmt schon seit zwanzig Jahren nicht mehr funktionierte. Darauf stand eine spinnenförmige Pflanze, die das ganze Arrangement wie einen überdimensionierten Blumentopf wirken ließ. Nur dass die Pflanze aussah, als würde sie eingehen, was den Blumentopf, der keiner war, auf dem Fernseher, der auch keiner war, auf dem Kamin, der kein Kamin war, ziemlich nutzlos machte.

Neben dem Kamin stand ein kleines Bücherregal, das wirklich ein Bücherregal war, denn es befanden sich Bücher darin. Ich beugte mich vor, um die Titel zu lesen. *Wer die Nachtigall stört. Der Unsichtbare. Frankenstein. Dr. Jekyll und Mr Hyde. Große Erwartungen.*

Die Eingangstür fiel laut ins Schloss – und gleich darauf hörte ich eine Stimme, die ich im Haus meiner Englischlehrerin am allerwenigsten erwartet hätte.

»*Große Erwartungen.* Eines meiner Lieblingsbücher. Es ist so … tragisch.«

Sarafine stand in der Tür und beobachtete mich aus ihren gelben Augen. Abraham hatte sich in dem abgewetzten geblümten Sessel in der Zimmerecke materialisiert. Er hatte es sich bequem gemacht, als sei er ein gern gesehener Gast in diesem Haus. In seinem Schoß lag das *Buch der Monde.*

»Ethan? Hast du etwa die Tür aufgema…«

Mrs English kam aus der Küche geeilt. Ich weiß nicht, was sie mehr erschreckte, die Anwesenheit von Fremden in ihrem Wohnzimmer oder der Anblick von Sarafines gelben Augen, jedenfalls ließ sie das Wasserglas fallen, und es zerbrach dumpf auf ihrem geblümten Teppich. »Wer sind diese Leute?«

Ich sah Abraham an. »Sie sind meinetwegen gekommen.«

Er lachte. »Diesmal nicht, Junge. Wir sind aus einem anderen Grund hier.«

Mrs English zitterte. »Ich habe keine Wertsachen. Ich bin nur eine einfache Lehrerin.«

Sarafine lächelte, was sie noch wahnsinniger aussehen ließ. »Oh doch, Sie haben etwas, was für uns sehr wertvoll ist, *Lilian.*«

Mrs English wich einen Schritt zurück. »Ich weiß nicht, wer Sie sind, aber Sie sollten jetzt gehen. Meine Nachbarn haben sicher schon die Polizei gerufen. Dies hier ist eine sehr ruhige Straße.« Ihre Stimme wurde lauter. Kein Zweifel, Mrs English stand kurz vor einem Nervenzusammenbruch.

»Lasst sie in Ruhe!« Als ich auf Sarafine zugehen wollte, spreizte sie die Finger.

Eine Kraft, zehnmal stärker als jede Faust, schlug gegen meine Brust. Ich taumelte gegen den Bücherschrank und die Bücher fielen in einer Staubwolke zu Boden.

»Setz dich, Ethan. Ich denke, es wäre angebracht, dass du dir das Ende der Welt, so wie du sie kennst, anschaust.«

Ich konnte nicht aufstehen. Sarafine hatte mich eisern im Griff.

»Sie sind ja wahnsinnig«, wisperte Mrs English mit weit aufgerissenen Augen.

Sarafine richtete ihren entsetzlichen Blick auf sie. »Und Sie wissen nicht, wovon Sie sprechen.«

Abraham drückte seine Zigarre auf Mrs Englishs Beistelltisch aus und erhob sich. Er schlug das *Buch der Monde* auf, als hätte er ein Lesezeichen an eine ganz bestimmte Stelle gelegt.

»Was haben Sie vor? Noch mehr Vexe rufen?«, schrie ich.

Diesmal lachten sie beide. »Im Vergleich zu dem, was ich jetzt herbeirufe, nimmt sich ein Vex wie eine Hauskatze aus.« Er begann, in einer Sprache zu lesen, die ich nicht verstand. Es war wahrscheinlich eine Caster-Sprache, vielleicht Niadisch. Die Worte klangen melodisch, bis er sie in unserer Sprache wiederholte und ich ihre Bedeutung verstand.

»Aus Blut, Asche und Kummer. Für die Dämonen, die in den Tiefen wohnen …«

»Hören Sie auf!«, rief ich, aber Abraham würdigte mich keines Blickes.

Sarafine drehte ihre Hände leicht, und ich spürte, wie sich meine Brust zusammenkrampfte. »Du bist Zeuge eines historischen Augenblicks, Ethan – sowohl für Caster wie auch für Menschen. Ein bisschen mehr Ehrfurcht, wenn ich bitten darf.«

Abraham las weiter. »So rufe ich nun ihren Schöpfer.«

Kaum hatte Abraham das letzte Wort ausgesprochen, schnappte Mrs English nach Luft, und ihr Körper verfiel in Zuckungen. Sie verdrehte die Augen und sackte wie eine Stoffpuppe zu Boden. Ihr Hals war seltsam abgeknickt und sie sah schrecklich leblos aus.

So als wäre sie tot.

Abraham fing wieder an zu lesen, aber ich hatte das Gefühl, unter Wasser zu sein, alles klang so fern und gedämpft. Wie viele Menschen mussten denn noch sterben?

»... um sie zu rächen. Und um zu dienen!« Abrahams Stimme dröhnte so laut durch das kleine Zimmer, dass die Wände bebten. Er schlug das *Buch der Monde* zu und trat zu der leblosen Mrs English.

Die Pflanze, die wie eine Spinne aussah, fiel vom Fernseher, und der Blumentopf zerschellte am Kamin. Die kleinen Figürchen schwankten, das ganze Leben von Mrs English zerbrach in Stücke.

»Sie kommt!«, sagte Sarafine zu Abraham. Beide hatten nur Augen für Mrs English. Ich versuchte aufzustehen, aber der Druck auf meiner Brust war zu groß. Was immer da gerade vor sich ging, ich konnte es nicht aufhalten.

Es war längst zu spät.

Zuerst reckte Mrs English den Hals, dann richtete sie sich nach und nach auf, als würde sie von einer unsichtbaren Schnur in die Höhe gezogen. Es war entsetzlich anzuschauen, ihr lebloser Körper bewegte sich wie der einer Marionette. Dann stand sie da und öffnete die Augenlider.

Aber sie hatte keine Augen mehr. An deren Stelle waren nur dunkle Schatten.

Der Raum hatte aufgehört zu beben und im Zimmer war es ganz still.

»Wer ruft mich?« Mrs English hatte das gesagt, aber es war nicht ihre Stimme. Es war überhaupt keine menschliche Stimme. Sie war monoton und mechanisch, gespenstisch und unheilvoll.

Abraham lächelte. Er war stolz auf das, was er vollbracht hatte. »Ich habe dich gerufen. Die Ordnung ist zerstört, und ich rufe dich, damit du jene ohne Seele um dich scharst. Damit jene, die in den Abgründen der Unterwelt hausen, sich uns anschließen.«

Die Schattenaugen von Mrs English starrten an ihm vorbei ins Leere, aber die Stimme antwortete ihm. »Das kann nicht geschehen.«

Sarafine sah Abraham entsetzt an. »Was soll das heißen ...«

Er brachte Sarafine mit einem Blick zum Schweigen, dann wandte er sich an das Wesen in der menschlichen Hülle von Mrs English. »Ich habe mich nicht klar genug ausgedrückt. Wir haben Körper für sie. Bring die, die ohne Seelen sind, her und überlasse ihnen die Körper der Lichten Caster. Das wird die Neue Ordnung sein und du wirst sie besiegeln.«

Mrs English gab dumpfe Laute von sich, so als würde das Wesen in ihr auf eine wahnwitzige Art und Weise lachen. »Ich bin die Lilum. Die Zeit. Die Wahrheit. Die Bestimmung. Der Endlose Fluss. Das Rad des Schicksals. Ihr gebietet nicht über mich.«

Lilum. Lilian English. Es war wie ein schlechter kosmischer Witz. Abgesehen von dem einen Satz, der kein Witz war und den ich andauernd im Geiste wiederholte.

Das Rad des Schicksals zermalmt uns alle.

Abraham wirkte schwer angeschlagen, Sarafine taumelte sogar zurück. Was immer die Lilum war, die beiden hatten ganz offensichtlich geglaubt, sie könnten diese Kreatur beherrschen.

Abraham packte das *Buch der Monde* fester und änderte seine Taktik. »Dann ersuche ich dich als die Königin der Dämonen. Hilf uns, eine neue Ordnung zu errichten. Eine, in der das Lichte für immer vom Dunklen verfinstert wird.«

Ich war starr vor Schreck. Alles passte zusammen. Der Shadowing Song hatte recht. Was immer es mit dieser Lilum auf sich hatte, der

Song hatte mich mehr als einmal vor der *Demon Queen* und dem Rad des Schicksals gewarnt.

Ich versuchte, gegen die aufsteigende Panik anzukämpfen.

Die Lilum antwortete mit ihrer nervenaufreibend monotonen Stimme. »Licht und Dunkel sind für mich nicht von Belang. Es gibt nur eine Kraft, die aus dem Dunklen Feuer geboren ist, aus dem alle Kraft entspringt.«

Wovon redete sie? Sie war die Königin der Dämonen. War sie nicht schon allein deshalb Dunkel?

»Nein.« Sarafines Stimme war nur noch ein Flüstern. »Das ist unmöglich. Die Königin der Dämonen ist das wahre Dunkle.«

»Meine Wahrheit ist das Dunkle Feuer, das der Ursprung von beidem ist. Von Licht *und* Dunkel.«

Sarafine wirkte ratlos und verwirrt. So hatte ich sie noch nie gesehen.

Da wurde mir klar, dass weder sie noch Abraham die Lilum verstanden. Ich konnte nicht behaupten, dass ich sie verstanden hätte, aber ich hatte zumindest begriffen, dass sie nicht in dem Sinne Dunkel war, wie die beiden geglaubt hatten. Sie war etwas Eigenes. Vielleicht war sie Grau, eine ganz neue Schattierung im Spektrum zwischen Licht und Dunkel. Oder vielleicht war es genau andersherum, und die Lilum war weder Licht noch Dunkel, sondern die Abwesenheit von beidem.

So oder so hatte sie nichts mit ihnen gemein.

»Aber du kannst eine Neue Ordnung errichten«, flehte Sarafine.

Mrs English drehte ruckartig den Kopf in Sarafines Richtung. »Das kann ich. Aber das hat seinen Preis.«

»Und was ist dieser Preis?«, rief ich, ohne nachzudenken.

Der Kopf schnellte in meine Richtung.

»The Crucible.«

Die Königin der Dämonen oder das Rad des Schicksals oder wer auch immer sie war, sprach ganz sicher nicht von meiner Englischhausaufgabe und dem Theaterstück. »Ich verstehe nicht …«

»Halt die Klappe, Junge«, schnauzte Abraham mich an.

Die Lilum hatte ihre leeren Augen immer noch auf mich gerichtet. »Diese Sterbliche hat viele verschiedene Worte dafür.« Die Lilum hielt inne. Ganz offensichtlich sprach sie von Mrs English. »*Crucible* hat viele Bedeutungen für die Sterblichen. Es ist ein Schmelztiegel. Ein Gefäß, in dem man Metalle schmilzt. Eine Allegorie der Sterblichen.« Suchte die Lilum etwa in den Gedanken von Mrs English nach dem richtigen Wort? »Und eine Feuerprobe. Eine schwere Prüfung.« Sie verstummte. »Ja. Eine Prüfung. Am Achtzehnten Mond.«

»Worin besteht die Prüfung?«, fragte ich atemlos.

»Am Achtzehnten Mond«, wiederholte sie. »Für einen, der die Ordnung erneuern wird.«

Es war die gleiche Botschaft wie in meinem Shadowing Song, jedenfalls zum größten Teil.

Der Eine, der Zwei ist.

»Wer ist es?«, wollte Abraham wissen. »Sag es mir! Wer wird die Ordnung wiederherstellen?«

Mrs Englishs Kopf ruckte in einer unnatürlichen Bewegung, sodass die schwarzen Augenhöhlen auf Abraham gerichtet waren. Ein Donnern grollte durchs Haus. »Du hast mir nichts zu befehlen.«

Ehe er antworten konnte, schossen zwei blendend helle Lichtstrahlen aus den dunklen Augenhöhlen und trafen Abraham und Sarafine. Abraham hatte nicht einmal Zeit, sich zu entmaterialisieren. Der Lichtstrahl zerstob in alle Richtungen und erleuchtete den ganzen Raum. Sarafines unsichtbare Faust auf meiner Brust war plötzlich weg. Ich legte den Arm über die Augen, um mich gegen das gleißende Licht zu schützen, aber es blendete mich trotzdem wie bei einem ungeschützten Blick in die Sonne.

Die unerträgliche Helligkeit verschwand genauso schnell, wie sie gekommen war, und ich ließ den Arm wieder sinken. Ich hatte schwarze Flecken vor den Augen, aber mein Blick wanderte wie von selbst zu der Stelle, wo Abraham und Sarafine gewesen waren.

Sie waren verschwunden.

»Sind sie tot?«, fragte ich voller Hoffnung. Vielleicht hatte Abraham das *Buch der Monde* ein Mal zu viel benutzt. Das Buch gewährte nie etwas umsonst.

»Tot.« Die Lilum hielt inne. »Nein, die Zeit der Rechenschaft ist noch nicht gekommen.«

Da war ich anderer Meinung, aber ich konnte schlecht mit einem Wesen streiten, das so mächtig war, dass es sogar Abraham und Sarafine verschwinden lassen konnte. »Was ist mit ihnen passiert?«

»Ich zwang sie zu gehen. Ich wollte ihre Stimmen nicht hören«, lautete die Erwiderung, was keine Antwort auf meine Frage war.

Aber ich hatte noch eine weitere Frage und für die musste ich erst Mut aufbringen. »Derjenige, der die Prüfung am Achtzehnten Mond bestehen muss … ist das der Eine, der Zwei ist?«

Die dunklen Augenhöhlen richteten sich auf mich und die Stimme begann zu sprechen. »Der Eine, der Zwei ist und der die Schuld tilgen muss. Das Dunkle Feuer, aus dem alle Macht entspringt, wird die Neue Ordnung bringen.«

»Also können wir sie wiederherstellen? Die Ordnung, meine ich?«

»Wenn die Schuld getilgt ist, wird es eine Neue Ordnung geben.« Sie sagte es ohne jede Regung, als wenn das, was ich mir erhoffte, völlig bedeutungslos wäre.

»Was genau ist mit Tilgung gemeint?«

»Tilgung. Begleichung der Schuld. Opfer.«

Opfer.

Von dem Einen, der Zwei ist.

»Nicht Lena«, flüsterte ich. Ich durfte sie nicht ein zweites Mal verlieren. »Bitte nicht. Sie wollte die Ordnung nicht zerstören.«

»Dunkel und Licht. Das vollkommene Gleichgewicht. Wahre Magie.« Die Lilum verstummte. Dachte sie nach? Suchte sie in Mrs Englishs Gedanken wieder nach Worten? Oder war sie es jetzt auch leid, meine Stimme zu hören? »Nein, sie ist es nicht. Das Kind der

Dunkelheit und des Lichts wird die Neue Ordnung nach der Tilgung der Schuld in Kraft setzen.«

Lena würde nicht geopfert werden.

Ich holte tief Luft. »Wer ist es?«

»Es existiert ein weiterer.«

Vielleicht hatte sie meine Frage nicht verstanden. »Wer?«

»Du wirst den Einen finden, der Zwei ist.« Die leeren schwarzen Augenhöhlen starrten mich an.

»Warum ausgerechnet ich?«

»Weil du der Lotse bist. Derjenige, der den Weg weist zwischen unseren beiden Welten. Zwischen der Welt der Dämonen und der Welt der Sterblichen.«

»Und wenn ich gar kein Lotse sein will?«, sagte ich, ohne nachzudenken. Es stimmte ja auch. Ich hatte nicht den leisesten Schimmer, wie ich diesen Auserwählten finden sollte. Und ich hatte keine Lust, dass das Schicksal der Sterblichen und der Caster auf meinen Schultern ruhte.

Die Wände fingen wieder an zu beben. Die Keramikfigürchen stießen aneinander und der kleine Mond rutschte gefährlich nahe an den Rand des Kaminsimses.

»Ich verstehe. Wir können uns nicht aussuchen, was wir in der Ordnung der Dinge sind. Ich bin die Königin der Dämonen.« Hieß das etwa, auch sie wollte nicht unbedingt das sein, was sie war? »Die Ordnung der Dinge ist über allem. Der Fluss fließt. Das Rad dreht sich. Jeder Augenblick verändert den nächsten. Du hast alles verändert.« Die Wände hörten auf zu beben und der Mond blieb direkt an der Simskante stehen.

»Das ist der Weg. Es gibt keinen anderen.«

Das verstand ich.

Es war das Letzte, was die Lilum sagte, ehe Mrs English reglos zusammensackte.

I.II. *Die Glasaugenseite*

Ihre Brille war heruntergefallen, das Glasauge war geschlossen und einige Strähnen hatten sich aus dem penibel frisierten Knoten gelöst – jetzt sah Lilian English beinahe wie ein normaler Mensch aus.

Ein netter Mensch.

Ich rief den Notarzt. Dann setzte ich mich in den verschlissenen geblümten Sessel und wartete. Ich fragte mich angstvoll, ob sie tot war. Ein weiteres Opfer in diesem Krieg, von dem ich nicht wusste, ob wir ihn je gewinnen konnten.

Und wieder war es meine Schuld.

Der Krankenwagen kam kurze Zeit später. Als Woody Porter und Bud Sweet bei Mrs English einen Pulsschlag fühlten, kriegte auch ich endlich wieder richtig Luft. Ich sah zu, wie sie die Trage in den »Bus« luden, wie Woody den Rettungswagen nannte.

»Gibt es jemanden, den man benachrichtigen müsste?«, fragte Bud, als er die Wagentür zuschlug.

Es gab jemanden.

»Ja. Ich rufe ihn an.« Weil ich mein Handy zu Hause liegen gelassen hatte, ging ich zurück in Mrs Englishs winziges Häuschen, durch die Diele und in die Küche mit der Kolibri-Tapete. Ich hatte keine Lust, meinen Vater anzurufen, aber nach allem, was Mrs English durchgemacht hatte, war ich ihr das schuldig. Ich nahm den pastellrosa Hörer von der Gabel und starrte auf die Zahlentasten.

Meine Hand fing an zu zittern.

Ich wusste unsere Telefonnummer nicht mehr.

Vielleicht stand ich unter Schock. Das hätte ich mir gerne eingeredet, aber ich wusste, dass es noch einen anderen Grund gab. Irgendetwas passierte mit mir. Ich wusste nur nicht, was.

Ich schloss die Augen und befahl meinen Fingern, die richtige Nummer zu wählen.

Zahlenkombinationen schossen mir durch den Kopf. Lenas Nummer und Links Nummer und die Nummer der Stadtbibliothek von Gatlin. Nur eine einzige Telefonnummer fiel mir nicht ein.

Meine eigene.

Seit ungefähr einhundertfünfzig Jahren war es das erste Mal, dass Lilian English nicht zur Schule kam. Die Diagnose lautete akute Erschöpfung. Was vermutlich sogar stimmte. Abraham und Sarafine konnten jeden in diesen Zustand versetzen, dazu brauchten sie keine Dämonen-Königin.

So kam es, dass Lena und ich ein paar Tage später allein im Klassenzimmer herumsaßen. Der Unterricht war vorbei, Direktor Harper hatte die Stapel mit unseren Arbeiten, die er sowieso nicht korrigieren würde, längst eingesammelt, aber wir saßen immer noch hier.

Ich glaube, wir wollten einfach noch Zeit an dem Ort verbringen, an dem Mrs English eine *Demon Queen* ganz eigener Art gewesen war. Die echte Mrs English war, wenn schon nicht das Rad des Schicksals, dann doch zumindest die rechte Hand der Gerechtigkeit. Sie war immer geradeaus und unbestechlich. Abgesehen von dieser *Crucible*-Sache war das vielleicht auch der Grund, warum die Lilum sich ausgerechnet Mrs Englishs Körper ausgesucht hatte.

»Ich hätte es wissen müssen, sie hat sich schon das ganze Schuljahr über merkwürdig benommen.« Ich seufzte. »Zum Beispiel hat sie ihr Glasauge mindestens einmal auf der falschen Seite getragen.«

»Glaubst du, die Lilum hat uns in Englisch unterrichtet? Du hast gesagt, dass sie total unnatürlich geredet hat. Das hätten wir doch bemerkt.« Lena hatte recht.

»Die Lilum muss irgendwann schon mal von Mrs English Besitz ergriffen haben, sonst wären Abraham und Sarafine nicht bei ihr zu Hause aufgetaucht. Glaub mir, die haben genau gewusst, was sie suchen.«

Wir saßen in zwei verschiedenen Ecken des Klassenzimmers. Heute saß ich auf der Glasaugenseite. Mir war irgendwie danach. Ich hatte Lena schon dreimal alle Einzelheiten der vergangenen Nacht erzählt, nur die Sache mit der Telefonnummer nicht. Ich wollte sie deshalb nicht auch noch beunruhigen. Sie hatte auch so schon Schwierigkeiten, alles gedanklich auf die Reihe zu kriegen. Ich konnte es ihr nicht verdenken. Mir ging es genauso, obwohl ich dabei gewesen war.

Lena, die im Niemandsland saß, also der Seite, auf der Mrs English gut sah, brach schließlich das Schweigen. »Warum müssen wir eigentlich diesen Einen, der Zwei ist, finden?« Sie war noch ganz verstört, sie hatte es ja gerade erst erfahren. Zudem hatte es wieder einmal mit ihrer Mutter zu tun.

»Ich habe dir doch von der Sache mit dem *Crucible* erzählt.« Ich hatte alles möglichst genau berichtet.

»Nein. Ich meine, was kann der Eine, das wir nicht können? Die Neue Ordnung schaffen, oder was?« Sie stand auf und setzte sich auf die Kante von Mrs Englishs Pult und ließ die Beine baumeln. Die Neue Ordnung. Kein Wunder, dass ihr das im Kopf herumspukte. Immerhin hatte die Lilum angedeutet, dass sie die Neue Ordnung in Kraft setzen würde, nachdem die Schuld durch ein Opfer getilgt wäre.

»Wie setzt man eine Neue Ordnung überhaupt in Kraft?«

Sie zuckte die Schultern. »Keine Ahnung.«

Es musste eine Möglichkeit geben, das herauszufinden. »Vielleicht findet sich in der *Lunae Libri* etwas darüber.«

»Na klar doch«, sagte Lena frustriert. »Wir schauen einfach mal unter N wie Neue Ordnung nach, oder I wie Inkraftsetzung. Oder P wie Psycho, denn so komme ich mir langsam vor.«

»Was glaubst du, wie es mir geht?«

Sie seufzte und baumelte noch heftiger mit den Beinen. »Selbst wenn ich wüsste, was damit gemeint ist, viel wichtiger ist doch die Frage: Warum ausgerechnet ich? Immerhin war ich diejenige, die die vorherige Ordnung zerstört hat.« Sie sah müde aus, ihr schwarzes T-Shirt war durchgeschwitzt und ihre Kette mit den Glücksbringern hatte sich in ihren langen Haaren verfangen.

»Vielleicht musste die alte Ordnung gebrochen werden. Manchmal muss man etwas zerstören, ehe man wieder etwas Neues aufbauen kann.«

»Vielleicht ist das aber gar nicht nötig.«

»Sollen wir gehen? Ich habe für heute genug von diesem ganzen *Crucible*-Zeug.«

Sie nickte dankbar. »Ich auch.«

Wir gingen Hand in Hand durch die Aula, und ich sah, wie sich Lenas Haare kräuselten. Die Caster-Brise. Deshalb war ich auch nicht überrascht, dass Miss Hester, die sich gerade ihre langen Fingernägel dunkelrot lackierte, nicht einmal den Kopf hob, als wir an ihr vorbeigingen und die Welt der Dämonen und der Sterblichen hinter uns ließen.

Der Lake Moultrie war so ausgetrocknet und braun, wie Link es gesagt hatte. Es gab keinen einzigen Tropfen Wasser. Niemand war zu sehen, allerdings steckte in dem rissigen Uferschlamm ein Andenken von Mrs Lincoln und ihren Mitstreiterinnen.

BÜRGERWEHR-HOTLINE
MELDEN SIE ALLE ANZEICHEN
EINES APOKALYPTISCHEN GESCHEHENS

Darunter hatte sie groß ihre Telefonnummer geschrieben.

»Woran genau erkennt man ein apokalyptisches Geschehen?« Lena versuchte, ernst zu bleiben.

»Keine Ahnung. Aber ich bin sicher, wenn wir Mrs Lincoln bitten, es zu erklären, dann steht hier morgen ein neues Schild.« Ich überlegte. »Fischen verboten. Schutt abladen verboten. Teufel anrufen verboten. Hitze und Heuschreckenplagen verboten. Keine Vexe.«

Lena stieß die Fußspitze in den trockenen Sand. »Keine Flüsse aus Blut.« Ich hatte ihr von meinem Traum erzählt, zumindest von diesem einen. »Und keine Menschenopfer.«

»Bring Abraham nicht auf neue Ideen.«

Lena schmiegte den Kopf an meine Schulter.

»Erinnerst du dich an das letzte Mal hier?« Ich piekste sie mit einem dürren Flussgrasstängel. »Du bist auf dem Rücksitz von Johns Harley abgedüst.«

»Daran will ich nicht mehr denken. Ich möchte mich nur an die schönen Augenblicke erinnern«, wisperte sie.

»Wir hatten eine Menge schöner Augenblicke.«

Sie lächelte, und da wusste ich, dass ich diesen Tag niemals vergessen würde. Genauso wenig wie den Tag, an dem ich sie weinend in Greenbrier gefunden hatte. Es gab Momente, da sah ich sie einfach nur an, und sofort stand die Erde still. Die Welt um uns herum versank, und ich spürte, dass nichts uns je trennen konnte.

Ich zog sie an mich und küsste sie leidenschaftlich, hier in diesem ausgetrockneten See, wo uns niemand sah und sich niemand um uns scherte. Mit jeder Sekunde nahm der Schmerz zu, hämmerte mein Herz heftiger, aber ich hörte nicht auf. Für mich zählte nur noch eines. Ich wollte ihre Hände auf meiner Haut spüren, wollte spüren, wie ihre Lippen an meinen knabberten. Ich wollte ihren Körper an meinem Körper spüren, bis ich überhaupt nichts mehr spürte.

Denn solange wir den Einen, der Zwei war, noch nicht gefunden und dazu gebracht hatten, das zu tun, was am Achtzehnten Mond zu tun war, spielte es keine Rolle, was mit Lena und mir passierte.

Wir schlossen die Augen. Obwohl wir uns nicht an den Händen hielten, fühlte es sich genau so an.

Denn wir wussten beide, was wir aneinander hatten.

20.11. *Die nächste Generation*

»Lass mich in Ruhe, Pfadfinder. Ich hab dir alles gesagt, was ich weiß. Wieso sollte ich etwas vor dir geheim halten?« John sah lächelnd zu Liv hinüber. »Ich hab zwar Hosen an, aber sie trägt den Gürtel.«

Das stimmte. Liv hatte den Skorpiongürtel um die Taille geschlungen. Lena hatte ihn ihr gegeben, weil Liv jetzt anscheinend Johns Babysitter spielte, wenn Macon nicht da war. Sie ließen ihn keine Sekunde aus den Augen; nachts belegte Macon sein Arbeitszimmer mit einem Verhüllungs- und Verriegelungsbann.

Aber wenn John wirklich die Wahrheit gesagt hatte, dann bräuchte er Macon ja nur zu berühren und ein Teil von dessen Magie würde auf ihn übergehen. Die Frage war: Warum machte er das nicht? Ich fing allmählich an zu glauben, dass er gar nicht von hier wegwollte, auch wenn das eigentlich widersinnig war.

Aber Widersinniges war in letzter Zeit ja nichts Ungewöhnliches.

Seit dem Gespräch mit der Lilum – dem Rad des Schicksals, der *Demon Queen*, der Mrs English, die nicht Mrs English war – hatte ich mehr Fragen als Antworten. Ich wusste weder, wie ich den Einen, der Zwei war, finden sollte, noch wusste ich, wie viel Zeit uns blieb.

Ich musste schnellstens herausfinden, wann der Achtzehnte Mond stattfinden würde. Seit der Junge namens John im Krankenhaus seine Botschaft hingekritzelt hatte, war ich davon überzeugt, dass es etwas mit John Breed zu tun hatte.

Der tat allerdings so, als ginge ihn das alles gar nichts an. Er lümmelte auf einer Pritsche an der Wand, und wenn er nicht gerade schlief, trampelte er auf meinen Nerven herum.

Lena war so frustriert, dass auch bei ihr Johns Charme wirkungslos verpuffte. »Bestimmt hat Abraham irgendwann den Achtzehnten Mond erwähnt. Denk doch mal nach.«

John zuckte gelangweilt mit den Schultern. »Dein Freund ist derjenige, der ständig wieder davon anfängt.«

»Ach ja? Dann heb doch deinen Arsch und bring mich zum Schweigen.«

Ethan, beruhige dich. Lass dich von ihm nicht provozieren.

Jetzt mischte sich auch noch Liv ein. »Ethan, wir sollten uns hier unten ein bisschen zivilisierter benehmen. Soweit wir wissen, ist John genauso ein Opfer von Abrahams Terror wie wir auch.« Sie klang mitfühlend – für meinen Geschmack ein bisschen zu mitfühlend.

»Ach ja? Und was ist mit Link? Hast du vergessen, dass dein sogenanntes Opfer ihn gebissen hat?«, blaffte ich sie an.

Liv schwieg verlegen.

»Also komm mir bitte nicht mit zivilisiert und so weiter.«

John richtete sich auf seiner Liege auf. »Sprich nicht so mit ihr. Du bist sauer auf mich, also lass das nicht an Olivia aus. Sie reißt sich den Arsch auf, um dir zu helfen.«

Ich sah Liv an. Sie wurde rot und starrte auf die Zeiger ihres Selenometers. Konnte man darauf auch ablesen, ob Johns magnetische Anziehungskraft eine Wirkung auf sie ausübte? »Nimm's mir nicht übel, aber halt doch verdammt noch mal einfach die Klappe.«

»Ethan!« Lena warf mir ihren »Es reicht!«-Blick zu. Sie schienen sich alle gegen mich verschworen zu haben.

John grinste belustigt. »Erst soll ich reden, dann soll ich die Klappe halten. Sag mir Bescheid, wenn du weißt, was du willst.«

Ich wollte nicht mit ihm reden. Ich wollte, dass er verschwand. »Liv, warum behaltet ihr ihn eigentlich hier? Er hat uns bisher nichts von Bedeutung gesagt. Jede Wette, er hat sein Talent, andere Caster anzuzapfen, längst eingesetzt und eine Botschaft an Abraham und Sarafine geschickt. Wahrscheinlich sind sie schon auf dem Weg hierher.«

Liv verschränkte missbilligend die Arme. »John hat niemanden angezapft. Die meiste Zeit ist er mit mir allein. Oder bei mir und Macon.« Sie wurde schon wieder rot. »Und wenn du ihn anschreist, dann bringt das gar nichts. John ist ein Folteropfer. Ihr könnt euch gar nicht vorstellen, wie Silas und Abraham ihn in seiner Kindheit behandelt haben.«

Ich drehte mich zu John um. »So ist das also. Du vertreibst dir die Zeit damit, Liv rührselige Geschichten zu erzählen. Mann, du bist wirklich ein verlogenes Arschloch.«

John stand auf und kam auf mich zu.

»Komisch, ich dachte gerade daran, was für ein entzückendes Arschloch du bist.«

»Tatsächlich?« Ich ballte die Fäuste.

»Nein.« Er ballte ebenfalls die Fäuste.

»Genug jetzt.« Lena trat zwischen uns. »Das bringt uns auch nicht weiter.«

»Und es ist weder wissenschaftlich noch soziologisch relevant, geschweige denn im Entferntesten unterhaltsam«, fügte Liv hinzu.

John ging wieder zu seiner Pritsche. »Wieso sind eigentlich alle davon überzeugt, dass es dabei um mich geht?«

Ich hatte keine Lust, ihm von der Botschaft eines gehirngeschädigten Jungen zu erzählen, der nicht mehr sprechen konnte. »Es hat etwas mit dem Achtzehnten Mond zu tun. Mein Achtzehnter Mond ist erst im Februar, es sei denn Sarafine und Abraham beschwören ihn vorzeitig.« Lena verschränkte die Arme und beobachtete John.

Er zuckte die Schultern und sah mich an. »Dann bleiben dir noch ein paar Monate Zeit. Also mach dich auf die Socken.«

»Sie hat doch eindeutig gesagt, dass es nicht um Lenas Achtzehnten Mond geht. Wahrscheinlich haben wir also gar nicht mehr so viel Zeit.«

Liv fuhr herum und sah mich an. »Von wem sprichst du?«

Mist. Ich wollte ihr noch nicht von der Lilum erzählen, und schon gleich gar nicht, wenn John dabei war. Lena war nicht das einzige Mädchen, das zwei Seiten hatte. Liv war zwar keine Hüterin mehr, benahm sich aber immer noch so. »Niemand. Ist nicht so wichtig.«

Liv sah mich forschend an. »Du hast gesagt, ein Patient im Krankenhaus hätte dich auf die Idee mit dem Achtzehnten Mond gebracht – der Junge in dem seltsamen Geburtstagszimmer. Ich dachte, das wäre der Grund, wieso du hier bist und John bedrängst.«

»Was heißt hier bedrängen? Meinst du das ernst?« Ich konnte es nicht fassen, wie schnell er sie auf seine Seite gebracht hatte.

»Fertigmachen trifft's wohl eher«, erwiderte John arrogant.

Ich beachtete ihn nicht länger. Ich war viel zu sehr damit beschäftigt, meine Bemerkung über die Lilum zu verschleiern und Liv auf eine andere Fährte zu locken. »Der Junge hieß John, aber er war nicht in dem Geburtstags …«

Ich hielt inne.

Der Junge hieß John.

Lena sah mich an.

Das Geburtstagszimmer.

Wir hatten den gleichen Gedanken.

Was, wenn wir die Sache doch von der falschen Seite angepackt haben?

»John, wann hast du Geburtstag?«

Er lag ausgestreckt da und warf einen Ball gegen die Wand, genau über der Stelle, wo er seine Stiefel abstützte. »Willst du eine Party für mich schmeißen, Sterblicher? Ich mach mir nicht viel aus Kuchen.«

»Beantworte einfach die Frage«, sagte Lena.

Der Ball prallte wieder gegen die Wand. »Am 22. Dezember. Behauptet zumindest Abraham. Wahrscheinlich hat er sich das Datum nur ausgedacht. Wie ihr wisst, war ich ein Findelkind. Was nicht heißt, dass ich einen Zettel an mir kleben hatte, auf dem mein Geburtstag stand.«

So dumm konnte er doch gar nicht sein. »Meinst du wirklich, Abraham interessiert sich die Bohne dafür, wann du Geburtstag hast?«

Er hörte auf, den Ball gegen die Wand zu werfen.

Liv blätterte in einem Almanach. Ich hörte, wie sie den Atem anhielt. »Oh mein Gott.«

John stand auf, ging zum Tisch und beugte sich über Livs Schulter. »Was ist?«

»Am 22. Dezember ist die Wintersonnenwende, die längste Nacht des Jahres.«

John ließ sich auf den Stuhl neben ihr fallen. Er bemühte sich, möglichst gelangweilt zu wirken, so wie immer, aber ich wusste, dass er neugierig war. »Dann ist es eben eine lange Nacht. Was soll's?«

Liv klappte den Kalender zu. »Bei den Kelten war der Tag der Wintersonnenwende der heiligste Tag des Jahres. Sie glaubten, das Rad der Jahreszeiten würde im Moment der Sonnenwende für einen kurzen Augenblick innehalten. Es war die Zeit der Reinigung und der Wiedergeburt ...«

Liv redete weiter, aber ich hörte nur noch meine eigenen Gedanken.

Das Rad der Jahreszeiten.

Das Rad des Schicksals.

Reinigung und Wiedergeburt.

Ein Opfer.

Das also hatte die Lilum gemeint. Am Achtzehnten Mond, der Nacht der Wintersonnenwende, musste das Opfer dargebracht werden, damit die Neue Ordnung errichtet werden konnte.

»Ethan?«, fragte Lena besorgt. »Alles okay?«

»Nein. Nichts ist okay.« Ich blickte John an. »Wenn es stimmt und du wirklich nicht dasitzt und darauf wartest, dass Abraham und Sarafine dich retten, dann musst du mir jetzt alles erzählen, was du über Abraham weißt.«

John beugte sich über den Tisch zu mir. »Wenn du glaubst, ich könnte nicht aus einem lächerlichen Arbeitszimmer im Tunnel abhauen, dann bist du noch bescheuerter, als ich dachte. Du hast keine Ahnung, wozu ich imstande bin. Ich bin hier, weil …« Er sah Liv an. »Weil ich sonst nirgendwohin kann.«

Ich war mir nicht sicher, ob er die Wahrheit sagte. Andererseits deuteten alle Zeichen – die Songs, die Botschaften, sogar Tante Prue und die Lilum – auf ihn.

John gab Liv einen Bleistift. »Schnapp dir dein rotes Notizbuch, und ich sage dir alles, was du wissen willst.«

Nachdem ich Johns Bericht über seine Kindheit bei Silas Ravenwood mitangehört hatte – und Silas sich als ein sadistischer Schinder erwiesen hatte, der sich die Zeit damit vertrieben hatte, John windelweich zu prügeln und ihn zu zwingen, seine Anti-Caster-Sprüche auswendig zu lernen –, hatte sogar ich ein bisschen Mitleid mit John. Zugegeben hätte ich das aber nie.

Liv schrieb jedes Wort mit. »Also, fest steht, dass Silas die Caster hasst. Was umso bemerkenswerter ist, da er zwei von ihnen geheiratet hat.« Mit einem Seitenblick auf John fügte sie hinzu: »Und einen großgezogen hat.«

John lachte, aber die Bitterkeit in seiner Stimme war nicht zu überhören. »Lass ihn das bloß nicht hören. Silas und Abraham haben mich nie für einen Caster gehalten. Wenn man Abraham glaubt, dann bin ich die ›nächste Generation‹ – stärker, schneller, unempfindlich gegen Sonnenlicht und lauter solche praktischen Sachen mehr. Für einen Dämon redet Abraham ziemlich viel vom Weltuntergang. Er glaubt, dass das Ende nahe ist. Notfalls beschwört er es höchstpersönlich herauf, Hauptsache, die ›niedere Rasse‹ wird dann endgültig ausgelöscht.«

Ich rieb mit beiden Händen über mein Gesicht und fragte mich, wie viel ich noch ertragen konnte. »Ich schätze, das sind schlechte Neuigkeiten für uns Sterbliche.«

John warf mir einen seltsamen Blick zu. »Mit der niederen Rasse sind nicht die Sterblichen gemeint; ihr steht sowieso am untersten Ende der Nahrungskette. Er spricht von den Castern.«

Liv klemmte sich den Bleistift hinters Ohr. »Mir war gar nicht klar, wie abgrundtief er die Lichten Caster hasst.«

John schüttelte den Kopf. »Ihr versteht das falsch. Ich spreche nicht von Lichten Castern. Abraham will *alle* Caster loswerden.«

Lena blickte erstaunt auf.

»Aber Sarafine …«, setzte Liv an.

»Die ist ihm völlig egal. Er sagt ihr nur das, was sie von ihm hören will.« John klang ungewöhnlich ernst. »Abraham Ravenwood schert sich um niemanden auf der Welt.«

Es gab viele Nächte, in denen ich nicht schlafen konnte, heute *wollte* ich nicht schlafen. Ich wollte nicht an Abraham Ravenwoods Weltuntergangspläne denken und auch nicht daran, dass die Welt sich selbst zerstören würde, wie die Lilum gesagt hatte. Es sei denn, jemand würde sich opfern. Jemand, den ich erst noch finden musste.

Im Schlaf würden sich diese düsteren Gedanken in Bäche von Blut verwandeln, die so wirklich waren wie die feuchte Erde in meinem Bett, als ich Lena zum ersten Mal begegnet war. Ich wollte mich an einen Ort zurückziehen und mich verstecken, an dem mich weder die Albträume noch die Blutbäche noch die Wirklichkeit einholen konnten. Und dieser Ort hatte sich für mich immer schon in einem Buch befunden.

Ich wusste auch genau, in welchem. Es war keines der Bücher unter meinem Bett, es war ein Buch in einer der Schuhschachteln, die sich entlang der Wand stapelten. Darin bewahrte ich alles auf, was mir wichtig war; ich kannte den Inhalt jeder einzelnen Schachtel.

Dachte ich zumindest.

Aber jetzt stand ich da und wusste nicht weiter. Ich betrachtete die knallbunten Kartons und kramte in meinem Gehirn nach der inneren Landkarte, die mich zu der richtigen Schachtel führte. Aber da war nichts. Meine Hände fingen an zu zittern. Meine rechte, mit der ich früher geschrieben hatte, und meine linke, mit der ich jetzt schrieb.

Ich wusste nicht, wo das Buch war.

Irgendetwas stimmte nicht mit mir und das hatte nichts mit Castern oder Hütern oder der Ordnung der Dinge zu tun. Ich veränderte mich; mit jedem Tag verlor ich etwas mehr von meinem früheren Ich. Und ich wusste nicht, warum.

Lucille sprang von meinem Bett herunter, als ich anfing, die Deckel von den Schachteln zu reißen, hektisch darin herumzuwühlen und alles auf dem Fußboden zu verstreuen, von Kronkorken über alte Eintrittskarten bis hin zu den vergilbten Fotos meiner Mutter. Ich machte so lange weiter, bis ich es in einer schwarzen Adidas-Schachtel fand. Ohne große Hoffnung hatte ich in den Karton gesehen, und da lag es – mein Exemplar von John Steinbecks *Von Mäusen und Menschen*.

Es war keine fröhliche Geschichte, keine, von der man erwarten würde, dass sie quälende Gedanken vertrieb. Aber ich hatte einen Grund dafür. Sie handelte von Opfern – davon, dass man sich selbst opferte oder dass man jemand anderen opferte, um seine eigene Haut zu retten. Denn das war genau die Frage, um die es hier ging.

Während ich die Seiten umblätterte, hatte ich das Gefühl, als würde ich heute Nacht eine Antwort auf diese Frage finden.

Bis mir auffiel, dass noch jemand zwischen zwei Buchdeckeln nach Antworten suchte. Aber da war es schon zu spät.

Lena!

Auch sie blätterte in einem Buch …

Als Sarafine neunzehn Jahre alt geworden war, brachte sie ein hübsches Mädchen zur Welt. Das Baby war unverhofft auf die Welt gekommen, und obwohl Sarafine stundenlang das fein geschnittene Gesicht ihrer kleinen Tochter betrachten konnte, war das Kind keine reine Freude für sie.

Sarafine hatte sich nie ein Kind gewünscht. Sie wollte nicht, dass es einer ungewissen Zukunft entgegenging, nur weil es den Namen Duchannes trug. Sie wollte nicht, dass ihr Kind gegen das Dunkle ankämpfen musste, das sie selbst, wie Sarafine nur zu gut wusste, in sich trug. Sarafine beschloss, ihre Tochter bis zu deren sechzehnten Geburtstag, an dem sie ihren wahren Namen erhalten würde, Lena zu nennen, denn das bedeutete »die Glänzende«.

Sie tat es in der vergeblichen Hoffnung, auf diese Weise den Fluch von ihr abwenden zu können. John hatte sie ausgelacht. Es waren eigentlich nur Sterbliche, die ihre Hoffnung auf einen Namen setzten.

Aber Sarafine brauchte etwas, worauf sie ihre Hoffnung setzen konnte.

Lena war nicht der einzige Mensch, der unerwartet in ihr Leben trat.

Sarafine war allein, als sie Abraham Ravenwood an der Ecke stehen sah, an der sie ihm zum ersten Mal begegnet war, vor fast einem Jahr. Er schien auf sie zu warten, in der sicheren Gewissheit, dass sie kommen würde. Und er schien von dem Kampf zu wissen, der in ihr tobte. Ein Kampf, von dem sie nicht wusste, ob sie ihn gewinnen konnte.

Er winkte ihr zu, als seien sie alte Freunde. »So bekümmert, Miss Duchannes? Liegt dir etwas auf der Seele? Kann ich helfen?«

Mit seinem weißen Bart und dem Gehstock erinnerte Abraham Sarafine an ihren Großvater. Sie sehnte sich nach ihrer Familie, auch wenn die sich von ihr abgewandt hatte. »Wohl kaum.«

»Kämpfst du immer noch gegen deine Natur an? Sind die Stimmen lauter geworden?«

Sie waren lauter geworden, aber wie konnte er das wissen? Inkubi wurden nicht im Laufe ihres Lebens Dunkel, sie wurden in das Dunkle hineingeboren.

»Hast du unabsichtlich Brände gelegt? So etwas nennt man Feuersog.«

Sarafine erstarrte. Sie hatte tatsächlich, ohne es zu wollen, ein paarmal Feuer gelegt. Wenn ihre Gefühle zu intensiv wurden, verdichteten sie sich zu Flammen. Ihre Gedanken kreisten jetzt nur noch um zweierlei: um Feuer und um Lena.

»Ich wusste nicht, dass es einen Namen dafür gibt«, flüsterte sie.

»Du weißt so manches nicht. Ich würde dich gerne einladen, von mir zu lernen. Ich kann dir alles beibringen, was du wissen musst.«

Sarafine blickte weg. Er war Dunkel. Ein Dämon. Seine schwarzen Augen verrieten ihr alles, was sie wissen musste. Sie konnte Abraham Ravenwood nicht vertrauen.

»Du hast jetzt ein Kind, nicht wahr?« Es war keine Frage, sondern eine

Feststellung. »Willst du, dass es mit einem Fluch belastet ist, der aus einer Zeit stammt, in der du noch nicht einmal geboren warst? Oder willst du, dass deine Tochter sich selbst beruft?«

Sarafine verschwieg John, dass sie sich mit Abraham Ravenwood in den Tunneln traf. Er hätte es nicht verstanden. Für John war die Welt entweder schwarz oder weiß, Licht oder Dunkel. Er wusste nicht, dass beide Welten nebeneinander existieren konnten, sogar in ein und derselben Person, wie in ihrem Fall. Sie hasste es, zu lügen, aber sie tat es für Lena.

Abraham zeigte ihr etwas, von dem niemand in ihrer Familie je gesprochen hatte – eine Prophezeiung, die an den Fluch geknüpft war. Eine Prophezeiung, die Lena retten würde.

Er hielt ein vergilbtes Papier in der Hand und las die Worte vor, die alles zu ändern versprachen: »Die Erste, die wird Dunkel sein, die Zweite hat die Wahl allein.«

Sarafine stockte der Atem.

»Verstehst du, was das bedeutet?« Abraham wusste, dass diese Worte alles für sie bedeuteten, denn sie hing an seinen Lippen, als wären auch sie Teil der Prophezeiung. »Die erste Naturgeborene in der Duchannes-Familie muss also Dunkel sein, eine Kataklystin.« Er sprach von ihr. »Aber die Zweite hat die Wahl. Sie kann sich selbst berufen.«

Sarafine fand den Mut, die Frage zu stellen, die schon lange in ihr brannte. »Warum hilfst du mir?«

Abraham lächelte. »Ich habe selbst einen Jungen, der nicht viel älter ist als Lena. Dein Vater zieht ihn groß. Seine Eltern haben ihn ausgesetzt, weil er über einige sehr ungewöhnliche Kräfte verfügt. Und auch er hat ein Schicksal, das ihm vorherbestimmt ist.«

»Aber ich will nicht, dass meine Tochter Dunkel wird.«

»Ich glaube nicht, dass du das wahre Wesen des Dunklen verstehst. Die Lichten Caster haben deine Gedanken vergiftet. Licht und Dunkel sind zwei Seiten derselben Medaille.«

Insgeheim fragte sich Sarafine, ob er nicht vielleicht doch recht hatte. Sie betete darum, dass er recht hatte.

Abraham lehrte sie auch, ihren Drang und die Stimmen zu beherrschen. Es gab nur eine Möglichkeit, wie man sie austreiben konnte. Sarafine legte Feuer, brannte riesige Kornfelder und Waldstücke nieder. Es war eine Erleichterung für sie, ihren Kräften freien Lauf zu lassen. Und niemand kam dabei zu Schaden.

Aber die Stimmen suchten sie trotzdem heim, flüsterten ihr das immer gleiche Wort ein.

Brenne.

Wenn die Stimmen sie nicht verfolgten, hörte sie Abraham in ihren Gedanken. Wortfetzen ihrer Gespräche reihten sich aneinander und wiederholten sich endlos: »Lichte Caster sind schlimmer als Sterbliche. Sie sind neidzerfressen, denn ihre Kräfte sind den unsrigen unterlegen, deshalb möchten sie unser Erbe mit dem Blut der Sterblichen verunreinigen. Aber die Ordnung der Dinge wird dies nicht zulassen.« Spät in der Nacht verstand sie den Sinn mancher Sätze. »Lichte Caster fürchten das Dunkle Feuer, aus dem alle Kraft entspringt.« Sie versuchte, sich einige dieser Worte für alle Zeiten einzuprägen. »Wenn sie stark genug wären, dann würden sie uns alle töten.«

Ich lag auf dem Fußboden meines Zimmers, inmitten des Chaos, das ich angerichtet hatte, und starrte an die himmelblaue Decke. Lucille saß auf meiner Brust und leckte sich die Pfoten.

Lenas Stimme drang so leise in meine Gedanken, dass ich sie fast nicht hörte.

Sie hat es für mich getan. Sie hat mich geliebt.

Ich wusste nicht, was ich darauf sagen sollte. Es stimmte zwar, aber ganz so einfach war es dann auch wieder nicht. In jeder neuen Vision versank Sarafine tiefer und tiefer im Dunklen.

Ich weiß, dass sie dich geliebt hat, L. Sie wurde mit dem, was ihr zugestoßen ist, nicht fertig. Ich konnte es nicht fassen, dass ich soeben die Frau verteidigte, die meine Mutter getötet hatte. Aber Izabel war nicht Sarafine, zumindest hatte sie damals noch dagegen angekämpft. Sarafine hatte Izabel getötet, so wie sie meine Mutter getötet hatte.

Abraham ist ihr zum Verhängnis geworden.

Lena suchte einen Schuldigen. Wir alle taten das.

Ich hörte, wie Seiten umgeblättert wurden.

Lena, fass es nicht an!

Keine Sorge. Es löst nicht jedes Mal Visionen aus.

Ich musste an das Bogenlicht denken und daran, wie es mich ganz willkürlich in eine andere Welt versetzt hatte. Woran ich lieber nicht denken wollte, waren Lenas Worte: »jedes Mal«. Wie oft hatte sie Sarafines Buch schon aufgeschlagen? Ehe ich sie danach fragen konnte, hörte ich Lena wieder in mir.

Das ist mein Lieblingssatz. Sie hat ihn immer wieder in das Buch geschrieben. »Das Leid ist stärker als alle Lehren. Es hat mir offenbart, wie dein Herz beschaffen ist.«

Ich fragte mich, wessen Herz Sarafine gemeint hatte.

Vielleicht ihr eigenes.

24.11.

Eher schlecht als recht

Heute war Thanksgiving und das bedeutete zweierlei.

Tante Caroline würde uns besuchen. Und heute fand der jährliche Backwettbewerb zwischen Ammas Pekannusskuchen, Ammas Apfelkuchen und Ammas Kürbiskuchen statt. Amma gewann immer, aber der Wettbewerb war hart und die Entscheidung war mit viel Trubel am Tisch verbunden.

Dieses Jahr freute ich mich mehr als sonst darauf. Es war das erste Mal seit Wochen, dass Amma wieder Kuchen gebacken hatte. Ich hatte zwar den leisen Verdacht, dass sie gerade den heutigen Tag gewählt hatte, weil es so am wenigsten auffallen würde, aber das war mir egal. Mein Vater trug diesmal ein Sakko und nicht, wie im letzten Jahr, einen Schlafanzug, Tante Caroline und Marian spielten mit den Schwestern Scrabble, und die fertigen Kuchen verströmten ihren verlockenden Duft – für einen Augenblick vergaß ich die Heuschrecken und die Hitze und die Tatsache, dass Tante Prue nicht mit uns am Tisch sitzen würde. Leider erinnerte ich mich stattdessen an alles, was ich in letzter Zeit beinahe vergessen hätte; an Dinge, die ich eigentlich nicht vergessen durfte. Ich fragte mich, wie lange ich sie noch in meinem Gedächtnis festhalten konnte.

Mir fiel nur ein Mensch ein, der vielleicht die Antwort auf diese Frage kannte.

Ich stand eine gute Minute vor Ammas Zimmertür, ehe ich anklopfte. Amma eine Antwort zu entlocken, war wie Zähneziehen bei einem Alligator. Sie hatte immer Geheimnisse. Das gehörte zu ihr wie die Zimtpastillen und die Kreuzworträtsel, wie ihre Schürze mit den vielen Taschen und ihr Aberglaube. Wahrscheinlich gehörte all das zu einer richtigen Seherin. Und doch war es diesmal anders.

Ich hatte bisher nie erlebt, dass sie an Thanksgiving den Herd sich selbst überlassen hätte, während der Truthahn noch schmorte und ihre Kuchen noch in der Backröhre waren, ganz zu schweigen davon, dass sie jemals auf die Zitronen-Baisers für Onkel Abner verzichtet hätte. Es war Zeit, dass ich mir die Kniescheiben wachsen ließ.

Ich klopfte an.

»Komm schon rein, oder willst du da draußen herumstehen, bis der Teppich ein Loch hat?«, rief sie aus ihrem Zimmer.

Ich machte die Tür auf und rechnete damit, wie immer Regalreihen voller Einmachgläser gegenüberzustehen, in denen Amma alles aufhob, von Steinsalz bis zu Friedhofsstaub. Dazu Bücherregale, die vollgestopft waren mit vielgelesenen brüchigen Lederfolianten und Notizbüchern, die Ammas Rezepte enthielten. Es war noch gar nicht so lange her, dass mir zum ersten Mal gedämmert war, dass diese Rezepte vielleicht gar keine Kochrezepte waren. Ammas Zimmer hatte mich schon immer an eine Apotheke erinnert, die geheime Heilmittel für alles bereithielt – so wie Amma selbst auch.

Aber heute war es anders. Im Zimmer herrschte ein ähnliches Chaos wie in meinem, nachdem ich den Inhalt von zwanzig Schuhschachteln über den Boden verteilt hatte. Anscheinend suchte auch Amma etwas und fand es nicht.

Die Flaschen, die sonst immer sorgfältig aufgereiht auf den Regalen standen, mit dem Etikett nach vorne, hatte sie achtlos auf ihrer Kommode abgestellt. Bücher stapelten sich auf dem Fußboden, auf dem Bett, überall, nur nicht in den Regalen. Manche waren aufgeschlagen – alte Tagebücher, handgeschrieben in Gullah, der Sprache ihrer Vorfahren. Und ich entdeckte Dinge, die ich zuvor noch nie in diesem Zimmer gesehen hatte. Schwarze Federn, Zweige und einen Korb voller Steine.

Und mitten in dem ganzen Durcheinander saß Amma.

Ich trat ein. »Was ist denn hier passiert?«

Sie streckte mir die Hand hin, und ich half ihr, aufzustehen. »Nichts ist passiert. Ich räume auf. Es würde nicht schaden, wenn du das auch mal in dem Saustall machen würdest, den du dein Zimmer nennst.« Sie zwängte sich an mir vorbei. Gleich würde sie auf dem Weg in die Küche sein.

»Was stimmt mit mir nicht?«, platzte ich heraus.

Amma blieb wie angewurzelt mit dem Rücken zu mir stehen. Einen Moment lang hielt sie den Atem an, dann sagte sie: »Bei einem siebzehnjährigen Jungen stimmt vieles nicht. In dem Alter laufen die Dinge mehr schlecht als recht.«

»Redest du davon, dass ich jetzt mit der falschen Hand schreibe und dass ich Schokomilch und deine Rühreier nicht mehr ausstehen kann? Dass ich die Namen von Leuten vergesse, die ich zeit meines Lebens kenne? Meinst du das?«

Amma drehte sich langsam um, ihre braunen Augen blitzten. Hastig steckte sie die Hände in die Schürzentaschen, damit ich nicht merkte, dass sie zitterten.

Was auch immer mit mir los war, Amma wusste Bescheid.

Sie holte tief Luft, und für einen Moment glaubte ich, sie würde es mir endlich sagen. »Ich weiß von nichts. Aber ich … ich werde der Sache auf den Grund gehen. Vielleicht liegt es an der Hitze und diesem verdammten Ungeziefer und den Problemen, mit denen sich die Caster herumschlagen.«

Sie log. Es war das erste Mal, seit ich sie kannte, dass Amma geradeheraus geantwortet hatte. Und das war erst recht verdächtig.

»Amma, warum sagst du es mir nicht? Was weißt du?«

»Ich weiß, dass mein Erlöser lebt.« Sie sah mich herausfordernd an. Es war ein Vers aus einem Kirchenlied, das ich in meiner Kindheit immer im Gottesdienst gehört hatte, während ich kleine Papierkügelchen kaute, um nicht einzuschlafen.

»Amma.«

»Welchen Trost verspricht dies süße Wort.« Sie legte mir die Hand auf den Rücken.

»Bitte.«

Jetzt sang sie lauthals, was sich völlig verrückt anhörte. So klang man, wenn man Angst hatte, dass etwas Schreckliches passieren würde, und man sich einreden wollte, es sei nur blanker Unsinn. Das Entsetzen bemächtigte sich der Stimme, obwohl man glaubte, es verdrängt zu haben.

Aber Entsetzen kann man nicht verdrängen.

»Er lebt, er lebt, der einst gestorben war.« Sie schob mich aus dem Zimmer. »Er lebt, mein ewiger Hirte.«

Die Tür fiel hinter mir zu.

»So. Und jetzt gibt's Essen, ehe deine Tanten in die Küche kommen und das ganze Haus abbrennen.«

Ich sah ihr nach, wie sie durch den Flur huschte. Auf halbem Weg zur Küche rief sie: »Alle ins Esszimmer, bevor mein Essen kalt wird.«

Allmählich fragte ich mich, ob ich nicht vielleicht mehr Glück hätte, wenn ich mich mit meinen Fragen an meinen ewigen Hirten wandte.

Als ich das Esszimmer betrat, waren gerade alle dabei, sich auf ihre Plätze zu setzen. Lena und Macon waren anscheinend gerade erst gekommen; sie standen noch in der Nähe der Tür, während Marian in einer Ecke des Esszimmers noch in ein Gespräch mit Tante Caroline vertieft war. Amma rief aus der Küche ihre Befehle, wo der Truthahn noch etwas »ruhte«. Tante Grace schlurfte zum Tisch und wedelte mit ihrem Taschentuch. »Lasst diesen prächtigen Vogel nicht länger warten. Er starb einen edlen Tod. Noch länger herumzutrödeln, wäre äußerst respektlos.«

»Wenn du einen Schrotschuss in den Hintern einen edlen Tod nennst, dann schätze ich, hast du recht.« Tante Mercy drängte sich an ihrer Schwester vorbei, damit sie die frischen Brötchen direkt vor sich hatte.

»Fang nicht wieder damit an, Mercy Lynne. Du weißt, dass Vegetabilismus der erste Schritt in eine Welt ohne Schlüpfer und Prediger ist. Das ist eine dokumentatierte Tatsache.«

Lena setzte sich neben Marian und verbiss sich das Lachen. Sogar Macon hatte Mühe, keine Miene zu verziehen. Mein Vater stand hinter Ammas Stuhl und wartete darauf, dass sie aus der Küche kam, um ihn ihr zurechtzurücken. Wenn ich Tante Mercy und Tante Grace herumzetern hörte, vermisste ich Tante Prue sogar noch mehr. Als ich mich schließlich auf meinen Platz setzte, fiel mir auf, dass jemand fehlte.

»Wo ist Liv?«

Marian warf Macon einen Blick zu, ehe sie antwortete. »Sie hat es vorgezogen, heute Abend zu Hause zu bleiben.«

Tante Grace hatte gerade so viel verstanden, dass sie auch ihren Senf dazugeben konnte. »Aber das ist ja ganz unamerikanisch. Hast du sie etwa nicht eingeladen, Ethan?«

»Liv ist keine Amerikanerin. Und klar hab ich das. Ich meine, ja, Ma'am, ich habe sie eingeladen.«

Das stimmte beinahe. Ich hatte Marian gebeten, sie mitzubringen. Das war doch eine Einladung, oder nicht? Obwohl Lena und Liv sich in letzter Zeit nicht mehr offen anfeindeten, war mir bei der Vorstellung, die beiden gemeinsam bei uns am Esstisch sitzen zu sehen, komisch zumute gewesen.

Marian faltete ihre Serviette auseinander und legte sie auf ihren Schoß. »Ich bin mir nicht sicher, ob sie sich hier wohlgefühlt hätte.«

Lena biss sich verlegen auf die Lippe.

Das ist meine Schuld.

Oder meine, L. Ich habe sie genau genommen gar nicht eingeladen.

Ich komme mir wie eine Idiotin vor.

Und ich mir wie ein Idiot.

Mehr konnte ich nicht sagen, denn in dem Moment kam Amma mit dem Grüne-Bohnen-Auflauf herein. »So. Jetzt ist es Zeit, Gott zu danken und zu essen.«

Dad rückte ihr den Stuhl zurecht, dann setzte auch er sich hin. Alle am Tisch reichten sich die Hände und Tante Caroline beugte den Kopf und sprach das Dankgebet wie in jedem Jahr.

Ich spürte die Kraft, die von meiner Familie ausging. Ich empfand sie genauso wie die Kraft eines Caster-Kreises. Und obwohl Lena und Macon die einzigen Caster waren, spürte ich sie jetzt wieder. Das Summen unserer eigenen Energie übertönte das Geräusch der Heuschrecken, die unsere Stadt auffraßen, und das Zischen der Inkubi, die die Luft zerrissen.

Dann vernahm ich etwas anderes. Tante Carolines Gebet wurde von dem Song übertönt, der so laut in meine Gedanken dröhnte, dass mir fast der Kopf platzte.

Eighteen Moons, eighteen dead
Eighteen turned upon their head.
The Earth above, the Sky below
The End of Days, the Reaper's Row…

Achtzehn Tote? Und was bedeutete die letzte Zeile, in der vom Sensenmann die Rede war?

Als Tante Caroline zu beten aufhörte, war ich für alles bereit.

Sechs Kuchenstücke später wurde der Pekannusskuchen und mit ihm natürlich Amma zum Sieger erklärt. Mein Vater machte sein übliches Truthahn-Verdauungsnickerchen auf dem Sofa, eingezwängt zwischen den Schwestern. Das Essen war abgebrochen worden, als wir alle zu voll waren, um noch aufrecht auf den harten Holzstühlen sitzen zu bleiben.

Ich hatte nicht so viel wie sonst gegessen. Ich fühlte mich schuldig. Ich musste immerzu an Liv denken, die an Thanksgiving allein in den Tunneln saß. Egal ob es für sie ein Feiertag war oder nicht.

Ja, ich weiß.

Lena stand in der Küchentür und sah mich an.

L, es ist nicht so, wie du denkst.

Lena ging zur Anrichte, wo sich die Essensreste türmten. »Was ich denke, ist, dass du ein paar Stücke von Ammas Kuchen einpacken und in die Tunnel bringen solltest.«

»Warum willst du, dass ich das tue?«

Lena sah mich beschämt an. »Ich habe ihre Gefühle nicht verstanden. Bis zu der Nacht, als Ridley den *Furor* aussprach. Ich weiß, wie es ist, wenn man keine Freunde hat. Und noch schlimmer muss es sein, wenn man Freunde hatte und sie dann verliert.«

»Willst du etwa damit sagen, dass Liv und ich Freunde sein sollen?« Das nahm ich ihr nicht ab.

Sie schüttelte den Kopf. Ich sah, wie schwer ihr das Gespräch fiel. »Nein, ich will damit sagen, dass ich dir vertraue.«

»Ist das einer dieser Tests, die Jungs nie kapieren und bei denen sie eigentlich nur versagen können?«

Lena lächelte und wickelte den übrig gebliebenen Pekannusskuchen in Alufolie. »Diesmal nicht.«

Lena und ich hatten noch nicht einmal die Haustür geöffnet, als Amma uns schon ertappte. »Wo wollt ihr denn hin?«

»Wir fahren nach Ravenwood. Ich möchte Liv ein Stück von deinem Pekannusskuchen bringen.«

Amma wollte mich mit einem bösen Blick abstrafen, aber irgendwie kam mir der Blick gar nicht so böse vor. »Mit anderen Worten, ihr wollt hinunter in die Tunnel.«

»Nur um Liv zu treffen, Ehrenwort.«

Amma rieb ihr goldenes Amulett. »Fix hin und sofort wieder zurück. Ich will nichts von Castern oder Feuern, von Vexen oder anderen Dämonen hören. Kein Sterbenswörtchen. Habt ihr mich verstanden?«

Ich verstand sie immer, auch wenn sie nichts sagte.

Lena hob die Falltür hoch, die in Ridleys Zimmer in die Dielenbretter eingelassen war. Ich konnte immer noch nicht fassen, dass sie mich allein hinuntergehen lassen wollte. Andererseits war es vielleicht doch kein so großes Wagnis für ein Mädchen, das es sofort merken würde, wenn der eigene Freund in Gedanken eine andere küssen wollte.

Lena reichte mir den Kuchen. »Ich warte hier auf dich. Ich wollte mich sowieso mal ein wenig umschauen.« Ich fragte mich, ob sie seit der Nacht, in der wir John gefunden hatten, noch einmal hier gewesen war. Ich wusste, dass sie sich Sorgen um Ridley machte.

»Bin gleich wieder da.« Ich gab ihr einen Kuss und stieg die unsichtbaren Stufen hinunter.

Ich hörte sie reden, noch ehe ich sie sah.

»Ich weiß nicht, ob das ein richtiges Thanksgiving ist, wie man es im Süden feiert, weil ich ja noch nie Thanksgiving gefeiert habe. Aber ich glaube, dass Tiefkühlkost eigentlich nicht dazugehört.« Livs Stimme hörte sich verdächtig fröhlich an.

Ich brauchte die andere Stimme gar nicht zu hören, um zu wissen, wer noch da war. Auch ihn hatte ich heute erfolgreich verdrängt.

»Du hast Glück. Ich hab nämlich auch noch nie Thanksgiving gefeiert. Abraham und Silas machen sich nichts aus Feiertagen. Und wenn man ohnehin kein Essen braucht, hat man auch keinen Vergleich.«

John.

»Wie? Kein Halloween? Kein Heiligabend? Gar nichts?« Liv lachte, aber ich wusste, dass die Frage ernst gemeint war.

»Nichts.«

»Das ist schon ein bisschen traurig. Tut mir leid für dich.«

»Keine große Sache.«

»Dann ist heute also unser erstes Thanksgiving.« Ich hörte, wie sie lachte.

»Unser erstes gemeinsames«, fügte er hinzu.

Mir wurde richtig schlecht vom Zuhören. So als hätte ich zu viel Kuchen gegessen und mir danach trotzdem noch ein Truthahn-Sandwich genehmigt.

Ich spähte um die Ecke. Es war, wie ich es mir gedacht hatte. John und Liv saßen gemeinsam an einem Tisch, den Macon in seinem Arbeitszimmer für sie aufgestellt hatte. Darauf standen zwei Kerzen und ein Fertiggericht auf einem verbeulten Alu-Teller. Truthahn. Der Anblick war entsetzlich, besonders nach dem Festessen von Amma.

Liv hielt etwas in der Hand, wahrscheinlich Johns Feuerzeug, und versuchte, die Kerzen zwischen ihnen beiden zu entzünden.

»Deine Hand zittert.«

»Nein, tut sie nicht.« Sie schaute auf ihre Hand. »Na ja, es ist ein bisschen zugig hier unten.«

»Mach ich dich nervös?« John lächelte. »Schon gut. Ich nehm's dir nicht übel.«

»Ich und nervös? Ich bitte dich.« Livs Wangen nahmen die vertraute Rosafärbung an. »Ich fürchte mich nicht vor dir, falls du das denkst.« Sie blickten einander in die Augen.

»Autsch!« Liv ließ das Feuerzeug fallen und schüttelte ihre Hand. Anscheinend hatte sie sich die Finger verbrannt.

»Ist es schlimm? Lass mich mal sehen.« John nahm Livs Hand und öffnete sie, damit er ihre Finger anschauen konnte. In seiner kräftigen Hand verschwand ihre schmale fast völlig.

Liv biss sich auf die Lippe. »Am besten, ich halte sie unter kaltes Wasser.«

»Warte.«

»Was ...« Liv blickte John verblüfft an. Er nahm seine Hand weg und Liv bewegte die Finger. »Es tut gar nicht mehr weh. Sie ist nicht einmal mehr rot. Wie hast du das gemacht?«

John wirkte verlegen. »Wie gesagt, wenn ich einen Caster berühre, geht ein bisschen von seiner Kraft auf mich über. Ich stehle sie nicht oder so. Es passiert einfach von selbst.«

»Du bist ein Thaumaturg. Ein Heiler. So wie Lenas Cousine Ryan. Du hast doch nicht etwa …«

»Keine Sorge. Ich hab die Heilkraft nicht von ihr, sondern von einem Mädchen, dem ich zufällig in die Arme gelaufen bin.« Es war unklar, ob er es ironisch meinte oder nicht.

Liv war die Erleichterung deutlich anzusehen. »Das ist bemerkenswert. Aber das weißt du bestimmt.« Sie betrachtete wieder ihren Finger.

»Ich weiß gar nichts. Außer dass ich ein Missgeschick der Natur bin.«

»Ich wäre mir nicht so sicher, ob die Natur etwas damit zu tun hat, denn es gibt, soweit ich weiß, im ganzen Universum keinen wie dich. Also bist du etwas ganz Besonderes.« Sie sagte das mit einer solchen Selbstverständlichkeit, dass ich es ihr um ein Haar geglaubt hätte. Wenn sie nicht ausgerechnet von John Breed gesprochen hätte.

»Ich bin so besonders, dass niemand Wert auf meine Gesellschaft legt.« Er lachte, aber sein Lachen klang unfroh. »Ich bin so besonders, dass ich sogar Sachen mache, an die ich mich nicht mehr erinnern kann.«

»Bei mir zu Hause nennt man das Blackout nach einer Sauftour.«

»Mir fehlt manchmal die Erinnerung an mehrere Wochen, Olivia.« Ich konnte es nicht leiden, wie er ihren Namen aussprach.

Ooo-liii-viii-aaa. Als wollte er jede Silbe so lange wie möglich bei sich behalten.

»Passiert dir so etwas häufig?« Liv klang neugierig und das lag nicht nur an den sich drehenden Rädchen in ihrem wissenschaftlichen Verstand. Denn gleichzeitig klang sie auch traurig.

Er nickte. »Nur innerhalb des Bogenlichts nicht. Da drin gibt es nichts, woran man sich erinnern könnte.«

Ich räusperte mich und trat einen Schritt vor. »Ach ja? Vielleicht sollten wir dich dann wieder in dieses Ding einsperren.«

Sie waren wie vom Donner gerührt. Ich merkte es daran, dass

sich Johns Gesicht verdüsterte und plötzlich von dem Typen, der sich gerade noch so vertraut mit Liv unterhalten hatte, so gar nichts mehr zu entdecken war.

»Ethan. Was machst du denn hier?«, fragte Liv verblüfft.

»Ich hab dir etwas von Ammas berühmtem Pekannusskuchen gebracht. Wir haben dich beim Essen vermisst. Aber ich will nicht stören.« Was ich schon längst getan hatte.

Liv warf ihre Serviette auf den Tisch. »Sei nicht blöd. Du störst überhaupt nicht. Wir sitzen nur da und essen zweifelhaftes Geflügel.«

»Hey. Das ist unser erstes gemeinsames Thanksgiving, Sweetheart.« John grinste sie an und warf mir zugleich einen finsteren Blick zu.

Ich beachtete ihn nicht. »Liv, kannst du mir mal kurz helfen?«

Sie schob ihren Stuhl zurück. »Geh voran, Lotse.«

Ich spürte Johns Blick auf mir, als wir den Raum verließen.

Sweetheart.

Sobald wir außer Inkubus-Hörweite waren, packte ich Livs Arm. »Was machst du da?«

»Ich versuche, mein Thanksgiving-Dinner zu essen.« Ihre Wangen wurden rot, aber ihr Blick war herausfordernd.

»Ich meine, was machst du da mit *ihm*?«

Sie befreite sich aus meinem Griff. »Was gibt es denn für ein Problem? Und wobei soll ich dir überhaupt helfen?« Wir waren inzwischen in die *Lunae Libri* gelangt und gingen zwischen den Regalen entlang. Die Fackeln an den Wänden hatten sich wie immer von selbst entzündet und markierten den Weg, auf dem wir gekommen waren. Liv nahm eine Fackel von der Wand.

»Wenn mich nicht alles täuscht, isst er nichts außer Doritos.«

»Tut er nicht. Er hat mir Gesellschaft geleistet. Er ist … ein Freund.«

Ich fasste sie am Arm und drehte sie zu mir. »Liv. Er ist nicht dein Freund.«

»Was dann?«, fragte sie ärgerlich. »Sag es mir, da du offenbar so ein Experte bist.«

»Ich weiß nicht, was er ist oder was er tut, aber ich weiß, dass er nicht dein Freund ist.«

»Was kümmert's dich?«

»Liv, du hättest heute zu uns kommen können. Du warst eingeladen. Macon und Marian sind auch da. Sie wollten, dass du mitkommst.«

»Schöne Einladung. Ich frage mich, warum sie mir entgangen ist.«

Ich hatte ihre Gefühle verletzt und wusste nicht, wie ich es wiedergutmachen konnte. Ich hätte sie selbst einladen müssen. »Wir alle wollten, dass du kommst.«

»Aber sicher doch«, sagte sie, aber ich spürte, dass ihre Abwehr bröckelte.« Sie wurde etwas nachgiebiger. »Ich weiß, ich hätte heute zu dir nach Hause kommen können. Aber ich gehöre nicht dorthin. Ich gehöre nirgendwohin. Und ich nehme an, John geht es genauso. Vielleicht unterscheiden sich Sterbliche und Inkubi gar nicht so sehr voneinander.«

»Du gehörst zu uns, Liv. Und du musst nicht mit ihm hier unten bleiben. Du bist kein Monster.«

So wie er.

Ethan? Ist alles in Ordnung?

Lena suchte mich in ihren Gedanken.

Ja, L. Ich komme gleich.

Keine Eile.

Es war Lenas Art, mir zu sagen, dass sie nichts dagegen hatte, wenn ich mit Liv sprach, egal ob Liv mir das nun glaubte oder nicht. Ich wusste ja nicht einmal, ob ich es selbst glaubte.

Liv starrte mich an. »Was machst du hier eigentlich? Denn du bist ja wohl kaum gekommen, um zu schauen, wie ich mir die Zeit vertreibe.«

»Da irrst du dich.« Ich hielt ihr den Kuchen in der Alufolie hin.

Sie nahm ihn, wickelte ihn aus und brach ein Stück ab. »Köstlich.

Das heißt, es gibt nichts Neues zu berichten?« Sie brach noch eine Ecke ab. Mit Ammas Kuchen konnte man jeden kriegen.

»Was weißt du über das Rad des Schicksals?«

Sie war überrascht. »Komisch, dass du das fragst.« Und damit war Livs Privatleben auch schon wieder verschlossen, und wir waren bei ihrem Lieblingsthema angelangt – alles, bloß nicht sie selbst.

»Warum?«

»Seit wir auf die *Temporis Porta* gestoßen sind, zerbreche ich mir den Kopf darüber.« Liv holte ihr rotes Notizbuch hervor und schlug eine Seite in der Mitte auf. Sie hatte drei perfekte Räder gezeichnet, deren Speichen unterschiedliche Muster bildeten. »Das sind die Zeichen in der Tür, die ich abgezeichnet habe.«

»Das sieht gut aus. Du meintest, es ist eine Art Code?«

Sie nickte. »Ich bin mir nicht sicher, denn du hast ja keinen Code gebraucht, um die Tür zu öffnen. Aber ich habe in Macons Bibliothek nach diesen Zeichen gesucht.«

»Und?«

Sie deutete auf die Skizze. »Ein Kreis, der sich wiederholt. Ich vermute, das hat etwas mit dem zu tun, was du Rad des Schicksals nennst.«

»Und mit der *Temporis Porta*?«

»Das ist anzunehmen. Aber da ist etwas, das ich nicht verstehe.«

»Was denn?« Wenn Liv etwas nicht verstand, dann war das kein gutes Zeichen.

»Die Tür ging von allein auf. Du hast die Kreise gar nicht berührt. Wenn ich es nicht mit eigenen Augen gesehen hätte, würde ich es immer noch nicht glauben.«

Ich erinnerte mich, wie rau sich das Eschenholz angefühlt hatte.

»Und ich konnte beim besten Willen nicht hindurchgehen.«

»Ja, und du hast gesagt, du wüsstest nicht genau, warum.« Ich war mir nicht sicher, worauf sie hinauswollte.

»Was auch immer das Rad des Schicksals sein mag, es hat etwas mit dir zu tun und nicht mit mir.«

Ich ließ sie in dem Glauben, aber ich wusste es besser. Ammas Stimme klang mir noch in den Ohren.

Das Rad des Schicksals zermalmt uns alle.

6.12. *Die zerbrochene Seele*

»Ethan!«

Lena schrie und ich fand sie nicht. Ich wollte rennen, fiel aber immer wieder hin, denn der Boden unter meinen Füßen schwankte. Der Gehweg an der Main Street bebte so sehr, dass der Staub mir in die Augen flog. Ich kam mir vor, als stünde ich am Rande zweier tektonischer Platten, von denen beide zuoberst liegen wollten.

Und ich stand da, jeden Fuß auf einer anderen Platte, während die Welt bebte und der Spalt zwischen den beiden Platten immer größer wurde. Der Riss war so breit, dass ich unweigerlich hineinfallen würde. Und er wurde immer breiter.

Es war nur eine Frage der Zeit.

»Ethan!«, hörte ich Lena von irgendwoher rufen.

Ich blickte in den Abgrund – und da sah ich sie, tief unter mir.

Und dann fiel ich …

Ich fiel heftiger als sonst auf den Fußboden und schlug hart mit dem Kopf auf.

Lena!

Ich hörte ihre Stimme, müde und schlaftrunken.

Ich bin da. Es war nur ein Traum.

Ich drehte mich auf den Rücken und versuchte, ruhig zu atmen. Es gelang mir nicht.

Alles okay.

Ich klang nicht sehr überzeugend.

Im Ernst, Ethan? Alles in Ordnung mit deinem Kopf?

Ich nickte, obwohl sie mich ja nicht sehen konnte.

Meinem Kopf geht's gut. Es sind die tektonischen Erdplatten, die mir Sorgen machen.

Einen Augenblick lang schwieg sie.

Und du machst dir Sorgen um mich.

Ja, L. Um dich auch.

Seit ihrem Siebzehnten Mond hatten wir nicht mehr dieselben Träume. Aber sie wusste, wenn ich aufwachte und ihren Namen rief, dann hatte sie in einem meiner Träume wieder ein gewalttätiges, entsetzliches Ende gefunden.

Wir haben im letzten Sommer so viel durchgemacht, Ethan. Ich erlebe das alles auch immer wieder in meinen Gedanken.

Ich verheimlichte ihr, dass ich es jede Nacht durchlebte und dass diesmal nicht sie es war, die in Gefahr schwebte. So genau wollte sie es bestimmt nicht wissen. Und ich wollte nicht, dass sie wusste, wie sehr es mein Leben bestimmte.

Und es gab noch etwas, das mein Leben bestimmte. Nämlich die Antwort auf die Frage, die Amma mir nicht geben wollte und die ich selbst nicht herausfand.

Aber einer kannte ganz sicher die Antwort, und inzwischen hatte ich genug Mumm, um endlich zu ihm zu gehen. Ich wusste nur noch nicht, ob ich ihn dazu bringen konnte, mir die Antwort zu geben.

Es war pechschwarze Nacht, als ich die Haustür hinter mir zuzog. Lucille saß auf der Veranda und wartete auf mich.

»Hast du vom letzten Mal nicht noch genug von den Tunneln?« Lucille legte den Kopf schief – ihre Standardantwort. »Nein? Dann lass uns gehen.«

Ich hörte ein Zischen. Eigentlich war es eher ein scheußliches Reißen.

Ich drehte mich blitzschnell um. Ein weiterer Besuch von Abraham würde über meine Kräfte gehen. Aber es war nicht Abraham. Ganz im Gegenteil.

Link lag auf dem Rücken und hatte sich im Gebüsch verheddert. »Mann, dabei hab ich dieses Raumwandeln echt geübt.« Er klopfte sich die Erde von der Jeans. »Wohin gehen wir?«

»Woher wusstest du, dass ich irgendwohin gehen will? Hast du in meinen Gedanken gewildert?« Wenn er das gemacht hatte, dann war er ein toter Mann.

»Ich hab dir schon mal gesagt, dass ich nicht vorhabe, mich in diesem Tempel des Verderbens herumzutreiben.« Er strich sein Iron-Maiden-T-Shirt glatt. »Ich brauche keinen Schlaf, das weißt du doch. Ich bin ein bisschen durch die Gegend geschlendert, und da hab ich gehört, wie du dich aus dem Haus geschlichen hast. Eine meiner Superkräfte. Also, wohin gehen wir?«

Ich war mir nicht sicher, ob ich es ihm wirklich sagen sollte. Andererseits wollte ich auch nicht wirklich allein gehen. »Nach New Orleans.«

»Du kennst doch gar niemanden in ...« Link schüttelte den Kopf. »Mann, warum müssen es bei dir eigentlich immer Friedhöfe und Grabmäler sein? Können wir nicht mal irgendwohin gehen, wo es nicht von Leichen wimmelt?«

Noch eine Frage, die ich nicht beantworten konnte.

Das Grab der Voodoo-Königin Marie Laveau sah noch genauso aus wie beim letzten Mal. Beim Anblick der in die Tür geschnitzten X-Zeichen fragte ich mich, ob wir selbst ein Kreuz für uns schnitzen sollten, für den Fall, dass wir nicht zurückkämen. Viel Zeit, um darüber nachzudenken, blieb jedoch nicht, denn Link hatte in Sekundenschnelle die Tür geöffnet, und wir waren drinnen.

Und wieder stiegen wir die verfaulten, ausgetretenen Stufen in die Dunkelheit hinab. Und auch der Qualm und der widerliche Gestank, der uns noch anhaften würde, selbst wenn wir uns unter die Dusche gestellt hätten, waren gleich geblieben.

Link hustete. »Lakritze und Benzin. Das ist ekelhaft.«

»Pssst. Sei leise.«

Wir kamen am Fuß der Treppe an, von wo aus man die Werkstatt sehen konnte, oder wie immer man diesen entsetzlichen Ort nennen wollte. Aus dem Inneren drang ein schwacher Lichtschein und fiel auf die Flaschen und Gläser um uns herum. Beim Anblick der Reptilien und der kleinen Mäuse, die verzweifelt zu entfliehen versuchten, bekam ich eine Gänsehaut.

Lucille versteckte sich hinter meinen Beinen, so als hätte sie Angst, ebenfalls in einem dieser Glasgefängnisse zu enden.

»Woher wissen wir, dass er da ist?«, flüsterte Link.

Bevor ich ihm eine Antwort geben konnte, ertönte eine Stimme hinter uns. »Ich bin immer da, auf die eine oder die andere Art.«

Es waren unverkennbar die harsche Stimme und der ausgeprägte Dialekt des Bokors. Aus der Nähe wirkte der Mann sogar noch gefährlicher. Sein Gesicht war faltenlos, aber von Narben entstellt. Sie sahen aus, als stammten sie von Kratz- und Bisswunden, die ihm eine Kreatur beigebracht hatte, die nicht in einem dieser Gläser hauste. In seine langen zotteligen Zöpfe waren kleine Gegenstände eingeflochten. Die Amulette und metallenen Talismane, die kleinen Knöchelchen und Perlen waren so fest eingebunden, dass sie fast eins mit den Haaren geworden waren. Er hielt seinen Schlangenhautstab in der Hand.

»Oh … ähm … Entschuldigung, dass wir einfach so reinplatzen …«, stammelte ich.

»Hat sich die Mutprobe denn gelohnt?« Er packte den Stab fester. »Unbefugtes Betreten ist ein Verstoß gegen das Gesetz. Gegen eures und gegen meines.«

»Es geht nicht um eine Mutprobe.« Meine Stimme zitterte hörbar. »Wir haben Sie gesucht. Ich habe Fragen, und ich glaube, Sie sind der Einzige, der mir darauf antworten kann.«

Der Bokor kniff die Augen zusammen und strich sich über den Spitzbart. Vielleicht hatte ich ihn neugierig gemacht, vielleicht überlegte er aber auch, wie er unsere Leichen beseitigen könnte, nachdem er uns getötet hatte. »Wie kommst du darauf, dass ich die Antwort kenne?«

»Amma. Ich meine Amarie Treadeau. Sie war hier. Und ich muss wissen, warum.« Jetzt hatte ich seine volle Aufmerksamkeit. »Denn ich glaube, sie war meinetwegen hier.«

Er musterte mich genau. »Du bist das also. Interessant, dass du zu mir kommst und nicht zu deiner Seherin gehst.«

»Sie weigert sich, mir etwas zu sagen.«

Er sah mich mit undurchdringlicher Miene an. »Hier entlang«, sagte er schließlich.

Wir folgten ihm in den Raum mit dem Gestank und den Dämpfen und den Relikten des Todes. Link flüsterte: »Hältst du das für eine gute Idee?«

»Ich habe doch einen Inkubus bei mir, was soll also passieren?« Es war ein schlechter Scherz. Aber ich hatte solche Angst, dass ich keinen klaren Gedanken mehr fassen konnte.

»Einen Viertel-Inkubus.« Link holte tief Luft. »Ich hoffe, das reicht.«

Der Bokor stellte sich hinter den Holztisch und Link und ich blieben davor stehen. »Was wisst ihr über meine Angelegenheiten mit der Seherin?«

»Ich weiß, dass sie zu Ihnen gekommen ist, weil sie über das, was die Karten ihr gesagt haben, beunruhigt war.« Ich wollte nicht alles offenlegen. Womöglich würde er sonst herausfinden, dass wir heute nicht zum ersten Mal bei ihm waren. »Ich möchte wissen, was die Karten gesagt haben. Und warum sie Ihre Hilfe brauchte.«

Er sah mich scharf an, als könnte er direkt in mich hineinschauen. Den gleichen Blick hatte Tante Del, wenn sie sich an einem Ort umsah und die verschiedenen Zeitschichten in Gedanken ordnete. »Das sind zwei Fragen, aber nur eine ist wirklich wichtig.«

»Welche denn?«

Seine Augen leuchteten in der Dunkelheit. »Deine Seherin

braucht meine Hilfe, um etwas zu tun, was sie selbst nicht tun kann. Sie will das *Ti-bon-ange* wieder vereinen, die Naht flicken, die sie selbst zerrissen hat.«

Ich hatte keinen blassen Schimmer, wovon er sprach. Welche Nähte sollte Amma zerrissen haben?

Link verstand offenbar genauso wenig. »T-Bone was? Ist hier von Steaks die Rede?«

Der Bokor blickte mir fest in die Augen. »Und du weißt wirklich nicht, was dich erwartet? Es beobachtet uns jetzt.«

Es beobachtet uns jetzt?

»Was … was beobachtet uns?« Ich würgte die Worte hervor. »Und wie werde ich es wieder los?«

Der Bokor ging zu dem Terrarium mit den sich windenden Schlangen und hob den Deckel an. »Das waren schon wieder zwei Fragen. Und ich kann nur eine davon beantworten.«

»Was beobachtet mich?« Meine Stimme zitterte, meine Hände zitterten – alles an mir zitterte.

Der Bokor nahm eine Schlange heraus; sie war schwarz, rot und weiß gemustert. Sie schlang sich um seinen Arm, und der Bokor hielt sie am Kopf fest, als wüsste er, dass sie zuschnappen würde.

»Ich werde es dir zeigen.«

Er führte uns in die Mitte des Raums zu einer großen Säule, die aussah wie eine selbst gemachte Riesenkerze, und der ekelerregende Gestank verstärkte sich noch. Lucille verkroch sich unter einem Tisch in der Nähe, um dem Gestank zu entkommen – oder der Schlange oder dem irren Typen, der irgendetwas, das wie Eierschalen aussah, zu der Schüssel trug, die vor unseren Füßen stand.

»Das *Ti-bon-ange* muss eins sein. Es darf nie getrennt sein.« Er machte die Augen zu. »Ich werde Kalfu rufen. Wir brauchen die Hilfe eines mächtigen Geists.«

Link stieß mich mit dem Ellbogen an. »Ich weiß nicht, ob mir das gefällt, was hier passiert.«

Mit geschlossenen Augen fing der Bokor an zu sprechen. Ich erkannte Fetzen von Twylas französischem Kreolisch, aber auch eine andere Sprache klang mit, die ich nie zuvor gehört hatte. Er raunte die Worte, als würde er jemandem eindringlich ins Ohr flüstern.

Ich war mir nicht sicher, was uns gleich erwartete, aber sehr viel unheimlicher als Tante Prue außerhalb ihres Körpers oder die Lilum im Körper von Mrs English konnte es nicht sein.

Der Qualm begann sich zu kräuseln und wurde dichter. Ich sah, wie er sich formte und allmählich Gestalt annahm.

Der Bokor stieß die Beschwörungsformeln immer lauter aus.

Der schwarze Rauch wurde grau und aus dem Grau entstand etwas. Ich hatte das schon einmal gesehen, auf dem Bonaventura-Friedhof, als Twyla den Schemen meiner Mutter heraufbeschworen hatte.

Ich starrte wie gebannt auf den Qualm. Die Gestalt wuchs von unten herauf, wie damals meine Mutter. Erst die Füße, dann die Beine.

»Was zum Teufel …« Link wollte einen Schritt zurückweichen, aber er stolperte und fing sich gerade noch.

Dann der Leib und die Arme.

Zuletzt nahm das Gesicht Konturen an.

Die Augen richteten sich auf mich.

Es war ein Gesicht, das ich überall wiedererkannt hätte.

Denn es war mein eigenes.

Ich machte einen Satz zurück und wollte weglaufen.

»Heilige Scheiße!«, rief Link, aber seine Stimme schien weit weg zu sein.

Panik schnürte mir die Luft ab wie zwei Hände, die sich um meinen Hals legten. Dann löste sich der Schemen wieder auf.

Aber ehe er verschwunden war, sagte er: »Ich warte.«

Dann war er weg.

Der Singsang des Bokors endete, die stinkende Kerze erlosch, und alles war vorbei.

»Was war das?«, fragte ich entsetzt. »Wieso gibt es einen Schemen, der so aussieht wie ich?«

Der Bokor ging zum Terrarium zurück und setzte die Schlange wieder zu den anderen hinein. »Er sieht nicht nur aus wie du. Er ist dein *Ti-bon-ange.* Die andere Hälfte deiner Seele.«

»Was sagen Sie da?«

Der Bokor nahm ein Streichholz und zündete die Kerze erneut an. »Die eine Hälfte deiner Seele ist bei den Lebenden, die andere bei den Toten. Du hast sie zurückgelassen.«

»Wo habe ich sie zurückgelassen?«

»Im Jenseits. Als du gestorben bist.« Er klang beinahe gelangweilt.

Als ich gestorben bin.

Er sprach von der Nacht des Sechzehnten Mondes, als mich Amma und Lena wieder ins Leben zurückgeholt hatten.

»Und wie?«

Der Bokor schlenkerte kurz mit der Hand und das Streichholz erlosch. »Wenn man zu schnell zurückkommt, kann die Seele dabei zerbrechen. Ein Teil der Seele kehrt zu den Lebenden zurück, der andere bleibt im Jenseits. Er ist zwischen dieser Welt und der Anderwelt gefangen und zugleich an die fehlende Hälfte gebunden, bis beide wieder zusammengebracht werden.«

Zerbrochen.

Er musste sich irren. Das würde ja bedeuten, dass ich nur eine halbe Seele hatte. Das war schlichtweg undenkbar.

Wie sollte das möglich sein? Was war mit der anderen Hälfte? Wo …

An die fehlende Hälfte gebunden.

Mit einem Mal wusste ich, was mich die ganze Zeit verfolgte und im Schatten lauerte.

Ich selbst – mein anderes Ich.

Das war der Grund, weshalb ich mich verändert hatte und mit jedem Tag ein bisschen mehr von mir selbst verlor.

Der Grund, weshalb ich plötzlich weder Schokomilch noch

Ammas Rühreier mochte. Der Grund, weshalb ich nicht mehr wusste, was in den Schuhschachteln in meinem Zimmer war oder wie meine Telefonnummer lautete. Der Grund, weshalb ich plötzlich Linkshänder war.

Meine Knie wurden weich, und ich merkte, dass ich nach vorne sackte. Ich sah, wie der Fußboden immer näher kam. Eine Hand packte mich am Arm und stellte mich wieder auf die Füße. Link.

»Okay, und wie kriegt man die beiden Hälften wieder zusammen? Gibt es dafür einen Spruch oder so was?«, fragte er ungeduldig. Vermutlich hätte er mich am liebsten über die Schulter geworfen und schleunigst wieder nach Hause verfrachtet.

Der Bokor warf den Kopf in den Nacken und lachte. Als er schließlich sprach, sah er mich an, und sein Blick jagte mir Schauer über den Rücken. »Dazu braucht es mehr als einen Spruch. Deshalb ist deine Seherin zu mir gekommen. Aber mach dir keine Sorgen. Wir haben einen Handel getätigt.«

Ich fühlte mich, als hätte jemand einen Eimer eiskaltes Wasser über mich geschüttet. »Was für einen Handel?«, fragte ich tonlos.

Mir fiel ein, was er zu Amma gesagt hatte, als wir die beiden hier belauscht hatten. *Es gibt nur einen Preis dafür.*

»Was ist der Preis?«, schrie ich, und meine Stimme schrillte schmerzhaft in meinen Ohren.

Der Bokor hob seinen Schlangenhautstab und richtete ihn auf mich. »Ich habe dir heute Abend mehr Geheimnisse enthüllt, als du erwarten konntest.« Er verzog sein Gesicht zu einem Lächeln, das alles Dunkle und Böse widerspiegelte, das in ihm war.

»Wieso müssen wir nichts zahlen?«, fragte Link.

»Eure Seherin wird genug für alle bezahlen.«

Ich hätte ihn am liebsten noch einmal gefragt, aber ich wusste, dass er mir nichts mehr sagen würde. Und wenn es noch dunklere Geheimnisse als dieses gab, dann wollte ich sie ohnehin nicht wissen.

7.12. *Die Karten der Vorsehung*

Als ich nach Hause kam, war Mitternacht schon längst vorbei. Alle im Haus schliefen – nur eine nicht. Bei Amma brannte noch Licht, der Schein fiel durch die blauen Fensterläden. Ich fragte mich, ob sie wohl wusste, dass ich weggegangen war und auch wohin. Ich hoffte es beinahe. Das, was ich jetzt vorhatte, würde dann hundertmal einfacher sein.

Amma war kein Mensch, mit dem man sich so ohne Weiteres auf eine Auseinandersetzung einließ. Denn im Grunde war sie die Konfrontation in Person. Sie lebte nach ihren eigenen Regeln und Gesetzen, und die Dinge, an die sie glaubte, waren für sie so sicher und wahr wie die Tatsache, dass die Sonne am nächsten Tag wieder aufging. Sie war die Einzige, die wie eine Mutter für mich war, und meistens vertrat sie sogar beide Elternteile. Die Vorstellung, mit ihr zu streiten, machte mich ganz schwach und krank.

Aber nicht so schwach wie der Gedanke, dass ich nur zur Hälfte ich selbst war. Nur die Hälfte des Menschen, der ich immer gewesen war. Amma wusste Bescheid, hatte mir aber nie etwas davon gesagt.

Und wenn sie etwas gesagt hatte, dann war es gelogen gewesen.

Ich klopfte an ihre Zimmertür, ehe ich es mir anders überlegen konnte. Sie machte sofort auf, als hätte sie mich erwartet. Sie trug das weiße Hauskleid mit den pinkfarbenen Rosen, das ich ihr letztes Jahr zum Geburtstag geschenkt hatte.

Sie schaute mich nicht an, sondern blickte an mir vorbei, als sähe sie noch etwas außer der Wand hinter mir. Vielleicht tat sie das ja auch. Vielleicht lagen überall Stücke von mir verstreut wie die Scherben einer zersprungenen Flasche.

»Hab schon auf dich gewartet«, sagte sie mit leiser, matter Stimme und machte mir Platz, damit ich eintreten konnte.

Ammas Zimmer sah immer noch verwüstet aus, aber eines hatte sich geändert. Auf dem kleinen runden Tisch vor dem Fenster lagen Karten. Ich ging hin und nahm eine in die Hand. Die Blutige Klinge. Das waren keine Tarotkarten.

»Legst du wieder Karten? Was sagen sie heute Abend, Amma?«

Sie kam zu mir an den Tisch und schob die Karten auf einen Stoß zusammen. »Nicht viel. Was man sehen kann, das habe ich gesehen.«

Eine weitere Karte stach mir ins Auge. Ich hielt sie Amma vor die Nase. »Was ist mit der hier? Die Zerbrochene Seele. Was bedeutet diese Karte?«

Ihre Hände zitterten so sehr, dass sie drei Anläufe brauchte, um mir die Karte wegzunehmen. »Du glaubst, du wüsstest etwas, aber ein Stück von etwas ist so gut wie nichts. Weder das eine noch das andere ist von großem Nutzen.«

»Du meinst, ein Stück von meiner Seele? Ist das so gut wie nichts?« Ich sagte es, um ihr wehzutun, um ihre eigene Seele aufzuwühlen, damit sie merkte, wie sich das anfühlte.

»Wo hast du das gehört?« Ihre Stimme bebte. Ihre Finger rieben fahrig das abgegriffene goldene Amulett um ihren Hals.

»Von deinem Freund in New Orleans.«

Amma taumelte einen Schritt zurück und hielt sich an der Stuhllehne fest. An ihrer Reaktion konnte ich ablesen, dass sie in ihren Karten alles Mögliche gesehen hatte, aber ganz bestimmt nicht, wie ich zusammen mit dem Bokor Seelen heraufbeschwor. »Sagst du mir wirklich die Wahrheit, Ethan Wate? Hast du diesen Teufel aufgesucht?«

»Ich bin zu ihm gegangen, weil *du* mir nicht die Wahrheit gesagt hast. Mir ist nichts anderes übrig geblieben.«

Amma hörte mir nicht zu. Sie mischte hektisch die Karten und ließ sie von einer Hand in die andere gleiten. »Tante Ivy, zeige mir etwas. Sage mir, was das zu bedeuten hat«, murmelte sie.

»Amma!«

Sie ließ sich nicht beirren und legte die Karten immer wieder neu. »Ich kann nichts sehen. Es muss eine Möglichkeit geben. Es gibt immer eine. Ich muss nur weitersuchen.«

Ich fasste sie sachte an den Schultern. »Amma. Leg die Karten weg. Sprich mit mir.«

Sie hielt eine Karte hoch, auf der ein Sperling mit gebrochenem Flügel abgebildet war. »Die Vergessene Zukunft. Weißt du, wie man diese Karten nennt? Die Karten der Vorsehung. Denn sie können mehr als nur die Zukunft vorhersagen. Sie sagen das Schicksal voraus. Kennst du den Unterschied?«

Ich schüttelte den Kopf. Ich hatte Angst, etwas zu sagen, um Amma nicht noch mehr zu verstören.

»Die Zukunft kann sich ändern.« Ihre dunklen Augen füllten sich mit Tränen. »Vielleicht kann man auch das Schicksal ändern.«

Sie fing an zu weinen und schüttelte wie besessen den Kopf. »Das Rad des Schicksals zermalmt uns alle.«

Nicht schon wieder dieser Satz. Amma reiste nicht nur ins Dunkle, sie verlor allmählich den Verstand. Und ich stand daneben und sah zu.

Amma riss sich von mir los und fiel auf die Knie. Mit geschlossenen Augen wandte sie das Gesicht zur Zimmerdecke. »Onkel Abner, Tante Ivy, Großmutter Sulla, ich brauche eure Fürsprache. Vergebt mir meine Schuld, wie auch der Herr uns unsere Schuld vergibt.« Ich sah zu, wie sie wartete und dabei die Worte immer wieder vor sich hinsprach.

Erst nach einer guten Stunde hörte sie damit auf, völlig erschöpft und niedergeschlagen.

Die Ahnen waren nicht gekommen.

Als ich klein war, hatte meine Mutter immer gesagt, dass man alles, was man über die Südstaaten wissen müsse, entweder in Savannah oder in New Orleans lernen könnte. Anscheinend traf das Gleiche auch auf mein Leben zu.

Lena war allerdings anderer Meinung. Am nächsten Morgen saßen wir im Geschichtsunterricht in der hinteren Reihe und stritten uns.

»Eine zerbrochene Seele sind nicht zwei Dinge, L. Es ist ein und dasselbe, nur eben in zwei Hälften gespalten.«

Als ich angefangen hatte, ihr etwas von meinen »zwei Seelen« zu erzählen, hatte Lena zur »zwei« gehört und war sofort davon ausgegangen, dass ich mich selbst als der Eine, der Zwei war, opfern wollte.

»Jeder von uns könnte es sein. Wenn überhaupt, dann bin ich die Eine, die Zwei ist. Schau dir nur meine Augen an!« Ich spürte geradezu ihre wachsende Angst.

»Ich behaupte ja gar nicht, dass ich dieser Eine bin, L. Ich bin nur ein Sterblicher. Nur eine mächtige Caster war in der Lage, die Ordnung der Dinge zu zerstören. Da wird es schon mehr als einen schwachen Sterblichen brauchen, um sie wiederherzustellen, meinst du nicht auch?«

Sie wirkte nicht sonderlich überzeugt, auch wenn sie tief in ihrem Innersten bestimmt wusste, dass ich recht hatte. Im Guten wie im Bösen war ich eben nur ein Sterblicher, mehr nicht. Das war die Ursache für alle Probleme zwischen uns. Der Grund, warum wir uns kaum berühren, geschweige denn uns körperlich richtig nahekommen konnten. Wie sollte ausgerechnet ich die Caster-Welt retten, wo ich mich doch kaum in ihr behaupten konnte?

»Link«, sagte Lena. »Er ist zwei – ein Inkubus und ein Sterblicher.«

»Pssst.« Ich schaute zu Link hinüber, aber er hatte nichts mitbekommen. Geistesabwesend versuchte er, mit einem Stift »LINKUBUS« in seine Tischplatte zu ritzen. »Ich bin ziemlich sicher, dass er sich weder bei dem einen noch bei dem anderen besonders hervortut.«

»John ist zweierlei: ein Caster und ein Inkubus.«

»L.«

»Ridley. Sie könnte auch als Sterbliche noch Spuren einer Sirene in sich tragen. Also ist sie auch zwei.« Lena stellte immer wildere Vermutungen an. »Amma ist eine Seherin und eine Sterbliche. Und damit zwei.«

»Amma ist es nicht!« Ich war wohl ziemlich laut geworden, denn die ganze Klasse drehte sich zu uns um. Lena sah mich beleidigt an.

»Tatsächlich nicht, Mr Wate? Dabei dachten wir alle, sie wäre es.« Mr Evans wartete nur darauf, den kleinen Block zu zücken, in den er alle eintrug, die nachsitzen mussten.

»Tut mir leid, Sir.«

Ich versteckte mich hinter meinem Geschichtsbuch und senkte die Stimme. »Es klingt vielleicht schräg, aber es hat auch sein Gutes. Jetzt weiß ich wenigstens, wieso diese ganzen verrückten Sachen mit mir passieren und wieso ich diese unheimlichen Träume habe und überall meine andere Hälfte sehe. Jetzt ergibt das alles einen Sinn.«

Das stimmte zwar nicht ganz, und Lena war auch nicht wirklich davon überzeugt, aber sie schwieg, und ich sagte ebenfalls nichts mehr dazu. Es gab auch so schon mehr als genug, was uns Kopfzerbrechen bereitete, da brauchte es nicht noch geteilte Seelen.

Das versuchte ich mir zumindest einzureden.

LASST ES SCHNEIEN!
ZEIT FÜR EINEN WETTERUMSCHWUNG!
SICHERT EUCH EURE KARTEN!

Überall hingen Plakate, als brauchte es tatsächlich noch eine Ankündigung. Der Winterball stand vor der Tür, und in diesem Jahr hatte das Festkomitee, das aus Savannah Snow und ihrem Gefolge bestand, beschlossen, den Ball »Schneeball« zu nennen. Savannah behauptete steif und fest, dass der Name nichts mit ihr zu tun hatte, sondern ausschließlich mit der Hitzewelle, weshalb ihn auch alle als Matschball bezeichneten. Und Lena und ich würden dabei sein.

Eigentlich wollte Lena gar nicht hingehen, sie wusste ja nur zu gut, was sich dort im letzten Jahr abgespielt hatte. Als ich ihr die Karten gab, verriet mir ihr Blick, dass sie die Tickets am liebsten angezündet hätte. »Das soll ein Witz sein, oder?«

»Nein, soll es nicht.« Ich saß ihr beim Mittagessen gegenüber und stocherte mit einem Strohhalm im zerstoßenen Eis meiner Cola herum. Das war kein guter Anfang.

»Nenn mir einen Grund, warum ich zu diesem Ball gehen sollte.«

»Um mit mir zu tanzen.«

»Wir können in meinem Zimmer tanzen.« Sie streckte mir die Hand hin. »Oder jetzt sofort, hier in der Cafeteria.«

»Das ist nicht dasselbe.«

»Ich gehe nicht zu dem Ball.« Lena schaltete auf stur.

»Dann gehe ich mit jemand anderem«, sagte ich.

Sie kniff die Augen zusammen.

»Zum Beispiel mit Amma.«

Lena schüttelte den Kopf. »Warum willst du unbedingt hin? Und sag jetzt bloß nicht wieder, weil du mit mir tanzen willst.«

»Es ist vielleicht unsere letzte Gelegenheit.« Außerdem wäre es eine angenehme Abwechslung, sich über etwas so Belangloses wie einen bescheuerten Ball den Kopf zu zerbrechen, anstatt dauernd über den Weltuntergang nachdenken zu müssen. Ich war beinahe enttäuscht, weil Ridley nicht da war, die den Ball mit Stil hätte ruinieren können.

Schließlich hatte Lena doch nachgegeben, obwohl sie noch immer empfindlich auf alles reagierte, was auch nur im Entferntesten mit dem Ball zu tun hatte. Aber das war mir egal. Ich würde mit ihr zusammen hingehen. Angesichts dessen, was gerade um uns herum passierte, konnte man nicht wissen, ob es jemals wieder einen Ball an der Jackson High geben würde.

Wir saßen auf den heißen Metallsitzen am Spielfeld und aßen unser Mittagessen, obwohl heute laut Kalender eigentlich ein kalter Dezembertag sein sollte. Lena und ich wollten Mrs English nicht in die Arme laufen, und Link wollte Savannah aus dem Weg gehen, deshalb hatten wir die Tribüne zu unserem Rückzugsort erkoren.

»Und, bist du immer noch dabei morgen?« Ich warf die Rinde meines Sandwichs auf Link. Morgen Abend war der Schneeball, aber wenn man in Gesellschaft von Link und Lena hingehen wollte, bestand bestenfalls eine Fifty-Fifty-Chance, dass man es überhaupt schaffte.

»Klar doch. Ich überlege nur noch, ob ich mir die Haare hochgelen soll oder nicht. Ich kann's gar nicht erwarten, euch meinen heißen neuen Anzug zu zeigen.« Link warf die Rinde zu mir zurück.

»Warte erst mal, bis du mich siehst.« Lena zog ein Haargummi vom Handgelenk und band ihre Haare zu einem Pferdeschwanz zusammen. »Ich komme in Regenmantel und Gummistiefeln und bringe einen Regenschirm mit, falls irgendjemand die Sache mit dem Matschball allzu wörtlich nimmt.« Sie versuchte gar nicht erst, den Sarkasmus in ihrer Stimme zu verbergen.

So ging das jetzt schon, seit ich sie überredet hatte, auf den Ball zu gehen. »Keiner zwingt euch dazu. Aber vielleicht ist das die letzte Party in Gatlin – vielleicht die letzte Party überhaupt. Ich gehe auf jeden Fall.«

»Hör auf damit. Es ist nicht die letzte Party.« Lena war frustriert.

»Genau, Alter, mach dir die Hosen nicht voll.« Link boxte mich an die Schulter, eine Spur zu heftig. »Alles läuft bestens. Lena kriegt die Sache in den Griff.«

»Ach ja?« Lena lächelte schief. »Vielleicht hat dich John heftiger gebissen, als wir bisher geglaubt haben.«

»Im Ernst. Kennst du nicht irgendeinen Lass-diesen-Ball-nicht-so-lahm-werden-Bann?« Seit Ridleys Verschwinden war Link einfach nur deprimiert. »Ach nein, so einen Bann gibt es gar nicht. Weil der Ball lahm wird, egal ob mit oder ohne Magie.«

»Warum versuchst du es nicht mal mit einem Bleib-zu-Hause-und-halt-die-Klappe-Bann? Du bist doch derjenige, der mit Savannah Snow auf den Ball geht.« Ich knüllte das Sandwichpapier zusammen.

»Sie hat mich eingeladen.«

»Sie hat dich auch nach dem Spiel auf ihre Party eingeladen, und du hast ja gesehen, wie gut das ausgegangen ist.«

Fang jetzt nicht davon an, Ethan.

Na ja, ist doch wahr.

Lena zog die Augenbrauen hoch.

Du schaffst es, dass er sich noch schlechter fühlt.

Glaub mir, Savannah schafft das noch viel besser.

Link seufzte. »Was meint ihr, wo sie jetzt wohl ist?«

»Wer?«, fragte ich, obwohl wir beide genau wussten, wen er meinte.

Link achtete nicht auf mich. »Wahrscheinlich macht sie gerade irgendwo Ärger.«

Lena faltete ihre Lunchtüte immer kleiner zusammen. »Ganz bestimmt macht sie irgendwo Ärger.«

Die Schulglocke läutete.

»Es ist wahrscheinlich besser so.« Link stand auf.

»Es ist garantiert besser so«, stimmte ich ihm zu.

»Schätze, es hätte schlimmer kommen können. Es ist ja nicht so, als würde ich ihretwegen durchdrehen. Als wäre ich in sie verknallt oder so.«

Ich fragte mich, wen er damit überzeugen wollte, aber bevor ich etwas sagen konnte, vergrub er die Hände in den Hosentaschen und stapfte quer übers Spielfeld davon.

»Ja, das wäre echt schlimm.« Ich drückte Lenas Hand, ließ sie aber wieder los, ehe mir schwindlig wurde.

»Er tut mir so leid.« Sie blieb stehen und fasste mich um die

Hüfte. Ich zog sie an mich und sie schmiegte den Kopf an meine Brust. »Ich würde alles für dich tun, das weißt du, oder?«

Ich grinste. »Du würdest mir zuliebe sogar auf einen dämlichen Ball gehen.«

»Das würde ich. Und das werde ich.«

Ich gab ihr einen Kuss auf die Stirn, solange ich es aushalten konnte.

Sie blickte zu mir hoch. »Vielleicht sollten wir uns vornehmen, morgen Spaß zu haben. Damit Link mal für kurze Zeit Ridley vergessen kann.«

»Davon rede ich doch die ganze Zeit.«

»Ich habe auch schon eine Idee. Ich weiß etwas, womit wir ein gebrochenes Linkubus-Herz heilen können.«

Die Spitzen ihres Pferdeschwanzes begannen sich zu kräuseln, und auf dem Weg übers Spielfeld wünschte ich mir, dass es tatsächlich einen solchen Bannspruch gäbe.

12.12.

Matschball

Als Link vor unserem Haus hielt, saß Savannah schon auf dem Beifahrersitz der alten Karre. Link stieg aus und kam mir bis zum Gartentor entgegen, anscheinend um mir etwas Wichtiges zu sagen. Er trug ein kitschiges Smokinghemd mit Rüschen, in dem er aussah, als spielte er in einer Mariachi-Band, dazu eine Smokinghose und knöchelhohe Vans.

»Hübscher Zwirn.«

»Ich wollte Savannah abschrecken. Dachte, sie würde sich weigern, ins Auto einzusteigen. Ich schwör dir, ich hab alles versucht.« Normalerweise hätte er jetzt schadenfroh gegrinst, aber heute klang er einfach nur bemitleidenswert.

»Ich dachte, ihr würdet euch erst auf dem Ball treffen. Müsste Savannah nicht bei Emily und den anderen vom Festkomitee sein?« Ich senkte die Stimme, was gar nicht nötig war. Aus der Anlage der Schrottkiste wummerte ein Demo-Band der Holy Rollers. Link schien Savannahs Trommelfell zum Platzen bringen zu wollen.

»Ich hab es versucht, aber sie hat darauf bestanden, Fotos zu machen.« Er schauderte. »Ihre Mutter mit meiner Mutter. Der reinste Albtraum.« Er begann, seine Mutter zu imitieren: »Lächeln! Wesley, dir stehen die Haare ab. Halt den Rücken gerade. Mach das Foto!«

Ich konnte es mir lebhaft vorstellen. Mrs Lincoln war ganz wild auf Fotos, und es war völlig ausgeschlossen, dass ihr Sohn Savannah Snow auf den Winterball begleitete, ohne dass dieses Ereignis für die nachkommenden Generationen festgehalten wurde. Mrs Snow und

Mrs Lincoln zusammen in einem Raum waren mehr, als man ertragen konnte. Besonders wenn es sich dabei um Links Wohnzimmer handelte und es keinen Platz gab, auf den man sich setzen, den man anschauen oder nur die Hand darauf abstützen konnte, der nicht mit Schutzfolie überzogen war.

»Ich wette mit dir um fünf Mäuse, dass Savannah keinen Fuß nach Ravenwood setzen wird.«

Endlich lächelte auch Link. »Darauf hoffe ich.«

Vom Rücksitz der alten Karre aus wirkte Savannah, als säße sie in einem riesigen Klecks rosafarbener Schlagsahne. Mehrmals hatte sie versucht, mit mir zu sprechen, aber bei der lauten Musik verstand man kein Wort. Als wir an der Straßengabelung nach Ravenwood abbogen, begann sie, nervös auf ihrem Sitz hin und her zu rutschen.

Link stellte das Autoradio ab. »Und du hast wirklich nichts dagegen, Savannah? Du weißt ja, die Leute sagen, dass es in Ravenwood spukt.« Er sagte das in einem Ton, als erzählte er eine Geistergeschichte.

Savannah hob entschlossen das Kinn. »Ich habe keine Angst. Die Leute reden viel. Deswegen muss es noch lange nicht wahr sein.«

»Ach ja?«

»Du solltest mal hören, was sie über dich und deine Freunde reden.« Sie drehte sich um und sah mich an. »Nichts für ungut, Ethan, aber…«

Link drehte das Radio wieder auf, um sie zu übertönen, während sich die Tore von Ravenwood quietschend öffneten. *»This church picnic ain't no picnic. / You're my fried chicken. / Holy finger-lickin'…«*

Savannah schrie über die Musik hinweg: »Fried Chicken? Bin ich etwa dein Brathühnchen?«

»Nö. Du nicht, Matsch-Queen. Niemals.« Link schloss die Augen und trommelte den Bass auf dem Armaturenbrett mit. Als ich ausstieg, tat mir die alte Karre noch mehr leid als sonst.

Link hielt die Tür auf, aber Savannah rührte sich nicht vom Fleck.

Die Vorstellung, Ravenwood zu betreten, war für sie anscheinend doch nicht so verlockend.

Ehe ich anklopfen konnte, öffnete sich die Tür von selbst. Ich sah einen Wirbel von Stoff – grün mit einem goldenen Schimmer, sodass er fast zweifarbig aussah. Lena stand in der Tür. Der Stoff ihres Kleids floss weich bis zu ihren Knöcheln und bauschte sich um ihre Schultern, als besäße sie hauchzarte Flügel.

Erinnerst du dich?

Und ob. Du siehst wunderbar aus.

Natürlich erinnerte ich mich. Heute Abend war Lena ein Schmetterling wie in der Nacht des Siebzehnten Mondes. Was mir damals wie Magie vorgekommen war, sah auch heute magisch aus.

Ihre Augen funkelten.

Eines grün, das andere golden. Eine, die Zwei war.

Mich fröstelte, was überhaupt nicht zu dem warmen Dezemberabend passte. Lena bemerkte es nicht, und ich zwang mich, den kalten Schauer zu ignorieren. »Wow!«, sagte ich und meinte es auch so.

Lächelnd drehte sie sich im Kreis. »Gefällt es dir? Ich wollte mal etwas anderes machen. Mich ein bisschen aus meinem Schneckenhaus herauswagen.«

Du warst nie in einem Schneckenhaus, L.

Ihr Lächeln wurde noch strahlender und sie sah noch umwerfender aus.

»Du bist … einfach du. Perfekt.«

Sie schob die Locken weg, um mir ihre Ohrringe zu zeigen – kleine goldene Schmetterlinge mit einem grünen und einem goldenen Flügel. »Onkel Macon hat sie anfertigen lassen. Und das auch.« Sie deutete auf einen winzigen Schmetterling in ihrer Halsbeuge, der an einer zartgliedrigen Goldkette hing.

Mir wäre lieber gewesen, sie hätte auch ihre Kette mit den Glücksbringern getragen. Die wenigen Male, in denen ich sie ohne diese Kette gesehen hatte, war irgendetwas Schlimmes passiert. Außerdem wollte ich, dass Lena immer so blieb, wie sie war.

Sie lächelte.

Ich weiß. Ich hänge den Schmetterling später an meine Glücksbringerkette.

Ich beugte mich zu ihr und küsste sie. Dann hielt ich ihr die kleine weiße Schachtel hin, die ich mitgebracht hatte. Amma hatte Lena ein Ansteckstäußchen gemacht, genau wie im letzten Jahr.

Lena öffnete die Schachtel. »Es ist wunderschön. Ich kann gar nicht glauben, dass hier in der Gegend überhaupt noch eine Blume blüht.« Aber da lag sie, eine einzelne golden schimmernde Blüte zwischen verschlungenen grünen Blättern. Bei näherem Hinschauen sah sie wie zwei Flügel aus; man hätte meinen können, Amma habe es geahnt.

Vielleicht gab es doch noch das eine oder andere, das sie voraussehen konnte.

Ich befestigte das Sträußchen an Lenas Handgelenk, aber es verhedderte sich. Als ich daran zog, bemerkte ich, dass Lena das schmale silberne Armband aus Sarafines Blechkiste trug. Ich sagte nichts. Ich wollte den Abend nicht verderben, bevor er überhaupt angefangen hatte.

Link drückte auf die Hupe und drehte die Musik noch lauter.

»Wir sollten lieber gehen, ehe Link draußen alles kurz und klein schlägt. Denn genau das würde er am liebsten tun.«

Lena holte tief Luft. »Warte.« Sie legte die Hand auf meinen Arm. »Da ist noch etwas.«

»Was denn?«

»Sei jetzt nicht gleich sauer.« Es gab wohl keinen Typen auf der Welt, der nicht wusste, was diese Worte bedeuteten. Nämlich dass sein Mädchen gerade dabei war, ihm einen Anlass zu geben, sauer zu sein.

»Bin ich nicht.« Mein Magen krampfte sich zusammen.

»Du musst es mir versprechen.« Noch schlimmer.

»Ich verspreche es.« Aus meinem Magen wurde ein Knoten.

»Ich hab ihnen gesagt, dass sie mitkommen könnten.« Sie sagte es ganz schnell, als würde ich es dann vielleicht überhören.

»Wem hast du was gesagt?« Ich war nicht sicher, ob ich das wirklich wissen wollte. Es gab zu viele falsche Antworten auf diese Frage.

Lena stieß die Tür zum Salon auf. Durch den Spalt sah ich John und Liv; sie standen vor dem offenen Kamin. »Sie sind jetzt ständig zusammen.« Ihre Stimme wurde zu einem Flüstern. »Ich dachte mir gleich, dass etwas im Busch ist. Dann hat Reece sie beobachtet, wie sie Macons kaputte Standuhr repariert haben. Dabei hat sie in ihre Gesichter gesehen.«

»Sie haben eine Uhr repariert?«, wiederholte ich. »Und damit haben sie sich angeblich verraten?« Ich wollte den Gedanken nicht zulassen. Nicht John Breed, nicht er und Liv.

»Ich sagte doch, Reece hat in ihre Gesichter gesehen. Schau sie dir an. Man muss keine Sybille sein, um das zu merken.«

Liv trug ein altmodisches Kleid, das aussah, als hätte sie es auf Marians Dachboden gefunden. Es war hochgeschlossen und legte sich in filigranen Falten um ihren Körper, die weiche Linie nur durchbrochen von dem abgewetzten Skorpiongürtel, den sie um die Taille geschlungen hatte. Statt der üblichen Zöpfe trug sie ihre blonden Haare offen. Sie sah anders aus, irgendwie ... glücklich. Ich wollte lieber nicht darüber nachdenken.

L? Was soll das?

John stand hinter ihr, in einem Anzug, der wahrscheinlich Macon gehörte. Er sah auch so aus wie Macon – düster und gefährlich. Er steckte gerade ein Sträußchen an die zarte Spitze an Livs Schulter. Sie neckte ihn, ich kannte diesen Tonfall.

Lena hatte recht. Jeder, der die beiden sah, wusste, dass sich zwischen ihnen etwas anbahnte.

Liv hielt Johns Hand fest, als er sich bemühte, das Sträußchen zu befestigen. »Es wäre schön, wenn kein Blut fließen würde.«

Er nestelte weiter an dem Sträußchen herum. »Dann halt still.«

»Tue ich doch. Es ist die Nadel, die nicht stillhält.« Ja, weil seine Hand zitterte.

Ich räusperte mich und die beiden blickten auf. Livs bisher zart gerötete Wangen liefen dunkelrot an, als sie mich sah. John straffte sich.

»Hallo«, sagte Liv verlegen.

»Hi.« Mir fiel nichts anderes ein, was ich hätte sagen können.

»Das mit dem Sträußchen ist gar nicht so leicht.« John grinste mich an, als wären wir Freunde. Ich drehte mich wortlos zu Lena, denn wir waren keine Freunde.

»Selbst wenn das nicht die verrückteste Idee ist, die du je hattest – was ich nicht behaupten will –, wie sollen wir das schaffen? Keiner von den beiden geht auf die Jackson High.«

Lena hielt noch zwei Karten für den Matschball hoch. »Du hast zwei gekauft, ich hab zwei gekauft.« Sie deutete auf John. »Darf ich dir meinen Begleiter vorstellen?«

Wie bitte?

Ihr Blick wanderte zu Liv. »Und das ist deine Begleiterin.«

Warum machst du das?

»Wir können mitbringen, wen wir wollen. Es ist doch nur, bis wir drin sind.«

Bist du verrückt, L?

Nein. Wir tun nur Freunden einen Gefallen.

Ich blickte John und Liv an.

Wer von beiden ist neuerdings dein Freund?

Sie legte mir die Hand auf die Schulter und gab mir einen Kuss auf die Wange. »Du.«

»Ich verstehe überhaupt nichts.«

Wir schauen nach vorn und lassen den Dingen ihren Lauf.

Ich sah abwechselnd John und Liv an.

Das verstehst du unter nach vorn schauen?

Lena nickte.

»Hallo? Wenn ihr beiden euch laut unterhalten wollt, dann können wir auch nebenan warten«, sagte John ungeduldig.

»Sorry. Wir sind jetzt so weit.« Lena warf mir einen bedeutungsvollen Blick zu. »Stimmt's?«

Vielleicht stimmte es ja, aber ich kannte jemanden, der noch nicht so weit war. »Was glaubt ihr, was Link dazu sagen wird? Er sitzt mit Savannah draußen im Auto und wartet.«

Lena nickte John zu, und ich hörte ein Zischen, das von draußen kam. Die laute Musik war mit einem Mal verstummt. »Link ist schon auf dem Ball. Ich schätze, wir sollten jetzt gehen.« John nahm Livs Hand.

»Du hast Link raumwandeln lassen?« Ich spürte, wie meine Schultern steif wurden. »Ohne ihn zu berühren?«

John zuckte die Achseln. »Ich hab's dir doch gesagt. Ich bin nicht mit normalen Maßstäben zu messen. Ich kann 'ne ganze Menge, und meistens weiß ich selbst nicht so genau, wie ich es anstelle.«

»Das beruhigt mich ungemein.«

»Entspann dich. Das war die Idee deiner Freundin.«

»Was soll Savannah jetzt denken?« Ich stellte mir bereits vor, wie sie alles ihrer Mutter erzählte.

»Sie wird sich an nichts erinnern.« Lena nahm meine Hand. »Komm, wir nehmen den Leichenwagen.« Sie griff nach ihren Autoschlüsseln.

Ich schüttelte den Kopf. »Mit Savannah allein auf den Ball zu gehen war das Allerletzte, was Link wollte.«

»Vertrau mir.« Zwei weitere Wörter, die kein Junge von seiner Freundin hören will.

Was hast du vor? Sag's mir bitte.

»Die Band musste früher dort sein.« Sie zog mich hinter sich her.

»Die Band? Du meinst die Holy Rollers?« Ich traute meinen Ohren nicht. Bevor Direktor Harper die Holy Rollers auftreten ließe, würde er lieber – ja, was? Es gab nichts, was man als Vergleich heranziehen konnte, denn das würde nie passieren.

Lenas Haare kräuselten sich in der nicht vorhandenen Brise und sie warf mir die Schlüssel zu.

Ein Licht in der Dunkelheit

12.12.

Schon auf dem Weg vom Parkplatz zur Schule sah ich in den oberen Fenstern der Turnhalle die Lichter flimmern. Die Party war bereits in vollem Gange.

Lena zog mich am Arm. »Komm schon. Das dürfen wir nicht verpassen!«

Ich hörte das unverkennbare Heulen von Links Gesang und blieb abrupt stehen. Die Holy Rollers spielten tatsächlich, genau wie Lena es gesagt hatte.

Ich verspürte einen Anflug von Panik. Der Achtzehnte Mond stand kurz bevor und wir gingen in die Jackson High auf einen Ball. Das klang idiotisch, aber genauso idiotisch wäre es gewesen, zu Hause zu bleiben und sich vor dem bevorstehenden Weltuntergang zu fürchten, wenn man doch nichts tun konnte, um ihn zu verhindern.

Also tat ich das einzig Vernünftige: Ich hielt den Mund und legte meinen Arm um das hübscheste Mädchen der ganzen Schule. »Okay, L. Rück endlich raus damit. Was hast du gemacht?«

»Ich wollte, dass er einen schönen Abend ohne Ridley hat.« Lena hakte sich bei mir unter. »Und du auch.« Sie blickte über ihre Schulter, weil hinter uns Johns tiefe Stimme und Livs Lachen zu hören waren. »Eigentlich hab ich es für uns alle getan.«

Das Verrückteste daran war, dass ich sie sogar verstand. Wir alle waren seit dem Sommer wie gelähmt. So als säßen wir irgendwie fest. Amma konnte keine Karten mehr lesen und nicht mehr mit den Ahnen sprechen. Marian durfte nicht mehr Bibliothekarin sein. Liv bereitete sich nicht mehr darauf vor, eine Hüterin zu werden, und Macon kam kaum noch von den Tunneln herauf. Link versuchte immer noch herauszufinden, wie man ein richtiger Inkubus wurde und wie er ohne Ridley zurechtkommen sollte. Und John war sogar physisch im Bogenlicht gefangen gewesen. Selbst die Hitze saß hier fest, in einem endlosen Sommer, den uns die Hölle geschickt hatte.

Nichts in Gatlin bewegte sich mehr.

Was Lena heute Abend gemacht hatte, änderte zwar nichts daran, aber vielleicht konnten wir auf diese Weise den Sommer hinter uns lassen. Vielleicht endete wenigstens dieser Tag ohne die Hitze und das Ungeziefer und die bösen Erinnerungen.

Vielleicht fühlten wir uns dann alle wieder normal – so normal, wie es uns eben möglich war, wenn die Uhr weitertickte und der Achtzehnte Mond immer näher rückte.

Wir können mehr tun, als uns normal zu fühlen, Ethan. Wir können normal sein.

Lena schenkte mir ein Lächeln, und ich zog sie näher an mich heran, während wir die Turnhalle betraten.

Die Halle war komplett umdekoriert und das Thema war ganz offensichtlich – Link. Die Holy Rollers standen auf dem Podium im Scheinwerferlicht einer grandiosen Bühnenbeleuchtung, die sich das Festkomitee niemals hätte leisten können. Und mittendrin war Link, das Rüschenhemd aufgeknöpft und schweißnass. Mal spielte er Schlagzeug, dann sang er wieder und wirbelte mit dem Mikrofonständer in der Hand über die Bühne. Immer wenn er an den Bühnenrand kam, fing eine Mädchenhorde an zu kreischen.

Zum zweiten Mal in meinem Leben klangen die Holy Rollers wie eine richtige Band – aber diesmal ohne dass der Lolli einer Sirene zum Einsatz gekommen wäre.

»Wie hast du das gemacht?«, rief ich Lena über die Musik hinweg zu.

»Ich nenne es den Damit-die-Party-keine-Pleite-wird-Bann.«

»Also war das Ganze eigentlich Links Idee?« Ich grinste und sie nickte.

»Genau.«

Auf unserem Weg zur Tanzfläche kamen wir an einer Stellwand mit dem Panoramabild einer kitschigen Schneelandschaft vorbei. Davor stand ein Stuhl, aber der Fotograf war nirgends zu sehen. Das kam mir irgendwie verdächtig vor. »Wo ist der Fotograf, L?«

»Seine Frau hat Wehen bekommen.« Lena vermied es, mich anzusehen.

»Lena.«

»Es stimmt wirklich. Du kannst fragen, wen du willst. Na ja, sie selbst vielleicht besser nicht. Sie ist im Moment beschäftigt.«

Wir kamen an Liv und John vorbei, die sich bereits an einen Tisch in der Nähe der Tanzfläche gesetzt hatten. »So was habe ich bisher nur im Fernsehen gesehen«, sagte Liv und sah sich staunend um.

»Einen echten amerikanischen Highschool-Ball?« John lächelte. »Das ist auch mein erstes Mal.« Er zupfte an einer ihrer blonden Haarsträhnen. »Lass uns tanzen, Olivia.«

Eine Stunde später war unser Plan aufgegangen. Wir amüsierten uns alle und keiner dachte mehr an irgendwelche Probleme. Es war wie auf einem normalen Highschool-Ball, auf dem man auf die langsamen Stücke wartet, damit man eng umschlungen mit seiner Freundin tanzen kann. Savannah hielt Hof in ihrem bauschigen bonbonfarbenen Kleid, sie tanzte sogar mit Earl Petty – aber nur einmal. Das Einzige, was anders war als sonst, war Links Auferstehung als Rock-Gott. Aber an einem Abend wie diesem war eben nichts unmöglich.

Ordnungshüter Fatty erwischte die übrigen Bandmitglieder der Holy Rollers, wie sie in einer Spielpause vor der Turnhalle rauchten. Aber er konnte nicht viel ausrichten, weil sie alle um die fünfundzwanzig und stadtbekannte Taugenichtse waren, was man schon allein daran merkte, dass der Lead-Gitarrist Emily Asher etwas ins Ohr flüsterte, was ihr zum ersten Mal in ihrem Leben für Minuten die Sprache verschlug.

Ich machte mich auf die Suche nach Link, der sich in der Aula bei den Schließfächern herumtrieb. Dort war es dunkel, nur eine Neonleuchte an der Decke flackerte, weshalb man sich gut vor Savannah verstecken konnte. Ich wollte ihm sagen, wie großartig er auf der Bühne war, denn es gab nichts, womit man ihm eine größere Freude machen konnte. Aber dazu kam ich nicht.

Er wischte sich gerade den Schweiß vom Gesicht, als *sie* um die Ecke bog.

Ridley.

So viel zu Links guter Laune.

Ich drückte mich in die Tür zum Bio-Raum, ehe sie mich bemerkte. Vielleicht verriet sie Link, wo sie die ganze Zeit über gesteckt hatte. Wenn Lena oder ich sie danach fragen würden, bekämen wir garantiert bloß irgendwelche Lügen aufgetischt.

»Hey, Hottie.« Sie lutschte an einem Kirsch-Lolli; das wenige Schwarz, das sie trug, zeigte viel von ihrer Haut. Irgendetwas stimmte nicht, aber ich wusste nicht, was.

»Wo zum Teufel hast du gesteckt?« Link zog sein verschwitztes T-Shirt aus und warf es auf den Boden.

»Da und dort.«

»Wir haben uns Sorgen um dich gemacht. Und das, obwohl du diese Nummer abgezogen hast.« Wenn er *wir* sagte, meinte er sich.

Ridley lachte. »Darauf möchte ich wetten.«

»Also, wo …« Einen Moment lang sagte er nichts. »Wieso hast du eine Sonnenbrille auf, Rid?«

Ich drückte mich noch dichter an die Wand und spähte um die Ecke. Ridley trug eine schwarze Sonnenbrille, so eine, wie sie immer trug – allerdings draußen.

»Nimm sie ab.« Er schrie es fast. Wenn die Musik des DJs nicht so laut gewesen wäre, hätte ihn bestimmt jemand gehört.

Ridley lehnte sich an das Schließfach neben Link. »Dreh nicht durch, Dinkyboy. Ich war nie für das Leben als Sterbliche geschaffen, das weißt du genauso gut wie ich.«

Link riss ihr die Sonnenbrille von den Augen und selbst von meinem Versteck aus sah ich ihre gelben Augen. Die Augen einer Dunklen Caster.

»Was hast du gemacht?«, fragte Link entsetzt.

Sie zuckte die Schultern. »Ach, ich hab um Verzeihung gebeten und so weiter. Vermutlich fanden alle, dass ich lang genug bestraft worden bin. Eine Sterbliche zu sein, ist die reinste Folter.«

Link starrte auf den Linoleumboden. Ich kannte diesen Blick. Den hatte er immer, wenn seine Mutter zu einer ihrer Moralpredigten ansetzte und ihm ewige Verdammnis androhte, falls sich seine Noten nicht besserten oder er weiterhin Comics las, die sie am liebsten verbannt hätte. Es war der Blick, der sagte: *Egal was ich tue, es bringt ja doch nichts.*

»Wen meinst du mit *alle*, Rid? Sarafine? Abraham?« Er schüttelte den Kopf. »Nach allem, was sie dir angetan haben, bist du wieder zu ihnen gegangen? Obwohl sie uns umbringen wollten? Und du hast John Breed aus dem Bogenlicht befreit, obwohl du weißt, was er mit mir gemacht hat?«

Ridley stellte sich dicht vor ihn und legte ihm die Hände auf die Brust. »Ich musste ihn befreien. Er hat mir Macht verliehen.« Der spöttische Ton in ihrer Stimme war verschwunden. »Verstehst du das denn nicht? Nur so konnte ich wieder ich selbst sein.«

Link fasste sie an den Handgelenken und stieß sie weg. »Ich freu mich, wenn du das Gefühl hast, wieder du selbst zu sein. Schätze, ich hab nie wirklich gewusst, wer du bist. Ich bin hier der Idiot.« Er ging zurück zu der Flügeltür, die in die Turnhalle führte.

»Ich habe es für uns getan!« Ridley sah wirklich verletzt aus. »Wenn du das nicht kapierst, dann bist du tatsächlich ein Idiot.«

Link drehte sich um. »Für uns? Warum solltest du dir das unseretwegen antun?«

»Weil wir jetzt zusammen sein können. Jetzt sind wir gleich. Ich bin nicht mehr das dumme sterbliche Mädchen, von dem du in einem halben Jahr die Nase voll hast.«

»Denkst du, das hätte mir etwas ausgemacht?«

Sie lachte. »Es hätte dir etwas ausgemacht, glaub mir. Ich war ein Nichts.«

»Mir hast du immer etwas bedeutet.« Link blickte nach oben, als könnte er einen Ausweg aus dem Chaos dort an den schäbigen Deckenplatten finden.

Ridley holte ihn ein. »Komm mit. Noch heute Nacht. Ich kann nicht bleiben, aber ich bin deinetwegen zurückgekommen.«

Während ich sie beobachtete, sah ich im Geiste Sarafine vor mir. Die Sarafine aus den Visionen, die gegen ihre Natur ankämpfen wollte, gegen das Dunkle, das sich in ihr entfaltet hatte. Vielleicht irrte sich Lenas Familie.

Vielleicht gab es immer noch Licht im Dunkel.

Link senkte den Kopf und eine Sekunde lang standen sie Stirn an Stirn. »Ich kann nicht. Nicht nach allem, was sie meinen Freunden angetan haben, und auch dir. Ich kann mich ihnen nicht anschließen, Rid. Ich bin nicht wie du – und ich will es auch nicht sein.«

Sie war fassungslos. Ich konnte es an ihren Augen ablesen, auch wenn sie gelb waren.

»Rid?«

»Sieh mich gut an, Hottie. Denn das ist das letzte Mal, dass du mich zu Gesicht bekommst.« Sie ging rückwärts und blickte ihm dabei in die Augen.

Dann drehte sie sich um und rannte davon.

Der Kirsch-Lolli kullerte über den Boden.

Link sprach so leise, dass ich ihn kaum verstand, als sich seine Hand um den Lolli schloss.

»So oder so, du wirst immer mein Mädchen sein.«

Nach dem Treffen mit Ridley hatte Link keine Lust mehr darauf, ein Rock-Gott zu sein. Seine Stimmung war auf dem Tiefpunkt und damit war er nicht der Einzige. Lena hatte kaum ein Wort gesprochen, seit ich ihr von Ridley erzählt hatte. Für uns alle war der Ball gelaufen.

Der Parkplatz lag wie ausgestorben da. Niemand verließ einen Ball an der Jackson High schon so früh. Der Leichenwagen parkte am anderen Ende des Platzes unter einer kaputten Straßenlaterne. Hinter uns trottete Link und vor uns liefen Liv und John und hielten Händchen. Ich hörte unsere Schritte auf dem Asphalt. Und deshalb hörte ich es auch, als John plötzlich stehen blieb.

»Nein. Nicht jetzt«, sagte er leise.

Ich folgte seinem Blick, aber die Nacht war pechschwarz und ich erkannte gar nichts.

»Was ist los, Mann?« Link trat neben mich, sein Blick war auf den Leichenwagen gerichtet. Ich wusste, dass er genau wie John im Dunkeln sehen konnte. »Bitte sag, dass es nicht der ist, für den ich ihn halte.«

John rührte sich nicht. »Das sind Hunting und zwei von seinem Blutrudel.«

Liv suchte die Dunkelheit ab, sah jedoch nichts – bis Hunting in das blasse Licht einer Laterne trat.

Sie versetzte John einen Stoß. »Schnell. Zurück in die Tunnel.« Liv wollte, dass er sich entmaterialisierte, ehe Hunting das Gleiche tat.

Aber John schüttelte den Kopf. »Ich lasse dich nicht allein.«

»Du kannst uns mitnehmen.« Liv griff nach seiner Hand.

»Ich kann euch nicht alle auf einmal mitnehmen.«

»Dann geh wenigstens du!«

Es war egal, was Liv sagte, denn es war bereits zu spät.

Hunting lehnte an der Straßenlaterne, eine brennende Zigarette in der Hand. Zwei weitere Inkubi traten in den Lichtschein. »Hier hast du dich also versteckt. In der Highschool. Du warst nie einer von den Cleversten.«

John zog Liv hinter sich. »Wie hast du mich gefunden?«

Hunting lachte. »Wir finden dich immer, Kleiner. Du hast deinen eigenen Peilsender. Deswegen wundert es mich auch, dass du dich so lange verstecken konntest. Wo immer du auch gewesen bist, du hättest dort bleiben sollen.«

Hunting kam auf uns zu, gefolgt von seinen beiden Lakaien.

Lena umklammerte meine Hand.

Oh mein Gott. In den Tunneln war er sicher. Das ist alles meine Schuld.

Es ist Abrahams Schuld.

John wich nicht zurück. »Ich werde nirgendwohin gehen, Hunting.«

Hunting schnippte seine Zigarette in die dunkle Nacht. »Es ist fast schade, dass ich dich wieder zurückbringen muss. Du bist sehr viel kampfeslustiger, wenn Abraham nicht in deinem Kopf herummurkst. Wie ist es, wenn man zur Abwechslung selbst denken kann?«

Ich musste daran denken, dass John an der Weltenschranke wie ein Zombie durch die Höhle getappt war. Später hatte er behauptet, keine Erinnerung mehr an jene Nacht zu haben. Hatte Abraham ihn damals manipuliert?

John erstarrte. »Wovon sprichst du?«

»Schätze, du hast sowieso noch nie viel gedacht. Na ja. Dann wirst du es auch nicht sonderlich vermissen.« Hunting senkte die Stimme. »Weißt du, worauf ich mich schon freue? Wieder dabei zuzuschauen, wie du ständig zuckst, als würde dir jemand eine mit dem Viehstock verpassen.«

Johns Hände begannen zu zittern. »Halt den Mund!«

Ich erinnerte mich an diese Zuckungen; daran, wie sich Johns Muskeln willkürlich verkrampft hatten. Am schlimmsten war es in der Nacht von Lenas Siebzehntem Mond gewesen, als er mit Abraham zusammen gewesen war. Seit wir ihn in Ridleys Zimmer wiedergetroffen hatten, hatte ich es kein einziges Mal beobachtet.

Hunting lachte wieder. »Komm doch her und stopf mir das Maul. Meinetwegen können wir aber auch gleich zu dem Teil übergehen, bei dem ich dir ein bisschen Verstand einprügle, ehe ich dich zurückbringe.«

Link stellte sich neben John. »Dann sag mir vorher noch, wie es abläuft. Ist das ein normaler Kampf, oder braucht man dazu ein paar Yedi-Psychotricks, von denen ich nichts weiß?«

Ich war sprachlos. Link war offensichtlich entschlossen, John beizustehen. John war genauso überrascht wie wir anderen auch. »Ich krieg das schon hin. Trotzdem vielen Dank.«

»Was hast du ...« Link kam nicht dazu, den Satz zu beenden.

John streckte die Hände vor, so wie es Lena immer machte, wenn sie mit ihren Caster-Gaben ein Loch in den Boden riss oder einen Wolkenbruch auslöste.

Oder einen Hurrikan.

John setzte Lenas Kräfte ein – die er sich zu eigen gemacht hatte, als er sie damals berührt hatte.

Der Windstoß kam so plötzlich, dass es Hunting glatt von den Füßen riss. Die beiden anderen Inkubi wurden rücklings umgeweht und schlitterten so schnell über den Parkplatz, dass sie sich bestimmt Verbrennungen zuzogen. Doch ehe der Sturm Hunting mit voller Wucht erfasste, war er auch schon durch einen Riss in der Luft verschwunden.

Er wollte gerade ein paar Schritte von uns entfernt wieder Gestalt annehmen, als der Wind ihn erneut mit sich fortnahm.

»Er kommt näher!«, kreischte Liv. Sie hatte recht.

Lena drängte sich an mir vorbei.

Ich muss John helfen. Er schafft es nicht allein!

Sie streckte die Arme aus und richtete die Handflächen gegen Hunting. Lenas Kräfte waren stärker als je zuvor. Aber auch genauso unberechenbar.

Die Wolken öffneten sich und strömender Regen setzte ein.

Nein! Nicht jetzt!

Der Regen prasselte auf uns herab, heftiger Wind zerrte an uns, legte sich dann aber rasch wieder.

Hunting blieb trocken, der Regen perlte in kleinen Rinnsalen von seiner Jacke herab. »Hübscher Trick, Kleiner. Es ist eine Schande, dass Sarafines Tochter die Ordnung der Dinge zerstört hat. Wenn ihre Kräfte nicht so im Eimer wären, dann hättest du deinen Arsch vielleicht retten können.«

Ich hörte einen Hund bellen und sah aus dem Augenwinkel Boo Radley, der zwischen zwei Autos hervorgerannt kam.

Hinter ihm folgte Macon, das Gesicht regennass. »Zum Glück scheinen sich *meine* Kräfte auf eine sehr interessante Art weiterzuentwickeln.«

Hunting war genauso fassungslos, Macon zu sehen, wie wir anderen auch, aber es gelang ihm gut, das zu verbergen. Trotz des Regens zündete er sich eine neue Zigarette an. »Du meinst, weil ich dich umgebracht habe? Es wird mir eine Freude sein, das noch einmal zu tun.«

Die beiden anderen aus Huntings Meute hatten sich wieder aufgerappelt, kamen auf die altmodische Art und Weise über den Parkplatz auf uns zu und blieben direkt hinter Hunting stehen.

Macon schloss die Augen.

Alles um uns herum hielt inne und wurde ruhig. Viel zu ruhig. Es war die Ruhe, die eintritt, bevor etwas Schreckliches passiert. Und ich war nicht der Einzige, der das spürte.

Hunting verschwand mit einem Zischen durch den leuchtend schwarzen Himmel …

… und als er unmittelbar vor Macon wieder Gestalt annahm, hüllte uns plötzlich ein pulsierendes grünes Licht ein, von dessen Kraftfeld ein Summen ausging.

Das Licht kam von Macon.

Hunting erstarrte mitten in der Bewegung, in dem unheimlichen grünen Lichtschein sah man seine ausgestreckten Hände und gefletschten Zähne.

»Was ist das?« Link hielt sich schützend die Hand vor die Augen.

»Das ist Licht«, antwortete Liv fasziniert.

»Wie kann er Licht hervorbringen?«, fragte ich.

Liv schüttelte den Kopf. »Keine Ahnung.«

Das Licht wurde immer heller, bis Hunting zusammenbrach und auf dem leuchtenden Beton wie wild um sich schlug. Ein qualvolles Geräusch entrang sich seiner Kehle; es hörte sich an, als ob seine Stimmbänder rissen. Auch die beiden anderen Inkubi wanden sich am Boden, aber ich war völlig fasziniert von Hunting.

Die Farbe entwich aus ihm, zuerst am Oberkopf, dann im Gesicht. Es sah aus, als würde langsam ein Tuch von ihm weggezogen. Aber dieses Tuch war ein schwarzer Nebel, und als er tiefer glitt, wurden Huntings Nacken, seine Haare, seine Haut, seine leeren schwarzen Augen beinahe durchsichtig. Das Gleiche passierte mit seinen beiden Begleitern.

»Was geschieht mit ihnen?« Ich erwartete nicht wirklich eine Antwort, aber John hatte eine parat.

»Sie verlieren ihre Kraft. Ihre Dunkelheit.« An Johns entsetztem Blick erkannte ich, dass er so etwas noch nie mit eigenen Augen gesehen hatte. »Das passiert mit Inkubi, wenn das Tageslicht sie trifft.« John schien das mysteriöse Licht allerdings nichts auszumachen, wie mir ein Blick in seine Richtung verriet.

»Er kann wirklich Licht entstehen lassen«, flüsterte Liv.

John sagte noch etwas, aber ich hörte nicht mehr zu. Ich beobachtete die beiden anderen Inkubi, die inzwischen vollständig durchsichtig waren. Die Dunkelheit war aus ihnen schneller herausgesickert als aus Hunting. Ich sah zu, wie ihre Körper stocksteif und ihre Augen starr und leblos wurden. Aber das war nicht das Verstörendste.

Der schwarze Nebel – die Dunkle Kraft, die aus ihnen herausgeströmt war – versickerte jetzt im Erdboden.

»Wohin geht sie?«, fragte Lena.

»In die Unterwelt.« John trat einen Schritt zurück, als wollte er dem, was auch ihm hätte passieren können, nicht zu nahe kommen. »Energie kann sich nicht in Nichts auflösen. Sie verändert nur ihre Form.«

Ich erstarrte. In meinem Kopf liefen die Worte wie in einer Endlosschleife ab.

Sie verändert nur ihre Form.

Ich dachte an Twyla und die Ahnen und an Tante Prue. An meine Mutter und an Macon.

Und an das grüne Leuchten des Bogenlichts.

Und jetzt umflutete auch uns ein grünes Licht. Was war mit Macon passiert, als er im Bogenlicht eingeschlossen gewesen war? Hatte meine Mutter ihn vielleicht irgendwie verändert? Hatte sie den Mann, den sie geliebt und verloren hatte, auf wundersame Weise neu erschaffen?

»Und was wird dann aus dieser Energie?« In Livs Frage schwang Angst mit. John hatte ihr gerade etwas erzählt, von dem sie bisher nichts geahnt hatte.

Bis auf die Hände war auch aus Huntings Körper inzwischen alle Farbe gewichen. Macon hatte sich nicht bewegt, er hielt die Augen fest geschlossen, als befände er sich in einem fürchterlichen Albtraum.

Zuerst gab John keine Antwort. Als er schließlich doch etwas sagte, wünschte ich, er hätte es nicht getan. »Vexe.«

»Das kann Macon nicht gewollt haben.« Liv war ebenso entsetzt wie ich.

John nahm ihre Hand. »Ich weiß. Aber er hat keinen Einfluss darauf, wie das Universum funktioniert. Das hat keiner von uns.«

»Oh mein Gott.« Lena zeigte auf die beiden Inkubi, die ganz durchscheinend waren. Die Luft um sie herum schien Wellen zu schlagen, doch dann begriff ich, was tatsächlich geschah. Sie lösten sich auf. Sie wurden nicht zu Asche wie Zombies und Vampire im Film, sondern zerfielen in winzige Partikel, die verschwanden, als wären sie niemals da gewesen.

Ich hörte, wie Macon scharf die Luft einsog. Sein Eingreifen kostete ihn viel Kraft. Er wollte so lange wie möglich aushalten, um Hunting zu erledigen, aber das Licht wurde schon schwächer, bis der Parkplatz schließlich wieder in Finsternis gehüllt war.

Hunting sackte zusammen. Stöhnend kroch er über den Asphalt. Sein Gesicht und sein Rumpf waren immer noch starr und ganz und gar durchsichtig.

Macon sank auf die Knie; Lena kauerte sich neben ihn. »Wie hast du das gemacht?«

Macon antwortete nicht sofort. Als er wieder zu Atem gekommen war, sagte er: »Das weiß ich selbst nicht. Anscheinend kann ich meine Lichte Energie bündeln. Ich kann Licht erschaffen, besser kann ich es auch nicht erklären.«

John kam kopfschüttelnd näher. »Und ich dachte, *ich* sei anders als alle anderen. Aber Sie geben dem Begriff des Lichten Casters eine ganz neue Bedeutung, Mr Ravenwood.«

Macon sah John an, den Zwitter, dem die Sonne nichts anhaben konnte. »Im Licht ist Dunkelheit und in der Dunkelheit Licht.«

Ich hörte das Zischen, als Hunting verschwand – sein Körper gezeichnet vom Licht.

13.12.

Tränen und Regen

Nach dem Vorfall auf dem Parkplatz brachten Macon und Liv John wieder in die Tunnel zurück, wo er unter dem Schutz von Bannsprüchen sicher war. So hofften wir jedenfalls. Ganz gewiss würde Hunting Abraham Bericht erstatten, auch wenn Liv bezweifelte, dass er dafür stark genug war. Ich fragte sie nicht, ob sie damit meinte, er sei nicht stark genug, um es bis zu Abraham zurückzuschaffen, oder nicht stark genug, um die ganze Sache zu überleben.

Später in dieser Nacht saßen Lena und ich auf den ausgetretenen Stufen ihrer Veranda. Ich schmiegte mich dicht an sie und stellte mir wieder einmal vor, wie perfekt unsere Körper zueinanderpassen würden. Ich vergrub mein Gesicht in ihren Haaren. Sie rochen immer noch nach Zitronen und Rosmarin. Wenigstens das hatte sich nicht geändert.

Ich hob ihr Kinn an und berührte ihren Mund mit meinem. Ich küsste sie nicht, ich wollte bloß ihre Lippen spüren. Heute Nacht waren wir alle in großer Gefahr und ich hätte Lena verlieren können.

Sie legte ihren Kopf an meine Brust.

Aber du hast mich nicht verloren.

Ich weiß.

Ich ließ meine Gedanken schweifen, aber sie kehrten immer wieder zu dem zurück, was im letzten Sommer gewesen war, als ich glaubte, Lena verloren zu haben. Dieser dumpfe Schmerz, der keinen Augenblick nachließ. Diese Leere. So musste sich Link bei Ridley gefühlt haben. Seinen Blick werde ich nie vergessen. Sie hatte ihn in tiefste Verzweiflung gestürzt. Ridley mit ihren unheimlichen gelben Augen.

Ich fühlte, wie es in Lenas Gedanken brodelte.

Hör auf damit, L.

Womit?

Hör auf, an Ridley zu denken.

Das kann ich nicht. Sie erinnert mich an Sara... an meine Mutter. Und du weißt, was aus ihr geworden ist.

Ridley ist nicht Sarafine.

Noch nicht.

Lena zog das Ansteckstäußchen von ihrem Handgelenk. Da war es: das Armband ihrer Mutter. Meine Hand berührte das Metall, und im selben Moment wusste ich, dass allen Dingen, die Sarafine gehört hatten, das Verderben anhaftete. Die Veranda begann sich zu drehen ...

Es wurde immer schwieriger, einen Tag vom anderen zu unterscheiden. Sarafine fühlte sich wie von einem immerwährenden Nebel eingehüllt, verwirrt und völlig losgelöst von dem Leben, das sie vorher geführt hatte. Sie drang nicht mehr bis zu ihren Gefühlen vor; sie trieben ganz außen an den Grenzen ihres Bewusstseins, als gehörten sie zu einem anderen Menschen. Der einzige Ort, an dem sie sich gefestigt fühlte, war in den Tunneln. Hier bestand eine Verbindung zur Welt der Caster und zu den Elementen, von denen die Kraft stammte, die durch ihre Adern strömte. Das verschaffte ihr Trost, hier konnte sie atmen.

Manchmal verbrachte sie viele Stunden dort unten, saß in dem kleinen Arbeitszimmer, das Abraham für sie eingerichtet hatte. Für gewöhnlich ging es sehr friedlich zu – bis Hunting kam. Ihr Halbbruder verachtete sie, und er bemühte sich gar nicht erst, das vor ihr zu verbergen.

»Schon wieder da?« Sarafine hörte den verächtlichen Ton in Huntings Stimme.

»Ich lese nur.« Sie versuchte, jedem Streit mit ihm aus dem Weg zu ge-

hen. Er war hinterhältig und grausam, aber in seinen Worten lag auch immer ein Körnchen Wahrheit. Eine Wahrheit, die sie mit verzweifelter Anstrengung zu überhören versuchte.

Hunting lehnte sich an die Tür, eine Zigarette zwischen den Lippen. »Ich begreife nicht, warum Großvater Abraham seine Zeit mit dir vergeudet. Hast du eine Vorstellung davon, wie viele Caster einen Mord begehen würden, nur um ihn als Lehrer zu haben?« Hunting schüttelte den Kopf.

Sie hatte es satt, schikaniert zu werden. »Wie kommst du darauf, dass ich seine Zeit verschwende?«

»Du bist eine Dunkle Caster, die vorgibt, Licht zu sein. Eine Kataklystin. Wenn das keine Zeitverschwendung ist, dann weiß ich auch nicht.«

Die Worte taten weh, aber Sarafine versuchte, sich nichts anmerken zu lassen. »Ich gebe nichts vor.«

Hunting lachte und bleckte seine Zähne. »Wirklich? Hast du deinem Mann, dem Lichten Caster, von deinen geheimen Treffen hier unten erzählt? Ich frage mich, wie lange es dauern würde, bis er dich abserviert.«

»Das geht dich gar nichts an.«

Hunting ließ seine Zigarette in eine leere Dose auf dem Schreibtisch fallen. »Ich nehme an, die Antwort auf meine Frage lautet Nein.«

Sarafine spürte, wie sich etwas in ihr zusammenzog, und eine Sekunde lang wurde ihr schwarz vor den Augen.

Der Schreibtisch fing Feuer, genau in dem Augenblick, als Hunting seine Hand wegnahm.

Ohne jede Vorwarnung. Im einen Moment war sie nur wütend auf Hunting, im nächsten ging bereits der Schreibtisch in Flammen auf.

Hunting hustete. »Na, das ist doch schon mal nicht schlecht.«

Sarafine beeilte sich, das Feuer mit einer alten Decke zu ersticken. Und natürlich machte Hunting keine Anstalten, ihr zu helfen. Er ging einfach weiter und verschwand in Abrahams Arbeitszimmer. Sarafine sah auf ihre Hände hinab, die rußschwarz waren. Bestimmt war auch ihr Gesicht schmutzig. So konnte sie nicht zu John nach Hause gehen.

Sie ging hinaus, um sich in dem kleinen Badezimmer zu reinigen. Ein paar Schritte von Abrahams Tür entfernt hörte sie Stimmen.

»Ich weiß nicht, warum dir so viel an diesem Bengel liegt.« Huntings Stimme klang verbittert. »Wen interessiert es schon, ob er bei Tageslicht ins Freie kann? Er ist kaum alt genug, um überhaupt gehen zu können, und Silas wird ihn wahrscheinlich sowieso umbringen, bevor er uns von Nutzen sein kann.«

Sarafine wusste, dass er über den Jungen sprach, von dem ihr Abraham bei ihrer ersten Begegnung erzählt hatte. Der Junge, der nur wenig älter war als Lena.

»Silas wird sich beherrschen und tun, was ich ihm sage«, knurrte Abraham. »Du hast keine Fantasie, Hunting. Dieses Kind ist die nächste Generation. Ein Inkubus, der über alle unsere Vorzüge verfügt, aber keine unserer Schwächen hat.«

»Was macht dich da so sicher?«

»Denkst du etwa, ich hätte seine Eltern zufällig ausgewählt?« Abraham hasste es, wenn man ihm Fragen stellte. »Ich wusste genau, was ich tat.«

Einen Moment lang herrschte Stille. Dann sprach Abraham wieder. »Es wird nicht mehr lange dauern, bis mit den Castern Schluss ist. Ich werde es noch erleben. Das verspreche ich dir.«

Sarafine überlief ein kalter Schauer. Sie verspürte den Drang, zur Tür hinauszurennen und nie wieder einen Blick zurückzuwerfen. Aber sie brachte es nicht fertig. Sie musste um Lenas willen bleiben.

Sie musste die Stimmen zum Schweigen bringen.

Als sie nach Hause kam, war John im Wohnzimmer.

»Psst. Das Baby schläft.« Er gab ihr einen Kuss auf die Wange, als sie sich neben ihn aufs Sofa setzte. »Wo bist du gewesen?«

Eine Sekunde lang überlegte sie, ob sie lügen sollte. Sie könnte behaupten, sie sei in der Bibliothek gewesen oder im Park spazieren gegangen. Aber Huntings Worte spukten ihr im Kopf herum. »Ich frage mich, wie lange es dauern würde, bis er dich abserviert.« *Er irrte sich, was John betraf.*

»Ich war in den Tunneln.«

»Wie bitte?« John sah sie fassungslos an.

»Ich habe einen Verwandten getroffen und er hat mir von dem Fluch er-

zählt. Dinge, die ich nicht wusste. Die zweite Naturgeborene in der Duchannes-Familie kann sich selbst berufen. Lena hat die Wahl.« Alles sprudelte aus ihr heraus, es gab so vieles, was sie ihm schon lange hatte sagen wollen.

John schüttelte den Kopf. »Welcher Verwandte war das?«

Jetzt gab es kein Zurück mehr. »Abraham Ravenwood.«

John erhob sich und baute sich vor ihr auf. »Abraham Ravenwood, der Blut-Inkubus? Er ist tot.«

Sarafine sprang auf. »Nein. Er lebt, und er kann uns helfen, Lena zu retten!«

John blickte sie so forschend an, er sähe er sie zum ersten Mal. »Uns helfen? Hast du den Verstand verloren? Er ist ein Dämon, der Blut säuft! Wie kommst du darauf, dass auch nur ein Wort wahr ist von dem, was er sagt?«

»Warum sollte er lügen? Er hat nichts davon, wenn er mir sagt, dass Lena die Wahl hat.«

John packte sie an den Schultern. »Warum er lügen sollte, Izabel? Ganz einfach, weil er ein Blut-Inkubus ist. Er ist schlimmer als ein Dunkler Caster.«

Sarafine wand sich in seinem festen Griff. Es spielte keine Rolle, dass John sie Izabel nannte; ihre Augen waren trotzdem goldgelb und ihre Haut war eiskalt.

»Er kann Lena helfen.« Er hilft mir auch. *Das hätte sie ihm am liebsten gesagt.*

John war so wütend, dass er nicht merkte, wie ihre Gesichtszüge sich verzerrten. »Das kannst du nicht wissen. Es ist ja noch nicht einmal sicher, ob Lena eine Naturgeborene ist.«

Sarafine spürte, wie etwas in ihr aufstieg wie eine riesige Welle. Sie erkannte nicht, was es war. Aber die Stimmen durchschauten das Gefühl. Es war Wut.

Er vertraut dir nicht. Er glaubt, dass du eine von ihnen bist.

Sie versuchte, diese Gedanken beiseitezuschieben und sich auf John zu konzentrieren. »Wenn sie weint, dann regnet es. Ist das nicht Beweis genug?«

John ließ ihre Schulter los und fuhr sich durch die Haare. »Izabel, dieser Kerl ist ein Monster. Ich weiß nicht, was er von dir will, aber er spielt mit deinen Ängsten. Du darfst nie wieder mit ihm sprechen.«

Seine Worte versetzten sie in Panik. Sie wusste, dass Abraham die Wahrheit über Lena gesagt hatte. John kannte die Prophezeiung nicht. Und da war noch etwas. Wenn sie nicht mehr zu Abraham gehen durfte, dann konnte sie den Stimmen nicht länger Einhalt gebieten.

John starrte sie an. »Izabel! Versprich es mir.«

Sie musste es ihm klarmachen. »John, hör mir zu ...«

Er schnitt ihr das Wort ab. »Ich weiß nicht, ob du deine Urteilskraft oder deinen freien Willen verlierst, aber wenn du dich jemals wieder in die Nähe von Abraham Ravenwood begibst, dann gehe ich. Und Lena nehme ich mit.«

»Was?«, stieß sie entsetzt aus. Das konnte nicht sein Ernst sein. »Wenn das, was er sagt, wahr ist und Lena wirklich die Wahl hat, dann wird sie das Lichte wählen. Ich werde nicht zulassen, dass etwas Dunkles in ihr Leben tritt. Ich weiß, dass du gegen dich ankämpfst. Du lässt dich den ganzen Tag nicht blicken, und wenn du hier bist, dann bist du geistesabwesend und verwirrt.«

War es so? Konnte er es in ihrem Gesicht lesen?

John redete weiter. »Es ist meine Aufgabe, Lena zu beschützen. Wenn es sein muss, sogar vor dir.«

Er liebte Lena mehr als sie.

Er wäre imstande, wegzugehen und ihre Tochter mitzunehmen.

Eines Tages würde Lena sich selbst berufen. Und John würde alles daransetzen, dass sie sich von ihr abwandte.

Plötzlich fügte sich etwas in ihr ineinander und alle Teile passten zusammen. Die Wut türmte sich nicht länger auf. Sie krachte auf sie hernieder, begrub sie unter sich. Und dann hörte sie die Stimme.

Brenne.

Die Gardinen fingen Feuer, die Flammen rasten hinter John die Wand hoch. Rauch quoll hervor, schwarz und dicht, ein lebender, atmender Schatten. Die Flammen brüllten, als sie sich an der Wand entlangfraßen und sich über den Boden ausbreiteten. Die Flammen folgten einem unsichtbaren Pfad, den nur sie sah, bis sie einen perfekten Kreis um John bildeten.

»Izabel! Hör auf!«, schrie er, die Stimme vom Brüllen des Feuers verzerrt.

Was hatte sie getan?

»Wie kannst du mir das antun? Ich habe zu dir gehalten, sogar als du dich gewandelt hast.«

Als du dich gewandelt hast.

Er war überzeugt, dass sie Dunkel war.

Er hatte es von Anfang an gewusst.

Sarafine blickte ihn durch den Rauch hinweg an, der jetzt durch den ganzen Raum waberte. Sie betrachtete die Flammen, entrückt und wie aus weiter Ferne. Sie stand nicht in ihrem Haus und sah, wie ihr Mann gerade verbrannte. Er sah auch nicht aus wie der Mann, den sie liebte. Nicht einmal wie ein Mann, den sie lieben könnte.

Er ist ein Verräter. *Sie hörte die Stimme jetzt ganz deutlich. Diesmal war es nur eine einzige Stimme und Sarafine kannte sie genau.*

Denn es war ihre eigene.

Bevor sie das Haus und das Feuer verließ, ihr Leben und ihre Erinnerungen, die bereits verblassten, dachte sie an etwas, das John immer zu ihr gesagt hatte. Sie blickte mit ihren goldenen Augen in seine grünen Augen und sagte:

»Ich werde dich ewig und einen Tag lieben.«

Lena fiel auf den Stufen neben mir auf die Knie und schluchzte.

Ich schlang meine Arme um sie, aber das konnte sie nicht trösten. Sie hatte gerade gesehen, wie ihre Mutter ihren Vater getötet und sie als kleines Kind ihrem Schicksal überlassen hatte.

Dafür gab es keinen Trost.

13.12. Das Urteil

Ein paar Stunden später. Lena rüttelte mich.

Wach auf. Du musst aufwachen, Ethan …

Ich fuhr hoch. »Ich bin wach!« Aber dann schaute ich mich verwundert um, denn nicht Lena hatte mich wachgerüttelt, sondern Liv. Dabei hatte ich sogar noch das Echo von Lenas Stimme im Ohr.

»Ethan, ich bin's. Bitte – du musst aufwachen.«

Ich blickte sie aus halb geschlossenen Augen an. »Träume ich?«

Liv runzelte die Stirn. »Ich fürchte, nein. Das ist leider die Wirklichkeit.«

Ich fuhr mir verwirrt mit der Hand durchs Haar. Draußen war es noch stockdunkel, und ich konnte mich nicht daran erinnern, was ich geträumt hatte. Ich konnte mich nur an Lenas Stimme erinnern und das nagende Gefühl, dass irgendetwas nicht stimmte. »Was ist los?«

»Es geht um Marian. Sie ist verschwunden. Komm mit.«

Nach und nach kam ich in der Realität an. Ich war in meinem Zimmer. Liv war in meinem Zimmer. Ich träumte nicht. Und das hieß …

»Moment mal. Wie bist du überhaupt hier reingekommen?«

Liv machte ein betretenes Gesicht. »Per Anhalter.« Sie zeigte auf den Skorpiongürtel, den sie umgebunden hatte, und warf einen Blick zurück.

John saß in der Zimmerecke.

Na toll.

Er hob meine Jeans vom Boden auf und warf sie mir zu. »Beeil dich, Pfadfinder.« Für jemanden, der keinen Schlaf brauchte, war er mitten in der Nacht ebenfalls ziemlich mies gelaunt.

Liv wurde rot, drehte sich um und ein paar Sekunden später hörte ich das vertraute Zischen. Nur diesmal war ich derjenige, der sich zum ersten Mal in seinem Leben entmaterialisierte.

»Wo sind wir?«

Niemand gab mir eine Antwort. Dann hörte ich Johns Stimme in der Dunkelheit. »Keine Ahnung.«

»Musst du nicht vorher wissen, wo du hinzischen willst? Oder wie läuft das ab?«, fragte ich.

»Nennt man bei den Sterblichen so das Raumwandeln? Wirklich pfiffig.« Er klang sauer, aber daran hatte ich mich inzwischen gewöhnt. »So ähnlich läuft es ab. Normalerweise.«

Vor mir bewegten sich Schatten, und ich rieb mir die Augen, um in der Dunkelheit irgendetwas zu erkennen. Ich streckte die Hände aus, aber sie ertasteten nichts.

»Was meinst du mit normalerweise?«

»Ich bin dem Signal gefolgt.«

»Welchem Signal?«

Meine Augen gewöhnten sich allmählich nach der Dunkelheit des Raumwandelns an die Dunkelheit des Ortes, an dem wir jetzt waren. Als sich die vagen Schatten vom Schwarz ins Grau lichteten, bemerkte ich, dass wir in einem winzig kleinen Raum eingepfercht waren.

Liv blickte John an. »Eine *Ad Auxilium Concitatio.* Ein sehr alter Spruch, mit dem man einen Zielort bestimmen kann, eine Art S.O.S. für Caster. Eigentlich können ihn nur Cypher wahrnehmen.«

John zuckte mit den Schultern. »Ich hab mal mit einem Cypher im *Exil* abgehangen, zusammen mit Rid und …« Er beendete den Satz nicht, aber wir alle wussten, von wem er sprach. »Ich habe wohl einige Fähigkeiten von ihm aufgeschnappt.«

Ich schüttelte den Kopf. Cypher? Es gab so viel in Lenas Welt, was ich wohl nie verstehen würde, egal wie sehr ich mich bemühte.

»Du bist ganz gut zu gebrauchen«, knurrte ich widerstrebend.

»Wer hat das Signal gesendet?«

»Das war ich.«

Ich fuhr herum. Lena stand hinter uns in der Dunkelheit. Ich konnte zwar kaum ihr Gesicht erkennen, aber ihr grünes und ihr goldenes Auge leuchteten. Sie sah John an. »Ich habe gehofft, dass du es auffangen würdest.«

»Schön, dass ich wenigstens einmal von Nutzen sein konnte.«

»Die Hohe Wacht klagt Marian an. Die Verhandlung ist gerade im Gange«, sagte Lena. »Onkel Macon ist Marian gefolgt, aber ich durfte nicht mitkommen. Er meinte, es sei zu gefährlich.«

Marian stand vor Gericht. Es war wirklich so gekommen, wie ich es befürchtet hatte, seit Liv und ich auf die *Temporis Porta* gestoßen waren.

»Mach dir keine Sorgen.« Liv gab sich Mühe, zuversichtlich zu klingen. »Ich bin überzeugt, sie ist wohlauf. Das Ganze ist meine Schuld, nicht ihre. Das wird auch der Rat früher oder später einsehen müssen.«

John hielt die Hand hoch. *»Ignis.«* Eine warme gelbe Flamme züngelte aus der Mitte seiner Handfläche.

»Neuer Partytrick?«, fragte ich.

Er zuckte mit den Schultern. »Feuer war nie wirklich mein Ding. Schätze, ich hab es aufgeschnappt, als ich mit Lena zusammen war.« Normalerweise hätte ich ihm dafür eine reingehauen. Jedenfalls hätte ich mir gewünscht, das zu tun.

Lena nahm meine Hand. »Heute kann ich nicht mal eine Kerze anzünden, ohne gleich alles in Brand zu setzen.«

Es wurde hell im Raum, und ich hatte keine Zeit mehr, ihm eine reinzuhauen, denn jetzt wusste ich ganz genau, wo wir waren. Zum zweiten Mal.

Ich stand auf der anderen Seite der Tür unseres Vorratskellers. Zehn Fuß unter unserer Küche, bei mir zu Hause.

Ich nahm die alte Laterne und machte mich auf den Weg durch den baufälligen unterirdischen Gang zu der Tür in der Decke, die schon lange niemand mehr geöffnet hatte, und dorthin, wo die uralten Pforten mich erwarteten.

»Warte! Du weißt nicht, wo dieser Tunnel endet«, rief mir John hinterher.

»Schon gut«, hörte ich Liv sagen. »Er kennt sich aus.«

Als ich endlich vor der *Temporis Porta* stand, hämmerte ich gegen die Tür. Aber diesmal öffnete sie sich nicht. Splitter bohrten sich in meine Haut, aber ich hörte nicht auf, gegen das schwere Holz zu schlagen.

Doch egal was ich tat, es rührte sich nichts.

Ich lehnte mich mit dem Gesicht an das Holz. »Tante Marian, ich bin da! Ich komme!«

Ethan, sie kann dich nicht hören.

Ich weiß, L.

John schob mich zur Seite und strich mit der Hand über die Tür, zog sie aber blitzschnell wieder weg, als hätte er sich an dem Holz verbrannt. »Die ist mit einem ziemlich heftigen Bannfluch belegt.«

Liv untersuchte seine Hand, aber es war nicht die kleinste Verletzung darauf zu sehen. »Ich fürchte, wir können nichts tun, um die Tür zu öffnen, wenn sie nicht von selbst aufgehen will.« Sie dachte offenbar daran, wie sich die Tür beim letzten Mal von sich aus geöffnet hatte – für mich. Aber diesmal blieb sie verschlossen.

Liv überprüfte die Stellen der Tür, wo die geschnitzten Zeichen am deutlichsten zu erkennen waren.

»Es muss irgendeine Möglichkeit geben, wie wir da reinkommen.« Ich warf mich gegen das massive Holz. Nichts. »Wir müssen uns etwas einfallen lassen. Wer weiß, was sie mit Marian anstellen.«

Liv blickte weg. »Ich kann es mir lebhaft vorstellen. Aber wir können ihr nur helfen, wenn wir die Tür aufkriegen. Lasst mich mal kurz nachschauen.« Sie zog ihr rotes Notizbuch aus ihrem verschlissenen Lederrucksack. »Seit wir sie beim ersten Mal entdeckt haben, versuche ich herauszufinden, was diese Zeichen bedeuten.«

Lena warf mir einen erstaunten Blick zu. »Beim ersten Mal?«

»Hat es dir Ethan nicht gesagt?«, erwiderte Liv, ohne hochzuschauen. »Er hat die Tür vor ein paar Wochen entdeckt. Er konnte damals hindurchgehen, ich aber nicht. Er wollte mir allerdings nicht erzählen, was er auf der anderen Seite gesehen hat. Aber seither beschäftige ich mich mit der Tür.«

»Vor ein paar Wochen?«

»Das genaue Datum weiß ich nicht mehr«, sagte Liv.

Ethan?

Ich kann es dir erklären. Ich wollte es dir an dem Abend im Kino erzählen, aber du warst schon so sauer, weil ich Liv zu Savannahs Party eingeladen hatte.

Geheimtüren? Mit deiner Geheimfreundin? Und hinter der Tür geheime Entdeckungen? Wieso sollte ich da sauer sein?

Ich hätte es dir sagen müssen. Wegen Liv machst du dir ja längst keine Gedanken mehr.

Aber so leicht kam ich nicht davon. Ich versuchte, Lena nicht anzuschauen, und blickte stattdessen angestrengt auf eine Seite mit Skizzen in Livs rotem Notizbuch.

Liv hielt die Seite neben die Zeichen, die in die Tür geschnitzt waren, und verglich sie sorgfältig miteinander. »Seht ihr, wie sich die Muster in allen drei Kreisen wiederholen?«

»Das Rad«, sagte ich automatisch. »Das ist das Rad des Schicksals, hast du gesagt.«

»Ja, aber vielleicht ist es nicht *nur* das Rad des Schicksals. Ich vermute, jedes Rad steht für einen der drei Bewahrer. Also für den Rat der Hohen Wacht. Ich habe alles gelesen, was ich über sie finden konnte, was leider nicht allzu viel war. Soweit ich das beurteilen kann, handelt es sich tatsächlich um die drei Obersten Bewahrer.«

Ich dachte darüber nach. »Das klingt logisch. Als ich damals durch diese Tür gegangen bin, war ich plötzlich bei der Hohen Wacht.«

John sah mich fragend an. »Sprecht ihr von diesen drei Verrückten, die Liv mitnehmen wollten?«

Ich nickte. »Und Marian.« Er schien sich mehr um Liv als um Marian zu sorgen, was mich nicht überraschte, aber trotzdem wütend machte. Wie so ungefähr alles, was er sagte.

Liv beachtete uns beide nicht, sie zeigte auf den ersten Kreis, der die wenigsten Speichen hatte. »Ich glaube, der hier steht für das, was im Augenblick passiert, also für die Gegenwart. Und dieser«, sie deutete auf den zweiten Kreis, in dem sich mehr Speichen kreuzten, »steht für das, was gewesen ist. Die Vergangenheit.«

»Und was ist mit dem?« John zeigte auf den Kreis ohne jede Speiche.

»Er symbolisiert das, was niemals sein wird oder was immer sein wird.« Liv zeichnete mit dem Finger die Umrisse nach. »Mit anderen Worten: die Zukunft.«

»Wenn die drei Zeichen die drei Bewahrer symbolisieren, welches steht dann für wen?«, fragte ich.

Lena betrachtete den Kreis mit den meisten Speichen. »Ich glaube, der bullige Typ verkörpert die Vergangenheit. Er hat ein leeres Stundenglas mit sich herumgeschleppt, als wir ihn im Archiv gesehen haben.«

Liv nickte. »Da stimme ich dir zu.«

Ich streckte die Hand aus und berührte die Kreise. Sie waren hart und kalt und fühlten sich ganz anders an als das restliche Holz. Dann deutete ich auf den leeren Kreis, in dem sich keine Speichen befanden. »Die Frau, die wie ein Albino aussah. Sie ist das, was noch nicht geschehen ist, stimmt's? Die Zukunft. Denn sie ist nichts. Ich meine, sie ist so gut wie unsichtbar.«

Liv berührte das Rad mit den wenigen Speichen. »Dann verkörpert der Große die Gegenwart.«

Das Licht der Laterne flackerte. John sah frustriert aus. »Das ist doch alles ein großer Haufen Mist. Was wird sein? Was wird nicht sein? Worüber redet ihr überhaupt?«

»Was sein wird und was nicht sein wird, ist sowohl möglich als auch nicht möglich«, erklärte ihm Liv. »Ich denke, man könnte es als das Nichtsein von Geschichte bezeichnen, den Ort, den die *Caster-Chroniken* nicht beschreiben können. Man kann keine Geschichte erzählen oder etwas aufzeichnen, was noch gar nicht geschehen ist. Grundlagenwissen für jeden Hüter.« Liv sagte das in so schwärmerischem Ton, dass ich mich fragte, was sie von den *Caster-Chroniken* wusste.

»Was sind denn die *Caster-Chroniken*?« John wechselte die Laterne von einer Hand in die andere.

»Ein Buch«, sagte Lena, ohne den Blick von der Tür zu wenden. »Die Bewahrer hatten es bei sich, als sie Marian aufgesucht haben.«

»Wie auch immer.« John war gelangweilt. »Wenn ihr also über die Zukunft redet, warum nennt ihr sie dann nicht einfach so?«

Liv nickte. »Weil wir nicht nur die Zukunft der Sterblichen meinen. Wir reden von allem, was unbekannt ist, für Caster und für Sterbliche. Und über das unbekannte Reich – den Ort, an dem die Welt der Dämonen unsere Welt berührt.«

»Die Welt der Dämonen?« Es fiel mir siedend heiß ein. Ich musste es Liv sagen. »Ich kenne den Ort, an dem die Welt der Dämonen unsere berührt. Besser gesagt, ich kenne *sie*. Die Lilum. Die Königin der Dämonen.«

Liv wurde blass, aber vor allem John wirkte völlig schockiert. »Wovon redest du?«

»Von der Lilum …«

»Hier ist keine Lilum.« Liv schüttelte den Kopf. »Die bloße Anwesenheit einer Lilum in unserer Welt würde die völlige Vernichtung zur Folge haben.«

»Warum das denn?«, fragte ich.

»Hast du damals etwa von ihr gesprochen? Ist sie diejenige, die dir vom Achtzehnten Mond erzählt hat? War es die Lilum? Die *Demon Queen*?« Mein Blick verriet Liv, dass sie recht hatte.

»Großartig«, murmelte John.

Liv war außer sich. »Wo ist dieser Ort, Ethan?« Sie schloss die Augen, deshalb dachte ich, sie wüsste schon, was ich jetzt sagen würde.

»Ich bin mir nicht sicher. Aber ich finde ihn. Ich bin der Lotse. Die Lilum hat es gesagt.« Ich berührte die Kreise, tastete sie von Neuem ab und spürte das rohe Holz unter den Fingern.

Die Vergangenheit. Die Gegenwart. Das Zukünftige, das geschehen wird, und das Zukünftige, das nicht geschehen wird.

Der Weg.

Das Holz begann, unter meinen Händen zu vibrieren. Ich berührte die geschnitzten Kreise ein weiteres Mal.

Liv verlor jede Farbe im Gesicht. »Das hat die Lilum zu dir gesagt?«

Ich öffnete die Augen wieder und plötzlich stand alles klar und deutlich vor mir. »Wenn ihr die Tür anschaut, dann seht ihr eine Tür, richtig?«

Liv nickte.

Ich blickte sie an. »Und ich sehe einen Pfad.«

Genau so war es. Denn die *Temporis Porta* öffnete sich für mich. Aus dem Holz wurde ein Nebel und ich konnte meine Hand hindurchstecken. Dahinter war ein Weg, der in die Ferne führte. »Kommt.«

»Wo gehst du hin?« Liv hielt mich am Arm fest.

»Marian und Macon suchen.« Diesmal nahm ich Lena und Liv an der Hand, ehe ich durch die Tür ging, und Liv nahm Johns Hand.

»Haltet euch fest.« Ich holte tief Luft und tauchte durch den Nebel …

Perfidia

13.12.

Wir wurden von der Menge fast erdrückt. Ich erkannte die Gewänder sofort wieder. Nur ich war groß genug, um über die Köpfe hinwegzusehen, aber es spielte keine Rolle. Ich wusste sowieso, wo wir waren.

Wir befanden uns tatsächlich mitten in einem Gerichtsverfahren. Livs Bleistift flog förmlich über die Seiten ihres roten Notizbuchs, als sie versuchte, alle Worte, die uns umschwirrten, festzuhalten.

»*Perfidia* ist lateinisch und heißt Verrat. Sie sagen, dass sie sie wegen Verrats anklagen.« Liv war blass, und bei dem Lärm, den die Leute um uns herum machten, konnte ich sie kaum verstehen.

Ich blickte mich um und erkannte die hohen Fenster mit den schweren goldenen Draperien wieder und auch die Holzbänke. Nichts hatte sich verändert – das dumpfe Raunen der Menschenmenge, die schier endlos hohen Wände, die Gewölbedecke. Ich packte Lenas Hand noch etwas fester und bahnte mir einen Weg zur Vorderseite der Halle, direkt unter der Holzempore. Liv und John schlängelten sich hinter uns her zwischen den wallenden Gewändern hindurch.

»Wo ist Marian?«, fragte Lena voller Angst. »Und Onkel Macon? Ich kann vor lauter Menschen nichts sehen.«

»Das gefällt mir nicht«, sagte Liv leise. »Irgendetwas stimmt hier nicht.«

Mich beschlich das gleiche Gefühl.

Wir standen inmitten derselben von Menschen bevölkerten Halle, in der ich bereits gewesen war, als ich zum ersten Mal die *Temporis Porta* durchschritten hatte. Damals hatte ich geglaubt, irgendwo im mittelalterlichen Europa zu sein, an einem Ort direkt aus dem Lehrbuch für Weltgeschichte, das wir an der Jackson High so gut wie niemals aufschlugen. Der Raum war so riesig, dass ich gedacht hatte, es sei das Innere eines Schiffs oder einer Kathedrale. Ein Platz, der einen weiterbrachte, entweder übers Meer oder ins Paradies, von dem die Schwestern dauernd sprachen.

Aber jetzt wirkte er verändert. Die Gestalten in den dunklen Roben – Caster, Sterbliche, Hüter oder was immer sie waren – sahen wie ganz normale Menschen aus. Es war die Art von Menschen, die ich kannte. Sie hätten ebenso gut in der Turnhalle der Jackson High sitzen und darauf warten können, dass der Disziplinarausschuss zu tagen begann. Egal ob auf den Bänken hier oder den Tribünensitzen dort, diese Leute warteten alle nur auf das eine. Auf die Sensation. Auf das Drama.

Schlimmer noch, sie wollten Blut sehen. Sie wollten einen Schuldigen, jemanden, den man bestrafen konnte.

Es war wie bei einem Jahrhundertprozess, bei dem eine Horde von Reportern im Gefängnis von South Carolina darauf wartete, dass ein Insasse des Todestrakts die Giftspritze erhielt. Die Hinrichtungen wurden von jedem Fernsehsender übertragen und standen in jeder Zeitung. Ein paar Leute wären da, um gegen die Hinrichtung zu protestieren, aber sie sähen so aus, als hätte man sie eigens für diesen Tag mit Bussen herangekarrt. Alle anderen waren gekommen, um dem Spektakel zuzusehen. Es war kein großer Unterschied zu den Hexenverbrennungen in Arthur Millers *The Crucible.*

Die Menge drängte sich murmelnd nach vorne, wie ich es bereits vorausgesehen hatte, dann hörte ich einen Hammer fallen. »*Silentium.*«

Lena packte meinen Arm.

Liv zeigte auf die andere Seite des Raums. »Macon. Er ist dort drüben.«

Ich schaute mich um. »Ich sehe Marian nicht.«

Vielleicht ist sie nicht hier, Ethan.

Sie ist hier.

Sie war ganz sicher da, denn ich wusste ja, was geschehen würde. Ich zwang mich, hochzuschauen.

Da oben …

Ich zeigte hinauf zu Marian, die wieder in Mantel und Kapuze gehüllt war und an den Handgelenken mit einer goldenen Schnur gefesselt war. Sie stand auf der Empore, hoch über den Köpfen, genau wie beim letzten Mal. Der groß gewachsene Bewahrer stand neben ihr.

Die Leute um uns herum flüsterten jetzt nur noch. Ich blickte Liv an, die für uns übersetzte. »Er ist der Oberste Bewahrer. Er wird …« Ihre Augen füllten sich mit Tränen. »Das ist keine Verhandlung, Ethan. Das ist der Urteilsspruch.«

Ich hörte die lateinischen Worte, aber diesmal versuchte ich nicht, sie zu verstehen. Ich wusste, was sie bedeuteten, ehe der Oberste Bewahrer sie für uns verständlich wiederholte.

Marian wurde des Verrats schuldig gesprochen.

»Der Rat der Hohen Wacht, der einzig und allein der Ordnung der Dinge verpflichtet ist und keinem Menschen und auch sonst keiner Kreatur, keiner Macht, sei sie Dunkel oder Licht, befindet Marian von der Westlichen Wacht des Verrats schuldig.«

Ich erinnerte mich daran, wie ich diese Worte zum ersten Mal gehört hatte.

»Es sind die Folgen ihrer Tatenlosigkeit. Und dafür muss die Hüterin einstehen. Obwohl sie eine Sterbliche ist, wird sie in das Dunkle Feuer zurückkehren, aus dem alle Macht entstammt.«

Ebenso gut hätte ich derjenige sein können, den man zum Tode verurteilt hatte, so unerträglich war der Schmerz, der durch meinen Körper jagte. Ich sah, wie sie Marian die Kapuze vom kahl geschorenen Kopf rissen. Ich blickte in ihre Augen, die von dunklen Ringen umgeben waren, so als hätte man ihr wehgetan. Ich wusste nicht, ob es körperlicher Schmerz oder seelischer Schmerz oder sogar Todesschmerz war, den sie durchlitt. Ich stellte mir vor, dass es noch etwas Schlimmeres war.

Ich war der Einzige, der mit diesem Ausgang gerechnet hatte. Liv brach schluchzend zusammen. Lena taumelte gegen mich und ich musste sie stützen. Nur John stand aufrecht da, ungerührt, die Hände in den Hosentaschen vergraben.

Die Stimme des Obersten Bewahrers dröhnte durch den Saal. »Die Ordnung ist gestört. Bis die Neue Ordnung sich zeigt, muss dem Alten Recht Genüge getan und Sühne geleistet werden.«

»Immer diese Gerichtsdramen. Wenn ich dich nicht besser kennen würde, Angelus, dann würde ich glauben, dass du Werbung für eine billige Fernsehsendung machst.« Macons Stimme hallte durch die Versammlung, aber sehen konnte ich ihn nicht.

»Deine sterbliche Unbekümmertheit beschmutzt diesen geheiligten Ort, Macon Ravenwood.«

»Meine sterbliche Unbekümmertheit ist eines jener Dinge, die du nicht verstehst, Angelus. Und ich habe dich gewarnt, dass ich dies nicht dulden würde.«

Der Oberste Bewahrer rief über die Köpfe der Menge hinweg: »Du hast hier keine Macht.«

»Und du hast nicht das Recht, eine Sterbliche des Verrats gegen die Ordnung schuldig zu sprechen.«

»Die Hüterin gehört beiden Welten an. Die Hüterin kannte den Preis, der zu zahlen ist. Die Hüterin hat nichts dagegen unternommen, dass die Ordnung gestört wurde«, erwiderte der Bewahrer.

»Die Hüterin ist eine Sterbliche. Ihr Name ist Marian Ashcroft. Sie wurde bereits zum Tode verurteilt, wie jeder Sterbliche. In vierzig oder fünfzig Jahren wird dieses Urteil vollstreckt werden. So wie bei allen Sterblichen.«

»Es steht dir nicht zu, darüber zu sprechen.« Die Stimme des Obersten Bewahrers wurde lauter und unter den Zuschauern wuchs die Unruhe.

»Angelus, sie ist schwach. Sie hat keine Kräfte, sie kann sich nicht selbst verteidigen. Du kannst ein durchnässtes Kind nicht dafür bestrafen, dass es regnet.«

»Das verstehe ich nicht.«

»Das Einzige, das sich nicht an die Gesetze der Mehrheit hält, ist das Gewissen eines Menschen.« Macon zitierte Harper Lee. Marians Zitate konnte ich nie zuordnen, aber dieses Zitat kannte ich, weil wir im letzten Schuljahr *Wer die Nachtigall stört* gelesen hatten.

John hatte sich zu Liv gebeugt und flüsterte ihr etwas zu. Als er sah, dass ich sie beobachtete, verstummte er. »Das ist doch absolute Scheiße«, sagte er.

Ausnahmsweise war ich der gleichen Meinung wie er. »Ja, und wir können nichts dagegen tun.«

»Warum nicht?«

Egal was ich sagte, er würde es ohnehin nicht verstehen. »Ich weiß, wie es enden wird. Sie haben sie des Verrats für schuldig befunden. Sie werden sie in das Dunkle Feuer zurückschicken oder wohin auch immer. Und wir müssen tatenlos zuschauen«, sagte ich kläglich. »Ich war schon einmal hier.«

»Ach ja? Ich aber nicht.« John trat vor und klatschte theatralisch in die Hände. Der ganze Raum verstummte, als sich John neben Macon stellte. Jetzt sah ich ihn auch. John hielt die Hand hoch, als warte er darauf, dass Macon ihn abklatschte. »Nicht schlecht, alter Mann.«

Macon war überrascht, aber er hielt seine Hand tatsächlich hoch. Dabei rutschte sein Ärmelaufschlag nach vorne, als wäre ihm das Hemd zu groß.

Was geht hier vor, L?

Keine Ahnung.

Ihr Haar begann sich zu kräuseln. Ich roch eine Spur von Rauch.

L, was machst du da?

Frag lieber, was er *macht.*

John schlenderte langsam auf den Obersten Bewahrer zu, der

Marian auf der Empore festhielt. »Allmählich glaube ich, dass du diesem noblen Herrn und einstigen Inkubus-Bruder von mir nicht zuhörst.« Er sprang auf eine Bank und schubste einen Mann in Robe aus dem Weg.

»Ausgeburt Abrahams, du wirst ausfallend. Glaube ja nicht, dass die *Caster-Chroniken* es gut mit dir gemeint haben, Brut.«

»Auf diese Idee wäre ich nie gekommen. Seit wann meint es jemand gut mit mir? Ich weiß, dass ich ein Niemand bin. Aber wenn ich es mir recht überlege, bist du auch einer.« John sprang von der Bank hoch und schaffte es tatsächlich, sich an die Unterseite der Empore zu klammern. Seine schwarzen Stiefel baumelten in der Luft.

Die schweren goldenen Vorhänge hinter uns gingen plötzlich in Flammen auf.

John trat um sich und traf einen kahlen, tätowierten Mann am Kopf. Ich erkannte die Tätowierung wieder. Es war das Zeichen eines Dunklen Casters.

Jetzt war John auf den Holzbalkon geklettert und stand hoch über uns allen. Er legte einen Arm um Marian, den anderen ließ er schwer auf die Schulter des Obersten Bewahrers fallen. »Angelus, so heißt du doch, stimmt's? Mann, wer hat sich denn das ausgedacht? Also gut, Angelus, hör zu. Meine Freundin Lena da drüben ist eine Naturgeborene.« Ein Raunen ging durch die Reihen, und ich sah, wie die Leute Lena entsetzt anstarrten.

»Warum zeigst du es ihnen nicht?«, forderte John sie auf.

Lena lächelte, und die Vorhänge, die dem Altar am nächsten waren, fingen Feuer. Der ganze Raum begann, sich mit Rauch zu füllen.

»Und Macon Ravenwood hat sich auch irgendwie verändert. Okay, ich weiß nicht genau, was er wirklich ist. Das ist eine lange Geschichte. Da war dieser Ball und dieses Feuer und ein paar wirklich üble Caster… Aber das weißt du wahrscheinlich alles schon, oder?«, blaffte John den Bewahrer an. »Es steht in deinem kleinen Buch, in das du alles schreibst, was du über Caster ausspioniert hast.«

Ich wusste nicht, wer mehr überrascht war – Marian oder Angelus.

»Egal, kommen wir zu Macon zurück. Der Typ hat es richtig drauf. Er hat da so einen Trick – komm schon, Macon, keine falsche Scheu.«

Macon schloss die Augen und einen Moment später war er in grünes Licht gehüllt. Die Umstehenden wichen erschrocken zurück.

»Bleibe nur noch ich übrig. Ich bin kein Naturgeborener.« John nickte in Macons Richtung. »Und ich bin auch nicht wie er.« Er grinste. »Aber das mit mir ist so eine Sache. Ich habe beide berührt. Deshalb kann ich jetzt das Gleiche tun wie sie. Das ist meine Spezialität. Ich wette, in deinem kleinen Buch steht nichts über einen solchen Caster, oder?« Der Bewahrer wollte sich von John losreißen, aber der hielt ihn nur umso fester. »So, Angelus, jetzt drehen wir den Spieß mal um. Lass mal sehen, wozu ein komischer Vogel wie du imstande ist.«

Der Bewahrer riss sich aus Johns Griff und zeigte voller Wut mit dem Finger auf ihn. John tat genau das Gleiche.

Ein greller Blitz durchzuckte die Halle …

… und wir alle standen wieder auf der anderen Seite der *Temporis Porta*.

Alle, auch Marian.

13.12.

Ewig und ein Tag

»War das ein Traum oder ist das wirklich passiert?«, flüsterte Lena.

Wortlos deutete ich auf die Tür, unter der grauer Rauch hervorquoll.

Ich wollte Marian umarmen, aber Liv hatte im gleichen Moment dieselbe Idee, daher ließ ich Marian etwas ungeschickt wieder los, woraufhin stattdessen Lena sie in den Arm nahm.

»Danke«, flüsterte Marian.

Macon legte eine Hand auf Johns Schulter. »Ich überlege noch, ob das tatsächlich ein Akt der Selbstlosigkeit gewesen ist oder nur der Versuch, möglichst viel von unseren Kräften zu ergattern.«

John zuckte die Achseln. »Sie haben es ja sowieso nicht zugelassen, dass ich Ihre Haut berühre.« Auch mir war aufgefallen, dass Macon seinen Hemdsärmel über die Hand gezogen hatte.

»Du bist noch nicht so weit, meine Kräfte nutzen zu können. Dennoch stehe ich tief in deiner Schuld. Du hast wahren Mut bewiesen. Das werde ich dir so schnell nicht vergessen.«

»Ach was. Diese Typen sind Vollidioten. Das war doch ein Klacks.« John drehte sich weg, aber ich sah ihm an, wie stolz er war. In Livs Gesicht war es sogar noch deutlicher zu lesen.

Marian hakte sich bei Macon ein und er stützte sie für den Rückweg. Bei dem Tempo, das sie anschlugen, war sogar die kurze Strecke durch den staubigen Geheimgang ein langer Weg.

»Das ist doch lächerlich«, sagte John – und mit einem Zischen waren wir alle weg.

Nur Sekunden später fanden wir uns in Macons Arbeitszimmer wieder.

»Über welche Kräfte verfügt eigentlich dieser Angelus?« Ich versuchte immer noch aus dem, was wir gerade gesehen hatten, schlau zu werden.

»Ich weiß es nicht, aber ihm war offensichtlich sehr daran gelegen, dass wir das nicht erfahren«, sagte Macon nachdenklich.

»Ja, er hatte es ziemlich eilig, uns rauszuschmeißen. Und auch bei ihm konnte ich keine Haut berühren«, sagte John.

Lena dachte über etwas ganz anderes nach. »Ich fühle mich ganz schrecklich. Glaubt ihr, dass ich diesen wunderschönen alten Raum niedergebrannt habe?«

John lachte. »Nein, das war ich.«

»Das ist ein böser Ort«, sagte Macon. »Lasst uns hoffen, dass du ihn wirklich niedergebrannt hast.«

»Warum hatte dieser Angelus so ein großes Interesse an der Sache? Im Grunde ging es doch nur um eine weitere Seite in den *Caster-Chroniken*?«, überlegte John.

Macon half Marian, sich zu setzen. »Er verabscheut Sterbliche.«

Marian zitterte immer noch. Macon nahm eine Decke vom Fußende seines Betts und wickelte sie ihr um die Schultern.

Liv schob ihren Stuhl neben Marian und legte die Arme um sie. Lena schnippte mit dem Finger und deutete dabei auf das Gitter von Macons offenem Kamin. Flammen schossen aus den Scheiten und züngelten bis an die Decke.

»Vielleicht ist es nicht nur er allein. Vielleicht steckt auch Abraham dahinter.« John sah Macon an. »Der gibt nicht so einfach auf.«

Macon runzelte die Stirn. »Das ist interessant. Angelus und Abraham. Vielleicht haben beide das gleiche Ziel?«

»Wollt ihr damit andeuten, dass die Bewahrer mit Abraham unter einer Decke stecken?«, protestierte Liv. »Das ist ausgeschlossen.«

John wärmte sich die Hände am Feuer. »Ist euch nicht aufgefallen, wie viele Dunkle Caster in diesem Raum waren?«

»Mir ist nur der aufgefallen, dem du einen Kopftritt verpasst hast.« Ich grinste.

»Das war ein Unfall«, erwiderte John mit einem Schulterzucken.

»Wie auch immer«, sagte Macon. »Das Urteil ist gesprochen. Uns bleibt jetzt eine Woche Zeit, uns etwas einfallen zu lassen, bevor …« Alle Blicke richteten sich auf Marian. Sie stand noch unter Schock, das war kaum zu übersehen. Sie hatte die Augen geschlossen, die Decke eng um die Schultern gezogen und wiegte den Oberkörper vor und zurück. Wahrscheinlich durchlebte sie die Ereignisse der Nacht noch einmal.

Macon schüttelte den Kopf. »Diese Heuchler.«

»Was meinen Sie damit?«, fragte ich.

»Ich habe so meine Vermutungen, was die Hohe Wacht vorhat, und das hat nicht unbedingt etwas mit der Bewahrung des Friedens zu tun. Macht verändert jeden. Ich fürchte, die Bewahrer sind nicht mehr die Anführer mit den hehren Grundsätzen, die sie einmal waren.« Macon fiel es schwer, seine Enttäuschung zu verbergen. Ebenso wenig wie seine Erschöpfung. Er versuchte, sie zu überspielen, trotzdem wirkte er, als hätte er seit Tagen nicht geschlafen. Ich hatte mit einiger Überraschung festgestellt, dass er jetzt, wo er schlafen konnte, genauso viel Schlaf brauchte wie jeder andere. »Wenigstens Marian ist wieder sicher und wohlbehalten bei uns zu Hause.« Er legte seine Hand auf ihre Schulter, aber Marian blickte nicht auf.

»Vorerst.« Am liebsten hätte ich die *Temporis Porta* eingetreten und jeden, der sich dahinter befand, windelweich geprügelt. Ich ertrug es nicht, Marian in diesem Zustand zu sehen.

Macon setzte sich in den Stuhl neben Marian. »Vorerst. Das gilt für uns alle in diesen Tagen. Wie gesagt, da man sie des Verrats für schuldig befunden hat, bleibt uns eine Woche bis zur … So lange dürfte es dauern, bis eine *Perfidia*-Verurteilung in Kraft tritt. Aber ich werde nicht zulassen, dass ihr etwas geschieht, Ethan. Und das ist mehr als nur ein Versprechen.«

Liv sank wie ein Häufchen Elend neben Marian zusammen.

»Wenn jemand dafür sorgen muss, dass ihr nichts geschieht, dann bin ich das. Wenn ich nicht mit euch gegangen wäre … wenn ich in der Bibliothek geblieben wäre, wie ich es hätte tun sollen …«

»Ach komm schon, bist du jetzt das Emo-Girl?« Lena boxte sie spielerisch in den Arm. »Das ist doch mein Part. Du bist die unerschrockene blonde Intelligenzbestie, vergiss das nicht.«

»Wie unhöflich von mir. Ich entschuldige mich in aller Form.« Liv lächelte, und Lena lächelte zurück, ja, sie legte sogar den Arm um Liv, als wären sie Freundinnen. Was sie in gewisser Weise sogar waren. Die gemeinsame Bedrohung in den vergangenen Wochen hatte uns zusammengeschweißt.

John setzte sich beschützend neben Liv. »Das war nicht deine Schuld.« Er warf mir einen finsteren Blick zu. »Sondern seine.« So viel zum Thema Freundschaft.

Ich stand auf. »Wir müssen Tante Marian nach Hause bringen.«

Da endlich hörte Marian auf, sich unablässig vor- und zurückzuwiegen, und sah mich an. »Ich … ich kann nicht.«

Ich verstand sofort. Marian wollte nicht allein zu Hause sein, jetzt nicht und auch in naher Zukunft nicht; sie wollte hierbleiben. Es wäre die erste Nacht, in der Liv und Marian wieder unter einem Dach schliefen, nur dass es sich diesmal um Livs Zimmer handelte und das Dach die Tunneldecke war. Ich fragte mich, ob ein Verhüllungs-Cast auch die Bewahrer abhielt. Ich hoffte es von Herzen.

Es gab einen Ort, an den Lena und ich gehen konnten, egal wie sehr unsere Welten verrückt spielten. Es war der Ort, an dem alles angefangen hatte. Es war unser Ort.

Am Morgen nach der Verhandlung gegen Marian trafen wir uns dort.

Der verfallende Garten in Greenbrier war immer noch schwarz und verbrannt, doch man sah schon Stellen, an denen das Gras wieder zu wachsen begann. Aber die winzigen Stängel waren nicht grün, sondern braun, wie alles in Gatlin. Der unsichtbare Schutz, der Ravenwood vor der Verwüstung bewahrt hatte, reichte nicht bis hierher.

Trotzdem war es unser Ort. Wir gingen durch den Garten bis zu der Steinplatte, neben der wir damals Genevieves Medaillon gefunden hatten. Es kam uns vor, als wären inzwischen Jahrzehnte vergangen, dabei war es erst im letzten Jahr gewesen.

Lena setzte sich auf die Platte und zog mich mit hinunter. »Weißt du noch, wie schön es hier gewesen ist?«

Ich sah sie an, das schönste Mädchen, das ich je gesehen hatte. »Es ist immer noch so schön.«

»Stellst du dir manchmal vor, wie es wäre, wenn es das alles nicht mehr gäbe? Wenn wir das Unheil nicht aufhalten könnten und es keine Neue Ordnung gäbe?«

Was für eine Frage. Ich dachte kaum noch an etwas anderes als an die Hitze und das Ungeziefer und die vertrockneten Seen. Was kam als Nächstes? Die Sintflut? »Ich weiß nicht, ob das noch wichtig ist. Womöglich gäbe es uns dann auch nicht mehr und wir würden es noch nicht mal bemerken.«

»Wir beide haben genug von der Anderwelt gesehen, um zu wissen, dass das nicht stimmt.« Lena hatte meinen hilflosen Beruhigungsversuch durchschaut. »Wie oft hast du deine Mutter seither gesehen? Sie weiß, was passiert, vielleicht besser als jeder andere.«

Darauf konnte ich nichts erwidern, denn Lena hatte recht. Trotzdem wollte ich sie die Last nicht ganz allein tragen lassen. »Du hast es nicht mit Absicht getan, L.«

»Meinst du, das tröstet mich, wenn die Welt zugrunde geht?«

Ich zog sie an mich und spürte den zarten Rhythmus ihres Herzschlags. »Die Welt ist nicht zugrunde gegangen. Noch nicht.«

Sie zupfte vertrocknete Grashalme aus. »Aber jemand wird zugrunde gehen. Der Eine, der Zwei ist, muss geopfert werden, damit die Neue Ordnung entsteht.« Weder sie noch ich konnten diese Voraussage vergessen, auch wenn wir immer noch nicht schlau daraus geworden waren.

Wenn der Achtzehnte Mond tatsächlich auf Johns Geburtstag fiel, dann blieben uns nur noch wenige Tage, um diesen Einen zu finden. Marians Leben – das Leben von uns allen – stand auf dem Spiel.

Ihn.

Sie.

Es konnte jeder sein.

Ich fragte mich, was derjenige – ob er oder sie – gerade tat und ob er überhaupt etwas ahnte. Vielleicht war er nicht im Mindesten beunruhigt. Vielleicht kam er nicht im Traum darauf, was uns bevorstand.

»Immerhin hat John uns ein bisschen Zeit verschafft. Uns wird schon was einfallen.« Lena lächelte. »Ich fand es cool, dass er diesmal etwas für uns statt gegen uns getan hat.«

»Ja. Wenn es wirklich so war.«

Keine Ahnung, wieso, aber der Typ ging mir immer noch auf die Nerven. Dass Lena sich inzwischen mit Liv ausgesöhnt hatte, änderte auch nichts daran.

»Was meinst du damit?« Lena klang gereizt.

»Du hast doch gehört, was Macon gesagt hat. Was, wenn John nur die Chance genutzt hat, eure Kräfte abzusaugen?«

»Ich weiß nicht. Vielleicht sollten wir ihm mehr vertrauen.«

Dazu hatte ich keine Lust. »Warum sollten wir?«

»Weil man sich ändern kann. So wie auch Dinge sich ändern. Alles um uns herum hat sich schon verändert.«

»Und wenn ich mich nicht ändern will?«

»Das ist egal. Wir ändern uns, ob wir es wollen oder nicht.«

»Aber es ändert sich nicht alles«, widersprach ich ihr. »Wir können nicht entscheiden, nach welchen Regeln die Welt funktioniert. Der Regen fällt nach unten, nicht nach oben. Die Sonne geht im Osten auf und im Westen unter. So läuft das. Warum ist das für Caster so schwer zu verstehen?«

»Vielleicht, weil wir Kontrollfreaks sind?«

»Meinst du?«

Lenas Haare kräuselten sich. »Es ist schwer, Dinge, die man tun kann, nicht zu tun. Und in meiner Familie gibt es wenig, was man nicht tun kann.«

»Tatsächlich?« Ich gab ihr einen Kuss.

Sie lächelte, noch während wir uns küssten. »Halt die Klappe.«

»Ist es so schwer, das nicht zu tun?« Ich küsste ihren Nacken. Ihr Ohrläppchen. Ihre Lippen. »Und wie steht's damit?«

Sie öffnete den Mund, um zu protestieren, aber sie brachte kein Wort heraus.

Wir küssten uns, bis mein Herz zu stolpern begann. Und selbst dann hätten wir vielleicht nicht aufgehört. Aber wir taten es doch.

Denn ich hörte ein Zischen.

Zeit und Raum öffneten sich. Ich sah den Knauf seines Gehstocks, als Abraham Ravenwood durch eine Öffnung im Himmel kam, die sich hinter ihm sofort wieder schloss.

Er trug einen dunklen Anzug und einen hohen Zylinder, der ihn wie Abraham Lincolns Vater aussehen ließ.

»Habe ich da etwas von der Neuen Ordnung gehört?« Er nahm den Zylinder ab und schnippte ein nicht vorhandenes Stäubchen von der Krempe. »Ich für meinen Teil bin mit der Zerstörung der alten recht zufrieden. Und John, meinem Jungen, wird es ebenso ergehen, wenn er erst wieder dort ist, wo er hingehört.«

Ich kam nicht dazu, etwas zu erwidern, denn plötzlich waren Schritte zu hören. Einen Augenblick später sah ich ihre schwarzen Motorradstiefel.

»Da muss ich dir zustimmen.« Sarafine stand vor dem steinernen Bogen, ihre schwarzen Haare genauso lockig und zerzaust wie Lenas. Obwohl es drückend heiß war, trug sie ein langes schwarzes Kleid mit sich überkreuzenden Stoffstreifen. Es erinnerte mich an eine Zwangsjacke.

Lena …

Sie antwortete mir nicht, aber ich spürte, wie ihr Herz raste.

Sarafines goldene Augen fixierten mich. »Die Welt der Sterblichen ist in einem wundervollen Chaos und Niedergang begriffen und sieht einem herrlichen Ende entgegen. Wir hätten das selbst nicht besser vollbringen können.« Sie hatte leicht reden, denn ihr ursprünglicher Plan hatte ja nicht geklappt.

Es war schaurig, Sarafine wiederzusehen, nachdem wir in der Vision miterlebt hatten, wie sie Lenas Elternhaus angezündet hatte, während Lena und ihr Vater darin gewesen waren. Und doch ließ mich das Bild des jungen Mädchens nicht los, das nicht viel älter war als Lena und gegen das Dunkle in sich ankämpfte – und diesen Kampf verlor.

Ich zog Lena hoch. Als wir uns berührten, verbrannte ich meine Finger an ihrer Hand.

Lena, ich bin hier bei dir.

Ich weiß.

Ihre Stimme klang leer.

Sarafine lächelte Lena an. »Meine versehrte, halb dem Schatten anheimgefallene Tochter. Ich würde gerne sagen, wie schön es ist, dich wiederzusehen, aber das wäre gelogen. Und wenn ich irgendetwas bin, dann wahrheitsliebend.«

Aus Lenas Gesicht war alle Farbe gewichen. Sie stand so unbeweglich da, dass ich mich fragte, ob sie überhaupt noch atmete. »Dann, Mutter, bist du gar nichts. Denn wir wissen beide, dass du lügst.«

Sarafine verschränkte die Finger ineinander. »Dir ist bestimmt bekannt, was man über Glashäuser und Steine sagt, mein Schatz. Ich an deiner Stelle würde keinen Stein werfen. Du siehst mich nämlich gerade mit einem goldenen Auge an.«

Lena zuckte zusammen und im selben Moment frischte der Wind auf.

»Das ist nicht das Gleiche«, sagte ich. »Lena trägt das Lichte *und* das Dunkle in sich.«

Sarafine winkte ab, als wäre ich ein lästiges Insekt, eine Kellerassel, die gerade dem Sonnenschein zu entkommen versucht. »In uns allen ist Lichtes und Dunkles, Ethan. Hast du das immer noch nicht begriffen?«

Mir lief es eiskalt über den Rücken.

Abraham stützte sich auf seinen Gehstock. »Das mag vielleicht auf dich zutreffen, meine Liebe. Aber das Herz dieses alten Inkubus«, er pochte sich gegen die Brust, »ist so schwarz wie Höllenpech.«

Lena interessierte sich weder für Abrahams Herz noch dafür, dass Sarafine keines hatte. »Ich weiß nicht, was du willst, und es ist mir auch egal. Ich weiß nur, dass ihr besser verschwinden solltet, bevor Onkel Macon merkt, dass ihr hier seid.«

»Ich fürchte, das geht nicht.« Abraham hatte seine ausdruckslosen schwarzen Augen auf Lena geheftet. »Wir haben hier etwas zu erledigen.«

Jedes Mal wenn ich seine Stimme hörte, kochte die Wut in mir hoch. Ich hasste ihn dafür, was er Tante Prue angetan hatte. »Was habt ihr zu erledigen? Wollt ihr die ganze Stadt zerstören?«

»Keine Sorge, darum kümmere ich mich später.« Abraham zog seine glänzende goldene Taschenuhr aus dem Jackett und warf einen Blick darauf. »Zuerst müssen wir den Einen, der Zwei ist, töten.«

Ich konnte mich gerade noch zurückhalten, Lena einen alarmierten Blick zuzuwerfen.

Woher weiß er, wer das ist, L?

Hör auf zu kelten. Sie kann dich hören.

Ich hielt ihre Hand fester und spürte, wie meine Haut Blasen warf. »Wir haben keine Ahnung, was ihr meint.«

»Lüg mich nicht an, Junge!« Abraham deutete mit seinem Stock auf mich. »Glaubst du, wir merken es nicht?«

Sarafine blickte in Lenas Augen. Seit jener Nacht, in der sie den Siebzehnten Mond heraufbeschworen hatte, hatte sie sie nicht mehr gesehen. Und damals war Sarafine in einer Art Caster-Wachtraum gefangen gewesen. »Immerhin haben wir das *Buch der Monde*.«

Donner rollte durch die Luft, aber so wütend Lena auch war, sie schaffte es nicht, Regen heraufzubeschwören. »Das Buch könnt ihr gerne behalten. Wir brauchen es nicht, um die Neue Ordnung zu schaffen.«

Abraham hasste es, wenn man ihm widersprach, und erst recht hasste er es, wenn ihm eine Caster widersprach, die zur Hälfte eine Lichte Caster war. »Du hast recht, kleines Mädchen, das *Buch der Monde* kann uns dabei nicht nutzen. Dazu braucht man den Einen, der Zwei ist. Aber wir werden es nicht zulassen, dass du dich opferst. Denn vorher werden wir dich töten.«

Ich sperrte meine Gedanken in den Teil meines Geistes ein, den ich vor Lena verschließen konnte. Denn wenn sie erfuhr, was ich dachte, würde es Sarafine ebenfalls wissen. Aber sogar aus diesem abgeschlossenen Bereich entwich dieser eine entsetzliche Gedanke.

Sie hielten Lena für die Eine, die Zwei ist.

Und sie wollten sie töten.

Ich versuchte, mich schützend vor Lena zu stellen, aber ich kam nicht dazu. Abraham streckte die Hand aus und hob den Arm an. Meine Füße hingen plötzlich in der Luft und ich wurde nach hinten geschleudert. Eine eiserne Faust umklammerte meine Kehle. »Du hast mir schon so viele Scherereien gemacht, dass sie für zwei Leben reichen. Damit ist jetzt Schluss.«

»Ethan!«, schrie Lena voller Angst. Sie wirbelte zu Abraham herum. »Lass ihn in Ruhe!«

Aber der Griff wurde noch fester. Ich spürte, wie er mir langsam die Luftröhre abdrückte. Mein Körper zuckte, und ich dachte daran, wie John mit Lena in den Tunneln gewesen war. An das seltsame Zucken, das er anscheinend nicht kontrollieren konnte.

Fühlte es sich so an, wenn man von Abraham Ravenwood beherrscht wurde?

Lena wollte mir helfen, aber Sarafine schnippte mit den Fingern und ein perfekter runder Feuerkreis schloss Lena ein. Ich musste daran denken, wie Lenas Vater den Flammen ausgeliefert gewesen war und Sarafine zugesehen hatte, wie er verbrannte.

Lena streckte die Handfläche vor. Sarafine taumelte zurück, fiel hin und wurde mit einer solchen Wucht über den Boden geschleudert, wie es keine menschliche Kraft vermocht hätte.

Sie stand auf und wischte sich mit blutenden Händen den Schmutz von ihrem Kleid. »Da hat wohl jemand geübt.« Sarafine lächelte. »Aber ich bin auch nicht untätig gewesen.«

Sie beschrieb mit der ausgestreckten Hand einen Kreis, woraufhin sich ein zweiter Feuerring um Lena schloss.

Lena! Lauf weg!

Ich konnte die Worte nur mit Mühe kelten, denn ich stand kurz vor einer Ohnmacht.

Sarafine holte zum nächsten Schlag aus. »Es wird keine Neue Ordnung geben. Das Universum hat bereits das Dunkle über die Welt der Sterblichen gebracht.« Ein Blitz zuckte über den blauen Himmel von Carolina, schlug dann in den alten Steinbogen ein und verwandelte ihn in einen Trümmerhaufen.

Sarafines goldgelbe Augen glühten und auch Lenas Augen fingen an zu leuchten. Die Flammen des äußeren Feuerrings breiteten sich aus und leckten schon am inneren Kreis.

»Sarafine!«, rief Abraham. »Schluss mit diesen albernen Spielchen. Töte sie, sonst tue ich es.«

Sarafine ging langsam auf Lena zu, ihr Kleid flatterte um ihre Knöchel. Die vier apokalyptischen Reiter waren nichts gegen sie. Sarafine war die Wut und die Vergeltung, der Hass und die Bosheit in schrecklich schöner Menschengestalt. »Du hast zum letzten Mal Schande über mich gebracht.«

Der Himmel verdunkelte sich, eine dicke schwarze Wolke ballte sich zusammen.

Ich versuchte, mich aus der übernatürlichen Umklammerung zu befreien, aber jedes Mal, wenn ich mich bewegte, drückte Abraham noch mehr zu, und die Zwinge um meinen Hals schloss sich fester. Ich konnte kaum noch die Augen offen halten. Ich blinzelte, damit ich nicht das Bewusstsein verlor.

Lena hielt ihre Handflächen über die Flammen und der Feuerkreis wich vor ihr zurück. Das Feuer erlosch nicht, aber auf Lenas Befehl weitete sich der Ring.

Die schwarze Wolke hing jetzt über Sarafine. Ich blinzelte wieder, um den Schleier vor meinen Augen zu vertreiben. Und dann sah ich es.

Es war keine Sturmwolke – sondern ein Schwarm von Vexen.

Sarafine rief über das Zischen des Feuers hinweg: »Am ersten Tag entstand die Dunkle Materie. Am zweiten Tag der Abgrund, aus dem am dritten Tag das Dunkle Feuer aufstieg. Am vierten Tag wurde aus Rauch und Flammen alle Kraft geboren.« Sie verharrte direkt vor dem lodernden Ring. »Am fünften Tag erwuchs aus der Asche die Lilum, die Königin der Dämonen. Und am sechsten Tag entstand die Ordnung, um die Kraft, die keine Grenzen kennt, im Gleichgewicht zu halten.«

Die Hitze versengte Sarafines Haare. »Am siebten Tag jedoch war das Buch.«

Plötzlich lag das *Buch der Monde* vor ihr und die Seiten blätterten sich wie von selbst um. Dann hörte das Blättern auf, und das Buch, dem die Flammen nichts anhaben konnten, lag aufgeschlagen zu Sarafines Füßen.

Sarafine begann, aus dem Gedächtnis zu zitieren:

»Aus den Stimmen der Finsternis bin ich gekommen.
Aus den Wunden der Toten bin ich geboren.
Aus tiefster Verzweiflung bin ich berufen.
Aus dem Herzen des Buches höre ich den Ruf.
Wenn ich Vergeltung übe, ist dies Antwort genug.«

Kaum hatte sie das letzte Wort gesprochen, teilte sich das Feuer und eröffnete einen Pfad durch die Mitte des Flammenmeeres.

Sarafine streckte die Arme aus, schloss die Augen und spreizte die Hände. Aus den Fingerspitzen sprühte Feuer. Doch plötzlich verzerrte sich ihr Gesicht.

Die Flammen blieben an ihren Fingern haften und die fliegenden Funken brannten Löcher in ihr Kleid.

Sie war nicht mehr Herrin ihrer Kräfte.

Ich war kurz davor, das Bewusstsein zu verlieren, zwang mich jedoch zu einer letzten Anstrengung. In einem entfernten Winkel meiner Gedanken hörte ich eine Stimme. Es war nicht Lenas Stimme oder die Stimme der Lilum, es war auch nicht Sarafines Stimme. Sie flüsterte immer wieder das Gleiche, aber so leise, dass ich es nicht verstand.

Der tödliche Griff um meinen Hals lockerte sich, obwohl Abraham seine Hand nicht gesenkt hatte. Ich keuchte, schnappte so gierig nach Luft, dass ich fast würgen musste. Das Wispern in meinem Kopf wurde lauter.

Es waren zwei Worte.

ICH WARTE.

Ich sah sein Gesicht – *mein* Gesicht – für den Bruchteil einer Sekunde. Es war meine andere Hälfte, meine Zerbrochene Seele. Sie wollte mir helfen.

Die unsichtbare Hand an meinem Hals wurde weggerissen. Luft schoss in meine Lungen. In Abrahams Miene spiegelten sich Entsetzen, Verwirrung und Wut.

Stolpernd und nach Luft schnappend, rannte ich zu Lena. Als ich den brennenden Kreis erreicht hatte, war Sarafine bereits in einem anderen Feuerkreis gefangen und versuchte, die Flammen am Saum ihres Kleides auszuschlagen.

Ich blieb stehen. Die Hitze war so mörderisch, dass ich nicht näher herankonnte. Lena stand auf der anderen Seite des Glutrings vor Sarafine. Das Feuer hatte ihr Haar angesengt, der Rauch ihr Gesicht geschwärzt.

Die Wolke aus Vexen bewegte sich in Richtung Abraham. Er sah zu, unternahm aber nichts, um Sarafine zu helfen.

»Lena! Hilf mir!« Sarafine fiel auf die Knie. Sie sah jetzt aus wie Izabel in jener Nacht, in der sie berufen worden war und sich vor die Füße ihrer Mutter geworfen hatte. »Ich wollte dir nicht wehtun. Ich wollte das alles nicht!«

Lenas rußschwarzes Gesicht war wutverzerrt. »Nein. Du wolltest, dass ich tot bin.«

Der Qualm ließ Sarafines Augen tränen, es sah beinahe so aus, als würde sie weinen. »In meinem ganzen Leben ist es nie darum gegangen, was ich wollte. Für mich haben immer andere entschieden. Ich habe so sehr dagegen angekämpft, Dunkel zu sein, aber ich war nicht stark genug.« In ihrem tränenüberströmten Gesicht war das Gold ihrer Augen kaum zu erkennen. »Du bist schon immer stark gewesen, sogar als kleines Kind. So hast du es auch geschafft, zu überleben.«

Ich spürte, wie verwirrt Lena war. Sarafine war dem Fluch zum Opfer gefallen, vor dem sich Lena ihr ganzes Leben lang gefürchtet hatte. Dem Fluch, von dem sie selbst verschont geblieben war. Was wäre aus ihrer Mutter geworden, wenn auch sie verschont geblieben wäre? »Was meinst du damit, ich habe es geschafft?«

Schwarze Rauchsäulen stiegen in die Höhe und Sarafine fing an zu husten. »Damals zog ein entsetzlicher Sturm auf und der Regen löschte das Feuer. Du hast dich selbst gerettet.« Sie klang erleichtert, obwohl sie an diesem Tag Lenas Tod in Kauf genommen hatte.

Lena starrte ihre Mutter an. »Und heute willst du vollenden, was du damals begonnen hast.«

Ein Funke fiel auf Sarafines Kleid und es fing erneut Feuer. Sie schlug mit der bloßen Hand auf den verkohlten Stoff und erstickte die Flammen. Dann sah sie ihrer Tochter fest in die Augen. »Bitte.« Ihre Stimme war so rau, dass man sie fast nicht verstand. Sie hob flehentlich die Hand. »Ich wollte dich nicht verlieren. Aber nur so konnte ich ihn überzeugen.«

Sie sprach von Abraham, der Sarafine in die Dunkelheit gelockt hatte und der nun dastand und zusah, wie sie brannte.

Lena schüttelte den Kopf, Tränen liefen über ihr Gesicht. »Wie soll ich dir jemals vertrauen?« Kaum hatte sie das gesagt, wurde die Flammenwand zwischen ihr und Sarafine kleiner.

Zögernd streckte Lena die Hand nach ihrer Mutter aus. Ich sah die Brandwunden an Sarafines Arm, als auch sie ihre Hand nach Lena ausstreckte, bis sich ihre Fingerspitzen fast berührten. »Ich habe dich immer geliebt, Lena. Mein kleines Mädchen.«

Lena schloss die Augen. »Ich wünschte, ich könnte dir glauben …«

»Lena, sieh mich an.« Sarafine schien von ihren Gefühlen überwältigt zu werden. »Ich werde dich ewig und einen Tag lieben.«

Ich kannte diese Worte aus der Vision. Es war das Letzte, was Sarafine zu Lenas Vater gesagt hatte, bevor er starb. *»Ich werde dich ewig und einen Tag lieben.«*

Auch Lena erinnerte sich daran.

Ihr verzerrtes Gesicht verriet ihren Schmerz. Ruckartig zog sie ihre Hand zurück. »Du liebst mich nicht. Du bist gar nicht zur Liebe fähig.«

Die gerade erst erloschenen Flammen schlugen wieder hoch und schlossen Sarafine ein. Das Feuer, das sie einst beherrscht hatte, verschlang sie jetzt. Ihre Kräfte waren so unberechenbar wie die Kräfte aller Caster.

»Nein!«, heulte Sarafine.

»Es tut mir leid, Izabel«, wisperte Lena.

Sarafine warf sich nach vorn und schlug auf den Ärmel ihres brennenden Kleids. »Du kleine Schlampe! Wärst du doch verbrannt wie dein erbärmlicher Vater! Im nächsten Leben werden wir uns wiedersehen …«

Ihre Schreie wurden immer lauter, während das Feuer in Sekundenschnelle ihren ganzen Körper ergriff. Sie waren schlimmer als das schaurige Heulen der Vexe. Es waren Schreie des Schmerzes, des Todes und der Qual.

Sarafine sackte zusammen; die Flammen stürzten sich wie ein Heuschreckenschwarm auf sie und bedeckten sie vollständig. Lena fiel auf die Knie und starrte auf die Stelle, wo sich gerade noch die ausgestreckte Hand ihrer Mutter befunden hatte.

Lena!

Ich ging zu ihr und zerrte sie von den Flammen weg. Lena rang nach Luft und fing an zu husten. Abraham kam näher, die schwarze Wolke dämonischer Geister schwebte über seinem Kopf. Ich zog Lena an mich, und gemeinsam sahen wir mit an, wie Greenbrier zum zweiten Mal brannte.

Abraham baute sich vor uns auf, die Spitze seines Gehstocks berührte fast die angesengte Kappe meiner Sneakers. »Wie heißt es doch so schön: Wenn etwas richtig gemacht werden soll, dann muss man es selbst machen.«

»Sie haben ihr nicht geholfen.« Ich weiß nicht, warum ich das sagte. Mir war es egal, dass Sarafine jetzt tot war. Aber warum hatte er nicht eingegriffen?

Abraham lachte. »Das hat mir die Mühe erspart, sie umzubringen. Sie war für mich nicht mehr von Wert.«

Ich fragte mich, ob Sarafine gewusst hatte, wie entbehrlich sie gewesen war. Wie unwichtig in den Augen ihres Meisters, dem sie gedient hatte. »Sie war eine von euch.«

»Dunkle Caster haben nichts mit meinesgleichen gemein, Junge. Sie sind wie Ratten. Das gilt erst recht für Sarafine.« Sein Blick wanderte zu Lena und seine Miene wurde so finster wie seine dunklen Augen. »Wenn deine kleine Freundin erst einmal tot ist, wird meine nächste Aufgabe darin bestehen, die Dunklen Caster loszuwerden.«

Hör nicht auf ihn, L.

Sie hörte Abraham tatsächlich nicht zu. Sie hörte niemandem zu. Ich wusste es, weil ich ihren Gedanken lauschte, die sich um die immer gleichen Worte drehten.

Ich habe zugelassen, dass meine Mutter stirbt.

Ich habe zugelassen, dass meine Mutter stirbt.

Ich habe zugelassen, dass meine Mutter stirbt.

Ich zog Lena hinter meinen Rücken, obwohl sie viel mehr gegen Abraham ausrichten konnte als ich. »Meine Tante hatte recht. Sie sind ein Teufel.«

»Zu freundlich von ihr. Ich wünschte, ich wäre wirklich einer.«

Er holte seine goldene Taschenuhr heraus und warf einen Blick darauf. »Aber ich kenne ein paar teuflische Dämonen. Und die warten schon lange darauf, dieser Welt einen Besuch abzustatten.« Er steckte die Uhr wieder in seine Tasche zurück. »Sieht so aus, als wärt ihr beide jetzt fällig.«

14.12.

Das Tor der Dämonen

Abraham hob das *Buch der Monde* auf, und die Seiten blätterten so schnell um, dass ich schon fürchtete, sie würden dabei zerreißen. Als das Blättern endete, fuhr Abraham mit dem Finger ehrfurchtsvoll über die Seiten. Das war seine Bibel. Eingehüllt in den schwarzen Qualm, der hinter ihm aufstieg, begann er zu lesen.

»Wenn das Blut vergossen wurde in den Tagen tiefster Dunkelheit,
erhebt sich die Legion der Dämonen, zur Rache der Toten bereit.
Wenn die Tür der Zeichen nicht gefunden werden kann,
öffnet sich die Erde und es wird eine neue aufgetan.

Sanguine effuso, atris diebus
Orietur daemonum legio, ut interfectos ulciscatur.
Si ianua notata inveniri non potuerit,
tellus hiscat ut de terra ipsa ianuam offerat.«

Ich hatte wirklich keine Lust, herumzustehen und zu warten, bis die von Abraham herbeigerufene Dämonenlegion uns den Garaus machte. Mir reichten schon die Vexe. Ich zog Lena hoch und rannte mit ihr weg von dem Feuer, weg von ihrer toten Mutter, weg von Abraham und dem *Buch der Monde* und von allem, was er herbeirief.

»Ethan! Wir laufen in die falsche Richtung.«

Es stimmte. Wir hätten besser nach Ravenwood laufen sollen

statt durch die verwilderten Baumwollfelder, die früher zu Blackwell gehört hatten, der Plantage, die an Greenbrier grenzte. Aber wir hatten keine Wahl, denn Abraham versperrte uns den Weg nach Ravenwood. Sein sadistisches Grinsen sprach Bände.

»Uns bleibt nichts anderes übrig. Wir müssen …«

Lena ließ mich nicht ausreden. »Irgendetwas geht hier vor. Ich spüre es.«

Der Himmel über uns verdüsterte sich und ich hörte ein dumpfes Grollen. Aber es war weder Donner noch das grausig vertraute Geräusch der Vexe.

»Was ist das?« Ich zog Lena auf den Hügel, der zwischen der Straße und der Blackwell-Plantage lag.

Bevor Lena antworten konnte, begann die Erde zu schwanken. Sie schien unter unseren Füßen wegzurollen, und ich hatte Mühe, mich auf den Beinen zu halten. Das Grollen wurde lauter, dann kamen noch andere Geräusche hinzu: das von berstenden Bäumen, die krachend zu Boden fielen, das schaurige Schaben Tausender von Heuschrecken – und ein leises Knacken direkt hinter uns.

Oder besser gesagt unter uns.

Lena sah es als Erste. »Oh mein Gott!«

Mitten auf der Straße tat sich die Erde auf. Der Spalt verbreiterte sich rasend schnell in unsere Richtung. Dort wo er sich vergrößerte, rieselte Erde in den Untergrund wie Treibsand in einen Strudel.

Ein Erdbeben.

Wie konnte das sein? In den Südstaaten gab es keine Erdbeben. Erdbeben gab es im Westen, in Kalifornien zum Beispiel.

Das Geräusch war so entsetzlich wie der Anblick der sich selbst verschlingenden Erde. Die schwarze Wolke von Vexen bewegte sich direkt auf uns zu. Und die Erde riss immer schneller auf, sie teilte sich wie ein Reißverschluss.

»Wir können nicht weglaufen. Und denen da oben entkommen wir auch nicht!« Lenas Stimme klang abgehackt. »Wir sitzen in der Falle!«

»Vielleicht aber auch nicht«, stieß ich hervor, denn von der Anhöhe aus sah ich, wie die Schrottkiste die Straße unter uns entlangschlitterte. Link raste, als hätte ihn seine Mutter gerade dabei erwischt, wie er sich in der Kirche betrank. Und vor dem Auto raste jemand, der sogar noch schneller war als Link.

Es war Boo. Allerdings nicht der träge Hund, der am Fußende von Lenas Bett schlief. Das hier war der Caster-Hund, der aussah und rannte wie ein Wolf.

Lena drehte sich um. »Das schaffen wir nie!«

Abraham hatte sich nicht vom Fleck gerührt, die tosenden Winde konnten ihm nichts anhaben. Auch er beobachtete, wie Links Schrottkiste die Straße entlangraste.

Link hatte sich zum Fenster hinausgelehnt und rief mir etwas zu. Ich verstand ihn nicht, aber ganz egal, wozu er uns aufforderte – zu springen, zu laufen, weiß der Himmel was –, es war zu spät.

Schweigend schüttelte ich den Kopf und sah mich ein letztes Mal nach Abraham um. Link folgte meinem Blick.

Dann war er verschwunden.

Die Schrottkiste fuhr noch, aber der Fahrersitz war leer. Boo sprang aus dem Weg, als das Auto geradeaus an ihm vorbeiraste, ungeachtet der Kurve, die die Straße machte. Der Wagen überschlug sich mehrmals. Mit einem lauten Knirschen riss das Dach auf und im selben Moment hörte ich das Zischen …

Eine Hand tastete nach meinem Arm. Ich wurde in die schwarze Leere gezerrt, in der Inkubi von einem Ort zum anderen wechseln, aber ich brauchte nichts zu sehen, ich wusste auch so, dass es Links Hand war, die sich in meine Haut gekrallt hatte.

Ich schlingerte immer noch hilflos durch diese Leere, als Links Finger plötzlich abglitten und ich nach unten fiel. Die Welt kehrte in mein Blickfeld zurück; ich sah Streifen des dunklen Himmels und irgendetwas Braunes.

Der Himmel entfernte sich immer weiter von mir, je näher ich der Erde kam. Ich schlug mit dem Rücken auf, und das mehr als einmal. Dann krachte ich gegen etwas Hartes und der Sturz fand ein abruptes Ende.

Ethan!

Ein wilder Schmerz zuckte durch meine Schulter, und ich spürte, dass mein Arm eingeklemmt war. Ich öffnete die Augen einen Spalt und versuchte, mich zurechtzufinden. Ich war gefangen in einem Wirrwarr von langen braunen … Ästen?

»Alles in Ordnung, Alter?« Langsam drehte ich den Kopf in die Richtung, aus der die Stimme gekommen war. Link stand unter dem Baum und sah zu mir hoch. Lena stand völlig aufgelöst neben ihm.

»Na klar. Ich stecke in einem Baum fest, was denkst du denn?«

Erleichterung machte sich auf Lenas Gesicht breit.

Link grinste. »Scheint so, als hätte ich dir mit meinen Superkräften gerade den Arsch gerettet.«

»Ethan, kannst du runterkommen?«, fragte Lena.

»Ja. Sieht nicht so aus, als hätte ich mir was gebrochen.« Ich zog meine Beine vorsichtig aus dem Geäst und befreite meinen Arm.

»Ich kann dich runterwandeln«, bot Link großzügig an.

»Nein danke. Es geht auch so.« Weiß der Himmel, wo ich landen würde, wenn er es ein zweites Mal versuchte.

Jede Bewegung tat höllisch weh, deshalb brauchte ich ein paar Minuten, bis ich unten war. Sobald ich wieder festen Boden unter den Füßen hatte, nahm Lena mich in die Arme. »Gott sei Dank, du bist okay!«

Ich verkniff mir die Bemerkung, dass es nicht lange so bleiben würde, wenn sie mich noch fester drückte. Aber ich spürte, wie das bisschen Kraft, das mir geblieben war, langsam entwich. »Ich glaube schon.«

»Hey, ihr zwei seid schwerer, als ihr ausseht. Außerdem hab ich zum ersten Mal jemanden mitgenommen. Seid also nicht so streng mit mir.« Link grinste immer noch. »Immerhin habe ich euch das Leben gerettet.«

Ich streckte ihm die Faust hin. »Das hast du, Mann. Ohne dich wären wir jetzt tot.«

Er schlug mit den Knöcheln dagegen. »Schätze, jetzt bin ich ein Held.«

»Na toll, dann nimmst du dich noch wichtiger, als du es sowieso schon tust.« Er wusste, was ich wirklich sagen wollte – *Danke, dass du mich gerettet hast und auch das Mädchen, das ich liebe.*

Lena umarmte ihn. »Mein Held bist du auf jeden Fall.«

»Ich hab die Schrottkiste geopfert.« Link sah mich fragend an. »War es wirklich so schlimm?«

»Schlimmer.«

Er zuckte die Schultern. »Mit ein bisschen Klebeband lässt sich alles reparieren.«

»Ich hoffe, du hast jede Menge davon. Wie hast du uns überhaupt gefunden?«

»Es heißt doch immer, Tiere wüssten instinktiv, wann ein Wirbelsturm oder ein Erdbeben oder so was bevorsteht. Schätze, das gilt auch für Inkubi.«

»Das Erdbeben«, flüsterte Lena. »Glaubt ihr, dass es auch die Stadt getroffen hat?«

»Ja«, sagte Link. »Die Main Street ist in der Mitte aufgerissen.«

»Sind alle okay?« Ich meinte damit Amma, meinen Vater und meine hundertjährigen Tanten.

»Keine Ahnung. Meine Mutter hat sich mit einer ganzen Truppe in der Kirche verschanzt. Sie hat irgendwas von den Grundmauern und dem Stahl in den Bögen und von irgendeiner Doku, die sie im Fernsehen gesehen hat, erzählt.«

Wenigstens einmal war also etwas Gutes dabei herausgekommen, dass Mrs Lincoln den ganzen Tag irgendwelche Dokus anschaute und mit Vorliebe Leute herumkommandierte. Offenbar hatte sie sämtliche Nachbarn gerettet.

»Als ich gegangen bin, hat sie gerade über die Sieben Zeichen des Jüngsten Gerichts gepredigt.«

»Wir müssen zu mir nach Hause.« Wir wohnten nicht so nahe bei der Kirche wie Link, und ich war mir ziemlich sicher, dass Wates Landing nicht so stabil gebaut war, dass es Erdbeben überstehen konnte.

»Das kannst du vergessen. Als ich in die Route 9 gebogen bin, ist direkt hinter mir die Straße eingebrochen. Wir könnten höchstens den Weg durch den Garten des Immerwährenden Friedens nehmen.« Es war kaum zu glauben, dass Link mitten in einem übernatürlichen Erdbeben freiwillig auf einen Friedhof gehen wollte.

Lena schmiegte ihren Kopf an meine Schulter. »Ich habe kein gutes Gefühl dabei.«

»Ach ja?« Link schnaubte. »Ich hab kein gutes Gefühl mehr, seit ich von Neverland zurückgekehrt bin und mich in einen Dämon verwandelt habe.«

Als wir durch die Tore des Gartens des Immerwährenden Friedens gingen, war es dort alles andere als friedlich. Trotz der Leuchtkreuze war es inzwischen so dunkel, dass ich kaum die Hand vor Augen sah. Die Heuschrecken spielten verrückt, sie zirpten so laut, dass man sich wie in einem schwirrenden Wespennest vorkam. Blitze zuckten durch die Dunkelheit und rissen den Himmel auf, wie das Erdbeben die Erde aufgerissen hatte.

Link ging voran, denn er war der Einzige, der etwas sehen konnte. »Wisst ihr, mit einem hat meine Mutter recht. In der Bibel steht, am Ende wird die Erde beben.«

Drehte Link jetzt etwa auch noch durch? »Wann hast du zum letzten Mal die Bibel gelesen? In der Sonntagsschule, als wir neun Jahre alt waren?«

Er zuckte die Schultern. »Ich meine ja nur.«

»Vielleicht stimmt es wirklich.« Lena biss sich auf die Unterlippe. »Was, wenn Abraham gar nicht schuld an dem Beben ist? Was, wenn es nur eine Folge der zerstörten Ordnung der Dinge ist, so wie auch die Hitze und das Ungeziefer und der ausgetrocknete See?«

Ich wusste, dass sie sich schuldig fühlte, aber das hier war kein Weltuntergang, wie ihn sich die Sterblichen vorstellten. Das war eine übernatürliche Apokalypse. »Dann hat Abraham also nur zufällig vorgelesen, dass sich die Erde auftut und die Dämonen freigelassen werden?«

Link sah mich von der Seite an. »Was meinst du mit: die Dämonen werden freigelassen? Wo denn?«

Der Boden unter unseren Füßen fing wieder an zu beben. Link blieb stehen und lauschte, als könnte er so herausfinden, woher das Erdbeben kam und wo es neuen Schaden anrichten würde. Das Rumpeln wurde zu einem Knacken. Es hörte sich an, als stünden wir auf einer Veranda, die gleich einstürzen würde. Es klang wie ein unterirdisches Gewitter.

Ich wusste nicht, was klüger war, weglaufen oder stehen bleiben.

Link sah sich um. »Ich finde, wir sollten …«

Er kam nicht dazu, den Satz zu vollenden. Der Boden unter uns wölbte sich, und ich hörte, wie die Erde aufbrach. Wir konnten nirgendwo mehr hingehen, wir hatten auch gar keine Zeit mehr dazu. Die steinernen Platten des Wegs, auf dem wir standen, schoben sich übereinander und formten ein Dreieck, bis die Bewegung schließlich zum Stillstand kam. Die Beleuchtung der Kreuze fing an zu flackern und erlosch dann völlig.

»Bitte sag mir, dass es nicht das ist, was ich denke«, sagte Link und ging rückwärts, weg von dem dürren Gras, den Plastikblumen und den Grabsteinen. Die Grabplatten schienen sich zu bewegen.

»Wovon redest du?«

Link kam nicht dazu, mir zu antworten, denn in diesem Moment hob sich die erste Grabplatte. Ein weiterer Erdstoß – zumindest dachte ich das.

Aber ich irrte mich.

Die Grabplatten fielen nicht einfach um.

Sie wurden von unten hochgehoben.

Steine und Erde wurden in die Luft geschleudert und kamen zurückgeschossen wie Bomben, die vom Himmel fielen. Vermoderte Särge wurden nach oben gedrückt, schlitterten den Hügel hinunter, brachen auf und hinterließen verwesende Leichen auf ihrem Weg nach unten. Es stank so entsetzlich, dass Link würgen musste.

»Ethan!«, schrie Lena.

Ich nahm ihre Hand. »Lauf!«

Link musste man das nicht zweimal sagen. Knochen und Bretter flogen wie Granaten durch die Luft, aber Link hielt alle Schläge für uns ab wie ein Linebacker.

»Lena, was geht hier vor?« Ich ließ ihre Hand nicht los.

»Ich glaube, Abraham hat ein Tor zur Unterwelt geöffnet.« Sie stolperte und ich half ihr wieder auf.

Wir standen vor der Anhöhe, die zum ältesten Teil des Friedhofs führte, wohin ich Tante Mercy mit ihrem Rollstuhl so oft geschoben hatte, dass ich es gar nicht mehr zählen konnte. Dort oben war es finster, und ich musste aufpassen, wohin ich meine Füße setzte, um nicht in die riesigen Löcher zu fallen.

»Da entlang!« Link war bereits oben angekommen. Plötzlich blieb er stehen. Allerdings nicht, um auf uns zu warten. Als ich ihn eingeholt hatte, sah ich, dass der Anblick des Friedhofs ihn innehalten ließ.

Die Mausoleen und Grabstätten waren förmlich in die Luft geflogen. Es sah aus, als hätte jemand sämtliche Gräber auf dem Hügel geöffnet. Bruchstücke von gemeißelten Steinen, Knochensplitter und Leichenteile waren überall verstreut. Irgendwo dazwischen lag ein Plastikfaun.

Am Rande des Friedhofsbereichs, der als der vornehmere galt, stand ein Leichnam. Dem Grad der Verwesung nach zu urteilen, war er schon vor langer Zeit begraben worden. Der Leichnam starrte uns an, dabei hatte er gar keine Augen. Die Augenhöhlen waren völlig leer, und trotzdem ließ irgendetwas die leblose Gestalt von innen heraus lebendig wirken – so wie es die Lilum bei Mrs English getan hatte.

Link streckte den Arm zur Seite, damit Lena und ich hinter ihm blieben.

Der Leichnam legte den Kopf schief, als lausche er jemandem. Plötzlich quoll dunkler Nebel aus Augen, Nase und Mund. Der Körper wurde schlaff und fiel zu Boden. Der Nebel, der an einen Vex erinnerte, wirbelte in Spiralen hoch, sauste in die Höhe und zum Friedhof hinaus.

»War das ein Schemen?«, fragte ich und konnte nicht verhindern, dass meine Stimme zitterte.

Link kam Lena mit seiner Antwort zuvor. »Nein. Das war eine Art Dämon.«

»Woher weißt du das?«, wisperte Lena, als fürchtete sie, noch mehr Tote aufzuwecken.

Link blickte weg. »Ich hab ihn erkannt. So wie ein Hund einen anderen Hund erkennt, wenn er ihn sieht.«

»Für mich sah das nicht nach einem Hund aus.« Ich hatte es als Trost gemeint, dabei waren wir längst jenseits irgendwelcher miesen Scherze.

Link sah zu der Stelle, wo der Leichnam lag und wo noch vor wenigen Minuten der Dämon gestanden hatte. »Vielleicht hat meine Mutter recht und das ist das Ende aller Tage. Vielleicht hat sie jetzt endlich die Gelegenheit, ihre Getreidemühle und ihre Gasmasken und ihr Schlauchboot zu benutzen.«

»Ein Schlauchboot? Meinst du das Ding, das auf eurem Garagendach festgezurrt ist?«

Link nickte. »Ja. Für den Fall, dass das Wasser steigt und das Flachland überflutet wird und Gott Rache nimmt an uns Sündern.«

Ich schüttelte den Kopf. »Nicht Gott. Abraham Ravenwood.«

Der Boden hatte aufgehört zu beben und wir hatten es nicht einmal bemerkt.

Denn wir drei zitterten selbst am ganzen Leib.

16.12. *Die Letzte Tür*

Sechzehn Tote hatte das Erdbeben gefordert. Dem Shadowing Song meiner Mutter zufolge hätten es achtzehn sein müssen. Ich weiß nicht, warum die Erdbeben aufgehört hatten und Abrahams Armee von Vexen verschwunden war. Vielleicht hatte es seinen Reiz für ihn verloren, die Stadt weiter zu zerstören, wenn wir nicht mehr da waren und so gut wie alles bereits in Trümmern lag. Aber so wie ich Abraham kannte, tat er nichts ohne Grund. Und ich wusste eines: Diese verquere Logik des Daseins, wo das Natürliche und das Übernatürliche aufeinandertrafen, bestimmte mein ganzes Leben.

Außerdem zweifelte ich keine Sekunde daran, dass zu den sechzehn zwei weitere Leichen kommen würden. So fest glaubte ich an das, was die Songs besagten. Nummer siebzehn und Nummer achtzehn. An diese Zahlen musste ich ständig denken, als ich zum Krankenhaus fuhr. Denn auch dort waren Kräfte am Werk.

Und ich hatte das entsetzliche Gefühl, dass ich wusste, wer Nummer siebzehn sein würde.

Das Notstromaggregat hatte Aussetzer, das konnte man am Flackern der Notbeleuchtung erkennen. Bobby Murphy war nicht am Empfangstresen und auch sonst war niemand da. Die schaurigen Ereignisse im Garten des Immerwährenden Friedens schockierten hier niemanden besonders, denn hierher kamen ohnehin nur die, die von irgendeinem schlimmen Unglück getroffen worden waren. Ich fragte mich allerdings, ob sie überhaupt sechzehn Plätze im Kühlhaus hatten. Jede Wette, dass dem nicht so war.

Sobald man das Krankenhaus betreten hatte, schien das Universum zu schrumpfen, wurde klein und immer kleiner, bis die Welt nur noch aus einem Trakt bestand, aus einer Krankenschwester und dem keimfreien drei mal fünf Meter großen Pfirsichzimmer.

Wenn man erst einmal hier drinnen war, kümmerte man sich nicht mehr groß um das, was draußen geschah. Hier war eine Art Zwischenwelt, und ich empfand das nicht zuletzt deshalb so, weil ich jedes Mal, wenn ich Tante Prues Hand nahm, in einer anderen Welt landete.

Alles hier kam einem irgendwie surreal vor, was beinahe komisch war, denn außerhalb dieser Wände waren die Dinge realer als je zuvor. Aber wenn ich nicht schleunigst Antworten fand – vor allem in Bezug auf eine mächtige Lilum der Dämonenwelt und eine unbeglichene Blutschuld, die Gatlin und noch ein paar Welten jenseits davon zerstörte –, dann würden überhaupt keine keimfreien Pfirsichzimmer mehr übrig bleiben, die man als eigene kleine Welt bezeichnen konnte.

Ich lief durch den düsteren Korridor, der zu Tante Prues Zimmer führte. Die Notbeleuchtung flackerte kurz auf und ich sah am Ende des Gangs eine Gestalt in Klinikkleidung mit einer Infusionsflasche in der Hand stehen. Dann war wieder alles dunkel. Als die Notbeleuchtung erneut aufleuchtete, war die Gestalt verschwunden.

Merkwürdig, denn ich hätte schwören können, dass es Tante Prue gewesen war.

»Tante Prue?«

Die Lichter gingen wieder aus. Ich fühlte mich auf eine ganz schreckliche Art und Weise allein. Einen Augenblick lang dachte ich, etwas hätte sich in der Dunkelheit bewegt.

Dann ging die Notbeleuchtung wieder an.

»Was zum ...« Entsetzt prallte ich zurück.

Tante Prue stand vor mir, ihr Gesicht ganz nah an meinem. Ich sah jedes Fältchen, jede Tränenspur, jede Furche wie auf einer Karte der Caster-Tunnel. Mit einer Handbewegung gab sie mir zu verstehen, dass ich ihr folgen sollte. Dann legte sie den Finger auf die Lippen.

»Psst.«

Die Lichter gingen aus und sie war verschwunden.

Ich tastete mich so schnell ich konnte durch die Dunkelheit bis zum Zimmer meiner Tante. Ich drückte gegen die Tür, aber sie ließ sich nicht öffnen.

»Leah, ich bin's!«

Die Tür schwang auf. Vor mir stand Leah und hielt den Finger an die Lippen. Es war die gleiche Geste wie bei Tante Prue. Ich wusste nicht, was ich davon halten sollte.

»Psst.« Leah schloss die Tür hinter mir. »Es ist so weit.«

Amma und Macons Mutter Arelia saßen am Bett. Mit geschlossenen Augen hielten sie die Hände über Tante Prue ausgestreckt. Am Fußende des Bettes sah ich undeutlich schimmernde Umrisse und das Funkeln unzähliger kleiner perlengeschmückter Zöpfe.

»Twyla? Bist du das?« Ich sah den Anflug eines Lächelns.

Amma zischelte, dass ich gefälligst still sein sollte.

Ich hatte das Gefühl, als würde Tante Prues runzlige Hand nach meiner greifen und tröstend darüberstreichen.

Es roch verbrannt. In einer Keramikschale auf dem Fensterbrett glomm eine Handvoll Kräuter. Auf dem Bett lag nicht die Krankenhausdecke, sondern Tante Prues eigene mit kleinen Bommeln bestickte Decke. Außerdem war sie auf ihr geblümtes Lieblingskissen gebettet. Harlon James IV. lag zusammengerollt zu ihren Füßen. Und noch etwas war anders an Tante Prue. Es fehlten die Schläuche und der Monitor und die ganzen Heftpflaster. Sie trug ihre gehäkelten Pantoffeln und ihr bestes Kleid mit den Perlmuttknöpfen – so wie bei ihren Ausfahrten, bei denen sie jedes Gartentor in unserer Straße inspizierte und kritisch darüber befand, wessen Haus einen neuen Anstrich benötigte.

Mein ungutes Gefühl hatte mich nicht getrogen. Sie war die Nummer siebzehn.

Ich zwängte mich an Amma und Arelia vorbei und nahm Tante Prues Hand. Amma öffnete ein Auge und warf mir einen strengen Blick zu. »Finger weg. Da wo sie hingeht, hast du nichts verloren.«

Ich straffte mich. »Sie ist meine Tante, Amma. Ich möchte ihr Lebewohl sagen.«

Ohne die Augen zu öffnen, schüttelte Arelia den Kopf. »Dafür ist jetzt keine Zeit.« Ihre Stimme klang, als käme sie aus weiter Ferne.

»Tante Prue hat mich gesucht. Ich glaube, sie will mir etwas mitteilen.«

Amma schlug beide Augen auf und zog die Brauen hoch. »Es gibt eine Welt der Lebenden und eine Welt derer, die ihr Leben hinter sich haben. Sie hat ein erfülltes Leben geführt und ist nun bereit. Und gerade jetzt habe ich alle Hände voll zu tun, damit die Menschen, die mir am Herzen liegen, auch weiter unter den Lebenden bleiben. Wenn du also bitte machen würdest, was ich sage …« Sie schnaubte, so wie sie es immer tat, wenn sie das Essen auftrug und ich ihr dabei im Weg stand.

Ich warf ihr einen Blick zu, wie ich ihr noch nie einen zugeworfen hatte. Einen Blick, der besagte: *Nein, das mache ich nicht.*

Mit einem Seufzer nahm sie meine Hand in die eine und die Hand meiner Tante in die andere Hand. Ich schloss die Augen und wartete.

»Tante Prue?«

Nichts geschah.

Tante Prue.

Ich machte ein Auge auf. »Was ist los?«, flüsterte ich.

»Als ob ich das wüsste«, antwortete Amma. »Der Lärm und der Aufruhr, den dieses Dämonenvolk veranstaltet, haben sie wahrscheinlich verschreckt.«

»All diese Leichen«, sagte Arelia leise.

Amma nickte. »Heute Nacht treten viel zu viele ihre Reise ins Jenseits an.«

»Aber es sind noch nicht alle. Es werden achtzehn sein. So sagt es das Lied.«

Amma sah mich mit einem Blick der Verzweiflung an. »Vielleicht irrt sich das Lied. Sogar meine Karten und die Ahnen irren sich hin und wieder.«

»Der Shadowing Song kommt von meiner Mutter und sie hat von achtzehn gesprochen. Sie irrt sich nicht, das weißt du.«

Ich weiß es, Ethan Wate. Amma musste es nicht laut sagen. Ich konnte es in ihren Augen sehen, an der Art, wie sie die Zähne zusammenbiss, und an den Sorgenfalten auf ihrer Stirn.

Ich streckte wieder die Hand aus. »Bitte.«

Amma blickte über die Schulter. »Leah, Arelia, Twyla, kommt und helft mit.«

Wir gaben uns die Hände und schlossen den Kreis der Sterblichen und der Caster. Ich, der Lotse, der nicht weiterwusste. Leah, der Lichte Sukkubus, der das Dunkle nicht vertreiben konnte. Amma, die Seherin, die sich in der Finsternis verlor. Arelia, die Diviner, die mehr wusste, als sie wissen wollte. Und Twyla, ein Schemen aus dem Jenseits, der schon einmal die Geister der Toten herbeigerufen hatte. Sie war das Licht, das Tante Prue den Weg nach Hause wies.

Sie alle gehörten jetzt zu meiner Familie.

Und so saßen wir nun in einem Krankenzimmer, hielten uns an den Händen und sagten jemandem Lebewohl, der auf mehr als nur eine Weise längst nicht mehr unter uns weilte.

Amma nickte Twyla zu. »Wärst du bitte so freundlich?«

Binnen Sekunden war der Raum in tiefe Schatten getaucht. Ich spürte den Wind, obwohl wir nicht im Freien waren.

Zumindest nahm ich das an.

Die Dunkelheit wurde immer undurchdringlicher, bis wir in einem großen Raum vor einer runden Tür standen. Ich erkannte sie sofort wieder. Es war die Metalltür des *Exil*, dem Club in den Tunneln. Diesmal war der Raum leer. Und ich war ganz allein.

Mit beiden Händen packte ich den kreisförmigen silbernen Griff, mit dem man die Tür öffnete. Ich zog, so fest ich konnte, aber das Rad bewegte sich nicht.

»Dazu braucht man tüchtig Muskelkraft, Ethan.« Ich drehte mich um. Tante Prue stand hinter mir, in ihren gestickten Pantoffeln und ihrem geblümten Kleid. Sie stützte sich auf ihren Infusionsständer, obwohl gar kein Schlauch mehr in ihren Körper führte.

»Tante Prue!« Als ich sie umarmte, spürte ich die Knochen unter ihrer pergamentartigen Haut. »Geh nicht.«

»Schluss damit. Du bist ja fast so schlimm wie Amma. In dieser Woche war sie fast jede Nacht hier und wollte, dass ich bleibe. Hat ständig irgendwas unter mein Kopfkissen gelegt, das wie die alten Windeln von Harlon James roch.« Sie rümpfte die Nase. »Es reicht jetzt. Hier kann ich ja nicht mal meine Fernsehserien sehen.«

»Kannst du nicht doch bleiben? Es gibt noch so viele Tunnel, die verzeichnet werden müssen. Und ich weiß nicht, was Tante Mercy und Tante Grace ohne dich anfangen sollen.«

»Deshalb wollte ich ja mit dir reden. Es ist wichtig, also sperr die Ohren auf, verstanden?«

»Ich höre dir zu.« Ich wusste, sie wollte mir etwas sagen, was nur sie allein mir sagen konnte.

Tante Prue beugte sich zu mir und flüsterte: »Du musst sie aufhalten.«

»Wen?« Meine Nackenhaare stellten sich auf.

»Ich weiß genau, was sie vorhaben«, wisperte Tante Prue. »Sie wollen garantiert die halbe Stadt zu meiner Party einladen.«

Ihre »Party«. Sie hatte schon früher davon gesprochen. »Du meinst, zu deiner Beerdigung?«

Sie nickte. »Ich plane sie, seit ich zweiundfünfzig bin, und ich möchte, dass sie haarklein so abläuft, wie ich es mir vorstelle. Mit dem guten Porzellan und dem feinen Leinen und der Punschbowle aus Kristall. Und Sissy Honeycutt soll ›Amazing Grace‹ singen. In meiner untersten Kommodenschublade ist eine Liste mit allen Einzelheiten, vorausgesetzt ihr habt sie unversehrt nach Wates Landing gebracht.«

Ich konnte es nicht glauben, dass das der Grund für unser Gespräch an diesem Ort sein sollte. Andererseits war es typisch Tante Prue. »Ja, Ma'am.«

»Das Allerwichtigste ist natürlich die Gästeliste, Ethan.«

»Verstehe. Du willst sicher sein, dass die richtigen Leute kommen.«

Sie sah mich an, als hätte ich nicht mehr alle Tassen im Schrank. »Nein. Ich will sicher sein, dass nicht die falschen Leute kommen. Ich will sichergehen, dass *bestimmte Leute* wegbleiben. Das ist doch kein Grillfest der freiwilligen Feuerwehr.«

Sie meinte es ernst, obwohl ich ein gewisses Funkeln in ihren Augen sah, das dort immer aufglomm, wenn sie ihre berühmt-berüchtigte Opernfassung von »Leaning on the Everlasting Arms« anstimmte.

»Ich will, dass du Eunice Honeycutt die Tür vor der Nase zuschlägst. Egal ob Sissy singt, und selbst wenn diese Frau den Allmächtigen höchstpersönlich mitbringt, sie bekommt keinen Tropfen von meinem Punsch.«

Ich umarmte sie so fest, dass ich sie mitsamt den winzigen Häkelpantöffelchen vom Boden hochhob. »Du wirst mir fehlen, Tante Prue.«

»Natürlich werde ich das. Aber es ist Zeit für mich, ich habe einige Sachen zu erledigen und einige Ehemänner zu treffen. Ganz zu schweigen von mehreren Harlon James. Dürfte ich dich jetzt bitten, einer alten Frau die Tür zu öffnen? Ich fühle mich heute nicht besonders.«

»Diese Tür?« Ich berührte die Metalltür vor uns.

»Genau die.« Sie ließ den Infusionsständer los und nickte mir zu.

»Wohin führt sie?«

Sie zuckte mit den Schultern. »Kann ich dir nicht sagen. Ich weiß nur, dass sie dahin führt, wohin ich gehen muss.«

»Und wenn ich sie nicht öffnen darf oder so?«

»Ethan, soll das etwa heißen, dass du Angst davor hast, eine alberne kleine Tür zu öffnen? Dreh endlich an dem verflixten Rad.«

Ich umklammerte das Rad und versuchte mit aller Kraft, es zu bewegen. Es drehte sich nicht.

»Willst du, dass eine alte Frau die schwere Arbeit allein macht?« Tante Prue schob mich mit ihrer kleinen Hand beiseite und berührte das Drehrad.

Die Tür sprang sofort auf. Licht und Wind und Gischt schlugen uns entgegen. Ich erhaschte einen Blick auf blaues Wasser. Ich bot Tante Prue meinen Arm an und sie ließ sich über die Schwelle helfen. Dann standen wir da, ich diesseits und sie jenseits der Tür.

Sie blickte über die Schulter in das Blaue hinter ihr. »Sieht aus, als wäre dies mein Weg. Begleitest du mich ein Stück, wie du es mir versprochen hast?«

Ich wurde starr vor Schreck. »Ich soll dir versprochen haben, dich zu begleiten?«

Sie nickte. »Oh ja, das hast du. Und du warst derjenige, der mir von der Letzten Tür erzählt hat. Wie sonst sollte ich davon wissen?«

»Ich weiß nichts von einer Letzten Tür, Tante Prue. Ich bin nie durch diese Tür gegangen.«

»Selbstverständlich bist du durch diese Tür gegangen. Du bist doch schon auf dieser Seite.«

Ich beugte mich vor und da war ich – mein anderes Ich. Verschwommen und grau, irrlichternd wie ein Schatten.

Es war das Ich aus dem Objektiv der alten Videokamera.

Das Ich aus dem Traum.

Die andere Hälfte meiner zerbrochenen Seele.

»Bringst du mich zu dem Leuchtturm?«, fragte Tante Prue.

Kaum hatte sie das gesagt, sah ich einen Pfad mit kleinen Steinstufen, der über eine ansteigende Wiese zu einem weißen Leuchtturm führte. Der Sockel war rechteckig und alt und bestand aus grob behauenen Steinen. Darüber erhob sich ein weißer Turm, der bis in das glasklare Blau des Himmels reichte. Das Wasser, das ihn umspülte, war sogar noch blauer. Das Gras, das sich im Wind wiegte, war grün und kräftig und löste in mir eine Sehnsucht nach etwas nie Gesehenem aus.

Aber ich hatte es wohl doch schon gesehen, denn mein anderes Ich kam den Steinpfad herunter.

Ich hatte ein seltsam flaues Gefühl im Magen. Plötzlich drehte mir jemand den Arm auf den Rücken wie Link, wenn er Ringergriffe an mir übte.

Eine Stimme – es war die lauteste Stimme im ganzen Universum, und sie gehörte der stärksten Person, die ich kannte – dröhnte in meinen Ohren. »Geh weiter, Prudence. Du brauchst Ethans Hilfe nicht. Du hast jetzt Twyla, und dir wird es gut gehen, wenn du erst oben auf dem Leuchtturm bist.«

Amma nickte lächelnd, und plötzlich stand Twyla neben Tante Prue – keine Lichtgestalt, sondern die wirkliche Twyla, die noch genauso aussah wie in jener Nacht, als sie starb.

Tante Prue sah mir in die Augen und hauchte mir einen Kuss zu, dann nahm sie Twylas Arm und machte sich auf den Weg zum Leuchtturm.

Ich wollte nachsehen, ob die andere Hälfte meiner Seele immer noch da war, aber die Metalltür schlug so heftig vor meiner Nase zu, dass es durch den ganzen Club hallte.

Leah drehte mit aller Kraft an dem Rad. Ich wollte ihr helfen, aber sie stieß mich weg. Auch Arelia war da und murmelte etwas Unverständliches vor sich hin.

Amma hielt mich immer noch mit einem so eisernen Griff fest, dass sie glatt die Landesmeisterschaft im Ringen gewonnen hätte.

Arelia sah mich an. »Jetzt. Jetzt muss es sein.«

Dann wurde es schwarz um mich.

Als ich die Augen aufschlug, standen wir am Bett von Tante Prue. Sie war tot, aber das wussten wir alle schon. Ehe ich etwas sagen oder tun konnte, hatte Amma mich aus dem Zimmer heraus- und den Gang hinuntergeführt.

Sie brachte kein Wort hervor und deutete stattdessen wortlos mit ihrem knochigen Finger auf mich.

Fünf Minuten später saßen wir in meinem Auto, und sie ließ meinen Arm nur los, damit ich uns nach Hause bringen konnte. Ich brauchte ewig, bis ich auf eine befahrbare Straße stieß. Die Hälfte der Straßen in der Stadt waren gesperrt wegen eines Erdbebens, das keines gewesen war.

Ich starrte auf das Lenkrad und dachte an das Rad an der runden Metalltür. »Was war das? Die Letzte Tür?«

Amma drehte sich um und schlug mir ins Gesicht. Sie hatte mich noch nie geschlagen, noch nicht ein einziges Mal in all den Jahren.

»Jag mir nie wieder so einen Schrecken ein!«

18.12. *Balsam gegen die Trauer*

Das schwere cremefarbene Papier war mehrmals gefaltet und mit einem purpurfarbenen Satinband verknotet. Ich fand es in der untersten Schublade der Kommode, genau wie Tante Prue gesagt hatte. Ich las es den Schwestern vor, die daraufhin sofort eine hitzige Diskussion mit Thelma anfingen, bis sich Amma einmischte.

»Wenn Prudence Jane das gute Geschirr wollte, dann nehmen wir das gute Geschirr. Man streitet nicht mit den Toten.« Sie verschränkte die Arme, was so viel hieß wie »Basta«.

Tante Prue war erst vor zwei Tagen gestorben. Es schien mir irgendwie nicht richtig, jetzt schon von ihr als einer Toten zu sprechen.

»Fehlt nur noch, dass sie zum Leichenschmaus keinen Kartoffelauflauf haben will.« Tante Mercy knüllte ein weiteres Taschentuch zusammen.

Ich überflog den Zettel. »Doch, sie will Kartoffelauflauf, aber sie will nicht, dass Jeanine Mayberry ihn macht, weil sie Kartoffelpulver anstatt echte Kartoffeln nimmt.«

Tante Mercy nickte ernst, als würde ich gerade die Unabhängigkeitserklärung vorlesen. »Das ist wahr. Jeanine Mayberry behauptet, dass der Auflauf so besser schmecken würde, aber Prudence Jane sagte immer, sie mache das nur deswegen, weil es billiger ist.« Dabei zitterte ihr Kinn verdächtig.

Mit Tante Mercy war es schlimm. Seit Tante Prue gestorben war, hatte sie nichts getan außer tränennasse Taschentücher zusammenzuknüllen. Tante Grace dagegen hatte die Zeit damit zugebracht, Beileidskarten zu schreiben, in denen sie allen mitteilte, wie leid es ihr tat, dass Tante Prue gestorben war, obwohl ihr Thelma erklärt hatte, dass eigentlich die anderen Leute ihr Beileidskarten schreiben müssten. Tante Grace hatte Thelma angesehen, als ob sie nicht ganz bei Trost wäre. »Warum sollten sie mir etwas schicken? Das sind meine Karten. Und das ist meine Neuigkeit.«

Thelma hatte den Kopf geschüttelt und sich weitere Einwände gespart.

Jedes Mal wenn sie sich nicht einig waren, musste ich Tante Prues Brief noch einmal vorlesen. Er war so exzentrisch und so unverwechselbar wie Tante Prue selbst.

»Liebe Mädchen«, begann er. Untereinander hatten sie sich nie als Schwestern angesprochen, sie waren immer nur die Mädchen. *»Wenn ihr dies lest, habe ich bereits die Große Verheißung erfahren. Obwohl ich mich freue, meinem Schöpfer gegenüberzutreten, werde ich dennoch einen Blick vom Himmel herabtun, um sicher zu sein, dass meine Party genau so verläuft, wie ich es angeordnet habe. Und glaubt ja nicht, dass ich nicht aus meinem Grab steigen und durch den Mittelgang der Kirche gehen werde, falls Eunice Honeycutt auch nur einen Fuß in die Kirche setzt.«*

Niemand außer Tante Prue brauchte einen Rausschmeißer für die eigene Beerdigung.

Ich las weiter und weiter. Abgesehen davon, dass alle vier Harlon James und auch Lucille Ball an der Trauerfeier teilnehmen sollten und dass Tante Prue ein fast skandalöses Arrangement von »Amazing Grace« und eine falsche Fassung von »O bleibe Herr« für ihre Beerdigung vorgesehen hatte, war die Grabrede die größte Überraschung.

Tante Prue wollte nämlich, dass Amma die Rede hielt.

»Das ist doch Quatsch«, schniefte Amma.

»So hat es Tante Prue gewollt. Schau.« Ich hielt ihr den Brief hin.

Amma weigerte sich, einen Blick darauf zu werfen. »Dann ist sie genauso verrückt wie ihr alle.«

Ich tätschelte ihr den Rücken. »Mit Toten streitet man nicht,

Amma.« Sie warf mir einen bösen Blick zu und ich zuckte die Schultern. »Wenigstens musst du dir dafür keinen Smoking leihen.«

Mein Vater, der auf der untersten Treppenstufe gesessen hatte, stand entnervt auf. »Ich gehe besser und trommle die Dudelsackspieler zusammen.«

Letztendlich war es dann Macon, der die Dudelsackspieler herbeischaffte. Nachdem er von Tante Prues Wunsch gehört hatte, ließ er es sich nicht nehmen, sie vom Highland Elks Club aus Columbia einfliegen zu lassen. Zumindest behauptete er das. Aber ich kannte ihn, und ich kannte die Tunnel, und deshalb war ich überzeugt, dass die Musiker an diesem Morgen direkt aus Schottland gekommen waren. Als die Trauergemeinde zum Gottesdienst eintraf, spielten sie »Amazing Grace« so herzergreifend, dass niemand in die Kirche hineingehen wollte. Eine riesige Menschenmenge versammelte sich auf dem Gehweg rund um die Kirche, bis der Reverend alle nachdrücklich aufforderte, endlich reinzugehen.

Ich stand in der Tür und schaute zu. Ein Leichenwagen – ein richtiger, nicht der von Lena und Macon – parkte vor der Kirche. Tante Prue würde auf dem Friedhof von Summerville beerdigt werden, bis der Garten des Immerwährenden Friedens wieder hergerichtet war. Bei den Schwestern hieß er nur der Neue Friedhof, weil er erst seit siebzig Jahren bestand.

Beim Anblick des Leichenwagens dachte ich daran, wie ich Lena im Jahr zuvor auf dem Weg zur Schule zum ersten Mal durch Gatlin fahren sah. Ich weiß noch, dass ich geglaubt hatte, es sei ein Omen, vielleicht sogar ein schlechtes.

War es das gewesen?

Wenn ich alle Ereignisse Revue passieren ließ, von jenem Blick auf den Leichenwagen bis zum heutigen Tag, dann konnte ich es nicht mit letzter Sicherheit entscheiden.

Nicht wegen Lena – sie war immer noch das Beste, was mir je passiert war –, sondern weil sich alles verändert hatte.

Wir beide hatten uns verändert. Das verstand ich jetzt.

Aber auch Gatlin hatte sich verändert und das war schwerer zu verstehen.

So harrte ich in der Kirchentür aus und ließ es geschehen. Ich ließ es geschehen, weil mir nichts anderes übrig blieb. In wenigen Tagen war der Achtzehnte Mond. Wenn Lena und ich nicht herausfanden, wen die Lilum mit dem Einen, der Zwei war, gemeint hatte, dann konnte niemand vorhersagen, welche Veränderungen noch auf uns warteten. Vielleicht war der Leichenwagen doch ein Vorzeichen dessen gewesen, was kommen würde.

Wir hatten viele Stunden im Archiv der Bibliothek und in den *Lunae Libri* verbracht, aber nichts gefunden, was uns weiterhelfen konnte. Sobald die Beerdigung vorüber war, würden Lena und ich wieder ins Archiv gehen, so viel stand fest. Es blieb uns nichts anderes übrig, als noch einmal unser Glück zu versuchen. Egal wie aussichtslos die Sache schien.

Man kann seinem Schicksal nicht entrinnen.

Waren das nicht immer die Worte meiner Mutter gewesen?

»Ich sehe keine Pferdekutsche. Weiße Pferde, so steht es in meinem Brief.« Ich hätte diese Stimme überall wiedererkannt.

Tante Prue stand neben mir. Keine in Licht getauchte Gestalt, kein schimmernder Schemen, sondern Tante Prue, so klar und deutlich wie der helle Tag. Wenn sie nicht dieselben Kleider angehabt hätte wie bei ihrem Tod, hätte ich sie glatt für einen Trauergast auf ihrer eigenen Beerdigung gehalten.

»Na ja, es war etwas schwierig, eine Kutsche aufzutreiben. Du bist eben nicht Abraham Lincoln.«

Sie überging meinen Einwand. »Ich dachte, ich hätte unmissverständlich klargemacht, dass Sissy Honeycutt ›Amazing Grace‹ singen soll, genauso wie beim Trauergottesdienst für Charlene Watkins. Ich sehe sie aber nirgendwo. Allerdings muss ich sagen, dass diese Burschen hier wirklich kräftig blasen. Das gefällt mir.«

»Sissy Honeycutt wollte nur singen, wenn wir auch Eunice einladen.« Mehr musste man Tante Prue nicht sagen. Wir wandten unsere Aufmerksamkeit wieder den Dudelsackspielern zu. »Ich habe den Verdacht, das ist das einzige Kirchenlied, das sie spielen können. Ich bin mir nicht mal sicher, ob sie Südstaatler sind.«

Sie lächelte. »Natürlich sind sie keine.« Sie ließ ihren Blick über die versammelten Menschen schweifen. »Und es ist eine stattliche Menge gekommen. So viele habe ich seit Jahren nicht gesehen. Mehr Leute als bei allen meinen Ehemännern zusammen.« Sie sah mich an. »Meinst du nicht auch, Ethan?«

Ich lächelte. »Ja, Ma'am. Eine stattliche Menge.« Ich nestelte am Kragen meines Anzughemds. Bei siebenunddreißig Grad Winterhitze wurde ich fast ohnmächtig. Aber das verschwieg ich ihr.

»Und jetzt zieh dein Jackett an und erweise den Toten den gebührenden Respekt.«

Amma und mein Vater hatten einen Kompromiss geschlossen, was die Grabrede anging. Amma wollte keine halten, stattdessen wollte sie ein Gedicht vorlesen. Als sie uns schließlich sagte, um welches Gedicht es sich handelte, dachte sich niemand etwas dabei. Es hieß für uns nur, dass wir gleich zwei Punkte auf Tante Prues Liste abhaken konnten.

»O bleibe Herr, der Abend bricht herein,
bald wird es Nacht, o lass mich nicht allein!
Wenn alles flieht und jede Stütze bricht,
du, der Verlassnen Hort, verlass mich nicht!
Gar schnell des Lebens kurzer Tag entweicht,
der Erde Lust wird welk, ihr Glanz erbleicht,
rings starrt Verwesung mir ins Angesicht,
Unwandelbarer, du, verlass mich nicht.«

Die Worte trafen mich wie Gewehrkugeln. Die Finsternis der Nacht würde kommen, die Dämmerung des Abends über uns hereinbrechen. Es waren nicht nur Stützen, die brachen, und es war mehr als des Lebens kurzer Tag, der entwich.

Amma hatte recht. Und auch der Typ, der diese Zeilen geschrieben hatte. Um mich herum nur Wandel und Verwesung.

Aber falls es diesen Unwandelbaren gab, dann würde ich ihn nicht einfach nur bitten, mich nicht zu verlassen.

Ich würde ihn bitten, mich zu erretten.

Als Amma das Blatt wieder zusammenfaltete, konnte man eine Stecknadel fallen hören. Sie stand vorne auf dem Podium und sah auf einmal aus wie Sulla, die Prophetin. Erst jetzt wurde mir bewusst, was sie getan hatte.

Es war kein Gedicht, so wie sie es vorgetragen hatte. Es war auch kein Kirchenlied.

Es war eine Prophezeiung.

Zweierlei

20.12.

Ich stand auf dem Dach des weißen Wasserturms und kehrte der Sonne den Rücken zu. Mein kopfloser Schatten fiel auf das warme, lackierte Metall und verschwand dann irgendwo im Himmel.

ICH WARTE.

Da war sie wieder. Meine andere Hälfte. Der Traum ruckelte wie ein Film, den ich unendlich oft gesehen und den ich selbst geschnitten und neu zusammengeflickt hatte. Die einzelnen Bilder blitzten hintereinander auf…

Ein dumpfer Schlag.

Strampelnde Füße.

Verlorenes Gleichgewicht.

Sturz in die Tiefe.

»Ethan!«

Ich fiel aus dem Bett und landete auf dem Boden meines Zimmers.

»Kein Wunder, dass immer wieder Inkubi bei dir aufkreuzen. Du schläfst ja wie ein Toter.« John Breed stand über mir. Vom Boden aus, wo ich lag, kam er mir wie ein Riese vor. Und er sah ganz so aus, als könne er mir einen kräftigeren Tritt in den Hintern verpassen als der in meinem Traum.

Es war ein verrückter Gedanke. Aber es kam noch besser.

»Ich brauche deine Hilfe.«

John saß auf meinem Schreibtischstuhl, den ich mittlerweile insgeheim den Inkubus-Stuhl nannte.

»Ich wünschte, ihr Typen würdet auch mal schlafen.« Ich zog mir mein verwaschenes Harley-Davidson-Shirt über den Kopf – eine Ironie angesichts dessen, dass ich John gegenübersaß.

»Ja. Aber das ist eher unwahrscheinlich.« Er starrte hinauf an meine Zimmerdecke.

»Und ich wünschte, du würdest kapieren, dass der Rest von uns …«

»Ich bin es«, unterbrach er mich.

»Was?«

»Liv hat mir alles gesagt. Der Eine, der Zwei ist. Das bin ich.«

»Bist du sicher?«, fragte ich skeptisch.

»Ja. Ich habe es bei der Beerdigung deiner Tante herausgefunden.«

Ich warf einen Blick auf die Uhr. Es war weit nach Mitternacht und ich sollte jetzt eigentlich schlafen. »Wie denn?«

Er stand auf und lief im Zimmer auf und ab. »Ich habe es von Anfang an geahnt. Ich bin auf die Welt gekommen, um zweierlei zu sein. Aber auf der Beerdigung ist es mir richtig klar geworden. Ich konnte es fühlen, als die Seherin gesprochen hat.«

»Amma?« Zugegeben, die Beerdigung meiner Tante war sehr bewegend für meine Familie, ja, für die ganze Stadt gewesen, aber ich hätte nicht erwartet, dass das auch für John galt. Er gehörte weder zur Stadt noch zur Familie. »Was willst du damit sagen, du hättest es von Anfang an geahnt?«

»Es geht um meinen Geburtstag, stimmt's? Meinen Achtzehnten Mond.« John schien nicht sonderlich glücklich darüber zu sein und ich konnte es ihm nicht verdenken. Immerhin brachte der Tag das Ende der Welt und was sonst noch alles mit sich.

»Weißt du, was du da sagst?« Ich traute ihm immer noch nicht richtig.

Er nickte. »Ich soll den Preis bezahlen, die Schuld tilgen. Das armselige verkorkste Experiment, das ich mein Leben nenne, gegen eine Neue Ordnung eintauschen. Fast könnte einem das Universum leidtun. Das ist ein Schnäppchen für mich. Nur schade, dass ich nichts mehr davon haben werde.«

»Aber Liv wird etwas davon haben«, sagte ich.

»Ja, Liv wird etwas davon haben.« Er ließ sich wieder auf den Schreibtischstuhl fallen und verbarg das Gesicht in den Händen.

»Verdammt.«

Er blickte auf. »Verdammt? Mehr fällt dir dazu nicht ein? Ich bin bereit, mein Leben zu opfern.«

Ich konnte mir nur schwer vorstellen, was ihm durch den Kopf ging – warum ausgerechnet jemand wie er sterben wollte. Aber andererseits …

Andererseits wusste ich genau, wie es ist, wenn man sich für das Mädchen, das man liebt, opfern will. An der Weltenschranke hatte ich dasselbe tun wollen, als wir Abraham und Hunting gegenüberstanden. Am Honey Hill, als wir dem Feuer und Sarafine gegenüberstanden. Ich wäre tausendmal für Lena gestorben.

»Das wird Liv aber gar nicht gefallen.«

»Nein«, stimmte er mir zu. »Aber sie wird es verstehen.«

»Ich finde, das ist ziemlich schwer zu verstehen. Ich versuche das schon eine ganze Weile.«

»Weißt du, was dein Problem ist, Sterblicher?«

»Das Ende der Welt?«

John schüttelte den Kopf. »Du denkst zu viel.«

»Ach ja?« Fast hätte ich gelacht.

»Glaub mir. Manchmal muss man seinem Bauchgefühl vertrauen.«

»Und was will dein Bauch von mir?«, fragte ich langsam, ohne ihn dabei anzuschauen.

»Das wusste ich bis jetzt selbst nicht so genau.« Er kam auf mich zu und packte mich am Arm. »Der Ort, von dem du geträumt hast. Der große weiße Turm. Ich muss dahin.«

Ehe ich ihm richtig meine Meinung sagen konnte, weil er wie ein Inkubus in meinen Träumen herumgeschnüffelt hatte, hörte ich ein Zischen, und weg waren wir …

Ich sah John nicht. Ich sah überhaupt nichts außer Dunkelheit und einem Silberstreifen, der allmählich breiter wurde. Gerade als ich in den Lichtschein eintauchte, hörte ich das Zischen wieder, und dann sah ich ihr Gesicht.

Liv wartete auf dem Dach des Wasserturms.

Sie kam wie eine Furie auf uns zu. Mich würdigte sie allerdings keines Blickes. »Bist du jetzt völlig übergeschnappt? Glaubst du, ich wüsste nicht, was du vorhast? Wieso du hierhergekommen bist?« Sie fing an zu weinen.

»Woher wusstest du, wo ich bin?«, fragte John.

Sie wedelte mit einem Blatt Papier. »Schon vergessen? Du hast mir einen Abschiedsbrief geschrieben.«

»Wie, du hast ihr einen Abschiedsbrief geschrieben?«, fragte ich.

»Ich wollte nur Good-bye sagen … und noch ein paar andere Dinge. Kein Wort davon, wohin ich gehe.«

Ich schüttelte den Kopf. »Wir reden hier von Liv. Das war doch so was von klar, dass sie es herausfinden würde.«

Sie deutete auf ihr Handgelenk. Die Zeiger an ihrem Selenometer spielten total verrückt. »Der Eine, der Zwei ist? Hast du gedacht, ich wüsste nicht sofort, dass du damit gemeint bist? Wenn du nicht bei mir hereingeplatzt wärst, als ich das aufgeschrieben habe, dann hätte ich dir nie ein Sterbenswörtchen davon gesagt.«

»Liv.«

»Ich versuche schon seit Monaten vergeblich, einen Ausweg zu finden.« Sie schloss die Augen.

Er streckte die Hand nach ihr aus. »Und ich versuche schon die ganze Zeit vergeblich, dich mir aus dem Kopf zu schlagen.«

»Du musst das nicht tun.« Liv schüttelte den Kopf.

John drückte sie an sich und küsste sie auf die Stirn. »Doch. Einmal im Leben möchte ich etwas richtig machen.«

Livs blaue Augen waren rot geädert. Offenbar hatte sie schon viel geweint. »Ich möchte nicht, dass du gehst. Wir hatten nur … ich hatte keine Chance. Wir beide hatten keine.«

Er legte ihr den Daumen auf die Lippen. »Psst. Wir hatten eine Chance. Ich hatte meine.« Er blickte in die Nacht hinaus, aber er sprach immer noch zu ihr. »Ich liebe dich, Olivia. Das ist meine Chance.«

Sie sagte nichts. Die Tränen auf ihrem Gesicht waren ihre einzige Antwort.

John kam zu mir und packte mich am Arm. »Pass für mich auf sie auf.«

Ich nickte.

Er beugte sich näher heran. »Wenn du ihr wehtust. Wenn du sie anrührst. Wenn du es zulässt, dass ihr jemand das Herz bricht, dann spüre ich dich auf und bringe dich um. Dann lasse ich dir von der anderen Seite aus keine ruhige Minute. Kapiert?«

Ich verstand ihn besser, als er ahnte.

Er ließ mich los, zog seine Jacke aus und reichte sie Liv. »Behalte sie. Als Erinnerung an mich. Und da ist noch etwas.« Er griff in seine Tasche. »Ich kann mich nicht mehr an meine Mutter erinnern, aber Abraham hat gesagt, dass es ihr gehörte. Ich möchte, dass du es hast.« Es war ein goldenes Armband mit einer Inschrift in Niadisch oder sonst einer Caster-Sprache, die nur Liv lesen konnte.

Liv begann, laut zu schluchzen.

John drückte sie so fest an sich, dass ihre Zehenspitzen kaum noch den Boden berührten. »Ich bin froh, dass ich endlich jemanden gefunden habe, dem ich es schenken kann.«

»Ich auch.« Sie konnte kaum noch sprechen.

Er küsste sie sanft und trat von ihr weg.

Dann nickte er mir zu.

Und stürzte sich über das Geländer.

Ich hörte ihre Stimme, sie hallte durch die Dunkelheit.

Die Stimme der Lilum.

Die Schuld ist noch nicht getilgt.

Nur der Crucible kann das Opfer bringen.

20.12. *Der Falsche*

Als ich die Augen aufschlug, war ich wieder in meinem Zimmer und versuchte herauszufinden, wie ich vom Wasserturm zurückgekommen war. Wir waren raumgewandelt. Aber diesmal hatte John nichts damit zu tun, denn er lag bewusstlos auf dem Fußboden vor mir.

Es musste jemand anders gewesen sein. Jemand, der mächtiger war als ein Inkubus. Jemand, der vom Achtzehnten Mond wusste.

Jemand, der schon immer alles gewusst hatte – einschließlich dessen, was ich gerade eben herauszufinden versuchte.

Liv schüttelte John. Sie schluchzte immer noch. »Wach auf, John. Bitte, wach auf.«

Einen Moment lang schlug er verwirrt die Augen auf. »Was zur Hölle …?«

Sie schlang die Arme um ihn. »Keine Hölle. Nicht einmal der Himmel.«

»Wo bin ich?«, fragte er orientierungslos.

»In meinem Zimmer.« Ich setzte mich auf und lehnte mich gegen die Wand.

»Wie bin ich hierhergekommen?«

»Frag nicht.« Ich hatte keine Lust, ihm zu erklären, dass die Lilum uns hergebracht hatte.

Was mich viel mehr beunruhigte, waren die Schlüsse, die sich daraus ergaben.

John Breed war nicht der Richtige.

Und es gab jemanden, mit dem ich dringend reden musste.

20.12. *Klare Worte*

Ich klopfte an und wartete im blassgelben Licht der Verandabeleuchtung. Die Hände in den Hosentaschen vergraben, starrte ich auf die Tür und trat unruhig von einem Fuß auf den anderen. Ich wünschte, ich wäre woanders. Ich wünschte, mein Herz würde aufhören zu schlagen.

Sie würde an meinem Verstand zweifeln.

Kein Wunder. Schließlich zweifelte ich selbst daran.

Zuerst sah ich den Bademantel, dann die flauschigen Hausschuhe und das Glasauge.

»Ethan? Was machst du denn hier? Ist Mitchell dabei?« Mrs English spähte nach draußen und zupfte verlegen an ihren Plastiklockenwicklern.

»Nein, Ma'am.«

Sie war sichtlich enttäuscht und schaltete sofort auf ihren Lehrerinnentonfall um. »Hast du eine Ahnung, wie spät es ist?«

Ich ignorierte ihre Frage. »Darf ich kurz reinkommen? Ich muss dringend mit Ihnen sprechen.«

Na ja, nicht mit Ihnen. Jedenfalls nicht so direkt.

»Jetzt gleich?«

»Es geht ganz schnell. Es dreht sich um den *Crucible*.«

Allerdings anders, als Sie meinen.

Meine Antwort hatte ihre Neugier geweckt und genau darauf hatte ich gehofft.

Ich folgte ihr nun schon zum zweiten Mal in ihr Wohnzimmer, auch wenn sie selbst sich nicht mehr an das erste Mal erinnerte. Die Sammlung von Nippesfiguren auf dem Kaminsims stand wieder in Reih und Glied, als wenn nichts gewesen wäre. Nur die spinnenförmige Pflanze verriet, dass etwas vorgefallen war. Sie war nämlich nicht mehr da. Manches ließ sich eben nicht so einfach reparieren.

»Setz dich bitte, Ethan.«

Ohne nachzudenken, setzte ich mich in den geblümten Sessel, stand aber gleich wieder auf, denn es gab keine andere Sitzgelegenheit in diesem winzigen Zimmer. Kein Sohn Gatlins würde sich hinsetzen, während eine Dame noch stand. »Es macht mir nichts aus zu stehen. Bitte, Ma'am.«

Mrs English rückte ihre Brille zurecht und nahm Platz. »Nun, ich muss sagen, das ist eine bemerkenswerte Premiere.«

Los jetzt. Leg die Karten auf den Tisch.

»Ethan? Wolltest du mir etwas Spezielles zu *The Crucible* sagen?«

Ich räusperte mich. »Es klingt vielleicht ein bisschen merkwürdig, aber ich muss mit Ihnen reden.«

»Ich bin ganz Ohr.«

Denk nicht so lange nach. Einfach raus mit der Sprache. Sie wird dich irgendwie hören können.

»Ja also. Das ist so eine Sache. Ich will eigentlich gar nicht mit Ihnen reden. Ich will mit … Sie wissen schon. Aber eigentlich wissen Sie es auch wieder nicht. Mit der anderen Mrs English, meine ich.«

»Wie bitte?«

»Mit der Lilum, Ma'am.«

»Erstens spricht man meinen Namen Lilian aus, zweitens steht es dir nicht zu, mich beim Vornamen zu nennen.« Sie stockte. »Meine Freundschaft mit deinem Vater ist sicher verwirrend für dich …«

Dazu hatte ich jetzt keine Zeit. Ich versuchte es anders. »Die Königin der Dämonen – ist sie hier?«

»Wie bitte?«

Mach weiter.

»Das Rad des Schicksals? Der Endlose Fluss? Verstehen Sie mich?«

Mrs English starrte mich an, ihr Gesicht war rot angelaufen. So wütend hatte ich sie noch nie erlebt. »Hast du Drogen genommen? Willst du mir einen Streich spielen?«

Verzweifelt schaute ich mich im Zimmer um. Mein Blick blieb an den Figürchen auf dem Kaminsims hängen und ich hastete hinüber. Der Mond war ein fahler runder Stein, in den eine Mondsichel eingraviert war. »Wir müssen über den Mond reden.«

»Ich rufe deinen Vater an.«

Versuch's weiter.

»Den Achtzehnten Mond. Sagt Ihnen das etwas?«

Aus dem Augenwinkel sah ich, wie sie nach dem Telefon griff.

Ich nahm den Mond in die Hand.

Plötzlich war das Zimmer hell erleuchtet. Mrs English saß stocksteif in ihrem Sessel, das Telefon in der Hand. Die Umgebung um sie herum löste sich auf…

Ich war an der *Temporis Porta*, doch diesmal stand die Tür weit offen. Auf der anderen Seite war ein Tunnel, dessen Wände roh verputzt waren. Ich trat durch die Tür. Der Tunnel war schmal und so niedrig, dass ich mich bücken musste. An den Wänden waren Zeichen, Ansammlungen von Strichen, wie man sie auch zum Abzählen benutzte. Ich ging etwa eine halbe Meile durch den Tunnel, bis ich auf eine verwitterte Holztreppe stieß.

Acht Stufen.

An ihrem Ende befand sich eine hölzerne Luke. Ich stieg ganz vorsichtig hinauf, weil ich fürchtete, die Stufen könnten unter meinem Gewicht zusammenbrechen. Oben musste ich mich mit der Schulter gegen die Luke stemmen, um sie zu öffnen.

Sonnenlicht flutete in den Tunnel, als ich mich ins Freie hievte.

Ich stand mitten auf einem Feld, nicht weit von mir verlief ein Weg. Eigentlich waren es nur zwei parallele Linien, die sich durch die Felder schlängelten, wo das hohe, im Wind wehende Gras plattgedrückt war. Die Felder auf beiden Seiten des Weges leuchteten golden wie Kornfelder im Sonnenschein – nicht braun wie Heuschrecken in der Dürre. Der Himmel hatte die Farbe, der ich irgendwann mal den Namen Gatlin-Blau gegeben hatte: hellblau und wolkenlos.

Hallo? Ist da jemand?

Sie war nicht da, und ich konnte es kaum begreifen, wo ich mich befand.

Ich hätte diesen Ort überall wiedererkannt; ich hatte jede Menge Bilder davon gesehen – es war die Plantage meines Urururgroßvaters Ellis Wate. Jenes Mannes, der im Bürgerkrieg auf dieser Seite der Route 9 gekämpft hatte und gefallen war. Genau hier.

In der Ferne erspähte ich Wates Landing, unser Haus – und seines. Ich konnte nicht sagen, ob es genauso wie heute aussah, aber die blauen Fensterläden leuchteten zu mir herüber. Ich schaute auf die von Erde und Gras bedeckte Luke und im selben Moment ging mir ein Licht auf. Es war der Tunnel, der zum Vorratskeller führte, in den Keller unseres Hauses. Ich war auf der anderen Seite herausgekommen – auf der sicheren Seite, wo sich die Sklaven mithilfe der Underground Railroad in den dicht bewachsenen Feldern versteckt hatten.

Warum hatte mich die *Temporis Porta* hierhergebracht? Was hatte die Lilum vor mehr als hundertfünfzig Jahren auf der Farm meiner Familie zu schaffen gehabt?

Lilum? Wo bist du?

Neben der Straße lag die Hälfte eines verrosteten Fahrrads. Zumindest sah es so aus wie ein Fahrradteil. Der Rahmen war in der Mitte durchgesägt worden und man hatte einen Schlauch hindurchgezogen. Die Konstruktion diente zum Bewässern des Feldes. Neben dem Rad stand ein Paar schlammverklebter Gummistiefel. So weit ich sehen konnte, erstreckten sich die Felder bis zum Horizont.

Was muss ich tun?

Ich betrachtete das verrostete Rad und da begriff ich.

Ich wurde überwältigt von meiner eigenen Hilflosigkeit. Es war schier unmöglich, das Feld zu bewässern. Es war viel zu groß und ich war ganz allein. Die Sonne schien immer heißer, die Blätter wurden immer brauner, und bald würde das Feld nicht mehr golden sein, sondern verbrannt und abgestorben wie alles andere ringsum. Ich hörte das vertraute Summen eines Insektenschwarms. Die Heuschrecken kamen.

Warum zeigst du mir das?

Ich kauerte mich auf den Boden und starrte in den blauen Himmel. Eine Biene summte nektartrunken um die Feldblumen. Ich spürte die Erde unter mir, sie war weich und warm, obwohl sie nach Wasser lechzte. Ich grub meine Finger in den Boden, der ganz trocken war und rau wie Sand.

Ich wusste, weshalb ich hier war. Ob ich es vollenden konnte oder nicht, ich musste es wenigstens versuchen.

Darum geht es, richtig?

Ich stieg in die heißen, schlammverkrusteten Stiefel und packte das rostige Metallrad, umfasste die Griffe und schob es vor mir her. Ich fing an, das Feld zu bewässern, eine Reihe nach der anderen. Das Rad drehte sich ächzend, und die Sonne brannte auf meinen Rücken, während ich das Rad unter Aufbietung aller Kräfte über die Bodenwellen und Ackerrillen schob.

Ich hörte ein Geräusch. Es klang, als öffnete sich eine schwere Steintür zum ersten Mal seit hundert Jahren oder als würde ein riesiger Felsbrocken aus einer Höhlenöffnung rollen.

Das Wasser.

Es kam ganz langsam, ergoss sich nach langer Zeit wieder von der alten Pumpe oder dem Brunnen, an den der Schlauch angeschlossen war, aufs Feld.

Ich rackerte noch angestrengter. Das Wasser lief in schmalen Rinnsalen durch den Staub. Als es die ausgetrockneten Gräben erreichte, bildete es winzige Flüsse, aus denen kleine Flüsse wurden und daraus recht ansehnliche Flüsse, die, das wusste ich, alles bewässern würden, so weit mein Auge reichte.

Ein endloser Fluss.

Ich erhöhte das Tempo. Das Rad drehte sich immer schneller, bis es sich so schnell bewegte, dass die Speichen wie ein Wirbel aussahen. Das Wasser strömte jetzt mit solcher Kraft, dass der Schlauch aufplatzte wie eine ausgeweidete Schlange. Überall war Wasser. Unter meinen Füßen wurde der Staub zu Matsch und ich war klitschnass. Es war, als hätte ich endlich gelernt, Fahrrad zu fahren, als könnte ich endlich fliegen. Es war etwas, was nur ich allein tun konnte.

Atemlos hielt ich inne.

Das Rad des Schicksals.

Es war rostig und verbogen und älter als der Staub. Mein Rad des Schicksals, ich hielt es hier in meinen Händen. Auf dem Feld, das meiner Familie gehörte.

Ich wusste jetzt, worum es sich drehte.

Es war eine Prüfung. Es war *meine* Prüfung. Und das von allem Anfang an.

Ich dachte an John, der auf dem Fußboden meines Zimmers lag. An die Stimme der Lilum, als sie gesagt hatte, dass er nicht der *Crucible* sei.

Aber ich bin es.

Ich bin der Crucible.

Ich bin der Eine, der Zwei ist.

Ich bin es schon immer gewesen.

Ich sah zu, wie das Feld wieder grün und golden wurde. Die Hitze ließ nach. Die Biene flog zum Himmel hinauf, denn der Himmel war echt, nicht nur eine blau getünchte Schlafzimmerdecke.

Donner grollte, dann zuckte ein Blitz über den Himmel. Ich stand mitten auf dem Feld und hielt ein rostiges Rad in der Hand, während der erste Regen fiel.

Die Luft summte von Magie wie damals am Strand der Weltenschranke – nur hundertmal stärker. Das Summen wurde lauter, bis es mir in den Ohren dröhnte.

»Lilum?« Ich klang verloren inmitten dieses riesigen Feldes. Aber ich hatte eben nur die Stimme eines Sterblichen. »Ich weiß, dass du hier bist. Ich spüre es.«

»Ich bin hier«, hallte es von oben aus dem strahlend blauen Himmel. Ich sah sie nicht, aber sie war da – nicht die Mrs-English-Lilum, sondern die richtige Lilum. Namenlos, gestaltlos, umgab sie mich ganz.

Ich holte tief Luft. »Ich bin bereit.«

»Und?« Das war eine Frage.

Jetzt wusste ich die Antwort darauf. »Ich weiß, wer ich bin. Und was ich tun muss.«

»Wer bist du?« Die Frage schwebte in der Luft.

Ich blickte zum Himmel hinauf und ließ die Sonne auf mein Gesicht scheinen. Ich sagte die Worte, die ich seit dem Moment fürchtete, an dem sie sich selbst in die tiefsten, verborgensten Winkel meiner Gedanken hineingeflüstert hatten.

»Ich bin der Eine, der Zwei ist!« Ich schrie es heraus, so laut ich konnte. »Ein Teil meiner Seele ist in der Welt der Sterblichen, der andere Teil in der jenseitigen Welt.« Meine Stimme klang anders als sonst. Bestimmt und selbstgewiss. »Der Eine, der Zwei ist.«

Ich wartete schweigend – erleichtert, dass ich es endlich gesagt hatte. Es war, als hätte man ein Gewicht, das mich zu erdrücken drohte, von mir genommen. Als hätte der brennend blaue Himmel auf meinen Schultern gelegen.

»Das bist du. Es gibt keinen anderen.« In ihrer Stimme war keine Spur von Gefühl. »Der Preis muss bezahlt werden, damit die Neue Ordnung geschaffen werden kann.«

»Ich weiß.«

»Es ist die Feuerprobe. Eine schwere Prüfung. Du musst dir ganz sicher sein. Am Tag der Sonnenwende.«

Lange stand ich so da. Ich spürte die Luft und die Stille. Ich spürte alles, was ich nicht mehr gespürt hatte, seit die Ordnung der Dinge gestört war.

»Wenn ich es tue, dann muss alles wieder so werden wie früher. Lena wird es auch ohne mich gut ergehen. Der Rat der Hohen Wacht wird Marian und Liv in Ruhe lassen. In Gatlin wird die Erde nicht mehr verdorren und der Boden aufbrechen.« Ich bat nicht. Ich handelte.

»Nichts ist gewiss, aber …« Ich stand da und wartete auf die Antwort der Lilum. »Aber es wird wieder eine Ordnung herrschen. Eine Neue Ordnung.«

Wenn ich schon sterben musste, dann nur unter einer weiteren Bedingung. »Und egal was Amma dem Bokor schuldet, sie muss es nicht bezahlen.«

»Sie ist den Handel freiwillig eingegangen. Ich kann nichts daran ändern.«

»Das ist mir egal. Tu es trotzdem!«

»Alles hat Folgen.«

Ich schloss die Augen und dachte an Lena, an Amma und an Link. An Marian und an meinen Vater. An meine Mutter. An alle Menschen, die ich liebte.

An alle Menschen, die ich verloren hatte.

An die Menschen, die ich nicht verlieren durfte.

Es gab nicht viel, was ich entscheiden musste. Jedenfalls nicht so viel, wie ich gedacht hätte. Manche Entscheidungen standen eben schon fest, ehe man sie traf. Ich trat einen Schritt nach vorne und fand meinen Weg zurück ins helle Licht. »Versprich es mir.«

»Es ist bindend. Ein Eid. Ein Versprechen, wie du es nennen würdest.«

Das reichte mir nicht. »Sag es trotzdem.«

»Ja. Ich verspreche es.« Dann sagte sie ein Wort, das es in keiner Sprache gab und für das kein Laut existierte, den ich verstehen könnte. Es klang wie Donner und Blitz, und ich erkannte, dass Wahrheit darin lag.

Es war ein Versprechen.

»Jetzt bin ich zufrieden.«

Einen Augenblick später stand ich wieder im Wohnzimmer von Lilian English. Sie kauerte zusammengesunken in dem geblümten Sessel. Aus dem Telefonhörer, den sie immer noch in der Hand hielt, hörte ich die Stimme meines Vaters.

»Hallo? Hallo ...«

Mein Gehirn schaltete auf Autopilot. Ich nahm das Telefon, warf meinen Vater aus der Leitung und rief zum zweiten Mal den Notarzt für die überaus sterbliche Lilian English. Ich legte auf, ohne ein Wort gesagt zu haben, denn Sissy Honeycutt hatte Dienst in der Einsatzzentrale, und sie hätte mich garantiert an der Stimme erkannt. Ich konnte es nicht riskieren, dass man mich ein zweites Mal im Haus meiner bewusstlosen Lehrerin antraf. Aber sie kannten ja jetzt die Telefonnummer und die Adresse und würden den Notarztwagen vorbeischicken wie schon beim ersten Mal.

Und die sterbliche Mrs English würde sich später erneut nicht daran erinnern, dass ich überhaupt hier gewesen war.

Ich fuhr auf direktem Weg nach Ravenwood, ohne anzuhalten, ohne das Radio anzuschalten, ohne das Fenster herunterzukurbeln. Später hätte ich nicht mehr sagen können, wie ich überhaupt dorthin gekommen war. Im einen Moment war ich noch durch die Stadt gefahren, im nächsten hämmerte ich bereits an Lenas Tür. Ich bekam keine Luft mehr. Ich hatte das Gefühl, in einer falschen Atmosphäre festzustecken, in einem schrecklichen Albtraum gefangen zu sein.

Ich erinnere mich daran, dass ich mit der Faust wie verrückt gegen den Caster-Mond schlug und er unter meinen Schlägen einfach nicht nachgeben wollte. Er war vielleicht das deutlichste Zeichen dafür, wie anders ich war. Wie unvollständig.

Ich erinnere mich, wie ich rief und weinte und ihren Namen keltete, bis Lena in ihrem dunkelroten Pyjama die Tür öffnete. Denselben Schlafanzug hatte sie in der Nacht getragen, in der sie mir ihr Caster-Geheimnis offenbart hatte. Damals, als sie mitten in der Nacht auf unserer Verandatreppe gesessen war.

Jetzt saß ich auf ihrer Treppe und offenbarte ihr mein Geheimnis. Was dann passierte, tat viel zu weh, um sich daran erinnern zu wollen.

Wir lagen in Lenas Bett, eng aneinandergeschmiegt, als könnte nichts und niemand uns trennen. Wir durften uns nicht berühren und brachten es dennoch nicht fertig, es nicht zu tun. Wir sahen uns immer wieder an, aber jedes Mal, wenn sich unsere Blicke trafen, tat es nur umso mehr weh. Wir waren erschöpft, aber wir fanden keinen Schlaf.

Es blieb keine Zeit mehr, um all die Dinge zu flüstern, die gesagt werden mussten. Wir hatten nur den einen Gedanken.

Ich liebe dich.

Wir zählten die Stunden, die Minuten, die Sekunden.

Sie verrannen unerbittlich.

Das letzte Spiel

21.12.

Es war der letzte Tag. Alle Entscheidungen waren getroffen. Morgen Nacht war die Sonnenwende und mein Entschluss stand fest. Ich legte mich in mein Bett und starrte auf die Decke, die blau angestrichen war, damit die Holzbienen nicht darin nisteten. Noch ein einziger Morgen. Noch ein einziges Mal der blau gestrichene Himmel.

Ich war von Lena nach Hause gefahren und hatte mich schlafen gelegt. Das Fenster hatte ich offen gelassen, falls jemand mich besuchen, mich heimsuchen oder mir wehtun wollte. Aber niemand war gekommen.

Ich roch den Kaffeeduft und hörte, wie mein Vater nach unten ging. Amma stand am Herd. Waffeln. Eindeutig Waffeln. Sie wartete bestimmt schon, dass ich endlich aufwachte.

Ich beschloss, meinem Vater nichts zu sagen. Nach allem, was er nach dem Tod meiner Mutter durchgemacht hatte, würde er es sicher nicht verstehen. Ich konnte den Gedanken nicht ertragen, was das für ihn bedeuten würde. Ich verstand jetzt, dass er nach dem Tod meiner Mutter fast den Verstand verloren hatte. Bisher hatte ich zu viel Angst gehabt, um mir diese Gefühle einzugestehen. Und jetzt, wo meine Gefühle eigentlich keine Rolle mehr spielten, kostete ich sie bis ins Letzte aus.

Schon komisch, wie verrückt das Leben manchmal war.

Link und ich hatten eigentlich gemeinsam im *Dar-ee Keen* zu Mittag essen wollen, aber dann hatten wir nur in unseren Fritten herumgestochert. Er konnte sowieso nichts essen und ich brachte ebenfalls keinen Bissen hinunter. Es wird immer so viel Aufhebens darum gemacht, wenn sich Gefangene ihre Henkersmahlzeit aussuchen. Bei mir war es ganz anders. Ich wollte keine Schrimps mit Maisbrei und auch keinen dunklen Rührkuchen. Ich hätte sowieso nichts im Magen behalten.

Und das Einzige, was man sich in so einer Situation wirklich wünscht, kann einem sowieso niemand geben.

Zeit.

Schließlich gingen wir zum Basketballplatz der Grundschule und warfen ein paar Körbe. Link ließ mich gewinnen, was seltsam war, denn bisher war immer ich derjenige gewesen, der ihn gewinnen ließ. Es hatte sich einiges verändert im letzten halben Jahr.

Wir redeten nicht viel. Einmal fing er meinen Ball und hielt ihn fest. Er sah mich mit demselben Blick an wie damals, als er sich bei der Beerdigung meiner Mutter kurzerhand neben mich gesetzt hatte, obwohl die Sitzreihe für die Familie reserviert gewesen war. »Ich bin nicht gut in solchen Sachen, weißt du.«

»Ja, ich auch nicht.«

Ich zog ein zusammengerolltes altes Comicheft aus meiner hinteren Hosentasche. »Kleine Erinnerung an mich.«

Link rollte es auf und lachte. »Aquaman? Ein lahmer Typ in einem blöden Comic soll mich an dich erinnern?«

Ich zuckte mit den Schultern. »Wir können nicht alle wie Magneto sein.«

»Hey, Mann.« Er dribbelte und warf den Ball von einer Hand in die andere. »Bist du dir sicher, dass du das tun willst?«

»Nein. Ich meine, ich bin sicher, dass ich es nicht will. Aber ich habe keine Wahl.« Link wusste, wie es war, wenn man keine Wahl hatte. In seinem Leben ging es um nichts anderes.

Er schlug den Ball härter auf. »Und es gibt keine andere Möglichkeit?«

»Nein. Es sei denn, du willst dir zusammen mit deiner Mutter anschauen, wie die Welt untergeht.« Ich wollte witzig sein, aber ich machte meine Witze immer zur falschen Zeit. Vielleicht ging mein fehlendes Gespür auf das Konto meiner zerbrochenen Seele.

Link hörte mit dem Dribbeln auf und klemmte sich den Ball unter den Arm. »Hey, Ethan.«

»Ja.«

»Erinnerst du dich noch an das Twinkie, das ich damals im Bus mit dir geteilt hab?«

»Das Twinkie, das vorher auf den schmutzigen Fußboden gefallen war – was du aber lieber nicht erwähnt hast? Ja, war echt nett von dir.«

Link grinste und warf den Ball. »Es ist gar nicht auf den Boden gefallen. Das hab ich bloß erfunden.«

Der Basketball traf den Korbrand und fiel auf die Straße.

Wir ließen ihn einfach davonrollen.

Ich traf Marian und Liv im Archiv, sie waren wieder dort, wo sie hingehörten.

»Tante Marian!« Ich war so froh, sie zu sehen, dass ich sie beinahe von den Füßen gefegt hätte, so heftig umarmte ich sie. Als ich sie schließlich losließ, sah sie mich fragend an. Sie wartete darauf, dass ich es sagte. Dass ich ihr den Grund verriet, warum man sie nun doch unbehelligt ließ.

Zögernd fing ich an. Ich erzählte ihnen dies und das, lauter kleine Stückchen der Geschichte, die hinten und vorne nicht zusammenpassten. Anfangs waren sie erleichtert, ein paar gute Neuigkeiten zu hören. Dass Gatlin und die Welt der Sterblichen nicht in einer übernatürlichen Apokalypse untergehen würden. Dass die Caster ihre Kräfte nicht verlieren würden oder sich aus Zufall selbst verbrannten, obwohl uns das in Sarafines Fall das Leben gerettet hatte. Sie hörten, was sie hören sollten: Alles würde wieder gut werden.

Es musste einfach wieder gut werden.

Denn ich tauschte mein Leben dafür ein. Das war der Teil der Geschichte, den ich ausließ.

Aber die beiden waren viel zu schlau, als dass sie sich damit zufriedengegeben hätten. Und je mehr ich ihnen erzählte, desto schneller fügten sie im Geist die Teile zusammen, bis sie die ganze komplizierte Wahrheit begriffen hatten. Ich wusste genau, wann der letzte Mosaikstein an seinen Platz fiel.

Es war der schreckliche Augenblick, in dem ich sah, wie sich ihre Mienen änderten und ihnen das Lächeln verging. Liv schaute mich nicht an. Stattdessen fummelte sie hektisch an ihrem Selenometer und drehte an den Bändern, die sie immer an ihrem Handgelenk trug. »Wir lassen uns etwas einfallen. Uns ist bisher immer etwas eingefallen. Es muss einen anderen Weg geben.«

»Es gibt keinen.« Ich brauchte das nicht zu sagen, sie wusste es auch so.

Wortlos nahm sie eines ihrer geflochtenen Bändchen ab und schlang es um mein Handgelenk. Tränen liefen über ihre Wangen, aber sie sah mich immer noch nicht an. Ich versuchte, mir vorzustellen, wie ich mich an ihrer Stelle fühlen würde, aber ich schaffte es nicht. Es war zu schwer.

Ich dachte daran, wie nach dem Tod meiner Mutter mein Anzug in der Zimmerecke für mich bereit gelegen hatte, damit ich ihn anzog und mir auf diese Weise endlich eingestand, dass sie gestorben war. Ich dachte an Lena, wie sie bei Macons Beerdigung schluchzend im Schlamm gekniet war. An die Schwestern, wie sie mit glasigen Augen Tante Prues Leichnam angestarrt hatten, zerknüllte Taschentücher in den Händen. Wer würde sie jetzt herumkommandieren, wer auf sie aufpassen?

Das sagte einem nämlich keiner. Dass es schwieriger war, wenn man zurückbleiben musste. Ich dachte daran, mit welcher Ruhe Tante Prue durch die Letzte Tür geschritten war. Voll innerem Frieden. Wo war der Frieden für die Zurückgelassenen?

Marian sagte kein Wort. Sie sah mich an, schien sich mein Gesicht einprägen und diesen Augenblick für alle Zeiten bewahren zu wollen. Marian kannte die Wahrheit. Sie hatte es kommen sehen, seit der Rat der Hohen Wacht es ihr erlaubt hatte, zu uns zurückzukehren.

Alles hatte seinen Preis.

An meiner Stelle hätte sie bestimmt das Gleiche getan, um die Menschen, die sie liebte, zu beschützen.

Und das galt auch für Liv. In gewisser Weise hatte sie es bereits für Macon getan. Und John hatte es für sie auf dem Wasserturm tun wollen. Vielleicht hatte sie sogar ein schlechtes Gewissen, dass ich es war und nicht er.

Hoffentlich erkannte sie die Wahrheit. Dass es nämlich nicht ihre Schuld war oder meine oder gar seine. Egal wie gerne ich ihm die Schuld dafür in die Schuhe geschoben hätte.

Das war mein Leben und so endete es jetzt.

Ich war der Lotse und dies war mein großer und schrecklicher Lebenszweck.

Die Karten, die Amma so verzweifelt tauschen wollte, hatten es schon immer gewusst.

Ich war es schon immer gewesen.

Aber ich sagte nichts. Marian nahm mich in die Arme und Liv schlang ihre Arme um uns beide. Es erinnerte mich daran, wie meine Mutter mich immer in den Arm genommen hatte. So als wollte sie mich am liebsten nie wieder loslassen. Dann flüsterte Marian mir etwas ins Ohr. Es waren Worte von Winston Churchill. Hoffentlich würde ich mich daran erinnern, wohin auch immer ich ging.

»Das ist nicht das Ende. Es ist nicht einmal der Anfang vom Ende. Aber vielleicht ist es das Ende vom Anfang.«

21.12. *Teilungsrest*

Lena war nicht in ihrem Zimmer in Ravenwood. Ich setzte mich auf ihr Bett, starrte an die Decke und wartete. Dann kam mir eine Idee. Ich nahm ihre Bettdecke und rieb damit über mein Gesicht. Ich erinnerte mich daran, wie ich nach dem Tod meiner Mutter an ihrem Bett gerochen hatte. Es war mir wie ein Wunder vorgekommen, dass etwas von ihr weiter in meiner Welt existierte. Ich wollte, dass auch Lena wenigstens dies von mir erhalten blieb.

Ich sah wieder zur Zimmerdecke und musste daran denken, wie der Kronleuchter herabgestürzt und der Putz von der Decke geplatzt war, damals, als wir uns trennten. Ich starrte an die Wände und dachte an die wie von unsichtbarer Hand geschriebenen Worte, als Lena mir zum ersten Mal ihr Herz geöffnet hatte.

Du bist nicht der Einzige, der sich verliebt hat.

Die Wände waren nicht mehr aus Glas. Lenas Zimmer sah genauso aus wie an dem Tag, an dem ich das erste Mal hier gewesen war. Vielleicht war das ihre Art, sich zu erinnern. An die Zeit, in der alles begonnen hatte und uns noch alle Möglichkeiten offenstanden.

Ich durfte gar nicht daran zurückdenken.

Überall an den Wänden standen Wortfetzen, die Lenas Gefühle zum Ausdruck brachten.

Wer richtet den Richter?

Aber so funktionierte es nicht. Die Uhr ließ sich nicht zurückdrehen. Das konnte niemand. Nicht einmal wir.

Nicht mit einem Knall, sondern mit einem leisen Wimmern.

Was geschehen war, war geschehen.

Sie kannte die bittere Wahrheit, denn sie hatte mir eine Nachricht hinterlassen, mit schwarzem Filzstift quer über die Wand gekritzelt. So wie früher.

Dämonen-Mathematik

was in meiner Welt gerade *steht*
hast du auseinandergerissen
als ob es so leicht aufginge
eine Hälfte für mich
die andere Hälfte für dich
was ist schon eine gerechte Verteilung
wenn nichts mehr aufzuteilen ist
was ist dein Teil
wenn ich es bin, die deinen Schmerz trägt
das ist meine traurige Gleichung
mein paradoxer Rechenweg
teile, heißt es
hör auf zu weinen
rechne weiter
hör auf zu addieren,
du musst multiplizieren
ich antworte
nenne den Grund
warum man dividieren so hasst
wenn man nichts als ein Teilungsrest ist

Ich lehnte den Kopf neben den Zeilen an die Wand.

Lena.

Sie gab keine Antwort.

Du bist kein Teilungsrest. Du bist eine Überlebende.

Ihre Gedanken kamen langsam und abgehackt.

Ich überlebe das nicht. Das kannst du nicht von mir verlangen.

Ich wusste, dass sie weinte. Bestimmt lag sie jetzt im Gras in Greenbrier. Dorthin würde ich als Nächstes gehen.

Du darfst nicht allein sein. Warte auf mich. Ich komme.

Es gab so viel zu sagen, dass ich gar nicht mehr versuchte, es zu sagen. Stattdessen wischte ich mir mit dem Ärmel über die Augen und machte meinen Rucksack auf. Ich zog den Ersatzfilzstift heraus, den Lena immer dort aufbewahrt hatte, so wie man einen Reservereifen im Kofferraum mitnimmt.

Zum ersten Mal nahm ich die Kappe ab und stellte mich auf den Mädchenzimmerstuhl, der vor ihrer alten weißen Kommode stand. Er ächzte unter meinem Gewicht, aber er hielt mich aus. Und ich brauchte auch nicht lange. Meine Augen brannten, ich sah alles verschwommen.

Ich schrieb an ihre Zimmerdecke, wo der Putz herabgefallen war und wo so oft andere Worte, bessere Worte, hoffungsvollere Worte über unseren Köpfen erschienen waren.

Ich war kein großer Dichter, aber was ich sagen wollte, war aufrichtig und wahr, und das genügte.

Ich werde dich immer lieben. Ethan.

Ich fand Lena im verkohlten Gras von Greenbrier, genau an der Stelle, an der ich sie schon einmal gefunden hatte. Damals hatte sie im Englischunterricht die Fensterscheiben zerbrochen. Und genau wie damals hatte sie einen Arm über die Stirn gelegt und starrte in den schmalen Ausschnitt des blauen Himmels, den sie noch sehen konnte.

Ich legte mich neben sie.

Sie machte sich gar nicht erst die Mühe, die Tränen zurückzuhalten. »Es ist alles anders, weißt du das? Der Himmel sieht jetzt anders aus.« Sie keltete nicht, sondern sagte es laut. Inzwischen war es etwas Besonderes, einfach miteinander zu reden. Alles, was normal war, war für uns jetzt etwas Besonderes.

»Wirklich?«

Sie holte schluchzend Luft. »Ich erinnere mich noch genau, was ich bei unserer ersten Begegnung gedacht habe. Ich habe den Himmel angesehen und gedacht: *Diesen Menschen werde ich lieben, denn jetzt sieht sogar der Himmel anders aus.*« Ihre Worte verursachten mir einen dicken Kloß im Hals.

Aber sie redete schon weiter. »Ich kann mich noch ganz genau erinnern. Ich saß in meinem Auto und du hast mit deinen Freunden Basketball gespielt. Der Ball ist vom Spielfeld gerollt und du hast ihn geholt. Dabei hast du zu mir hergeschaut.«

»Ja, ich erinnere mich. Ich wusste gar nicht, dass du mich bemerkt hast.«

Sie lächelte. »Dich bemerkt? Ich hab den Leichenwagen beinahe zu Schrott gefahren.«

Ich betrachtete den Himmel. »Glaubst du an Liebe vor dem ersten Blick, L?«

Glaubst du an Liebe nach dem letzten Blick, Ethan?

Nach dem Tod – das war es, was sie meinte.

Es war einfach nicht fair. Eigentlich sollten wir uns jetzt darüber beklagen, dass wir abends immer so früh zu Hause sein mussten und so viele Hausaufgaben aufhatten. Eigentlich sollten wir uns darum bemühen, irgendwo außer im *Dar-ee Keen* gemeinsam einen Ferienjob zu ergattern. Eigentlich sollten wir uns darüber Gedanken machen, ob wir nach unserem Abschluss auf dasselbe College gehen würden. Um alles Mögliche sollten wir uns sorgen – aber nicht darum.

Weinend rollte sie sich von mir weg und zupfte an den Grashalmen. Ich schlang die Arme um sie und drückte sie fest an mich. Zärtlich strich ich ihr Haar zur Seite und hauchte in ihr Ohr: »Ja.«

Was ja?

Ich glaube an Liebe nach dem Tod.

Sie holte schluchzend Luft.

Vielleicht hat meine Erinnerung an dich genau diese Bedeutung, L. Vielleicht besteht mein Leben nach dem Tod darin, mich an dich zu erinnern.

Sie drehte sich zu mir um. »Du meinst, so wie sich deine Mutter an dich erinnert?«

Ich nickte. »Ich weiß nicht genau, woran ich glaube. Aber ihr beide, du und meine Mutter, seid der Grund, warum ich überhaupt glaube.«

Auch ich glaube. Aber ich möchte trotzdem, dass du hier bist. Mir ist die Gluthitze egal und meinetwegen können sämtliche Grashalme verdorren. Ohne dich kümmert mich das alles nicht.

Ich wusste genau, wie schwer es für sie war, denn auch ich wollte um keinen Preis der Welt von ihr weggehen. Aber das durfte ich nicht sagen. Das hätte alles nur noch schlimmer gemacht.

Wir sprechen hier nicht von verdorrtem Gras und das weißt du auch. Die Welt wird sich selbst zerstören und mit ihr die Menschen, die wir lieben.

Lena schüttelte den Kopf. »Das ist mir egal. Eine Welt ohne dich kann ich mir erst recht nicht vorstellen.«

»Vielleicht kannst du dir stattdessen die Welt vorstellen, die ich mir immer anschauen wollte.« Ich griff in meine Hosentasche und zog die zusammengefaltete, verknitterte Landkarte hervor, die seit ewigen Zeiten an meiner Zimmerwand gehangen hatte. »Vielleicht kannst du das alles für mich anschauen. Die Routen habe ich grün eingezeichnet. Du musst es nicht machen. Aber ich wünschte mir, jemand würde die Karte benutzen. Das habe ich schon sehr lange geplant – eigentlich mein ganzes Leben lang. Es sind die Orte aus meinen Lieblingsbüchern.«

»Ich weiß.« Ihre Stimme klang erstickt. »Jack Kerouac.«

»Du kannst natürlich auch deine eigenen Orte einzeichnen.« Ich spürte, wie sie den Atem anhielt. »Schon verrückt, aber bevor ich dich kannte, wollte ich nur eines: so weit wie möglich von hier weggehen. Komisch, oder? Jetzt muss ich so weit weggehen, wie es weiter gar nicht geht, und würde alles dafür geben, hierzubleiben.«

Lena legte ihre Hände auf meine Brust und schob mich fort. Die Karte fiel zwischen uns auf die Erde. »Sag so was nicht. Das wirst du nicht tun!«

Ich hob die Karte auf, in der ich alle meine Sehnsuchtsorte verzeichnet hatte, bis ich schließlich herausgefunden hatte, wohin ich gehörte. »Dann bewahre sie einfach für mich auf.«

Lena starrte das zusammengefaltete Stück Papier an, als wäre es das gefährlichste Ding auf der Welt. Dann nahm sie ihre Kette mit den Glücksbringern vom Hals. »Wenn du das für mich aufbewahrst.«

»L, nein.« Aber die Kette baumelte zwischen uns, und ihre Augen flehten mich an, sie zu nehmen. Ich machte die Hand auf und sie ließ die Halskette hineinfallen. Der Silberknopf, der rote Faden, der aus einer Büroklammer gebastelte Drahtstern, alle ihre Erinnerungen schmiegten sich in meine Hand.

Ich hob ihr Kinn an, damit sie mich anschauen musste. »Ich weiß, es ist schwer, aber wir können nicht so tun, als wäre nichts passiert. Du musst mir etwas versprechen.«

»Was denn?« Ihre Augen waren tränenverhangen.

»Du musst hierbleiben und die Neue Ordnung in Kraft setzen oder was immer deine Aufgabe auch sein mag. Sonst ist alles, was ich tue, umsonst.«

»Das kannst du nicht von mir verlangen. Ich habe das alles schon einmal durchgemacht, als ich dachte, Onkel Macon sei gestorben, und du hast ja gesehen, wie ich damit fertig geworden bin.« Ihr versagte fast die Stimme. »Ich schaffe es nicht ohne dich.«

Versprich mir, dass du es wenigstens versuchst.

»Nein!« Lena schüttelte den Kopf, ihr Blick war wild. »Du darfst nicht aufgeben. Wir werden einen Ausweg finden. Es ist noch nicht zu spät.« Sie wurde richtig hysterisch. »Bitte, Ethan!«

Ich nahm sie in die Arme; es war mir egal, dass die Berührung wie Feuer brannte. Dieses Brennen würde mir fehlen. Alles an ihr würde mir fehlen. »Psst. Schon gut, L.«

Nichts war gut.

Ich legte vor mir selbst den Schwur ab, dass ich irgendwie zu ihr zurückfinden würde, so wie meine Mutter einen Weg zu mir gefunden hatte. Das war das Versprechen, das ich gab, selbst wenn ich es vielleicht nicht halten konnte.

Ich schloss die Augen und vergrub mein Gesicht in ihrem Haar. Daran wollte ich mich erinnern. An ihren Herzschlag, wenn ich sie an mich drückte. An den Geruch von Zitronen und Rosmarin, der mich damals zu ihr geführt hatte. Wenn es so weit war, dann sollte dies das Letzte sein, woran ich mich erinnerte. Mein letzter Gedanke.

Zitronen und Rosmarin. Ihr schwarzes Haar und ihre grün-goldenen Augen.

Sie sagte nichts, und ich versuchte nicht mehr, sie zu trösten. Man hätte ohnehin nichts verstanden bei dem Lärm, den unsere brechenden Herzen machten in Erwartung der beiden letzten Worte, die wie ein drohender Schatten über uns hingen und die keiner von uns aussprechen wollte.

Worte, die gesagt werden würden, ob wir sie nun laut aussprachen oder nicht: *Leb wohl.*

21.12.

Zerbrochene Flaschen

Als ich nach Hause kam, saß Amma am Küchentisch. Sie war ganz allein, ohne Karten und ohne Kreuzworträtsel, ohne Zimtpastillen und ohne die Schwestern. Nur eine alte, angeschlagene Colaflasche stand auf dem Tisch. Sie war von unserem Flaschenbaum, der den Geist, den Amma einfangen wollte, nie gefangen hatte. Meinen.

Seit ich wusste, dass ich und nicht John der Crucible war, hatte ich dieses Gespräch im Geiste geprobt. Ich hatte mir hundert verschiedene Möglichkeiten überlegt, dem Menschen, der mich genauso wie meine Mutter liebte, zu erklären, dass ich sterben würde.

Was sagt man bei so einer Gelegenheit?

Ich wusste es immer noch nicht, und jetzt stand ich in Ammas Küche, sah ihr in die Augen, und es schien mir vollkommen unmöglich, auch nur ein Wort zu sagen. Gleichzeitig hatte ich das Gefühl, dass sie es längst wusste.

Ich setzte mich auf den Stuhl ihr gegenüber. »Amma, ich muss mit dir reden.«

Sie nickte und drehte die Flasche zwischen den Fingern. »Hab alles falsch gemacht diesmal, schätze ich. Ich dachte, du wärst derjenige, der ein Loch ins Universum macht. Dabei war ich es.«

»Das ist nicht deine Schuld.«

»Wenn ein Hurrican zuschlägt, dann ist weder der Wetterbericht daran schuld noch Gott – egal was Wesleys Mutter dazu sagt. Den Menschen, die danach kein Dach mehr über dem Kopf haben, ist das sowieso egal.« Sie sah mich unendlich traurig an. »Aber wir beide wissen, dass ich schuld bin. Und das Loch ist zu groß, um es zu flicken.«

Ich nahm ihre kleinen Hände in meine großen. »Genau das wollte ich dir sagen. Ich kann es nämlich flicken.«

Amma setzte sich in ihrem Stuhl aufrecht, die Kummerfalten auf ihrer Stirn vertieften sich. »Wovon redest du, Ethan Wate?«

»Ich kann es aufhalten. Die Hitze und die Dürre, die Erdbeben und dass die Caster ihre Kräfte nicht mehr beherrschen können – das alles kann ich stoppen. Aber das weißt du ja längst, stimmt's? Deshalb bist du ja bei dem Bokor gewesen.«

Die Farbe wich aus ihrem Gesicht. »Sprich mir nicht in meinem Haus von diesem Teufel! Du weißt ja gar nicht ...«

»Ich weiß, dass du bei ihm warst, Amma. Ich bin dir gefolgt.« Es war jetzt keine Zeit mehr für Spielchen. Ich konnte nicht gehen, ohne ihr Lebwohl gesagt zu haben. Auch wenn sie es nicht hören wollte. »Du hast es in den Karten gelesen. Und du hast versucht, es abzuwenden, aber das Rad des Schicksals zermalmt uns alle.«

In der Küche war es so still, als hätte jemand die Luft abgesaugt.

»Das waren doch deine Worte, oder?«

Keiner von uns beiden bewegte sich, keiner atmete. Einen Moment lang war sie so entgeistert, dass ich fürchtete, sie würde entweder auf und davon rennen oder das ganze Haus mit Salz überschütten.

Aber dann verzog sie das Gesicht und packte mich an den Armen, wie um Verstand in mich zu schütteln. »Nicht du! Du bist mein Junge. Das Rad hat mit dir nichts zu schaffen. Das ist meine Schuld. Ich werde es wieder in Ordnung bringen.«

Ich legte meine Hände auf ihre schmalen Schultern. Tränen liefen über ihr Gesicht. »Das kannst du nicht, Amma. Nur ich kann das. Ich ganz allein ...«

»Sei still! Kein Wort mehr!«, schrie sie und umklammerte meinen Arm wie eine Ertrinkende.

»Amma, hör mir zu ...«

»Nein! Du hörst mir zu!«, flehte sie fast panisch. »Ich hab's mir genau überlegt. Es gibt eine Möglichkeit, die Karten zu ändern, du wirst sehen. Ich habe eine Abmachung getroffen. Du musst nur abwarten.« Sie murmelte vor sich hin wie eine Irre. »Ich hab's mir genau überlegt. Du wirst schon sehen.«

Amma täuschte sich. Keine Ahnung, ob sie es wusste, aber ich wusste es genau. »Ich muss es tun. Wenn nicht, werdet ihr sterben, du und Dad, die ganze Stadt.«

»Was kümmert mich diese Stadt?«, zischte sie. »Soll sie doch niederbrennen! Meinem Jungen wird nichts passieren! Hörst du?« Sie sprang auf und sah sich hektisch um, als suche sie in den dunklen Ecken nach jemandem.

Plötzlich versagten ihre Beine und sie schwankte gefährlich. Sie war kurz davor, ohnmächtig zu werden. Ich packte Amma am Arm und stützte sie. Sie sah mir in die Augen. »Ich habe schon deine Mutter verloren. Ich darf dich nicht auch noch verlieren.«

Ich half ihr, sich wieder auf den Stuhl zu setzen. Dann kniete ich mich neben sie und wartete, bis sie sich wieder gefangen hatte. »Tief durchatmen.« Das hatte Thelma zu Tante Mercy gesagt, als sie einen ihrer Schwächeanfälle hatte. Aber tief durchzuatmen half uns nicht weiter.

Amma winkte ab. »Mir fehlt nichts. Solange du mir versprichst, keine Dummheiten zu machen. Ich werde die Risse wieder flicken. Ich brauche nur noch den richtigen Faden.« Einen Faden, der in die schwarze Magie des Bokors eingetaucht worden war, darauf hätte ich wetten können.

Ich wollte nicht, dass mein letztes Wort an Amma eine Lüge war. Aber sie war nicht mehr ansprechbar. Es war unmöglich, sie davon zu überzeugen, dass das, was ich tat, richtig war. Wie Lena glaubte sie fest daran, dass es ein Schlupfloch geben musste.

»Schon gut, Amma. Ich bringe dich in dein Zimmer.«

Sie stützte sich beim Aufstehen auf meinen Arm. »Du musst es mir versprechen, Ethan Wate.«

Ich blickte ihr fest in die Augen. »Ich werde keine Dummheiten machen. Das verspreche ich.« Das war nur halb gelogen. Denn wenn man die Menschen, die man liebt, rettet, dann ist das keine Dummheit. Man hat gar keine andere Wahl.

Trotzdem sollte mein letztes Wort an Amma so wahr sein wie die Tatsache, dass die Sonne am Morgen aufgeht. Deshalb führte ich sie zu ihrem Lieblingssessel, drückte sie fest an mich und flüsterte ihr ins Ohr: »Ich hab dich lieb, Amma.«

Wenn überhaupt etwas wahr war, dann dies.

Die Haustür fiel krachend zu, gerade als ich die Tür zu Ammas Zimmer schloss.

»Hallo zusammen. Ich bin wieder da«, rief mein Vater. Ich wollte ihm schon antworten, als ich bereits das vertraute Geräusch einer anderen Tür vernahm. »Ich bin im Arbeitszimmer. Ich muss viel lesen.« Was für eine Ironie. Mein Vater verbrachte den ganzen Tag damit, über den Achtzehnten Mond zu forschen, und ich wusste mehr davon, als mir lieb war.

Als ich die Küche wieder betrat, fiel mein Blick auf die alte Cola-Flasche, die vom Tisch gefallen war. Jetzt war es zu spät, darin etwas zu fangen, aber ich hob sie trotzdem auf.

Ich fragte mich, ob dort, wo ich bald hingehen würde, auch Flaschen in den Bäumen hingen.

Auf dem Weg in mein Zimmer kam ich am Arbeitszimmer vorbei. Mein Vater saß am Schreibtisch meiner Mutter, das Licht fiel in den Raum, auf seine Arbeit und den koffeinhaltigen Kaffee, den er ins Haus geschmuggelt hatte. Ich machte den Mund auf, um etwas zu sagen, aber ich wusste nicht, was – und im selben Moment kramte er in einer Schublade nach seinen Ohrstöpseln und stecke sie sich in die Ohren.

Mach's gut, Dad.

Schweigend lehnte ich mich mit der Stirn gegen die Tür. Dann sollte es eben so sein. Er würde alles früh genug erfahren.

Ich saß auf meinem Bett und las ein letztes Mal in *Von Mäusen und Menschen.* In den letzten Monaten hatte ich so viel vergessen, dass ich manches gar nicht mehr wusste. Aber an eine Stelle erinnerte ich mich noch: an den Schluss. Es verstörte mich jedes Mal, wenn ich las, wie George Lennie erschoss, während er ihm von der Farm erzählte, die sie sich eines Tages kaufen würden. Die Farm, die Lennie niemals sehen würde.

Als wir den Roman im Englischunterricht durchgenommen hatten, waren alle der Meinung gewesen, dass George ein großes Opfer brachte, indem er seinen besten Freund erschoss. Dass er ihn aus Mitleid tötete, weil er genau wusste, dass man Lennie hängen würde, nachdem er das Mädchen auf der Ranch aus Versehen getötet hatte. Ich war schon immer anderer Meinung gewesen. Seinem besten Freund eine Kugel in den Kopf zu jagen, statt mit ihm abzuhauen, war kein Opfer. Wenn einer ein Opfer gebracht hatte, dann Lennie, ob nun bewusst oder unbewusst. Am bedrückendsten war der Gedanke, dass Lennie sich garantiert, ohne zu zögern, für George geopfert hätte. Er wollte, dass George die Farm bekam und glücklich wurde.

Mein Opfer würde niemanden glücklich machen, aber es würde Leben retten. Und das war genug. Mir war klar, dass keiner der Menschen, die ich liebte, es zulassen würde, dass ich dieses Opfer für sie brachte, deshalb zog ich bereits in der Stille der Nacht meine Jeans wieder an.

Ich sah mich ein letztes Mal in meinem Zimmer um, ließ den Blick über die Schuhschachteln an der Wand schweifen, die alles enthielten, was mir wichtig war; über den Stuhl in der Zimmerecke, auf dem meine Mutter gesessen hatte, als sie mich vor zwei Monaten besucht hatte; über die Stapel meiner Lieblingsbücher unter meinem Bett und den Schaukelstuhl, der kein bisschen geschaukelt hatte, als Macon Ravenwood darin gesessen war. Ich wollte mich an alles ganz genau erinnern. Als ich meine Beine über das Fensterbrett schwang, fragte ich mich beklommen, ob es mir gelingen würde.

Der Wasserturm von Summerville ragte im Mondschein über mir auf. Kaum jemand hätte sich diesen Ort freiwillig ausgesucht, aber hier war es in meinen Träumen passiert, deshalb wusste ich, dass es der richtige Ort war. In letzter Zeit hatte ich vieles einfach so hingenommen. Das Wissen, dass einem nicht mehr viel Zeit bleibt, verändert alles. Man wird irgendwie philosophischer. Wird sich über einiges klar – oder besser gesagt einige Dinge klären sich selbst – und alles ist auf einmal ganz logisch.

Der letzte Kuss ist viel wichtiger als der erste.

Der Mathe-Test ist überhaupt nicht wichtig.

Der Auflauf dagegen schon.

Das, was man gut kann, und das, was man nicht gut kann, sind nur zwei Seiten derselben Medaille.

Das Gleiche gilt für die Menschen, die du liebst, und die Menschen, die du nicht liebst – und die Menschen, die dich lieben, und die, die es nicht tun.

Wichtig ist, dass du ein paar Menschen hast, die dir wirklich wichtig sind.

Das Leben ist verdammt kurz.

Ich zog Lenas Halskette mit den Glücksbringern aus meiner Hosentasche und warf einen letzten Blick darauf. Dann ließ ich sie durch das offene Fenster des Volvo auf den Fahrersitz gleiten. Ich wollte nicht, dass die Kette kaputtging. Ich war froh, dass Lena sie mir geschenkt hatte. Sie gab mir das Gefühl, als wäre sie hier bei mir.

Aber ich war allein. Ich hatte es so gewollt. Keine Freunde, keine Familie. Kein Reden, kein Kelting. Nicht einmal Lena.

Ich wollte, dass sich alles so anfühlte, wie es tatsächlich war.

Es fühlte sich schrecklich an. Und in Wirklichkeit war alles noch viel schrecklicher.

Jetzt spürte ich es. Mein Schicksal kam auf mich zu. Mein Schicksal und noch etwas anderes.

Ein paar Meter von mir entfernt riss der Himmel auf. Fast rechnete ich damit, dass Link mit einer Packung Twinkies in der Hand auftauchte. Aber es war John Breed.

»Was ist los? Geht es Macon und Liv nicht gut?«, fragte ich.

»Doch. Soweit man das unter diesen Umständen sagen kann, geht es allen gut.«

»Was suchst du dann hier?«

Er zuckte mit den Schultern und schnippte den Deckel seines Sturmfeuerzeugs auf und zu. »Ich dachte, du könntest vielleicht einen Helfer brauchen.«

»Wozu? Um mich über die Kante zu stoßen?«, fragte ich halb im Scherz.

Er klappte den Feuerzeugdeckel zu. »Sagen wir mal, es ist schwieriger, als du denkst, wenn du erst mal oben stehst. Außerdem warst du auch mit mir da oben, oder?«

Es war eine total verquere Logik, genauso verquer wie die ganze Situation. Mir fiel keine Antwort darauf ein. Er war so ganz anders als der Fiesling, der mich auf dem Jahrmarkt gelinkt hatte, um mir meine Freundin auszuspannen. Jetzt war er ein halbwegs anständiger Typ. Das kann die Liebe aus einem machen. »Danke, Mann. Wie ist es denn so? Ich meine, wenn es abwärts geht.«

John schüttelte den Kopf. »Glaub mir, das willst du nicht wirklich wissen.«

Wir machten uns auf zum Wasserturm, der wie ein riesiger weißer Mond das Licht des echten Mondes abhielt. Die rostige Eisenleiter war nur noch ein paar Schritte von uns entfernt.

Ich wusste, dass sie hinter mir war, ehe John es bemerkte und sich umdrehte.

Amma.

Niemand außer ihr roch nach Bleistiftminen und Zimtpastillen.

»Ethan Wate! Ich war da, als du auf die Welt gekommen bist, und ich werde da sein, wenn du stirbst, ob von dieser Welt aus oder von jener.«

Ich ging einfach weiter.

Ihre Stimme wurde lauter. »Wie auch immer, heute ist jedenfalls nicht dieser Tag.«

»Verdammt noch mal, Wate. Für einen Sterblichen hast du eine ziemlich gespenstische Familie«, sagte John leicht belustigt.

Ich machte mich darauf gefasst, einer mit Perlen und Figürchen, vielleicht auch mit einer Bibel bewaffneten Amma gegenüberzustehen. Aber als ich mich umdrehte, fiel mein Blick auf die geflochtenen Zöpfe und den Schlangenhautstab des Bokor.

Er grinste. »Wie ich sehe, hast du dein *Ti-bon-ange* nicht gefunden. Oder etwa doch? Es ist leichter zu finden als festzuhalten, nicht wahr?«

»Sprich nicht mit ihm«, fuhr ihn Amma an. Keine Ahnung, wozu der Bokor hergekommen war, jedenfalls bestimmt nicht, um mir in letzter Sekunde den Sprung auszureden.

»Amma!«, sagte ich laut. Sie drehte sich zu mir und sah mich an, und da begriff ich, wie verzweifelt sie war. Ihre klugen braunen Augen blickten wirr und nervös, ihre Haltung war nicht mehr aufrecht und stolz, sondern gebeugt und gebrochen. »Ich weiß nicht, wieso du diesen Typen mitgebracht hast, aber du solltest dich nicht mit jemandem wie ihm abgeben.«

Der Bokor warf den Kopf in den Nacken und lachte. »Wir haben einen Handel getätigt, die Seherin und ich. Und ich habe die Absicht, meinen Teil des Handels zu erfüllen.«

»Welcher Handel?«, fragte ich.

Amma warf dem Bokor einen unmissverständlichen Blick zu. Dann winkte sie mich zu sich, so wie sie mich als Kind immer herbeizitiert hatte. »Das geht niemanden etwas an außer mich und meinen Schöpfer. Du kommst jetzt sofort mit nach Hause, und er geht dorthin zurück, wo er hergekommen ist.«

»Das klingt nicht gerade nach einer freundlichen Bitte«, sagte John. »Was, wenn Ethan nicht mitkommen will?«, fragte er Amma.

Sie kniff die Augen zusammen. »Ich wusste, dass du hier sein würdest. Du bist der Teufel, der meinen Jungen reitet. Das eine oder andere kann ich immer noch sehen, zum Beispiel dass du dunkel bist wie ein Stück Kohle im Schnee – ganz gleich, welche Farbe deine

Augen haben. Deshalb habe ich selbst ein bisschen Dunkelheit mitgebracht.«

Der Bokor war nicht wegen mir und meiner zerbrochenen Seele da, er war hier, damit John Amma nicht in die Quere kam.

John hob beschwichtigend die Hände. »Ich versuche gar nicht, Ethan zu irgendetwas zu überreden. Ich bin als Freund gekommen.«

Ich hörte etwas klirren. Erst da fiel mir auf, dass am Gürtel des Bokors eine Schnur mit Flaschen hing, wie man sie an den Flaschenbäumen findet.

Der Bokor hielt eine der Flaschen hoch, seine Hand lag auf dem Korkverschluss. »Auch ich habe Freunde mitgebracht.«

Er entkorkte die Flasche. Ein dünner dunkler Rauchfaden stieg in die Luft und kräuselte sich fast hypnotisierend langsam, bis schließlich eine verschwommene Gestalt vor uns stand.

Sie sah ganz anders aus als die Schemen, die ich kannte. Die Glieder waren zerschunden und unnatürlich verrenkt, die Gesichtszüge fratzenhaft, ganze Teile davon fehlten, als wären sie bereits verwest. Der Schemen sah aus wie ein Zombie aus einem Horrorfilm – zerfetzt und verfallen. Seine Augen waren unstet und leer.

John wich einen Schritt zurück. »Ihr Sterblichen seid ja noch durchgeknallter als Übernatürliche.«

»Was zum Teufel ist das?«, fragte ich und starrte wie gebannt auf die Schreckgestalt.

Der Bokor verstreute irgendein Pulver auf den Boden um sich herum. »Eine Seele der Unberufenen. Wenn die Familien sich nicht um ihre Toten kümmern, dann komme ich und hole sie.« Lächelnd schüttelte er die Flasche.

Mir wurde schlecht. Ich hatte es immer für Ammas verrückten Aberglauben gehalten, dass man Geister in Flaschen einfangen könnte. Nie wäre ich auf die Idee gekommen, dass sich tatsächlich bösartige Voodoo-Priester mit alten Cola-Flaschen auf Friedhöfen herumtrieben.

Der gequälte Geist kam auf John zu, den Mund zu einem stummen, entsetzlichen Schrei aufgerissen. John spreizte die Hände, so wie Lena es immer tat. »Hau ab, Ethan. Keine Ahnung, was dieses Ding vorhat.«

Da schossen auch schon Flammen aus Johns Händen. Ich wich stolpernd zurück. Er verfügte zwar nicht über die gleichen Kräfte wie Lena oder Sarafine, aber für ein Feuer reichte es. Die Flammen ergriffen den Schemen und hüllten ihn ein. Ich sah seine lodernden Umrisse und das zu einer Grimasse erstarrte Gesicht. Dann verzog sich der Dunst und die Gestalt war verschwunden. Blitzschnell kräuselte sich der dunkle Rauch außerhalb des Feuers und gleich darauf trat der Schemen ein paar Schritte von uns entfernt wieder in Erscheinung.

»Schätze, das ging daneben.« John wischte sich die Hände an seiner Jeans ab. Ich hab nicht…«

Der Unberufene schnellte auf John zu, blieb jedoch nicht vor ihm stehen, sondern flog mitten in ihn hinein. Er verschwand, weil John im selben Moment raumwandelte und ihn mit Gewalt von sich stieß. Es sah aus, als würde der Geist von einem Vakuum verschlungen.

John materialisierte sich ein paar Schritte entfernt. Entsetzt tastete er sich ab, wie um sich zu vergewissern, dass nichts von ihm fehlte. Das Wesen tauchte wieder auf und ballte sich ungerührt in einer Dunstspirale.

»Was hat das Ding mit dir gemacht?«

John versuchte immer noch, etwas Unsichtbares von sich abzuschütteln. »Es wollte in mich eindringen. Böse Geister müssen von einem Körper Besitz ergreifen, wenn sie wirklichen Schaden anrichten wollen.«

Wieder klirrte Glas. Der Bokor öffnete einen weiteren Korken und aus einer Flasche quoll eine dunkle Wolke.

»Er hat noch mehr davon.«

»Dann sind wir geliefert«, sagte John.

»Amma, tu was dagegen!«, rief ich, aber sie reagierte nicht.

Sie stand mit verschränkten Armen da und wirkte entschlossener und verrückter denn je. »Wenn du schön brav mit mir nach Hause gehst, verschließt er die Flaschen schneller wieder, als du ein Glas Milch verschütten kannst.«

Amma war so sehr ins Dunkle gereist, dass ich nicht wusste, wie ich sie erreichen oder gar zurückholen konnte.

Ich wandte mich an John. »Kannst du diese dunklen Geister nicht verschwinden lassen oder sie in irgendwas verwandeln?«

John schüttelte den Kopf. »Die Kräfte, die ich habe, wirken nicht bei zornigen Unberufenen.«

Rauchkringel wehten an uns vorbei, als plötzlich jemand aus der Dunkelheit hervortrat. »Zum Glück verfüge ich über einige sehr wirkungsvolle Mittel.« Macon Ravenwood paffte Zigarrenwölkchen in die Luft. »Amarie, ich bin enttäuscht. Heute ist nicht dein bester Tag.«

Die Flaschen am Gürtel des Bokors klirrten gefährlich, als Amma sich an ihm vorbeidrängte. Mit ihrem dürren Finger deutete sie auf Macon. »Für deine Nichte würdest du das Gleiche tun, Melchizedek, und zwar flinker, als ein Sünder das Geld vom Kollektenteller stiehlt! Tu nicht so großspurig, weil ich weder mitansehen noch zulassen werde, dass mein Junge dein Opferlamm spielt!«

Der Bokor ließ eine weitere unberufene Seele hinter Amma frei. Macon beobachtete, wie sie in die Luft stieg. »Entschuldigen Sie, Sir. Ich muss Sie bitten, Ihre Habseligkeiten einzupacken und sich davonzumachen. Meine Freundin hier war nicht Herrin ihrer Sinne, als sie sich Ihrer Dienste versicherte. Kummer benebelt den Verstand, wissen Sie.«

Der Bokor lachte, zeigte mit seinem Stab auf einen der Geister und lenkte ihn in Macons Richtung. »Ich bin kein Handlanger, Caster. Den Handel, den sie mit mir geschlossen hat, kann man nicht rückgängig machen.«

Der Geist, dessen schlaffer Mund grotesk verzerrt war, drehte sich einmal um sich selbst und griff Macon an.

Macon schloss die Augen – und ich hielt die Hand schützend vor meine, um mich gegen das grüne Licht zu wappnen, das schon bei Hunting so zerstörerisch gewirkt hatte. Aber es kam kein Licht, sondern das genaue Gegenteil. Das völlige Fehlen von Licht. Absolute Dunkelheit.

Über dem Unberufenen formte sich ein weiter Kreis allertiefster Finsternis. Es sah aus wie das Satellitenfoto eines Hurrikans, nur dass nirgends ein Wirbelsturm war. Denn das hier war ein echtes Loch im Himmel.

Der Unberufene drehte sich wieder um sich selbst und wurde von dem schwarzen Loch wie ein Magnet angezogen. Als er den äußeren Rand des Loches erreicht hatte, verschwand er nach und nach, so als würde er langsam von einem Strudel aufgesaugt. Es sah so aus wie damals, als ich meine Hand in das Gitter vor der *Lunae Libri* gesteckt hatte, nur dass es diesmal keine Sinnestäuschung war. Als die Leere schließlich auch die geisterhaft schimmernden Füße des Unberufenen verschluckt hatte und von ihm nichts mehr zu sehen war, schloss sich das Loch und löste sich in Nichts auf.

»Hast du eine Ahnung, wie er das gemacht hat?«, fragte mich John leise.

»Ich weiß ja nicht mal genau, *was* er gemacht hat.«

Der Bokor riss verblüfft die Augen auf, ließ sich jedoch nicht beirren. Er zeigte mit seinem Stab nacheinander auf die anderen geschundenen Gestalten, die sich daraufhin gemeinsam in Macons Richtung wandten. Aber im selben Moment taten sich hinter ihnen pechschwarze Löcher auf und zogen sie in sich hinein. Dann verschwanden die Löcher wie ein Feuerwerk, das verpufft.

Dem Bokor rutschte eine der leeren Flaschen aus der Hand und sie zerschellte auf der ausgetrockneten Erde. Macon öffnete die Augen und blickte ihn gelassen an.

»Wie ich schon sagte, Ihre Dienste sind hier nicht länger vonnöten. Ich schlage vor, Sie verschwinden in Ihrem eigenen Erdloch, ehe ich eines für Sie schaffe.«

Der Bokor öffnete seinen Beutel aus grobem Stoff und nahm eine Handvoll des kalkweißen Staubs heraus, mit dem er schon den Boden ringsum bestreut hatte. Amma wich zurück und hob vorsichtshalber den Saum ihres Kleides an. Der Bokor streckte die Hand aus und blies die feinen Körner auf Macon.

Der Staub flog durch die Luft wie Asche, erreichte Macon jedoch nicht, denn sofort öffnete sich ein schwarzes Loch und verschluckte die Körner.

Macon rollte seine Zigarre zwischen den Fingern. »Sir – und ich benutze diese Anrede offenbar allzu großzügig –, solange Sie nichts Besseres zu bieten haben, rate ich noch einmal, Sie gehen mit Ihrem Spazierstöckchen nach Hause.«

»Oder was, Caster?«

»Oder das nächste Loch wird für Sie bestimmt sein.«

Die Augen des Bokors blitzten in der Dunkelheit. »Das war ein Fehler, Ravenwood. Die alte Frau steht in meiner Schuld, und sie wird sie bezahlen – in diesem Leben oder im nächsten. Du hättest dich nicht einmischen sollen.« Er warf etwas auf den Boden, von dem Rauch aufstieg. Als er sich verzogen hatte, war auch der Bokor verschwunden.

»Er kann raumwandeln?«, fragte ich verdattert.

Macon kam auf uns zu. »Taschenspielertricks eines drittklassigen Zauberers.«

John sah Macon bewundernd an. »Wie haben Sie das nur hingekriegt? Ich wusste ja, dass Sie Licht schaffen können, aber *was* war das gerade eben?«

»Dunkle Flecken. Löcher im Universum, schätze ich«, erwiderte Macon. »Nichts besonders Angenehmes jedenfalls.«

»Aber Sie sind ein Lichter Caster. Wie können Sie Dunkelheit erschaffen?«

»Jetzt bin ich ein Lichter Caster, aber zuvor war ich lange Zeit ein Inkubus. Und in einigen von uns wohnen das Lichte und das Dunkle nebeneinander. Das solltest du am besten wissen, John.«

John wollte noch etwas sagen, aber Amma kam ihm zuvor.

»Melchizedek Ravenwood!«, rief sie. »Das war das letzte Mal, dass ich dich gebeten habe, dich nicht in meine Angelegenheiten zu mischen. Kümmere du dich um deine Familie und ich gebe auf meine acht. Ethan Wate! Du kommst augenblicklich mit!«

Ich schüttelte den Kopf. »Das kann ich nicht.«

Amma warf Macon einen giftigen Blick zu. »Daran bist du schuld. Das werde ich dir nie verzeihen, hörst du? Weder heute noch morgen und auch nicht, wenn wir uns wegen unserer Sünden in der Hölle wiedersehen – und wegen der Sünde, die ich gleich begehen werde.« Sie verstreute etwas im Kreis. Die weißen Kristalle glitzerten wie Schneeflocken. Salz.

»Amarie!«, rief Macon, aber seine Stimme war sanft. Er wusste, dass sie am Ende ihrer Kräfte war.

»Tante Delilah, Onkel Abner, Tante Ivy, Großmutter Sulla. Ich brauche eure Hilfe!« Amma blickte zum schwarzen Himmel hinauf. »Ich bin Blut von eurem Blut, und ich rufe euch, damit ihr mir helft, jene abzuwehren, die bedrohen, was ich am meisten liebe.«

Sie rief die Ahnen, sie wollte, dass sie sich gegen Macon verschworen. Ich spürte, was das für sie bedeutete, spürte ihre Verzweiflung, ihren Wahnsinn, ihre Liebe. Und doch war es nicht richtig, denn sie legte zu viel vom Falschen mit hinein. Aber sie war im Augenblick zu verblendet, um das zu begreifen.

»Sie werden nicht kommen«, flüsterte ich Macon zu. »Sie hat kürzlich schon einmal versucht, sie zu rufen, da haben sie sich auch nicht blicken lassen.«

»Nun ja, vielleicht hat es ihnen seinerzeit an der richtigen Motivation gefehlt.« Ich folgte Macons Blick über den Wasserturm hinaus und sah die Gestalten im Mondlicht aufschimmern. Die Ahnen – Ammas Vorfahren aus dem Jenseits. Endlich hatten sie Amma gehört.

Amma zeigte auf Macon. »Er ist derjenige, der meinem Jungen wehtun und ihn von dieser Welt nehmen will. Haltet ihn auf! Tut, was richtig ist!«

Die Ahnen starrten auf Macon herab und ich hielt gespannt den Atem an. Sulla hatte sich Perlenschnüre ums Handgelenk gebunden, der Rosenkranz einer Religion, die nur sie allein kannte. Neben ihr standen Delilah und Ivy und musterten Macon.

Nur Onkel Abner sah mich an. Unsere Blicke trafen sich. Seine Augen waren groß und braun und ich las viele Fragen darin. Ich wollte sie beantworten, aber ich wusste nicht genau, was er wissen wollte.

Er bekam die Antworten auch so, denn er wandte sich an Sulla und sprach mit ihr in Gullah.

»Tut, was richtig ist!«, rief Amma in die Dunkelheit hinaus.

Die Vorfahren blickten sie an und reichten sich die Hände. Dann kehrten sie ihr langsam den Rücken zu. Sie taten, was richtig war.

Mit einem erstickten Schrei sank Amma auf die Knie. »Nein!«

Sich an den Händen haltend und den Blick zum Mond gerichtet, verschwanden die Ahnen wieder.

Macon legte mir die Hand auf die Schulter. »Ich werde auf Amarie aufpassen. Ob sie es will oder nicht.«

Ich ging zu der rostigen Eisenleiter.

»Soll ich mitkommen?«, rief mir John hinterher.

Ich schüttelte den Kopf. Das war etwas, was ich allein tun musste. So allein, wie man sein kann, wenn einen die Hälfte der eigenen Seele auf Schritt und Tritt verfolgt.

»Ethan ...«, rief Macon.

Ich hielt mich an der Seitenstrebe der Leiter fest. Ich schaffte es nicht, mich umzudrehen.

»Bis dann, Mr Wate.« Das war's. Ein paar dürre Worte. Mehr war nicht zu sagen.

»Sie werden an meiner Stelle auf sie aufpassen.« Das war nicht als Frage gemeint.

»Das werde ich, mein Sohn.«

Ich fasste die Leiter fester.

»Nein! Mein Junge!«, hörte ich Amma schreien. Und ich hörte, wie sie versuchte, sich aus Macons Griff zu winden, der sie jetzt offenbar festhielt.

Ich kletterte die Sprossen hinauf.

»Ethan Lawson Wate …« Mit jedem erstickten Schrei zog ich mich höher und dabei ging mir immer wieder ein Gedanke durch den Kopf.

Der richtige Weg ist nicht immer der bequeme.

Endlich

22.12.

Ich stand auf dem Dach des weißen Wasserturms und blickte in den Mond. Ich warf keinen Schatten, und falls Sterne am Himmel standen, dann konnte ich sie nicht sehen. Summerville lag vor mir, verstreute kleine Lichter, die sich bis zur Schwärze des Sees hinzogen.

Dies war der Ort, an dem wir glücklich gewesen waren, Lena und ich. Einer der Orte. Aber jetzt war ich allein. Und ich war alles andere als glücklich. Ich hatte einfach nur Angst – und das Gefühl, kotzen zu müssen.

Ich hörte immer noch Ammas Entsetzensschreie.

Ich kniete mich hin und hielt mich an dem weiß lackierten Metallgeländer fest. Lächelnd betrachtete ich das mit schwarzem Filzstift gemalte Herz. Einen Augenblick ließ ich die Erinnerung zu, dann stand ich auf.

Es ist so weit. Jetzt gibt es kein Zurück mehr.

Ich sah hinaus auf die winzigen Lichter und versuchte, den nötigen Mut zu fassen, um das Undenkbare zu tun. Die Angst drehte mir den Magen um, es fühlte sich so schwer und so schlimm an.

Aber es war richtig.

Ich schloss die Augen. Plötzlich spürte ich, wie zwei Arme mich packten, mir jede Luft nahmen und mich Richtung Leiter zerrten. Ich sah ihn – mich – flüchtig, als ich mit dem Kinn an das Geländer stieß und stolperte.

Er wollte mich zurückhalten.

Ich versuchte, ihn abzuschütteln. Ich beugte mich vor und trat mit meinen Chucks nach ihm. Dann sah ich, wie er mit seinen Chucks nach mir trat. Sie waren so alt und zerschlissen wie meine. So hatte ich es aus dem Traum in Erinnerung. So sollte es sein.

Was hast du vor?

Diesmal war er es, der mich fragte.

Ich stieß ihn zu Boden und er blieb auf dem Rücken liegen.

Ich packte ihn am Ausschnitt seines T-Shirts und er erwischte meinen.

Wir sahen einander in die Augen und er erkannte die Wahrheit.

Wir beide würden sterben. Offenbar sollten wir zusammen sein, wenn es passierte.

Ich zog die alte Cola-Flasche aus der Tasche, die Amma auf dem Tisch hatte stehen lassen. Wenn ein Baum voller Flaschen eine ganze Menge verlorener Seelen einfangen konnte, dann konnte vielleicht eine einzelne Cola-Flasche meine aufnehmen.

Ich habe gewartet.

Ich sah, wie sich seine Miene veränderte.
Er machte einen Satz auf mich zu.
Ich packte ihn.
Wir starrten einander in die Augen und gingen uns gegenseitig an die Kehle.
Dann rollten wir über den Rand des Wasserturms und fielen in die Tiefe.
Auf
dem
Weg
nach
unten
dachte
ich
nur
das eine

L
E
N
A

Danksagungen

Neunzehn Monde –

Drei Monde und mehr als 1600 Seiten ist es nun her, dass wir uns hingesetzt haben, um einigen neunmalklugen Teenagern zu beweisen, dass wir ein Buch schreiben können, und inzwischen passt unsere weitverzweigte Caster-Familie nicht mehr auf ein, zwei Seiten, wenn wir alle aufzählen wollten.

Wir sind unseren unglaublich versierten Verlegern in den achtunddreißig Ländern dankbar, die unsere Caster-Chroniken bei sich aufgenommen haben. Sie haben unseren Lesern, uns selbst und den Castern von Gatlin viele Freundlichkeiten erwiesen. Darüber hinaus sind wir unseren Schriftsteller- und Leserfreunden dankbar, unseren Agenten- und Lektorenfreunden, unseren Online- und Marketing/PR-Freunden, unseren Lehrer- und Bibliothekarfreunden und unseren Buchhandelfreunden. Großen Dank schulden wir auch unseren Übersetzerfreunden und besonders Dr. Sara Lindheim, unserer Klassizistin und Hüterin. Vor allem aber bedanken wir uns bei den jungen Leserinnen und Lesern (und jenen, die im Herzen jung geblieben sind), die unsere Bücher lesen, und insbesondere bei unseren Caster Girl & Boy Beta Readers, die brutal ehrliche Kritiker sind und die eines Tages, wie wir hoffen, anderen Autoren noch weit mehr das Heulen und Zähneknirschen beibringen als uns. So der gütige Herr es will und der Fluss nicht über die Ufer tritt.

Zum Schluss möchten wir uns bei unseren Familien bedanken, unserem Stamm, unserem inneren Zirkel – bei allen, die ohnehin wissen, dass sie gemeint sind, nicht zuletzt deshalb, weil sie vielleicht gerade neben uns sitzen, während wir das hier schreiben. Mehr als alles andere handeln unsere Bücher von Familienbanden und Stammeswurzeln. Genau das ist für uns Magie. Es hat lange gedauert, euch zu finden, und wir lieben euch.

Emma, May, Kate & Lewis; Nick, Stella & Alex –
Wir lieben euch zuerst und zuletzt und überhaupt.

Kami Garcia / Margaret Stohl

Seventeen Moons – Eine unheilvolle Liebe

512 Seiten, ISBN 978-3-570-40192-7

Eigentlich dachten Ethan und Lena, nichts und niemand könnte sie je auseinanderbringen. Die Begegnung mit dem geheimnisvollen Caster-Mädchen ist das Schönste, was dem 16jährigen Ethan jemals widerfahren ist. Doch auf Lena lastet ein Fluch. Und nachdem die Entscheidung über Lenas Bestimmung um ein Jahr verschoben wurde, versuchen mächtige dunkle Caster alles, um sie auf ihre Seite zu ziehen. Als Lena sich dem geheimnisvollen, attraktiven John zuwendet, droht das vermeintlich unzertrennliche Band zwischen Ethan und Lena zu zerreißen ...

40154

cbj FANTASY

www.cbj-verlag.de

Rosemary Clement-Moore

Dahin ist aller Glanz

550 Seiten, ISBN 978-3-570-40240-5

Ein falscher Schritt, ein stechender Schmerz und die New Yorker Ballerina Sylvie muss mit gerade siebzehn ihren Traum vom Tanzen aufgeben. Als ihre Mom bald darauf heiratet, steht Sylvie vor dem Zusammenbruch. Zur Erholung wird sie ausgerechnet zur Familie ihres verstorbenen Vaters nach Alabama geschickt. Im Süden angelangt, findet sich Sylvie auf dem ehemals prachtvollen Herrensitz Bluestone Hill wieder – und begegnet den verfeindeten Jungen Rhys und Shawn, zu denen sie sich merkwürdig, fast magisch hingezogen fühlt. Plötzlich wird Sylvie von Erscheinungen heimgesucht: der Duft von Flieder, ein Mädchen am Fluss, Schreie im Wald. Sylvie beginnt zu forschen und entdeckt ein düsteres Geheimnis ...

40192

cbj

www.cbj-verlag.de